U0106412

朱碧蓮 沈海波 譯注

【重校本】

中華書局

◀ **《竹林七賢與榮啟期》磚畫**

該主題常見於南朝的高規格墓葬，
榮啟期為春秋時期隱士

嵇康
阮籍
山濤
榮啓期
阮咸

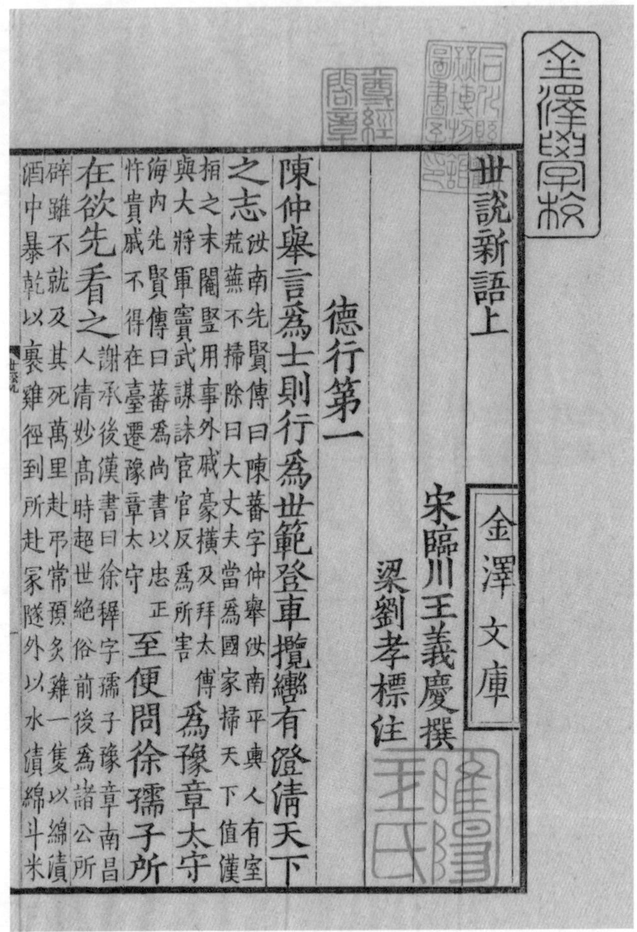

世說新語上
宋臨川王義慶撰
梁劉孝標注

德行第一
陳仲舉言爲士則行爲世範登車攬轡有澄清天下
之志汝南先賢傳曰陳蕃字仲舉汝南平輿人有室荒蕪不掃除曰大丈夫當爲國家掃天下值漢
桓之末閹豎用事外戚豪橫及拜太傅與大將軍竇武謀誅宦官反爲所害爲豫章太守
海內先賢傳曰蕃爲尚書以忠正忤貴戚不得在臺遷豫章太守至便問徐孺子所
在欲先看之謝承後漢書曰徐穉字孺子豫章南昌人清妙高時超世絕俗前後爲諸公所
辟雖不就及其死萬里赴弔常預炙雞一隻以綿漬酒中暴乾以裹雞徑到所赴冢隧外以水漬綿斗米

▲ 宋本《世説新語》

現存最早的完整刻本「紹興本」，藏於日本，一九六二年由中華書局影印出版

▲　顧愷之《列女仁智圖》宋摹本（局部）

▲　顧愷之《斫琴圖》宋摹本（局部）

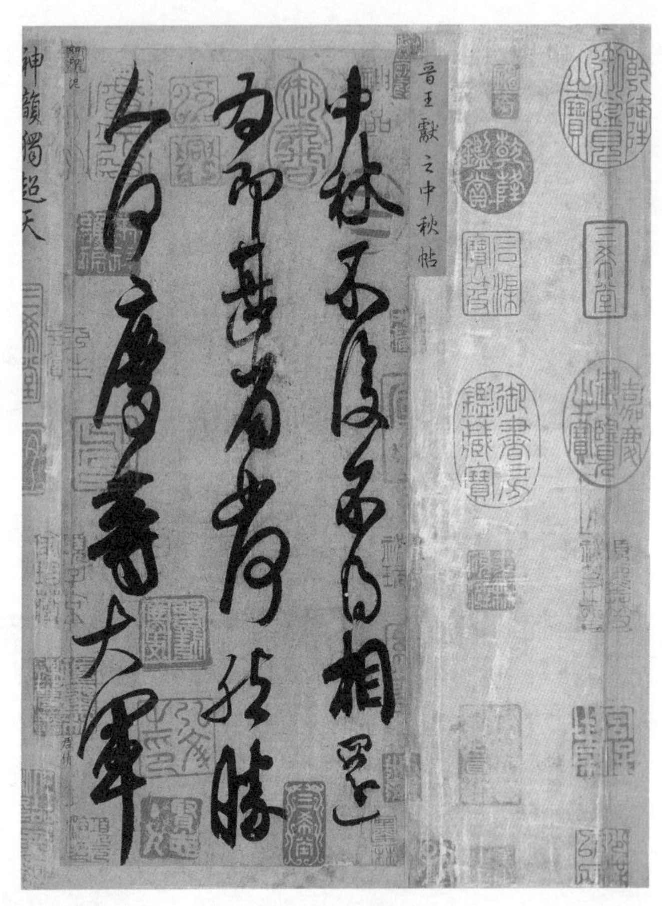


▲ 王獻之《中秋帖》

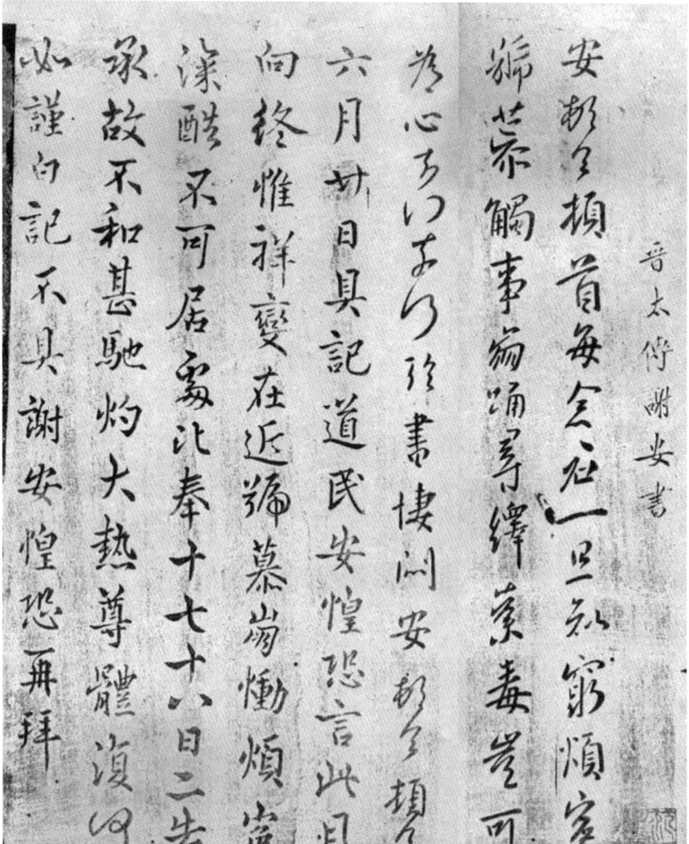

▲ 謝安致謝萬手書

▲ **唐人孫位《高逸圖》**

現存《高逸圖》為《竹林七賢圖》殘卷，
圖中只餘四賢，坐者左起為阮籍、劉伶、王戎、山濤

# 目錄

## 上冊

## 中冊

## 下冊

# 前言

世說新語是南朝宋臨川王劉義慶編撰的一部志人筆記小說。全書原為八卷，劉孝標注本分為十卷，今傳本皆為三卷，分為德行、言語、政事、文學、方正等三十六篇，共一千一百三十則，主要記述東漢末年至南朝宋時二百多年間士族階層的言談風尚和瑣聞軼事。世說新語原名世說（見隋書經籍志、舊唐書經籍志、新唐書藝文志），後為與漢代劉向所著世說（已亡佚）相區別，故又名世說新書（見段成式酉陽雜俎），此書經北宋晏殊整理刪定後，便通稱為世說新語，此名一直流傳至今。世說新語內容包羅萬象，舉凡政治、思想、道德、文學、哲學、美學等方面皆有涉及，是研究魏晉歷史文化的重要輔助資料。

世說新語的作者劉義慶為南朝宋彭城（今江蘇徐州）人，字季伯，曾任豫州刺史、荊州刺史，是宋武帝劉裕之弟劉道憐之子，被封為南郡公，後過繼給叔父臨川王劉道規，襲封臨川王。元嘉二十一年（四四四）死於建康（今江蘇南京）。南史卷十三劉道憐傳稱劉義慶「性簡素，寡嗜慾，愛好文義，文辭雖不多，然足為宗室之表」；又稱其「招聚文學之士，近遠必至」。魯迅先生說：「宋書言義慶才詞不多，而招聚文學之士，遠近必至，則諸書或成於眾手，亦未可知也。」

（中國小說史略）此說嚮應者頗多。劉義慶門下有不少文人學士，如袁淑、陸展、鮑照等，他們根據前人的著述，廣泛收集材料，再由劉義慶加以潤色整飾，編撰成書，這是很有可能的。世說新語是一部採輯舊文之書，其中有許多內容是來自魏晉世語、語林、魏書、高士傳等著作，但全書前後體例風格基本一致，說明經過了作者的細緻加工。

梁劉孝標為世說新語作注，歷來受到很高的評價。四庫全書總目曰：「孝標所注，特為典贍。高似孫緯略極推之。其糾正義慶之紕漏，尤為精核。所引諸書今已佚其十之九，惟賴是注以傳。故與裴松之三國志注、酈道元水經注、李善文選注，同為考證家所引據焉。」劉孝標名峻，本名法武，南朝平原（今屬山東）人。宋明帝泰始五年（四六九）被迫遷到平城（今屬山西），在那裏出家，後來還俗。此書之注是劉孝標於齊武帝永明四年（四八六）回到江南以後所作。劉注是現存最早的注本，補正文之不足，辨正文之錯訛，豐富了原書的內容，在一定程度上可以說世說新語是依賴於劉注才得以流傳的。劉注旁徵博引，引用典籍四百多種，為世人留下了極為寶貴的典籍資料，具有極高的史料價值。

世說新語由長短不一的一千多則小故事組成，內容豐富，魯迅先生稱之為「一部名士底教科書」。世說新語集中反映了魏晉時期的名士風度。名士風度，也稱魏晉風度，是魏晉時期名士們言談舉止的一個總括。名士風度有幾個主要的外在表現形式：清談、飲酒、服藥和隱逸。

清談起於漢末，名士羣集，臧否人物，評論時事，稱為清議。魏晉時期的清談則側重於玄學，即所謂內聖外王、天人之際的玄遠哲理，所以清談又稱為談玄。周易、老子、莊子三部著作受到士人的推崇，總稱「三玄」，是玄學產生的思想淵源，「寡以制眾」「崇本息末」「知足逍遙」「自然無為」等抽象玄遠的哲理，成為士人清談的主要內容。品題人物也是魏晉士族中流行的一種風尚，內容涉及人物品性、才能、容止、風度等各個方面，從一個側面反映出魏晉時代的審美風尚。何晏和王弼是開啟魏晉清談的重要人物，主張「無」是萬物本體，代表「正始之音」。竹林七賢則開「竹林風氣」，有阮籍的「通老」「通易」「達莊」，嵇康的「養生」「聲無哀樂」等論。王衍、樂廣將清談之風推向高潮，其特點是措辭簡約，崇尚自然。東晉時代的士族大名士王導、謝安、庾亮等，也注重清談，張憑等人甚至通過清談受到賞識重用。此外也有許多名僧，如支遁、康僧淵等加入清談，在玄理中摻入佛家教義，推動了佛教思想的傳播。

清談時一般分為賓主兩方，先由談主設立論題，並進行申述，稱為「通」；次由他人就論題加以詰辯，稱為「難」。也可以由談主自為賓主，翻覆分析義理。清談時，名士們往往手持麈尾，以之指劃。清談是魏晉士人日常生活的重要內容，是展示智慧和才能的重要場合，是名士外在風度和內在氣質的綜合體現。通過清談，有些人能一舉成名，有些人能結交到知己，有些人則藉機刁難尋仇。清談時往往名士會集，賓主雙方辯論非常激烈，如「孫安國往殷中軍許共論，往反精苦，客主無閒。左右進食，冷而復暖者數四。彼我奮擲麈尾，悉脱落，滿餐飯中，賓主遂至莫忘食。殷乃語孫曰：『卿莫作強口馬，我當穿卿鼻！』孫曰：『卿不見決鼻牛，人當穿卿頰！』」（文學篇）雙方苦苦交鋒仍難分高下，緊張激烈到了連飯都顧不上吃的程度。

清談之外，飲酒是魏晉士人追求名士風度的重要手段，而且毫無節制。劉伶因飲酒過度而傷了身體，妻子哭泣着勸他戒酒，但他卻說：「婦人之言，慎不可聽！」（任誕篇）接着便飲酒進肉，頹然大醉。孔羣當田裏收成不佳時，關心的不是口糧不夠的問題，而是擔心不夠釀酒用的。周顗曾經一連三日醉酒不醒，被當時人戲稱為「三日僕射」。阮咸等人甚至與羣豬共飲。阮籍聽說步兵校尉官署的廚房裏貯酒數百斛，便求為步兵校尉。張翰有名言：「使我有身後名，不如即時一杯酒！」（任誕篇）此類故事比比皆是。魏晉士人沉溺於酒，同特定的社會背景和個人遭遇相關，究其原因，大致有以下四個方面：

其一是縱慾享樂。漢末開始的社會動亂使人們毫無安全感，很多人便開始轉向及時行樂，用酒精來麻痹自己，畢卓所說「一手持蟹螯，一手持酒杯，拍浮酒池中，便足了一生」（任誕篇）就是一個很好的寫照。

其二是懼禍避世，明哲保身。魏晉時期政局不穩，政權的更迭、權力的轉移極為頻繁，很多士人為能在紛亂的時局中保全自己，便以嗜酒來表示自己在政治上的超脫。如阮籍終日飲酒不問政事，因此得以壽終。

其三是表現任放的名士風度。魏晉名士追求曠達任放，並以飲酒作為表現形式。如竹林七賢「常集於竹林之下，肆意酣暢」（任誕篇），因此為世人所稱道；又如阮修不慕權貴，常「以百錢掛杖頭，至酒店，便獨酣暢」（任誕篇），以顯示其灑脫和不羈。

其四是追求物我兩忘的境界。魏晉名士好老莊之學，講求形神相親，而痛飲酣醉便可達到物我兩忘的境界，求得高遠之志。所以王蘊說：「酒，正使人人自遠。」（任誕篇）王忱說：「三日不飲酒，覺形神不復相親。」（任誕篇）

當然，魏晉名士中也並非個個是酒徒，干寶就曾勸郭璞不要飲酒過度，大名士王導更是屢屢勸人戒酒，並成功地幫助晉元帝戒了酒癮。

魏晉名士流行服五石散，以藥物作為護身符和麻醉劑。五石散主要由丹砂、雄黃、白礬、曾青、磁石這五種礦物質調製而成，因藥性猛烈，服後需要散熱，行走發散，故名五石散。又服者需冷食、薄衣，故亦稱寒食散。何晏被魯迅先生稱為「吃藥的祖師爺」（魏晉風度及文章與藥及酒之關係），何晏曾說：「服五石散，非唯治病，亦覺神明開朗。」（言語篇）服散的目的，主要是為了求長生不老，其次是為了感官的刺激，據說服後可以心情開朗、體力增強。此外，服散據說還有美容的功能，對服散頗有心得的大名士何晏即「美姿容，面至白」（容止篇），名士們因此紛紛效仿，形成風尚。

魏晉名士追求飄然高逸，放浪曠達，於是崇尚隱逸。世說新語中的棲逸篇記載甚多。漢末大亂，魏晉士大夫隱居避世、明哲保身，這是隱逸之風興起的最直接、最主要的原因。此外，玄學標榜老莊，而老莊哲學主張超脫世俗，注重自然，於是隱逸又成為一種合乎自然的逍遙行為，目的只是為了追求玄遠，崇尚超脱。

綜觀世説新語全書，可以看到魏晉時期幾代士人的羣像，通過這些人物形象，可以了解到那個時代上層社會的風尚，獲得寶貴的歷史資料。漢末至魏晉，階級矛盾、民族矛盾不斷激化，社會動盪不安，政局變幻不定。世説新語中有不少記載，為這幅歷史畫卷作了真實的記錄，如東漢後期的兩次黨錮之禍、東漢末曹操挾天子以令諸侯、東晉蘇峻作亂等。在這一特定的歷史背景下，魏晉名士既要全身遠禍，又要填補精神上的空虛，緩解精神上的痛苦，便轉而清談、飲酒、服藥、隱逸，這就形成了特定時代獨特的社會風尚——名士風度。

名士們極為注重內在的修養，世説新語把德行篇作為首篇，就很能説明問題。如陳蕃「言為士則，行為世範」、王祥至孝感動後母、庾亮不以己禍嫁人、殷仲堪性節儉、羅企生盡忠就義，説明雖然身逢亂世，但魏晉名士仍以德行為高，殊為感人。此外，魏晉名士多存高遠之志，如劉驎之超然物外、翟湯矢志隱逸、戴逵厲操東山、管寧與華歆割席斷交，這些故事都積澱為中國知識分子潔身自好、不為五斗米折腰的優良傳統。

世説新語在藝術上也有突出的成就，具有較高的文學研究價值。世説新語涉及各類重要人物有數百人（包括帝王、卿相、士庶、名媛、僧徒、隱士等），注重描寫人物的形貌、才學、心理，善於表現人物的獨特性格，使人物形象活靈活現。世説新語以文筆簡潔明快、語言含蓄雋永、餘味無窮著稱於世，往往隻言片語就可以鮮明地刻畫出人物的形象和性格特徵，魯迅曾經評論其「記言則玄遠冷峻，記行則高簡瑰奇」（中國小說史略）。世說新語善於抓住人物的特徵，作寫意式的誇張描繪，善於運用對比突出人物的個性，情節曲折，富有戲劇性，善於把記言與記事結合起來。世說新語也為後代留下了許多膾炙人口的佳言名句，其中的文學典故、人物事跡也多為後世作者所取材引用，對後代筆記小說的影響極大。可以說世說新語是一部蘊含思想深度、文學歷史價值和玄遠哲理的文化寶典。

現存最早的世說新語版本，為唐寫本殘卷，於日本明治十年（一八七七）發現於京都東寺，共存五十一則，分別是規箴二十四則、捷悟七則、夙惠七則、豪爽十三則。此殘卷後由羅振玉於一九一五年影印出版。宋元為世說新語盛行的時代，見諸記載的有十多種版本。據汪藻世說敍錄載，當時有晁（文元）氏本、錢（文僖）氏本、晏（元獻）氏本、王（仲至）氏本、黃（魯直）氏本、章氏本、舅氏本、顏氏本、張氏本、韋氏本、邵氏本、李氏本等。這十餘種版本都已經亡佚，今存最早的刻本為紹興本，共有兩部，均藏於日本。此本就是目前通行的三卷三十六篇本，由晏殊刪定，並經董氏整理。宋末元初劉辰翁、劉應登對世說新語進行了批點，共有八卷，目前只有殘本保存在日本。明代世說新語版本有二十六種之多，其中王世貞、王世懋兄弟的刪併合刊本，淩瀛初、淩濛初兄弟刊行的劉辰翁批點本和太倉王氏刊行的李卓吾批點本影響較大。清代刊本大多是翻刻古本，沒有出現新的批點本，也有一些刊本對文字進行了校勘，其中較善者為光緒十七年（一八九一）長沙王先謙思賢講舍刻世說新語三卷本。建國以後，世說新語的校勘、注疏、譯注工作取得了很多成果，如楊勇世說新語校箋（香港中華書局一九六九年版）、余嘉錫世說新語箋疏（北京中華書局一九八三年版）、徐震堮世說新語校箋（北京中華書局一九八四年版）、朱鑄禹世說新語匯集校注（上海古籍出版社二〇〇二年版）等。

本書底本選用涵芬樓影印明嘉趣堂本，參考了余嘉錫世說新語箋疏中的校勘、箋疏成果，為方便現代讀者閱讀，以篇為序，重新編目；斷句參考徐震堮世說新語校箋，但有些地方根據我們的理解略有調整。注釋部分，力求精要準確；除對生僻字依漢語大詞典做注音、解釋外，更注重對於涉及歷史事件、背景的說明；今譯部分，儘量採用直譯，以免去原書本意太遠。由於我們學疏才淺，定有不少謬誤不當之處，還期方家賜教。

朱碧蓮　沈海波

二〇一一年二月

# 德行第一

## 【題解】

世說新語共三十六篇，列於卷首的德行、言語、政事、文學，是所謂的「孔門四科」。論語先進：「德行：顏淵、閔子騫、冉伯牛、仲弓；言語：宰我、子貢；政事：冉有、季路；文學：子游、子夏。」孔子數千弟子中，佼佼者分佔這四科之冠。從漢代開始，這四科就一直作為考察和品評士人的重要準則，所以，就有了「仲尼之門，考以四科」（後漢書鄭玄傳）的說法。

德行，指人的道德品行。鄭玄注周禮地官師氏曰：「德行，內外之稱，在心為德，施之為行。」其內容不外乎儒家所提倡的忠孝節義、仁信智禮等道德規範。

本篇共有四十七則，有至孝至慈的故事，如王悅「事親盡色養之孝」、王綏為「試守孝子」、郗鑒吐哺；有品行高尚的故事，如庾亮不賣的盧、阮裕焚車；有廉潔自律的故事，如殷仲堪「食常五碗盤」。這些故事生動而感人，說明魏晉時期雖處亂世，但人們對德行的重要性，仍給予了高度的重視。

一

陳仲舉言為士則①，行為世範，登車攬轡②，有澄清天下之志③。為豫章太守④，至，便問徐孺子所在⑤，欲先看之。主簿白⑥：「羣情欲府君先入廨⑦。」陳曰：「武王式商容之閭⑧，席不暇暖。吾之禮賢，有何不可！」

【注釋】

①陳仲舉：陳蕃（？—一六八），字仲舉，汝南平輿（今屬河南）人。桓帝時官至太尉，與李膺等反對宦官專權，為太學生所敬重，被稱為「不畏強禦陳仲舉」。靈帝立，為太傅，與外戚謀誅宦官，事泄被殺。言為士則：其言談成為士子的準則。士，士子，讀書人。

②登車攬轡（pèi）：登上公車，手執轡繩。指赴任做官。轡，駕馭牲口的轡繩。

③有澄清天下之志：指懷抱掃除奸佞使天下重歸於清平之志向。後漢書陳蕃列傳：「蕃年十五，嘗閑處一室，而庭宇蕪穢。父友同郡薛勤來候之，謂蕃曰：『孺子何不灑掃以待賓客？』蕃曰：『大丈夫處世，當掃除天下，安事一室乎！』」

④豫章：郡名，治所在今江西南昌。

⑤徐孺子：徐稚（九七—一六八），字孺子，豫章南昌（今屬江西）人。家境貧苦，不滿宦官專權，雖多次徵聘，終不為官，時稱「南州高士」。陳蕃為太守時，不接待賓客，唯獨尊重徐稚，還特為其設專榻，等徐稚走後就把榻掛起來。

⑥主簿：官名，管文書印信，辦理事務。

⑦府君：漢人對太守的稱呼。廨（xiè）：官署。

⑧武王：西周武王姬發，周王朝的建立者。式：通「軾」，以手撫軾，為古人表示敬意的一種禮節。軾，車前扶手橫木。商容：殷紂王時的賢臣，為紂王所貶。閭（lǘ）：里門，巷口之門，指住處。

**【譯文】**

陳蕃的言談是士人的準則，行為是世間的典範，登上公車，手執轡繩，懷抱掃除奸佞使天下重歸於清平之志向。他出任豫章太守時，剛到治所便問徐稚在哪裏，打算先去探望他。主簿稟告說：「大家都希望府君您先進官署。」陳蕃說：「周武王即位之後，座席都沒坐暖，即刻到商容的住處去拜訪致敬。我尊重賢人，有什麼不對呢！」

## 二

**周子居常云①：「吾時月不見黃叔度②，則鄙吝之心已復生矣！」**

【注釋】

①周子居：周乘，字子居，東漢末汝南安城（今河南正陽東北）人。本書賞譽篇劉孝標注引汝南先賢傳，謂其「天資聰朗，高峙嶽立」，與陳蕃、黃憲友善。

②黃叔度：黃憲，字叔度，汝南慎陽（今河南正陽北）人。出身貧賤，父為牛醫。以德行著稱，同時人譽其為「師範」，為「顏子（顏回）」。

【譯文】

周乘經常說：「我如果數月不見黃叔度，那麼庸俗貪鄙的念頭就會再次冒出來了。」

三

郭林宗至汝南①，造袁奉高②，車不停軌，鸞不輟軛③；詣黃叔度④，乃彌日信宿⑤。人問其故，林宗曰：「叔度汪汪如萬頃之陂⑥，澄之不清，擾之不濁。其器深廣，難測量也。」

## 【注釋】

①郭林宗：郭泰（一二七—一六九），字林宗，太原介休（今屬山西）人。東漢末太學生的領袖。家世貧賤，事母至孝，博通墳籍，與李膺友善，名動京師。不就官府徵召，後歸鄉里。黨錮之禍起，閉門教授，生徒數千人。汝南：郡名，東漢末汝南郡郡治在今河南上蔡西南。

②袁奉高：袁閬（láng），字奉高，東漢慎陽（今河南正陽北）人，漢末士人。范曄後漢書黃憲列傳曰：「奉高之器，譬諸氿濫，雖清而易挹。」本書劉孝標注引汝南先賢傳曰：「（袁閬）友黃叔度於童齒。」

③鸞：古代一種車鈴，一般套在車軛的頂端。輟：停止。軛（è）：駕車時套在牛馬頸上的曲木。

④詣：拜訪。

⑤彌日：整天。信宿：連宿兩夜。

⑥汪汪：水寬廣的樣子。陂（bēi）：池。

## 【譯文】

郭泰到汝南，造訪袁閬，車子尚未停穩，車鈴聲還在震響，就走了；拜訪黃憲，竟然盤桓整天，還連住了兩夜。別人問其原因，他說：「叔度猶如萬頃廣闊的池湖，不會因為澄清它而顯清澈，也不會因為攪擾它而顯渾濁。其器度之寬廣，實在難以測量。」

## 四

李元禮風格秀整①，高自標持②，欲以天下名教是非為己任③。後進之士有升其堂者，皆以為登龍門④。

### 【注釋】

①李元禮：李膺（一一〇—一六九），字元禮，潁川襄城（今屬河南）人。桓帝時官至司隸校尉，執法威嚴，令宦官生畏。與太學生領袖郭泰結交，反對宦官專權，被太學生譽為「天下楷模李元禮」。延熹九年（一六六），宦官指其結黨誹謗，被捕入獄。後免歸鄉里，被禁錮。靈帝即位後，外戚竇武當權，以膺為長樂少府，共謀誅滅宦官，事泄，下獄死。風格：風度，品格。

②高自標持：自視很高，很自負。標持，猶「標置」「品評」，謂標舉品第，評定位置。

③名教：以正名定分為主的儒家禮教。

④登龍門：喻指抬高聲望。

### 【譯文】

李膺風度秀雅，格調嚴整，自視很高，要把天下正定名分、判斷是非作為自己的使命。後生晚輩讀書人，有能夠進入李膺家廳堂的，都認為是登上龍門，聲望倍增。

## 五

李元禮嘗歎荀淑、鍾皓曰①：「荀君清識難尚②，鍾君至德可師③。」

【注釋】

①荀淑（八四—一四九）：字季和，潁川潁陰（今河南許昌）人。荀子十一世孫。少有高行，博學。安帝時徵拜郎中，後遷為當塗長，去職還鄉，為當代名賢李固、李膺所尊崇。曾上對策譏刺權貴，為外戚梁冀所忌，出補朗陵侯相。蒞事明理，有「神君」之稱。與同是潁川郡人的鍾皓、韓韶、陳寔等皆以清高有德行聞名於世，合稱為潁川四長。後棄官歸隱。鍾皓（八七—一五五）：字季明，潁川長社（今河南長葛東）人。少以「篤行」著稱。不就徵召，隱於密山，教授門徒千餘人。同郡陳寔，年不及皓，皓引與為友。後為郡功曹，不久即自行彈劾而去。後官府屢屢徵召，皆不就。皓及荀淑並為士大夫所歸慕。

②清識：高明的見識。尚：超過。

③至德：最高尚的道德。

【譯文】

李膺曾經讚歎荀淑、鍾皓說：「荀君見識高明，難以超過；鍾君道德高尚，可為良師。」

# 六

陳太丘詣荀朗陵①，貧儉無僕役，乃使元方將車②，季方持杖後從③，長文尚小④，載着車中。既至，荀使叔慈應門⑤，慈明行酒⑥，餘六龍下食⑦，文若亦小⑧，坐着膝前。於時太史奏⑨：「真人東行⑩。」

## 【注釋】

①陳太丘：陳寔（shí，一〇四—一八七），字仲弓，潁川許縣（今河南許昌東）人。初為縣吏，因篤志好學，坐立誦讀，縣令聽入太學就讀。後任太丘長，修潔清靜，百姓以安。黨錮之禍起，被牽連，他不肯逃亡，自請囚禁，謂：「吾不就獄，衆無所恃。」黨禁解，大將軍何進、司徒袁隗召辟，皆不就。死後，赴弔者有三萬餘人之多。荀朗陵：即荀淑。

②元方：陳紀，字元方，陳寔長子。與弟陳諶俱以至德稱，兄弟孝養，閨門雍和。與父親陳寔和弟弟陳諶在當時並稱為「三君」。陳紀遭黨錮後，發憤著書，號曰陳子，凡數萬言。將車：趕車，駕車。

③季方：陳諶，字季方，陳寔第六子。

④長文：陳羣（？—二三六），字長文，陳寔之孫，陳紀之子。為人清尚有儀，雅好結友，有知人之明。三國時初為劉備別駕，後歸曹操，為司空掾、御史中丞、侍中。曹丕即王位，封陳羣為昌武亭侯，徙為尚書。陳羣在任內訂制九品官人之法，成為歷史名制。曹丕踐阼後，陳羣徙

尚書令，進爵潁鄉侯。陳羣在魏，先後受曹操、曹丕託孤，成為國之重臣，多次規勸曹叡，官至司空。謚靖侯。

⑤叔慈：荀靖，字叔慈，荀淑第三子。有至行，不仕，號曰玄行先生。荀淑有子八人：儉、緄、靖、燾、汪、爽、肅、專。據本書品藻篇劉孝標注，荀淑之八子均有才學，「時人謂之八龍」。皇甫謐逸士傳云：或問許子將，靖與爽孰賢？子將曰：「二人皆玉也，慈明外朗，叔慈內潤。」荀靖年五十而卒。

⑥慈明：荀爽（一二八—一九〇），字慈明，荀淑第六子。據後漢書荀爽列傳，他「一名諝。幼而好學，年十二，能通春秋、論語。太尉杜喬見而稱之，曰：『可為人師。』爽遂耽思經書，慶弔不行，徵命不應。潁川為之語曰：『荀氏八龍，慈明無雙。』」延熹九年（一六六），太常趙典舉爽至孝，拜郎中。奏聞，即棄官去。後遭黨錮，隱於海上，又南遁漢濱，積十餘年，以著述為事，遂稱為碩儒。獻帝時任司空，參與王允等謀誅董卓，後病卒。著禮、易傳、詩傳、尚書正經、春秋條例，又集漢事成敗可為鑒戒者，謂之漢語。又作公羊問及辯讖，並其他論敘，題為新書。凡百餘篇。

⑦餘六龍：指荀淑其他六個兒子。下食：當時習慣用語，上菜稱「下食」。

⑧文若：荀彧（yù，一六三—二一二），字文若，荀淑之孫，荀緄之子，自小被世人稱作「王佐之才」。官至漢侍中，守尚書令，是曹操最信任的謀臣和功臣，為當時北方統一做出了不朽的貢獻。他為曹操舉薦了鍾繇、陳羣、司馬懿、郭嘉等大量人才，於建計、密謀、匡弼、舉人多有建樹，被曹操稱為「吾之子房」。後因為反對曹操稱魏公而調離中樞，在壽春憂鬱成病而亡（一說受到曹操暗示而服毒自盡）。死後被追謚為敬侯，後又被追贈太尉。

⑨太史：官名，掌管國家典籍、天文曆法、祭祀等。
⑩真人：指陳、荀兩家父子均為至德之人。

【譯文】

陳寔拜訪荀淑，家境貧窮儉樸，沒有僕人可供役使，於是便叫長子陳紀趕車，幼子陳諶拿着手杖在車後跟從。孫子陳羣還年幼，放在車中。到了荀家，荀淑叫第三子荀靖出來迎候客人，第六子荀爽給客人斟酒，其餘六子負責上菜，孫子荀彧也還小，坐在荀淑膝前。當時太史上奏：「有才德之士向東出行，這是上應天象之吉兆。」

## 七

客有問陳季方：「足下家君太丘有何功德而荷天下重名①？」季方曰：「吾家君譬如桂樹生泰山之阿②，上有萬仞之高③，下有不測之深；上為甘露所沾④，下為淵泉所潤⑤。當斯之時，桂樹焉知泰山之高，淵泉之深？不知有功德與無也。」

【注釋】

①家君：對人稱自己的父親。在稱呼前加「足下」敬辭時，亦用以稱對方的父親。太丘：即陳寔。

荷：承受，擔當。重名：大名。

②阿（ē）：彎曲的地方。

③仞：古時以八尺或七尺為一仞。

④沾：沾溉。

⑤淵泉：深泉。

**【譯文】**

有人問陳諶：「您的父親有什麼功業德行，而能夠擔當天下如此大的名聲呢？」陳諶說：「我父親就好比桂樹生長在泰山的山坳裏，上有萬仞高的山峯，下有不可測量的溪谷；上面受到甘甜露水的沾溉，下面又有深邃泉水的滋潤。在這時候，桂樹哪裏知道泰山有多高，淵泉有多深呢？我不知道我父親是有功德呢，還是沒有功德。」

## 八

陳元方子長文①，有英才②，與季方子孝先各論其父功德③，爭之不能決。諮於太丘④，太丘曰：「元方難為兄⑤，季方難為弟。」

【注釋】

①元方：陳紀。長文：陳羣。
②英才：傑出的才智。
③季方：陳諶。孝先：陳忠，字孝先，陳諶之子。州府徵辟皆不就。
④諮：詢問。
⑤難為：難做。

【譯文】

陳紀的兒子陳羣，有傑出的才智，與陳諶之子陳忠各自論頌自己父親的功德，互相爭論，不能決斷。於是便去問祖父陳寔，陳寔說：「元方難為兄，季方難為弟，二人功德難分伯仲。」

九

荀巨伯遠看友人疾①，值胡賊攻郡②，友人語巨伯曰：「吾今死矣，子可去。」巨伯曰：「遠來相視，子令吾去，敗義以求生，豈荀巨伯所行邪？」賊既至，謂巨伯曰：「大軍至，一郡盡空，汝何男子，而敢獨止？」巨伯曰：「友人有疾，不忍委之③，寧以我身代友人命。」賊相謂曰：「我輩無義之人，而入有義之國④。」遂班軍而還，一郡並獲全。

【注釋】

①荀巨伯：東漢桓帝時潁川（今屬河南）人。事跡不詳。
②胡賊：指進犯的西北少數民族。郡：郡縣所在地。
③委：拋棄。
④國：指地方。

【譯文】

荀巨伯去很遠的地方探望生病的朋友，正遇到胡人軍隊來攻打郡城，朋友對荀巨伯說：「我今天死定了，您快離開吧。」荀巨伯說：「我從遠方來探望您，您卻讓我離開，敗壞道義而苟且偷生，難道是我荀巨伯所能做的嗎？」胡人到後，對荀巨伯說：「我們大軍一到，滿城人都逃空了，你是何等樣的漢子，竟然敢獨自留下？」荀巨伯說：「朋友有病，不忍心拋下他，寧願用我自己來代朋友去死。」胡人互相議論說：「我們這些不懂道義的人，卻進入了講道義的地方。」於是就撤軍了，全城人因此都得以保全。

## 一〇

華歆遇子弟甚整①，雖閑室之內②，嚴若朝典③；陳元方兄弟恣柔愛之道④。而二門之裏⑤，兩不失雍熙之軌焉⑥。

【注釋】

①華歆（一五七—二三一）：字子魚，魏平原高唐（今山東禹城西南）人。東漢末舉孝廉，為尚書郎。獻帝時任豫章太守，後曹操表天子徵其入京，代荀彧為尚書令。曹操為魏王建國，華歆為御史大夫。曹丕即王位，拜歆相國，封安樂鄉侯；及曹丕為帝，改為司徒。明帝即位，轉拜太尉，進封博平侯。薨，謚曰敬侯。子弟：子姪，年輕一輩。整：嚴肅。

②閑室：指閑處在家之時。

③嚴：一作「儼」，恭敬，莊嚴。朝典：朝廷舉行的典禮。

④恣：任意，不受拘束。柔：柔和，温和。

⑤二門：指華、陳兩家。

⑥雍熙：和樂的樣子。軌：規矩，法度。

【譯文】

華歆對待晚輩非常嚴肅，即使閑暇時在家裏，也像在朝堂上參加典禮一樣地莊嚴恭敬。陳紀兄弟之間則無拘無束溫和友愛地相處。但是華家和陳家有各自的相處之道，卻又都不失其和諧安樂之度。

## 一一

管寧、華歆共園中鋤菜①，見地有片金，管揮鋤與瓦石不異，華捉而擲去之。又嘗同席讀書②，有乘軒冕過門者③，寧讀如故，歆廢書出看。寧割席分坐，曰：「子非吾友也！」

**【注釋】**

①管寧（一五八－二四一）：字幼安，魏北海朱虛（今山東臨朐東南）人。漢末避亂居遼東，聚徒講學，三十餘年始歸。魏文帝拜其為太中大夫，明帝拜其為光祿勛，皆固辭不受。

②席：古人把席子鋪在地上，席地而坐。

③軒冕：古代卿大夫的車服。軒，古代一種前頂較高而有帷幕的車子，供大夫以上的官員乘坐。冕，古代帝王諸侯及卿大夫所戴的禮帽。這裏的「軒冕」二字只取「軒」義，為偏義複詞。

【譯文】

管寧與華歆兩人一起在園中鋤地種菜，看到地上有一片金子，管寧照樣揮鋤，把金子看得同瓦片、石頭沒有什麼兩樣，華歆卻把金子撿起來扔掉。管寧和華歆二人又曾經同坐在一張席上讀書，有官員乘坐華麗的馬車從門外經過，管寧照樣讀書，華歆卻扔下書本跑出去看。於是管寧割斷席子與華歆分開來坐，說：「你不是我的朋友！」

## 一二

王朗每以識度推華歆①。歆蜡日嘗集子姪燕飲②，王亦學之。有人向張華說此事③，張曰：「王之學華，皆是形骸之外④，去之所以更遠。」

【注釋】

①王朗（？—二二八）：本名嚴，後改為朗，字景興，魏郯（今山東郯城）人。東漢末為會稽太守，曹操徵為諫議大夫，參司空軍事。文帝時改為司空，進封樂平鄉侯。明帝時轉為司徒。「著易、春秋、孝經、周官傳，奏議論記，咸傳於世。」薨，謚成侯。識度：見識度量。

②蜡（zhà）日：古代年終祭祀百神之日。蜡，即「臘」，古代於農曆十二月裏合祭眾神之稱。這一天有宴飲的習俗。燕飲：宴飲。燕，通「宴」。

③張華（二三二—三〇〇）：字茂先，范陽方城（今河北固安南）人。幼年喪父，親自牧羊。家貧勤學，「學業優博，圖緯方伎之書，莫不詳覽」。曹魏末期，因憤世嫉俗而作鷦鷯賦，通過對鳥禽的褒貶，抒發自己的政治觀點。阮籍感歎說：「王佐之才也！」由是聲名始著。晉初任中書令，散騎常侍，力勸武帝定滅吳之計。封廣武縣侯。惠帝時歷任侍中、中書監、司空，封壯武郡公。後在惠帝時爆發的八王之亂中，為趙王倫和孫秀所殺。以博洽著稱，著有張司空集、博物志。

④形骸：指人的形體、身體。

【譯文】

王朗常常推崇華歆的見識度量。華歆曾在年終祭祀百神的日子裏，召集子姪一起宴飲，王朗也學着這樣做。有人向張華說起這事，張華說：「王朗學華歆，都是學外在皮毛的東西，因此他與華歆的距離反而更加遠了。」

一三

華歆、王朗俱乘船避難，有一人欲依附①，歆輒難之②。朗曰：「幸尚寬，何為不可？」後賊追至，王欲舍所攜人。歆曰：「本所以疑，正為此耳。既已納其自託，寧可以急相棄邪③？」遂攜拯如初。世以此定華、王之優劣。

【注釋】

①依附：跟從。

②難之：即「以之為難」，難，用作動詞，拒絕之意。

③寧（nìng）：難道。

【譯文】

華歆和王朗一起乘船逃難，有一個人要求搭船跟他們去，華歆就予以拒絕。王朗說：「幸好船中地方還寬裕，為什麼不讓他搭船？」後來賊兵追來了，王朗就想丟下那個所帶的人。華歆說：「我本來所擔心的就是這種局面。如今既然已經容納了他，難道可以因為事態緊急就把他丟下嗎？」於是便像當初那樣仍攜帶着這個人。世人就根據這件事來評定了華歆和王朗的優劣。

一四

王祥事後母朱夫人甚謹①。家有一李樹，結子殊好，母恆使守之。時風雨忽至，祥抱樹而泣。祥嘗在別牀眠，母自往闇斫之；值祥私起②，空斫得被。既還，知母憾之不已，因跪前請死。母於是感悟③，愛之如己子。

## 【注釋】

①王祥（一八四—二六八）：字休徵，琅邪臨沂（今屬山東）人。漢末攜母隱居廬江三十餘年。後任溫令，曹魏時累遷大司農、司空、太尉，封睢陵侯。晉代魏後，官至太保，進爵為公。薨，諡曰元。王祥奉後母至孝，為有名之孝子。事：侍奉。謹：恭敬。

②私起：為小便而起牀。

③感悟：感動醒悟。

## 【譯文】

王祥侍奉後母朱夫人非常恭敬。他家有一棵李樹，結的李子特別好，後母經常叫他去守護李樹。有時風雨突至，王祥就抱着樹哭泣。王祥曾在另一張牀上睡，後母暗中拿刀去砍他；碰巧王祥因小便起牀了，後母一刀砍空，只砍在被子上。王祥回來後，知道後母因未得逞而遺憾不已，便跪在她面前，請求處死自己。後母因此受到感動而醒悟過來，從此疼愛王祥就好像自己的親生兒子一樣。

## 一五

**晉文王稱阮嗣宗至慎①，每與之言，言皆玄遠，未嘗臧否人物②。**

【注釋】

①晉文王：司馬昭（二一一—二六五），字子上，魏河內溫縣（今屬河南）人。司馬懿次子，繼其兄司馬師之後為魏大將軍，專國政，並謀代魏。魏帝曹髦曾說：「司馬昭之心，路人所知也。」後殺髦，立曹奐為帝。又滅蜀漢，自稱晉公，後為晉王。死後其子司馬炎代魏稱帝，建立晉朝，追尊司馬昭為文帝。阮嗣宗：阮籍（二一〇—二六三），字嗣宗，陳留尉氏（今屬河南）人，建安七子之一阮瑀之子。曾為步兵校尉，世稱阮步兵。與嵇康齊名，為竹林七賢之一。擅詩文。在魏晉易代之際的險惡環境中，以醉酒的方式、「至慎」的態度得以免禍全身。有阮步兵集。

②臧否（zāng pǐ）：褒貶，批評。

【譯文】

晉文王司馬昭說阮籍的為人極其小心謹慎，每次與他談話，其言論都很玄妙深遠，從來未評論過他人的長短得失。

一六

王戎云①：「與嵇康居二十年②，未嘗見其喜慍之色③。」

【注釋】

①王戎（二三四—三〇五）：字濬沖，琅邪臨沂（今屬山東）人。好清談，與阮籍、嵇康為竹林之遊，是竹林七賢之一。西晉武帝時因從伐吳有功，封安豐縣侯，人稱王安豐。惠帝時累官尚書令、司徒。仰慕古人蘧伯玉，看到天下將亂，於是「與時舒捲」，不以世事名節為意，以求自保。八王之亂中一直隨惠帝被眾王挾持，後薨於郟，謚曰元。

②嵇康（二二三—二六二）：字叔夜，魏譙郡銍（今安徽宿縣西南）人。先人本姓奚，會稽上虞（今屬浙江）人，後避禍至銍，有嵇山，家於其側，因而姓嵇。為曹操曾孫女婿，官中散大夫，世稱嵇中散，與阮籍齊名。有奇才，卓犖不羣，丰神俊逸，博洽多聞。工詩文，善鼓琴，精樂理。崇尚老莊，常言養生服食之事。不滿司馬氏擅權，菲薄湯武周孔，為禮法之士所嫉恨。為鍾會讒害，被司馬昭所殺。有嵇中散集。

③喜愠之色：喜悦或怨恨的臉色。愠，怨恨。

【譯文】

王戎說：「我和嵇康相處了二十年，從未見他臉上有過什麼喜悦或怨恨的神色。」

## 一七

王戎、和嶠同時遭大喪①，俱以孝稱。王雞骨支牀②，和哭泣備禮③。武帝謂劉仲雄曰④：「卿數省王、和不⑤？聞和哀苦過禮，使人憂之。」仲雄曰：「和嶠雖備禮，神氣不損；王戎雖不備禮，而哀毀骨立。臣以和嶠生孝，王戎死孝。陛下不應憂嶠，而應憂戎。」

**【注釋】**

①和嶠（？—二九二）：字長輿，汝南西平（今屬河南）人。襲父爵上蔡伯，為潁川太守，太傅從事中郎庾顗見而歎曰：「嶠森森如千丈松，雖磥砢多節目，施之大廈，有棟樑之用。」遷中書令，為武帝司馬炎所器重，曾參與滅吳謀議。因太子（即後之惠帝）不聰明，勸諫武帝：「皇太子有淳古之風，而季世多偽，恐不了陛下家事。」惠帝時拜太子太傅。家富性吝，為世所譏，杜預稱其有「錢癖」。大喪：父母之喪。當時王戎遭母喪，和嶠居父喪。

②雞骨支牀：瘦骨嶙峋，支離牀席。雞骨，形容瘦弱憔悴的樣子。支，支離，形容精神萎靡、渙散的樣子。

③備禮：禮數完備周到。

④武帝：晉武帝司馬炎（二三六—二九〇），字安世，河內温縣（今屬河南）人，司馬昭之子。代魏稱帝，建立晉朝。大封宗室，種下皇室內訌的禍根。劉仲雄：劉毅（？—二八五），字仲

雄，東萊掖（今山東萊州）人。為人「方正亮直，挺然不羣，言不苟合，行不苟容」，官至司隸校尉、尚書僕射。正直敢言，曾指責武帝賣官鬻爵之非；為官清廉，「言議切直，無所曲撓，為朝野之所式瞻」；主張廢除九品中正制，指出其導致「上品無寒門，下品無勢族」，「毀風敗俗，無益於化，古今之失，莫大於此」。

⑤數（shuò）：屢次，常常。省：看望。不（fǒu）：同「否」。

**【譯文】**

王戎與和嶠同時遭遇大喪，兩人都以孝順著稱。王戎瘦骨嶙峋，精神萎頓，臥牀不起，和嶠終日痛哭流涕，禮數很周到。武帝對劉毅說：「你常去看望王戎、和嶠嗎？聽說和嶠之哀傷痛苦超過了禮數，真令人為他擔憂。」劉毅說：「和嶠雖然禮數周到，人的精神元氣並未受損；王戎雖然禮數不周，但哀傷毀損身體以致只剩下一把骨頭了。我以為和嶠盡孝不會影響性命，而王戎則哀傷過度會危及性命。故陛下不必為和嶠擔心，倒應為王戎擔憂。」

## 一八

梁王、趙王①，國之近屬②，貴重當時。裴令公歲請二國租錢數百萬③，以恤中表之貧者④。或譏之曰：「何以乞物行惠？」裴曰：「損有餘，補不足，天之道也。」

**【注釋】**

①梁王：司馬肜，字子徽，司馬懿之子。司馬炎稱帝後封為梁王。永康初為太宰。趙王：司馬倫（？—三〇一），字子彝，司馬懿之子。晉武帝封其為趙王。惠帝時，為賈后所親信。賈后謀廢愍懷太子司馬遹，有人企圖策動政變廢賈后復立太子，司馬倫怕太子復立後對己不利，於是泄露此事，使政變失敗，更力勸賈后儘早謀害太子，以絕眾望。惠帝永康初，太子遇害後，司馬倫發動政變，以為太子復仇為名，與梁王一起廢賈后，次年矯詔晉惠帝禪位，自稱皇帝，尊惠帝為太上皇。改元建始。三月，齊王司馬冏起兵反司馬倫，成都王司馬穎、河間王司馬顒、常山王司馬乂等支持。司馬倫兵敗，不久被殺。

②近屬：近親。

③裴令公：裴楷（二三七—二九一），字叔則，河東聞喜（今屬山西）人。風神高邁，容儀俊爽，博涉羣書，精理義，時人稱為「玉人」。尤精老、易。與山濤、和嶠等人同為司馬炎身邊近臣。惠帝時官至中書令，加侍中，與張華、王戎並管機要，故稱「裴令公」。二國租錢：梁、趙兩個封地的租稅錢。

④恤：救濟。中表：祖父、父親姐妹的子女稱外表，祖母、母親兄弟姐妹的子女稱內表，統稱「中表」。

【譯文】

梁王和趙王都是皇室的近親，在當時堪稱位尊權重。裴楷每年都要求從兩個王爺封地的租稅中拿出幾百萬錢，用來救濟中表親戚中的貧寒者。有人譏諷他說：「為什麼要用乞討來的錢施恩惠呢？」裴楷說：「減損有餘，補救不足，正是奉行天道啊。」

## 一九

王戎云：「太保居在正始中①，不在能言之流②；及與之言，理中清遠③。將無以德掩其言④？」

【注釋】

①太保：指王祥。正始：三國魏齊王曹芳的年號（二四〇—二四八）。當時以何晏、王弼為首，以老莊思想糅合儒家經義，談玄析理，放達不羈，名士風流，盛於洛下。

②能言之流：指王弼、何晏等競事清談之士。

③中（zhòng）：適宜，得當。

④將無：莫非，測度之詞，這裏表示肯定語氣。

【譯文】

王戎說：「太保處在正始年間，不在擅長清談一類人物之列；等到同他談論時，他所說的道理無不恰到好處，清雅而又深遠。莫非因他德行過高從而掩蓋了其善於清談的才能嗎？」

## 二〇

**王安豐遭艱①，至性過人②。裴令往弔之③，曰：「若使一慟果能傷人④，濬沖必不免滅性之譏⑤。」**

【注釋】

①王安豐：即王戎。遭艱：遭遇父母的喪事。

②至性：指孝順父母之誠摯。

③裴令：即裴楷。

④一慟（tòng）：指悲哀之極。一，用在動詞「慟」之前，表示哀傷程度之深切。

⑤濬沖：即王戎。滅性：孝經喪親：「毀不滅性，聖人之教也。」意為哀傷不應危害健康，不能滅絕人性之常，這是聖人的教誨。

【譯文】

王戎遇到父母的喪事，哀痛之情超過一般人。裴楷去弔唁，說：「假如極度悲哀果然能傷害人體的話，那麼王戎必定免不了要受到違背聖人教誨的譏諷了。」

二一

王戎父渾①，有令名②，官至涼州刺史③。渾薨④，所歷九郡義故⑤，懷其德惠，相率致賻數百萬⑥，戎悉不受。

【注釋】

①渾：王渾，字長原，歷任尚書、涼州刺史。

②令名：美好的名聲。

③涼州刺史：東漢有涼州刺史部，轄境相當於今甘肅、寧夏和青海、內蒙古等部分地區。曹魏時的轄域僅及今甘肅省黃河以西地區。其最高行政長官為涼州刺史。

④薨（hōng）：古代稱諸侯或大官之死。

⑤九郡：東漢涼州刺史部轄敦煌、酒泉、張掖、武威、金城、隴西、武都、漢陽、安定、北地九郡。漢獻帝建安初年，分涼州河西的酒泉、張掖、敦煌、武威、張掖、居延屬國置雍州刺史。

建安十八年（二一三）省涼州入雍州。魏初，以金城、武威、張掖、酒泉、敦煌、西海、西平、西郡八郡復置涼州，一直到西晉，姑臧均為涼州治所。義故：以恩義相結的故舊。

⑥賻（fù）：幫助別人辦理喪事的錢財。

【譯文】

王戎的父親王渾，有美好的名聲，官做到涼州刺史。王渾死時，他轄下各個郡的老部下與舊將，都懷念他的仁德恩惠，相繼送來辦喪事的費用幾百萬錢，王戎全都不接受。

## 二二

劉道真嘗為徒①。扶風王駿以五百匹布贖之②，既而用為從事中郎③。當時以為美事。

【注釋】

①劉道真：劉寶，字道真，山陽郡高平人（今山東鄒城西南）。性豁達，通經史，精音律，善弈棋，智勇兼達。劉寶曾在扶風王司馬駿府內任從事中郎，後任職吏部郎。因善於騎射，又先後任職侍中、安北大將軍、領護烏丸校尉、都督幽并州諸軍事等職，後因戍衞北境有功，賜爵關

內侯。徒：刑徒，服勞役的犯人。

②扶風王駿：司馬駿（約二三二—二八六），字子臧，司馬懿第七子。晉武帝封其為汝陰王，都督豫州諸軍事。後遷使持節、都督揚州諸軍事，鎮壽春。尋復都督豫州，還鎮許昌。遷鎮西大將軍、使持節、都督雍涼等州諸軍事，代汝南王司馬亮鎮關中，後徙封扶風王。宗室之中最為俊望。

③既而：不久。從事中郎：官名，將帥的僚屬。

【譯文】

劉寶曾經是服勞役的犯人，扶風王司馬駿用五百匹布把他贖了出來。不久，又任用他為從事中郎。當時人將這件事傳為美談。

## 二三

王平子、胡毋彥國諸人①，皆以任放為達②，或有裸體者。樂廣笑曰③：「名教中自有樂地，何為乃爾也④？」

【注釋】

①王平子：王澄，字平子，琅邪臨沂（今屬山東）人。王衍弟。惠帝末，官至荊州刺史。在任時

日夜縱酒，不理庶務，濫殺無辜。元帝時，徵為軍諮祭酒。因其盛名在王敦之上，勇力過人，有意侮辱王敦，故當其赴召時，王敦設計使力士殺之。胡毋彥國：胡毋輔之（約二六三—約三一一），字彥國，泰山奉高（今山東泰安東）人。少有高名，有知人之明。性嗜酒，放縱，不拘小節。與王澄、王敦、庾敳（ái），俱為太尉王衍所親近，號為「四友」。元帝時官湘州刺史。

②任放：任性放縱。達：通達，通曉明白。

③樂廣（？—三〇四）：字彥輔，南陽淯陽（今河南南陽東南）人。少孤貧，王戎舉為秀才。累官至河南尹，後代王戎為尚書令。性沖約，有遠識，寡嗜慾，與物無競。尤善談論，每以約言析理。論人必先稱其所長，為諸名士所歎美。廣與王衍俱宅心事外，名重於時。故天下言風流者，謂王、樂為首。

④乃爾：如此，像這樣。

【譯文】

王澄、胡毋輔之等人，都把任性放縱當做通達，甚至還有人赤身裸體。樂廣笑他們說：「名教之中本來就有快樂的境地，為什麼要像這個樣子呢？」

## 二四

郗公值永嘉喪亂①，在鄉里，甚窮餒②。鄉人以公名德，傳共飴之③。公常攜兄子邁及外生周翼二小兒往食④，鄉人曰：「各自飢困，以君之賢，欲共濟君耳，恐不能兼有所存。」公於是獨往食，輒含飯着兩頰邊，還，吐與二兒。後並得存，同過江⑤。郗公亡，翼為剡縣⑥，解職歸，席苫於公靈牀頭⑦，心喪終三年⑧。

**【注釋】**

①郗（xī）公：郗鑒（二六九—三三九），字道徽，東平金鄉（今屬山東）人。少孤貧，博覽羣籍，躬耕隴畝，吟詠不倦，以儒雅著名。惠帝時官至太子中舍子、中書侍郎。晉明帝初，王敦跋扈，拜郗鑒安西將軍，兗州刺史，都督揚州江西諸軍，假節鎮合肥。為王敦所忌，徵還。王含、錢鳳叛亂敗亡之後，被封為高平侯。尋遷車騎將軍，都督徐兗青三州軍事，與王導、卞壼同受遺詔輔少主。祖約、蘇峻之亂，鑒登壇流涕，誓師勤王。事平，因功拜為司空，加侍中，改封南昌縣公。後又討平賊帥劉徵，進位太尉。卒，謚文成。鑒作有文集十卷（隋書唐書經籍志）傳於世。永嘉喪亂：晉惠帝時，發生八王之亂，西晉統治臨近崩潰。惠帝永興元年（三〇四）匈奴劉淵起兵離石（今屬山西），國號漢。懷帝永嘉四年（三一〇）劉淵死，子聰繼立，次年遣石勒殲滅晉軍十餘萬人於平城（今河南鹿邑西南），俘殺太尉王衍等；同年派劉曜率兵破洛陽，俘懷帝，縱兵掠殺士兵百姓三萬餘。史稱永嘉之亂。永嘉，晉懷帝年號（三〇七—三一三）。

②窮餒（něi）：窮困飢餓。

③傳：輪流。飴（sì）：同「飼」，給人吃。

④邁：郗邁，字思遠，官至少府、中護軍。郗鑒死前上疏薦郗邁繼自己任兗州刺史，稱邁「謙愛養士，甚為流亡所宗」。時郗邁為晉陵內史。外生：即外甥。周翼：字子卿，陳郡（今河南淮陽）人。歷官剡縣縣令、青州刺史、少府卿。

⑤過江：指西晉末年遭八王之亂和永嘉之亂，中原氏族與晉王室渡過長江避難。

⑥為剡（shàn）縣：任職郯縣（今浙江嵊州）縣令。

⑦席苫（shān）：以草墊子為席。苫，草墊子。按古時禮制，為父母守喪應「寢苫枕塊」（禮記檀弓上），即以草墊為席，土塊為枕，表示極度哀痛。周翼因郗鑒的撫育救命之恩，故以父母之禮為之守喪。

⑧心喪：古時老師死後弟子守喪，不穿喪服，只在心中悼念。後來也不限於弟子悼念老師。終：整整。

**【譯文】**

郗鑒遭遇永嘉之亂，在家鄉非常窮困飢餓。鄉人因為郗鑒有名望德行，便輪流供給他飯食。郗鑒常常帶姪兒郗邁和外甥周翼兩個孩子一起去吃，鄉人說：「我們各家都飢餓窮困，因為您是賢德之人，所以大家要想辦法周濟您罷了，恐怕不能夠同時養活兩個孩子。」郗鑒於是獨自一人去吃飯，吃時總是把飯含在腮幫子裏，回到家裏，再吐出來給兩個孩子吃。後來兩個孩子都存活下來，一起渡過長江南下。郗鑒死時，周翼正在剡縣縣令任上，聽說此事，立即辭職回鄉，在郗鑒靈牀前鋪上草墊守孝，再服心喪整整三年，以表示深切的哀悼。

## 二五

顧榮在洛陽①，嘗應人請，覺行炙人有欲炙之色②，因輟己施焉③。同坐嗤之④。榮曰：「豈有終日執之，而不知其味者乎？」後遭亂渡江⑤，每經危急，常有一人左右己⑥。問其所以，乃受炙人也。

**【注釋】**

①顧榮（？—三一二）：字彥先，吳郡吳（今江蘇蘇州）人。其家為江南大姓，祖父顧雍為吳丞相。顧榮在吳官黃門侍郎。吳亡，入洛陽，與陸機、陸雲兄弟號為「三俊」。入晉，歷官尚書郎、太子舍人、廷尉正等。因見晉皇族相互爭鬥，常縱酒不理事。八王之亂後還吳，琅邪王司馬睿移鎮建鄴（建康，今南京），任命顧榮為安東軍司，加散騎常侍，「凡所謀畫，皆以諮焉」，成為擁護司馬氏政權南渡的江南士族首腦。永嘉六年（三一二）薨，追贈侍中、驃騎將軍、開府儀同三司，謚曰元。建武元年（三一七），司馬睿改稱晉王，追封顧榮為公爵。

②行炙人：端送烤肉的人。炙，烤肉。

③輟：中止，停止。

④嗤（chī）：譏笑。

⑤亂：指八王之亂。

⑥左右：相幫，相助。

**【譯文】**

顧榮在洛陽的時候，曾經應友人之邀赴宴，在宴席上發覺端送烤肉的人有想嘗嘗烤肉味道的神色，於是便停下不吃而把自己的一份烤肉送給他。同席的人都笑話顧榮。顧榮說：「哪有整天做烤肉而不知它滋味的人呢？」後來遭遇八王之亂南渡長江，每次逢到危急時，常有一人幫助自己。問他這樣做的緣故，原來他就是接受烤肉的那個人。

## 二六

**祖光祿少孤貧①，性至孝，常自為母炊爨作食②。王平北聞其佳名③，以兩婢餉之④，因取為中郎⑤。有人戲之者曰：「奴價倍婢⑥。」祖云：「百里奚亦何必輕於五羖之皮邪⑦！」**

**【注釋】**

①祖光祿：祖納，字士言，晉范陽遒（qiú）縣（今河北淶水北）人。祖逖之兄，歷官太子中庶子、光祿大夫。因其為光祿大夫，故稱祖光祿。

②炊爨（cuàn）：燒火做飯。

③王平北：王乂（yì），字叔元，琅邪臨沂（今屬山東）人。王衍之父。司馬昭徵為相國司馬，遷大尚書，都督幽州諸軍事、平北將軍。

④餉：贈送。

⑤中郎：官名。秦置，漢沿用。擔任宮中護衛、侍從。屬郎中令。分五官、左、右三中郎署。各署長官稱中郎將，省稱中郎。

⑥奴：指男性奴僕。婢：女奴。

⑦百里奚亦何必輕於五羖（gǔ）之皮邪：百里奚原為虞大夫，虞亡時為晉所俘，作為陪嫁之臣送入秦國，他逃至楚。秦穆公聞其賢，以五張黑色公羊皮贖回，用為大夫，稱為「五羖大夫」。後成為助秦穆公稱霸的功臣。羖，黑色公羊。

【譯文】

祖納少年時孤苦貧窮，天性極為孝順，常常親自為母親燒火做飯吃。王乂聽到祖納的好名聲，就把兩個婢女送給他，並且還選用他為中郎。有人對祖納開玩笑說：「男奴的身價高過女奴一倍。」祖納說：「百里奚的身價又怎會比五張黑公羊皮輕賤呢？」

## 二七

周鎮罷臨川郡還都①，未及上住②，泊青溪渚③，王丞相往看之④。時夏月，暴雨卒至⑤，舫至狹小⑥，而又大漏，殆無復坐處。王曰：「胡威之清⑦，何以過此！」即啟用為吳興郡⑧。

## 【注釋】

①周鎮：字康時，晉陳留尉氏（今屬河南）人。清靜寡慾，有政績。官臨川、吳興郡守。臨川郡：郡名。三國吳太平二年（二五七）建臨川郡，屬揚州，治臨汝縣（今江西撫州臨川區）。兩晉、南朝相沿。

②上住：上岸住宿。

③青溪：水名，三國時吳孫權於赤烏四年（二四一）開鑿，長十餘里。六朝時為漕運要道，後逐漸湮沒，今僅存入秦淮河一段。渚（zhǔ）：水中的小塊陸地。

④王丞相：王導（二七六—三三九），字茂弘，琅邪臨沂（今屬山東）人。西晉末與琅邪王司馬睿交厚，獻策移鎮建鄴（後改建康，今江蘇南京）。永嘉元年（三〇七），晉懷帝任命司馬睿為安東將軍，出鎮建鄴，王導相隨南渡，任安東將軍司馬。他主動出謀劃策，聯合南北士族，擁立司馬睿為帝（晉元帝），建立東晉政權。王導官居宰輔，總攬元帝、明帝、成帝三朝國政。為政期間，協調北方士族與南方士族之間、王氏與司馬氏之間的矛盾，用「鎮之以靜，羣情自安」的方法處理統治集團與民眾矛盾，平王敦之亂、蘇峻之亂，威望甚高，朝野號之為「仲父」。

⑤卒（cù）：同「猝」，突然。

⑥舫（fǎng）：船。

⑦胡威（？—二八〇）：字伯武，一名貔，淮南壽春（今安徽壽州）人。魏末咸熙中官至徐州刺史，晉武帝時歷南鄉侯、安豐太守，官至前將軍、青州刺史。勤於政術，風化大行。後以功封平春侯。與父胡質俱以清慎聞名。太康元年（二八〇）卒，謚曰烈。

⑧啟用：舉用，薦舉任用。為吳興郡：任為吳興郡守。吳興郡，郡名，三國時置郡，相當於今天的浙江臨安至江蘇宜興一帶。治所在烏程（今浙江湖州吳興）。

【譯文】

周鎮被免去臨川郡守職務返回都城時，還沒來得及上岸住宿，將船停泊在青溪渚，王導去看望他。當時正當夏天，突然下起了暴雨，周鎮的船極為狹小，而且又漏得厲害，差不多沒有可坐的地方。王導說：「胡威是以清廉聞名的，可怎麼能超過周鎮這樣的情形呢！」遂即舉用周鎮任吳興太守。

二八

鄧攸始避難①，於道中棄己子，全弟子②。既過江，取一妾③，甚寵愛。歷年後，訊其所由④，妾具說是北人遭亂⑤，憶父母姓名，乃攸之甥也。攸素有德業，言行無玷⑥，聞之哀恨終身，遂不復畜妾⑦。

【注釋】

①鄧攸始避難：據晉書鄧攸本傳，攸「永嘉末，沒於石勒」。鄧攸（？—三二六），字伯道，襄陵（今屬山西）人。幼年即以克盡孝道著稱。後為河東太守。逃到江南後，元帝時為吳郡太守，「載米之郡，俸祿無所受，唯飲吳水而已」。時郡中大饑，攸表賑貸，未報，乃輒開倉救之。在郡刑政清明，百姓歡悦，為中興良守。去職時，郡常有送迎錢數百萬，攸不受一錢。後代周顗為護軍將軍，累官至吏部尚書，遷尚書右僕射。難，指永嘉之亂。

②於道中棄己子，全弟子：據晉書鄧攸本傳：「石勒過泗水，攸乃斫壞車，以牛馬負妻子而逃。又遇賊，掠其牛馬，步走，擔其兒及其弟子綏。度不能兩全，乃謂其妻曰：『吾弟早亡，唯有一息，理不可絕，止應自棄我兒耳。幸而得存，我後當有子。』妻泣而從之，乃棄之。其子朝棄而暮及。明日，攸繫之於樹而去。」弟子，弟之子。

③取：娶。

④所由：指出身，來歷。由，由來，來歷。

⑤具說：詳細訴說。

⑥玷：白玉上的瑕疵。喻指污點。

⑦畜：原為畜養禽獸，這裏指納妾。

【譯文】

鄧攸當初避難時，在半路上丟棄了親生的兒子，保全了弟弟的兒子。過江後，鄧攸娶了一個小妾，非常寵愛她。多年後，鄧攸問起小妾的來歷，小妾詳細地說了她是北方人，並回憶父母的姓名，原來她竟是鄧攸的外甥女。鄧攸向來德行高尚，功業卓著，言行沒有絲毫的污點，現在聽到小妾竟是自己的外甥女，終身感到悲哀悔恨，從此不再納妾。

## 二九

王長豫為人謹順①，事親盡色養之孝②。丞相見長豫輒喜③，見敬豫輒嗔④。長豫與丞相語，恆以慎密為端⑤。丞相還台⑥，及行，未嘗不送至車後。恆與曹夫人並當箱篋⑦。長豫亡後，丞相還台，登車後，哭至台門；曹夫人作簏⑧，封而不忍開。

**【注釋】**

①王長豫：王悅，字長豫，王導長子。少年時即有高名，侍講東宮，後官任中書侍郎。早卒，無子，以弟之子為嗣。

②色養：和顏悅色地侍奉父母。論語為政：「子夏問孝。子曰：『色難。』」謂侍奉父母以和顏悅色為難。

③丞相：即王導。

④敬豫：王恬，字敬豫，王導次子。少好武，為王導所不喜。性傲誕，不拘禮法。晚節更好士，多技藝，善弈棋，為中興第一。歷官中書郎、後將軍、會稽內史等。襲爵即丘子，卒謚曰憲。
⑤端：根本。
⑥台：指尚書省衙署，王導當時任丞相領尚書省事。
⑦曹夫人：王導夫人，王悅母親，姓曹名淑，彭城（今江蘇徐州）人。並當（dàng）：料理，收拾。箱篋（qiè）：箱子。
⑧作簏（lù）：整理箱子。簏，竹箱。

**【譯文】**

王悅為人謹慎恭順，侍奉父母總是和顏悅色曲盡孝道。王導看見王悅就高興，看見王恬就生氣。王悅與王導說話，常把謹慎小心、細密周到看作最根本的事。王導回尚書省衙署，每次走的時候，王悅沒有不送到車子後面的。王悅常和母親曹夫人一起收拾箱子。王悅死後，王導回尚書省，登上車後，直哭到尚書省門口；曹夫人整理箱籠時，則把兒子生前收拾過的箱子封起來，再也不忍心打開。

## 三〇

桓常侍聞人道深公者①，輒曰：「此公既有宿名②，加先達知稱③，又與先人至交④，不宜說之。」

【注釋】

①桓常侍：桓彝，字茂倫，晉譙國龍亢（今安徽懷遠）人。少與庾亮深交，雅為周顗所重。元帝時為吏部郎，累遷中書郎、尚書吏部郎，名顯朝廷。時王敦跋扈，彝稱疾去職。明帝將伐王敦，拜彝散騎常侍，參與討敦謀議，以功封萬寧縣男，後任宣城內史。蘇峻起兵反晉，桓彝固守涇縣，城陷，為蘇峻部將韓晃所殺。深公：名道潛，字法深，晉高僧。俗姓王，琅邪（今屬山東）人，出身世家。十八歲出家，以劉元真為師，善講佛法，聽法者常達五百人。尤精般若學。永嘉初，避亂過江，為元帝、明帝、哀帝所敬重。與王導、庾亮、何充、劉惔等達官名士多有交往。

②宿名：久有名望。

③先達：前輩。知稱：讚揚稱許。

④先人：指去世的父親。桓彝之父是桓顥，官至郎中。

【譯文】

桓彝聽到有人議論法深和尚，就說：「這位深公久負盛名，再加上前輩都讚揚稱許，且又與先父是至交的朋友，所以不該議論他。」

## 三一

庾公乘馬有的盧[①]，或語令賣去。庾云：「賣之必有買者，即復害其主，寧可不安己而移於他人哉[②]？昔孫叔敖殺兩頭蛇以為後人[③]，古之美談。效之，不亦達乎[④]？」

### 【注釋】

①庾公：庾亮（二八九—三四〇），字元規，潁川鄢陵（今屬河南）人。妹為明帝皇后。歷仕元帝、明帝、成帝三朝。以帝舅與王導輔立成帝，任中書令，執朝政。庾太后臨朝，政事決斷於亮。蘇峻以平王敦功，進冠軍將軍，歷職太守，統精兵萬人。庾亮擬奪其兵權，蘇峻與祖約以誅執政庾亮為名，聯合舉兵反晉。庾亮與温嶠推荊州刺史陶侃為盟主，擊滅峻、約。陶侃死，代鎮武昌，任征西將軍。的（dí）盧：額部有白色斑點的馬，傳說為凶馬，會給乘坐者帶來厄運。

②寧可：怎麼能，豈可。

③孫叔敖殺兩頭蛇以為後人：孫叔敖兒時出遊遇到兩頭蛇，傳說見到兩頭蛇的人會死去，他怕別人再遇見，就殺死蛇埋掉了。孫叔敖，蔿（wěi）氏，名敖，字孫叔，春秋時楚國期思（今河南淮濱東南）人。官令尹（楚相），輔助楚莊王成就霸業。

④達：通達，明白事理。

【譯文】

庾亮所乘的馬中有一匹的盧馬，有人勸他賣掉這匹馬。庾亮說：「我賣掉此馬，必定有買它的人，那又害了它的新主人。難道可以因這馬對自己不利就把禍害轉移給別人嗎？過去孫叔敖殺死兩頭蛇為後人除害，成為古來的美談。我仿效他不賣凶馬去害人，不也算是通曉事理嗎？」

三二

**阮光祿在剡[1]，曾有好車，借者無不皆給。有人葬母，意欲借而不敢言，阮後聞之，歎曰：「吾有車，而使人不敢借，何以車為？」遂焚之。**

【注釋】

①阮光祿：阮裕，字思曠，陳留尉氏（今屬河南）人。以德業著稱。曾為王敦主簿，見王敦心存謀逆，便酣飲曠職，被王敦免職。後拜臨海、東陽太守。屢辭徵召，隱居剡山。因曾徵召其為金紫光祿大夫，故稱阮光祿。剡（shàn）：縣名，在今浙江嵊州西南。

【譯文】

阮裕閑居剡縣時，曾經有一輛好車子，凡有人來借，沒有一個不借給的。有人要安葬母親，想借車子卻又不敢開口，阮裕後來聽說了這件事，歎息說：「我有車子卻使人不敢借用，要這車子有什麼用呢？」於是他就把車子燒掉了。

三三

謝奕作剡令[①]，有一老翁犯法，謝以醇酒罰之，乃至過醉而猶未已[②]。太傅時年七八歲[③]，着青布絝，在兄膝邊坐，諫曰：「阿兄，老翁可念[④]，何可作此！」奕於是改容曰[⑤]：「阿奴欲放去邪[⑥]？」遂遣之。

【注釋】

①謝奕：字無奕，東晉陳郡陽夏（今河南太康）人。謝安之兄，謝玄之父。與桓温友善。歷官剡令、都督豫兗冀并四州軍事、安西將軍、豫州刺史。

②已：停止。

③太傅：即謝安（三二〇—三八五），字安石，少有重名，年四十餘方出仕。初為桓温司馬，後任吳興太守。桓温專權，簡文帝臨終時，謝安堅決扶立孝武帝，之後又屢次挫敗桓温篡位陰謀。孝武帝時官至宰相，有威望，奉行王導緩和士族矛盾、穩定政局的政策，團結異己，共同維護晉室。時人比之王導。又使謝玄組織訓練「北府兵」，防備前秦。前秦苻堅南下攻晉時，謝

安為征討大都督，指揮謝石、謝玄等大破苻堅於淝水，以功拜太保。死後追贈太傅。

④可念：可憐。

⑤改容：指由嚴厲的臉色改變為溫和的臉色。容，臉上的神情或氣色。

⑥阿奴：當時人對親近子姪晚輩的暱稱，也用於夫妻之間或自稱。

【譯文】

謝奕當剡縣縣令時，有一位老人犯了法，謝奕罰老人喝醇酒，以致使老人醉酒過量，但謝奕還是不肯罷休。謝安當時才七八歲，穿着青布褲子，坐在兄長膝旁，勸道：「阿哥，老人家挺可憐的，怎麼可以這樣做呢？」謝奕於是臉色緩和下來，說：「阿弟要放他走嗎？」於是就把老人打發走了。

## 三四

**謝太傅絕重褚公①，常稱：「褚季野雖不言，而四時之氣亦備②。」**

【注釋】

①謝太傅：即謝安。褚公：褚裒（póu，三〇三—三四九），字季野，河南陽翟（今河南禹縣）人。其女為康帝皇后。蘇峻之亂爆發，郗鑒引為參軍。亂平，封都鄉亭侯，永和初，進號征北大將

軍、儀同三司，起用顧和、殷浩。永和五年（三四九），準備乘北方石虎新死北伐，鎮京口，進軍彭城，兵敗於代陂，引咎自貶，慚恨病死。

②四時：四季。

【譯文】

謝安非常看重褚裒，常稱讚說：「褚季野雖不說話，可是心裏卻是非常清楚，像那四季的氣象一樣無不具備。」

## 三五

劉尹在郡①，臨終綿惙②，聞閣下祠神鼓舞③，正色曰：「莫得淫祀④！」外請殺車中牛祭神，真長答曰：「『丘之禱久矣⑤。』勿復為煩。」

【注釋】

①劉尹：劉惔（dàn），字真長，晉沛國相（今安徽濉溪西北）人。漢室之裔，明帝女婿。善清談，尤好老莊，與王羲之相友善，為王導所器重。歷司徒左長史、侍中、丹陽尹，故世稱劉尹，為政清整。活躍於東晉穆帝永和年間，死時年三十六歲。劉惔為永和名士之首，長於清言，交遊

廣泛，嗜談玄理，從老一輩的王導、支遁、蔡謨、何充，到同輩的王濛、桓溫、殷浩、謝尚、許詢、謝安等人，都與之有所交往，又為主政之會稽王司馬昱「入室之賓」，頗有識人之明與政治遠見。郡：丹陽郡。治所在今江蘇南京東南，是護衛京師的重要地區。

②綿惙（chuò）：氣息微弱，病勢危殆。

③鼓舞：擊鼓舞蹈，巫者祭神的儀式。

④淫祀：不合禮制的祭祀。

⑤丘之禱久矣：見論語述而：「子疾病，子路請禱。子曰：『有諸？』子路對曰：『有之。誄曰：禱爾於上下神祇。』子曰：『丘之禱久矣。』」

**【譯文】**

劉惔在丹陽郡尹任上，彌留之際，氣息奄奄，聽到樓閣下傳來祭祀神靈擊鼓舞蹈的聲音，便神色嚴厲地說：「不要搞違反禮制的祭祀！」外面有人請求殺掉駕車的牛來祭祀。劉惔說：「我也好像孔子講的那樣，祈禱已很久了。不要再搞那些麻煩事了。」

## 三六

謝公夫人教兒①，問太傅②：「那得初不見君教兒③？」答曰：「我常自教兒。」

【注釋】

①謝公夫人：謝安夫人。劉注引謝氏譜謂「劉耽女」，即劉惔之妹。

②太傅：即謝安。

③那得：怎麼。初不：從未。

【譯文】

謝安夫人常教導兒子，她問謝安：「怎麼從來不見您教導兒子？」謝安回答說：「我常常用自己的言行來教導兒子。」

三七

晉簡文為撫軍時①，所坐牀上塵不聽拂②，見鼠行跡，視以為佳。有參軍見鼠白日行③，以手板批殺之④，撫軍意色不說⑤。門下起彈⑥，教曰⑦：「鼠被害尚不能忘懷，今復以鼠損人，無乃不可乎⑧？」

【注釋】

①晉簡文：東晉簡文帝司馬昱（三二〇—三七二），字道萬，元帝少子，初封為琅邪王，後徙封

會稽王。穆帝即位初，太后臨朝，進位撫軍大將軍，錄尚書事。廢帝即位初進位丞相，錄尚書事。後為大司馬桓温擁戴即帝位。在位不到兩年即病卒（三七一——三七二）。好玄學，在他的提倡下，東晉中期以前玄學大興。撫軍：撫軍大將軍。

②牀：古時坐、卧之具，這裏指坐具。不聽：不許，不讓。

③參軍：將軍府屬下的官員。

④手板：即笏，古代官吏上朝或謁見上司時拿在手中的狹長板子，以備記事用。批：擊打。

⑤意色：神色。說：同「悦」，高興。

⑥彈：彈劾。

⑦教：上對下的告諭。

⑧無乃：豈不是，表示委婉語氣。

## 【譯文】

簡文帝任撫軍大將軍時，所坐坐榻上的塵灰不讓拂拭，看見有老鼠爬過的痕跡，反而認為很好。有位參軍看見老鼠白天爬出來，就用手板把它打死了，撫軍露出很不高興的神色。下屬起來彈劾這位參軍，撫軍告諭説：「老鼠被打死尚且不能令人忘懷，現在又因為老鼠的事而傷害到人，豈不是更不應該嗎？」

## 三八

范宣年八歲①，後園挑菜，誤傷指，大啼。人問「痛邪」？答曰：「非為痛，身體髮膚，不敢毀傷②，是以啼耳。」宣潔行廉約③，韓豫章遺絹百匹④，不受；減五十匹，復不受。如是減半，遂至一匹，既終不受。韓後與范同載，就車中裂二丈與范云：「人寧可使婦無褌邪⑤？」范笑而受之。

### 【注釋】

①范宣：字子宣，晉陳留（今屬河南）人。年十歲即能誦詩、書，好學不倦，博綜眾書，尤善「三禮」。自魏正始以後，老、莊之學盛行，但他言談從不涉及老、莊。州郡徵召其為太學博士、散騎郎等，皆不就。范宣招集生徒，以講授儒學為業，為時人所敬仰。

②身體髮膚，不敢毀傷：見孝經：「身體髮膚，受之父母，不敢毀傷，孝之始也。」謂人的身軀、四肢、毛髮、皮膚，都是從父母承受得來，因此不敢損毀傷殘，這是孝順的第一步。

③潔行廉約：品行高潔，清廉儉樸。

④韓豫章：韓伯（？—約三八五），字康伯，潁川長社（今河南長葛）人，殷浩外甥。幼穎悟。及長，清和有思理，留心文藝。有善理，善清言。簡文帝司馬昱居藩時，引為談客。歷官豫章太守，鎮軍將軍等。因其曾任豫章太守，故稱韓豫章。

⑤寧可：怎麼能。褌（kūn）：內穿的滿襠褲。

【譯文】

范宣八歲時，一次在後園挑菜，不小心弄傷了手指，就大哭起來。人家問他「痛嗎」？他答道：「不是為了痛，因為身體髮膚，不敢損傷，所以才哭的。」范宣品行高潔，為人廉潔儉樸，韓伯送他一百匹絹，他不接受；韓伯減為五十匹，他還是不接受。就這樣一再減半，一直減到只剩一匹，最後他還是不接受。韓伯後來與范宣同乘一輛車，就在車中撕下兩丈絹給范宣，說：「一個人怎麼能讓自己的妻子沒有內褲穿呢？」范宣笑着收下了絹。

## 三九

**王子敬病篤①，道家上章②，應首過③，問子敬：「由來有何異同得失④？」子敬云：「不覺有餘事，唯憶與郗家離婚⑤。」**

【注釋】

①王子敬：王獻之（三四四—三八六），字子敬，羲之第七子，少有盛名，官至中書令，故又稱「大令」。工書法，兼擅諸體，尤精行草，與父齊名，並稱「二王」。病篤：病重。

②道家：指道士。東漢張陵（一名道陵）創五斗米道，凡入道者納米五斗，故稱。奉老子為教主，逐漸形成道教。王氏一門篤信五斗米道。上章：道士上表求神祛病。

③首過：交代、陳述自己的罪過。
④由來：從過去到現在，向來。異同得失：偏義複詞，着重於異常與過失。
⑤與郗家離婚：王郗兩家二世聯姻，王羲之娶郗鑒之女；王獻之原配為郗鑒少子郗曇之女，名道茂。簡文帝第三女新安公主尚桓溫之子桓濟，桓濟犯罪被廢，新安公主仰慕王獻之，孝武帝下旨讓王獻之休掉郗道茂，再娶新安公主。淳化閣帖中錄有王獻之離婚後寫給郗道茂的信，言辭哀婉，情義猶深。

**【譯文】**

王獻之病危，按照道教的規矩，病人請道士代其上表祈求神靈除病消災，並應當自動陳述罪過。道士問獻之：「你一直以來有什麼過失？」獻之說：「我不覺得有什麼其他的事情，只想起與郗家離婚之事。」

## 四〇

殷仲堪既為荊州①，值水儉②，食常五碗盤③，外無餘肴④。飯粒脫落盤席間，輒拾以啖之⑤。雖欲率物⑥，亦緣其性真素⑦。每語子弟云：「勿以我受任方州⑧，云我豁平昔時意⑨，今吾處之不易。貧者士之常，焉得登枝而捐其本⑩！爾曹其存之。」

【注釋】

①殷仲堪（？—三九九）：陳郡（今河南淮陽）人。能清言，與韓康伯齊名。謝玄請為參軍。又為長史，領晉陵太守。父病，仲堪衣不解帶，執藥揮淚，遂眇一目。孝武帝召為太子中庶子，甚相親愛，授都督荊益寧三州軍事、荊州刺史，鎮江陵。曾與桓玄、王恭共同起兵反對當時執政的會稽王司馬道子、司馬元顯等。安帝時，桓玄兼併江陵，他戰敗被俘，自殺。又稱殷荊州。為荊州：任荊州刺史。荊州，東晉時期，荊州治所屢屢遷移，以治江陵為多。荊州在東晉地位非常重要，盛弘之荊州記：「自晉室東遷，王居建業，則以荊揚為京師根本所寄。」所轄範圍主要在今湖北、湖南，相對於京師所在之揚州為上游，「上流形勝，地廣兵強」，又是「國之西門，戶口百萬，北帶強胡，西鄰勁蜀，經略險阻，周旋萬里，得賢則中原可立，勢弱則社稷同憂」，所以南宋洪邁容齋隨筆「東晉將相」條曰：「方伯之任莫重於荊徐，荊州為國西門，刺史常督七八州事，力量強，分天下半。」

②水：水災。儉：年成歉收。

③五碗盤：當時流行的一種成套的食器，由一隻圓形托盤和五隻小碗組成。

④肴：指魚、肉等的葷菜。

⑤啖（dàn）：吃。

⑥率物：為人表率。率，表率。物，指人。

⑦真素：自然坦率，不做作。

⑧方州：大州。方，大。

⑨豁：捨棄。

⑩捐：捨棄，拋棄。

**【譯文】**

殷仲堪任荊州刺史後，遇到水災，年成歉收，他吃飯時常常只用五碗盤裝菜，此外就沒有什麼葷菜了。吃飯時如有飯粒掉在桌子上，他總是撿起來吃掉。他這樣做雖然是想要做大家的表率，卻也是源於他本性之自然坦率。殷仲堪常告訴子弟說：「不要認為我擔任了大州的長官，就可以拋棄往日的本分，我現在仍然沒有改變。清貧是士人的本分，哪裏能一登上高枝就丟掉根本呢？你們一定要牢記我的話！」

## 四一

初，桓南郡、楊廣共說殷荊州①，宜奪殷覬南蠻以自樹②。覬亦即曉其旨③。嘗因行散④，率爾去下舍⑤，便不復還，內外無預知者。意色蕭然⑥，遠同門生之無慍⑦。時論以此多之。

## 【注釋】

①桓南郡：桓玄（三六九—四〇四）：字敬道，一名靈寶，譙國龍亢（今安徽懷遠西）人。桓温少子，襲父封為南郡公。曾官義興太守、江州刺史、都督荊州等八州郡軍事。曾與兗州刺史王恭、荊州刺史殷仲堪起兵反對會稽王司馬道子、司馬元顯父子。後打敗王恭、殷仲堪，並得其地。元興元年（四〇二）舉兵攻入建康，殺司馬元顯，掌朝政。次年代晉自立，國號楚。不久為劉裕所敗，自殺。楊廣：字德度，晉弘農華陰（今屬陝西）人。官至南蠻校尉，淮南太守。殷仲堪任荊州刺史，任命楊廣的弟弟楊佺期為司馬。殷仲堪起兵反對司馬道子父子，將軍務大事交楊廣兄弟管理。後與弟佺期俱為桓玄所殺。

②殷覬（jì，？—三九八）：字伯道，殷仲堪之堂兄。性通率，有才氣，少時與殷仲堪俱知名。曾官中書郎，擢為南蠻校尉，有政績。仲堪將興兵內伐，覬密諫，仲堪不從，遂以憂卒。追贈冠軍將軍。南蠻：南蠻校尉，官職名。西晉武帝置，治襄陽。東晉初省，尋又置，治江陵。南蠻校尉是兩晉南朝時期專門管理荊楚一帶蠻族等事務的武官，與荊州刺史有着密切的聯繫，從而在東晉南朝的政治鬥爭中發揮着重要的作用。

③旨：意思，目的。

④行散：魏晉士人喜歡服一種名為五石散的烈性藥（一名寒食散），服後需走路來發散藥性，名為行散。

⑤率爾：隨意。去：離開。下舍：官員在署衙附近的宅舍。

⑥蕭然：安靜的樣子。

⑦鬥（dòu）生：楚成王令尹鬥穀於（wū）菟（tú），字子文，他自毀其家，以紓困難，為著名的賢相。他三次被任為令尹都沒有喜色，三次被罷職也沒有怨怒之色。生，即先生的省稱。

**【譯文】**

當初，桓玄與楊廣一起勸説殷仲堪，應當奪取殷覬的南蠻校尉之職與所轄地區，來樹立擴大自己的勢力範圍。殷覬也立即明白了他們的意圖。殷覬藉着出外行散的機會，很隨意地離開自己的宅舍，便不再回來，裏裏外外沒有一人預先知道此事。他的意態神色很安詳，就像春秋時的令尹子文雖然被罷職而仍然沒有怒色那樣。當時的輿論都為此讚揚他。

## 四二

王僕射在江州，為殷、桓所逐，奔竄豫章①，存亡未測。王綏在都②，既憂慼在貌，居處飲食，每事有降。時人謂為「試守孝子」③。

**【注釋】**

①「王僕射（yè）在江州」三句：王僕射即王愉，王國寶異母兄弟。王國寶為司馬道子親信，力

主削弱方鎮勢力。王恭等討伐王國寶，王愉以與國寶素不協，故得免禍。王國寶被殺，王愉出為江州刺史，都督豫州四郡。未幾，殷仲堪、桓玄、楊佺期舉兵應王恭，愉既無備，惶遽奔臨川（江州下轄郡，治所在今江西撫州），為玄所得。王愉，字茂和，晉太原晉陽（今山西太原）人。桓玄篡位後，以王愉為尚書僕射，故稱王僕射。劉裕攻破桓玄，愉既桓氏婿，父子寵貴，又嘗輕侮劉裕，心不自安，潛結司州刺史溫詳，謀作亂，事泄，被誅，子孫十餘人皆伏法。殷，殷仲堪。桓，桓玄。豫章，郡名，治所在今江西南昌。豫章郡與臨川郡南北相接。

②王綏：字彥猷，王愉之子，少有令譽，後為太尉右長史。為桓玄甥，甚見寵待。桓玄篡位，為中書令。劉裕討桓玄，以為冠軍將軍。累遷荊州刺史。因父謀逆，與弟一起被殺。

③試守孝子：王綏在父親生死不明的情況下，就已實行守孝的樣子，猶如試用官吏一樣，故稱試守，試用。秦漢以來任用官吏時先試用一年，然後正式任用。

【譯文】

王愉在江州刺史任上時，為殷仲堪、桓玄發兵驅逐，狼狽逃向豫章，生死不明。王綏在京城聽到父親的消息後，既憂傷滿面，又在起居飲食方面有所節制，當時人稱他為「試守孝子」。

## 四三

**桓南郡既破殷荊州①，收殷將佐十許人，諮議羅企生亦在焉②。桓素待企生**

厚，將有所戮，先遣人語云：「若謝我③，當釋罪。」企生答曰：「為殷荊州吏，今荊州奔亡，存亡未判④，我何顏謝桓公！」既出市⑤，桓又遣人問：「欲何言？」答曰：「昔晉文王殺嵇康⑥，而嵇紹為晉忠臣⑦。從公乞一弟以養老母。」桓亦如言宥之⑧。桓先曾以一羔裘與企生母胡⑨，胡時在豫章，企生問至⑩，即日焚裘。

**【注釋】**

①桓南郡既破殷荊州：桓玄與殷仲堪曾一度結盟反對執政的司馬道子父子，而桓玄野心甚大，對殷之荊州覬覦已久。殷仲堪為防桓玄便與雍州刺史楊佺期聯姻，又嫉楊氏驍勇，阻止楊佺期討伐桓玄。桓玄將討佺期，先告仲堪云：「今當入沔討除佺期，已頓兵江口。若見與無貳，可殺楊廣；若其不然，便當率軍入江。」仲堪乃執玄兄偉，遣從弟遹等水軍七千至江西口。玄使郭銓、苻宏擊之，遹等敗走。玄頓巴陵，而館其穀。玄又破楊廣於夏口。仲堪既失巴陵之積，又諸將皆敗，江陵震駭。城內大饑，以胡麻充飢。仲堪急召佺期。佺期率眾赴之，直濟江擊玄，為玄所敗，走還襄陽。仲堪出奔酇城，為玄追兵所獲，逼令自殺，死於柞溪。桓南郡，桓玄。殷荊州，殷仲堪。

②諮議：官名，晉以後王府設諮議參軍，以備諮詢謀議，簡稱「諮議」。羅企生：字仲伯，晉豫章（今江西南昌）人，為殷仲堪諮議參軍。殷仲堪兵敗於桓玄，羅亦為桓所殺。

③謝：道歉或認錯。

④判：判明，弄清楚。

⑤市：指刑場。

⑥晉文王殺嵇康：嵇康為曹魏女婿，不滿司馬氏專權覬覦皇位，拒絕與司馬氏合作，被司馬昭所殺。晉文王，司馬昭。

⑦嵇紹為晉忠臣：嵇康之子嵇紹（二五三—三〇四），字延祖，嵇康被殺時他年僅十歲。事母至孝。武帝徵為祕書丞，後官至侍中。永安元年（三〇四）東海王司馬越挾持惠帝與成都王司馬穎交戰，大敗於蕩陰，當時百官與侍衛都潰散，只有嵇紹以身衛帝，被殺於帝側，血濺帝衣。

⑧宥：赦免。

⑨羔裘：羔羊皮袍。

⑩問：音問，消息。

## 【譯文】

桓玄打敗殷仲堪後，收捕了殷的將領僚屬十多人，諮議羅企生也在其中。桓玄一向優待企生，當他將要處決一些人時，先派人告訴企生說：「你如果向我謝罪，我當免你一死。」企生回答道：「我作為殷荊州的屬吏，如今他逃亡在外，生死還沒有弄清楚，我有什麼臉面向桓公謝罪！」當企生已經綁赴刑場時，桓玄又派人去問企生還有什麼話要說，企生答道：「從前晉文王殺嵇康，而後來他的兒子嵇紹成為晉的忠臣。我想向桓公求一位弟弟侍奉老母。」桓玄答應企生的要求赦免其弟。桓玄先前曾經送給企生母親胡氏一件羔羊皮袍，當時胡氏在豫章郡，當企生被殺的消息傳到時，胡氏當天就把皮袍燒掉了。

## 四四

王恭從會稽還①，王大看之②。見其坐六尺簟③，因語恭：「卿東來，故應有此物，可以一領及我。」恭無言。大去後，即舉所坐者送之。既無餘席，便坐薦上④。後大聞之，甚驚曰：「吾本謂卿多，故求耳。」對曰：「丈人不悉恭⑤，恭作人無長物。」

### 【注釋】

①王恭從會稽還：據晉書王恭本傳，王恭是隨其父會稽內史王蘊回都。王恭（？—三九八），字孝伯，太原晉陽（今山西太原）人。王蘊之子，晉孝武帝皇后之兄。美姿儀，人多愛悅，或目之云「濯濯如春月柳」。歷官著作郎、丹陽令，出為五州都督前將軍，兗青二州刺史。會稽王司馬道子執政，寵信王國寶等小人，王恭經常正色直言，為道子所忌。晉安帝隆安元年（三九七）四月，王恭以除王國寶為名向都城建康進軍，司馬道子賜死王國寶、誅殺王緒以求罷兵，王恭還兵京口。不久，司馬道子任用王愉為江州刺史，以制約外鎮的王恭、庾楷等。隆安二年（三九八），王恭計劃第二次率北府兵進軍建康，桓玄、殷仲堪一同響應，推王恭為盟主。司馬道子之子司馬元顯派人以重利說動北府軍將領、王恭屬下劉牢之倒戈，王恭兵敗，被司馬道子殺害於建康的倪塘。會稽，郡名，治所在今紹興。

②王大：王忱，字元達，小字佛大，王坦之第四子，弱冠知名，與王恭、王珣俱流譽一時。歷任

驃騎長史、荊州刺史、都督荊益寧三州軍事、建武將軍等。桓玄時在江陵，常以才雄駕物，忱每裁抑之。玄憚而服焉。王忱性任達不拘，末年尤嗜酒，一飲連月不醒，或裸體而遊，數年卒官，追贈右將軍，謚曰穆。

③簟（diàn）：竹席。

④薦：草墊子。

⑤丈人：對年長男性的尊稱。

【譯文】

王恭從會稽回來，王忱去探望他。王忱看到王恭坐着一條六尺長的竹席，便對他說：「你從東邊來，所以應該還有這種東西，可以送一條給我。」王恭沒有作聲。王忱走了以後，王恭就把所坐的竹席送他。王恭沒有多餘的席子，就坐在草墊子上。後來王忱聽說這件事，十分驚異地說：「我原本以為你有很多，所以才向你要的。」王恭答道：「這是您老不了解我，我做人一向沒有多餘的物品。」

## 四五

吳郡陳遺①，家至孝。母好食鐺底焦飯②，遺作郡主簿③，恆裝一囊，每煮食，輒貯錄焦飯④，歸以遺母⑤。後值孫恩賊出吳郡⑥，袁府君即日便征⑦。遺已聚斂得數斗焦飯，未展歸家⑧，遂帶以從軍。戰於滬瀆⑨，敗，軍人潰散，逃走山澤，皆多飢死，遺獨以焦飯得活。時人以為純孝之報也。

**【注釋】**

①吳郡：郡名，治所在今江蘇蘇州。陳遺：生平不詳。

②鐺（chēng）：平底淺鍋。

③主簿：官名，負責文書簿籍等事。

④貯（zhù）錄：儲藏。錄，收藏。

⑤遺（wèi）：送給。

⑥孫恩賊出吳郡：指孫恩於隆安三年（三九九）趁司馬元顯發東土諸郡免奴為客者，號曰「樂屬」，移京師充兵役，民心騷動之際，率眾從海島攻克上虞，乘勝破會稽，佔領會稽、吳郡、吳興、義興、臨海、永嘉、東陽、新安八郡。孫恩（？—四〇二），字靈秀，琅邪（今屬山東）人，世奉五斗米道。東晉隆安二年（三九八），爆發王恭之亂，其父孫泰以為晉祚將盡，乃以討王恭為名，私合徒眾數千人，準備起事。事未發，司馬道子父子誘斬了孫泰及其六子。孫恩逃入海島，聚眾百餘名立志為孫泰復仇。次年起兵，攻佔會稽八郡後雖敗於謝琰、劉牢之，但又一度逼近建康，攻破廣陵（今江蘇揚州）。後為劉裕所敗，投水自殺。

⑦袁府君：袁山松（？—四〇一），一名崧，陽夏（今河南太康）人。少有才名，博學能文。為吳郡太守，孫恩攻滬瀆，山松守滬瀆城，城陷被害。著後漢書百篇，已佚，有輯本。

⑧未展：未及，來不及。

⑨滬瀆（dú）：水名，在今上海東北吳淞江下游近海處。

【譯文】

吳郡陳遺在家極其孝順。他母親喜歡吃鍋底焦飯，陳遺任職州郡主簿時，常帶一隻口袋，每次煮飯，總是把焦飯儲存起來，回家送給母親。後來碰到孫恩進攻吳郡，袁山松當天即出征討伐。陳遺已經收存了幾斗焦飯，還來不及送回家，就帶着這袋焦飯，跟着軍隊出發了。滬瀆一戰失敗，官兵潰散逃到山林水澤中，大都餓死，只有陳遺靠着所帶焦飯活了下來。當時人都認為這是他純孝所得的好報。

## 四六

孔僕射為孝武侍中①，豫蒙眷接②。烈宗山陵③，孔時為太常④，形素羸瘦⑤，着重服⑥，竟日涕泗流漣，見者以為真孝子。

## 【注釋】

①孔僕射：孔安國，晉會稽山陰（今浙江紹興）人。孝武帝時官侍中、太常，安帝時為尚書左、右僕射。孝武：孝武帝司馬曜（三六一—三九六），字昌明，三七三—三九六在位。繼位時才十一歲，由太后攝政。十四歲時（三七六）開始親政，當年他改革收稅的方法，放棄以田地多少來收稅的方法，改為王公以下每人收米三斛，在役的人不交稅。此外他在位期間試圖加強皇帝的權力和地位。三八三年在淝水之戰中晉軍大勝。晉孝武帝即位初期由於稅賦改革與謝安當國，被稱為東晉末年的復興；但是謝安死後司馬道子當國，孝武帝又嗜酒成性，優柔寡斷，導致東晉政局再度陷入混亂。侍中：官名，皇帝的近侍。

②眷接：關懷厚待。

③烈宗：晉孝武帝死後的廟號。山陵：指皇帝去世。

④太常：官名，掌管禮樂祭祀等事。

⑤羸（léi）瘦：瘦弱。

⑥重服：重孝時所穿的喪服。重，重孝，指父母死後子女所穿的喪服。

## 【譯文】

孔安國任孝武帝侍中時，受到過孝武帝的關懷寵遇。孝武帝死時，孔安國當時任太常，他的身體素來瘦弱，這時穿了重孝，整天眼淚鼻涕不斷，看到的人都認為他是真孝子。

## 四七

吳道助、附子兄弟居在丹陽郡後①，遭母童夫人艱②，朝夕哭臨③，及思至④，賓客弔省⑤，號踴哀絕⑥，路人為之落淚。韓康伯時為丹陽尹⑦，母殷在郡⑧，每聞二吳之哭，輒為淒惻，語康伯曰：「汝若為選官⑨，當好料理此人⑩。」康伯亦甚相知。韓後果為吏部尚書⑪，大吳不免哀制⑫，小吳遂大貴達。

**【注釋】**

①吳道助：吳坦之，字處靖，小字道助，晉濮陽鄄城（今屬山東）人。官西中郎將功曹。附子：吳隱之，字處默，小字附子，官晉陵太史、廣州刺史等。是東晉著名的廉吏。隱之弱冠而介立，有清標，儋石無儲，不取非其道。袁真因怒於桓溫將北伐失利責任推給他而降前秦，桓溫討伐袁真，袁真失敗。吳坦之為袁真功曹，將及禍，隱之詣桓溫乞代兄命，桓溫釋坦之，隱之遂為溫所知。隱之在廣州刺史任上，清廉自重，飲貪泉水，賦詩認為官吏貪不貪，關鍵在於心術正不正。丹陽郡後：丹陽郡守府舍的後面。

②艱：憂，遭父母之喪為丁憂，亦稱丁艱。

③哭臨：舉行哀悼儀式痛哭流涕。

④思至（dié）：通「緦絰」，披麻戴孝着孝服。緦，細麻布，傳統孝服以細麻布製成。絰，傳統孝服結在頭上或腰間的麻帶。

⑤弔省：祭奠死者，看望家屬。
⑥號踴：大哭跺腳。
⑦丹陽尹：丹陽郡的行政長官。京都地區的行政長官稱「尹」，丹陽是都城建康的護衛地區，故也設尹。
⑧母殷：韓康伯的母親殷氏是殷羨之女，本書「賢媛」篇也記有她的事跡。
⑨選官：負責選拔官員的長官。
⑩料理：照顧，安排。
⑪吏部尚書：吏部的長官。吏部主管全國官員的任免、升降、調動等事。
⑫不免哀制：未能避免服喪期內的過度哀傷，因守孝而死。宋宗躬孝子傳曰：吳坦之，於母葬夕，設九飯祭，坦之每臨一祭，輒號慟斷絕，至七祭，吐血而死。

【譯文】

吳坦之、隱之兄弟住在丹陽郡府的後面，遭逢母親童夫人的喪事，早晚都祭拜痛哭流涕。在守孝期間，賓客來弔唁慰問，他們更是大哭頓足，哀痛欲絕，連過路人聽了都為之落淚。韓康伯當時任丹陽尹，母親殷氏住在郡舍裏，每當聽到兄弟二人的哀哭聲，都要為之感到悲痛，她對康伯說：「你如當了選官，應當好好照顧他們。」康伯對他們也很了解。後來康伯果然當了吏部尚書，可是哥哥坦之因哀傷過度而死，弟弟隱之最終成為顯貴的大官。

# 言語第二

【題解】

言語，指人的口才辭令。論語陽貨：「子曰：『巧言令色，鮮矣仁。』」孔子反對巧言令色，但也強調口才辭令的重要性，孔子說：「誦詩三百，授之以政，不達；使於四方，不能專對；雖多，亦奚以為？」（論語子路）所以言語也成為「孔門四科」之一。孔子的弟子中不乏善於辭令者，孟子公孫丑：「宰我、子貢，善為說辭。」

至魏晉時期玄風盛行，士人們喜談玄析理，清談也成為魏晉風度的一項重要內容，「言語」受到空前的重視。士人們追求語言的簡約清新、警闢機敏，崇尚隻言片語即有綿深之意味。言語不僅是品評士人才華高低的重要參考，同時也是士人躋身名流的重要手段。

本篇共有一百零八則，連珠妙語，生動地展現了魏晉士人敏捷的才思和機智的風度。

一

邊文禮見袁奉高①，失次序②。奉高曰：「昔堯聘許由③，面無怍色④，先生何為顛倒衣裳⑤？」文禮答曰：「明府初臨⑥，堯德未彰⑦，是以賤民顛倒衣裳耳。」

【注釋】

①邊文禮：邊讓，字文禮，東漢陳留浚（xùn）儀（今屬河南）人，為九江太守。獻帝時王室大亂，去官還家。因對曹操不敬，被殺。袁奉高：袁閬。

②失次序：指舉止失措。

③許由：傳說為上古高士，隱於箕山，堯欲將天下相讓，不受；又召其為九州長，不願聽，洗耳於潁水之濱。

④怍（zuò）色：慚愧的神色。

⑤顛倒衣裳：把衣服穿顛倒了。語出詩經齊風東方未明：「東方未明，顛倒衣裳。」寫官吏趕着上朝，東方未明即忙着起身，把衣服都穿顛倒了。古人衣服，上曰衣，下曰裳。這裏藉以形容邊讓見袁閬時的慌亂樣子。

⑥明府：對太守的尊稱。

⑦彰：明顯，顯著。

【譯文】

邊讓見到袁閬時，顯得手忙腳亂。袁閬說：「古時堯帝聘請許由時，許由面無愧色，先生你為什麼慌亂呢？」邊讓回答道：「明府剛剛蒞任，如堯帝般的德行尚未明顯表現出來，所以我這個小民百姓才會這樣慌亂啊。」

二

徐孺子年九歲①，嘗月下戲，人語之曰：「若令月中無物②，當極明邪？」徐曰：「不然。譬如人眼中有瞳子，無此必不明。」

【注釋】

①徐孺子：徐稚。

②物：傳說月亮中有兔和三條腿的蟾蜍。

【譯文】

徐稚九歲時，一次在月光下玩耍，有人對他說：「如果月亮中什麼東西都沒有，該當極其明亮吧？」徐稚說：「不是這樣的。譬如人的眼睛中有瞳人，沒有這東西，眼睛必定不明亮。」

三

孔文舉年十歲①，隨父到洛②。時李元禮有盛名③，為司隸校尉④，詣門者⑤，皆俊才清稱及中表親戚乃通⑥。文舉至門，謂吏曰：「我是李府君親⑦。」既通，前坐。元禮問曰：「君與僕有何親⑧？」對曰：「昔先君仲尼與君先人伯陽有師資之尊⑨，是僕與君奕世為通好也⑩。」元禮及賓客莫不奇之。太中大夫陳韙後至⑪，人以其語語之⑫。韙曰：「小時了了⑬，大未必佳。」文舉曰：「想君小時，必當了了。」韙大踧踖⑭。

【注釋】

①孔文舉：孔融（一五三—二〇八），字文舉，魯（今山東曲阜）人。獻帝時任北海相，時稱孔北海。又任少府、太中大夫等職。恃才負氣，因觸怒曹操，被殺。建安七子之一，原有著作，已散佚，有明輯本孔北海集。

②父：孔融父名宙，曾為泰山都尉。洛：洛陽，東漢都城。

③李元禮：李膺。

④司隸校尉：官名，西漢武帝設。除監督朝中百官外，還負責督察京兆、左馮翊、右扶風和河東、河南、河內、弘農七郡的京師地區，領兵一千二百人。東漢初年，司隸校尉獲得更大的權

勢，朝會時和尚書令、御史中丞一起都有專席，當時有「三獨坐」之稱。東漢時司隸校尉常常劾奏三公等尊官，故為百僚所畏憚。司隸校尉對京師地區的督察也有所加強，京師七郡稱為司隸部，成為十三州之一。在外戚與宦官的鬥爭中，一方常借重司隸校尉的力量挫敗對方，成為政權中樞裏舉足輕重的角色，所以董卓稱之為「雄職」。

⑤詣：到。

⑥俊才清稱：傑出之士有高雅的名望者。中表親戚：泛指內外親戚。通：通報。

⑦李府君：李膺曾為河南尹，故稱。

⑧僕：謙稱自己。

⑨先君仲尼：祖先仲尼。孔子，字仲尼。孔融是孔子二十世孫，故稱。伯陽：老子，姓李名耳，字伯陽。師資之尊：孔子曾問禮於老子，故老子是孔子的老師。

⑩奕世：累世，一代接一代。通好：通家之好，指世代交誼深厚，如同一家。

⑪太中大夫：官名，主管議論政事。陳韙（wěi）：曾任太中大夫。

⑫以其語語之：把孔融的話告訴陳韙。後面的「語」（yù）作動詞用，告訴。

⑬了了：聰明伶俐，明白事理。

⑭踧踖（cù jí）：局促不安的樣子。

**【譯文】**

孔融十歲時，跟隨父親到洛陽。當時李膺享有很高的名望，凡是登門造訪的，只有傑出有高雅名聲之士以及親戚才能通報進門。孔融到了李府門前，對守門吏說：「我是李府君的親戚。」通報進門後，孔融坐到了前面。李膺問孔融：「您和我是什麼親戚？」孔融答道：「過去我的祖先仲尼與您的先人伯陽有師生之誼，所以我與您世代為通家之好。」李膺及賓客聽了孔融的話無不感到驚奇。太中大夫陳韙晚到，有人把孔融的話告訴他。陳韙說：「小的時候聰明伶俐，長大後不見得就很好。」孔融說：「想來您小的時候，必定是聰明伶俐的了！」陳韙聽了感到非常尷尬。

## 四

孔文舉有二子，大者六歲，小者五歲。晝日父眠，小者牀頭盜酒飲之。大兒謂曰：「何以不拜？」答曰：「偷，那得行禮！」

**【譯文】**

孔融有兩個兒子，大的六歲，小的五歲。一天他們的父親在睡午覺，小兒子在父親牀頭偷酒喝。大兒子說：「為什麼不先行禮就喝酒？」小兒子答道：「偷酒喝，哪裏還要行禮！」

## 五

孔融被收①，中外惶怖②。時融兒大者九歲，小者八歲，二兒故琢釘戲③，了無遽容④。融謂使者曰：「冀罪止於身⑤，二兒可得全不⑥？」兒徐進曰：「大人豈見覆巢之下，復有完卵乎？」尋亦收至⑦。

【注釋】

①孔融被收：孔融為人恃才負氣，多有與傳統儒家觀點相左的言論。同時他不僅屢屢反對曹操的決定，而且多次在公開場合使其難堪。加之他忠於漢室，上奏主張「宜準古王畿之制，千里寰內，不以封建諸侯」來增強漢室實權，嚴重激怒了曹操。因此，建安十三年（二〇八）被曹操授意丞相軍謀祭酒路粹誣以招合徒眾，欲圖不軌、「謗訕朝廷」「跌蕩放言」「不遵朝儀」等罪名殺害，株連全家。收，逮捕，拘禁。

②中外：指朝廷內外。

③琢釘戲：古時一種兒童遊戲。周亮工因樹屋書影：「金陵童子有琢釘戲，畫地為界，琢釘其中，先以小釘琢地，名曰籤，以籤之所在為主。出界者負，彼此不中者負，中而觸所主籤亦負。按孔北海被收時，兩郎方為琢釘戲，乃知此戲相傳久矣。」

④遽（jù）：驚慌。

⑤冀：希望。

⑥不：同「否」。

⑦尋：不久。

【譯文】

孔融被逮捕，朝廷內外無不惶恐懼怕。當時孔融的大兒子九歲，小兒子八歲，他們照樣做琢釘的遊戲，完全沒有一點驚慌的神色。孔融對派來逮捕的人說：「希望罪過只在我一人之身，兩個兒子能否保全性命？」兩個兒子從容向前對父親說：「大人難道見過傾覆的鳥窩下還有完好的鳥蛋嗎？」不久他們也被逮捕了。

六

潁川太守髡陳仲弓①。客有問元方②：「府君何如？」元方曰：「高明之君也。」「足下家君何如？」曰：「忠臣孝子也。」客曰：「易稱：『二人同心，其利斷金；同心之言，其臭如蘭③。』何有高明之君而刑忠臣孝子者乎？」元方曰：「足下言何其謬也！故不相答。」客曰：「足下但因傴為恭④，而不能答。」元方曰：「昔高宗放孝子孝己⑤，尹吉甫放孝子伯奇⑥，董仲舒放孝子符起⑦。唯此三君，高明之君；唯此三子，忠臣孝子。」客慚而退。

【注釋】

①髡（kūn）：古代剃去頭髮的刑罰。陳仲弓：陳寔。

②元方：陳紀，陳寔長子。

③「二人同心」四句：出自周易繫辭上。臭（xiù），氣味。

④傴（yǔ）：駝背。

⑤高宗放孝子孝己：商代高宗為後妻所迷惑，放逐兒子孝己致其死亡。高宗，商代國君武丁。商王盤庚之姪，商王小乙之子。武丁在位時期，曾攻打鬼方，並任用賢臣傅說為相，妻子婦好為將軍，商朝再度強盛，史稱「武丁中興」。孝己，傳說為高宗武丁之子，以孝行著稱，因遭後母讒言，被放逐而死。後用作孝子的典範。放，放逐，流放。

⑥尹吉甫放孝子伯奇：尹吉甫，周宣王大臣。伯奇，尹吉甫之子。尹吉甫被後妻所惑，把伯奇放逐出去。當尹吉甫隨周宣王出遊時，伯奇作歌，宣王聽了受到感動，認為這是孝子的歌辭。尹吉甫找到伯奇接回家中，便把後妻射殺了。

⑦董仲舒放孝子符起：董仲舒（前一七九—前一〇四），廣川（今河北棗強東）人。景帝時為博士，武帝拜江都相、膠西王相，後免官家居。推尊儒術，抑黜百家。著有春秋繁露。符起，董仲舒子。他為何被放逐，史書沒有記載，已不可考。

**【譯文】**

潁川太守對陳寔施以髡刑。有人問陳紀：「潁川太守為人怎麼樣？」陳紀說：「是高明的府君。」又問：「您父親怎麼樣？」陳紀說：「是忠臣孝子。」客人說：「周易有名言說：『兩個人一條心，如同鋒利的刀能斬斷堅硬的金屬；兩個人心意相投，團結一致，則其香氣猶如蘭草一樣芬芳。』

哪有高明的府君會對忠臣孝子施刑的呢？」陳紀說：「您的話是何等的荒謬啊！所以我不予回答。」客人說：「您只不過是像本身駝背就裝着恭敬一樣，而實際上不能回答。」陳紀說：「古代殷高宗放逐孝子孝己，尹吉甫放逐孝子伯奇，董仲舒放逐孝子符起。三位君子都是高明之君，而三個兒子都是忠臣孝子。」那人聽後慚愧地走了。

## 七

荀慈明與汝南袁閬相見[①]，問潁川人士，慈明先及諸兄[②]。閬笑曰：「士但可因親舊而已乎？」慈明曰：「足下相難[③]，依據者何經？」閬曰：「方問國士[④]，而及諸兄，是以尤之耳[⑤]。」慈明曰：「昔者祁奚內舉不失其子，外舉不失其仇[⑥]，以為至公。公旦文王之詩[⑦]，不論堯、舜之德而頌文、武者[⑧]，親親之義也[⑨]。春秋之義，內其國而外諸夏[⑩]。且不愛其親而愛他人者，不為悖德乎[⑪]？」

【注釋】

①荀慈明：荀爽。
②諸兄：自己的各位兄長。荀爽為荀淑第六子。
③難：責問。

④方：方才。

⑤尤：責怪。

⑥「昔者祁奚」二句：祁奚是春秋時期晉國人，晉悼公時為中軍尉，年老告退時，悼公問誰可接替他，祁奚初薦仇人解狐，解狐未到任死了；又問，祁奚薦其子祁午，故有「外舉不避仇，內舉不避子」之稱。事見左傳襄公三年、國語晉語七。

⑦公旦文王之詩：詩經大雅第一篇文王之什相傳為周公所作，均為讚頌周文王和周武王之德業者。公旦，周公姬旦，周文王子，武王之弟，輔助武王滅紂，建立周王朝。

⑧文：周文王姬昌。殷時諸侯，居於岐山之下，其子武王建立周王朝後尊其為文王。武：周武王姬發。文王之子。繼位後繼承文王事業，伐紂滅商，建立周王朝。

⑨親親：熱愛親人。前面的「親」字用作動詞。

⑩「春秋之義」二句：公羊傳成公十五年：「春秋內其國而外諸夏……言自近者始也。」把周王室尊為親人，而把諸侯國當作外人。義，義理，道理。內、外，用作動詞。諸夏，中原區域內其他華夏族各諸侯國。

⑪「且不愛其親」二句：孝經聖治章：「故不愛其親而愛他人者，謂之悖德。」悖，違背。

【**譯文**】

荀爽與汝南袁閬相見，袁閬問到潁川郡以才德知名的人士，荀爽首先提到自己的幾位兄長。袁閬笑道：「才德之士只限於與你有親屬關係的幾位就算了嗎？」荀爽說：「您責難我，所依據的是什麼經典？」」袁閬說：「我方才問的是一國的才德之士，您卻只說自己的兄長，因此才責怪的。」荀爽說：「古時祁奚薦舉人才時，對內不迴避自己的兒子，對外不迴避自己的仇人，大家都認為公正無私。周公文王之詩，不提堯、舜的功德而專頌文王、武王，這是合乎熱愛親人的道理的。春秋的義理，把周王室尊為親人，把華夏族其他諸侯國當作外人。況且不愛自己的親人而愛其他人，難道不是如孝經所說的違背道義的嗎？」

## 八

**禰衡被魏武謫為鼓吏①，正月半試鼓。衡揚枹為漁陽摻②，淵淵有金石聲③，四坐為之改容。孔融曰：「禰衡罪同胥靡，不能發明王之夢④。」魏武慚而赦之。**

**【注釋】**

①禰衡被魏武謫為鼓吏：孔融向曹操推薦禰衡，「操欲見之，而衡素相輕疾，自稱狂病，不肯往，而數有恣言。操懷忿，而以其才名不欲殺之，聞衡善擊鼓，乃召為鼓史」。禰衡（一七三—一九八），字正平，平原（今山東臨邑東北）人。與孔融為忘年交，被孔融舉薦給曹操。後因恃才傲物，得罪曹操，被曹操送至劉表處；又因侮慢被劉表送至黃祖處，為黃祖所殺。魏武，曹操（一五五—二二〇），字孟德，小名阿瞞，譙（今安徽亳州）人。漢獻帝時位至丞相、大將軍，封魏王。專權，挾天子以令諸侯。子曹丕稱帝後，追尊為太祖武帝。

②枹（fú）：鼓槌。

③淵淵：形容鼓聲深沉的樣子。

④「禰衡罪同胥靡」二句：傳説殷高宗武丁夢到天賜賢人，便派人尋訪，在傅巖找到服勞役從事版築的奴隸傅説，用為大臣，輔佐治理國家，使殷朝得以中興。此是諷刺曹操不能諒其小過而任用賢才。胥靡，服勞役的犯人。這裏借指傅説。明王，賢明的君王。

【譯文】

禰衡被曹操貶為擊鼓的小吏，在正月十五日這天大會賓客試鼓。禰衡舉起鼓槌擊奏漁陽摻之曲，鼓聲中彷彿有鐘磬一樣的聲響，極其深沉凝重，滿座賓客聽了，無不為之動容。孔融説：「禰衡的罪過跟傅説相同，卻不能啟發您的求賢之夢。」曹操聽了感到慚愧，便赦免了禰衡。

## 九

南郡龐士元聞司馬德操在穎川①，故二千里候之②。至，遇德操採桑，士元從車中謂曰：「吾聞丈夫處世，當帶金佩紫③，焉有屈洪流之量④，而執絲婦之事。」德操曰：「子且下車。子適知邪徑之速⑤，不慮失道之迷。昔伯成耦耕，不慕諸侯之榮⑥；原憲桑樞⑦，不易有官之宅。何有坐則華屋，行則肥馬，侍女數十，然後為奇？此乃許、父所以慷慨⑧，夷、齊所以長歎⑨。雖有竊秦之爵⑩，千駟之富⑪，不足貴也。」士元曰：「僕生出邊垂，寡見大義，若不一叩洪鐘、伐雷鼓⑫，則不識其音響也。」

**【注釋】**

①南郡：郡名，轄境內有今湖北襄陽、荊門、洪湖等地，治所在今湖北江陵東北。龐士元：龐統（一七九—二一四），字士元，襄陽（今湖北襄陽）人。初與諸葛亮齊名，號鳳雛。劉備的謀士，與諸葛亮同任軍師中郎將。後輔佐劉備入川攻取益州，建安十九年（二一四）在雒城中流矢而死。司馬德操：司馬徽（？—二〇八），字德操，潁川陽翟（今河南禹州）人。善於知人，被稱為「水鏡」。

②故：特，特地。

③帶金佩紫：佩帶金印紫綬帶，漢相國、列侯等大官才能帶金佩紫。

④洪流之量：比喻才能、氣度之大如同浩大的水流。

⑤適：通「啻」，但，僅僅。

⑥「昔伯成耦（ǒu）耕」二句：伯成，複姓伯成，名子高，堯時立為諸侯。夏禹為天子時，他認為德衰而刑立，不如堯舜，便辭去諸侯回去耕田。耦耕，古代的耕地方式，兩人各拿一耜（sì，古代農具名）並肩而耕。

⑦原憲桑樞：原憲，春秋時魯國人，一說宋人。字子思，孔子學生。孔子死後原憲隱居，蓬戶褐衣蔬食，不改其樂。桑樞，用桑條編成的門，比喻居處簡陋。

⑧許、父：許由、巢父。巢父為堯時隱士，在樹上築巢而居，人稱巢父。堯把天下讓給他，不受。

⑨夷、齊：伯夷、叔齊，他們是商孤竹君的兩個兒子。孤竹君遺命立叔齊為繼承人，父死後，叔齊讓位給伯夷，伯夷不受，兩人一同棄國隱居。武王伐紂，兩人叩馬而諫。武王滅商後，他們恥食周粟，餓死首陽山。

⑩竊秦之爵：指呂不韋以計謀竊取秦國的爵位。呂不韋（？—前二三五），陽翟（今河南禹州）大商人。在趙都遇到作為人質的秦公子子楚，認為「奇貨可居」，便到秦為子楚活動，使其為秦王的繼承人，後繼位為莊襄王，生嬴政（即後來的秦始皇），以呂不韋為相，封文信侯。秦王嬴政繼位，尊為仲父。

⑪千駟（sì）之富：論語曰：「齊景公有馬千駟，民無德而稱焉。」駟，古代一輛車套四匹馬，因稱四匹馬拉的車為駟，亦稱一乘（shèng）。千駟即四千匹馬。

⑫伐：敲打。雷鼓：古樂器名，祀天神時用。

**【譯文】**

南郡龐統聽說司馬徽在潁川，特地從二千里外趕去拜候他。到了那裏，正遇到司馬徽在採桑。龐統從車上對他說：「我聽說大丈夫生在世上，應當佩帶金紫做大官，哪有委屈自己宏大的志向度量去做織婦幹的事呢？」司馬徽說：「您請先下車。您只知道走小路快捷，卻沒有想到有迷路的危險。古代伯成子高寧願在地裏耕種，並不羨慕諸侯的榮耀；原憲雖住陋屋，也不去換取大官的豪宅。哪裏有住在華麗的屋中，出行就騎高頭大馬，身旁圍繞着侍女數十位，然後才算是奇特、高人一等呢？這也就是許由、巢父慷慨辭讓天下的原因，也就是伯夷、叔齊長歎的緣故。即使有呂不韋那樣從秦國竊取的爵位，有齊景公那樣擁有四千匹馬的巨富，也是不值得尊貴的。」龐統說：「我生在偏僻的邊地，很少聽到大道理，如果不是今天叩響大鐘，敲打雷鼓，也就不會知道您的見識了！」

## 一〇

**劉公幹以失敬罹罪①。文帝問曰②：「卿何以不謹於文憲③？」楨答曰：「臣誠庸短，亦由陛下網目不疏④。」**

**【注釋】**

①劉公幹以失敬罹（lí）罪：曹丕在宴請文學之士時，讓甄夫人出拜，座上客都拜伏，表示致敬，只有劉公幹一人對面平視，禮貌不周，以失敬被發配輸作部做工。劉公幹，劉楨（？—二一七），字公幹，東平（今屬山東）人，為曹操丞相掾屬。建安七子之一，其五言詩負有盛名，後人將其與曹植並舉，稱為「曹劉」。作品多散佚，明人輯有劉公幹集。失敬，禮貌不周。罹罪，遭受罪罰。罹，遭受。

②文帝：曹丕（一八七—二二六），字子桓，曹操次子。曹操死後，襲位為魏王，後代漢稱帝，都洛陽，國號魏。愛好文學，有魏文帝集。

③文憲：法規。

④網目：法網。

【譯文】

劉楨因為不敬而獲罪。曹丕問他說：「你為什麼不謹慎遵奉法規？」劉楨答道：「臣下實在是庸才，見識短淺，但也是由於陛下法網過密不寬之故。」

## 一一

鍾毓、鍾會少有令譽①，年十三，魏文帝聞之，語其父鍾繇曰②：「可令二子來。」於是敕見③。毓面有汗，帝問：「卿面何以汗？」毓對曰：「戰戰惶惶，汗出如漿。」復問會：「卿何以不汗？」對曰：「戰戰栗栗，汗不敢出。」

【注釋】

①鍾毓（yù ？—二六三）：字稚叔，魏潁川長社（今河南長葛東北）人，鍾繇長子。機捷談笑，

有父風。累官都督徐州、荊州諸軍事。鍾會（二二五—二六四）：字士季，魏潁川長社（今河南長葛東北）人，官至司徒，為司馬昭重要謀士。在征討毌丘儉、諸葛誕其間，鍾會屢出奇謀，被人比作西漢謀士張良。又曾為司馬昭獻策阻止了曹髦的奪權企圖，得以成為司馬氏的親信。名士嵇康被殺，也是他的主意。魏元帝景元年間，鍾會獨力支持司馬昭的伐蜀計劃，發動伐蜀之戰。滅蜀後，鍾會大力結交西蜀名士，打擊鄧艾等人，打算自立政權，但由於手下官兵不支持而發動兵變，死於兵亂之中。令譽：美好的聲譽。

②鍾繇（一五一—二三〇）：字元常，東漢末為黃門侍郎。曹操執政時為侍中守司隸校尉，督關中各路軍隊，為曹操守關中並保障供給，曹操讚他為「蕭何」。曹丕代漢，為廷尉，封崇高鄉侯，與華歆、王朗並為三公。魏明帝時，遷太傅。工書法，尤精隸楷，與王羲之並稱「鍾王」。

③敕（chì）：皇帝的詔令。

## 【譯文】

鍾毓、鍾會少年時就有美好的名聲，鍾毓十三歲時，魏文帝曹丕聽說了他們弟兄倆，就對他們的父親鍾繇說：「可叫你兩個兒子來見我。」於是下令詔見。鍾毓臉上有汗，曹丕說：「你臉上為什麼出汗？」鍾毓回答：「我膽戰心驚，不安恐慌，所以汗出如水漿。」曹丕又問鍾會：「你為什麼不出汗？」鍾會回答：「我心驚肉跳，顫抖恐懼，連汗也不敢出了。」

## 一二

鍾毓兄弟小時，值父晝寢，因共偷服藥酒①。其父時覺②，且託寐以觀之③。毓拜而後飲，會飲而不拜。既而問毓何以拜④，毓曰：「酒以成禮⑤，不敢不拜。」又問會何以不拜，會曰：「偷本非禮，所以不拜。」

【注釋】

①藥酒：即五石散，一稱寒食散。

②時：當時。

③且：姑且，暫時。託寐：假裝睡着。

④既而：不久。

⑤酒以成禮：飲酒是用來完成禮節的。語見左傳莊二十二年：「酒以成禮，不繼以淫，義也。」

【譯文】

鍾毓兄弟倆小時候，遇到他們的父親睡午覺，就一起趁機偷藥酒喝。鍾繇當時正好醒過來，便假裝睡覺觀察他們。鍾毓拜了以後再喝酒，鍾會喝酒以前卻不拜。過後不久，鍾繇問鍾毓為什麼拜了再喝，鍾毓說：「酒是用來完成禮節的，我不敢不拜。」又問鍾會為什麼不拜，鍾會說：「偷酒喝本來就不合禮節，所以不拜。」

## 一三

魏明帝為外祖母築館於甄氏①，既成，自行視，謂左右曰：「館當以何為名？」侍中繆襲曰②：「陛下聖思齊於哲王③，罔極過於曾、閔④。此館之興，情鍾舅氏，宜以『渭陽』為名⑤。」

### 【注釋】

①魏明帝：曹叡（ruì，二〇五—二三九），字元仲，曹丕子，生母是甄夫人，因郭后無子，詔使養之。後繼位，是為魏明帝。能詩文，與曹操、曹丕並稱魏之「三祖」。繼位後指揮曹真、司馬懿等人成功防禦了吳、蜀的多次攻伐，並且平定鮮卑，攻滅公孫淵，頗有建樹。然而統治後期，大興土木，臨終前託孤曹爽、司馬懿，導致後來朝政動盪。甄氏：指曹叡母親甄家。

②侍中：官名，皇帝近侍。繆襲（一八六—二四五）：字熙伯，魏東海蘭陵（今山東蘭陵）人。歷事曹操、曹丕、曹叡、曹芳四世，官至尚書、光祿勳。

③聖思：聖明的思慮。哲王：賢明的君主。

④罔極：無窮無盡。曾、閔：曾參、閔子騫。孔子的學生，都是有名的孝子。

⑤渭陽：詩經秦風渭陽中有「我送舅氏，曰至渭陽」之句。此詩為春秋時秦康公之作。秦康公為太子時，其舅父晉公子重耳遭驪姬讒害，出亡在外，由於秦穆公的幫助得以回國為君。康公送別重耳於渭水北岸，作此詩以表甥舅情誼。詩序謂康公「我見舅氏，如母存焉」，則以表示對亡故的母親的思念之情以及對舅家的親近之情。

【譯文】

魏明帝在甄府為外祖母建造了一座館舍。造成後，親自去察看，他對左右隨從說：「這府第該叫什麼名字才好？」侍中繆襲說：「陛下聖明之思慮與賢明之君王相同，孝心無窮無盡遠遠超過曾參和閔子騫。這座府第的興建傾注了對舅家的深情厚誼，所以應當用『渭陽』來命名。」

一四

何平叔云①：「服五石散②，非唯治病，亦覺神明開朗。」

【注釋】

①何平叔：何晏（一九〇—二四九），字平叔，魏南陽宛（今河南南陽）人。漢末大將軍何進之孫。曹操納其母尹氏，並收養何晏。晏少以才秀知名，娶魏公主，好老莊之言。何晏與夏侯玄、王弼等倡導玄學，競事清談，遂開一時風氣，為魏晉玄學的創始者之一。後依附曹爽，累官尚書，主選舉，與其有舊者，多被拔擢。終被司馬懿所殺。其主要著作有論語集解十卷、道德論二卷、集十一卷，集已佚。今存論語集解、無名記、無為論、景福殿賦等。

②五石散：由丹砂、雄黃、白礬、曾青、磁石五種金石類藥，再配以其他藥物調製而成。因藥性猛烈，服後需行走發散，故名五石散。又服者需冷食、薄衣，故亦稱寒食散。

【譯文】

何晏說：「服食五石散，不但可以治病，同時也覺得神志清楚，情緒暢快。」

一五

嵇中散語趙景真①：「卿瞳子白黑分明，有白起之風②，恨量小狹。」趙云：「尺表能審璣衡之度③，寸管能測往復之氣④。何必在大，但問識如何耳。」

【注釋】

①嵇中散：嵇康。趙景真：趙至（約二四九—二八九），字景真，代郡（今山西蔚縣）人。出身清寒，苦讀成名。與嵇康兄子蕃善，嵇康甚稱之。官至遼東從事，以斷獄精審著稱。因母親亡故，哀傷嘔血而死。

②卿瞳子白黑分明，有白起之風：謂趙至的頭型、面相、眼睛等長相與白起相像。嚴尤三將敘曰：「白起……小頭而面銳，瞳子白黑分明，視瞻不轉。」白起為戰國秦昭王時善於用兵之名將，曾攻陷楚國郢都，燒夷陵楚國祖廟，又在與趙國的長平之戰中坑殺趙卒四十餘萬。

③表：古代天文儀器圭表的組成部分，為直立的標竿，用以測量日影的長度。隋書天文志：「冬至之日，樹八尺之表，日中視其晷景長短。」淮南子本經訓：「天地之大，可以矩表識也。」璣衡：

璇璣玉衡，北斗七星的泛稱。北斗由天樞、天璇、天璣、天權、玉衡、開陽、搖光七星組成。史記天官書：「北斗七星，所謂璇璣玉衡。」

④寸管能測往復之氣：續漢書律曆志曰：「十二律之變，至於六十，以律候氣。候氣之法：為室三重，戶閉，塗釁必周，密佈緹幔，以木為案，加律其上，以葭莩灰抑其內，為氣所動者，其灰散也。以此候之。」管，指定音的儀器律管。呂氏春秋曰：「昔黃帝令伶倫作為律。伶倫自大夏之西，乃之阮隃之陰，取竹於嶰溪之谷，以生空竅厚鈞者，斷兩節間，其長三寸九分，而吹之以為黃鐘之宮，吹曰舍少。次制十二筒，以之阮隃之下，聽鳳皇之鳴，以別十二律。其雄鳴為六，雌鳴亦六，以此黃鐘之宮適合。」往復之氣，指節氣、氣候。往復，往而復來，循環不息。

【譯文】

嵇康對趙至說：「你的瞳子黑白分明，有白起的風貌，遺憾的是器量狹小了點。」趙至說：「一尺長的表可以察知北斗七星運行的度數，寸把寬的竹管能測量季候的循環更替。因此，不必在乎一個人的器量大不大，只要看他見識怎麼樣就成了。」

## 一六

司馬景王東征①，取上黨李喜以為從事中郎②。因問喜曰：「昔先公辟君不就③，今孤召君，何以來？」喜對曰：「先公以禮見待，故得以禮進退；明公以法見繩④，喜畏法而至耳。」

【注釋】

①司馬景王東征：正元元年（二五四），司馬師廢魏帝，二年（二五五）春正月，鎮東大將軍毌丘儉、揚州刺史文欽舉兵作亂，司馬師率師東征。司馬景王，司馬師（二〇七—二五五），字子元，司馬懿長子。「沉毅多大略」，曾與其父司馬懿謀劃誅殺曹爽，以功封長平鄉侯食邑千戶，旋加衞將軍。司馬懿死後，以撫軍大將軍輔政，獨攬朝廷大權。正元元年，魏帝曹芳與中書令李豐等密謀除司馬師，事情泄露，司馬師殺死參與者，逼太后廢掉魏帝曹芳，以曹髦為帝。司馬炎代魏為晉武帝，追尊其為景帝，廟號世宗。執政期間，擊滅東吳諸葛恪，平定王澄、毌丘儉叛亂。

②上黨：郡名，轄境在今山西長治一帶。李喜：晉書本傳作「憙」，字季和，晉上黨銅鞮（今山西沁縣南）人。少有高行，以賢良徵，不行，累辟三府，不就，司馬懿為太傅，復辟為太傅屬，固辭。司馬師辟為從事中郎。當官正色，不憚強禦，百僚震肅。後任涼州刺史，加揚威將軍，假節，領護羌校尉。綏撫邊境，甚有政績與聲譽。轉冀州刺史。累遷至司隸校尉。入晉，泰始初封祁侯。為二代司隸，朝野稱之。為太子太傅。遷尚書僕射，拜特進光祿大夫，謚成。一生清素，家無積蓄，親舊故人乃至分衣共食。從事中郎：官名，帥府幕僚。

③昔先公辟（ㄅㄧˋ）君不就：據晉書本傳，司馬懿辟李喜為太傅屬，李喜固辭。「疾郡縣扶輿上道。時憙母疾篤，乃竊踰泫氏城而徒還」。先公，指司馬懿。辟，徵召。

④繩：約束。

【譯文】

司馬師東征毌丘儉時，招致上黨李喜，用為將帥府的從事中郎。司馬師於是就問李喜說：「過去先父曾經徵召您為官，您推辭不肯就職；現在我徵召您，您為什麼來呢？」李喜答道：「您先父按禮來對待我，所以我能夠按禮來取捨；而您用法令來約束我，我只是害怕法令才來的啊。」

## 一七

**鄧艾口吃①，語稱「艾艾」②。晉文王戲之曰③：「卿云『艾艾』，定是幾艾？」對曰：「『鳳兮鳳兮』④，故是一鳳。」**

【注釋】

①鄧艾（一九七—二六四）：字士載，魏棘陽（今河南新野東北）人。仕魏，建議司馬懿在淮南與修水利，實行軍屯，此後「每東南有事，大軍興眾泛舟而下達於江淮，資食有儲而無水害」。足智多謀，官至鎮西將軍，與鍾會分軍滅蜀，進太尉。後鍾會誣以謀反，為監軍衞瓘所殺。

②艾艾：古人與人說話時，自己稱名而不稱字，以示謙恭。鄧艾在稱自己之名時，由於結巴，便說「艾……艾……」。

③晉文王：司馬昭。

④鳳兮鳳兮：見論語微子：「楚狂接輿歌而過孔子曰：『鳳兮鳳兮，何德之衰！』」喻孔子為鳳，謂孔子不能避世退隱，是德行衰敗的表現。

【譯文】

鄧艾有口吃的毛病，對人說話稱名時，總是說「艾……艾……」。司馬昭同鄧艾開玩笑說：「你說艾……艾……，究竟有幾個艾啊？」鄧艾答道：「所謂『鳳兮鳳兮』，僅是一隻鳳啊。」

## 一八

嵇中散既被誅，向子期舉郡計入洛①。文王引進②，問曰：「聞君有箕山之志③，何以在此？」對曰：「巢、許狷介之士④，不足多慕⑤！」王大咨嗟⑥。

【注釋】

①「嵇中散既被誅」二句：向秀別傳稱：「後康被誅，秀遂失圖，乃應歲舉，到京師，詣大將軍

司馬文王。」嵇康被司馬昭所殺，為司馬氏清除異己的重要信號，向秀為自保，不得不應召出仕。嵇中散，嵇康。向子期，向秀（約二二七—二七二），字子期，魏河內懷（今河南武陟西南）人。竹林七賢之一。與嵇康、呂安友善，隱居不仕。後官至黃門侍郎、散騎常侍。為莊子作注，未畢而卒。作思舊賦，為懷念嵇康之名篇。舉郡計入洛，謂向秀被郡守推薦與上計吏一同赴京。將郡國錢穀、稅收、戶口等編為計簿，送呈京師的官員，稱為上計吏。

②文王：即司馬昭。引進：指召見向秀。

③箕山之志：喻指不肯出仕，隱居之志。箕山，在河南登封東南，相傳堯時隱士巢父、許由隱居於此。

④狷（juàn）介：潔身孤高。人物志體別：「狷介之人，砭清激濁，不戒其道之隘狹，而以普為穢，益其拘。是故可與守節，難以通變。」

⑤多慕：讚許仰慕。多，讚許。

⑥咨嗟：讚歎。

## 【譯文】

嵇康被殺以後，向秀被郡守薦舉，與上計吏一同到京都洛陽。司馬昭召見向秀，問道：「聽說你不肯出仕，有隱居之志，為什麼會在這裏呢？」向秀回答道：「巢父、許由是潔身孤高之人，不值得讚許仰慕！」司馬昭聽了，大為讚賞。

## 一九

晉武帝始登阼①，探策得一②。王者世數③，繫此多少④。帝既不說⑤，羣臣失色，莫能有言者。侍中裴楷進曰：「臣聞天得一以清，地得一以寧，侯王得一以為天下貞⑥。」帝說，羣臣歎服。

**【注釋】**

①晉武帝：司馬炎。登阼（zuò）：即位，登上皇帝寶座。阼，東階，古以東階為主位，故皇帝即位時登東階而上。

②探策：即求籤。策，古代卜筮用的蓍草。

③世數：世代相傳的數目。

④繫：關聯。

⑤說：同「悅」，高興。

⑥「臣聞天得一以清」三句：見老子三十九章：「昔之得一者，天得一以清，地得一以寧，神得一以靈，穀得一以盈，萬物得一以生，侯王得一以為天下貞。」清，清明。寧，安寧。貞，正，正道，正統。

## 【譯文】

晉武帝即位時，用蓍草占卜所得數字是「一」。帝王家相傳能有多少代，與占卜得到數字的多少相關聯。晉武帝很不高興，羣臣也都驚慌失色，沒有一個人能說得出話來。侍中裴楷上前說：「我聽說天得到一就會清明，地得到一就會安寧，侯王得到一就會成為正統。」晉武帝聽了很高興，羣臣都很讚歎佩服。

## 二〇

**滿奮畏風①。在晉武帝坐，北窗作琉璃屏②，實密似疏，奮有難色。帝笑之。奮答曰：「臣猶吳牛，見月而喘③。」**

## 【注釋】

①滿奮：字武秋，晉高平（今山東微山西北）人。官冀州刺史、尚書令、司隸校尉。晉書周馥傳稱其在八王之亂中為上官己所殺。

②琉璃屏：琉璃做成的屏風。一本作「琉璃扇屏風」。

③臣猶吳牛，見月而喘：吳地之牛畏熱，見月疑是日而喘。比喻因疑似而懼怕。

【譯文】

滿奮怕風。一次他侍從在晉武帝座旁，北窗前有琉璃屏風，實際上是密不透風的，可是看上去似乎稀疏透風，故滿奮不免面露難色。晉武帝就笑話他。滿奮說：「我就像吳牛一樣，看見月亮就要喘息。」

## 二一

**諸葛靚在吳①，於朝堂大會。孫皓問②：「卿字仲思，為何所思？」對曰：「在家思孝，事君思忠，朋友思信。如斯而已！」**

【注釋】

①諸葛靚在吳：諸葛靚是諸葛誕之子。諸葛誕在魏為鎮東大將軍，都督揚州諸軍事，徵為司空。因不滿司馬氏專權而起兵反叛，遣少子諸葛靚至吳為質，吳即以靚為右將軍、大司馬。諸葛靚，字仲思，三國時期琅邪陽都（今山東沂水南）人。吳亡入晉，因父誕為司馬昭所殺，故雖入晉而終身不仕晉。

②孫皓（二四二—二八三）：字元春，吳郡富春（今屬浙江）人，孫權之孫，三國吳的末代君主。初立時，撫恤人民，開倉賑貧、減省宮女，一時被譽為令主。但很快便變得專橫殘暴，荒淫奢侈。又曾遷都至武昌（今湖北鄂州），大興土木。晉滅吳，歸降，封歸命侯。

【譯文】

諸葛靚在吳國時，一次在朝堂上參與大朝會。孫皓問他：「你的字叫仲思，那麼所思的是什麼呢？」諸葛靚答道：「我在家所思的是盡孝，在朝侍奉君主所思的是盡忠，與朋友交往所思的是誠信。就是這些罷了！」

## 二二

蔡洪赴洛①，洛中人問曰：「幕府初開②，羣公辟命③，求英奇於仄陋④，採賢俊於巖穴⑤。君吳楚之士⑥，亡國之餘⑦，有何異才而應斯舉⑧？」蔡答曰：「夜光之珠⑨，不必出於孟津之河⑩；盈握之璧⑪，不必採於崑崙之山⑫。大禹生於東夷⑬，文王生於西羌⑭。聖賢所出，何必常處⑮。昔武王伐紂，遷頑民於洛邑⑯，得無諸君是其苗裔乎⑰？」

【注釋】

①蔡洪：字叔開，三國時期吳郡人，初仕吳，吳亡，舉秀才入洛陽，官至松滋令。

②幕府：原指將帥在外的營帳，後亦稱地方軍政大吏的衙署。

③辟（bì）命：徵召，任命。辟，徵召，薦舉。

④英奇：英俊奇異之士。仄（zè）陋：指不為人所注重的社會下層或鄙陋之處。
⑤巖穴：山洞，隱士的居處。
⑥吳楚：泛指南方地區。
⑦亡國之餘：指東吳已被滅亡，蔡洪是亡國的遺民。
⑧斯舉：指這次薦舉人才的盛事。
⑨夜光之珠：一稱隨珠，古代傳說中之明珠。據說隨侯救治一條大蛇，後大蛇即於江中銜明月珠報答之，遂稱為隨珠。
⑩孟津：古黃河渡口名，在今河南孟津東北，孟州西南。
⑪盈握之璧：指玉璧之大，握在手上滿滿一把。盈，滿。
⑫崑崙之山：傳說崑崙山盛產美玉。
⑬大禹生於東夷：禹的出生地古書有很多說法，但大多認為是出於西羌，如史記六國年表「禹興於西羌」，新語「大禹出於西羌」等，只有個別人認為其出於東方。孟子曰：「舜生於諸馮，東夷人也。」故有人說此是蔡洪之誤。東夷，古代對東方諸族的稱呼，此指東方。
⑭文王生於西羌：周文王生於歧周，在西方。西羌，羌是古代一個部族，生活在中原西部，故稱西羌。孟子稱文王「西戎人也」，不論是「羌」、是「戎」，都意在說明文王並沒有生活在文化中心。
⑮常處：不變的地方，固定的地方。
⑯「昔武王伐紂」二句：周武王起兵滅紂，建立周王朝，分封諸侯，把不肯順從的殷朝遺民遷至

洛陽，以便教化。紂，商朝末代君主。驕奢淫逸，征伐無度，引得眾叛親離，被周武王率諸侯敗於牧野，自焚於鹿台。商亡。

⑰得無：莫非。苗裔：後代。

【譯文】

蔡洪被薦舉為秀才赴京城洛陽，洛陽人問他：「現在衙署剛剛設立，諸大臣受命選拔人才，在出身卑微者中求取英俊傑出之士，從隱居山林者中吸納賢德能幹之人。你是吳地南方人，不過是個亡國遺民，有什麼傑出才能而來參加這次薦舉賢才的盛事？」蔡浩回答道：「夜光珠不一定產於孟津河水中；握在手上滿滿一把的大玉璧，也不一定就出在崑崙山上；大禹就生在東夷，文王也生在西羌。聖賢所誕生的地方，不必有固定的場所。古時武王討伐殷紂王，把殷朝頑劣的遺民遷到了洛陽，莫非你們就是他們的後代嗎？」

二三

諸名士共至洛水戲①，還，樂令問王夷甫曰②：「今日戲，樂乎？」王曰：「裴僕射善談名理③，混混有雅致④；張茂先論史、漢⑤，靡靡可聽⑥；我與王安豐說延陵、子房⑦，亦超超玄著⑧。」

【注釋】

①名士：當時唾棄禮法、任情而行、喜好玄言清談的知名之士。洛水：即今洛河。

②樂令：樂廣。王夷甫：王衍（二五六—三一一），字夷甫，琅邪臨沂（今屬山東）人，王戎堂弟。神情明秀，風姿詳雅，專好玄言，喜談老莊，崇尚浮華放誕，為當時名士之首。官至中書令、尚書令、司徒、司空、太尉。八王之亂中，王衍身居高位，但整日玄談，不以國家大事為重，使弟王澄為荊州刺史，族弟王敦為青州刺史，唯求自保。後為石勒所俘，以晉軍敗亡責不在己，並勸石勒稱帝，石勒怒曰：「君名蓋四海，身居重任，少壯登朝，至於白首，何得言不豫世事邪？破壞天下正是君罪！」於是被殺。

③裴僕射：裴頠（wěi，二六七—三〇〇），字逸民，河東聞喜（今屬山西）人。博學多聞，兼通醫術，自少知名，辭論豐博，時人稱為「言談之林藪」。與山濤、和嶠等人同為司馬炎身邊近臣，參與了晉朝法律的制定。裴頠與司馬懿之子司馬亮，以及司馬炎的夫人楊皇后之兄、車騎將軍楊駿都是兒女親家。惠帝時為國子祭酒，兼右軍將軍。楊駿與司馬亮爭權，以助司馬亮誅楊駿功，封武昌侯。奏修國學，刻石寫經，累遷尚書。進尚書左僕射，專任門下事。憂慮時俗虛浮，不遵儒術，反對「貴無」之說，主張「崇有」之說。著有崇有論。後為趙王倫所害。惠帝反正，追謚成。名理：特指魏晉及其後清談家辨析事物名和理的是非同異。名理學直接影響了玄學，王弼、郭象研究問題都強調辨名析理，主要是用辨名析理的方法進行思辨的概念分析與推論，為其玄學理論作論證。

④混混（gǔn）：水奔流不息的樣子，用以形容說話滔滔不絕。

⑤張茂先：張華。

⑥靡靡：細緻動聽。

⑦王安豐：王戎。延陵：季札，春秋時吳王壽夢少子。封於延陵，稱延陵季子。後又封州來，稱延州來季子。父壽夢欲立之，辭讓。他的三位兄長諸樊、餘祭、夷昧約定以次相傳，最後傳位給他，夷昧死，他仍避而不受。夷昧之子僚立。諸樊子公子光使專諸刺殺僚而自立，即闔閭。季札哭僚之墓，尊立闔閭。賢明博學，屢次聘用中原諸侯各國，會見晏嬰、子產、叔向等。聘魯，觀周樂，審音知政。子房：張良，字子房，劉邦主要謀士，助劉邦打敗項羽，建立漢朝，封留侯。晚年學神仙長生之術。

⑧超超：高超脫俗。玄著：言論深妙。

## 【譯文】

許多名士一起到洛水邊遊玩，回來後，樂廣問王衍說：「你們今天去遊玩，高興嗎？」王衍說：「裴僕射善於高談名理，雄辯滔滔，很有高雅之意致；張茂先論說史記、漢書，細緻動聽；我與王安豐說起延陵與子房來，也頗為超脫，深遠玄妙。」

## 二四

王武子、孫子荊各言其土地人物之美①。王云：「其地坦而平，其水淡而清，其人廉且貞。」孫云：「其山嶵巍以嵯峨②，其水泙渫而揚波③，其人磊砢而英多④。」

### 【注釋】

①王武子：王濟（約二四六—二九一），字武子，太原晉陽（今山西太原）人。大將軍王渾的次子。好弓馬，勇力絕人，善易及莊、老，文詞俊茂，伎藝過人，有名當世，與姐夫和嶠及裴楷齊名。為晉武帝婿，累遷侍中，與侍中孔恂、王恂、楊濟同列，為一時秀彥。濟善於清言，然外雖弘雅，而內多忌刻，性豪侈，麗服玉食。官中書郎、驍騎將軍、侍中、太僕等。孫子荊：孫楚（約二一八—二九三），字子荊，太原中都（今山西平遙西）人。史稱其「才藻卓絕，爽邁不羣」，多所陵傲，故缺鄉曲之譽。入仕為鎮東將軍石苞的參軍，後為晉扶風王司馬駿征西參軍，晉惠帝初為馮翊太守。

②嶵（zuì）巍：高大的樣子。嵯峨：山勢高峻。

③泙渫（yā dié）：水波重疊。

④磊砢（luǒ）：指才能卓越。英多：奇特。

【譯文】

王濟和孫楚各自誇說自己家鄉土地與人物之美好。王濟說：「我家鄉的土地遼闊平整，河水甜美而清純，人物廉潔而堅貞。」孫楚說：「我家鄉的山勢高峻而巍峨，河水浩淼而揚波，人物才能卓越而傑出。」

## 二五

樂令女適大將軍成都王穎①，王兄長沙王執權於洛②，遂構兵相圖③。長沙王親近小人，遠外君子，凡在朝者，人懷危懼。樂令既允朝望④，加有婚親，羣小讒於長沙。長沙嘗問樂令，樂令神色自若，徐答曰：「豈以五男易一女⑤？」由是釋然，無復疑慮⑥。

【注釋】

①樂令：樂廣。適：嫁。成都王穎：司馬穎（二七九—三〇六），字章度，晉武帝第十六子，封成都王，鎮鄴（今河北臨漳）。八王之亂中，先與河間王司馬顒、齊王司馬冏共討趙王司馬倫，司馬倫敗死。與司馬顒討司馬冏；司馬冏敗，太安二年（三〇三）又與司馬顒合謀攻長沙王司馬乂，致使混戰規模愈益擴大。永安元年（三〇四）拜丞相，尋還鎮鄴，自立為皇太弟，遙制

朝政。七月，東海王司馬越挾帝北征。兩軍在蕩陰激戰，司馬越大敗。司馬穎遣人迎晉惠帝入鄴城，改元建武。幽州刺史王浚聯合鮮卑段務勿塵，烏桓羯朱以及東嬴公司馬騰同起兵討司馬穎，大破之，司馬穎率數十騎引惠帝奔洛陽。河間王司馬顒部將張方擁兵專政，挾惠帝、成都王司馬穎、豫章王司馬熾等遷往長安，復永安年號。十二月，司馬顒廢其皇太弟位，立司馬熾為皇太弟，改元永興，令司馬穎歸藩。行至洛陽，會司馬越攻司馬顒，轉奔關中。八月，司馬顒表穎為鎮軍大將軍，都督河北諸軍事。光熙元年（三〇六）司馬越敗司馬顒軍，司馬穎為頓丘太守馮嵩所擒，送於鄴城。十月，被長史劉輿矯詔賜死。

②長沙王：司馬乂（yì，二七六—三〇四），字士度，晉武帝第六子，封長沙王。趙王司馬倫殺賈后廢惠帝自稱帝，司馬乂聯合齊王司馬冏、成都王司馬穎、河間王司馬顒起兵攻司馬倫，倫敗自殺，惠帝復位，司馬冏輔政。司馬乂與河間王司馬顒攻殺司馬冏，入據洛陽執政。不久司馬穎和司馬顒起兵攻司馬乂，大戰洛陽數月。司馬越見圍洛陽日緊，發動兵變收捕司馬乂，囚於金墉城，奏帝免乂官，改元永安。司馬顒部將張方至金墉城，執司馬乂，炙而殺之。

③構兵相圖：指太安二年（三〇三）司馬穎與司馬顒合謀攻長沙王司馬乂。構兵，出兵交戰。圖，圖謀，設法對付。

④允：使人信服，受人敬重。

⑤易：交換。

⑥由是釋然，無復疑慮：按，然據晉書樂廣本傳，「乂猶以為疑，廣竟以憂卒」。

【譯文】

樂廣的女兒嫁給大將軍成都王司馬穎，司馬穎之兄長沙王司馬乂當時在洛陽執掌朝政，於是雙方出兵交戰都想制服對方。長沙王司馬乂親近小人，把他們當自己人，疏遠君子，把他們當成外人，凡是在朝做官的，人人都心懷不安與恐懼。樂廣在朝廷上既有很高的聲望，又加上和成都王司馬穎有姻親關係，一班小人便在長沙王跟前說他的壞話。長沙王曾責問樂廣，樂廣神色坦然，從容回答道：「難道我要用五個兒子來換一個女兒嗎？」聽到此話，長沙王放下心來，不再猜疑擔心樂廣了。

## 二六

**陸機詣王武子①，武子前置數斛羊酪②，指以示陸曰：「卿江東何以敵此③？」陸云：「有千里蓴羹，但未下鹽豉耳④。」**

【注釋】

①陸機（二六一—三〇三）：字士衡，吳郡吳縣華亭（今上海松江）人。祖父陸遜、父親陸抗皆吳國名將。少時任吳牙門將，二十歲時吳亡，陸機與其弟陸雲隱退故里，十年閉門勤學。晉武帝太康十年（二八九），陸機和陸雲來到京城洛陽，傾動一時，稱「二陸」。陸機曾為成都王司馬

穎表為平原內史（漢置平原郡轄十九縣，晉為平原國，諸侯國不設丞相而設內史負責政務），故世稱「陸平原」。司馬穎在討伐長沙王司馬乂的時候，任用陸機為後將軍、河北大都督，率領二十餘萬人。陸機與挾持了晉惠帝的司馬乂戰於鹿苑，大敗。宦人孟玖等向司馬穎進讒，陸機遂為司馬穎所殺，二子陸蔚、陸夏同時被害，弟陸雲、陸耽也隨後遇害。工駢文與詩，所作文賦為重要的文論。後人輯有陸士衡集。王武子：王濟。

②斛（hú）：量器名，古時以十斗為斛，後又以五斗為斛。

③江東：古稱蕪湖、南京以下的長江南岸地區，亦稱三國吳統治下的全部地區。敵：匹敵，相當。

④「有千里蓴（chún）羹」二句：蓴羹本身甜美細滑，加鹽豉味更美。言下之意，不加鹽豉之蓴羹已可與羊酪媲美，經過調味的蓴羹自然勝過羊酪。千里，指江東廣大地區；一指千里湖，在今江蘇溧陽。蓴羹，用蓴菜做的糊狀食物。蓴，蓴菜，一種多年生水草，嫩葉可吃。鹽豉（chǐ），鹹豆豉。味鮮，可用作調料。

**【譯文】**

陸機去拜訪王濟，王濟案前放着幾十斗羊酪，他指着羊酪給陸機看，說：「你們江東有什麼吃的東西可以與羊酪匹敵嗎？」陸機回答說：「我們江東千里湖的蓴羹與此相似，只是還沒有加上鹹豆豉罷了！」

## 二七

中朝有小兒[①]，父病，行乞藥。主人問病，曰：「患瘧也。」主人曰：「尊侯明德君子[②]，何以病瘧？」答曰：「來病君子[③]，所以為瘧耳[④]。」

### 【注釋】

①中朝：晉南渡後稱渡江前的西晉為中朝。

②尊侯：尊稱對方之父。

③病：使動用法，使……生病。

④瘧：與「虐」字同音雙關，暴虐之意。

### 【譯文】

西晉有個男孩，他父親病了，便去討藥來治病。主人詢問病情，男孩說：「生的是瘧疾。」主人說：「令尊大人是有美德的君子，為什麼會患上瘧疾呢？」男孩回答道：「它來使君子生病，這就是稱它為暴虐鬼的原因啊。」

## 二八

崔正熊詣都郡[①]，都郡將姓陳[②]，問正熊：「君去崔杼幾世[③]？」答曰：「民去崔杼，如明府之去陳恆[④]。」

**【注釋】**

①崔正熊：崔豹，字正雄，又作正熊，晉惠帝時官至太傅，著有古今注。都郡：以其他郡的太守來兼本郡軍事者。

②都郡將：都郡太守。

③去：距離。崔杼（zhù）：春秋時齊國大夫，弒莊公立景公，自己為相，後自縊而死。

④明府：對太守的尊稱。陳恆：春秋時齊大夫，弒其君簡公。

**【譯文】**

崔豹去拜都郡太守，郡太守姓陳，問崔豹說：「你上距崔杼有幾代？」崔豹答道：「我距崔杼的世代，與您上距陳恆的世代差不多。」

## 二九

元帝始過江①，謂顧驃騎曰②：「寄人國土③，心常懷慚。」榮跪對曰：「臣聞王者以天下為家，是以耿、亳無定處④，九鼎遷洛邑⑤。願陛下勿以遷都為念。」

### 【注釋】

①元帝始過江：指司馬睿渡江南下，在王導、王敦輔助下，優禮當地士族，壓平叛亂，慘淡經營，始得在江南立足。史載司馬睿「及徙鎮建康，吳人不附，居月餘，士庶莫有至者」，後在王導的安排建議下，震懾拉攏，江南士族才逐漸依附。元帝，司馬睿（二七六—三二三），字景文，初襲封琅邪王，八王之亂後期依附於東海王司馬越，越以其為平東將軍、監徐州諸軍事，留守下邳。偽漢劉淵舉兵後，司馬睿用王導之謀，請移鎮建鄴。朝廷遂於永嘉元年（三〇七）命為安東將軍、都督揚州諸軍事，九月南下。建興四年（三一六）偽漢劉曜陷長安，俘晉愍帝，西晉亡。次年（三一七）三月，司馬睿即晉王位，始建國，改元建武。三一八年即皇帝位，改元太興，都建康，是為東晉。後因王敦跋扈作亂，憂憤而死。廟號中宗。

②顧驃騎：顧榮，他死後贈驃（piào）騎將軍，故稱。

③寄人國土：東晉建都建康，三國時屬於孫吳，東晉的皇室士族從中原渡江而來，故有寄人國土之說。

④耿、亳無定處：指殷商屢次遷都。耿，一作邢（音耿），古都邑名，在今河南温縣東，殷商祖乙遷都於此。亳，古都邑名，商湯時都城，在今河南商丘東南。

⑤九鼎遷洛邑：九鼎隨天命所在不斷遷移。九鼎，傳說夏禹鑄造九鼎，象徵九州，三代奉為傳國之寶，成湯滅夏，遷九鼎於商邑，周武王滅商，遷九鼎於洛邑。

**【譯文】**

晉元帝剛剛渡過長江時，對顧榮說：「寄住在他人的國土上，心裏常常懷有慚愧之感。」顧榮跪坐對答道：「我聽說帝王以天下為家，因此殷商先建都在耿，後遷至亳，沒有固定的地方，夏禹所鑄九鼎到周武王時遷到了洛邑。所以希望陛下不要把遷都之事放在心上。」

## 三〇

庾公造周伯仁①，伯仁曰：「君何所欣說而忽肥？」庾曰：「君復何所憂慘而忽瘦？」伯仁曰：「吾無所憂，直是清虛日來②，滓穢日去耳③。」

**【注釋】**

①庾公：庾亮。周伯仁：周顗（yǐ，二六九—三二二），字伯仁，汝南安城（今河南平輿西南）人。襲父爵武城侯。有重望，性寬容。渡江後，任荊州刺史，官至尚書左僕射。嗜酒，常醉不醒。後永昌元年（三二二）王敦於荊州舉兵，以誅劉隗為名進攻建康，為王敦所殺。

②直：特，只。清虛：清靜虛無。

③滓穢：污濁骯髒。

**【譯文】**

庾亮前往拜訪周顗，周顗說：「你有什麼欣慰愉悅的事使你突然發胖了呢？」庾亮說：「那你又有什麼憂愁悲痛的事使你突然瘦下去了呢？」周顗說：「我沒有什麼可憂愁的，只是清靜虛無之氣一天天地增加，污濁骯髒之氣一天天地減少而已。」

## 三一

**過江諸人①，每至美日，輒相邀新亭②，藉卉飲宴③。周侯中坐而歎曰④：「風景不殊，正自有山河之異⑤！」皆相視流淚。唯王丞相愀然變色曰⑥：「當共勠力王室⑦，克復神州⑧，何至作楚囚相對⑨！」**

**【注釋】**

①過江諸人：指從北方南渡到建康來的士人。

②新亭：三國時建，故址在今江蘇南京南，近江濱，依山而築，東晉時為朝士遊宴之所。

③藉（jiè）卉：坐卧於草地之上。藉，坐卧其上。卉，草的總名。
④周侯：周顗，襲父爵武城侯，故稱周侯。
⑤正：僅，只。
⑥王丞相：王導。愀（qiǎo）然：變色的樣子。
⑦勠力：協力。
⑧神州：指中原地區。
⑨楚囚：原指被俘的楚人。左傳成公九年載，楚國伶人鍾儀為晉所囚，仍奏楚聲，不忘南音。這裏比喻過江諸人徒然懷念中原，但悲泣無計。

【譯文】

過江避難的諸位人士，每逢風和日麗的好天氣，總是相邀一起到新亭，坐在草地上聚會飲酒。周顗在座中感歎說：「風景沒有什麼兩樣，只是山河有了變化！」大家聽了周顗的話，都對視流淚。只有王導變色道：「我們應當同心協力扶佐王室，恢復中原，何至於像楚囚那樣相對哭泣呢！」

三二

衞洗馬初欲渡江①，形神慘顇②，語左右云：「見此芒芒③，不覺百端交集。苟未免有情，亦復誰能遣此！」

【注釋】

①衛洗（xiǎn）馬：衛玠（二八六—三一二），字叔寶，河東安邑（今山西夏縣西北）人。官至太子洗馬。風姿秀異，有「玉人」之稱，好談玄理，是魏晉之際繼何晏、王弼之後的著名的清談名士和玄學家。洗馬，官名，秦漢時為太子的侍從官，出行時為前導，故名。秩比六百石。東漢時員額十六人。晉減為八人，改掌管圖籍。

②顇（cuì）：憂傷。

③芒芒：茫茫，遠大廣闊的樣子。

【譯文】

衛玠當初要渡江避亂時，面容淒苦，神情憂傷，對身邊的人說：「看到如此廣闊浩渺的長江，我不禁思緒萬千，百感交集。一個人只要有感情的話，面對此景此情，又怎麼能排遣得了呢！」

三三

顧司空未知名①，詣王丞相②。丞相小極③，對之疲睡。顧思所以叩會之④，因謂同坐曰：「昔每聞元公道公協贊中宗⑤，保全江表⑥。體小不安，令人喘息⑦。」丞相因覺，謂顧曰：「此子珪璋特達⑧，機警有鋒。」

【注釋】

①顧司空：顧和，字君孝，晉吳郡吳（今江蘇蘇州）人。顧榮族姪。少年即出名，為顧榮所器重。王導、郗鑒、褚裒等相繼贊引徵辟。官至御史部尚書、御史中丞，死後贈司空，故稱顧司空。

②王丞相：王導。

③小極：困倦。

④所以：表示方法。叩會：叩問交談。

⑤元公：即顧榮，其死後謚元，故稱。協贊：協同幫助。中宗：晉元帝。

⑥江表：指長江以南地區。在中原人看來，江南在長江之外，故稱。

⑦喘息：原指呼吸急促，這裏喻焦急不安。

⑧珪璋特達：如貴重的玉器一般特出卓異。珪、璋，均為貴重之玉器，古代用於朝聘、祭祀。

【譯文】

顧和還沒有出名時，一天去拜望丞相王導，王導當時很困倦，竟對着來客睡着了。顧和想着用什麼方法才能與他問答交談，於是就對同座的人說：「過去我聽族叔元公說起王丞相曾經協同幫助中宗，保全了江南，現在丞相貴體小有不適，實在令人焦急啊。」王導聽了因而醒過來，對顧和說：「你這人真如珪璋般特出卓異，機靈敏捷，詞鋒犀利。」

## 三四

會稽賀生[①]，體識清遠[②]，言行以禮。不徒東南之美，實為海內之秀。

### 【注釋】

①會稽：郡名，治所在今浙江紹興。賀生：賀循（二六〇—三一九），字彥先，會稽山陰（今浙江紹興）人。其先慶普，漢世傳禮，世所謂慶氏學。族高祖純，博學有重名，避安帝父諱，改為賀氏。賀循博覽羣書，善屬文，尤精「三禮」，為當世儒宗。官至太常、左光祿大夫等。與顧榮同為支持元帝的江南士族元老，深為元帝信任恩寵，其建議多被採納，去世時「帝素服舉哀，哭之甚慟。贈司空，謚曰穆。將葬，帝又出臨其柩，哭之盡哀，遣兼侍御史持節監護」。

生，先生的省稱。

②體識：稟性和器識。

### 【譯文】

會稽賀循先生，稟性清雅，見識高遠，一言一行都合乎禮。他不僅是東南優異的人才，實在是海內特出的俊傑。

## 三五

劉琨雖隔閡寇戎①，志存本朝②，謂温嶠曰③：「班彪識劉氏之復興④，馬援知漢光之可輔⑤。今晉祚雖衰⑥，天命未改，吾欲立功於河北，使卿延譽於江南⑦，子其行乎⑧？」温曰：「嶠雖不敏，才非昔人，明公以桓、文之姿⑨，建匡立之功⑩，豈敢辭命！」

【注釋】

①劉琨（二七一——三一八）：字越石，中山魏昌（今河北無極）人。少年時即有「俊朗」之美譽，與兄長劉輿並稱「洛中奕奕，慶孫、越石」。少與祖逖為友，俱以雄豪著稱。晉懷帝永嘉元年（三〇七）為并州刺史，晉愍帝時為司空，都督并冀幽三州諸軍事，元帝時為侍中、太尉。長期堅守并州。初對抗劉淵，深得眾心，但因劉琨生性豪奢不檢，且又誤信讒言，被侫人所乘，敗於劉聰。後又敗於石勒。敗後投奔幽州刺史鮮卑人段匹，相約共同扶助晉室。後在鮮卑段部內鬥中被殺。琨通音律，擅詩，與石崇、陸機、陸雲等並以文才號「二十四友」，有詩傳世。隔閡寇戎：指劉琨在并州堅守，與東晉王朝中間阻隔着少數民族政權。

②本朝：指晉王朝。

③温嶠（二八八——三二九）：字太真，太原祁縣（今屬山西）人，温羨之姪，劉琨姨姪。起家為都官從事，「主察百官之犯法者」。後為劉琨司空右司馬，進左長史，「嶠為之謀，琨所憑恃焉」。

後為劉琨奉表及盟文南渡勸晉王司馬睿即帝位，深得司馬睿器重，並且「王導、周顗、庾亮等皆愛嶠才，爭與之交」。遷太子中庶子，與太子司馬紹（即後之晉明帝）以及當時侍講東宮的庾亮結為布衣之交。王敦之亂中維護太子，挫敗了王敦廢立取代的陰謀。明帝即位，拜為侍中，「機密大謀皆有參綜，詔命文翰亦悉豫焉」。又轉任中書令。王敦請其為己左司馬，欲拉攏之。温嶠「乃繆為勤敬，綜其府事，時進密謀以附其欲」，取得王敦的信任。王敦表請温嶠為丹陽尹以便在朝廷為己通風報信，温嶠設法還都向明帝盡奏王敦逆謀。太寧二年（三二四）王敦再次舉兵作亂，温嶠指揮決斷，打敗王敦。明帝病重，温嶠、司馬羕、王導、郗鑒、庾亮、陸曄、卞壼七人共同受遺詔輔佐成帝。成帝咸和二年（三二七），蘇峻、祖約之亂暴發，平亂過程中，温嶠力請庾亮聯合陶侃，並尊陶侃為盟主，協調二人關係，激勵士卒，最終平叛，史稱「時陶侃雖為盟主，而處分規略一出於嶠」。拜驃騎將軍、開府儀同三司，加散騎常侍，封始安郡公。咸和四年（三二九）薨，謚曰忠武。

④班彪識劉氏之復興：班彪在隗囂處知其有不臣之心，作王命以諷之，稱揚劉氏受天命之賜，終有復興之日。班彪（三－五四），字叔皮，扶風安陵（今陝西咸陽東北）人。初依隗囂，東漢初任徐令，病免。專力作西漢史，有後傳六十五篇，未成。後由其子班固續成漢書，未及完成部分由妹班昭及馬融補充完成。

⑤馬援知漢光之可輔：馬援初為隗囂部下，奉使洛陽，見劉秀，言「天下反覆，盜名字者不可勝數。今見陛下，恢廓大度，同符高祖，乃知帝王自有真也」。馬援（前一四－四九），字文淵，扶風茂陵（今陝西興平東北）人。西漢末為新成大尹。先依隗囂，後歸劉秀，有功任隴西太守，

安定西羌。後任伏波將軍，出征匈奴、烏桓，以「死於邊野」「馬革裹屍」自誓。後病死軍中。漢光，東漢光武帝劉秀（前六—五七），字文叔，南陽蔡陽（今湖北棗陽西南）人，建武元年（二五）稱帝，建都洛陽。

⑥晉祚（zuò）：晉朝的國運。

⑦延譽：稱揚美德，使名譽遠播。

⑧其：祈使語氣。

⑨桓、文：春秋時的兩位霸主齊桓公、晉文公。姿：氣度。

⑩匡立：指匡復晉朝，建功立業。匡，匡復。

【譯文】

劉琨雖然與東晉王朝中間隔着戎族敵寇，但他的志向是保全晉朝。劉琨對温嶠說：「班彪當年認識到劉氏漢朝必能復興，馬援深知漢光武帝值得輔佐。現在晉朝的國運雖然衰落，但上天的意旨並沒有改變。我想在黃河以北建功立業，讓你在長江以南為我稱揚傳播名聲，您會去嗎？」温嶠說：「我雖然不聰明，才能比不上班彪、馬援等前人，您以齊桓公、晉文公那樣的氣度，要建立匡復晉朝的偉大功業，我哪敢推辭使命！」

## 三六

溫嶠初為劉琨使來過江。於時江左營建始爾①，綱紀未舉②。溫新至，深有諸慮。既詣王丞相，陳主上幽越、社稷焚滅、山陵夷毀之酷③，有黍離之痛④。溫忠慨深烈⑤，言與泗俱，丞相亦與之對泣。敘情既畢，便深自陳結，丞相亦厚相酬納⑥。既出，歡然言曰：「江左自有管夷吾⑦，此復何憂！」

【注釋】

①江左：指長江下游以東地區，古以東為左，以西為右，故江東亦稱江左。爾：語尾助詞。

②綱紀：法度，法令。

③主上幽越、社稷焚滅、山陵夷毀：指永嘉之亂至西晉滅亡之事。晉懷帝永嘉五年（三一一），劉聰派王彌、劉曜、石勒攻洛陽，城陷，縱兵燒掠，殺王公士民三萬餘，並擄懷帝至平陽，史稱永嘉之亂。晉愍帝建興四年（三一六），劉曜陷長安，愍帝出降，被擄至平陽，西晉亡。懷帝與愍帝先後被殺。主上，指晉懷帝、愍帝。幽越，幽囚顛越。社稷焚滅，指劉曜等攻入洛陽縱兵燒掠，也指西晉滅亡。山陵，指帝王墳墓。

④黍離：詩經王風黍離有句曰：「彼黍離離，彼稷之苗。」毛詩序認為是周平王東遷洛陽後，周大夫經過西周都城，目睹西周宗廟宮室夷為田野，長滿禾黍，彷徨不忍離去而作此篇。後即用稱亡國之痛。

⑤忠慨深烈：忠誠慷慨，深沉剛烈。
⑥酬納：酬答接待。
⑦管夷吾：管仲（？—前六四五），名夷吾，字仲，輔佐齊桓公成為春秋時第一位霸主，被齊桓公尊稱為「仲父」。

【譯文】

溫嶠當初作為劉琨的使者渡江而來。當時江東的東晉王朝剛剛開始創建，法度法令等都沒有訂立。溫嶠剛到江東時，內心憂慮重重。不久他去拜訪王導，向他陳述了懷、愍二帝先後被擄至平陽，社稷宗廟被焚毀，帝王陵墓被夷為平地等慘酷之狀，真有黍離篇所寫的亡國之痛。溫嶠忠誠慷慨，深沉剛烈，說話時涕淚交流，王丞相也與他一起相對落淚。溫嶠敘述情況完畢後，就誠懇地訴説與丞相深相結交之意，丞相也真摯地酬答接納他。溫嶠辭別丞相出來後，很高興地說：「我們江東已經有了管仲一樣的賢相，我還有什麼可憂慮的！」

三七

王敦兄含為光祿勛①。敦既逆謀，屯據南州②，含委職奔姑孰③。王丞相詣闕謝④。司徒、丞相、揚州官僚問訊⑤，倉卒不知何辭⑥。顧司空時為揚州別駕⑦，援翰曰⑧：「王光祿遠避流言⑨，明公蒙塵路次⑩，羣下不寧⑪，不審尊體起居何如⑫？」

## 【注釋】

①王敦（二六六—三二四）：字處仲，晉琅邪臨沂（今屬山東）人。王導族兄。娶晉武帝司馬炎女襄城公主為妻。西晉末支持司馬睿移鎮建鄴，以鎮壓杜弢之功升鎮東將軍，握重兵屯武昌。西晉亡後與王導擁戴司馬睿為帝，建立東晉王朝。東晉的經濟、軍事重心在於荊揚二州，王敦進位鎮東大將軍、開府儀同三司，加都督江揚荊湘交廣六州諸軍事、江州刺史，封漢安侯，掌握軍隊，貢賦入己，專擅朝政，威脅晉室。後以元帝信任劉隗、刁協抑制王氏勢力，於永昌元年（三二二）起兵攻入建康，自任丞相、江州牧，進封武昌郡公，又加羽葆鼓吹。王敦又殺周顗、戴淵，並意圖廢太子，遭温嶠大力反對而不能成事。王敦不久即回到武昌，遙控朝政。元帝很快憂憤而死。明帝立，太寧元年（三二三），王敦謀求篡位，諷諫朝廷徵召自己，明帝於是手詔徵召王敦。又拜受加黃鉞、班劍武賁二十人，奏事不名，入朝不趨，劍履上殿。王敦移鎮姑孰。太寧二年（三二四），王敦病重，明帝下令討伐。王敦以哥哥王含為元帥，命錢鳳、鄧嶽、周撫等水陸並進地攻向建康。王含、錢鳳先後失敗。王敦卒於軍中。後被戮屍。含：王含，字處弘，王敦之兄，元帝時為中郎將，助祖逖北伐。後任廬江太守、徐州刺史、光祿勛等。王敦叛亂，為敦軍元帥，與錢鳳等率眾攻建康。兵敗，奔荊州，被荊州刺史王舒沉殺於長江。為人兇暴貪鄙，不齒於時。光祿勛：官名，漢代為九卿之一，掌管宿衛侍從之官。

②南州：即姑孰，故址在今安徽當塗，為長江重要渡口。

③委職：丟棄官職。

④王丞相：即王導。詣闕謝：到皇宮前請罪。闕，宮門兩側的高台，借指皇宮。

⑤司徒、丞相、揚州官僚問訊：司徒、丞相、揚州，指王導當時擔任的官職。官僚，指王導官府裏的僚屬。問訊，問候。按此事於史實多有不合。王敦先後兩次進攻建康，第一次是元帝永昌元年（三二二），史載王導「率羣從昆弟子姪二十餘人，每旦詣台待罪」，其時王導為司空、揚州刺史，不為司徒，且無王敦駐姑熟，王含投奔之事。第二次是明帝太寧二年（三二四），王含投奔王敦是在此次；但明帝即位後，王導「受遺詔輔政，解揚州，遷司徒」已不為揚州刺史，且無詣闕謝罪之記載。至於為丞相，則是成帝咸康四年（三三八）事，時改司徒為丞相，王導任之。

⑥倉卒（cù）：匆忙。

⑦顧司空：顧和。揚州別駕：揚州刺史的屬官。

⑧援翰：拿起筆。翰，筆。

⑨王光祿：即王含。遠避流言：指王含投奔姑孰為躲避流言。

⑩蒙塵路次：指王導在王敦謀反之初，天天到皇宮前請罪。蒙塵，高官或有地位名望者遭受風塵之苦。路次，路途中。

⑪羣下：下屬們。

⑫不審：不知。起居：飲食寢興等一切日常生活狀況。

【譯文】

王敦之兄王含任光祿勳之職，王敦起兵謀反後，率兵佔據姑孰，王含丟棄官職到姑孰投奔王敦。王導是王敦的族弟，到宮門前請罪。當時王導以司空、丞相兼任揚州刺史，諸府僚屬去問候時，匆忙之下不知該怎麼措詞才好。顧和當時擔任揚州別駕，拿起筆來寫道：「王光祿遠遠地避開流言，您卻為此天天在道途中奔忙受累，我們眾下屬十分不安，不知貴體日常生活起居怎麼樣？」

三八

**郗太尉拜司空①，語同坐曰：「平生意不在多，值世故紛紜②，遂至台鼎③。朱博翰音④，實愧於懷。」**

【注釋】

①郗太尉：即郗鑒。拜司空：指郗鑒被授予司空的官職。

②世故：世事。

③台鼎：喻指三公。台，星名，有上台、中台、下台，稱三台。鼎，古代為國之重器，有三足，稱三足鼎。

④朱博翰音：意即徒有虛名。漢書五行志載，朱博為丞相，「臨拜，延登受策，有大聲如鐘鳴。上問揚雄，李尋對曰：『洪範所謂鼓妖者也。人君不聰，空名得進，則有無形之聲。』博後坐事自殺」。序傳曰「博之翰音，鼓妖先作」。朱博，字子元，西漢杜陵（今陝西西安東南）人。慷慨好結交。歷官縣令、刺史、御史大夫，代孔光為丞相，封陽鄉侯，後因得罪傅太后下詔獄，自殺。翰音，飛向高空的聲音，比喻徒有虛名，居非其位。周易中孚：「上九，翰音登於天，貞凶。」王弼注：「翰，高飛也。飛音者，音飛而實不從之謂也。」

【譯文】

郗鑒被授予司空時，對同座的人說：「我生平的願望並不高，只是正好遇到這動盪不定的時世，才做到三公的高位，就像西漢的朱博一樣徒有虛名而已，因此內心實在感到慚愧。」

## 三九

高坐道人不作漢語①。或問此意，簡文曰②：「以簡應對之煩③。」

【注釋】

①高坐道人：即帛尸梨密多羅，晉時人敬稱為高座法師。原為西域龜茲國王子，讓位給弟弟後出

家。博通經論，兼通密法。永嘉年間來華，後避亂渡江。與王導、周顗等結交。其天姿高朗、風神超邁，一時賢達爭着與他結交。卒於成帝咸康中，年八十餘。道人，和尚的舊稱。

②簡文：晉簡文帝司馬昱。

③簡：簡略，省去。

**【譯文】**

高座法師不講漢語。有人問這樣做的用意，簡文帝說：「這是為了省去應酬對答的麻煩。」

## 四〇

周僕射雍容好儀形①。詣王公②，初下車，隱數人③，王公含笑看之。既坐，傲然嘯詠④。王公曰：「卿欲希嵇、阮邪⑤？」答曰：「何敢近捨明公，遠希嵇、阮！」

**【注釋】**

①周僕射：周顗。雍容：形容態度大方，從容不迫。

②王公：即王導。

③隱（yìn）：倚，憑。

④傲然：原指堅強不屈的樣子。此指態度隨便的樣子。嘯詠：嘯歌。嘯，魏晉以來士人特有的風貌，撮口發出長而脆的聲音。

⑤希：企望，仰慕。嵇：嵇康。阮：阮籍。

【譯文】

周顗態度落落大方，儀表堂堂，相貌美好。他去拜訪王導，剛下車時，扶着幾個人走路，王導含笑看着他。周顗坐定後，態度隨便滿不在乎地嘯詠起來。王導說：「您想追慕嵇康、阮籍嗎？」周顗答道：「我哪敢拋開近處明公您的榜樣，而去追慕遙遠的嵇康、阮籍呢！」

## 四一

**庾公嘗入佛圖①，見臥佛②，曰：「此子疲於津梁③。」於時以為名言。**

【注釋】

①庾公：庾亮。佛圖：佛寺。

②臥佛：釋迦牟尼佛圓寂時頭北面西、右脅而臥之相，即以右手托腮，雙膝稍屈，左手放在左腿

上，側身而卧。

③津梁：橋梁。指釋迦牟尼佛以佛法普度眾生，猶如橋梁，使眾生脫離煩惱的苦海。

【譯文】

庾亮曾到佛寺，看見卧佛，說：「這位先生為普度眾生而疲倦了。」當時人都認為這話是名言。

四二

摯瞻曾作四郡太守、大將軍戶曹參軍[①]，復出作內史[②]，年始二十九。嘗別王敦，敦謂瞻曰：「卿年未三十，已為萬石[③]，亦太蚤。」瞻曰：「方於將軍少為太早[④]，比之甘羅已為太老[⑤]。」

【注釋】

①摯瞻：字景遊，晉長安（今陝西西安西北）人。歷官戶曹參軍，安豐、新蔡、西陽等太守，隨郡內史等，與王敦不和。愍帝建興四年（三一六），第五猗受愍帝之命，由侍中出為荊州刺史，杜曾、摯瞻、胡混等並迎奉之。時元帝已有江表之地，王敦以從弟王廙為荊州刺史，摯瞻與第

五猗據荊州以距王敦，遂逐王廙。元帝建武元年（三一七）命周訪擊破第五猗等，至太興二年（三一九）被周訪擒獲，王敦遂皆斬之。大將軍：即王敦。戶曹參軍：官名，管農戶、農桑等。

②復出作內史：據摯氏世本，摯瞻因不滿王敦將破舊皮衣賜老病外部都督，嘲諷王敦，被王敦左遷為隨郡內史。內史，官名。西漢初，諸侯王國置內史，掌民政。歷代沿置，隋始廢。錢大昕十駕齋養新錄卷六：「漢制，諸侯王國以相治民事，若郡之有太守也。晉則以內史行太守事，國除為郡，則復稱太守，然二名往往混淆，史家亦互稱之。」

③萬石：晉朝郡守、內史的俸祿均為二千石。摯瞻曾作過四個郡的太守，後又調任內史，加起來為萬石，故稱。

④方：比。少：微，稍微。

⑤甘羅：戰國楚國下蔡（今安徽鳳台）人。十二歲為秦相呂不韋門客，自請出使趙國，說服趙王割五城與秦，以功封為上卿。

【譯文】

摯瞻曾經做過四個郡的太守、大將軍王敦的戶曹參軍，後又調動出任內史，年紀才二十九歲。摯瞻曾向王敦告別，王敦對摯瞻說：「你年紀未滿三十歲，已經做到萬石大官，也太早了點吧。」摯瞻說：「我和將軍比起來稍稍早了些，可和甘羅比已經是太老了。」

## 四三

梁國楊氏子九歲①，甚聰惠。孔君平詣其父②，父不在，乃呼兒出。為設果，果有楊梅。孔指以示兒曰：「此是君家果。」兒應聲答曰：「未聞孔雀是夫子家禽③。」

【注釋】

①梁國：郡國名，治所睢陽（今河南商丘南）。

②孔君平：孔坦（二八六－三三六），字君平，會稽山陰（今浙江紹興）人。為人方直，有名望。佐王導平蘇峻，官至侍中。成帝時因忤王導出為廷尉，怏怏不悦，以病去職。追贈光祿勛，謚曰簡。

③夫子：對長者的尊稱。

【譯文】

梁國楊家的孩子才九歲，非常聰明有智慧。孔坦去拜訪他父親，其父不在家，就叫孩子出來。孩子為客人擺設果品，其中有楊梅。孔坦指着楊梅給孩子看，説道：「這是你們家的家果。」孩子隨聲答道：「我沒有聽説過孔雀是先生家的家禽。」

## 四四

孔廷尉以裘與從弟沈①，沈辭不受。廷尉曰：「晏平仲之儉，祠其先人，豚肩不掩豆，猶狐裘數十年②，卿復何辭此？」於是受而服之。

【注釋】

①孔廷尉：孔坦。裘：皮衣。沈：孔沈，字德度，孔坦堂弟，有美名。曾被薦為王導的丞相司徒、琅邪王文學，皆不就。

②「晏平仲之儉」四句：劉向別錄曰：「晏平仲……以節儉力行重於齊。」禮記曰：「晏平仲祀其先人，豚肩不掩豆，君子以為儉也。」又曰：「晏子一狐裘三十年，晏子焉知禮？」晏平仲，晏嬰（？—前五〇〇），字平仲，春秋時齊國東萊夷維（今山東高密）人。歷仕靈公、莊公、景公三世，是春秋後期一位重要的政治家。豚肩，豬蹄膀。豆，古代盛肉或其他食品的器皿，亦用為祭器。

【譯文】

孔坦送給堂弟孔沈一件皮衣，孔沈推辭不接受。孔坦說：「古代晏嬰的節儉是出了名的，他祭祀先人時，用作祭品的豬蹄膀沒有裝滿一豆，可還穿了三十年的狐皮外衣，你又何必推辭穿皮衣呢？」於是孔沈接受並穿上了皮衣。

## 四五

### 佛圖澄與諸石遊①，林公曰②：「澄以石虎為海鷗鳥③。」

【注釋】

①佛圖澄（二三二—三四八）：兩晉時期的高僧。本姓帛，西域龜茲（今新疆庫車一帶）人。西晉懷帝永嘉四年（三一〇）到洛陽，以法術深得石勒、石虎信任，常參議軍政大事，被尊稱「大和尚」。在他的影響下，石勒允許漢人出家為僧。佛教大興，建寺數百所，受業弟子前後達萬人，著名者有道安、法雅、法汰、法和等。諸石：指石勒、石虎等後趙貴族。

②林公：支遁（三一四—三六六），字道林，世稱「支公」「林公」。本姓關，陳留（今河南開封南）人。家世事佛，二十五歲出家。尤精般若道行品經。曾著聖不辯之論、道行旨歸、學道戒等論書，在即色遊玄論中，他提出「即色本空」的思想，創立了般若學即色義，成為當時般若學六家七宗中即色宗的代表人物。支遁是一位典型的清談家雜糅老釋的僧人，與謝安、王羲之等交遊，以好談玄理聞名於世，所注莊子逍遙遊為羣賢歎服。

③石虎（二九五—三四九）：字季龍，上黨武鄉（今山西榆社北）人。羯族。後趙國君。石勒之姪，隨石勒征戰，為太尉、尚書令，封中山王。石勒死，兒子石弘繼位。翌年，石虎廢殺石弘，自稱為居攝趙天王。至三三五年，將首都由襄國（今河北邢台）遷至鄴（今河北臨漳西南），三四九年稱帝。在位期間，荒淫奢侈，為政苛暴。海鷗鳥：劉孝標注：「莊子曰：『海上

之人好鷗者，每旦之海上，從鷗游，鷗之至者數百而不止。其父曰：「吾聞鷗鳥從汝遊，取來玩之。」明日之海上，鷗舞而不下。』」謝靈運山居賦云：「撫鷗而悅豫。」其自注云：「莊周云：『海人有機心，鷗鳥舞而不下。』」按，劉注所引現見於列子黃帝第二，前人多以為是莊子逸文。

【譯文】

佛圖澄與石勒、石虎兄弟交往做朋友，支遁說：「佛圖澄把石虎當做海鷗鳥一樣看待。」

四六

謝仁祖年八歲①，謝豫章將送客②，爾時語已神悟③，自參上流。諸人咸共歎之，曰：「年少，一坐之顏回④。」仁祖曰：「坐無尼父⑤，焉別顏回？」

【注釋】

①謝仁祖：謝尚（三〇八—三五七），字仁祖，謝鯤之子，東晉太傅謝安從兄。陳郡陽夏（今河南太康）人。自幼聰穎，精通音律，善舞蹈，工書法，尚清談，深得王導賞識，比之竹林七賢之一的王戎，時人謂謝尚為「小安豐」。歷任歷陽太守、江州刺史、尚書僕射、豫州刺史，為政清簡。進號鎮西將軍，世稱謝鎮西。都督西部諸州軍事，為陳郡謝氏一族首次取得方鎮屏藩實力，為陳郡謝氏的崛起貢獻極大。

②謝豫章：謝鯤（二八〇—三二二），字幼輿，陳郡陽夏（今河南太康）人。少知名，通簡有高識。好老、易，能歌善鼓琴。王衍、嵇紹都對他感覺驚異。王敦引為長史，知敦有謀逆之意，不可諫勸，遂不屑政事，優遊於丘壑之間。後出為豫章太守，為政清簡。謝家本為宿儒之家，謝鯤由儒入玄，追隨元康名士，是謝氏家族社會地位變化的關鍵。將：帶，領。

③神悟：猶穎悟，謂理解力高超出奇。神，喻機靈穎異，不尋常。

④顏回（前五二一—前四九〇或前四八一）：字子淵，春秋時魯國人，孔子的得意門生，以德行著稱。

⑤尼父：指孔子。

【譯文】

謝尚八歲時，謝鯤帶着他送客，那時他在言談中已表現出超羣的領悟能力，已躋身於上等人才之列。在座的人都讚美他說：「小小年紀，已是一座之中的顏回！」謝尚說：「座中沒有孔子，怎麼能識別顏回呢？」

## 四七

陶公疾篤①，都無獻替之言②，朝士以為恨。仁祖聞之③，曰：「時無豎刁④，故不貽陶公話言⑤。」時賢以為德音⑥。

【注釋】

①陶公：陶侃（二五九—三三四），字士行，廬江尋陽（今江西九江）人。早年孤貧，為縣吏。以平定杜弢軍功授荊州刺史，但被王敦壓制，改任廣州刺史。王敦之亂平定後，陶侃雖無功，但明帝為使方鎮互相牽制，用陶侃為都督荊湘雍梁四州軍事、荊州刺史。在荊州力抑浮華，勤於政事。蘇峻叛亂，被推為盟主，平亂後因功而升為太尉、都督七州軍事，封長沙郡公，仍駐荊州。咸和五年（三三〇）江州刺史劉胤為郭默所殺。王導即以默為江州刺史。陶侃指責王導，隨即起兵抵江州，斬郭默等，控制了長江上中游。時已為都督八州軍事、荊江二州刺史，其權力之煊赫，在東晉一朝屈指可數。咸和七年（三三二）陶侃遣桓宣收復為後趙佔據多年的襄陽。咸和九年（三三四）去世。勤於政事，有聲望。疾篤：病重。

②獻替：「獻可替否」或「獻替可否」之簡稱，謂對君主進諫，勸善規過。亦泛指議論國事興革。

③仁祖：謝尚。

④豎刁：春秋時齊桓公所寵幸的宦官，他自宮入宮服侍桓公，深得桓公寵幸。當管仲病危時，桓公問他死後能否用豎刁為相。管仲謂這種自宮為宦官的人不近人情，絕不能任用。桓公不聽，後來豎刁果然使齊國蒙受禍亂。

⑤貽：留。話言：指遺囑。

⑥德音：善言。

## 【譯文】

陶侃病危時，沒有講過一句有關勸善規過、興利除弊的話語，朝中官員都為此感到遺憾。謝尚聽到後說：「現在朝中沒有像豎刁那樣的小人，所以陶公就不必留下遺言了。」當時的才德之士都認為這句話有見識。

## 四八

竺法深在簡文坐[①]，劉尹問[②]：「道人何以遊朱門[③]？」答曰：「君自見其朱門，貧道如遊蓬戶[④]。」或云卞令[⑤]。

## 【注釋】

①竺法深：晉高僧道潛。簡文：晉簡文帝司馬昱。

②劉尹：劉惔。

③道人：和尚。朱門：王侯豪門之家大門漆作紅色，故以朱門代稱王侯豪門之家。

④蓬戶：以蓬草編成門戶，指貧寒之家。

⑤卞令：即卞壼（kǔn，二八一—三二八）。濟陰冤句（今山東曹州西北）人，字望之。永嘉中任著作郎。元帝鎮建鄴（後改建康，今江蘇南京），召為從事中郎，掌選官之職。明帝時領尚

書令，與王導等俱受遺詔輔政。儉素廉潔。力勸庚亮勿徵蘇峻入朝。後峻攻建康，他率六軍拒擊，苦戰而死。二子相隨赴敵，同時遇害。

【譯文】

竺法深在司馬昱府上作客，劉惔問他：「和尚為什麼與富貴人家交遊？」法深答道：「在您看來是富貴人家，而在我眼裏卻與貧寒人家交遊沒什麼兩樣。」有人說是卞壼問的。

## 四九

孫盛為庾公記室參軍①，從獵，將其二兒俱行②，庾公不知。忽於獵場見齊莊③，時年七八歲，庾謂曰：「君亦復來邪？」應聲答曰：「所謂『無小無大，從公於邁』④。」

【注釋】

①孫盛（約三〇六—三七八）：字安國，太原中都（今山西平遙西南）人。歷任佐著作郎、長沙太守、祕書監，加給事中。博學，反對神鬼迷信，善言名理，「於時殷浩擅名一時，與抗論者，惟盛而已」。著有魏氏春秋、晉陽秋，詞直理正，咸稱良史。庾公：庾亮。記室參軍：官名，管文書，為王公、將軍等幕府中之幕僚。

②將：帶領。

③齊莊：孫盛次子，名放，字齊莊，官至長沙王相。

④無小無大，從公於邁：見詩經魯頌泮水，原意為百官不分大小尊卑，都跟着魯僖公出行。於，往。邁，行。此處齊莊以「小」「大」指小孩大人，以「公」指庾亮，意謂「不論小孩還是大人，都跟着明公出遊」。

【譯文】

孫盛當庾亮的記室參軍的時候，曾跟隨庾亮去打獵，他帶着兩個兒子一起去，庾亮事先不知道。忽然在獵場上見到孫盛的小兒子齊莊，當時齊莊只有七八歲，庾亮對他說：「你也來了嗎？」齊莊應聲回答道：「這就是詩經所說的『無小無大，從公於邁』啊。」

## 五〇

孫齊由、齊莊二人小時詣庾公①。公問齊由何字②，答曰：「字齊由。」公曰：「欲何齊邪③？」曰：「齊許由。」齊莊何字，答曰：「字齊莊。」公曰：「欲何齊？」曰：「齊莊周④。」公曰：「何不慕仲尼而慕莊周？」對曰：「聖人生知⑤，故難企慕。」庾公大喜小兒對。

【注釋】

①孫齊由：孫潛，字齊由，孫盛長子。官至豫章太守。殷仲堪討伐王國寶時，逼其為諮議參軍，堅辭不就，因憂慮過度而死。庾公：即庾亮。

②字：古人有名有字，根據名中的字義另取別名叫字，故名與字之間的意義有一定關係。自稱時用名不用字，表示謙虛；稱他人時則用字不用名，表示尊敬。

③齊：看齊。

④莊周（約前三六九－前二八六）：戰國時宋國蒙（今河南商丘東北）人。做過蒙地的漆園吏。著莊子十萬言，主張清靜無為，獨尊老子，排斥儒墨。

⑤聖人生知：謂聖人生下來就知道。論語季氏：「生而知之者，上也。」孔穎達正義曰：「生而知之者，上也，謂聖人也。」

【譯文】

孫潛、孫放兄弟二人小時候去拜見庾亮，庾亮問孫潛的字是什麼，孫潛答道：「字齊由。」庾亮說：「你要向什麼人看齊呢？」孫潛說：「向許由看齊。」庾亮又問孫放的字是什麼，孫放答道：「字齊莊。」庾亮說：「要向什麼人看齊？」孫放答道：「向莊周看齊。」庾亮說：「為什麼不仰慕孔子而仰慕莊子啊？」孫放答道：「孔子是聖人，是生而知之的天才，所以難以仰慕。」庾亮非常喜歡弟弟孫放的對答。

## 五一

張玄之、顧敷是顧和中外孫①，皆少而聰惠，和並知之，而常謂顧勝，親重偏至，張頗不慊②。於時，張年九歲，顧年七歲。和與俱至寺中，見佛般泥洹像③，弟子有泣者，有不泣者。和以問二孫。玄謂：「被親故泣，不被親故不泣。」敷曰：「不然。當由忘情故不泣④，不能忘情故泣。」

**【注釋】**

①張玄之：一作張玄，字祖希，東晉時歷官吏部尚書、吳興太守。與謝玄齊名，被稱為「南北二玄」。顧敷：字祖根，晉吳郡吳人，仕至著作郎。他天才早慧，但年僅二十三歲即卒。中外孫：孫子與外孫。

②慊（yàn）：通「厭」，心服。

③般泥洹（bō niè huán）像：梵文音譯，亦譯為涅槃，意譯為入滅、圓寂。意謂釋迦牟尼佛隨緣教化眾生，緣盡圓寂於印度的拘尸那拉城跋提河岸沙羅雙樹間，最後對圍繞身邊的弟子說大般涅槃經畢，即頭北面西，右脅而卧，示現滅度。此像即為卧佛像。

④忘情：對於常人的感情淡然若忘。

【譯文】

張玄之和顧敷是顧和的外孫和孫子，兩人都是小時候就很聰明，顧和對他們都很賞識，但常說顧敷勝過張玄之，所以對顧敷特別親近偏愛，張玄之對此頗為不服。這時，張玄之九歲，顧敷七歲，顧和帶他們一起到寺廟裏，看到釋迦牟尼佛的涅槃像，佛身邊的弟子有的在哭泣，有的沒有哭，顧和就問兩位孫輩為何如此。張玄之說：「得到佛親近的弟子就哭泣，沒有得到佛親近的所以就不哭。」顧敷說：「不是這樣的。應當是因為能淡忘常情所以不哭，不能忘掉人之常情才哭。」

五二

庾法暢造庾太尉①，握麈尾至佳②。公曰：「此至佳，那得在③？」法暢曰：「廉者不求④，貪者不與，故得在耳。」

【注釋】

①庾法暢：為「康法暢」之誤，東晉之高僧，成帝時渡江，有才思，善辯論。著人物始義論等。庾太尉：庾亮。

②麈（zhǔ）尾：拂麈，以鹿一類動物的尾巴做成。魏晉人清談時常執手中以示風度之瀟脫。

③那得：何以。

④求：貪圖，求取。

【譯文】

康法暢拜訪庾亮時，手裏拿的麈尾極其好。庾亮說：「這麈尾好極了，何以還能在你手上呢？」法暢說：「廉潔的人不會向我貪求，貪婪的人我不會給他，所以這柄麈尾得以留在我手中。」

## 五三

庾稚恭為荊州①，以毛扇上武帝②，武帝疑是故物。侍中劉劭曰③：「柏梁雲構④，工匠先居其下；管弦繁奏⑤，鍾夔先聽其音⑥。稚恭上扇，以好不以新。」庾後聞之，曰：「此人宜在帝左右。」

【注釋】

①庾稚恭：庾翼（三〇五—三四五），字稚恭，潁川鄢陵（今屬河南）人。庾亮之弟。時與杜乂、殷浩等才名冠世。初為陶侃太尉府參軍，累遷南蠻校尉，領南郡太守。亮死後，代鎮武昌，任都督江荊司雍梁益六州諸軍事、荊州刺史。有大志，以滅胡平蜀為己任。建元元年（三四三），不顧朝中大臣阻撓，移屯襄陽，準備進攻後趙。不久病死。

②毛扇：羽毛扇。傅咸羽扇賦序曰：「昔吳人直截鳥翼而搖之，風不減方圓二扇，而功無加，然中國莫有生意者。滅吳之後，翕然貴之，無人不用。」武帝：誤，應作「成帝」。東晉成帝司馬衍，三二六—三四一在位。

③劉劭：字彥祖，晉彭城（今江蘇徐州）人。好學博識，善草書。歷官侍中、豫章太守。

④柏梁：台名，漢武帝建此台，故址在長安城中北門內。雲構：形容柏梁台高聳入雲的建築面貌。

⑤管弦：管樂器和弦樂器。繁奏：一起演奏。繁，雜。

⑥鍾：鍾子期，春秋時楚人，精於音律。夔（kuí）：舜時的樂官。鍾夔合稱指善辨樂音的人。

【譯文】

庾翼當荊州刺史時，把羽毛扇進獻給武帝，武帝懷疑此扇是用過的舊扇。侍中劉劭說：「柏梁台是高聳入雲的偉大建築，但由建造該台的工匠先在下面建起來的；管弦合奏的樂聲，也是鍾子期和夔這樣知音的樂官首先聽過的。庾翼進獻這把羽扇是因為它好，而不在新不新。」庾翼後來聽到這些話便說：「像這樣的人適宜在皇帝的身邊。」

五四

何驃騎亡後①，徵褚公入②。既至石頭③，王長史、劉尹同詣褚④。褚曰：

「真長，何以處我⑤？」真長顧王曰：「此子能言。」褚因視王，王曰：「國自有周公⑥。」

【注釋】

①何驃騎：何充，字道次，晉廬江灊（qián，今安徽霍山東北）人。王導妻姊之子。初辟為王敦主簿，東晉成帝時官任宰相；晉穆帝二歲即位，與大臣庾冰共輔幼主。「充雖無澄正改革之能，而強力有器局，臨朝正色，以社稷為己任。凡所選用提拔，皆以功臣為先，不以私恩樹親戚，談者以此重之。」曾任驃騎將軍、會稽內史、吏部尚書等。性好佛典。

②褚公：褚裒。

③石頭：石頭城，故址在今江蘇南京清涼山。

④王長史：王濛（三〇九—三四七），字仲祖，小字阿奴，太原晉陽（今山西太原西南）人。晉哀帝靖皇后之父。少時放縱不羈，晚年則克己勵行，以清約見稱，與劉惔齊名。王導辟為掾。歷官長山令、中書郎、司徒左長史。善隸書，能言理。劉尹：劉惔。

⑤何以處我：時褚裒任徐兗二州刺史，鎮守京口。當時朝議以為他是褚太后的父親，宜掌朝政，徵其入朝。此處是褚裒問劉、王朝廷是否要讓他主執朝政。處，處置，安排。

⑥「王曰」二句：晉陽秋曰：「（何）充之卒，議者謂太后父裒宜秉朝政，裒自丹徒入朝。吏部尚書劉遐勸裒曰：『會稽王令德，國之周公也，足下宜以大政付之。』裒長史王胡之亦勸歸藩。於

是固辭歸京（口）。」據此，則或以司馬昱比為周公勸褚裒回藩的是劉遐和王胡之。周公，此以周公借指司馬昱。當時司馬昱任撫軍大將軍，錄尚書事，褚太后詔他專總萬機。

【譯文】

驃騎將軍何充去世後，朝廷徵召褚裒入都。褚裒到達石頭城後，王濛、劉惔一同來拜見褚裒。褚裒說：「真長，你看朝廷會怎樣安排我啊？」劉惔回頭看着王濛說：「這位先生很善言辭。」褚裒於是注視王濛，王濛說：「都城中本來就有周公那樣的人在。」

## 五五

**桓公北征①，經金城②，見前為琅邪時種柳③，皆已十圍④，慨然曰：「木猶如此，人何以堪⑤！」攀枝執條，泫然流淚⑥。**

【注釋】

①桓公北征：指太和四年（三六九）桓溫北征前燕。桓公，桓溫（三一二—三七三），字元子，譙國龍亢（今安徽懷遠西）人。幼年喪父，青年時期結交名流，與劉惔、殷浩齊名。明帝司馬紹之婿。後與庾翼相交，並擔任琅邪內史，庾翼死，永和元年（三四五）任荊州刺史，握兵權。

二年（三四六）出兵伐蜀，三年（三四七）定蜀，滅成漢，進位征西大將軍。十年（三五四）第一次北伐，攻前秦入關中。十二年（三五六）第二次北伐收復洛陽。興寧元年（三六三），桓溫被任命為大司馬，都督中外諸軍事，錄尚書事，後又兼揚州刺史。桓溫身為宰相，又兼荊揚二州刺史，盡攬東晉大權。太和四年（三六九）第三次北伐，攻前燕，因軍糧不繼，在枋頭受挫而返。敗歸後，桓溫威望大減，便從郗超之議用廢立的辦法重新樹立威權。六年（三七一）廢司馬奕為海西公，改立司馬昱，即簡文帝，以大司馬專權。次年，簡文帝死，遺詔由太子司馬曜繼承皇位，這就是晉孝武帝。桓溫本來圖謀受禪，未成，後病死。謚宣武。

②金城：在今江蘇句容北。

③前為琅邪：咸康七年（三四一），桓溫為琅邪內史，出鎮金城。琅邪，郡名。東晉太興三年（三二〇）設置僑州、僑郡、僑縣等安置北方渡江而來的士庶。咸康元年（三三五）分江乘縣地置琅邪郡，治所在金城。

④圍：計量圓周的約略單位，兩手拇指和食指合攏的長度，亦指兩臂合抱的長度。

⑤堪：忍受。

⑥泫（xuàn）然：流淚的樣子。

**【譯文】**

桓溫北征前燕時，路過金城，看到自己以前當琅邪內史時所種的柳樹，都已長成十圍粗的大樹了，感慨地說：「樹木尚且這樣，作為人怎能忍受這歲月的流逝啊！」他攀着樹枝手執柳條，禁不住流下淚來。

## 五六

簡文作撫軍時①，嘗與桓宣武俱入朝②，更相讓在前。宣武不得已而先之，因曰：「伯也執殳，為王前驅③。」簡文曰：「所謂『無小無大，從公於邁』④。」

### 【注釋】

①簡文作撫軍時：司馬昱於永和元年（三四五）進位撫軍大將軍。簡文，晉簡文帝司馬昱。撫軍，撫軍大將軍的簡稱。

②桓宣武：桓溫。

③伯也執殳（shū），為王前驅：見詩經衛風伯兮。伯兮為衛國婦人思念其丈夫遠征之詩。這裏借以指自己為司馬昱作前鋒，故走在前面，以示其謙恭。伯，原詩是婦人稱呼其丈夫之詞。殳，一種長一丈二尺無刃的武器。前驅，先鋒。

④無小無大，從公於邁：見詩經魯頌泮水。

### 【譯文】

簡文帝當撫軍大將軍時，曾與桓溫一起上朝，他們互相謙讓，要對方走在前面。桓溫不得已只好在前面走，於是說：「手上拿着殳，為王打前鋒。」簡文帝說：「這就是所謂的官兒無論小或大，我都是跟着明公行進。」

## 五七

顧悅與簡文同年①，而髮蚤白②。簡文曰：「卿何以先白？」對曰：「蒲柳之姿③，望秋而落④；松柏之質，經霜彌茂⑤。」

【注釋】

①顧悅：一作顧悅之。字君叔，晉晉陵（今江蘇武進）人。曾為殷浩別駕，官至尚書左丞。
②蚤：通「早」。
③蒲柳之姿：用以謙稱自己體質衰弱或地位低下。蒲柳，水楊，是秋天很早就凋零的樹木。
④望：向。
⑤彌：更加。

【譯文】

顧悅和簡文帝同齡，但頭髮很早就白了。簡文帝說：「你為什麼頭髮白得比我早？」顧悅回答道：「我是蒲柳一樣的資質，向着秋天樹葉就掉落了；您是松柏一般的質地，經受了秋霜反而更加茂盛。」

五八

桓公入峽①，絕壁天懸，騰波迅急，乃歎曰：「既為忠臣，不得為孝子②，如何！」

【注釋】

①桓公入峽：指桓溫於永和二年（三四六）率領七千餘人伐蜀。桓公，桓溫。峽，三峽。

②既為忠臣，不得為孝子：見漢書王尊傳。「忠臣」指漢代的王尊，願為國盡忠冒險進蜀。「孝子」指漢代王陽，寧在家奉養父母也不肯進蜀冒險。

【譯文】

桓溫進入三峽，只見兩岸高聳的峭壁懸在空中，下有奔騰洶湧的波濤迅猛疾流，於是歎息道：「我既然做了忠臣，就不能當孝子了，有什麼辦法啊！」

五九

初，熒惑入太微①，尋廢海西②；簡文登阼③，復入太微④，帝惡之。時郗超為中書⑤，在直。引超入曰：「天命修短，故非所計。政當無復近日事不⑥？」超曰：

「大司馬方將外固封疆⑦，內鎮社稷，必無若此之慮。臣為陛下以百口保之⑧。」帝因誦庾仲初詩曰⑨：「志士痛朝危，忠臣哀主辱⑩。」聲甚淒厲。郗受假還東，帝曰：「致意尊公⑪，家國之事，遂至於此⑫。由是身不能以道匡衞⑬，思患預防。愧歎之深，言何能喻⑭！」因泣下流襟。

【注釋】

①熒惑入太微：古人認為這是帝位不保的徵兆。熒惑，即火星，呈紅色，亮度常變化，運行規律亦多變，令人迷惑，故稱，古人視作災星。太微，太微垣，在北斗之南，古人以之為天帝南宮，與人間朝廷相對應。

②尋：不久。廢海西：指太和六年（三七一）桓溫廢廢帝司馬奕為海西縣公。司馬奕，字延齡，晉成帝子，三六六—三七一在位。

③簡文：晉簡文帝司馬昱。

④復入太微：指熒惑星再次進入太微垣。

⑤郗超（三三六—三七七）：字景興（或作敬輿），一字嘉賓，東平高平金鄉（今屬山東）人，東晉開國功臣郗鑒之孫，郗愔之子。郗超少年早熟，聰明過人，十幾歲即被司馬昱辟為掾。永和三年（三四七）桓溫滅成漢，進位征西大將軍後，辟郗超為征西大將軍掾。此後一直在桓溫幕府，深獲信任。枋頭之敗後建議廢立，改立簡文帝。入朝任中書侍郎。桓溫死後去職。

⑥政當：只是。政，通「正」，只，僅。
⑦大司馬：桓温曾任大司馬，故稱。封疆：疆界，此指邊疆、邊防。
⑧百口：指全家，整個家族的人。
⑨庾仲初：庾闡，字仲初，晉潁川鄢陵人（今屬河南）。歷仕尚書郎、彭城內史、郗鑒從事中郎、散騎常侍，領大著作，出補零陵太守、給事中等。九歲即能文，有集十卷。
⑩志士痛朝危，忠臣哀主辱：見從征詩，此詩僅存此兩句。
⑪尊公：敬稱對方的父親。
⑫遂：竟。
⑬身：晉人多以「身」作第一人稱代詞。匡衞：匡正保衞。
⑭喻：說明。

## 【譯文】

當初，熒惑星進入太微垣，不久海西公就被廢去皇位；等到簡文帝即位，熒惑星再次進入太微垣，簡文帝十分厭惡這種不祥的徵兆。當時郗超作為中書侍郎正好在宮內值班。簡文帝便把郗超叫進來說：「天命有長有短，這本不是我所要考慮的。只是不知會再發生前些日子的廢立之事嗎？」郗超說：「大司馬正要對外鞏固邊疆，對內安定社稷，必定不會有這樣的打算。我願用全家百口人的性命為陛下擔保。」簡文帝於是吟誦庾闡的詩句道：「有志之士為朝廷的危險而痛苦，耿直的忠臣為主上的屈辱而哀傷。」聲音十分淒涼。郗超被准假東去會稽探親，簡文帝說：「請代我向令尊致意，國家社稷的事竟然到了這種地步。這是因為我不能堅持正道來糾正過失錯誤，保衛社稷國家，思慮禍患而預先防範。我深感慚愧，感慨不已，用語言怎能說清呢！」於是簡文帝淚下如雨，沾濕衣襟。

## 六〇

簡文在暗室中坐，召宣武[①]。宣武至，問上何在。簡文曰：「某在斯！」時人以為能[②]。

【注釋】

①宣武：桓溫。

②能：有才能，善言辭。

【譯文】

簡文帝坐在暗室裏，召見桓溫。桓溫來了，問皇上在哪裏。簡文帝說：「我在這裏。」當時人以為簡文帝善於言辭，很有才能。

## 六一

**簡文入華林園①，顧謂左右曰：「會心處不必在遠②。翳然林水③，便自有濠、濮間想也④，覺鳥獸禽魚自來親人。」**

**【注釋】**

①華林園：故址在今南京雞鳴山南之古台城內，三國吳建。

②會心：領悟，領會。指人對自然的心領神會的感悟。

③翳然：遮蔽的樣子。

④濠、濮間想：謂思慕濠梁、濮水間的逍遙自在的生活境界。濠、濮，見莊子秋水，謂莊子曾與惠施遊於濠水橋樑之上，羨慕游魚自由自在之樂；亦曾垂釣於濮水，拒絕楚王的招聘，不願為官。想，思慕之意。

**【譯文】**

簡文帝到了華林園，回頭對身邊的侍從說：「領略大自然的韻致無需跑到遠處尋求，置身於鬱鬱葱葱幽深的林木水流的懷抱中，便令人自然思慕莊子所追求的濠、濮間逍遙自在的境界，覺得飛鳥走獸、鳴禽游魚都會主動來與人親近。」

## 六二

謝太傅語王右軍曰[①]：「中年傷於哀樂[②]，與親友別，輒作數日惡[③]。」王曰：「年在桑榆[④]，自然至此，正賴絲竹陶寫[⑤]。恆恐兒輩覺，損欣樂之趣。」

【注釋】

①謝太傅：謝安。王右軍：王羲之（三〇三—三六一），字逸少，琅邪臨沂（今屬山東）人，官至右軍將軍、會稽內史，人稱王右軍。工於書法，善於博採眾長，推陳出新，備精諸體，尤擅行書，為歷代所宗尚，被尊為「書聖」，影響極大。

②哀樂：偏義複詞，指哀傷。

③作：興起，生出。

④桑榆：原指落日餘暉照在桑樹、榆樹的梢頭，比喻人的晚年。

⑤絲竹：指音樂。絲為弦樂器，竹為管樂器。陶寫：陶冶性情，抒發憂思。

【譯文】

謝安告訴王羲之說：「人到中年，常為哀傷情緒而傷懷，每當與親友離別，總會有幾天難過。」王羲之說：「人到晚年，自然會有這種情景，正需要依賴音樂來陶冶性情，抒發憂思。只是常怕子姪們知道了，會減少欣喜快樂的情趣。」

六三

支道林常養數匹馬[①]。或言道人畜馬不韻[②]。支曰：「貧道重其神駿[③]。」

【注釋】

①支道林：支遁。
②韻：風雅。
③神駿：神采煥發的樣子。

【譯文】

支道林常常養有幾匹馬。有人説和尚養馬不太風雅。支道林説：「我着重於它的神采煥發。」

六四

劉尹與桓宣武共聽講禮記[①]。桓云：「時有入心處[②]，便覺咫尺玄門[③]。」劉曰：「此未關至極[④]，自是金華殿之語[⑤]。」

【注釋】

①劉尹：劉惔。桓宣武：桓溫。

②入心：打動人心。

③玄門：玄妙之門。老子：「玄之又玄，眾妙之門。」此喻指道家最高境界。

④至極：達到極點，指最高境界。

⑤金華殿之語：指儒生常談。西漢成帝時，鄭寬中、張禹每天在金華殿講說尚書、論語。金華殿，殿名，在未央宮中。

【譯文】

劉惔與桓溫一起聽講禮記。桓溫說：「時常有打動人心的地方，於是感覺距離最高境界已不遠了。」劉惔說：「這還沒有涉及道家的最高境界，只不過是儒生的常談而已。」

六五

羊秉為撫軍參軍①，少亡，有令譽②，夏侯孝若為之敍③，極相讚悼。羊權為黃門侍郎④，侍簡文坐。帝問曰：「夏侯湛作羊秉敍，絕可想⑤。是卿何物⑥？有後不[7]？」權潸然對曰[8]：「亡伯令問夙彰[9]，而無有繼嗣；雖名播天聽[10]，然胤絕聖世[11]。」帝嗟慨久之。

【注釋】

①羊秉：字長達，晉泰山平陽（今山東新泰）人。官至撫軍參軍。以小心謹慎著稱，年僅三十二歲而卒。撫軍參軍：司馬昱曾為撫軍大將軍，撫軍參軍是其屬下。

②令譽：美好的名聲。

③夏侯孝若：夏侯湛（二四三—二九一），字孝若，譙縣（今安徽亳州）人。官至散騎常侍，美姿容，與潘岳友善，時人稱為「連璧」。有文才，文章宏富，善構新詞。原有集，已佚，明人輯有夏侯常侍集。

④羊權：字道輿，歷官黃門侍郎、尚書左丞。

⑤可想：值得稱讚。

⑥何物：什麼人，何人。

⑦不：同「否」。

⑧潸然：流淚的樣子。

⑨令問：美好的名聲。夙彰：早就顯著。

⑩天聽：指皇帝的聽聞。

⑪胤（yìn）：後代。

【譯文】

羊秉曾任撫軍參軍，年紀輕輕就死了，享有美名，夏侯湛為他寫敘，極力讚美並表示哀悼。羊權當時為黃門侍郎，侍候在簡文帝身旁。簡文帝問道：「夏侯湛寫的羊秉敘，非常值得讚賞。他是你的什麼人？有後代嗎？」羊權流着淚回答道：「他是我故世的伯父，一向美名卓著，但他沒有後代；他的名聲雖然傳到了皇上的耳中，卻在這聖明之世絕了後。」簡文帝聽了久久地嗟歎感慨。

六六

王長史與劉真長別後相見①，王謂劉曰：「卿更長進②。」答曰：「此若『天之自高』耳③。」

【注釋】

①王長史：王濛。劉真長：劉惔。

②長進：在學問、品行等方面有進步。

③此若「天之自高」耳：語見莊子田子方：「天之自高，地之自厚，日月之自明，夫何修焉。」意謂像天之自然的高，地自然的厚，日月自然的光明，哪裏需要修飾呢！

【譯文】

王濛與劉惔分別以後再相見，王濛對劉惔說：「你在學問和品行上更有進步了。」劉惔回答說：「這就好像天的自然高罷了。」

## 六七

**劉尹云①：「人想王荊產佳②，此想長松下當有清風耳。」**

【注釋】

①劉尹：劉惔。

②王荊產：王微，一作王徽，字幼仁，晉琅邪臨沂（今屬山東）人。王澄之子。小字荊產。歷仕尚書郎、右軍司馬。

【譯文】

劉惔說：「人們都想象王微很好，這就好比想象高大的松樹下該當有清風罷了。」

## 六八

王仲祖聞蠻語不解①，茫然曰：「若使介葛盧來朝②，故當不昧此語③。」

【注釋】

①王仲祖：王濛。蠻語不解：指南方少數民族的語言很難懂。蠻，古稱南方少數民族。

②介葛盧：又寫作「介葛盧」，春秋時東夷國之國君，據說通牛語。介，東夷國名，葛盧為其國君之名。

③故當：或許。不昧：明白。昧，不明。

【譯文】

王濛聽到南方語言，一點也不懂，他茫無頭緒地說：「如果讓介葛盧來朝見，說不定會明白這種話。」

## 六九

劉真長為丹陽尹①，許玄度出都②，就劉宿，牀帷新麗，飲食豐甘。許曰：

「若保全此處，殊勝東山③。」劉曰：「卿若知吉凶由人，吾安得不保此！」王逸少在坐④，曰：「令巢、許遇稷、契，當無此言⑤。」二人並有愧色。

【注釋】

①劉真長：劉惔。丹陽尹：丹陽的行政長官。丹陽是京都建康的護衞。

②許玄度：許詢，字玄度，晉高陽北新城（今河北徐水西）人。少稱神童，長而善屬文，與孫綽齊名，並為東晉玄言詩的代表人物。與劉惔、王羲之等清談往返，文字交遊，是當時清談家的領袖之一。好遊山水，隱遁不仕。有集，今亡。出都：到都城。魏晉南北朝文獻中習慣用「出都」為赴京都、到京城之意，而非離開京都之意。

③東山：在今浙江上虞西南，風景秀美，是謝安隱居優遊之地，也成為當時及以後名士嚮往隱居的地方。

④王逸少：王羲之。

⑤「令巢、許遇稷、契」二句：此是王羲之批評二人沒有古代賢者隱士之風。巢、許，巢父與許由。稷，后稷，周之始祖，傳說曾任堯之農官。契，商之始祖，傳說為舜之大臣，助禹治水有功。

【譯文】

劉惔任丹陽尹時，許詢到京城，到劉惔處住宿。牀帳帷幕既新又華麗，飲食豐盛且味美。許詢說：「如果能夠保全這樣的住處，享受這般生活，那就遠遠勝過在東山隱居的生活了。」劉惔說：「你知道如果吉凶禍福都由人自己來定的話，我怎麼能不保全由官職俸祿而得來的這個住處呢？」王羲之當時在座，說：「如果當年的高士巢父、許由遇到稷、契那樣的明君，也許不會說出這種話來。」許詢和劉惔聽了，都面有慚色。

# 七〇

王右軍與謝太傅共登冶城①，謝悠然遠想，有高世之志②。王謂謝曰：「夏禹勤王③，手足胼胝④；文王旰食⑤，日不暇給⑥。今四郊多壘⑦，宜人人自效，而虛談廢務，浮文妨要，恐非當今所宜。」謝答曰：「秦任商鞅⑧，二世而亡⑨，豈清言致患邪⑩？」

【注釋】

①王右軍：王羲之。謝太傅：謝安。冶城：故址在今江蘇南京朝天宮一帶，相傳春秋時夫差於此冶鑄，故名。

②高世：高出世俗之上。
③勤王：勤於公事。
④胼胝（pián zhī）：手上腳上因勞動而磨出的硬皮。
⑤文王旰（gàn）食：謂周文王勤於政事遲至晚上才吃飯。
⑥日不暇給：形容事多時間不夠用。
⑦四郊多壘：指戰事頻繁。
⑧商鞅（約前三九〇—前三三八）：戰國時衛國人，說服秦孝公變法圖強，任左庶長，實行變法，為秦的富強奠定了基礎。封於商，號商君。秦孝公死後，為貴族誣害，車裂而死。
⑨二世而亡：秦始皇於公元前二二一年統一中國，前二一〇年死，子胡亥繼位，稱二世，寵信趙高，荒唐驕奢，引發了陳勝吳廣起義，至前二〇七年，胡亥被趙高逼令自殺，秦亡。共歷二世。
⑩清言：指崇尚老莊的清談之風。

**【譯文】**

王羲之與謝安一起登上冶城，謝安悠閑自在地沉湎於遐想中，似有超世脫俗的志趣。王羲之說：「夏禹為國事操勞，手腳都長滿了繭子；周文王整天忙於政事，到晚上才吃飯，沒有一點兒空閑時間。現在戰事不斷，每個人都應為國效力，如果空談荒廢了政務，浮華的文風妨礙了國事，恐怕與當前國勢不適應吧。」謝安答道：「秦用商鞅實行嚴刑峻法，僅僅兩代就滅亡了，難道是清談造成的禍患嗎？」

# 七一

謝太傅寒雪日內集[①]，與兒女講論文義[②]。俄而雪驟[③]，公欣然曰：「白雪紛紛何所似？」兄子胡兒曰[④]：「撒鹽空中差可擬[⑤]。」兄女曰：「未若柳絮因風起[⑥]。」公大笑樂。即公大兄無奕女[⑦]，左將軍王凝之妻也[⑧]。

【注釋】

①謝太傅：謝安。內集：家庭內的集會。

②文義：文章的義理。

③雪驟：雪下得又大又急。

④胡兒：謝朗，謝安姪子，次兄謝據之子。善言玄理，官至東陽太守。

⑤差：尚，略。擬：相比。

⑥因：憑藉。

⑦大兄無奕女：謝安長兄謝奕之女謝道韞。謝道韞，後嫁王羲之次子王凝之。聰慧有才辯，善清談，時人稱其頗有竹林七賢的名士風度。善書法，為王羲之稱道。孫恩攻會稽，謝道韞「舉措自若，既聞夫及諸子已為賊所害，方命婢肩輿抽刃出門，亂兵稍至，手殺數人，乃被虜。其外孫劉濤時年數歲，賊又欲害之，道韞曰：『事在王門，何關他族！必其如此，寧先見殺。』恩雖毒虐，為之改容，乃不害濤」。原有集，今亡。無奕，謝奕，字無奕。

⑧左將軍王凝之：王凝之，字叔平，東晉時歷仕江州刺史、左將軍、會稽內史。工草隸。痴迷於五斗米道，當孫恩進攻時，不設防備，以為有鬼兵相助，遂為孫恩所殺。

【譯文】

謝安在寒冷的雪天把一家人聚集到一起，給兒女們講論文章的義理。一會兒雪下得又大又急，謝安高興地說：「這白雪紛飛像什麼呢？」姪兒謝朗說：「略可比作把鹽撒到空中一樣。」姪女謝道韞說：「還不如說是柳絮憑藉風勢在空中起舞。」謝安聽了大笑，感到十分快樂。這位姪女就是謝安長兄謝奕的女兒，左將軍王凝之的妻子。

## 七二

王中郎令伏玄度、習鑿齒論青、楚人物①，臨成②，以示韓康伯③，韓康伯都無言。王曰：「何故不言？」韓曰：「無可無不可④。」

【注釋】

①王中朗：王坦之（三三〇—三七五），太原晉陽（今屬山西）人。年輕時與郗超齊名，時人稱其為「江東獨步」。簡文帝為撫軍將軍，辟為掾。出為大司馬桓溫長史，徵拜侍中，領本州大

中正。簡文帝去世前，勸諫其不要以桓溫仿周公事居攝，稱：「天下，宣元之天下，陛下何得專之！」與謝安一道保住了晉室社稷。孝武帝司馬曜即位，遷中書令，領丹陽尹，尋授都督徐兗青三州諸軍事、北中郎將、徐兗二州刺史，鎮廣陵。與謝安同時輔佐朝政。不滿時俗，貶抑莊子之學，頗尚刑名學，著廢莊論。伏玄度：伏滔，字玄度，晉平昌安丘（今屬山東）人。有才學，桓溫用為參軍，甚加禮敬。歷仕著作郎，掌國史，領本州大中正。習鑿齒（？—三八三）：字彥威，襄陽（今湖北襄陽）人。世代為荊楚豪族。少有志氣，博學廣聞，以文筆著稱，談名亦著稱一時。與清談之士韓伯、伏滔相友善。初為荊州刺史桓溫的別駕，有「刺史之半」之稱。桓溫北伐時，也隨從參與機要。精通史學，主要著作有漢晉春秋、襄陽耆舊記、逸人高士傳等。亦精通佛學，力邀著名高僧釋道安到襄陽弘法。前秦苻堅攻陷襄陽，將鑿齒和道安接往長安。青、楚：指青州和荊州一帶地方。青州，東晉時治所在東陽城（今山東青州）。楚，指長江中下游一帶，古屬楚國，故稱。

②臨成：將近完成時。

③韓康伯：韓伯。

④無可無不可：語出論語子微，孔子謂自己「無可無不可」，沒有什麼可以不可以。

## 【譯文】

王坦之要伏滔、習鑿齒兩人評論青州、荊州的歷史人物，將近完時，便拿給韓伯去看，韓伯什麼話都不說。王坦之說：「為什麼不說話？」韓伯說：「無所謂可以不可以。」

## 七三

劉尹云①：「清風朗月，輒思玄度②。」

**【注釋】**

①劉尹：劉惔。
②玄度：許詢。

**【譯文】**

劉惔說：「每逢清風朗月之時，總是令人思念玄度。」

## 七四

荀中郎在京口①，登北固望海云②：「雖未睹三山③，便自使人有凌雲意④。若秦、漢之君⑤，必當褰裳濡足⑥。」

【注釋】

①荀中郎在京口：指荀羨為徐州刺史。荀中郎，荀羨（三二二—三五九），字令則，潁川潁陰（今河南許昌）人，荀崧之子，尚尋陽公主。弱冠，與琅邪王洽齊名，劉惔、王濛、殷浩等顯貴並與交好。司馬昱以揚州刺史殷浩抗桓温，殷浩以荀羨、王羲之為羽翼。後遷建威將軍，吳國內史，除北中郎將、徐州刺史，監徐兗二州，揚州之晉陵（江蘇常州）諸軍事、假節，「時年二十八，中興方伯，未有如羨之少者」。多次取得與前秦戰爭的勝利。因官為北中郎將，時人稱之為荀中郎。京口，今江蘇鎮江。晉南渡後，徐州鎮京口，為當時軍事重鎮。

②北固：北固山，在鎮江東北江濱。主峯三面臨江，凌空而立，形勢險固。

③三山：蓬萊、方丈、瀛洲，傳說東海中的三座神山。

④凌雲：直上雲霄。

⑤秦、漢之君：指秦始皇和漢武帝。他們都追求長生不老，秦始皇曾派徐市帶三千童男童女入海求仙。漢武帝亦曾東巡海上，令方士數千人求蓬萊仙人。

⑥褰（qiān）裳濡（rú）足：撩起下衣，沾濕雙足。裳，遮蔽下體的衣裙。

【譯文】

荀羨在京口時，登上北固山遙望東海，說道：「我雖然沒有親眼看到海上的三座神山，就已經自然而然地彷彿有直上雲霄的想法了。如果像秦始皇和漢武帝那樣追求長生不老的皇帝置身於此，必定會撩起衣裳下海去找神仙了。」

## 七五

謝公云[①]：「聖賢去人[②]，其間亦邇[③]。」子姪未之許[④]。公歎曰：「若郗超聞此語，必不至河漢[⑤]。」

**【注釋】**

①謝公：謝安。

②去：距離。

③邇（ěr）：近。

④未之許：未許之，不贊同他。

⑤河漢：銀河，比喻不着邊際、不可憑信的空話。

**【譯文】**

謝安說：「聖賢與一般人的距離也是很近的。」他的子姪們都不贊同他的意見。謝安歎道：「如果郗超聽到我的話，必定不會以為是不着邊際、不可憑信的空話的。」

## 七六

支公好鶴①，住剡東岇山②。有人遺其雙鶴③，少時翅長欲飛，支意惜之，乃鎩其翮④。鶴軒翥不復能飛⑤，乃反顧翅垂頭，視之如有懊喪意。林曰：「既有凌霄之姿，何肯為人作耳目近玩⑥？」養令翮成，置使飛去。

**【注釋】**

①支公：支道林。

②岇（áng）山：在今浙江嵊州東。

③遺（wèi）：贈送。

④鎩（shā）：摧殘，傷殘。翮（hé）：鳥羽的莖狀部分。

⑤軒翥（xuān zhù）：飛舉的樣子。

⑥近玩：親近的玩物，寵物。

**【譯文】**

支道林喜愛鶴，住在剡縣東面的岇山。有人送給他一對鶴，不久鶴的翅膀長硬了想飛起來，支道林心裏捨不得它們，便剪去它們的翅莖。鶴張開翅膀卻不再能飛了，就回過頭看着翅膀，垂下頭來，看上去好像懊喪的樣子。支道林說：「它們既然有直上雲霄的姿質，怎麼肯被人們當作耳目觀賞的玩物呢？」於是把鶴餵養到翅膀長好後，放它們飛翔而去。

## 七七

**謝中郎經曲阿後湖①，問左右：「此是何水？」答曰：「曲阿湖。」謝曰：「故當淵注渟着②，納而不流。」**

**【注釋】**

①謝中郎：謝萬，字萬石，謝安之弟。才器俊秀，器量不及謝安。工言論，善屬文。東晉時歷仕豫州刺史，領淮南太守，監司豫冀并四州軍事。受任北征，戰敗，廢為庶人，後復為散騎常侍。曲阿後湖：即曲阿湖，一名練湖，在今江蘇丹陽城北。其本名雲陽，秦始皇認為此地有王氣。便鑿北坑山以破壞之，把直道截為彎曲，故名曲阿。

②淵注：深水灌注。渟（tíng）着（zhuó）：水停滯。着，着落，歸宿。

**【譯文】**

謝萬經過曲阿後湖時，問左右隨從：「這是什麼水？」隨從答道：「這是曲阿湖。」謝萬說：「所以該當是深水流入停滯於此，只能容納而不能流動了。」

## 七八

晉武帝每餉山濤恆少①。謝太傅以問子弟②，車騎答曰③：「當由欲者不多，而使與者忘少。」

**【注釋】**

①餉：贈送，賜給。山濤（二〇五—二八三）：字巨源，河內懷縣（今河南武陟西）人。與阮籍、嵇康等交遊，為竹林七賢之一。好老莊哲學。晉初任吏部尚書、尚書右僕射等職。選用官吏，親作評論，當時號為「山公啟事」。原有集，已佚，有輯本。恆：經常。

②謝太傅：謝安。

③車騎：謝玄（三四三—三八八），字幼度，小字遏，謝安之姪。史稱有「經國才略」。謝安為相時，任他為建武將軍、兗州刺史，領廣陵相，組織北府兵，以禦前秦。在淝水之戰中，與謝石等大破前秦苻堅軍。之後又平兗青司豫諸州，加都督徐兗青司冀幽并七州軍事。以勛封康樂縣公。後因病改任左將軍、會稽內史。與吳興太守張玄之並稱「南北二玄」，為時人稱美。死後被追封為車騎將軍、開府儀同三司，謚號獻武。

**【譯文】**

晉武帝每次賜給山濤的東西總是很少。謝安拿這件事問子姪們，謝玄回答說：「想必是因為接受的人想要的不在多，致使贈送者也忘了所送的東西少了。」

## 七九

謝胡兒語庾道季①：「諸人莫當就卿談②，可堅城壘③。」庾曰：「若文度來④，我以偏師待之⑤；康伯來⑥，濟河焚舟⑦。」

### 【注釋】

①謝胡兒：謝朗。庾道季：庾龢（hé），字道季，庾亮之子，好學，有文章，東晉時歷仕丹陽尹、中領軍。

②莫：可能，也許。揣摩之詞。就：靠近。

③堅城壘：加固防線。

④文度：王坦之。

⑤偏師：指在主力軍翼側協助作戰的部隊。

⑥康伯：韓伯。

⑦濟河焚舟：渡過黃河便燒掉船隻，比喻有進無退，決一死戰。語見左傳文公三年：「秦伯伐晉，濟河焚舟。」

### 【譯文】

謝朗對庾龢說：「大家可能會到你這裏來清談，你可得加固自己的防線啊。」庾龢說：「如果王坦之來，我就出動偏師，用出其不意的方法來對付他；如果是韓伯來，我就只能濟河焚舟和他決一死戰了。」

# 八〇

李弘度常歎不被遇①。殷揚州知其家貧②，問：「君能屈志百里不③？」李答曰：「北門之歎④，久已上聞；窮猿奔林⑤，豈暇擇木？」遂授剡縣。

【注釋】

①李弘度：李充，字弘度，東晉江夏（今河南羅山西）人。初為丞相王導掾屬；後為征北將軍褚裒參軍，後除剡縣令；母喪後出任大著作郎，因典籍混亂，遂在西晉荀勖分類的基礎上，制晉元帝四部書目，分作經、史、子、詩賦四部，我國圖書目錄以經史子集分部，實始於此。累遷中書侍郎，卒官。晉書李充本傳稱其「幼好刑名之學，深抑虛浮之士」，思想主要體現在論語注、尚書注、周易旨、釋莊論、翰林論等著作中。這些著作大多亡佚。從現存殘篇看，李充思想以儒為本，好刑名之學，兼綜道玄。被遇：得到機遇，指得到賞識拔擢。

②殷揚州：殷浩，當過揚州刺史，故稱。

③屈志：委曲其志，指遷就、大材小用。百里：古時一縣轄地約百里，用指縣令。

④北門：指詩經邶風北門。其第一章云：「出自北門，憂心殷殷。終窶且貧，莫知我艱。已焉哉，天實為之，謂之何哉！」毛詩序謂：「北門，刺仕不得志也，言衞之忠臣不得其志爾。」李充引此詩以指自己的窮困不遇。

⑤窮猿：走投無路的猿猴。窮，窮途，無路可走。

**【譯文】**

李充常常感歎自己沒有機遇，得不到賞識提拔。殷浩知道他家境貧困，問他：「你能不能屈就一個百里小縣的縣令呢？」李充答道：「我有像北門那樣貧窮不得志的感歎，上面早就聽聞了；如今我就像一隻窮途末路的猿猴逃奔到樹林一樣，哪有什麼空閑時間去擇木而棲呢？」於是就授他為剡縣縣令之職。

## 八一

**王司州至吳興印渚中看①，歎曰：「非唯使人情開滌②，亦覺日月清朗。」**

**【注釋】**

①王司州：王胡之，字修齡，晉琅邪臨沂（今屬山東）人，王廙之子。年輕時即有聲譽。官吳興

太守、司州刺史等。印渚：在吳興郡於潛縣東七十里，有山壁溪流，風景殊勝，為行旅觀賞之地。

②開滌：開朗清爽。

**【譯文】**

王胡之到吳興印渚去觀賞景物，讚歎道：「這裏不僅使人心情開朗清爽，也令人感到日月都清亮明朗起來。」

## 八二

謝萬作豫州都督①，新拜②，當西之都邑③，相送累日，謝疲頓④。於是高侍中往⑤，徑就謝坐，因問：「卿今仗節方州⑥，當疆理西蕃⑦，何以為政？」謝粗道其意。高便為謝道形勢，作數百語。謝遂起坐⑧。高去後，謝追曰⑨：「阿酃故粗有才具⑩。」謝因此得終坐⑪。

**【注釋】**

①謝萬作豫州都督：升平二年（三五八），謝萬為西中郎將、持節、督司豫冀并四州軍事、豫州刺

史、領淮南太守。

②拜：授官，任官。

③西之都邑：豫州治所時為蕪湖，在都城建康以西，故云。都邑，此指豫州治所蕪湖。

④疲頓：疲乏，疲勞。

⑤高侍中：高崧，字茂琰，小字阿酃（líng），晉廣陵（今江蘇江都）人。司馬昱為撫軍將軍，引為司馬。桓温擅威，率眾北伐，軍次武昌，司馬昱患之，崧作書喻以禍福，温還鎮。時為簡文帝司馬昱侍中。

⑥仗節方州：指作豫州刺史掌握軍政大權。仗節，手執符節。節，符節，古代朝廷用以傳達命令、調兵遣將的憑證。派遣地方長官亦用符節為憑證。方州，指州郡長官。資治通鑑宋順帝升平元年：「訴以其私用人為方州。」胡三省注：「古者八州八伯，謂之方伯，後世遂以州刺史為方州。」

⑦疆理：治理。西蕃：晉書地理志：「成帝乃僑立豫州於江淮之間，居蕪湖。」豫州西鄰東晉都城建康所在之揚州，是西部重鎮，故稱西蕃。蕃，通「藩」，屏障。

⑧起坐：從牀上起來坐着，表示恭聽。

⑨追：追溯，回想。

⑩粗：略微。才具：才能。

⑪謝因此得終坐：指堅持接待完了送行者。

【譯文】

謝萬出任豫州都督，新受官職，當向西到治所蕪湖去，送行者連日不斷，他覺得疲勞不堪。這時候侍中高崧到謝萬處，徑直走到謝萬身旁坐下，便問：「你現在手執符節為地方長官，將治理朝廷西部屏障的地區，有什麼施政打算？」謝萬大略地說了一些想法。高崧便向謝萬講了當時的形勢，長達數百言。謝萬於是起身恭坐傾聽。高崧走了以後，謝萬回想說：「阿酃這人原本就有幾分才能。」謝萬為此才得以堅持接待完所有人。

## 八三

**袁彥伯為謝安南司馬①，都下諸人送至瀨鄉②。將別，既自淒惘③，歎曰：「江山遼落④，居然有萬里之勢⑤！」**

【注釋】

①袁彥伯：袁宏（三二八—三七六），字彥伯，小字虎，陽夏（今河南太康）人，曾任桓溫記室。有才學，文章絕美。著有後漢記、名士傳、東征賦、北征賦、三國名臣頌等。謝安南：謝奉，字弘道，晉會稽山陰（今浙江紹興）人，歷仕安南將軍、廣州刺史、吏部尚書。司馬：官名，將軍府的屬官，綜理一府之事，參預軍事計劃。

②都下：指京城。瀨鄉：古地名，在今江蘇溧陽境內。
③淒惘：悵惘，失意。
④遼落：遼遠空曠的樣子。
⑤居然：的確，確實。

**【譯文】**

袁宏出任謝奉的司馬時，京城的朋友們送他到了瀨鄉。臨別時，本來就已經感到悵惘的他，至此不覺感歎道：「江山如此遼遠空曠，的確有萬里之勢。」

## 八四

孫綽賦遂初①，築室畎川②，自言見止足之分③。齋前種一株松，恆自手壅治之④。高世遠時亦鄰居⑤，語孫曰：「松樹子非不楚楚可憐，但永無棟樑用耳！」孫曰：「楓柳雖合抱，亦何所施？」

**【注釋】**

①孫綽（三一四—三七一）：字興公，太原中都（今山西平遙西南）人。歷官永嘉太守、散騎常

侍、廷尉，領著作。少愛隱居，喜遊山林。博學善屬文，以文才著稱。與許詢為一時名流。桓溫以河南粗平，將移都洛陽。朝廷畏溫，雖並知不可，莫敢先諫。綽乃上疏諫，事遂寢。作有遂初賦、天台賦等。遂初：遂初賦。據劉孝標注引遂初賦敘，乃是表現滿足早年隱居山林願望之作。

②畎（quǎn）川：古地名，未詳。或說為山谷間的平地。

③見止足之分：即明白知道滿足和適可而止的本分。止足，語見老子四十四章：「知足不辱，知止不殆，可以長久。」止，適可而止。足，滿足。分，本分。

④壅治：施肥培土養育樹木。壅，在植物根部培土或施肥。

⑤高世遠：高柔，字世遠，晉樂安（今浙江仙居西）人。官至冠軍參軍。善詩。

**【譯文】**

孫綽作了遂初賦來寄託情懷，在畎川建了房屋居住，自己說是懂得了知止和知足的本分。書齋前種了一棵松樹，常常自己親手培土養育它。高柔當時也與他相鄰而居，對孫綽說：「小松樹並非不嬌弱可愛，只是永遠不夠用作棟樑而已！」孫綽說：「楓樹、柳樹雖長得有兩臂圍攏那麼粗，又有什麼用處呢？」

## 八五

桓征西治江陵城甚麗①，會賓僚出江津望之②，云：「若能目此城者③，有賞。」顧長康時為客在坐④，目曰：「遙望層城⑤，丹樓如霞。」桓即賞以二婢。

**【注釋】**

①桓征西治江陵城：桓溫一直以江陵為根據地，所以修建江陵城。桓征西，桓溫，曾為征西大將軍，故稱。江陵，縣名，在今湖北江陵，為荊州的治所，也是南郡的治所。

②會：會聚。江津：江邊渡口。

③目：品題，評論高下。

④顧長康：顧愷之（約三四五—四〇九），字長康，小字虎頭，晉陵無錫（今屬江蘇）人。曾為桓溫及殷仲堪參軍，官至通直散騎常侍。多才藝，工詩賦，尤精繪畫，有「才絕、畫絕、痴絕」之稱。著有論畫、魏晉勝流畫贊等，對中國畫的發展有很大的影響。畫作沒有留傳下來，相傳為其作品的摹本有女史箴圖、洛神賦圖、列女仁智圖等。

⑤層城：古代神話中崑崙山有層城九重，最上層叫層城。此喻指江陵。

**【譯文】**

桓溫把江陵城修建得非常壯麗，他聚集賓客僚屬們來到長江邊渡口，眺望江陵景色，說道：「如果有人能品題此城，有賞！」顧愷之當時作為客人也在座中，隨口品題說：「遙望江陵，如崑崙之層城；紅樓高聳，燦如彩霞。」桓温聽了，立即賞給他兩個婢女。

## 八六

**王子敬語王孝伯曰①：「羊叔子自復佳耳②，然亦何與人事，故不如銅雀台上妓③。」**

**【注釋】**

①王子敬：王獻之。王孝伯：王恭。

②羊叔子：羊祜（hù，二二一—二七八），字叔子，泰山南城（今山東費縣西南）人。博學能文，清廉正直，娶夏侯霸之女為妻。司馬昭建五等爵制時以功封為鉅平子，與荀勖共掌機密。司馬炎受禪稱帝，羊祜有扶立之功。晉代魏後，司馬炎有吞吳之心，乃命羊祜坐鎮襄陽，都督荊州諸軍事。在荊州十年，與陸抗南北對峙，又互相欣賞。與司馬炎籌劃滅吳，陸抗去世後上表奏請伐吳，遭到眾大臣的反對，未果。臨終，舉杜預自代。為官清儉，為時人敬重。

③銅雀台上妓：曹操臨終遺言，死後命妾伎在銅雀台上早晚供食，每月初一、十五奏樂唱歌等。銅雀台，曹操所建，在今河北臨漳西南古鄴城西北隅。妓，指能歌善舞之女侍。

【譯文】

王獻之對王恭說：「羊叔子固然很好，但與我們這些人有什麼關係，所以還不如銅雀台上的歌舞妓能娛人耳目。」

## 八七

**林公見東陽長山曰[①]：「何其坦迤[②]！」**

【注釋】

①林公：支道林。東陽：郡名，治所在今浙江金華。長山：山名，在長山縣，山勢綿延，縣因山而得名。

②何其：多麼。坦迤：形容山勢平坦而綿長。

【譯文】

支道林看到東陽的長山時說：「這山是多麼平坦而綿長啊！」

## 八八

顧長康從會稽還①，人問山川之美，顧云：「千巖競秀②，萬壑爭流③，草木蒙籠其上④，若雲興霞蔚⑤。」

## 【注釋】

①顧長康：顧愷之。
②千巖：羣山，指山之多。
③萬壑：眾多溪流。
④蒙籠：草木茂盛貌。
⑤雲興霞蔚：形容絢爛美麗，豐富多彩。

## 【譯文】

顧愷之從會稽回來，人們問他那裏的山川風光是怎樣的美麗，顧愷之說：「千座山峯競相比賽秀麗，萬條溪流泉水爭着奔流而下，山上草木茂盛，彷彿是興起了雲彩，放射出燦爛的霞光。」

## 八九

簡文崩①，孝武年十餘歲②，立，至暝不臨③。左右啟：「依常應臨。」帝曰：「哀至則哭，何常之有！」

**【注釋】**

①簡文：晉簡文帝司馬昱。

②孝武：孝武帝司馬曜。

③暝：黃昏。臨（lìn）：哭弔。

**【譯文】**

簡文帝逝世，當時孝武帝才十多歲，立為皇帝，他直至黃昏也不去哭弔。左右侍從稟告說：「按照常禮應當去哭弔了。」孝武帝說：「悲哀到極點就會哭的，有什麼常禮可說！」

## 九〇

孝武將講孝經①，謝公兄弟與諸人私庭講習②。車武子難苦問謝③，謂袁羊曰[4]：「不問則德音有遺[5]，多問則重勞二謝[6]。」袁曰：「必無此嫌。」車曰：「何以知爾？」袁曰：「何嘗見明鏡疲於屢照，清流憚於惠風[7]？」

## 【注釋】

①孝武將講孝經：據晉書，此事在寧康三年（三七五）。「孝武帝嘗講孝經，僕射謝安侍坐，尚書陸納侍講，侍中卞耽執讀，黃門侍郎謝石、吏部郎袁宏執經，（車）胤與丹陽尹王混摘句，時論榮之。」按，東晉有皇帝講孝經的傳統，是鞏固皇權的一種形式。孝武，孝武帝司馬曜。孝經，儒家的倫理學著作。一說是孔子自作，一說是曾子所作，但南宋時已有人懷疑是出於後人附會。成書於秦漢之際。

②謝公兄弟：謝安和謝石兄弟倆。謝石（三二七—三八九）：字石奴，謝安之弟。太元八年（三八七）任都督，統兵禦前秦，賴姪謝玄和劉牢之力戰，取得淝水之戰的勝利。晉書本傳稱其「在職務存文刻，既無他才望，直以宰相弟兼有大才，遂居清顯，而聚斂無饜，取譏當世」。追贈司空。

③車武子：車胤（約三三三—約四〇一），字武子，南平（今湖北公安西南）人。幼時苦學，家貧無油點燈，便在夏夜收集螢火蟲裝在白絹袋裏照書夜讀。以博學著稱。桓溫主荊州，徵召車胤為從事，甚為器重。後任護軍將軍，參決朝政，為眾人之望。王恭之亂後，車胤被提升為吏部尚書，因建議遏制司馬元顯，被逼令自殺。苦：反覆，屢次。

④袁羊：袁喬，字彥升，小字羊，晉陳郡（今河南淮陽）人。桓溫鎮京口，復引為司馬，領廣陵相。桓溫伐蜀，眾皆以為不可，袁喬獨力支持，並屢次在危急時刻正確決斷，桓溫取得伐蜀勝利，袁喬是關鍵人物。

⑤德音：善言。

⑥重勞：增加辛勞。

⑦惠風：和風。

【譯文】

孝武帝將要講論孝經，謝安、謝石兄弟與其他幾位先在家裏討論研習。車胤為反覆多次向謝氏兄弟提問請教而感到為難，對袁喬說：「不去問他們吧，怕他們的真知灼見會有所遺漏，多去問他們吧，就要增加二謝的辛勞。」袁喬說：「你一定不要為此有所疑慮。」車胤說：「你怎麼知道是這樣的呢？」袁喬說：「你哪裏見過明亮的鏡子會因為反覆照而疲倦，清澈的水流會因為和風的吹拂而害怕呢？」

九一

王子敬云①：「從山陰道上行②，山川自相映發③，使人應接不暇。若秋冬之際，尤難為懷。」

【注釋】

①王子敬：王獻之。

②山陰：縣名，今浙江紹興。

③映發：輝映襯托。

【譯文】

王獻之說：「在山陰道上行走，山景水色交相映襯，美景繁多，令人眼花繚亂，來不及觀賞。如果是在秋冬之交，那美麗的景色更加令人難以忘懷。」

## 九二

謝太傅問諸子姪[①]：「子弟亦何預人事[②]，而正欲使其佳？」諸人莫有言者，車騎答曰[③]：「譬如芝蘭玉樹[④]，欲使其生於階庭耳。」

【注釋】

①謝太傅：謝安。

②預：參與，干預。
③車騎：謝玄，謝安之姪。
④芝蘭玉樹：比喻才質優秀的子弟。芝蘭，一種香草。玉樹，天界的神樹。

【譯文】

謝安問他的子姪們：「子姪後輩同自己的事有什麼關係，長輩們為什麼一定要使他們成為美好的呢？」大家都沒有說話，謝玄回答道：「譬如芝蘭玉樹這樣美好的香草珍木，只想讓他們生長在自家門庭台階邊罷了。」

九三

道壹道人好整飾音辭①。從都下還東山②，經吳中③。已而會雪下，未甚寒，諸道人問在道所經。壹公曰：「風霜固所不論，乃先集其慘淡④；郊邑正自飄瞥⑤，林岫便已皓然⑥。」

【注釋】

①道壹道人：東晉高僧，俗姓陸，居京城瓦官寺，從竺法汰求學，講解經論傾動京師，深得簡文

帝器重。後居虎丘山，博通內外，律行清嚴，為四方僧尼所欽仰。道人，和尚的別稱。整飾：整頓修飾。

②都下：京都。東山：在浙江上虞西南，謝安曾隱居於此。

③吳中：吳郡的別稱，治所在今江蘇蘇州。

④先集：語出詩經小雅弁：「如彼雨雪，先集維霰。」道壹用「先集」代「霰」，以與「風霜」相對。慘淡：謂天色暗淡無光。

⑤郊邑：郊外城內。飄瞥：形容大雪飄揚。

⑥林岫：樹林山峯。

【譯文】

道壹和尚喜歡修飾言辭，話語往往富於音韻。他從京都回到東山，路經吳郡。不久遇上下雪，天不太冷，和尚們問他路上所經過的地方景物如何。道壹說：「路上的風霜不必說，雪珠下時竟是天色無光。城郊內外飄飄揚揚，潔白的大雪覆蓋着，林木山巒一片白茫茫。」

## 九四

**張天錫為涼州刺史①，稱制西隅②。既為苻堅所禽③，用為侍中④。後於壽陽俱**

敗，至都，為孝武所器⑤。每入言論，無不竟日。頗有嫉己者，於坐問張：「北方何物可貴？」張曰：「桑椹甘香，鴟鴞革響⑥。淳酪養性⑦，人無嫉心。」

【注釋】

①張天錫為涼州刺史：張天錫（三四六—四〇六），字純嘏，小字獨活，安定烏氏（今寧夏固原東南）人。前涼政權的最後一位君主。口才極健。晉哀帝興寧元年（三六三）殺姪玄靚自立，稱涼州牧、西平公，東晉廢帝太和初，詔以天錫為大將軍、大都督、督隴右關中諸軍事、護羌校尉、涼州刺史、西平公。在位十三年。荒於聲色。晉孝武帝太元元年（三七六）前秦攻涼，戰敗降秦，封歸義侯。淝水之戰時，隨秦軍南下，乘秦敗之機奔晉。

②稱制西隅：指張天錫為前涼國君主。西隅，西部邊陲之地，指前涼。前涼，十六國之一，漢族張寔所建，都姑臧。盛時疆域有今甘肅、新疆及內蒙古、青海各一部分。歷八主，共六十年。另一說，從三〇一年張軌出任涼州刺史至三七六年張天錫被迫出降前秦，歷九主，共七十六年。

③為苻堅所禽：三七六年張天錫射殺前秦使節，前秦遂以十三萬步騎攻陷姑臧，張天錫投降，前涼滅亡。苻堅（三三八—三八五），字永固，一名文玉，略陽臨渭（今甘肅天水東）人，氐族，十六國時前秦國君，三五七—三八五在位。先後攻滅前燕、前涼、代國，統一北方大部分地區。三八三年率軍攻晉，在淝水大敗，後為羌族首領姚萇所殺。禽，同「擒」。

④用為侍中：張資涼州記曰：「苻堅使將姚萇攻沒涼州，天錫歸長安，堅以為侍中、比部尚書、歸義侯。」

⑤「後於壽陽俱敗」三句：張天錫為前秦所滅，從至壽陽。淝水之戰，苻堅大敗，天錫投靠東晉，封為左員外郎、散騎常侍。後來又恢復其西平郡公的爵位，為金紫光祿大夫。壽陽，今安徽壽州。孝武，孝武帝司馬曜。

⑥鴟鴞（chī xiāo）：貓頭鷹。革：鳥翅。響：指貓頭鷹振翅發出的聲響。

⑦淳酪：純正的奶酪。淳，深厚，濃厚。

【譯文】

張天錫任涼州刺史，在西部邊陲地區自稱君主。不久他為苻堅擒獲，任為侍中。後來在壽陽與苻堅一起被打敗，到了東晉都城，受到孝武帝的器重。他每次入宮談論，沒有不是一整天的。當時很有些嫉妒他的人，就在座上問張天錫：「北方有什麼東西可貴的？」張天錫說：「桑椹又甜又香，貓頭鷹振翅作響；淳厚的奶酪怡養人性，人們沒有嫉妒之心。」

## 九五

顧長康拜桓宣武墓①，作詩云：「山崩溟海竭②，魚鳥將何依。」人問之曰：「卿憑重桓乃爾③，哭之狀其可見乎？」顧曰：「鼻如廣莫長風④，眼如懸河決溜⑤。」或曰：「聲如震雷破山，淚如傾河注海。」

【注釋】

①顧長康：顧愷之。桓宣武：桓溫。
②溟：大海。
③憑重：依靠重視。
④廣莫：遼闊空曠。莊子逍遙遊：「何不樹之於無何有之鄉，廣莫之野。」
⑤懸河決溜：形容瀑布如決口般急流而下。懸河，瀑布。溜，急流。

【譯文】

顧愷之去祭拜桓溫墓，作詩謂：「高山崩塌，大海枯竭，飛鳥游魚，失去依靠。」別人問他說：「你如此依靠看重桓溫，那麼你哭弔的情景可以向我們描繪一下嗎？」顧愷之道：「我哭時鼻息如空曠之野的大風，眼淚如瀑布一般急流而下。」也有說法是：「哭聲像驚雷般震破山嶽，眼淚如傾瀉的河水注入大海。」

九六

毛伯成既負其才氣①，常稱：「寧為蘭摧玉折②，不作蕭敷艾榮③。」

【注釋】

①毛伯成：毛玄，字伯成，晉潁川（今河南許昌）人，官至征西行軍參軍。

②蘭摧玉折：為保持高潔而不惜一死。

③蕭敷艾榮：比喻敗壞德行而享受榮華富貴。蕭、艾，惡草，比喻品質低劣的惡人、小人。敷榮，開花。

【譯文】

毛玄自負自己很有才華，常常宣稱：「我寧可像香草美玉那樣被摧殘而死，也決不能像蕭艾開花那樣地繁榮富貴。」

九七

范甯作豫章[①]，八日請佛有板[②]，眾僧疑，或欲作答。有小沙彌在坐末[③]，曰：「世尊默然[④]，則為許可。」眾從其義。

【注釋】

①范甯：字武子，晉順陽（今河南淅川西南）人。博學通覽，為餘杭令及豫章太守時，與辦學校，

課讀五經，勤於經學，為東晉以來所未曾有。嘗深疾浮虛，謂王弼、何晏之罪，深於桀、紂。孝武帝雅好文學，甚被親愛，他指斥朝士，直言不諱。曾為春秋穀梁傳作注解。然亦拜佛講經，皈依佛法。豫章：郡名，治所在今江西南昌。

②八日：農曆四月初八為釋迦牟尼佛的生日。此日寺廟多以香湯浴佛，舉行法會。禮佛者則恭請佛像供奉。請佛有板：將禮佛之文書寫在木簡上。表示致敬。板，木簡。

③沙彌：初出家已受戒的小和尚。

④世尊：佛教徒對釋迦牟尼佛的尊稱。

【譯文】

范甯作豫章太守時，在四月初八佛誕日恭請佛像，將禮佛之文寫在木簡上，眾和尚見了有點疑惑，也有和尚以為要對禮佛之文作回答。坐在末座的小和尚說：「佛祖沉默之語，就是許可的意思。」大家都同意他的意見。

九八

司馬太傅齋中夜坐①，於時天月明淨，都無纖翳②，太傅歎以為佳。謝景重在坐③，答曰：「意謂乃不如微雲點綴。」太傅因戲謝曰：「卿居心不淨，乃復強欲滓穢太清邪④？」

【注釋】

①司馬太傅：司馬道子（三六五—四〇三），簡文帝第五子，孝武帝司馬曜同母弟。初封琅邪王，後改會稽王。謝安死後，領徐州、揚州刺史，錄尚書，都督中外軍事。把持朝政，重用王國寶，與子元顯大肆聚斂，奢侈無度，以致政刑紊亂。晉安帝司馬德宗即位，因年幼，遂由道子輔政，操縱實權。安帝成年後，道子還政於帝，然實權仍操於親信王國寶之手。王恭舉兵討伐，道子殺王國寶、王緒以謝，王恭退兵。次年，遣世子司馬元顯斬殺王恭。此後，大權為元顯所奪，拜侍中、太傅。桓玄反，攻入建康，被放逐安成郡，後被毒死，時年三十九。並殺元顯。桓玄失敗後，追贈道子為丞相，謚文孝。

②纖翳（yì）：指天空沒有一絲雲彩。翳，遮蓋。

③謝景重：謝重，字景重，晉陳郡陽夏（今河南太康）人，謝朗之子，為會稽王司馬道子驃騎長史。

④滓穢：污染，玷污。太清：天空。

【譯文】

一天夜裏，司馬道子在書齋中閑坐，當時天空清朗，月光皎潔，沒有一絲雲彩，司馬道子為這絕好的景色而讚歎。謝重當時在座，答話道：「我認為還不如有一點點雲彩點綴天空更美。」司馬道子就跟謝重開玩笑説：「你啊心地不清淨，竟想強要污染這清朗的天空嗎？」

## 九九

王中郎甚愛張天錫①，問之曰：「卿觀過江諸人，經緯江左軌轍②，有何偉異③？後來之彥④，復何如中原？」張曰：「研求幽邃⑤，自王、何以還⑥；因時修制，荀、樂之風⑦。」王曰：「卿知見有餘⑧，何故為苻堅所制？」答曰：「陽消陰息⑨，故天步屯蹇⑩，否剝成象⑪，豈足多譏？」

### 【注釋】

①王中郎：程炎震云：「坦之卒於寧康三年（三七五），天錫以淝水敗（三八三）來降，不及見矣。此王中郎，蓋別是一人。」

②經緯：謀畫，治理。江左：江東地區，東晉的轄區。軌轍：車輪的痕跡，比喻準則、法則。

③偉異：特異。

④彥：有才德者。

⑤研求幽邃：指安邦定國，思慮深遠。幽邃，深而遠。

⑥王、何：王導、何充。

⑦因時修制，荀、樂之風：指荀顗、荀勖等人修訂法制。但未有樂廣參與之事。荀、樂，荀顗、荀勖、樂廣。荀顗，字景倩，潁川潁陰（今河南許昌）人，漢尚書令荀彧第六子。博學多聞，理思周密。曾與鍾會就周易問題進行辯難，又與扶風王司馬駿辯論仁孝的先後。通「三禮」（即

周禮、儀禮、禮記），識朝廷大儀，曾和羊祜、任愷共同修訂晉朝禮法。然「無質直之操，唯阿意苟合於荀勖、賈充之間」，曾上言賈充之女賈南風姿德淑茂，可以參選皇太子妃，以此獲譏於世。仕至侍中、太尉、行太子太傅。西晉初年，被封為臨淮公。謚曰康。荀勖（？—二八九），字公曾，潁川潁陰（今河南許昌）人。初仕魏，在大將軍曹爽門下，後成為司馬昭的參謀，被司馬氏寵信，成為晉朝的開國功臣。入晉後封濟北郡公，後人稱「荀濟北」，拜中書監，加侍中，領著作。累遷光祿大夫、儀同三司，守尚書令。為人博學多才，入晉後曾和賈充一起修訂法令；通音律，號稱「闇解」，掌管樂事，修正律呂；領祕書監事，曾和張華一起，按劉向別錄整理典籍。但為人奸佞，與賈充等人沆瀣一氣，策劃將齊王司馬攸排擠出朝，阻止司馬炎廢掉賈妃，時人認為他「傾國害時」。謚曰成。

⑧知見：知識見解。

⑨陽消陰息：萬物生滅、盛衰互相更替。消，消亡。息，生長，繁殖。

⑩天步：國運，時運。屯（zhūn）蹇（jiǎn）：周易的兩個卦名，都有艱難困苦之意，後因稱挫折不順為屯蹇。

⑪否（pǐ）剝：周易的兩個卦名。否，指上下隔閡，閉塞不通。剝，指剝落，衰敗。兩者均為時運不利的意思。象：卦象。周易用卦、爻等符號象徵自然的變化和人事的吉凶。

**【譯文】**

王中郎很看重張天錫，問他道：「你看渡江南下的這些人，規劃江東的法度有什麼特別的地方？後起的才德之士與中原人士比較又怎麼樣啊？」張天錫說：「深入研究，努力探求，從王導、何充以來就已如此；根據時勢制定法令，則是荀顗、荀勖、樂廣的風範。」王坦之說：「你的知識見解綽綽有餘，可為何被苻堅制服呢？」張天錫答道：「凡事皆有陰陽盛衰，故國運危艱，出現了衰敗不通的跡象，這難道也值得多加譏諷嗎？」

## 一〇〇

謝景重女適王孝伯兒①，二門公甚相愛美。謝為太傅長史②，被彈③，王即取作長史，帶晉陵郡④。太傅已構嫌孝伯⑤，不欲使其得謝，還取作諮議⑥，外示縶維⑦，而實以乖間之⑧。及孝伯敗後，太傅繞東府城行散，僚屬悉在南門，要望候拜⑨。時謂謝曰：「王甯異謀⑩，云是卿為其計。」謝曾無懼色⑪，斂笏對曰⑫：「樂彥輔有言⑬：『豈以五男易一女⑭。』」太傅善其對，因舉酒勸之曰：「故自佳，故自佳。」

【注釋】

①謝景重：謝重。適：出嫁。王孝伯：王恭。
②太傅：指司馬道子，謝重曾為司馬道子長史。

③彈：彈劾。

④晉陵郡：治所在今江蘇鎮江。

⑤構嫌：結怨。

⑥還：再，又。諮議：王府中官，掌諮詢謀議。

⑦縶（zhí）維：原為留住賢人之馬不讓離去之意，後指羅致挽留人才。詩經小雅白駒：「皎皎白駒，食我場苗。縶之維之，以永今朝。」

⑧乖間：分隔，離間。

⑨要（yāo）望：迎候。

⑩王甯：即王恭，小字阿甯，故稱。異謀：指隆安二年（三九八）王恭起兵反司馬道子失敗事。

⑪曾：竟。

⑫笏（hù）：古時大臣上朝時拿的手板。

⑬樂彥輔：即樂廣。

⑭豈以五男易一女：樂廣回答司馬乂之語。

【譯文】

謝重的女兒嫁給王恭的兒子，兩位親家公相互敬愛。謝重作太傅司馬道子的長史時，被人彈劾，王恭即請謝重作自己的長史，並且兼任晉陵郡的太守。當時司馬道子已與王恭結怨，不想讓王恭得到謝重，就再讓謝重回來作諮議，表面上顯示挽留人才之意，實際上是用這個辦法來離間他們的關係。等到王恭起兵被打敗後，司馬道子繞東府城行散時，部屬們都到南門迎接拜候。當時司馬道子對謝重說：「王甯謀反，聽說是你為他出謀劃策的。」謝重卻毫無畏懼之色，收起手板對答道：「樂廣曾經說過這樣一句話：『難道用五個兒子去換一個女兒嗎？』」司馬道子認為他的對答非常好，於是舉杯為王恭勸酒，說：「你本來就好，本來就好。」

## 一〇一

桓玄義興還後[①]，見司馬太傅[②]，太傅已醉，坐上多客，問人云：「桓溫來欲作賊[③]，如何？」桓玄伏不得起。謝景重時為長史[④]，舉板答曰：「故宣武公黜昏暗[⑤]，登聖明[⑥]，功超伊、霍[⑦]，紛紜之議，裁之聖鑒[⑧]。」太傅曰：「我知，我知。」即舉酒云：「桓義興[⑨]，勸卿酒！」桓出謝過。

**【注釋】**

①桓玄義興還後：桓玄曾出任義興太守，但還是頗覺不得志，於是就棄官回到其封國南郡（今湖北江陵）。義興，郡名，治在今江蘇宜興。

②司馬太傅：即司馬道子。

③作賊：指謀反。

④謝景重：謝重。

⑤宣武公：桓温的謚號。黜昏暗：指廢黜廢帝司馬奕。

⑥登聖明：指擁立簡文帝司馬昱。

⑦伊、霍：伊尹、霍光。伊尹，商湯之賢相。湯死，伊尹立湯之孫太甲。太甲昏暗無道，伊尹將其放逐於桐宮，後太甲悔過自責，修德，伊尹迎之復位。霍光，漢武帝大臣，受武帝遺詔立年幼的昭帝。昭帝死，迎立昌邑王，昌邑王淫亂無道，又廢之，迎立宣帝。

⑧裁：裁決。聖鑒：指帝王或臨朝太后的鑒察。

⑨桓義興：即桓玄，他作過義興太守，故稱。

## 【譯文】

桓玄從義興回來後，去拜見司馬道子。司馬道子當時已經喝醉了，座上有很多客人，問大家說：「桓温晚年要謀反，是這樣嗎？」桓玄聽到此話，拜伏在地上不敢起來。謝重當時擔任長史，舉起手板答道：「已故世的宣武公廢黜昏君廢帝，擁立聖明之君簡文帝，他的功勞超過伊尹、霍光。對那些亂七八糟的議論，希望能得到太傅英明的審察來裁決。」司馬道子說：「我知道，我知道。」隨即拿起酒杯説：「桓義興，我敬你一杯酒。」桓玄離席向司馬道子謝罪。

## 一〇二

宣武移鎮南州①，制街衢平直②。人謂王東亭曰③：「丞相初營建康④，無所因承⑤，而制置紆曲，方此為劣⑥。」東亭曰：「此丞相乃所以為巧⑦。江左地促⑧，不如中國⑨。若使阡陌條暢⑩，則一覽而盡；故紆餘委曲⑪，若不可測。」

**【注釋】**

①宣武移鎮南州：興寧二年（三六四），桓温為揚州刺史，三年（三六五），移鎮姑熟，故址在今安徽當塗，為長江要津，京城建康之門戶。宣武，桓温。南州，姑熟在建康南，故名南州。

②制：修建。街衢：街道。

③王東亭：王珣（xún，三四九—四〇〇），字元琳，王導孫。年輕時為桓温主簿，受到桓温的敬重。時桓温軍中機務並委王珣。從討袁真，封東亭侯，轉大司馬參軍。本為謝氏婿，與謝安不和，導致當時王謝二族交惡。謝安卒後，遷侍中，孝武帝深仗之，歷任要職。時孝武帝雅好典籍，珣與殷仲堪、徐邈、王恭、郗恢等並以才學文章見昵。安帝隆安初，王國寶用事，謀黜舊臣，遷珣尚書令。王恭欲殺國寶，珣止之。王恭起兵，國寶將殺王珣等，僅而得免。二年（三九八），王恭復舉兵，假珣節，進衛將軍、都督琅邪水陸軍事。卒，追贈車騎將軍、開府，謚曰獻穆。桓玄輔政，改贈司徒。

④丞相：指王導。

⑤因承：沿襲承繼。
⑥方：比。
⑦所以：表示原因。
⑧促：狹窄。
⑨中國：指中原地區。
⑩阡陌：原指田間小路，此指街道。
⑪委曲：曲折。

**【譯文】**

桓溫把治所移到南州後，所修建的街道平坦筆直。有人對王珣說：「丞相當初營建京城建康時，沒有什麼現成的東西可資沿襲繼承，所以修建佈置得紆迴曲折，比起南州來就差了。」王珣說：「這正是丞相的巧妙所在。江東地方狹窄，不像中原地區遼闊。如果把街道造得筆直通暢，就會一覽無餘；有意把街道造得紆迴曲折，那就會令人感到深不可測了。」

## 一〇三

桓玄詣殷荊州①，殷在妾房晝眠，左右辭不之通②。桓後言及此事，殷云：「初不眠，縱有此③，豈不以『賢賢易色』也④？」

【注釋】

①殷荊州：殷仲堪，擔任過荊州刺史，故稱。

②不之通：不為他通報。之，代詞，指代桓玄。

③縱：即使。

④賢賢易色：語出論語學而：「賢賢易色，事父母能竭其力，事君能致其身。」本謂對妻子要重品德，不重容貌。後多指尊重賢德的人，不看重女色。

【譯文】

桓玄去拜訪殷仲堪，殷當時在小妾房內午睡，左右侍從推辭不肯為他通報。桓玄後來說起這件事，殷仲堪說：「我原本沒有睡，即使睡了，難道不能做到孔子所說的『賢賢易色』嗎？」

## 一〇四

桓玄問羊孚①：「何以共重吳聲②？」羊曰：「當以其妖而浮③。」

【注釋】

①羊孚：字子道，東晉泰山人，歷仕太學博士、州別駕、太尉參軍。

②吳聲：指樂府中的吳聲歌曲，多為戀歌，今存樂府詩集中。

③妖而浮：嫵媚而浮豔。

【譯文】

桓玄問羊孚：「為什麼大家都看重吳聲歌曲？」羊孚說：「大概大家都認為它們嫵媚而浮豔吧。」

## 一〇五

謝混問羊孚①：「何以器舉瑚璉②？」羊曰：「故當以為接神之器。」

【注釋】

①謝混（？—四一二）：字叔源，小字益壽，陽夏（今河南太康）人。謝安之孫，謝靈運之族叔。娶孝武帝女晉陵公主。謝混擅詩，其詩一改東晉玄言詩的風尚。文章號稱「江左第一」。原有集，今存詩三首。歷任中書令、中領軍、尚書左僕射。因與劉毅關係密切，晉安帝義熙八年（四一二）為劉裕所殺。

②何以器舉瑚璉：論語公冶長：「子貢問曰：『賜也何如？』子曰：『女，器也。』曰：『何器也？』曰：『瑚璉也。』」瑚璉，古代宗廟中的禮器。亦用以比喻人有立朝執政的才能。

【譯文】

謝混問羊孚：「為什麼孔子說子貢為『器』時要舉出瑚璉？」羊孚說：「當然因為它是用來迎接神靈的器具。」

# 一〇六

桓玄既篡位後①，御牀微陷②，羣臣失色。侍中殷仲文進曰③：「當由聖德淵重④，厚地所以不能載。」時人善之。

【注釋】

①篡位：指桓玄於元興二年（四〇三）代晉自立事。

②御牀：皇帝的坐榻。牀，坐卧之具，古亦稱坐榻為牀。

③殷仲文（？—四〇七）：陳郡長平（今河南西華）人，殷仲堪之堂弟，桓玄之姐夫。殷仲堪薦於司馬道子，為道子父子欣賞。道子與桓玄有隙，左遷新安太守。仲文聞玄平京師，便棄郡投奔。玄以為諮議參軍，使總領詔命，以為侍中，領左衞將軍。殷仲文性貪吝，多納貨賄。後投劉裕，任尚書，遷為東陽太守。殷仲文素有名望，自謂必當朝政，至此，意愈不平。義熙中以與駱球等謀反，為劉裕所誅。擅文辭，原有集，今僅存詩兩首。

④淵重：深重。

【譯文】

桓玄篡位做皇帝後，他的坐榻稍微有點下陷，羣臣都大驚失色。侍中殷仲文進言道：「這大概因為聖上德行深重，就連深厚的大地也承載不起吧。」當時人都認為他的話說得好。

## 一〇七

桓玄既篡位，將改置直館①，問左右：「虎賁中郎省應在何處②？」有人答曰：「無省。」當時殊忤旨③。問：「何以知無？」答曰：「潘岳秋興賦敍曰④：『余兼虎賁中郎將，寓直散騎之省⑤。』」玄咨嗟稱善。

【注釋】

①直館：值班的官署。直，通「值」。

②虎賁中郎省：虎賁中郎的官署。虎賁中郎，官名，宿衛宮廷，統領為虎賁中郎將。省，官署。

③忤旨：觸犯聖旨。忤，不順從，觸犯。

④潘岳（二四七—三〇〇）：字安仁，滎陽中牟（今屬河南）人。「總角辯惠，摛藻清豔」，被鄉里稱為「奇童」。美姿儀，與夏侯湛友善，常出門同車共行，京城謂之「連璧」。司馬炎建晉後，潘岳被司空荀勖召授司空掾，舉秀才。賈充召潘岳為太尉掾。楊駿輔政，召潘岳為太傅府主簿。楊駿被誅，他歷任河南令、著作郎、給事黃門侍郎等職。期間諂事權貴賈謐，為二十四友之首。構陷愍懷太子的文字就出自他之手筆。永康元年（三〇〇），趙王倫擅政，中書令孫秀以舊怨誣潘岳、石崇、歐陽建等陰謀奉淮南王允、齊王冏為政，被殺，夷三族。有文名，代表作有藉田賦、秋興賦、西征賦、閑居賦等。潘岳與陸機齊名，合稱「潘陸」。從子潘尼也有文名，合稱「兩潘」。原有集，已佚，後人輯有潘黃門集。秋興賦：潘岳抒寫其悲秋情懷及嚮往山水林泉之思的賦作。

⑤寓直：寄住在別的衙署值班。散騎：散騎常侍，侍從皇帝之官。

【譯文】

桓玄篡位當了皇帝後，準備重新佈置值班的館舍，就問左右侍從：「虎賁中郎的衙署應該設在哪裏？」有個人回答道：「沒有這個館舍。」當時這樣回答是十分觸犯聖旨的。桓玄問：「你怎麼知道沒有呢？」這人回答道：「潘岳的秋興賦敍說：『我兼任虎賁中郎將，寄住在散騎省值班。』」桓玄聽了讚歎他答得好。

# 一〇八

謝靈運好戴曲柄笠[①]，孔隱士謂曰[②]：「卿欲希心高遠[③]，何不能遺曲蓋之貌[④]？」謝答曰：「將不畏影者未能忘懷[⑤]？」

**【注釋】**

①謝靈運（三八五—四三三）：謝玄之孫，幼時寄養於外，族人名為客兒，世稱謝客。襲封康樂公，故稱謝康樂。南朝劉宋時期任永嘉太守、侍中、臨川內史等職，以不被重用憤憤不平，寄情山水，不理政務，曾賦詩：「韓亡子房奮，秦帝魯連恥。本自江海人，忠義感君子。」得罪，流廣州，旋被誣謀反處死。他性愛山水，是中國山水詩的開創者，是第一個大量創作山水詩的詩人。詩與顏延之齊名，並稱「顏謝」。與族弟謝惠連、東海何長瑜、潁川荀雍、泰山羊璿之，以文章賞會，共為山澤之遊，時人謂之「四友」。曲柄笠：狀如曲蓋（帝王、高官出行時儀仗用的曲柄傘）的斗笠。

②孔隱士：孔淳之，字彥深，南朝劉宋魯人，不就徵辟，隱於上虞山，故稱隱士。

③希心：指有所仰慕之心。希，仰慕。

④遺：拋棄。

⑤將不：得無，莫非。畏影者：見莊子漁父，謂有害怕自己的影子與足跡者，欲以拚命奔跑來丟棄影子與足跡。他腳步愈多足跡亦愈多，跑得再快影子亦不離身。他還以為自己跑得太慢，便更加不停地快跑，終於力竭而死。

**【譯文】**

謝靈運喜歡戴曲柄斗笠，孔淳之對他說：「你有仰慕高潔曠遠的情操，為何不能拋掉高官所用的曲蓋狀的形貌呢？」謝靈運答道：「莫非像那個害怕影子的人始終念念不忘影子嗎？」

# 政事第三

【題解】

政事，指政治事務，「孔門四科」之一。士子們要兼濟天下，從政為官是必由之道，所以，處理政務的能力是士大夫所不可或缺的。為政之法，因時而異，但為政之道，則亙古不變。勤政愛民、正己樹人、知人善任、以德化民，體現這些為政準則的故事，在動盪的魏晉南北朝時期，也是屢見不鮮，如陳寔「強者綏之以德，弱者撫之以仁」、山濤「舉無失才」、陶侃「勤於事」、桓溫「恥以威刑肅物」等。本篇共有二十六則，展現了一大批魏晉政治家們的施政風範。

## 一

陳仲弓為太丘長①，時吏有詐稱母病求假，事覺，收之②，令吏殺焉。主簿請付獄考眾奸③，仲弓曰：「欺君不忠，病母不孝④。不忠不孝，其罪莫大。考求眾奸，豈復過此！」

**【注釋】**

①陳仲弓：陳寔。太丘：故址在今河南永城西北。

②收：逮捕。

③主簿：官名，主管文書簿籍等。獄：獄吏。考：考問。眾奸：眾多犯罪事實。

④病母：把母親說成有病。病，作動詞用。

**【譯文】**

陳寔當太丘縣令時，屬吏中有一人謊稱母親生病要求請假，事情被發覺，陳寔就逮捕他，下令把他殺掉。主簿請求把他交付獄吏考問其他更多的犯罪事實。陳寔說：「欺騙長官，就是不忠，謊稱母病，就是不孝。不忠不孝，他的罪行沒有比這更大的了。考問其他的犯罪事實，難道還能超過這個大罪嗎！」

二

陳仲弓為太丘長，有劫賊殺財主，主者捕之。未至發所[①]，道聞民有在草不起子者[②]，回車往治之。主簿曰：「賊大，宜先按討[③]。」仲弓曰：「盜殺財主，何如骨肉相殘？」

【注釋】

①發所：案發的場所。

②在草不起子：指生了孩子不肯養育。在草，指臨產分娩。草，指草席。古時婦女分娩時墊的草席。不起，不養育。

③按討：查驗懲處。

【譯文】

陳寔當太丘縣令時，有強盜搶劫財物殺了人，主管者逮捕了強盜。陳寔便前往處理，還未到達案發地，半路上聽到民間有人生了孩子不肯養育，即掉轉車頭去處理。主簿說：「強盜殺人事大，應當首先予以查驗懲處。」陳寔道：「強盜劫財殺人，哪裏比得上骨肉相殘？」

三

陳元方年十一時①，候袁公②。袁公問曰：「賢家君在太丘③，遠近稱之，何所履行？」元方曰：「老父在太丘，強者綏之以德④，弱者撫之以仁，恣其所安⑤，久而益敬。」袁公曰：「孤往者嘗為鄴令⑥，正行此事。不知卿家君法孤⑦，孤法卿父？」元方曰：「周公、孔子，異世而出，周旋動靜⑧，萬里如一。周公不師孔子⑨，孔子亦不師周公。」

【注釋】

①陳元方：陳紀，陳寔長子。
②袁公：事跡不詳。
③賢家君：對對方父親的敬稱。
④綏：安撫。
⑤恣：聽任。
⑥孤：王侯自稱，袁公自稱孤，當為王侯。鄴：故址在今河北臨漳西南。
⑦法：效法。
⑧周旋動靜：指處置世事的舉動措施。周旋，應酬。
⑨師：仿效。

【譯文】

陳紀十一歲時，去拜候袁公。袁公問他說：「令尊在太丘為官，遠近都稱讚他，不知他都實行了什麼措施？」陳紀道：「家父在太丘時，對強者用恩德來安撫他們，對於弱者用仁義來撫慰他們，讓他們都能安居樂業，時間久了，人們就更加敬重他了。」袁公說：「我過去曾經做過鄴縣縣令，也正是實行了這些措施。不知道是令尊效法我，還是我效法令尊？」陳紀說：「周公和孔子出現在不同的時代，應對舉動，雖相隔遙遠，卻是一樣的。周公沒有仿效孔子，孔子也沒有仿效周公。」

# 四

賀太傅作吳郡[①]，初不出門，吳中諸強族輕之，乃題府門云：「會稽雞，不能啼[②]。」賀聞，故出行，至門反顧，索筆足之曰[③]：「不可啼，殺吳兒。」於是至諸屯邸[④]，檢校諸顧、陸役使官兵及藏逋亡[⑤]，悉以事言上，罪者甚眾。陸抗時為江陵都督[⑥]，故下請孫皓[⑦]，然後得釋。

【注釋】

①賀太傅：賀邵，字興伯，三國吳會稽山陰（今浙江紹興）人。歷官散騎常侍、吳郡太守、太子太傅等。作吳郡：任吳郡太守。吳郡，治所在今江蘇蘇州。

②會稽雞，不能啼：因賀邵為會稽人，故蔑稱會稽雞，譏諷他徒有其貌而已。

③足：補足。

④屯邸：當時吳地世家子弟多帶兵屯戍在外，而他們的居舍卻在吳郡，故稱之為屯邸。屯，駐軍防守。邸，指郡國豪族子弟的居所。

⑤檢校：查核，考察。顧、陸：顧雍、陸遜家族。顧雍曾為相掌朝政，陸遜曾為將掌兵權，他們的家族在江東是世家大族。役使官兵：指顧、陸等豪門驅使官兵為他們服勞役。藏逋（bū）亡：指豪門藏匿逃避賦稅徭役的農戶。

⑥陸抗（二二六—二七四）：字幼節，吳郡吳縣華亭（今上海松江）人，陸遜之子，亦為東吳名將。曾在壽春擊退魏軍，督西陵等地。守江陵，與西晉羊祜對峙，互相欣賞，各守疆界，築圍牆退楊肇，平西陵降將步闡。任人唯賢，建議休養生息，重守西陵，以待時機。後拜大司馬、荊州牧。江陵都督：陸抗時拜都督信陵、西陵、夷道、樂鄉、公安諸軍事，駐樂鄉（今湖北江陵西南），故此處稱其為江陵都督。

⑦故：特地。下：指從長江上游的江陵下到東吳都城建業。孫皓：東吳末代皇帝。

【譯文】

賀邵當吳郡太守時，起初不出門，吳郡各個豪門世族都輕視他，竟在府門題字謂：「會稽雞，不能啼。」賀邵聽到後，故意出門，到了府門口回過頭來看，要來筆補上兩句謂：「不可啼，殺吳兒。」賀邵於是到顧、陸各個豪族子弟們的駐地與居所，察看他們驅使官兵服勞役以及藏匿逃亡農戶等情況，把事實都報告給朝廷，因此而獲罪的人很多。陸抗當時擔任江陵都督，為此特地從駐地順流而下向孫皓求情，然後才得以赦免。

## 五

山公以器重朝望[①]，年逾七十，猶知管時任[②]。貴勝年少若和、裴、王之徒[③]，並共宗詠[④]。有署閣柱曰[⑤]：「閣東有大牛，和嶠鞅[⑥]，裴楷鞦[⑦]，王濟剔嬲不得休[⑧]。」或云潘尼作之[⑨]。

【注釋】

①山公：山濤。朝望：在朝廷中有威望。

②知管：主持掌管。知，主持。時任：指山濤擔任吏部尚書，親自主持官員的任免之事。

③貴勝年少：顯貴並年輕者。和：和嶠。裴：裴楷。王：王濟。

④宗詠：尊仰詠歎。宗，推崇，景仰。

⑤署：題字。閣：官署，指尚書省官署。

⑥鞅：牛馬拉車時套在牛馬頸上的皮帶。

⑦鞦（qiū）：拴在牛馬屁股上的絆帶。

⑧剔嬲（niǎo）：糾纏煩擾。

⑨潘尼（約二五〇—約三一一）：字正叔，滎陽中牟（今屬河南）人。官至太常卿。與叔父潘岳以文學齊名，世稱「兩潘」。

**【譯文】**

山濤因在朝廷上有聲望而受到器重，年紀過了七十，還在主持朝中官員的任免事宜。一些顯貴而年輕的官員如和嶠、裴楷、王濟這些人都對他推崇讚歎。有人在尚書省官署的柱子上題字謂：「官署東面有大牛，和嶠是牛頸上的鞅，裴楷是牛後部的鞦，王濟糾纏不得休。」有人說這是潘尼寫的。

## 六

賈充初定律令①，與羊祜共諮太傅鄭沖②。沖曰：「皋陶嚴明之旨③，非僕暗懦所探④。」羊曰：「上意欲令小加弘潤⑤。」沖乃粗下意⑥。

**【注釋】**

①賈充（二一七—二八二）：字公閭，平陽襄陵（今山西襄汾東北）人。賈逵之子。三國魏時任大

將軍司馬、廷尉，為司馬氏心腹，指使人殺魏帝曹髦，參與司馬氏代魏的密謀。晉初任司空、侍中、尚書令，一女為太子妃，一女為齊王妃，寵信無比。封魯郡公。雅長法理，主持修訂晉律，在法理上首次區分了律、令的概念。卒謚曰武。

②鄭沖（？—二七四）：字文和，滎陽開封（今屬河南）人。出身寒微，卓爾立操，博究儒術及百家之言。魏時任尚書郎、陳留太守、散騎常侍、司空、司徒、太保等。入晉，拜太傅，進爵為公。與何晏等共撰論語集解傳於世。

③皋陶（yáo）：傳說中的東夷族首領，曾被舜任為掌管刑法之官。古時制定律令以皋陶為典範，故稱。

④暗懦：愚昧無能。探：探測，推究。

⑤上意：指掌權的司馬昭。弘潤：擴充潤色。

⑥粗下意：粗略地提出自己的意見。

## 【譯文】

賈充當初擬定法令時，與羊祜一起向太傅鄭沖諮詢意見。鄭沖說：「皋陶制定法令時的嚴肅公正之意，不是我這樣愚昧無能的人所能探究的。」羊祜說：「上頭的意思是想讓你稍加擴充潤色。」鄭沖就粗略地說了自己的意見。

七

山司徒前後選①，殆周遍百官②，舉無失才，凡所題目③，皆如其言。唯用陸亮④，是詔所用，與公意異，爭之，不從。亮亦尋為賄敗。

【注釋】

①山司徒：山濤。前後選：指山濤先後兩次擔任選拔官員的職位。

②殆：幾乎，差不多。周遍：普遍，遍及。

③題目：品題，評論人物。

④陸亮：字長興，河內沁陽人，與賈充關係密切。

【譯文】

山濤前後兩次任職選官，所選幾乎遍及百官，選用的人沒有一個是不當的，凡是他所評論過的人都像他所説的那樣。只有一個陸亮，是皇帝下詔任用的，與山濤的意見不同，山濤為此爭辯過，皇帝不聽。不久陸亮也因為受賄而被罷官。

八

嵇康被誅後，山公舉康子紹為祕書丞①。紹諮公出處②，公曰：「為君思之久矣。天地四時，猶有消息，而況人乎③！」

【注釋】

①康子紹：嵇康之子嵇紹。祕書丞：官名，祕書省屬官，官位高於祕書郎，掌管宮中圖書典籍。

②出處：進或退，指出仕還是隱退。

③「天地四時」三句：語出周易豐卦彖：「日出則昃，月盈則食。天地盈虛，與時消息，而況於人乎，況於鬼神乎！」消息，指生與滅，盛與衰。消，消滅。息，增長。

【譯文】

嵇康被殺後，山濤薦舉嵇康的兒子嵇紹擔任祕書丞。嵇紹便與山濤商議是否出仕。山濤説：「我為你考慮很久了。天地一年四季，還有陰晴寒暑的變化，何況是人呢！」

九

王安期為東海郡①，小吏盜池中魚，綱紀推之②。王曰：「文王之囿，與眾共之③。池魚復何足惜！」

【注釋】

①王安期：王承（二七五—三二〇），字安期，太原晉陽（今山西太原）人，王述之父。弱冠知名，王衍比之南陽樂廣。爵藍田侯。西晉時為東海王司馬越記室參軍、東海太守。南渡後為元帝鎮東府從事中郎。少有重譽，為政清靜。被推舉為東晉初年第一名士。當時名士王導、衞玠、周顗、庾亮等皆出其下。為東海郡：任東海郡太守。

②綱紀：古稱綜理州郡之事的官員，即主簿。推：推究，查究。

③文王之囿（yòu），與眾共之：語見孟子梁惠王下，孟子回答齊宣王有關文王之囿的問題，闡述侯王之囿不在大小，應與民同享的道理。囿，古代帝王畜育禽獸的園子。

【譯文】

王承任東海郡太守時，有小吏偷了水池裏的魚，主簿查究這件事。王承說：「古時文王的苑囿與百姓共同享用，小小的池魚又有什麼值得吝惜的！」

## 一〇

**王安期作東海郡，吏錄一犯夜人來[1]。王問：「何處來？」云：「從師家受書還，不覺日晚。」王曰：「鞭撻甯越以立威名[2]，恐非致理之本[3]。」使吏送令歸家。**

**【注釋】**

①錄：逮捕。犯夜：指深夜還在外面走動，違犯當地夜行之禁令。

②甯（nìng）越：戰國趙人，中牟（今屬河南）人。原為農民，因努力求學，只用了十五年即成為周威公（周考王所分封的小國西周之君）的老師。

③致理之本：達到治理的根本途徑。理，應作「治」，唐代因避高宗李治的名諱而改「治」為「理」。

**【譯文】**

王承任東海郡太守時，郡吏逮捕了一個違犯宵禁令的人。王承問他：「從什麼地方來？」那人回答：「從老師家聽課讀書回家，不知不覺間天已晚了。」王承說：「鞭打像甯越那樣的苦學者來樹立威名，恐怕不是達到治理的根本辦法。」便派郡吏把那人送回家去。

## 一一

成帝在石頭①，任讓在帝前戮侍中鍾雅、右衛將軍劉超②。帝泣曰：「還我侍中！」讓不奉詔，遂斬超、雅。事平之後，陶公與讓有舊③，欲宥之④。許柳兒思妣者至佳⑤，諸公欲全之。若全思妣，則不得不為陶全讓，於是欲並宥之。事奏，帝曰：「讓是殺我侍中者，不可宥！」諸公以少主不可違⑥，並斬二人。

**【注釋】**

①成帝在石頭：蘇峻作亂，攻破建康，成帝被劫持至石頭城（在今南京清涼山）。成帝，司馬衍（三二一—三四二），字世根，三二五—三四二在位。五歲被立為皇帝，尊母庾氏為皇太后，臨朝稱制，王導、庾亮輔政。蘇峻、祖約之亂中被挾持。陶侃破敵後始還建康。在位期間庾亮北伐，敗於石虎。二十二歲病逝，廟號顯宗。

②任讓：東晉樂安（今山東博興）人。為蘇峻參軍、司馬，後隨蘇峻作亂。蘇峻死後，又擁戴峻弟蘇逸為主，亂平，被誅。鍾雅：字彥冑，東晉長社（今河南長葛東）人。官至侍中。蘇峻之亂，人或勸其逃離天子，他義不棄君求生，遂被害。劉超：字世逾，東晉琅邪（今屬山東）人。官義興太守、右衛將軍。

③陶公：陶侃。

④宥：赦免。

⑤許柳：字季祖，東晉時人，隨蘇峻作亂，攻陷建康後被任為丹陽尹。叛亂平定後被殺。思妣（bǐ）：許永，字思妣，許柳之子。

⑥少主：指年少的成帝，當時只有八九歲。

【譯文】

成帝被蘇峻劫持在石頭城後，任讓在成帝面前殺了護衛在他身邊的侍中鍾雅和右衛將軍劉超。當時成帝哭道：「還我侍中！」任讓根本不聽小皇帝的命令，還是殺了劉超和鍾雅。蘇峻叛亂平定後，陶侃與任讓原有老交情，想要赦免他。跟隨蘇峻作亂的許柳之子許永才貌極好，朝廷的大臣們都想保全他。但是如果保全許永，就不得不為陶侃保全任讓，於是就想同時赦免這兩個人。此事上奏成帝，成帝說：「任讓是殺我侍中的人，不可赦免！」諸位大臣認為年幼皇帝的話不能違抗，就把兩個人一起殺了。

## 一二

王丞相拜揚州①，賓客數百人並加沾接②，人人有說色。唯有臨海一客姓任及數胡人為未洽③。公因便還到過任邊，云：「君出，臨海便無復人。」任大喜說。因過胡人前，彈指云④：「蘭闍⑤！蘭闍！」羣胡同笑，四坐並歡。

【注釋】

①拜揚州：被任命為揚州刺史。
②沾接：指受到親切款待。
③臨海：郡名，治所在今浙江臨海。胡人：這裏指印度來的僧人。洽：和諧，融洽。
④彈指：佛家常用彈指的動作，表示歡喜或許諾。
⑤蘭闍（shé）：古代印度讚譽別人的話，亦曰「蘭奢」。

【譯文】

王導被任為揚州刺史時，來的賓客有幾百人，全都受到他的親切款待，人人都面帶笑容。只有臨海一位姓任的來賓及幾位胡人臉上沒有融洽的神情。王導於是找個機會回過去到任姓客人身邊說：「您出來做官，臨海就不再有賢人了。」任姓客人聽了大為高興。王導隨即便到了胡人前，彈着手指說：「蘭闍！蘭闍！」幾位胡人聽了這讚譽之言便都笑了，四座賓客都很高興。

一三

陸太尉詣王丞相諮事①，過後輒翻異②，王公怪其如此。後以問陸，陸曰：「公長民短，臨時不知所言，既後覺其不可耳。」

【注釋】

①陸太尉：陸玩，字士瑤，晉吳郡吳（今江蘇蘇州）人，陸機的叔伯兄弟。器量淹博，年輕時即有美名。歷官侍中、尚書左僕射、尚書令，王導、郗鑒、庾亮相繼而薨，以陸玩為侍中、司空，輔政。死後追贈太尉。

②翻異：指改變說法。

【譯文】

陸玩到王導那裏去請示處理公事，說好的事過後往往推翻改變，王導奇怪陸玩為什麼這樣。後來問陸玩，陸玩說：「您見識長，我見識短，當時不知道自己說些什麼，事後才覺得那樣做是不對的罷了。」

## 一四

丞相嘗夏月至石頭看庾公①，庾公正料事②。丞相云：「暑，可小簡之③。」庾公曰：「公之遺事④，天下亦未以為允。」

【注釋】

①丞相：王導。庾公（二九六—三四四）：庾冰，字季堅，潁川鄢陵（今屬河南）人，庾亮之弟。在平定蘇峻之亂中立有軍功。繼王導為相。任威刑，勤於公務。死時室無妾，家無私積，為世所稱。贈侍中、司空，謚曰忠成。

②料事：料理事情。

③小簡：稍微簡省些。

④遺事：指王導為相，以清靜寬惠為治，許多事都擱置不理。

【譯文】

丞相王導曾在夏天到石頭城去看望庾冰，庾冰正在處理政事。王導說：「大熱的暑天，政事不妨稍稍簡省一些。」庾冰說：「您清靜不辦事，天下人也未見得認為合適呢。」

一五

丞相末年①，略不復省事②，正封籙諾之③。自歎曰：「人言我憒憒④，後人當思此憒憒。」

## 【注釋】

①末年：晚年。

②略：大體，大概。省（xǐng）事：指辦事，辦公。

③正：僅，只。籙：簿籍文書。

④憒憒：糊塗。

## 【譯文】

王導晚年，幾乎不再處理政務，僅僅在封好的簿籍文書上畫諾。他自己歎息說：「人們都說我糊塗，後代人當會思念這種糊塗呢。」

## 一六

陶公性檢厲①，勤於事。作荊州時，敕船官悉錄鋸木屑②，不限多少。咸不解此意。後正會③，值積雪始晴，聽事前除雪後猶濕④，於是悉用木屑覆之，都無所妨。官用竹，皆令錄厚頭⑤，積之如山。後桓宣武伐蜀⑥，裝船，悉以作釘。又云，嘗發所在竹篙⑦，有一官長連根取之，仍當足⑧，乃超兩階用之⑨。

【注釋】

①陶公：陶侃。檢厲：方正嚴肅。
②錄：採集。
③正（zhēng）會：指正月初一的大聚會。
④除：台階。
⑤厚頭：指毛竹鋸剩下來的根。
⑥桓宣武伐蜀：指穆帝永和二年（三四六），桓温率軍討伐成漢，次年滅之。
⑦發：征調。
⑧仍當足：指就用毛竹的根當做支撐用的鐵足。
⑨超：越級提升官職。

【譯文】

陶侃性情方正嚴肅，辦事勤勉。他任荊州刺史時，命令造船的官員把木屑全部收集起來，不管多少都要。屬下都不明白他的用意。後來正月初一聚會時，正好碰到接連下雪剛剛放晴，聽事堂前台階上雪後還是濕的，於是陶侃命人全部用木屑蓋在上面，這樣人們進進出出一點也沒有妨礙。官府要用毛竹時，陶侃總是命人把鋸下的毛竹根收集起來，堆得像山一樣。後來桓温討伐蜀中的成漢，裝配船隻時，全部用這些毛竹根做成釘來用。又聽説，陶侃曾徵調當地的竹篙，有一位主管官員，連毛竹根一起拔出來，就把毛竹根當成竹篙的鐵足。陶侃知道了就把這位官員連升兩級加以任用。

## 一七

何驃騎作會稽①，虞存弟謇作郡主簿②，以何見客勞損，欲白斷常客③，使家人節量擇可通者④。作白事成⑤，以見存。存時為何上佐⑥，正與謇共食，語云：「白事甚好，待我食畢作教⑦。」食竟，取筆題白事後云：「若得門庭長如郭林宗者⑧，當如所白。汝何處得此人？」謇於是止。

**【注釋】**

①何驃騎：何充。作會稽：任會稽內史。

②虞存：字道長，會稽山陰（今浙江紹興）人。歷官衞軍長史、尚書吏部郎。謇（jiǎn）：虞謇，字道真，虞存之弟，東晉時官至郡功曹。

③白：稟告。常客：一般客人。

④家人：指家中僕役。據下文，當指下屬、僚屬。節量：節制衡量。

⑤白事：陳述事情的文書。

⑥上佐：據書鈔引語林曰：「何公為揚州，虞存為治中。」治中為州府要職，故稱上佐。

⑦作教：作出批示。

⑧門庭長：州郡屬吏，主管傳達、接待。郭林宗：郭泰。

**【譯文】**

何充擔任會稽內史時，虞存的弟弟虞謇正擔任郡主簿，因為何充會見賓客太多，勞累過度，就想稟告何充拒絕一般客人，讓下屬斟酌選擇應該見的客人才通報。他寫成稟報文書，先拿去給虞存看。虞存當時擔任何充的重要僚屬，正和虞謇一起吃飯，他告訴虞謇說：「你寫的文書很好，等我吃好飯作出批覆。」吃完飯，虞存拿過筆來在文書後寫道：「如果能得到像郭林宗那樣的人來做門庭長，就可以照你寫的文書所說的辦。可是你從哪裏能得到這樣的人呢？」虞謇於是就此不提他的建議了。

## 一八

王、劉與林公共看何驃騎①，驃騎看文書，不顧之。王謂何曰：「我今故與林公來相看，望卿擺撥常務②，應對玄言③，那得方低頭看此邪④？」何曰：「我不看此，卿等何以得存？」諸人以為佳。

【注釋】

①王：王濛。劉：劉惔。林公：支道林。

②擺撥：擺脫，擱置。

③應對：答對。

④那得：何以，為何。

【譯文】

王濛、劉惔和支道林一起去探望何充，何充正在看文書，沒有答理他們。王濛對何充說：「我現在特地與林公一起來探望，希望您能把日常事務放在一邊，與我們一道來談論玄理。您怎麼還在埋頭看這些東西呢？」何充說：「我不看這些文書，你們這些人怎麼能生存呢？」大家認為何充說得好。

一九

桓公在荊州①，全欲以德被江、漢②，恥以威刑肅物③，令史受杖④，正從朱衣上過。桓式年少⑤，從外來，云：「向從閣下過⑥，見令史受杖，上捎雲根⑦，下拂地足⑧。」意譏不着⑨。桓公云：「我猶患其重。」

【注釋】

①桓公：桓温。
②全：一心，全力。被：覆蓋，遍及。江、漢：長江、漢水，指荊州一帶地區。
③肅物：懲治人。
④令史：低級官吏，縣令所屬辦事人員。
⑤桓式：桓歆，字叔道，小字武，桓温第三個兒子，官至尚書。
⑥向：剛才。
⑦捎：帶。雲根：雲起之處。喻高。
⑧地足：地面。喻低。
⑨不着（zhuó）：指沒打着。着，接觸，貼近。

【譯文】

桓温在荊州刺史任上時，一心想用恩德來加惠江、漢地區的士庶，認為用威力刑法懲治人是可恥的，令史受到杖刑的處罰時，大杖也只是從紅衣上輕輕一帶而過。桓式當時年紀還小，從外邊進來，便説：「剛才我從官署經過，看到令史受杖刑，那杖高高地舉起像是捎帶到雲根，輕輕地落下，又像是拂過地面。」意思是諷刺根本沒有打着令史。桓温説：「我還怕打得太重了。」

## 二〇

簡文為相①，事動經年②，然後得過。桓公甚患其遲③，常加勸勉。太宗曰：「一日萬機④，那得速！」

【注釋】

①簡文：晉簡文帝司馬昱。
②動：輒，總是。經年：經過一年。
③桓公：桓温。
④太宗：簡文帝的廟號。萬機：指繁忙的事務。機，指事務，政務。

【譯文】

簡文帝作丞相時，處理事務總是要經過一年的光景才能完成。桓温為他辦事的緩慢而感到憂慮，常常加以勸告勉勵。簡文帝説：「每天都有成千上萬的事情等着辦理，我哪裏能夠快得起來啊！」

## 二一

山遐去東陽①，王長史就簡文索東陽②，云：「承藉猛政③，故可以和靜致治④。」

【注釋】

①山遐：字彥林，山濤之孫，山簡之子，東晉時歷官餘姚令、東陽太守。針對當時法禁鬆弛，他為政嚴猛，郡境因而肅然。東陽：指東陽太守。

②王長史：王濛。索：求取。

③承藉：繼承憑藉。

④故：本，自。致治：達到安定清平。

【譯文】

山遐離開東陽太守之任後，王濛去向簡文帝要求繼任，說：「我繼山遐的苛猛之治後做太守，自可以用溫和清靜的做法來達到安定清平。」

二二

殷浩始作揚州①，劉尹行②，日小欲晚③，便使左右取襆④。人問其故，答曰：「刺史嚴，不敢夜行。」

【注釋】

①殷浩（？—三五六）：字淵源，陳郡長平（今河南西華東北）人。善玄言，好老、易。任揚州刺史，都督揚豫徐兗青五州軍事，統軍取中原，為前秦所敗。後為桓温彈劾，廢為庶人。

②劉尹：劉惔曾任丹陽尹，故稱。丹陽在揚州刺史轄下。

③小：稍微。

④襆（fú）：衣被行李。

【譯文】

殷浩剛做揚州刺史時，劉惔要外出，太陽即將下山，他就讓左右隨從去取衣被行李。有人問他這樣做的緣故，他答道：「刺史嚴明得很，我不敢夜間行路。」

二三

謝公時①，兵厮逋亡②，多近竄南塘下諸舫中③。或欲求一時搜索④，謝公不許，云：「若不容置此輩，何以為京都？」

【注釋】

①謝公：即謝安。

②兵廝：士兵和僕役。逋（bū）亡：逃亡。

③竄：藏匿。南塘：指秦淮河之南塘岸。

④一時：同時。

【譯文】

謝安執政時，士兵與僕役逃亡，多數就藏在秦淮河南塘下的船隻中。有人想請求謝安同時將這些人搜查出來，謝安不允許這麼做，說：「如果不能容納安置這些人，怎麼能算是京城呢？」

二四

王大為吏部郎①，嘗作選草②，臨當奏，王僧彌來③，聊出示之。僧彌得，便以己意改易所選者近半。王大甚以為佳，更寫即奏。

【注釋】

①王大：王忱。吏部郎：官名，掌管選拔官員。

②選草：指選拔官員時所擬之名單草稿。

③王僧彌：王珉，字季琰，小字僧彌，王導之孫。少有才藝，善行書。東晉時歷仕著作、散騎郎、國子博士、黃門侍郎、侍中，代王獻之為中書令。與王獻之齊名，世稱王獻之為「大令」，王珉為「小令」。

**【譯文】**

王忱當吏部郎時，曾寫過一份選任官員的名單草稿，即將上奏時，正好王珉來，就隨意地拿出來給王珉看。王珉拿到名單後，就按自己的意思改動了近一半的所選官員。王忱認為改得很好，重新寫定後即上奏朝廷。

## 二五

王東亭與張冠軍善[①]。王既作吳郡，人問小令曰[②]：「東亭作郡，風政何似[③]？」答曰：「不知治化何如[④]，唯與張祖希情好日隆耳[⑤]。」

**【注釋】**

①王東亭：王珣。張冠軍：張玄之。

②小令：王珸。王珣之弟。
③風政：教化政績。
④治化：治績教化。
⑤唯與張祖希情好日隆耳：張祖希，張玄之。日隆，一天比一天深厚。按，張玄之與謝玄同為南北之望，甚為時人推服。王珸不便直譽其兄，就用這種說法委婉表達。

**【譯文】**

王珣與張玄之相友好。王珣任吳郡太守後，有人問王珸說：「東亭擔任郡太守，教化治績怎麼樣？」王珸答道：「我不知道他的治績教化怎麼樣，只知他與張祖希的情誼一天比一天深厚罷了。」

## 二六

殷仲堪當之荊州①，王東亭問曰②：「德以居全為稱③，仁以不害物為名④。方今宰牧華夏⑤，處殺戮之職，與本操將不乖乎⑥？」殷答曰：「皋陶造刑辟之制⑦，不為不賢；孔丘居司寇之任，未為不仁。」

【注釋】

①之：往，到。

②王東亭：即王珣。

③居全：指具有完美的品格。

④不害物：不傷害人。

⑤宰牧：治理。華夏：指荊州地區為東晉的重鎮。

⑥本操：一貫的志向行為。操，操守，平時的行為。乖：違背。

⑦刑辟：用刑法治罪。

【譯文】

殷仲堪將到荊州任刺史時，王珣問道：「具有完美的品格稱為德行，不傷害人就稱仁愛，現在你要去治理荊州重鎮，處於掌握生殺大權的職位上，這與你原本主張的操守不是相違背嗎？」殷仲堪回答說：「皋陶制定了用刑法治罪的制度，不能算不賢；孔子擔任司寇之職位，不能算不仁。」

# 文學第四

【題解】

文學，「孔門四科」之一，原指禮樂制度，後泛指學術。魏晉時期是自春秋戰國百家爭鳴之後，又一個學術思想的繁榮發展階段。士人們貶黜刻板的經學，崇尚老莊哲學，熱衷於談虛勝、辨玄理，清談之風大盛，遂有所謂「正始之音」。當時，學術思想趨於活躍，文壇呈現出一派清新自由的景象，各種掌故軼事也是精彩紛呈，為後人所津津樂道。如「鄭玄家奴婢皆讀書」、王導歎「正始之音，正當爾耳」、于法開與支公爭名、康僧淵「一往參詣」、曹植「七步中作詩」等。本篇共有一百零四則，展現了魏晉學術的盛況，也為後世研究魏晉學術思想提供了珍貴的資料。

一

鄭玄在馬融門下①，三年不得相見，高足弟子傳授而已②。嘗算渾天不合③，諸弟子莫能解。或言玄能者，融召令算，一轉便決④，眾咸駭服⑤。及玄業成辭歸，既而融有「禮樂皆東」之歎⑥，恐玄擅名而心忌焉⑦。玄亦疑有追，乃坐橋下，在水上據屐⑧。融果轉式逐之⑨，告左右曰：「玄在土下水上而據木，此必死矣。」遂罷追。玄竟以得免。

【注釋】

①鄭玄（一二七—二〇〇）：經學家，字康成，北海高密（今屬山東）人。入太學受業，又從第五元先、張恭祖學，最後從馬融學古文經。遊學歸里後，聚徒講學。因黨錮事被禁，潛心著述，遍注羣經，不專守一師之說、尊一家之言，而是博學多師，兼收並蓄，形成鄭學，逐漸為「天下所宗」，使經學進入了一個「統一時代」，時稱「經神」。晚年為漢獻帝大司農，後為袁紹強徵隨軍，中途病死。馬融（七九—一六六）：經學家，字季長，右扶風茂陵（今陝西興平東北）人。馬融俊才善文，曾從京兆（今屬西安）處士摯恂問學。漢安帝時，任校書郎，詣東觀（朝廷藏書處）典校祕書。因得罪當權的外戚鄧氏，滯於東觀，直到鄧太后死後，才召拜郎中。漢桓帝時，外任南郡太守，因忤大將軍梁冀，遭誣陷，免官，髡徙朔方。後得赦，復拜議郎，重在東觀著述，以病辭官，居家教授。他達生任性，不太注重儒者節操，開魏晉清談家破棄禮教的風氣。其學生多達四百餘人，升堂入室者有五十餘人，其中鄭玄、盧植是佼佼者。馬融博通今古文經籍，世稱「通儒」，尤善古文經，使古文經學達到成熟的境地。

②高足弟子：成就高的學生。

③算渾天：即用渾天儀測算日月星辰的位置。渾天，當指渾天儀，是古代觀測天體位置的儀器。不合：指不符合，不準確。

④轉：指轉動推算用的栻。栻，即下文的「式」。

⑤駭服：歎服。駭，驚訝。

⑥既而：不久。

⑦擅名：獨享盛名。

⑧據：憑靠。

⑨轉式：轉動栻盤推算。式，一作栻，古代占卜用具，形狀似羅盤，上圓下方，可以轉動。

【譯文】

鄭玄在馬融門下學習，三年都見不到老師，僅由馬融的高足弟子傳授罷了。馬融曾用渾天儀測算日月星辰的位置，但是與實際情況不符合，眾多弟子也都不能解決。有人說鄭玄能算得出來，馬融便讓他來推算，鄭玄把栻盤一轉便解決了問題，大家全都驚訝佩服。等到鄭玄學業完成辭別老師回歸家鄉，不久馬融就有了「禮樂都向東去了」的感歎，他怕鄭玄獨享盛名因而心裏忌恨鄭玄。鄭玄也懷疑有人來追，便坐在橋底下，抓着木屐浮在水面上。馬融果然轉動栻盤推算鄭玄的去向來追趕他。然後告訴左右侍從說：「鄭玄在土下水上又靠着木頭，這是必死之兆了。」於是就停止了追趕，鄭玄竟然因此得以免禍。

## 二

鄭玄欲注春秋傳[①]，尚未成。時行與服子慎遇[②]，宿客舍。先未相識，服在外車上與人說己注傳意，玄聽之良久，多與己同。玄就車與語曰：「吾久欲注，尚未了。聽君向言[③]，多與吾同，今當盡以所注與君。」遂為服氏注。

【注釋】

①春秋傳：指春秋左氏傳，簡稱左傳。

②服子慎：服虔，字子慎，東漢河南滎陽（今屬河南）人。舉孝廉，東漢靈帝末任九江太守。善文論，所著賦、碑、誄、書記、連珠、九憤凡十餘篇，其經學尤為當世推重，撰春秋左氏傳解誼。

③向：剛才。

【譯文】

鄭玄想注釋左傳，還未及完成。在一次外出時，與服虔相遇，兩人同時住宿在一家旅舍裏。先前兩人並不相識，服虔在店外的車上與別人說起自己注左傳的大意，鄭玄聽了很久，覺得其見解多數與自己相同。鄭玄就靠近車子對服虔說：「我很久以來就想注左傳，尚未完成。聽您剛才所說，很多見解與我相同，我應該把自己所作的注釋送給您。」於是服虔完成了服氏注。

三

鄭玄家奴婢皆讀書。嘗使一婢，不稱旨①，將撻之②，方自陳說，玄怒，使人曳着泥中③。須臾，復有一婢來，問曰：「胡為乎泥中④？」答曰：「薄言往愬，逢彼之怒⑤。」

【注釋】

①稱（chèn）旨：符合心意。稱，適合。旨，意思。

②撻（tà）：鞭打。

③曳（yè）着（zhuó）：拉到。曳，拉。

④胡為乎泥中：為什麼在泥水中。語見詩經邶風式微：「式微式微，胡不歸？微君之躬，胡為乎泥中？」這首詩寫黎侯流亡在衞國，隨從之臣勸其歸國之詞。這裏借用一句來問詢。

⑤薄言往愬（sù），逢彼之怒：我要去訴說心中的怨苦，正遇到他大發雷霆之怒。語見詩經邶風柏舟：「亦有兄弟，不可以據。薄言往愬，逢彼之怒。」詩寫女子訴說其不為丈夫所容的憂苦之情，這裏借用為對主人的不滿。薄言，發語詞。愬，訴說。

【譯文】

鄭玄家裏的奴婢都讀書。鄭玄曾經差遣一個婢女做事，所做的事不合他的心意，將要鞭打她。這婢女正要說明事情的經過，鄭玄發怒，差人把她拉到泥水中。過了一會兒，又有一個婢女來，問道：「胡為乎泥中？」那婢女答道：「薄言往愬，逢彼之怒。」

## 四

服虔既善春秋，將為注，欲參考同異①。聞崔烈集門生講傳②，遂匿姓名，為烈門人賃作食③。每當至講時，輒竊聽戶壁間。既知不能踰己，稍共諸生敍其短長。烈聞，不測何人，然素聞虔名，意疑之。明蚤往，及未寤④，便呼：「子慎⑤！子慎！」虔不覺驚應，遂相與友善。

**【注釋】**

①參考：指查閱、考察、比較等。

②崔烈：字威考，東漢涿郡（今屬河北）人。漢靈帝時為司徒、太尉，封陽平亭侯。獻帝初，其子崔鈞與袁紹俱起兵山東，董卓以是收烈付郿獄，卓既誅，拜烈城門校尉。及李傕入長安，為亂兵所殺。

③賃（lìn）：傭工。

④寤：睡醒。

⑤子慎：服虔，字子慎。

【譯文】

服虔擅長左傳，將為之作注，想要參考比較各種意見。聽説崔烈聚集門生講左傳，便隱姓埋名，作為崔烈門人的傭工替他們做飯。每當到了崔烈講授時，他就在門外偷聽。隨後得知崔烈所説並沒有超過自己的地方，就逐漸同崔烈的門生談論他所説的短處與長處。崔烈聽到後，猜測不出是什麼人。但他素來聽説過服虔的名聲，心裏懷疑是他。第二天一早崔烈就去服虔處，趁着他沒有睡醒，就喊道：「子慎！子慎！」服虔聽到不覺驚醒過來答應，兩人因此成了好朋友。

五

鍾會撰四本論始畢①，甚欲使嵇公一見②。置懷中，既定，畏其難③，懷不敢出，於戶外遙擲，便回急走。

【注釋】

①四本論：鍾會所作文章篇名，論説人的才能與德性的同、異、合、離的問題。

②嵇公：即嵇康。

③難（nàn）：詰責，質問。

【譯文】

鍾會撰寫四本論剛完成，很想讓嵇康看一看。他把文章放在懷裏，已經走到了嵇康的住所，又害怕見了面被他詰責，就不敢把放在懷裏的文章拿出來當面給他，只是在門外遠遠地扔進去，就回轉身急急忙忙地跑了。

六

何晏為吏部尚書，有位望，時談客盈坐。王弼未弱冠①，往見之。晏聞弼名，因條向者勝理語弼曰②：「此理僕以為極③，可得復難不④？」弼便作難，一坐人便以為屈。於是弼自為客主數番⑤，皆一坐所不及。

【注釋】

①王弼（二二六—二四九）：字輔嗣，山陽（今河南焦作）人，曾仕魏尚書郎。少年即有高名，好談儒道，辭才逸辯，與何晏、夏侯玄等同開玄學清談之風，稱為「正始之音」。主「貴無」而「賤有」。著有周易注、老子注等。王弼綜合儒道，借用、吸收了老莊的思想，建立了體系完備、抽象思辨的玄學哲學。其對易學玄學化的批判性研究，盡掃先秦、兩漢易學研究之迂腐學風，其本體論和認識論中所提出的新觀點、新見解「指明了魏晉玄學的理論航向」，「在哲學上奏出了

時代的最強音」，對以後中國思想史的發展具有深遠的影響。曹爽被殺，王弼受到牽連。同年秋天，遭癘疾亡。弱冠：古代男子二十歲行冠禮，表示已經成人，後即指二十歲左右的年紀。

②條：分條陳述。向者：往昔，先前。勝理：精深之理。

③極：極致，最高境界。

④難：駁難。

⑤自為客主：清談時，一方為客，提出駁難，另一方為主，予以解答。王弼則自己提問，自己作答。

**【譯文】**

何晏任吏部尚書時，既有地位又有聲望，到他家來清談的賓客常常座無虛席。王弼還不滿二十歲時，去拜見他。何晏聽說過王弼的名氣，就把先前所說的最精妙的玄理逐條告訴王弼說：「這道理我以為是玄理的最高境界了。你能夠再加以駁難嗎？」王弼就一條條地予以駁難，滿座賓客都認為何晏理虧。於是王弼就自問自答，反覆幾次下來，他所說之理都是在座者所難以企及的。

## 七

何平叔注老子始成①，詣王輔嗣②，見王注精奇，乃神伏，曰：「若斯人，可與論天人之際矣③。」因以所注為道、德二論。

【注釋】

①何平叔：即何晏。

②王輔嗣：即王弼。

③天人之際：天道和人道，自然和人事之間的關係。

【譯文】

何晏注老子剛剛完成，去拜訪王弼，看到王弼的注釋極其精彩奇妙，便心悅誠服地說：「像這樣的人，可以與他討論天人之間的關係問題了。」於是便把自己所注稱為道、德二論。

八

王輔嗣弱冠詣裴徽①，徽問曰：「夫無者②，誠萬物之所資③，聖人莫肯致言④，而老子申之無已，何邪？」弼曰：「聖人體無⑤，無又不可以訓⑥，故言必及有；老莊未免於有，恆訓其所不足。」

【注釋】

①王輔嗣：即王弼。裴徽：字文季，魏河東聞喜（今屬山西）人。官至冀州刺史。

②無：「無」和「有」是老子提出的哲學概念。老子第一章曰：「無，名天地之始；有，名萬物之母。」意為「無」是天地的本始，「有」是萬物的根源。

③誠：確實。資：憑藉。

④致言：指發表意見。

⑤體：體察。

⑥訓：能釋詞義。

【譯文】

王弼二十歲左右時去拜謁裴徽，裴徽問他說：「所謂『無』是萬物生長的根據，聖人沒有發表意見，而老子不斷地加以申說，這是為什麼？」王弼說：「聖人仔細體察『無』，『無』又不可以解釋清楚，所以說到『無』時必定涉及『有』；老子、莊子免不了說到『有』，所以常常解釋『無』以補『有』的不足之處。」

九

傅嘏善言虛勝①，荀粲談尚玄遠②，每至共語，有爭而不相喻③。裴冀州釋二家之義④，通彼我之懷⑤，常使兩情皆得⑥，彼此俱暢。

【注釋】

①傅嘏（gǔ，二〇九—二五五）：字蘭碩，北地泥陽（今陝西耀縣東南）人。弱冠已知名於世，為司空陳羣辟為掾。傅嘏為人才幹練達，有軍政識見，好論人物國計。正始初年，曹爽秉政，何晏為吏部尚書，傅嘏因評何晏「好利不務本」而被免官。後司馬懿誅曹爽，聘傅嘏為河南尹，遷尚書。朝議伐吳而有三計，傅嘏論及戰略，認為三計不可行，朝中不聽其言，果為諸葛恪所敗。正元二年春，毌丘儉、文欽作亂，傅嘏及王肅勸司馬師自往討伐。時傅嘏為尚書僕射，常獻策謀，終於大破叛軍。司馬昭還洛陽輔政，傅嘏以功進封陽鄉侯。與荀粲、鍾會等為友，並論才性，主張才性同。卒，追贈太常，謚曰元侯。虛勝：指玄虛之理的佳妙境界。勝，佳美。

②荀粲：字奉倩，魏潁川潁陰（今河南許昌）人。荀彧幼子。好老莊之言，與傅嘏、夏侯玄交往友善。玄遠：指玄奧幽遠之理。

③喻：明白，了解。

④裴冀州：即裴徽，曾任冀州刺史，故稱。

⑤懷：心懷。

⑥得：相得，契合。

【譯文】

傅嘏擅長論説玄虛之理的佳妙境界，荀粲的言論崇尚玄奧深遠之理。每到兩人一起清談説理時，總是爭論不休而不能互相理解。裴徽就解釋兩人清談的含義，溝通彼此之間的心懷，常常使雙方的心意契合，彼此都感到很舒暢。

## 一〇

何晏注老子未畢，見王弼自說注老子旨。何意多所短[①]，不復得作聲，但應諾諾[②]。遂不復注，因作道德論。

**【注釋】**

①短：不足，欠缺。

②諾諾：應答之聲。

**【譯文】**

何晏注釋老子，還沒有完成，遇到王弼說起自己注釋老子的要旨。何晏的見解多有不足之處，不能再開口說話，只是「諾諾」連聲而已。於是他不再注釋，就寫了道德論。

## 一一

中朝時有懷道之流①，有詣王夷甫諮疑者②。值王昨已語多，小極③，不復相酬答，乃謂客曰：「身今少惡④，裴逸民亦近在此⑤，君可往問。」

### 【注釋】

①中朝：指西晉。東晉南渡後稱建都於中原的西晉為中朝。懷道：嚮往道家玄學。懷，歸向，嚮往。

②王夷甫：王衍。

③小極：困憊，疲倦。

④身：第一人稱代詞，即「我」。惡：指身體不適。

⑤裴逸民：裴頠。

### 【譯文】

西晉時，有些嚮往道家玄學的人，其中有一位去拜訪王衍諮詢疑難問題。正遇到王衍前一天談話已經很多了，稍感疲倦，不想再與客人應酬談話了，便對來客說：「我今天略感不適，裴逸民也住在近處，您可以去問他。」

## 一二

裴成公作崇有論①，時人攻難之②，莫能折，唯王夷甫來，如小屈。時人即以王理難裴，理還復申③。

【注釋】

①裴成公：裴頠死後謚成，故稱。崇有論：此文反對魏晉盛行的「貴無説」，提倡「崇有論」，認為「有」是絕對的，是錯綜變化的，是本體，是客觀規律的根源。從肯定「有」，論證了「長幼之序」「貴賤之級」的絕對必要。有，事物的客觀存在。

②時人：指當時崇尚虛無的人。攻難：駁斥詰責。

③申：申説，説明。

【譯文】

裴頠撰寫崇有論，當時一些主張「貴無説」的人便來駁斥詰責他，沒有一個人能夠折服他，只有王衍來和他辯論時，似乎使他稍感理虧。於是「貴無説」者便用王衍説的道理來詰難裴頠，但是裴頠還是一再申述他的理論。

一三

諸葛厷年少不肯學問①，始與王夷甫談，便已超詣②。王歎曰：「卿天才卓出，若復小加研尋③，一無所愧。」厷後看莊、老，更與王語，便足相抗衡。

【注釋】

①諸葛厷（hóng）：字茂遠，晉琅邪（今山東臨沂）人，有逸才，官至司官主簿。

②超詣：指學問超越常人的境界。

③研尋：研討探求。

【譯文】

諸葛厷年輕時，不肯向他人學習求教，剛開始與王衍談論時，就已經達到超越一般人的境界。王衍感歎道：「您天才超絕，如再稍加研習探求，就再也不會有什麼遺憾了。」諸葛厷聽到後就看了莊子、老子，再去與王衍談論，便足夠與王衍相抗衡爭高下了。

一四

衞玠總角時①，問樂令夢，樂云：「是想。」衞曰：「形神所不接而夢，豈是想邪？」樂云：「因也[2]。未嘗夢乘車入鼠穴，擣齏啖鐵杵[3]，皆無想無因故也。」衛思「因」經日不得，遂成病。樂聞，故命駕為剖析之，衛即小差[4]。樂歎曰：「此兒胸中當必無膏肓之疾[5]。」

【注釋】

①總角：古代未成年的人把頭髮扎成髻，借指童年。

②因：關聯。

③齏（jī）：切成碎末的菜或肉。

④差（chài）：病癒。

⑤膏肓（huāng）之疾：難以治癒之病。這裏借指衛玠有疑問不會鬱積心中，而是及時加以思考解決。

【譯文】

衛玠童年時問樂廣，人為什麼會做夢。樂廣說：「夢是有所思才有的。」衛玠說：「形體與精神沒有接觸的東西也會入夢，難道是有所思造成的嗎？」樂廣說：「總是有關聯的。人從來不會夢見乘着車子進入鼠穴，把菜末搗碎卻吃下鐵棒，這些都是沒有所思沒有關聯的緣故。」衛玠就去琢磨「關聯」，一整天也沒琢磨出來，就得病了。樂廣聽說後，特意命人駕車去為他分析解釋這個問題，衛玠的病即刻有所好轉，樂廣感歎說：「這孩子心中必定不會有鬱結於心的疑難。」

## 一五

庾子嵩讀莊子①，開卷一尺許便放去②，曰：「了不異人意③。」

【注釋】

①庾子嵩：庾敳（ái），字子嵩，晉潁川鄢陵（今屬河南）人。好老莊，靜默無為。歷官陳留相、豫州刺史、吏部郎等。為王衍所重，石勒之亂，與王衍俱被殺。

②卷：書卷，唐以前的書都為卷軸，讀時展開，不讀時捲起來。

③了：完全。

【譯文】

庾敳誦讀莊子時，展開書卷才一尺多就放下了，說：「完全沒有什麼與我不同的意思。」

## 一六

客問樂令「旨不至」者①，樂亦不復剖析文句，直以麈尾柄确几曰②：「至不？」客曰：「至。」樂因又舉麈尾曰：「若至者，那得去？」於是客乃悟服。樂辭約而旨達③，皆此類。

【注釋】

①樂令：樂廣。旨不至：語見莊子天下：「指不至，至不絕。」旨，通「指」，即事物的名稱、概念。至，到達。

②直：特，但，只是之意。确：敲擊。

③辭約而旨達：言辭簡單卻意義明白。約，簡單。旨，意義。達，明白。

【譯文】

有位客人問樂廣「旨不至」是什麼意思，樂廣也不再解釋文句的含義，只是用麈尾敲擊小桌子說：「到達了嗎？」客人說：「到達了。」樂廣又舉起麈尾說：「如果到達的話，怎麼能離開呢？」於是這位客人就領悟過來表示佩服。樂廣的言辭簡單而意思表示得明白，都是這類例子。

一七

初，注莊子者數十家，莫能究其旨要。向秀於舊注外為解義，妙析奇致①，大暢玄風，唯秋水、至樂二篇未竟，而秀卒。秀子幼，義遂零落，然猶有別本。郭象者②，為人薄行③，有俊才，見秀義不傳於世，遂竊以為己注。乃自注秋水、至樂二篇，又易馬蹄一篇，其餘眾篇，或定點文句而已④。後秀義別本出，故今有向、郭二莊，其義一也。

【注釋】

①奇致：奇特的意趣。

②郭象（？—三一二）：字子玄，河南（今河南洛陽）人。官至黃門侍郎。好老莊，善清談。在向秀所注莊子基礎上作莊子注。郭象反對有生於無的觀點，認為天地間一切事物都是獨自生成變化的，萬物沒有一個統一的根據，在名教與自然的關係上，他調和二者，認為名教合於人的本性，人的本性也應符合名教。

③為人薄行：晉書本傳稱：「東海王越引為太傅主簿，甚見親委，遂任職當權，熏灼內外，由是素論去之。」薄行，品行不端，輕薄無行。

④定點：應作「點定」。指整理、修訂。

【譯文】

當初，注釋莊子的有幾十家，沒有一家能推求出它的要領。向秀在舊注之外為其解釋義理，精妙地分析其奇特的意趣，大大地張揚了玄理之風。只有秋水、至樂兩篇注釋尚未完成，向秀就去世了。向秀之子當時年幼，其所闡述的莊子義理因此散佚，但還有另外的抄本。郭象其人，為人品行不端，但有過人的才智，看到向秀的解義之作不傳於世，便剽竊過來作為自己的注釋。他於是自己注釋秋水、至樂兩篇，又改換了馬蹄一篇的注釋，其餘各篇，只是把文字句讀修改一下而已。後來向秀解義之作的另一個本子流傳開來，所以現在有向秀、郭象兩種莊子注本，它們的意思是一樣的。

## 一八

阮宣子有令聞①，太尉王夷甫見而問曰：「老莊與聖教同異②？」對曰：「將無同③。」太尉善其言，辟之為掾④。世謂「三語掾」⑤。衞玠嘲之曰：「一言可辟，何假於三！」宣子曰：「苟是天下人望，亦可無言而辟，復何假一！」遂相與為友。

**【注釋】**

①阮宣子：阮修，字宣子，晉陳留尉氏（今屬河南）人。阮籍之姪。官至太子洗馬。好老、易，善清談，性簡任，不修人事。絕不喜見俗人，遇便捨去。王衍當時談宗，及與修談，言寡而旨暢，衍乃歎服。南渡時為賊人所害。

②聖教：指儒家學說。

③將無：測度語意，表示大概，也許。

④辟（bì）：徵聘，任用。

⑤三語掾（yuàn）：靠三個字就被任命的屬官。掾，屬官。

**【譯文】**

阮修有美好的聲譽。太尉王衍見到他就問道：「老、莊與儒家學說是相同還是不同？」阮修答道：「也許是相同的吧！」王衍認為他說得好，就任用他做僚屬。當時人稱阮修為「三語掾」。衛玠嘲笑他道：「只需說一個字就可以被任命為官，何必憑藉三個字呢？」阮修道：「如果是天下所敬仰之人，也可以一字不說就被任用，又何必再說一個字呢？」兩人於是成為朋友。

## 一九

裴散騎娶王太尉女①，婚後三日，諸婿大會，當時名士，王、裴子弟悉集。郭子玄在坐②，挑與裴談③。子玄才甚豐贍④，始數交，未快⑤；郭陳張甚盛⑥，裴徐理前語，理致甚微⑦，四坐咨嗟稱快⑧。王亦以為奇，謂諸人曰：「君輩勿為爾⑨，將受困寡人女婿⑩。」

【注釋】

①裴散騎：裴遐，字叔道，晉河東聞喜（今屬山西）人。善言玄理，與郭象談論，一座嗟服。東海王司馬越引為主簿。後為越子毗所害。王太尉：王衍。

②郭子玄：郭象。

③挑：挑頭，帶頭。

④豐贍（shàn）：豐富，充足。

⑤快：痛快，爽快。

⑥陳張：鋪陳張揚。

⑦理致：義理情趣。

⑧咨嗟：讚歎。

⑨爾：如此。

⑩寡人：晉人喜歡自稱寡人。

【譯文】

裴遐娶了王衍的女兒，婚後第三天，幾個女婿在一起聚會，當時的名士以及王、裴兩家的子弟全都聚集在一起了。郭象在座，帶頭與裴遐清談。郭象才華橫溢，開頭幾次交鋒，尚未令人稱快；郭象談論鋪陳張揚，氣勢很盛，而裴遐則緩緩地梳理說過的話題，義理情趣都很精妙，四座賓客一致讚歎，無不稱快。王衍也為之稱奇，就對大家說：「諸位不要再這樣辯下去了，否則將被我女婿難倒。」

## 二〇

衛玠始度江①，見王大將軍②。因夜坐，大將軍命謝幼輿③。玠見謝，甚說之④，都不復顧王，遂達旦微言⑤，王永夕不得豫⑥。玠體素羸⑦，恆為母所禁。爾夕忽極⑧，於此病篤⑨，遂不起。

【注釋】

①度：通「渡」。
②王大將軍：王敦。
③命：召。謝幼輿：謝鯤。
④說：同「悅」，高興，喜悅。
⑤微言：指談論精微之玄理。
⑥永夕：整夜。豫：參預。
⑦羸（léi）：瘦弱。

⑧極：困憊，疲倦。

⑨病篤：病勢沉重。

【譯文】

衛玠當初渡江南下時，去拜見王敦。於是夜坐清談，王敦召來謝鯤。衛玠看到謝鯤，非常高興，都不再回頭去理睬王敦了，就與謝鯤通宵達旦地清談玄理，王敦整夜都未能插上話。衛玠體質向來瘦弱，常被他母親禁止清談。這天夜裏他忽然過度疲倦，因此病勢沉重，終於病重不治。

二一

**舊云：王丞相過江左①，止道聲無哀樂、養生、言盡意三理而已②，然宛轉關生③，無所不入。**

【注釋】

①王丞相：王導。江左：江東。

②止：只。聲無哀樂：嵇康作聲無哀樂論，肯定了音樂的深刻感染力，人對音樂的精神需求。聲音本身無所謂哀與樂，人的內心有哀與樂，於是就通過聲音表現出來。養生：嵇康有養生論，討論了養生問題及與此相關的形神問題。認為人只要導養得理，清虛寡慾，藉助呼吸吐納的鍛

煉與藥物調理，即可長壽。並認為形與神兩者不可分離，養生必須使形神相親，表裏俱濟。言盡意：歐陽建作言盡意論，針對荀粲、王弼為代表的「言不盡意」之說，認為語言能夠完整準確地表達思想，沒有語言，則思想無法表達。言，語言。意，思想。

③宛轉：輾轉。關生：關聯推演。

【譯文】

過去傳說：王導渡江到了南方後，只談論聲無哀樂、養生、言盡意這三個玄理論題而已。但是這三個論題卻能輾轉推演生發開去，幾乎是無所不包的。

## 二二

殷中軍為庾公長史①，下都②，王丞相為之集，桓公、王長史、王藍田、謝鎮西並在③。丞相自起解帳帶麈尾，語殷曰：「身今日當與君共談析理④。」既共清言，遂達三更。丞相與殷共相往反，其餘諸賢略無所關⑤。既彼我相盡，丞相乃歎曰：「向來語乃竟未知理源所歸⑥。至於辭喻不相負⑦，正始之音，正當爾耳⑧。」明旦，桓宣武語人曰⑨：「昨夜聽殷、王清言，甚佳，仁祖亦不寂寞⑩，我亦時復造心⑪，顧看兩王掾⑫，輒翣如生母狗馨⑬。」

【注釋】

①殷中軍：殷浩。庾公：庾亮。
②下都：指從荊州沿長江東下到京城。
③桓公：桓温。王長史：王濛。王藍田：王述（三〇二—三六八），字懷祖，太原晉陽（今山西太原）人。王承之子。「性沉靜，每坐客馳辨，異端競起，而述處之恬如也」。年三十未知名，人以為痴，王導則稱讚他「清貞簡貴，不減祖父」。曾代殷浩為揚州刺史，擢升都督揚州、徐州及琅邪諸軍事、衞將軍、并冀幽平四州大中正，刺史如故，旋又升遷散騎常侍、尚書令。每受職，不為虛讓，其有所辭，必於不受。襲爵藍田侯，故稱。謝鎮西：謝尚。
④身：晉人自稱，第一人稱代詞。
⑤略無所關：毫無關聯，指不參與辯難。關，關涉，牽連。
⑥理源：玄理的本源。歸：歸向。
⑦辭喻：言辭與比喻。相負：欠缺，違背。
⑧正始之音：指以何晏、王弼為首的名士所開創的玄學清談之風。
⑨桓宣武：桓温。
⑩仁祖：謝尚字仁祖。
⑪造心：指心有所悟。造，至，到達。
⑫兩王掾：王濛、王述當時都是王導的屬官，故稱。
⑬翣：用同「眨」，眨眼。馨：當時口語，語助詞，與「樣」「般」同。

【譯文】

殷浩擔任庾亮的長史時，從荊州東下京城，王導為他舉行集會，桓溫、王濛、王述、謝尚等都在座。王導親自起身解下掛在帳帶上的麈尾，對殷浩說：「我今天要與您一起談論辨析玄理。」他們便一起清談，一直談到了三更天。王導與殷浩兩個人反覆辯難，其餘幾位名士毫無插嘴的餘地。他們彼此都已把道理說盡後，王導歎息道：「一直以來所說的，竟然不知玄理的本源之所在。至於辭意和比喻的運用並不違背，正始之音，正應當是如此的吧。」第二天早晨，桓溫對人說：「昨夜聽殷、王清談，非常美妙。仁祖也不感到寂寞，我也常常心有所悟。回頭看兩位王姓屬官，眨着眼就像那怕生的母狗一樣。」

## 二三

殷中軍見佛經①，云：「理亦應阿堵上②。」

【注釋】

①殷中軍：殷浩。

②阿堵：當時口語，即這、這個。

【譯文】

殷浩見到佛經，說：「玄理也應包含在這個上面。」

## 二四

謝安年少時，請阮光祿道白馬論①，為論以示謝。於是謝不即解阮語，重相諮盡②。阮乃歎曰：「非但能言人不可得，正索解人亦不可得③！」

【注釋】

①阮光祿：阮裕。白馬論：戰國時趙人公孫龍著。提出「白馬非馬」，是先秦名家著名的邏輯論題。公孫龍，戰國時期名家代表人物。戰國末年趙國人，曾為平原君門客。

②重（chóng）相諮盡：一再詢問以求詳盡的理解。

③索解：尋求解釋。

【譯文】

謝安年輕時，請阮裕講授白馬論，阮裕就寫了一篇論說該論的文章給謝安看。當時謝安沒有立即理解阮裕的話，就一再詢問務求詳盡的理解。阮裕於是感歎道：「現在不僅能講授的找不到了，就是尋求解釋的人也難以找到了。」

## 二五

褚季野語孫安國云①：「北人學問，淵綜廣博②。」孫答曰：「南人學問，清通簡要。」支道林聞之，曰：「聖賢固所忘言③。自中人以還④，北人看書，如顯處視月；南人學問，如牖中窺日⑤。」

### 【注釋】

①褚季野：褚裒。孫安國：孫盛。

②淵綜：深厚能綜合。

③忘言：謂心中領會其意，不須用言語來說明。語見莊子外物：「言者所以在意，得意而忘言。」

④中人：中等之人，一般人。以還：以下。

⑤「北人看書」四句：劉孝標注曰：「支所言，但譬成孫、褚之理也。然則學廣則難周，難周則識闇，故如顯處視月；學寡則易核，易核則智明，故如牖中窺日也。」余嘉錫箋疏曰：「此言北人博而不精，南人精而不博。」牖（yǒu），窗戶。

【譯文】

褚裒對孫盛說：「北方人做學問，深厚綜合，廣闊博大。」孫盛答道：「南方人做學問，清楚通達，簡明扼要。」支道林聽到後說：「聖賢之人本來就只須意會，無須言辭。從中等以下的人來看，北方人看書，好像在顯亮的地方看月亮；南方人做學問，好像透過窗戶看太陽。」

## 二六

**劉真長與殷淵源談①，劉理如小屈，殷曰：「惡②！卿不欲作將善雲梯仰攻③？」**

【注釋】

①劉真長：劉惔。殷淵源：殷浩。

②惡（wū）：感歎詞，嗟歎聲。

③作將：指製作。雲梯：古代攻城時攀登城牆的長梯。

【譯文】

劉惔與殷浩談論玄理，劉惔的道理稍稍處於下風，殷浩說：「嗨！您不想製作上等的雲梯來仰攻嗎？」

## 二七

殷中軍云[①]：「康伯未得我牙後慧[②]。」

**【注釋】**

①殷中軍：殷浩。

②康伯：韓伯。牙後慧：指言外之意趣。後謂沿用或抄襲他人言論為「拾人牙慧」。

**【譯文】**

殷浩說：「韓伯沒有能夠領會我言外之意趣。」

## 二八

謝鎮西少時[①]，聞殷浩能清言，故往造之[②]。殷未過有所通[③]，為謝標榜諸義[④]，作數百語，既有佳致[⑤]，兼辭條豐蔚[⑥]，甚足以動心駭聽[⑦]。謝注神傾意[⑧]，不覺流汗交面[⑨]。殷徐語左右：「取手巾與謝郎拭面。」

【注釋】

①謝鎮西：謝尚。
②造：前往，造訪。
③過：過分。通：闡發。
④標榜：揭示。
⑤佳致：美好的情趣。
⑥辭條豐蔚：指言辭通達，文采華美。
⑦動心駭聽：形容聽了激動人心，感到吃驚。
⑧注神傾意：指神情貫注，注意力集中。傾，盡全力。
⑨流汗交面：指汗流滿面。交，交錯。

【譯文】

謝尚年輕時，聽說殷浩善於清談，便特地去拜訪他。殷浩沒有過多地闡發，只是為謝尚揭示許多義理，講了幾百字，這些話既有美好的情趣，又兼具言辭通達、文采華美的特點，很足以激動人心，駭人聽聞。謝尚聽時全神貫注，集中注意力，不知不覺地汗流滿面。殷浩從容地對左右侍從說：「拿手巾來給謝郎揩臉。」

## 二九

宣武集諸名勝講易①，日說一卦。簡文欲聽②，聞此便還，曰：「義自當有難易，其以一卦為限邪？」

【注釋】

①宣武：桓温。名勝：名流。

②簡文：簡文帝司馬昱。

【譯文】

桓温召集許多名流講解周易，每天解説一卦。簡文帝本來要去聽的，聽説每天只講一卦就回來了，説：「義理自然應當是有難有易的，怎麼能以一天説一卦為限定呢？」

## 三〇

有北來道人好才理①，與林公相遇於瓦官寺②，講小品③。於時竺法深、孫興公悉共聽④。此道人語，屢設疑難，林公辯答清析，辭氣俱爽。此道人每輒摧屈⑤。孫問深公：「上人當是逆風家⑥，向來何以都不言？」深公笑而不答。林公曰：「白旃檀非不馥，焉能逆風⑦？」深公得此義，夷然不屑⑧。

【注釋】

①才理：指玄理。

②林公：支遁。瓦官寺：東晉名寺，在今南京西南。晉哀帝興寧二年（三六四），因慧力的奏請，詔佈施河內陶官舊地以建寺，故稱瓦官寺。

③小品：指小品經，又稱摩訶般若波羅蜜經、小品般若波羅蜜經、新小品經、道行經等。為大乘佛教最初期說般若空觀之基礎經典之一。其內容闡釋菩薩之般若波羅蜜、菩薩之諸法無受三昧、菩薩摩訶薩及大乘之意義，又詳舉般若波羅蜜與五蘊之關係、受持修習般若波羅蜜之功德，與諸法空無所得、空三昧等之理。

④竺法深：竺潛。孫興公：孫綽。

⑤摧屈：受挫屈服。

⑥上人：和尚的尊稱。此指竺法深。逆風家：逆風而進的人。余嘉錫案：「言法深學義不在道林之下，當不至從風而靡，故謂之逆風家。」

⑦白旃（zhān）檀非不馥，焉能逆風：余嘉錫案：「道林以為雖法深亦不能抗己。」白旃檀，即檀香，一名白檀、旃檀，極香，原產印度、非洲等地。馥，香。

⑧夷然不屑：泰然自若，毫不在意的樣子。

【譯文】

有位北方來的和尚喜歡談論玄理，和支道林在瓦官寺相遇，講解小品經。當時竺潛、孫綽都去聽講。這位和尚的話中，常設下疑難問題。支道林辯論對答清晰，言辭語氣都很爽利。這位和尚每次總是受挫屈服。孫綽問竺潛：「上人應當是逆風而進的人，剛才為什麼一言不發？」竺潛笑而不答。支道林說：「白檀木並非不香，但是逆風怎能聞到它的香氣呢？」竺潛聽到這樣的話，泰然自若，毫不在意。

三一

孫安國往殷中軍許共論①，往反精苦②，客主無間③。左右進食，冷而復暖者數四。彼我奮擲麈尾，悉脫落，滿餐飯中，賓主遂至莫忘食④。殷乃語孫曰：「卿莫作強口馬，我當穿卿鼻⑤！」孫曰：「卿不見決鼻牛，人當穿卿頰⑥！」

【注釋】

①孫安國：孫盛。殷中軍：殷浩。許：處所，住處。
②精苦：指用盡心思。
③無間（jiàn）：沒有隔閡。

④莫：同「暮」，傍晚。

⑤「卿莫作強（jiàng）口馬」二句：馬帶嚼子牛穿鼻是常識，殷浩說孫盛是強口馬，卻要穿其鼻，是一大疏漏。強口馬，指口中不肯套上嚼子的倔強的馬。

⑥「卿不見決鼻牛」二句：孫盛把自己比作決鼻牛，而將殷浩比作強口馬，給他帶上嚼子。余嘉錫案：「牛鼻乃為人所穿，馬不穿鼻也。然穿鼻者常決鼻逃去，穿頰則莫能遁矣。」決鼻牛，指掙斷鼻韁繩的強牛。

【譯文】

孫盛到殷浩住處共同談論，兩人反覆辯論竭盡全力，主客之間毫無隔閡。左右侍從送上飯菜，冷了再熱，熱了再冷反覆多次。雙方對辯時都奮力揮動麈尾，麈尾都脱落下來，飯菜中都掉滿了毛，賓主雙方竟直到傍晚都忘了吃飯。殷浩就對孫盛說：「您不要做強口馬，我要穿你的鼻子了。」孫盛說：「您不見決鼻牛嗎，人家要穿您的面頰了。」

## 三二

莊子逍遙篇①，舊是難處，諸名賢所可鑽味②，而不能拔理於郭、向之外③。支道林在白馬寺中④，將馮太常共語⑤，因及逍遙。支卓然標新理於二家之表，立異義於眾賢之外，皆是諸名賢尋味之所不得⑥。後遂用支理。

【注釋】

①莊子逍遙篇：莊子的第一篇逍遙遊，主旨謂人當看破功、名、利、祿、權、勢等的束縛，使精神達到優遊自在、無掛無礙的境地。

②鑽味：鑽研玩味。

③拔：超出。郭、向：郭象和向秀。

④支道林：支遁。白馬寺：建於東漢明帝永平十一年（六八）之洛陽白馬寺，為佛教傳入中國後興建的第一座寺院，後魏晉各地寺院多有以「白馬寺」命名者。此指餘杭之白馬寺。

⑤將：與。馮太常：馮懷，字祖思，晉長樂（今陝西石泉）人，歷官太常、護國將軍。

⑥「支卓然標新理於二家之表」三句：支道林對逍遙遊有特殊的愛好，見解也不同流俗。慧皎高僧傳四支遁傳云：「遁常在白馬寺與劉系之等談莊子逍遙篇，云：『各適性以為逍遙。』遁曰：『不然。夫桀蹠以殘害為性，若適性為得者，彼亦逍遙矣。』為是退而注逍遙篇，羣儒舊學莫不歎伏。」卓然，卓越、高超的樣子。標，揭出，顯出。表，外。尋味，探索。

【譯文】

莊子逍遙遊過去一直是難解之篇，眾多知名賢士一直鑽研玩味，但是他們所説的義理都不能超出郭象和向秀之外。支遁在白馬寺中，與馮懷一起談論，便談到了逍遙遊。支遁在郭象、向秀二家之外，卓越地揭示新的義理，在各家賢人之外，提出不同的義理，都是各位知名賢人探索時所不能得到的。後人於是就採用支遁所闡明的義理。

三三

殷中軍嘗至劉尹所①，清言良久，殷理小屈，游辭不已②，劉亦不復答。殷去後，乃云：「田舍兒強學人作爾馨語③！」

【注釋】

①殷中軍：殷浩。劉尹：劉惔。
②游辭：指無根據、不着邊際的話。
③田舍兒：沒有學養之田家子，鄙薄之稱。爾馨：如此，這樣，晉時口語。

【譯文】

殷浩曾到劉尹那裏，兩人清談了很久，殷浩所說的義理處於劣勢，但他還是說些毫無根據不着邊際的話，說個不停，劉惔不再加以答辯。殷浩走了以後，劉惔就說：「鄉巴佬也勉強學人家講這樣的話！」

三四

殷中軍雖思慮通長①，然於才性偏精②，忽言及「四本」③，便若湯池鐵城④，無可攻之勢。

【注釋】

①殷中軍：即殷浩。思慮：思辨考慮。通長：全部擅長。

②才性：三國魏末清談命題之一，指才能與性格的相互關係。

③忽：無心，不經意。四本：「四本論」。鍾會作四本論，論才性同異，傳於世。四本，即才性同、才性異、才性合、才性離。

④湯池鐵城：滾水般的護城河，鐵鑄般的城牆，形容防守嚴密、堅固難攻的城池。

【譯文】

殷浩雖然在思辨考慮方面全都擅長，但對才性關係上的見解尤為精到，有時無意之間說到四本論，就像堅固難攻的湯池鐵城一樣，幾乎找不到攻擊的機會。

三五

支道林造即色論①，論成，示王中郎②，中郎都無言。支曰：「默而識之乎③？」王曰：「既無文殊④，誰能見賞⑤？」

【注釋】

①支道林造即色論：劉孝標注引支道林集妙觀章云：「夫色之性也，不自有色。色不自有，雖色而空。故曰色即為空，色復異空。」對於「本無宗」「心無宗」都有所批判，又都有所繼承，在理論上已經比較接近於般若學的非有非無的本體論體系。人們把他這派學說稱為「即色宗」。支道林，支遁。造，作、寫。色與空均為佛教術語。色指一切能使人感觸到的東西，相當於物質。空指事物的虛幻不實，一切事物、現象都由因緣和合而成，剎那生滅，假而不空。

②王中郎：王坦之。

③默而識（zhì）之：默記在心裏。識，記住。語出論語述而：「默而識之，學而不厭。」

④文殊：文殊師利之略稱，佛教菩薩名，侍於釋迦牟尼佛之左，代表智慧。

⑤見賞：被賞識。見，被。

【譯文】

支遁作即色論，完成後，給王坦之看，王坦之一句話都不說。支遁說：「默默地記在心裏嗎？」王坦之說：「既然沒有文殊菩薩那樣的慧眼，誰還能被賞識呢？」

## 三六

王逸少作會稽①，初至，支道林在焉。孫興公謂王曰②：「支道林拔新領異③，胸懷所及乃自佳，卿欲見不？」王本自有一往雋氣④，殊自輕之⑤。後孫與支共載往王許⑥，王都領域⑦，不與交言。須臾支退。後正值王當行，車已在門，支語王曰：「君未可去，貧道與君小語⑧。」因論莊子逍遙遊。支作數千言，才藻新奇⑨，花爛映發⑩。王遂披襟解帶⑪，留連不能已。

**【注釋】**

①王逸少：王羲之。作會稽：任會稽內史。

②孫興公：孫綽。

③拔新領異：獨出新意，標舉不同見解。

④一往：滿腹。雋氣：指超脫、不同凡響之氣概。雋，通「俊」，才德卓著。

⑤殊：很。

⑥許：住處。

⑦都：總。領域：指自設領域，拒人於千里之外。

⑧小語：稍講幾句話。

⑨才藻：才思文采。

⑩映發：交相輝映。

⑪披襟解帶：敞開衣襟，解開衣帶。指王羲之出門前穿着正裝，此時已打消了出門的念頭。

**【譯文】**

王羲之任會稽內史，剛到任上，支遁正在那裏。孫綽對王羲之說：「支道林標新理立異義，胸中所想本就佳妙，您想見他嗎？」王羲之原本就有滿腹俊逸的氣概，很輕視支遁。後來孫綽與支遁一起乘車到王羲之住處，王羲之總是保持距離，不跟支遁交談。一會兒支遁告退。當時正值王羲之準備外出，車已備好在門口，支遁對王羲之說：「請不要走，我要與您稍講幾句話。」於是就談論莊子逍遙遊，支遁講了洋洋數千言，才思文采新鮮奇特，如繁花爛漫，交相輝映。王羲之於是敞開衣襟，解開衣帶，戀戀不捨，不忍離去。

三七

三乘佛家滯義①，支道林分判②，使三乘炳然③。諸人在下坐聽，皆云可通。支下坐，自共說，正當得兩④，入三便亂。今義弟子雖傳，猶不盡得。

**【注釋】**

①三乘：佛教術語。乘為運載工具，指引導教化眾生達到得道解脫的三種途徑、方法。法華經謂聲聞乘、緣覺乘、菩薩乘為三乘。聲聞乘悟四諦（指苦、集、滅、道。苦謂世間一切本性都是苦；集謂苦由貪、嗔、痴造成；滅謂斷滅諸苦；道謂修道才能證得寂靜的境界）得阿羅漢果。緣覺乘悟因緣而得辟支佛果。菩薩乘修六度（指佈施、持戒、忍辱、精進、禪定、智慧）而得成菩薩、佛。前二者旨在自度，唯求一己之解脫，故稱為小乘；後者自度度人，上求佛道，下化眾生，故稱大乘。滯義：指晦澀難解的含義。

②分判：分析辨別。

③炳然：顯明的樣子。

④正：止，僅。

**【譯文】**

三乘是佛教教義中晦澀難懂的部分，支遁予以分析辨別，使得三乘的教義非常明顯。眾人在下邊座位上聽講，都說能夠通曉。支遁走下座來，各人便一起來解說，但也只能懂得兩乘，進入三乘就搞亂了。現今的教義弟子們雖然仍在傳承，但還是不能全部理解。

## 三八

許掾年少時①，人以比王苟子②，許大不平。時諸人士及支法師並在會稽西寺講③，王亦在焉。許意甚忿，便往西寺與王論理，共決優劣，苦相折挫④，王遂大屈。許復執王理，王執許理，更相覆疏⑤，王復屈。許謂支法師曰：「弟子向語何似？」支從容曰：「君語佳則佳矣，何至相苦邪？豈是求理中之談哉⑥？」

【注釋】

①許掾：許詢。

②王苟子：王脩，字敬仁，小字苟子，晉太原晉陽（今屬山西）人，王濛之子，善隸書。官拜著作郎、琅邪王文學，轉中軍司馬，未到任而卒，年僅二十四歲。

③支法師：支遁。西寺：光相寺，在會稽（今浙江紹興）城西。講：談論，指清談。

④苦相折挫：相互之間都竭力要折服對方。

⑤覆疏：指反覆辯論。

⑥理中：得理之中，指玄談之理不偏不倚恰到好處。

【譯文】

許詢年輕時，人們都把他比作王脩，許詢大為不滿。當時很多名士以及支遁都在會稽的西寺清談，王脩也在那裏。許詢心中很不服氣，便去西寺與王脩辯論玄理，一定要決出個勝負來。兩人相互之間都竭盡全力要折服對方，王脩於是大受挫折。許詢又持王脩的道理，王脩則持許詢的道理，再一次互相反覆辯論，王脩又一次輸了。許詢對支遁說：「我剛才的言辭怎麼樣？」支遁不慌不忙地說：「您的言辭好是好的，但何至於苦苦相逼呢？這哪裏是恰到好處的玄理之論辯呢？」

## 三九

**林道人詣謝公①，東陽時始總角②，新病起，體未堪勞，與林公講論，遂至相苦。母王夫人在壁後聽之③，再遣信令還④，而太傅留之⑤。王夫人因自出，云：「新婦少遭家難⑥，一生所寄，唯在此兒。」因流涕抱兒以歸。謝公語同坐曰：「家嫂辭情慷慨，致可傳述⑦，恨不使朝士見！」**

**【注釋】**

①林道人：支遁。謝公：謝安。

②東陽：謝朗，官至東陽太守，故稱。

③母王夫人：據謝氏譜曰：「朗父據，取太康王韜女，名綏。」

④再：兩次。信：指傳話的人。

⑤太傅：謝安。

⑥新婦：古時已婚婦女自稱之謙詞。家難：家庭遭遇不幸。指其丈夫謝據過世，王夫人年紀輕輕即守寡。

⑦致：通「至」，極，最。

**【譯文】**

支遁去拜訪謝安，謝朗當時還在童年，剛剛病好，身體還經不起勞累，他與支遁談論玄理，以至於互相辯駁毫不相讓。他母親王夫人在壁後聽到後，兩次派人傳話讓他回去，但謝安卻留住他不放。王夫人於是親自出來說：「我年輕時家門就遭到不幸，一生希望都寄託在這個孩子身上了。」就流着淚抱兒子回去了。謝安對在座的人說：「家嫂言辭情意都很感人，最值得傳揚稱道，恨不能讓朝中人士聽見！」

## 四〇

支道林、許掾諸人共在會稽王齋頭①，支為法師，許為都講②。支通一義，四坐莫不厭心③；許送一難，眾人莫不抃舞④。但共嗟詠二家之美⑤，不辯其理之所在。

【注釋】

①許掾：許詢。會稽王：簡文帝司馬昱，原為會稽王。齋頭：指清淨身心之靜室。頭，語尾助詞，無義。

②支為法師，許為都講：魏晉時佛教儀規，凡和尚開講佛經，一人唱經，稱為都講，一人講解，稱為法師。

③厭心：心裏感到滿足。厭，滿足。

④抃（biàn）舞：鼓掌跳躍。抃，鼓掌。

⑤嗟詠：讚美。

【譯文】

支遁和許詢等人一起在會稽王的靜室裏，支遁為法師，許詢為都講，開講佛經。每當支遁闡明一條義理，滿座人無不感到心滿意足；每當許詢提出一個疑難問題，眾人莫不鼓掌歡呼。大家只是共同讚美兩人講解唱誦的美妙，並不去分辨他們所說所誦的義理是什麼。

## 四一

謝車騎在安西艱中①，林道人往就語②，將夕乃退。有人道上見者，問云：「公何處來？」答云：「今日與謝孝劇談一齣來③。」

【注釋】

①謝車騎：謝玄。安西：謝奕，謝玄之父，謝安兄。艱中：指謝玄在父喪的居喪期中。艱，指父母之喪。

②林道人：支遁。

③謝孝：謝孝子，指謝玄。為父母守喪穿孝服期間，稱孝子。劇談：暢談。一齣：一番，一次。

【譯文】

謝玄在為父親守喪期間，支遁去他家與他清談，將近傍晚才告退。有人在路上遇見他，問道：「您從哪裏來？」支遁答道：「今天是與謝孝子暢談一番回來的。」

四二

支道林初從東出①，住東安寺中②。王長史宿構精理③，並撰其才藻④，往與支語，不大當對⑤。王敍致作數百語⑥，自謂是名理奇藻⑦。支徐徐謂曰：「身與君別多年，君義言了不長進⑧。」王大慚而退⑨。

【注釋】

①支道林初從東出：指支道林晚年應哀帝之請從會稽到建康來。東，會稽在建康東面，故稱。
②東安寺：寺名，在今江蘇南京。
③王長史：王濛。宿構：預先構想，計劃。精理：精深之理。
④撰（xuǎn）：同「選」。
⑤當對：相當，相匹敵。
⑥敍致：敍述旨趣事理。
⑦名理：考核名實和辨名析理之學，魏晉清談的一種思潮。
⑧義言：義理之言論。了：全。
⑨王大慚而退：程炎震云：「王蒙（按，即王濛）卒於穆帝永和三年（三四七），支道林以哀帝（三六二—三六五）時至都，蒙死久矣。高僧傳亦同，並是傳聞之誤。下文有『道林、許、謝共集王家』之語，蓋王蒙為長山令，嘗至東耳。」

【譯文】

支遁剛從會稽出來，住在京城東安寺中。王濛預先構思了精深的玄理，並且選好了富有才思的辭藻，到支遁那裏與支遁談論玄理，卻不能與其匹敵。王濛敍述旨趣事理，說了幾百字，自以為是玄理中的奇妙言辭。支遁慢條斯理地說：「我與您分別多年，您的義理之言全然沒有長進。」王濛大感慚愧地告退了。

四三

殷中軍讀小品①，下二百籤②，皆是精微，世之幽滯③。嘗欲與支道林辯之，竟不得。今小品猶存。

【注釋】

①殷中軍：殷浩。小品：小品經。
②籤：作用類似書籤，讀經時有疑難處，即加籤作標記。
③幽滯：深奧難通。

【譯文】

殷浩讀小品經，在書中加了二百個書籤作標記，都是些精妙微細、世人感到深奧難通的問題。他曾經想與支遁辯論這些問題，竟然未能如願。現在那部小品經還在。

四四

佛經以為祛練神明①，則聖人可致②。簡文云③：「不知便可登峯造極不？然陶練之功④，尚不可誣。」

【注釋】

①祛（qū）練神明：佛教語。修智慧，斷煩惱。意謂去除塵念，修煉智慧，便可成佛。祛，除去，消除。

②聖人：指佛。佛教認為佛是智慧最卓越，人格最完善，能力最高強的人。致：達到。

③簡文：簡文帝司馬昱。

④陶練：陶冶修煉。

【譯文】

佛經認為去除煩惱，修煉智慧，就可以成佛了。簡文帝說：「不知道立刻就可以達到登峯造極的境界嗎？可是陶冶修煉的功效，還是不可以抹殺的。」

四五

于法開始與支公爭名[①]，後情漸歸支[②]，意甚不分[③]，遂遁跡剡下[④]。遣弟子出都[⑤]，語使過會稽。於時支公正講小品。開戒弟子：「道林講，比汝至[⑥]，當在某品中[⑦]。」因示語攻難數十番，云：「舊此中不可復通。」弟子如言詣支公。正值講，因謹述開意，往反多時，林公遂屈，厲聲曰：「君何足復受人寄載來[⑧]！」

【注釋】

①于法開：東晉高僧。于法蘭的弟子，其籍貫、家世不詳。擅長講放光般若經、法華經。反對心無宗肯定客觀現象的傾向，贊成本無宗「心有色無」的觀點，說種種現象皆為「心識」所含，故名「識含宗」。常與支遁爭論「即色空」義。妙通醫法，將行醫與傳法密切結合，認為：「明六度以除四魔之病，調九候以療風寒之疾，自利利人，不亦可乎！」與謝安、王坦之等當時名流友善。孫綽讚他「才辯縱橫，以數術弘教，其在公乎」。

②情：指人心。支：支遁。

③分：通「忿」，不平，不服氣。

④遁跡剡下：指于法開到剡縣石城，續修元華寺，後又移居白山靈鷲寺。遁跡，隱居。此指離開會稽。剡，剡縣，今浙江嵊州。

⑤遣弟子出都：或說此弟子即法威，聰慧善辯。出都，往京都。

⑥比（bǐ）：及，等到。

⑦品：佛家經論之篇章。

⑧寄載：指受人委託或指使。

【譯文】

于法開當初與支遁爭名，後來大家的心意都歸向支遁，他心裏很不服氣，便離開會稽到了剡縣。

他派弟子法威到京都去，告訴弟子要經過會稽。當時支遁正在講小品經。于法開告誡弟子說：「道林正在宣講佛經，等你到了那裏時，該當講到某一品了。」於是就為弟子演示駁斥非難的問題有幾十個回合，並說：「這些問題老的說法是不可能講通的。」弟子按照他的話去拜訪支遁。正好碰到支遁在宣講，於是他就小心地陳述了于法開的意見，與支遁反覆論辯很久，支遁終於敗下陣來，厲聲說：「你何必受人指使呢！」

## 四六

**殷中軍問①：「自然無心於稟受②，何以正善人少③，惡人多？」諸人莫有言者。劉尹答曰④：「譬如寫水着地⑤，正自縱橫流漫⑥，略無正方圓者。」一時絕歎，以為名通⑦。**

**【注釋】**

①殷中軍：殷浩。

②稟受：指自然授予人以某種氣質、品性。

③正：恰好，偏偏。

④劉尹：劉惔。

⑤寫（xiè）：傾瀉。
⑥正：止，僅。
⑦名通：名言，名論。通，解說義理，使其通暢。晉、宋時人以講經談理通暢者，都稱為通。

【譯文】

殷浩問：「自然本來無心於授予人某種品性，為何偏偏是善人少，惡人多呢？」眾人沒有一個說話的。劉惔回答說：「譬如把水傾瀉在地上，僅僅是自然地四處縱橫流淌，一點也沒有恰好是方的或圓的形狀。」當時人極為歎服此話，認為是名言。

## 四七

康僧淵初過江①，未有知者，恆周旋市肆②，乞索以自營③。忽往殷淵源許④，值盛有賓客，殷使坐，粗與寒溫⑤，遂及義理⑥。語言辭旨⑦，曾無愧色，領略粗舉⑧，一往參詣⑨。由是知之。

【注釋】

①康僧淵：東晉名僧，本為西域人，生於長安，晉成帝時過江，後與殷浩交往清談。在豫章山立寺講經，聽者雲集。

②周旋：指出入，來往。市肆：市場，集市。

③乞索：乞討。自營：自己謀生。

④殷淵源：殷浩。許：處所。

⑤寒温：寒暄，見面時談天氣冷暖之類的應酬話。

⑥義理：指玄學名理。

⑦辭旨：言談之意旨。

⑧領略：領會，理會。粗舉：粗略闡釋。

⑨一往參詣：指直接進入到玄理的至高境界。參，探究並領會。詣，學術所達到的境界。

【譯文】

康僧淵剛剛過江時，沒有什麼人知道他，常常出入集市，靠乞討自謀營生。一天他突然到殷浩那裏去，正遇到殷家賓客盈門，殷浩讓他入座，稍稍與他寒暄幾句，便講到了玄學名理的論題。康僧淵在言談中，無論是詞藻還是意旨，比起他人來，毫無愧色。他憑着領悟能力，略加闡釋，就直接達到了玄理的最高境界。從此出了名。

四八

殷、謝諸人共集①，謝因問殷：「眼往屬萬形②，萬形來入眼不？」

【注釋】

①殷、謝：殷浩、謝安。
②屬（zhǔ）：注目，注意看。萬形：萬物。

【譯文】

殷浩、謝安諸人一起聚會，謝安便問殷浩：「眼睛去注視萬物，萬物會進入眼簾中來嗎？」

四九

人有問殷中軍①：「何以將得位而夢棺器②，將得財而夢矢穢③？」殷曰：「官本是臭腐，所以將得而夢棺屍；財本是糞土，所以將得而夢穢污。」時人以為名通。

**【注釋】**

①殷中軍：殷浩。

②得位：指得到官位。棺器：棺材。

③矢：通「屎」。

**【譯文】**

有人問殷浩：「為什麼將要得到官職就會夢見棺材？將要得到錢財就會夢見糞便等穢物？」殷浩說：「官職本是發臭腐爛之物，所以將得到時就會夢見棺材屍體；錢財本是糞土一類，所以將得到時就會夢見污穢之物。」當時人都認為是名言。

## 五〇

殷中軍被廢東陽①，始看佛經。初視維摩詰②，疑般若波羅密太多③；後見小品④，恨此語少。

【注釋】

①殷中軍：殷浩。被廢東陽：指永和九年（三五三）殷浩北伐失敗，遭桓温彈劾，被廢為庶人，徙居東陽郡信安縣（今浙江衢州）。

②維摩詰：佛經名。全稱為維摩詰所說經，亦稱維摩詰經。通行鳩摩羅什譯本，三卷（見大正藏第十四卷）。維摩詰為梵文音譯，意譯為「淨名」「無垢稱」，維摩詰經是大乘佛教的權威性經典，思想內容極為豐富，被譽為「大乘佛教文獻寶冠之珠」，在印度佛教和中國佛教中都佔有極為重要的地位。描述了維摩詰居士為教化眾生，方便示疾，從而說不可思議法、行不可思議教、令眾生發不可思議心、成就眾生不可思議解脫，故又名不可思議解脫經。維摩詰居士是居住在毗耶離城的一位在家大菩薩，相傳是金粟如來的化身，自東方妙喜國化生於此，以居士身份輔助佛陀攝化眾生。

③般若波羅密：梵文音譯。般若義為智慧；波羅密，一般寫作「波羅蜜」，義為到彼岸。意為智慧如船能將眾生從生死之此岸，渡到不生不滅之涅槃彼岸。

④小品：指小品經。

【譯文】

殷浩被削職為民住在東陽，才開始看佛經。初看維摩詰經時，為「般若波羅密」這話太多而疑惑不解，後來讀了小品經，又為這話太少而感到遺憾。

## 五一

支道林、殷淵源俱在相王許[①]，相王謂二人：「可試一交言[②]。而才性殆是淵源崤函之固[③]，君其慎焉！」支初作，改轍遠之[④]，數四交，不覺入其玄中[⑤]。相王撫肩笑曰：「此自是其勝場[⑥]，安可爭鋒！」

### 【注釋】

①支道林：支遁。殷淵源：殷浩。相王：簡文帝司馬昱，當時以會稽王居相位，故稱。

②交言：交談，談論玄理。

③殆：幾乎，差不多。崤函：崤山、函谷關。崤山位於今河南西部，函谷關位於今河南靈寶東部，都是易守難攻的險要關隘。

④改轍：指改變話題。轍，車轍，車行的一定路線。

⑤玄中：指玄理範圍中。

⑥勝場：擅長的領域。

### 【譯文】

支遁、殷浩都在相王司馬昱府中。司馬昱對他們兩人說：「你們可以試着辯論玄理，而有關才性的問題恐怕是殷浩像崤山、函谷關那樣堅固難攻的強項，你可要小心啊！」支遁剛開始辯論時，改變話題遠遠避開才性問題。但是交鋒了幾個回合後，不知不覺地被引入了殷浩所擅長的玄理範圍中。司馬昱拍着支遁的肩膀說：「這本來就是殷浩擅長的話題，你怎麼能與他爭鋒鬥強呢！」

## 五二

謝公因子弟集聚①，問：「毛詩何句最佳②？」遏稱曰③：「昔我往矣，楊柳依依；今我來思，雨雪霏霏④。」公曰：「訏謨定命，遠猷辰告⑤。」謂此句偏有雅人深致⑥。

**【注釋】**

①謝公：謝安。因：趁。

②毛詩：西漢初為詩經作注的有四家，以毛亨和毛萇所注最為盛行，流傳至今，稱為毛詩。

③遏：謝玄，小字遏，謝安之姪。

④「昔我往矣」四句：詩經小雅采薇中的四句詩。這首詩寫士兵出征之苦及歸途之所見所思。此四句寫其回想當初出征時正值楊柳依依的初春，回家時已是大雪紛飛的嚴冬。依依，輕柔的樣子。思，語末助詞。霏霏，雪多的樣子。

⑤訏（xū）謨（mó）定命，遠猷（yóu）辰告：出自詩經大雅抑，這首詩寫衞武公的自責自勵。這兩句意謂以偉大的謀略，安定國家的命運，有遠大的政策，就隨時宣告。訏，大。謨，計

謀，謀略。猷，謀劃。辰告，及時宣告。

⑥偏：特別，偏偏。雅人：高雅之人。深致：深遠之情致。

**【譯文】**

謝安趁着子弟們聚會時，問：「毛詩裏哪一句最好？」謝玄稱引道：「昔我往矣，楊柳依依；今我來思，雨雪霏霏。」謝安說：「訏謨定命，遠猷辰告。」認為這句最具高雅之人的深遠情意。

## 五三

張憑舉孝廉①，出都，負其才氣②，謂必參時彥③。欲詣劉尹④，鄉里及同舉者共笑之。張遂詣劉。劉洗濯料事⑤，處之下坐，唯通寒暑，神意不接。張欲自發無端⑥。頃之，長史諸賢來清言⑦，客主有不通處，張乃遙於末坐判之⑧，言約旨遠⑨，足暢彼我之懷，一坐皆驚。真長延之上坐，清言彌日，因留宿至曉。張退，劉曰：「卿且去，正當取卿共詣撫軍⑩。」張還船，同侶問何處宿，張笑而不答。須臾，真長遣傳教覓張孝廉船⑪，同侶惋愕⑫。即同載詣撫軍，至門，劉前進謂撫軍曰：「下官今日為公得一太常博士妙選⑬。」既前，撫軍與之話言，咨嗟稱善⑭，曰：「張憑勃窣為理窟⑮。」即用為太常博士。

**【注釋】**

①張憑：字長宗，晉吳郡（今江蘇蘇州）人。歷官太常博士、吏部郎、御史中丞。孝廉：漢代以後選官吏的一種科目，州郡每年可薦舉孝順父母和清廉者各一名，經考核後授以一定的官職。

②負：倚靠，仗恃。

③參：參與，加入。彥：當時有才學之士。

④劉尹：劉惔。

⑤洗濯（zhuó）：清洗。料事：料理事務。

⑥自發：自己引發話題。端：頭緒。

⑦長史：指王濛。

⑧判：評判。

⑨言約旨遠：言語簡要而含意深遠。

⑩正當：即將，將要。撫軍：指簡文帝，曾任撫軍大將軍，故稱。

⑪傳教：郡吏，傳達教令者，故稱。

⑫惋愕：悵歎驚訝。

⑬太常博士：官名，掌教弟子。國有疑事，則備諮詢。三國曹丕初置太常博士，掌引導乘輿、撰定五禮儀注、監視儀物、議定王公大臣謚法等事。要求學問淵博，是帝王身邊近臣。妙選：最好的人選。

⑭咨嗟：讚歎之意。
⑮勃窣（sū）：猶婆娑，形容才氣橫溢，辭采繽紛。理窟：義理的淵藪。喻富有才學。

【譯文】

張憑被薦為孝廉後，到京都去，他憑藉自己的才氣，認為必定能置身於當時才學名流之列。他想去拜訪劉惔，同鄉人及同時被舉薦的孝廉都笑話他。張憑於是就去拜訪劉惔，劉惔正在洗濯處理一些事務，把他安排在下座，只是與他寒暄了幾句，神情意態之間並不把他放在眼裏。張憑想自己引出話題卻沒有頭緒。不久，王濛等眾名士都來清談，主客雙方有搞不通的地方，張憑就遠遠地在下座加以分析評判，言語簡要含意深遠，足以使彼此之間的胸懷感到舒暢痛快，滿座賓客都很驚訝。劉惔就請張憑到上座來坐，清談了一整天，於是又留他住宿。到天亮，張憑告辭，劉惔說：「您暫且回去，我即將邀請您同去拜訪撫軍。」張憑回到船上，同伴們問他在哪裏住宿，張憑笑而不答。不多久，劉惔派了郡吏來找張憑的船，同伴們都悵歎驚訝。劉惔就和張憑同乘一輛車去拜訪撫軍大將軍司馬昱。到了門口，劉惔先進去對撫軍說：「我今天為您覓得一位太常博士最佳的人選。」張憑就上前拜見，撫軍與他談話，讚歎稱好，說：「張憑才華橫溢，辭采繽紛，堪稱義理的淵藪。」立即任用他為太常博士。

## 五四

汰法師云①：「六通、三明同歸②，正異名耳③。」

### 【注釋】

①汰法師：竺法汰（三二〇—三八七），東莞（今山東沂水）人。東晉高僧，般若學派「六家七宗」的「本無異宗」的代表人物之一。少與道安同學。同師承於當時的名僧人佛圖澄。住建康瓦官寺。簡文帝深相敬，重請講放光經。開題大會，帝親臨幸，王侯公卿莫不畢集，其餘僧俗至者千人。在瓦官寺時「更拓房宇，修立眾業」，聲名遠播。主張「心會」之學，與主張「無心義」的道恆論辯，勝之，「心無之義於此而息」。

②六通：佛家語，指六種神通：一為天眼通，能透視無礙；二為天耳通，聽聞無礙；三為身通（一稱神足通），飛行隱現，往來自在無礙，四為他心通，能知他人心念而無礙；五為宿命通，能知自身及六道眾生之過去而無礙；六為漏盡道，斷盡一切煩惱得自在無礙。三明：指六通中的宿命、天眼、漏盡三通。一宿命明，知自身、他身宿世之生命相；二天眼明，知自身、他身未來之生死相；三漏盡明，知現在之苦相，斷一切煩惱之智。歸：趨向。

③正：僅，只。

【譯文】

法汰法師說：「『六通』『三明』，同一歸向，只是名稱不同而已。」

## 五五

支道林、許、謝盛德，共集王家①，謝顧謂諸人：「今日可謂彥會②。時既不可留，此集固亦難常，當共言詠③，以寫其懷④。」許便問主人：「有莊子不？」正得漁父一篇⑤。謝看題，便各使四坐通⑥。支道林先通，作七百許語，敘致精麗，才藻奇拔⑦，眾咸稱善。於是四坐各言懷畢，謝問曰：「卿等盡不？」皆曰：「今日之言，少不自竭。」謝後粗難⑧，因自敘其意，作萬餘語，才峯秀逸，既自難干⑨，加意氣擬託⑩，蕭然自得⑪，四坐莫不厭心⑫。支謂謝曰：「君一往奔詣⑬，故復自佳耳。」

【注釋】

①支道林：支遁。許：許詢。謝：謝安。盛德：美德。王家：王濛家。

②彥會：賢士聚會。彥，對士的美稱。

③言詠：談論吟詠。
④寫：抒發。
⑤漁父：莊子中的一篇，寫孔子與漁父對話，漁父勸誡孔子棄絕仁義禮樂，返樸歸真。
⑥通：解釋，闡述。
⑦才藻奇拔：才情和辭藻都很秀異特出。
⑧粗難：粗略地加以駁難。
⑨干：干犯，冒犯，指反駁。
⑩擬託：比擬寄託。
⑪蕭然自得：瀟灑得意的樣子。
⑫厭心：心滿意足。厭，滿足。
⑬一往奔詣：指直接闡明要領，達到很高境界。

**【譯文】**

支遁、許詢、謝安都有美德，他們共同聚集在王濛家，謝安環顧四座對大家說：「今天可說是羣賢聚會。時光既不可留駐，如此之雅會本來亦難以常有，大家應當一起來談論吟詠，以抒寫各自的懷抱。」許詢就問主人王濛：「有莊子嗎？」主人拿來莊子正好翻到漁父一篇。謝安看到題目，就請四座各自闡發見解發表高論。支遁首先闡述，講了七百多言，敍述情致精細優美，才情辭藻都很秀異特出，大家都同聲稱好。於是四座之人各抒己見，完了以後，謝安問道：「諸位盡興說完了嗎？」諸人都說：「今天所說，很少有言不盡意的。」謝安隨後粗略地加以駁難，於是就敘述了自己的意見，說了萬餘言，文才秀逸，既難以反駁，又加上意思氣概有所寄託，顯出瀟灑得意的樣子，令滿座名士都感到心滿意足。支遁對謝安說：「您說的話要言不煩，境界高深，所以自然佳妙無比。」

## 五六

殷中軍、孫安國、王、謝能言諸賢①，悉在會稽王許②，殷與孫共論易象妙於見形③，孫語道合，意氣干雲。一坐咸不安孫理，而辭不能屈。會稽王慨然歎曰：「使真長來，故應有以制彼。」即迎真長，孫意己不如。真長既至，先令孫自敘本理。孫粗說己語，亦覺殊不及向。劉便作二百許語，辭難簡切④，孫理遂屈。一坐同時拊掌而笑⑤，稱美良久。

**【注釋】**

①殷中軍：殷浩。孫安國：孫盛。王：王濛。謝：謝尚。

②會稽王：簡文帝司馬昱。

③易象妙於見形：孫盛作，已佚。

④辭難：言辭駁難。簡切：簡明貼切。
⑤拊（fǔ）掌：拍掌。

【譯文】

殷浩、孫盛、王濛、謝尚等善於清談的眾名士，都在會稽王司馬昱處聚會。殷浩與孫盛一起談論易象妙於見形論這篇文章。孫盛所說與義理相結合，意氣飛揚。滿座名士都不同意他所說之理，但言辭上又不能使之屈服。會稽王感慨地歎息道：「如果真長來，就應該有辦法制服他。」隨即派人去迎接劉惔，孫盛感到自己不如劉惔。劉惔到後，先讓孫盛自己敘述原來的義理。孫盛粗略地說了自己的意見，也感覺大大比不上先前所說的。劉惔於是就講了兩百多字，言辭、駁難都簡明貼切，孫盛理虧就被折服了。滿座名士同時拍掌而笑，稱讚不已。

五七

僧意在瓦官寺中①，王苟子來②，與共語，便使其唱理③。意謂王曰：「聖人有情不？」王曰：「無。」重問曰：「聖人如柱邪？」王曰：「如籌算④。雖無情，運之者有情。」僧意云：「誰運聖人邪？」苟子不得答而去。

【注釋】

①僧意：東晉僧人，事跡不詳。

②王苟子：王脩。

③唱理：首先談論玄理。唱，倡導，發起。後作「倡」。

④籌算：計算用的籌碼。

【譯文】

僧意在瓦官寺中，王脩來，與他一起談論，就請他率先發表玄理。僧意對王脩說：「聖人有感情嗎？」王脩道：「沒有。」又問道：「聖人像柱子嗎？」王脩說：「像籌碼，雖然沒有感情，運用它的人卻是有情的。」僧意道：「那又是誰來運用聖人呢？」王脩回答不出來就離開了。

五八

司馬太傅問謝車騎①：「惠子其書五車②，何以無一言入玄？」謝曰：「故當是其妙處不傳。」

【注釋】

①司馬太傅：司馬道子。謝車騎：謝玄。

②惠子其書五車：莊子天下：「惠施多方，其書五車。」指惠施精通方術，著書之竹簡有五車之多。惠子，惠施，戰國時宋人，名家的代表人物，與莊子為友。知識淵博，以善辯為名，對先秦邏輯學的發展有貢獻。有惠子一書，已佚，僅散見於莊子、荀子等書。

【譯文】

司馬道子問謝玄：「惠施著書有五車之多，為什麼沒有一個字涉及玄理？」謝玄說：「或許是其中奧妙之處沒有流傳下來之故吧。」

五九

殷中軍被廢，徙東陽①，大讀佛經，皆精解，唯至事數處不解②。遇見一道人③，問所籤④，便釋然⑤。

【注釋】

①殷中軍被廢，徙東陽：殷浩為都督揚豫徐兗青五州軍事，以定中原為己任，上疏北征。永和九

年（三五三）大舉北伐，派羌族酋長姚襄為前鋒，姚襄反叛，伏擊浩軍，死傷萬餘，潰退譙城（今安徽亳州）。桓温上疏加罪，十年（三五四）二月廢為庶人，徙東陽郡信安縣（今浙江衢州）。殷中軍，殷浩。

②事數：佛家語。指一切事物的名相。指五陰、十二入、四諦、十二因緣、五根、五力、七覺之聲等。

③道人：即和尚。

④籤：類似書籤，讀經時有疑難，即加籤作記號。

⑤釋然：心中疑問消除的樣子。

**【譯文】**

殷浩被罷官廢為庶人後，遷居東陽，大量閱讀佛經，都能精通理解，只有讀到表示「名相」的術語時不能理解。後遇見一位僧人，向他請教作有記號的疑難問題，心中的疑惑便消除了。

## 六〇

**殷仲堪精核玄論①，人謂莫不研究。殷乃歎曰：「使我解『四本』②，談不翅爾③。」**

【注釋】

①精核：精心考察。

②四本：鍾會所作，論說才性同、異、合、離等問題。

③不翅：不只，不止。翅，通「啻」（chì）。但，僅，止。爾：如此。

【譯文】

殷仲堪精心考察研究玄學理論，人們說他沒有什麼不研究的。殷仲堪卻感慨地說：「假使我能夠解釋『四本』，我的談論就不只是現在這樣了。」

六一

殷荊州曾問遠公①：「易以何為體②？」答曰：「易以感為體③。」殷曰：「銅山西崩，靈鐘東應④，便是易耶？」遠公笑而不答。

【注釋】

①殷荊州：殷仲堪。遠公：慧遠（三三四—四一六），東晉高僧。本姓賈，雁門樓煩（今山西寧武附近）人。早年博通六經，尤善莊老，後從道安出家。四十八歲入廬山東林寺，廣收弟子，

弘揚般若學和禪學，使禪學流行於江南各地。曾親筆致書曇摩留支，請他將弗若多羅未譯出的十誦律餘部翻譯過來，成為我國第一部完整的比丘律藏。北迎佛陀跋陀羅尊者（又稱覺賢），邀他加入蓮社並翻譯佛經，請其譯出修行方便禪經二卷，將禪修之法作了較為系統而全面的介紹，較之早期安世高、鳩摩羅什所譯傳的禪法要顯得更為完善。後來，覺賢又被邀到建康道場寺，譯出華嚴經（晉譯六十卷）、僧祇律等佛典十三種共一百二十五卷，為大乘瑜伽學說東流開了先河。慧遠與鳩摩羅什時有書信往還，討論佛法，後編為大乘大義章流傳於世，羅什稱其為「東方護法菩薩」。廬山東林寺與長安逍遙園鳩摩羅什譯場，作為南北兩大佛教中心，遙相呼應。相傳他與十八高賢共結蓮社，同修淨業，倡導淨土法門，淨土宗尊為初祖。主要著作有大智論要略（亦名釋論要鈔）、沙門不敬王者論、問大乘中深義十八科（並羅什答）（即大乘大義章）、阿毗曇心論序、大智論序、修行方便禪經序、法性論等。

②體：本體。

③感：感應，交感相應。

④銅山西崩，靈鐘東應：漢武帝時未央宮前的鐘無故自鳴，東方朔稱係陰陽之氣相感所致，不出三日蜀山崩，果然應驗。

## 【譯文】

殷仲堪曾經問慧遠：「周易以什麼為本體？」慧遠答道：「周易以感應為本體。」殷仲堪說：「銅山在西邊崩塌了，靈鐘在東邊就有感應，這就是周易嗎？」慧遠笑而不答。

## 六二

羊孚弟娶王永言女①，及王家見婿，孚送弟俱往。時永言父東陽尚在②，殷仲堪是東陽女婿，亦在坐。孚雅善理義③，乃與仲堪道齊物④，殷難之。羊云：「君四番後當得見同。」殷笑曰：「乃可得盡，何必相同。」乃至四番後一通。殷咨嗟曰：「僕便無以相異！」歎為新拔者久之⑤。

### 【注釋】

①羊孚弟：羊輔，字幼仁，官至衛軍功曹。王永言：王訥之，字永言，東晉琅邪（今屬山東）人，歷官尚書左丞、御史中丞。

②東陽：王臨之，王永言之父，官東陽太守，故稱。

③雅：極，甚。

④齊物：莊子篇名，一名齊物論。

⑤新拔：新穎特出。

### 【譯文】

羊孚弟羊輔娶王永言的女兒為妻，等到王家要見女婿的時候，羊孚送弟弟一同到王家。當時王永言的父親東陽太守王臨之還在世，殷仲堪是王臨之的女婿，也在座。羊孚極善談論玄理，就與殷仲堪談莊子齊物論，殷仲堪對他加以駁難。羊孚說：「您到了四個回合後就會與我的見解相同了。」殷仲堪笑道：「我會一直辯到底，又何必要見解相同呢？」等辯難到四個回合以後見解竟然相通。殷仲堪歎息說：「我實在提不出什麼不同的見解了。」他久久地為羊孚新穎特出的見解而慨歎。

## 六三

**殷仲堪云：「三日不讀道德經，便覺舌本間強①。」**

**【注釋】**

①舌本：舌根。強（jiàng）：僵硬，遲鈍。

**【譯文】**

殷仲堪說：「三天不讀道德經，就覺得舌根發硬。」

## 六四

**提婆初至①，為東亭第講阿毗曇②。始發講，坐裁半③，僧彌便云④：「都已**

曉。」即於坐分數四有意道人⑤，更就餘屋自講。提婆講竟，東亭問法岡道人曰⑥：「弟子都未解，阿彌那得已解⑦？所得云何？」曰：「大略全是，故當小未精核耳⑧。」

【注釋】

①提婆初至：指隆安元年（三九七）提婆到了晉都建康。提婆，僧伽提婆，東晉高僧。本姓瞿曇，西域罽賓國（今克什米爾一帶）人。前秦建元（三六五—三八五）中來長安，與竺佛念共譯阿毗曇八犍度論。後應慧遠邀請至廬山，譯出阿毗曇心論、三法度論等。隆安元年遊京都，深得王公及風流名士的敬重。重譯中阿含經六十卷，隨後又校改了增一阿含經五十一卷。所譯眾經百餘萬言。他所傳習的主要是有部之學，又不限於正統的有部，為弘傳有部毗曇的一大家。至於中、增兩阿含，為有部四阿含最初傳來的完本，都由提婆加以正確的譯訂，亦中國譯經史之大事。

②東亭：王珣，封東亭侯，故稱。阿毗曇：即阿毗達磨，譯為大法，無比法，係慧遠邀請僧伽提婆共同譯出，後稱阿毗曇心論。

③裁：通「才」。

④僧彌：王珉，小字僧彌，王珣之弟。

⑤數四：指三四個人。有意道人：有見識的僧人。

⑥法岡道人：東晉僧人，事跡不詳。

⑦阿彌：即僧彌的昵稱。
⑧精核：精細詳盡。

【譯文】

僧伽提婆初到京都時，在東亭侯王珣家為他講阿毗曇。開講後，才到中途，王珸就說：「我全都明白了。」隨即就在座上分出幾位有見識的僧人，另外到其他屋中由自己來講解。提婆講完後，王珣問法岡和尚道：「我都未能全部理解，他阿彌哪裏就能都懂了呢？他到底懂了多少？」法岡說：「大體上他都講對了，只是小部分還不能精細詳盡地理解而已。」

## 六五

桓南郡與殷荊州共談①，每相攻難②。年餘後但一兩番。桓自歎才思轉退③，殷云：「此乃是君轉解。」

【注釋】

①桓南郡：桓玄。殷荊州：殷仲堪。
②攻難：辯駁詰難。
③才思：才氣與思想。轉：逐漸。

【譯文】

桓玄與殷仲堪一起談論，常常互相辯駁詰難。過了一年多以後再談論時，只不過辯駁詰難一兩次而已。桓玄自己感歎才思逐漸減退，殷仲堪說：「這是您理解力逐漸提高之故。」

六六

文帝嘗令東阿王七步中作詩①，不成者行大法②。應聲便為詩曰：「煮豆持作羹，漉菽以為汁③。萁在釜下然④，豆在釜中泣。本自同根生，相煎何太急！」帝深有慚色。

【注釋】

①文帝：魏文帝曹丕。東阿王：曹植（一九二－二三二），曾封為東阿王，故稱。字子建，沛國譙縣（今安徽亳州）人。富於才學，為曹操寵愛。曹丕、曹叡相繼為帝，備受猜忌，鬱鬱而死。又封陳王，謚號思，世稱陳思王。善辭賦，原有集，已佚，後人輯有曹子建集。

②大法：指死刑。

③漉（lù）：水慢慢滲下。菽：豆類。

④萁（qí）：豆莖。然：同「燃」。

【譯文】

魏文帝曹丕曾經命令東阿王曹植在七步之間作一首詩，如果做不成就要問死罪。曹植應聲就作成一首詩，曰：「煮豆持作羹，漉菽以為汁。萁在釜下然，豆在釜中泣。本自同根生，相煎何太急！」魏文帝聽了感到非常慚愧。

## 六七

**魏朝封晉文王為公①，備禮九錫②，文王固讓不受。公卿將校當詣府敦喻③，司空鄭沖馳遣信就阮籍求文④。籍時在袁孝尼家⑤，宿醉扶起，書札為之，無所點定⑥，乃寫付使。時人以為神筆。**

【注釋】

①魏朝封晉文王為公：指魏甘露三年（二五八），封司馬昭為晉公。晉文王，司馬昭。

②備禮九錫：魏朝準備為司馬昭頒賜九錫之禮。九錫，古代帝王尊禮大臣所給的九種器物。漢末曹操掌朝政，漢獻帝賜曹操九錫。後歷代篡位者相襲沿用，成為建立新朝的前奏曲。九種禮物為車馬、衣服、樂器、朱戶、納陛、虎賁、弓矢、鈇、秬鬯（chàng，祭神用的酒）。

③敦喻：督促開導。

④司空：官名，三公之一，參謀國事。

⑤袁孝尼：袁準，晉陳郡陽夏（今河南太康）人。晉武帝泰始中官給事中。有儀禮喪服經注一卷，袁子正論十九卷，正書二十五卷，集二卷。

⑥點定：指改定文字。

【譯文】

魏朝封晉文王司馬昭為晉公，準備頒賜給他九錫之禮，司馬昭堅決辭謝不肯接受。朝中文武百官將到他府中去勸導，司空鄭沖急忙派信使到阮籍處求他寫一篇勸進的文章。阮籍當時在袁孝尼家，隔夜酣飲的餘醉尚未消退即被扶起身來，在木札上書寫文稿，一字不改，寫定交給來使。當時人都認為他是神來之筆。

## 六八

左太沖作三都賦初成①，時人互有譏訾②，思意不愜③。後示張公④，張曰：「此二京可三⑤，然君文未重於世，宜以經高名之士。」思乃詢求於皇甫謐⑥。謐見之嗟歎，遂為作敍。於是先相非貳者⑦，莫不斂衽讚述焉⑧。

**【注釋】**

①左太沖：左思（約二五〇—約三〇五），字太沖，臨淄（今屬山東）人。其貌不揚，且又口吃，但為文辭藻壯麗。晉武帝時，因妹左棻被選入宮，舉家遷居洛陽，任祕書郎。晉惠帝時，依附權貴賈謐，為文人集團「二十四友」的重要成員。賈謐被誅，遂退居專心著述。後齊王司馬冏召為記室督，不就。太安二年（三〇三），因張方進攻洛陽而移居冀州，不久病逝。其構思十年所作之三都賦，洛陽為之紙貴。詠史等詩作，錯綜史實，融會古今，連類引喻，「詠古人而已之性情俱見」，有「左思風力」之稱，對後世詠史詩產生了巨大影響。三都賦：賦篇名，分蜀都賦、吳都賦、魏都賦三篇，分別描寫蜀都成都、吳都建業、魏都鄴城的山川、風俗、物產等，也是寫蜀、吳、魏三個國家的概況。王鳴盛說：「左思於西晉初吳、蜀始平之後，作三都賦，抑吳都、蜀都而申魏都，以晉承魏統耳。」

②譏訾（zǐ）：譏刺詆毀。

③不愜：不愉快。

④張公：張華。

⑤二京：指描寫西漢都城長安和東漢都城洛陽的班固兩都賦和張衡二京賦。

⑥皇甫謐（mì，二一五—二八二）：幼名靜，字士安，號玄晏先生，安定朝那（今寧夏固原東南）人。晉武帝屢下詔徵，都稱病不就，終身不仕。中年患風痺，乃鑽研醫學，著有甲乙經，總結了此前針灸學成就。

⑦非貳：非議。

⑧斂衽（rèn）：整整衣襟，表示恭敬。

【譯文】

左思作三都賦剛完成時，當時就有人不斷地加以譏刺詆毀，左思心裏很不愉快。後來把賦拿給張華看，張華說：「此賦可與兩都賦、二京賦鼎足而三。但是現在您的文名尚未能為世人所重，應該通過享有盛名之士的推薦才好。」左思就去請教拜求皇甫謐，皇甫謐見了此賦後大為讚歎，就為之作敍。於是先前那些非議此賦者，沒有一個不恭恭敬敬地讚美稱揚它。

六九

劉伶著酒德頌①，意氣所寄。

【注釋】

①劉伶：字伯倫，晉沛國（今安徽濉溪西北）人。竹林七賢之一。曾為建威將軍，後被罷免。嗜酒，蔑視禮法，宣揚老莊思想和縱酒放誕的生活。

【譯文】

劉伶作酒德頌，將自己的志向情趣都寄託在其中了。

## 七〇

樂令善於清言①，而不長於手筆②。將讓河南尹③，請潘岳為表④。潘云：「可作耳，要當得君意⑤。」樂為述己所以為讓⑥，標位二百許語⑦。潘直取錯綜⑧，便成名筆⑨。時人咸云：「若樂不假潘之文，潘不取樂之旨，則無以成斯矣。」

【注釋】

①樂令：樂廣，曾為尚書令，故稱。
②手筆：指寫作文章。
③讓：指辭去官職。河南：河南郡，治所在今河南洛陽。
④表：奏章。
⑤要當：應當。
⑥所以：表示原因。
⑦標位：指闡釋。

⑧直：特，只。錯綜：指綜合，重新組織佈局。
⑨名筆：名作，佳作。

【譯文】

樂廣善於清談，卻並不擅長寫文章。故當他將辭去河南尹的官職時，便請潘岳為他來寫奏章。潘岳說：「我可以代寫，但應當知道您的意思才行。」樂廣就為他講述了自己辭官的原因，闡釋了兩百來句話。潘岳只是把樂廣的意思加以整理綜合，重新組織佈局，便寫成了一篇佳作。當時人都說：「如果樂廣不借重潘岳的文章，潘岳不採用樂廣的意思，那就無法寫成這樣的美文了。」

七一

夏侯湛作周詩成①，示潘安仁②。安仁曰：「此非徒溫雅，乃別見孝悌之性③。」潘因此遂作家風詩。

【注釋】

①周詩：詩經小雅中有南陔、白華、華黍、由庚、崇丘、由儀六篇詩有題無文，夏侯湛按其意續作，稱之為周詩。

②潘安仁：潘岳。
③孝悌：奉事父母為孝，敬愛兄弟為悌。

【譯文】

夏侯湛寫成周詩後，拿給潘岳看。潘岳說：「這詩不僅寫得温文爾雅，且更體現了孝悌之天性。」潘岳於是就寫了家風詩。

## 七二

孫子荊除婦服①，作詩以示王武子②。王曰：「未知文生於情，情生於文？覽之凄然，增伉儷之重③。」

【注釋】

①孫子荊：孫楚。除婦服：指為亡妻服喪期滿脫去喪服。婦，指孫楚之亡妻。
②王武子：王濟。
③伉儷：夫妻。

【譯文】

孫楚為亡妻服喪期滿後，寫詩拿給王濟看。王濟說：「不知道文采是由感情生發出來的，還是感情由文采表現出來的？看了這首詩感到凄涼，更增添了夫婦間的深重情義。」

## 七三

太叔廣甚辯給①，而摯仲治長於翰墨②，俱為列卿③。每至公坐④，廣談，仲治不能對；退，着筆難廣⑤，廣又不能答。

【注釋】

①太叔廣：複姓太叔，名廣，字季思，晉東平（今屬山東）人。曾任太常博士。成都王司馬穎拜為太弟時，令其赴洛陽，因其子孫多在洛陽，怕為司馬穎所害而自殺。長於口才。辯給（ㄐㄧˇ）：口才敏捷。

②摯仲治：摯虞，字仲治，晉長安（今屬陝西）人。少時即好學，師事皇甫謐。歷官祕書監、太常卿。擅長文筆，著述頗多。從惠帝至長安，遂流離鄠、杜間。永嘉五年，洛中大饑，餓死。翰墨：筆墨，指文辭。

③列卿：劉孝標注曰：「虞與廣名位略同。」指二人同為太常。太常為九卿之一。

④公坐：公開聚會。

⑤着筆：寫文章。筆，指無韻之散文。

【譯文】

太叔廣口才非常敏捷，而摯虞則擅長於寫文章，兩人都官居卿位。每次到公開聚會的場所，太叔廣談論時，摯虞不能對答；他回去後，就寫文章駁難太叔廣，太叔廣又不能回答。

# 七四

江左殷太常父子並能言理①，亦有辯訥之異②。揚州口談至劇③，太常輒云：「汝更思吾論。」

【注釋】

①江左：指長江下游南岸地區，亦指東晉。殷太常父子：指殷融和殷浩叔姪。殷融，字洪遠，晉陳郡長平（今河南西華東北）人。桓彝見而歎美之。善清言，飲酒善舞，終日嘯詠，不以世事自縛。累遷吏部尚書、太常卿，故稱。父子，漢、晉時江南人士亦稱叔姪為父子。

②辯：指口才敏捷。訥（nè）：不善言辭。

③揚州：指殷浩，曾任揚州刺史，故稱。劇：指言辭鋒利。

【譯文】

東晉殷融和殷浩叔姪倆都能言玄談理，然也有敏捷與遲鈍的差異。殷浩言談至為鋒利，殷融總是說：「你再想想我的立論。」

## 七五

庾子嵩作意賦成①，從子文康見②，問曰：「若有意邪，非賦之所盡；若無意邪，復何所賦？」答曰：「正在有意無意之間③。」

【注釋】

①庾子嵩作意賦成：劉孝標引晉陽秋曰：「永嘉中為石勒所害。先是見王室多難，知終嬰其禍，乃作意賦以寄懷。」庾子嵩，庾敳。

②從子：姪子。文康：庾亮。

③正：恰。

【譯文】

庾敳寫成意賦後，他的姪子庾亮看見，就問道：「如果是有意的話，不是賦所能盡情表現得出來的；如果是無意的話，又要寫賦做什麼呢？」庾敳回答道：「恰好在有意與無意之間。」

## 七六

**郭景純詩云[①]：「林無靜樹，川無停流。」阮孚云[②]：「泓崢蕭瑟[③]，實不可言。每讀此文，輒覺神超形越。」**

**【注釋】**

①郭景純：郭璞（二七六—三二四），字景純，河東聞喜（今屬山西）人。博學有高才，曾注釋周易、山海經、穆天子傳、方言和楚辭等，而訥於言論。詞賦為中興之冠，代表作是遊仙詩十四首和江賦，被尊為遊仙詩之祖。好古文奇字，所著爾雅注、爾雅音、爾雅圖，集爾雅學之大成。妙於陰陽曆算，精於卜筮，除家傳易學外，還承襲了道教的術數學理論，是兩晉時代最著名的方術士。東晉初為著作佐郎，後王敦任為記室參軍。王敦欲令其卜筮，璞謂必敗，為敦所殺。追贈弘農太守，世稱「郭弘農」。

②阮孚：字遙集，晉陳留尉氏（今屬河南）人。阮咸之子。歷官安東參軍、黃門侍郎、散騎常侍、侍中、丹陽尹等。蓬髮飲酒，終日酣醉。性疏放，好屐。頗有阮籍（孚之叔祖）之風。

③泓崢：水深山高。蕭瑟：形容風吹樹木的聲音。

【譯文】

郭璞詩有句云：「林無靜樹，川無停流。」阮孚說：「水深山高，林木蕭瑟，實在難以形容。每當讀到這些詩句，總會覺得精神與形體更為高遠超脫。」

# 七七

庾闡始作揚都賦①，道温、庾云②：「温挺義之標③，庾作民之望④。方響則金聲⑤，比德則玉亮。」庾公聞賦成，求看，兼贈貺之⑥。闡更改「望」為「儁」，以「亮」為「潤」云。

【注釋】

①庾闡：字仲初，潁川鄢陵（今屬河南）人。後為太宰，累遷尚書郎。蘇峻之難，闡出奔郗鑒，為司空參軍。峻平，以功賜爵吉陽縣男，拜彭城內史。鑒復請為從事中郎。尋召為散騎侍郎，領大著作。頃之，出補零陵太守，後以疾，徵拜給事中，復領著作。能文，為世所重。年五十四卒，謚曰貞。揚都賦：庾闡模仿班固、張衡、左思諸賦，描寫建康（今南京）的山川風貌、都市繁華等景象的賦作。

②温：温嶠。庾：庾亮。

③挺義：指樹起道義。
④望：指景仰之人。
⑤方：比方，比擬。金聲：指鐘磬發出的聲音。響：聲音。
⑥貺（kuàng）：贈與。

**【譯文】**

庾闡開始撰寫揚都賦，講到温嶠、庾亮時說：「温嶠樹起道義的標準，庾亮為百姓所景仰。比擬聲音就像是金鐘發出的鏗鏘之聲，比擬德行就像是寶玉似的透亮。」庾亮聽說賦已寫成，便請求拜讀，並贈送財物給庾闡。庾闡就改換賦中的「望」字為「儁」字，改「亮」字為「潤」字。

## 七八

孫興公作庾公誄①，袁羊曰②：「見此張緩③。」於是以為名賞。

**【注釋】**

①孫興公：孫綽。庾公誄：哀悼庾亮的文章。誄（lěi），敘述死者生平表示哀悼的文章。
②袁羊：袁喬。

③張緩：禮記雜記下：「文武之道，一張一弛。」弓上弦叫張，卸弦叫弛。張緩與張弛同意，比喻善於調節的意思。這裏指文章的敍寫有節奏地進行，張緩有致。

【譯文】

孫綽寫庾公誄，袁喬說：「我終於見到了張弛有致、富有節奏感的好文章了。」這話當時被認為是有名的鑒賞之言。

七九

庾仲初作揚都賦成，以呈庾亮。亮以親族之懷①，大為其名價，云可三二京、四三都。於此人人競寫，都下紙為之貴。謝太傅云②：「不得爾。此是屋下架屋耳③。事事擬學，而不免儉狹④。」

【注釋】

①懷：情懷。

②謝太傅：謝安。

③屋下架屋：比喻事物的重複，只知模仿，毫無新意。

④儉狹：指內容貧乏狹窄。儉，貧乏。

【譯文】

庾闡寫成揚都賦後，把它呈送給庾亮看。庾亮出於同宗親族的情意，給予很高的評價，說這篇賦簡直可以與東京、西京二賦鼎足而三，與魏都、蜀都、吳都三賦並列為四。於是人人爭相抄寫，京城裏的紙價也因此貴了起來。謝安說：「不應該如此。這叫做屋下架屋，只知重複模仿罷了。處處仿照學別人，就不免內容貧乏狹窄了。」

## 八〇

習鑿齒史才不常①，宣武甚器之，未三十，便用為荊州治中②。鑿齒謝箋亦云：「不遇明公③，荊州老從事耳④！」後至都見簡文，返命，宣武問：「見相王何如⑤？」答云：「一生不曾見此人。」從此忤旨，出為衡陽郡⑥，性理遂錯⑦。於病中猶作漢晉春秋⑧，品評卓逸。

【注釋】

①習鑿齒史才不常：習鑿齒具有很高的史學造詣。主要著作有襄陽耆舊記、逸人高士傳、漢晉春

秋等。不常，不同尋常。

②荊州治中：荊州刺史屬下的治中職務。荊州，桓溫當時擔任荊州刺史。治中，官名，刺史的助理，主管文書。

③明公：對有名位者的尊稱。

④從事：州刺史的佐吏。習鑿齒原為州從事，桓溫賞識其才，在一年中提拔他三次，升其為治中。

⑤相王：簡文帝司馬昱當時以會稽王的身份擔任丞相，故稱。

⑥出：指調出荊州。衡陽郡：治所在今湖南湘潭西。

⑦性理：性情理智，神志。

⑧漢晉春秋：習鑿齒著，記述東漢光武帝至西晉愍帝間的歷史；記三國事，以蜀漢為正統，魏為篡逆，貶抑曹魏。據稱是因桓溫企圖稱帝，習鑿齒著此書以制桓溫野心。

## 【譯文】

習鑿齒的史學才識不同尋常，桓溫很器重他，不到三十歲，就任用他為荊州治中。習鑿齒在感謝信中也說：「如果不是遇到明公，我只不過一輩子是個荊州的老從事罷了。」後來習鑿齒到都城謁見了司馬昱，回來復命，桓溫問：「見到了相王，你認為他怎麼樣？」他回答說：「我一生中沒有見過這樣的人。」從這件事開始就忤逆了桓溫的心意，被調出荊州任職衡陽郡守，於是他的神志就錯亂了。在病中他還在寫漢晉春秋，評論史實和人物，見識卓越不凡。

八一

孫興公云[①]：「三都[②]、二京[③]，五經鼓吹[④]。」

【注釋】

①孫興公：孫綽。

②三都：左思所作賦名。

③二京：指張衡的二京賦。

④五經：指五部儒家經典，即詩經、尚書、禮記、易經、春秋。鼓吹：宣揚，宣傳。

【譯文】

孫綽說：「三都賦和二京賦，是宣揚五經之作。」

八二

謝太傅問主簿陸退[①]：「張憑何以作母誄，而不作父誄？」退答曰：「故當是丈夫之德[②]，表於事行[③]；婦人之美，非誄不顯。」

【注釋】

①謝太傅：謝安。陸退：字黎民，晉吳郡（今江蘇蘇州）人。張憑的女婿。官至光祿大夫。

②丈夫：男子的通稱。

③事行：指事業。

【譯文】

謝安問主簿陸退：「張憑為什麼只寫哀悼母親的誄文而不寫哀悼父親的誄文？」陸退回答說：「應當是男人的德行，從事業上就能表現出來；而婦人的美德，沒有誄文就不能得到表彰。」

八三

王敬仁年十三作賢人論①，長史送示真長②，真長答云：「見敬仁所作論，便足參微言③。」

【注釋】

①王敬仁：王脩。賢人論：劉孝標注引王脩集載其論曰：「或問『易稱賢人，黃裳元吉，苟未能闇與理會，何得不求通？求通則有損，有損則元吉之稱將虛設乎？』答曰：『賢人誠未能闇與理

會，當居然人從，比之理盡，猶一豪之領一梁。一豪之領一梁，雖於理有損，不足以撓梁。賢有情之至寡，豪有形之至小，豪不至撓梁，於賢人何有損之者哉？』」

②長史：指王脩之父王濛，曾任司徒左長史，故稱。真長：劉惔。

③參：參破，徹底領會。微言：指清談中所說的精深玄妙的言辭。

**【譯文】**

王脩十三歲時寫了賢人論，他父親王濛把這篇文章送給劉惔看，劉惔答道：「看到王脩所寫的文章，就足夠參透領悟精深的玄理了。」

## 八四

**孫興公云[①]：「潘文爛若披錦[②]，無處不善；陸文若排沙簡金[③]，往往見寶。」**

**【注釋】**

①孫興公：孫綽。

②潘：潘岳。

③陸：陸機。簡：選擇。

【譯文】

孫綽說：「潘岳的文章，燦爛如同披上錦緞一樣，沒有一處不好；陸機的文章如同排開沙子選金子，常常能見到珍寶。」

八五

**簡文稱許掾云①：「玄度五言詩，可謂妙絕時人。」**

【注釋】

①簡文：簡文帝司馬昱。許掾：許詢，曾為司徒掾，故稱。

【譯文】

簡文帝稱讚許詢的詩說：「許詢的五言詩，可以說是美妙無比，壓倒了當時的詩人。」

八六

**孫興公作天台賦成①，以示范榮期②，云：「卿試擲地，要作金石聲③。」范**

曰：「恐子之金石，非宮商中聲④。」然每至佳句，輒云：「應是我輩語。」

**【注釋】**

①孫興公：孫綽。天台賦：一名遊天台山賦。孫綽在序中把天台山與蓬萊仙山相比，全篇詞旨清新，雖流露出求仙思想，但文辭工整秀麗，頗有情韻。

②范榮期：范啟，字榮期，晉慎陽（今河南正陽北）人。以才義顯於世，官至黃門侍郎。

③金石聲：鐘磬之類的樂器，聲音優美，用以稱譽文辭優美，聲調鏗鏘。

④宮商：指符合五音之聲。古代把音階定為宮、商、角、徵（zhǐ）、羽五音（一稱五聲），這裏以「宮商」代表五音。中聲：中和之聲。

**【譯文】**

孫綽寫成天台賦後，拿給范啟看，說：「您試着把賦擲到地上，一定會發出金石之聲。」范啟說：「恐怕您說的金石之聲，不是宮商角徵羽當中的中和之聲。」但是每逢讀到美妙的文句時，總是說：「這應當是我們這類人所說的話。」

## 八七

桓公見謝安石作簡文謚議①，看竟②，擲與坐上諸客曰：「此是安石碎金③。」

### 【注釋】

①桓公：桓溫。謝安石：謝安。簡文：簡文帝。謚議：議定死後謚號的文書。
②竟：完畢。
③碎金：以零碎的金子比喻短篇佳作。

### 【譯文】

桓溫見到謝安寫的簡文帝謚議，看完後，丟給在座的眾多賓客說：「這是安石的短篇佳作。」

## 八八

袁虎少貧①，嘗為人傭載運租②。謝鎮西經船行③，其夜清風朗月，聞江渚間估客船上有詠詩聲④，甚有情致，所誦五言，又其所未嘗聞，歎美不能已。即遣委曲訊問⑤，乃是袁自詠其所作詠史詩⑥。因此相要⑦，大相賞得。

【注釋】

①袁虎：袁宏，字彥伯，小字虎。

②傭：受人雇用，雇工。

③謝鎮西：謝尚，曾為鎮西將軍，故稱。經船行：乘船經過。

④江渚（zhǔ）：江中間的小塊陸地。估客：商販。

⑤委曲：把事情的底細和經過講清楚，稱為委曲詳盡。

⑥詠史詩：劉孝標注引續晉陽秋曰：「虎少有逸才，文章絕麗，曾為詠史詩，是其風情所寄。」

⑦要：邀請。

【譯文】

袁宏年輕時很窮，曾經被人雇用運送租糧。鎮西將軍謝尚乘船經過，那天夜裏風清月明，他聽到江中小洲邊商船上有吟詩聲，很有情趣，所吟誦的五言詩，又是自己從來沒有聽到過的，便讚美不止。謝尚立即派人把情況問清楚，原來是袁宏在吟誦自己作的詠史詩。於是就邀請袁宏來，大加賞識，彼此很融洽。

八九

孫興公云①：「潘文淺而淨②，陸文深而蕪③。」

【注釋】

①孫興公：孫綽。
②潘：潘岳。
③陸：陸機。

【譯文】

孫綽說：「潘岳的文章雖然淺近，但潔淨；陸機的文章雖然深刻，但蕪雜。」

九〇

裴郎作語林①，始出，大為遠近所傳。時流年少，無不傳寫，各有一通②。載王東亭作經王公酒壚下賦③，甚有才情。

【注釋】

①裴郎：裴啟，一名榮，字榮期，晉河東（今山西夏縣西北）人。少有才氣，好評論古今人物。所作語林多為世說新語所取材。語林：十卷，記漢魏迄於兩晉知名人士的軼事和言談，文辭簡潔。魯迅古小說鈎沉中有輯本。

②通：量詞，用於書、報等。

③王東亭作經王公酒壚下賦：本書輕詆篇劉孝標注引續晉陽秋曰：「河東裴啟撰語林。有人於謝坐敘其黃公酒壚，司徒王珣為之賦。」王東亭，王珣。王公酒壚，當做「黃公酒壚」。即傷逝篇所記王戎謂人「吾昔與嵇叔夜、阮嗣宗共酣飲於此壚。今日視此雖近，邈若山河」之處。

【譯文】

裴啟寫語林，書剛問世，就被遠近的人大加傳看。當時的名流和年輕人，沒有人不傳抄的，人人都有一本。書中記載了王珣寫的經王公酒壚下賦，很有才華。

九一

謝萬作八賢論①，與孫興公往反②，小有利鈍③。謝後出以示顧君齊④，顧曰：「我亦作，知卿當無所名⑤。」

【注釋】

①八賢論：今佚。余嘉錫案，初學記十七引有謝萬八賢楚老頌。當是論後繼之以頌。

②孫興公：孫綽。往反：指反覆辯論。

③利鈍：指勝負。

④顧君齊：顧夷，字君齊，晉吳郡（今江蘇蘇州）人。曾官揚州主簿、揚州刺史。隋書經籍志載其著有顧子十卷、顧子義訓十卷、周易難王輔嗣義一卷、顧夷集五卷、吳地記，今佚。

⑤無所名：沒有什麼可稱讚的。名，稱讚。

【譯文】

謝萬寫了八賢論，與孫綽反覆辯論，小有勝負。後來謝萬拿文章給顧夷看，顧夷說：「我也寫了一篇，知道您這一篇應該也沒有什麼可稱讚的。」

九二

桓宣武命袁彥伯作北征賦①，既成，公與時賢共看，咸嗟歎之。時王珣在坐，云：「恨少一句。得『寫』字足韻當佳②。」袁即於坐攬筆益云③：「感不絕於余心，溯流風而獨寫④。」公謂王曰：「當今不得不以此事推袁⑤。」

【注釋】

①桓宣武命袁彥伯作北征賦：太和四年（三六九），前燕慕容恪死，桓溫第三次北伐，命袁宏作北征賦。桓宣武，桓溫。袁彥伯，袁宏。

②得「寫」字足韻：能用「寫」字來補足音韻。

③益：增加。

④流風：長風。寫：抒寫情懷。

⑤推：推許，稱讚。

【譯文】

桓溫要袁宏寫北征賦，完成後，桓公與當時的名流一起看，大家都一致讚美此賦。當時王珣在座，說：「可惜少了一句。如果能用『寫』字來補足韻腳應當更好。」袁宏馬上在座中就拿起筆來加上去道：「感不絕於余心，泝流風而獨寫。」桓溫對王珣說：「當今不得不以這件事來推崇袁宏了。」

九三

**孫興公道①：「曹輔佐才如白地明光錦②，裁為負版絝③，非無文采，酷無裁製④。」**

【注釋】

①孫興公：孫綽。

②曹輔佐：曹毗（pí），字輔佐，晉譙國（今安徽亳州）人。歷官太學博士、尚書郎、光祿勳。晉書文苑序稱他「少好文籍，善屬詞賦」，為「中興之時秀」。白地明光錦：當時一種名貴華美的錦緞。白地，白色的底子。

③負版絝：服役者穿的褲子。負版，身負版臿的人，指服役者。

④酷：極，很。裁製：剪裁，比喻寫文章時對材料的取捨安排。

【譯文】

孫綽說道：「曹輔佐的文才好像名貴的白底子明光錦，裁成了服役者穿的褲子，並不是沒有文采，實在是一點兒也沒有加以裁剪啊。」

九四

袁彥伯作名士傳成①，見謝公②。公笑曰：「我嘗與諸人道江北事③，特作狡獪耳④，彥伯遂以著書。」

## 【注釋】

①名士傳：主要記述了魏晉名士的遺聞軼事。以夏侯玄、何晏、王弼為「正始名士」，阮籍、嵇康、山濤、向秀、劉伶、阮咸、王戎為「竹林名士」，裴楷、樂廣、王衍、庾敳、王承、阮瞻、衛玠、謝鯤為「中朝名士」。此書已佚。

②謝公：謝安。

③江北：長江以北地區，指南渡前的西晉。

④狡獪（kuài）：戲言，玩笑。

## 【譯文】

袁宏寫成名士傳後，拿去見謝安，謝安笑道：「我曾經和大家談論江北的許多事情，只是說着好玩罷了，袁宏竟然用來寫成了書。」

## 九五

**王東亭到桓公吏①，既伏閣下②，桓令人竊取其白事③。東亭即於閣下更作④，無復向一字。**

【注釋】

①王東亭到桓公吏：王珣弱冠時曾為桓温掾，為温所敬重。轉主簿。桓温軍中機務並委王珣。文武數萬人，悉識其面。王東亭，王珣。

②伏閣下：拜伏在官署前。閣，指官署。屬吏赴長官處報告事情，都要伏閣請示。

③白事：指陳述事情的文書。

④更作：重寫。

【譯文】

王珣在桓温那裏去做掾屬，他已經拜伏在官署前，桓温派人偷走他陳事的報告。王珣隨即在官署前重寫，其中沒有一個字與先前寫的那份重複。

九六

桓宣武北征①，袁虎時從②，被責免官。會須露布文③，喚袁倚馬前令作。手不輟筆，俄得七紙④，殊可觀。東亭在側⑤，極歎其才。袁虎云：「當令齒舌間得利⑥。」

【注釋】

①桓宣武北征：指太和四年（三六九），桓溫北征前燕。

②袁虎：袁宏。

③會：恰巧，適逢。露布：古代指檄文、緊急文書等，因不加封緘，故稱。

④俄：短時間，不久。

⑤東亭：王珣。

⑥齒舌：指讚賞，誇獎。

【譯文】

桓溫北征時，袁宏當時也跟隨出征，因事被責罰免去官職。恰巧急需寫一篇緊急文書，就叫袁宏靠在馬前讓他寫。袁宏手不停筆，很快就寫好了七張紙，極其出色。王珣在旁邊，非常讚歎他的文才。袁宏說：「也應當讓我在誇讚中得到一點好處啊。」

## 九七

袁宏始作東征賦，都不道陶公[①]。胡奴誘之狹室中[②]，臨以白刃，曰：「先公勛業如是，君作東征賦，云何相忽略？」宏窘蹙無計[③]，便答：「我大道公，何以云無？」因誦曰：「精金百煉，在割能斷。功則治人④，職思靖亂⑤。長沙之勳⑥，為史所讚。」

【注釋】

①「袁宏始作東征賦」二句：晉書文苑傳：「（袁宏）後為東征賦，賦末列稱過江諸名德。」余嘉錫以為袁宏大約是出於當時的門戶之見，以陶為寒門，故不及。都，完全。陶公，陶侃。

②胡奴：陶範，字道則，小字胡奴，陶侃之子，東晉時官尚書祕書監。

③窘蹙（cù）：窘迫，為難。

④治人：安定人心。

⑤職：執掌，主管。靖：平定。

⑥長沙：陶侃曾封長沙郡公，故稱。

【譯文】

袁宏當初寫東征賦時，一點兒都沒有提到陶侃。陶範把他騙到一間小屋中，手執利刃對着他，說：「先父長沙郡公有如此輝煌的功勛業績，你寫東征賦，為什麼把他忽略掉？」袁宏感到困窘，沒有辦法，就回答：「我是大大地稱道了長沙郡公，怎麼說一點沒提呢？」於是就背誦道：「精美的金屬經過千錘百煉，能切割亦能切斷任何物品。陶公的功德是安定人心，平定叛亂。長沙郡公的功勛，被史家所讚頌。」

## 九八

**或問顧長康①：「君箏賦何如嵇康琴賦②？」顧曰：「不賞者，作後出相遺；深識者，亦以高奇見貴。」**

**【注釋】**

①顧長康：顧愷之。

②箏賦：顧愷之所作賦名，今不存。嵇康琴賦：賦中包括創作動機、琴的製作、演奏、效果及琴樂的審美，何焯文選評中稱之為「精當完密，神解入微，為音樂諸賦之冠」。同時，此賦融入了嵇康平生的美學追求及藝術創作經驗，兼具理論性。

**【譯文】**

有人問顧愷之：「您的箏賦比嵇康的琴賦怎麼樣？」顧愷之說：「不賞識的人，認為它是後出的就遺棄它；深有見識的人，則認為它高超奇特而予以重視。」

九九

殷仲文天才宏贍①，而讀書不甚廣博，亮歎曰②：「若使殷仲文讀書半袁豹③，才不減班固④。」

【注釋】

①宏贍：豐富。

②亮：傅亮，南朝宋北地靈州（今寧夏靈武）人。晉司隸校尉傅咸玄孫。博涉經史，長於文辭。因助劉裕代晉有功，封建成縣公，入直中書省，專典詔命，任總國權，與徐羨之、謝晦並為劉裕顧命大臣。劉宋元嘉三年被文帝所誅。

③袁豹（三七三—四一三）：字士蔚，陳郡陽夏（今河南太康）人。好學博聞，喜談雅俗。有經國才，為劉裕所知。義熙中，累遷太尉長史，御史中丞。出為丹陽尹，卒於官。

④班固（三二—九二）：字孟堅，東漢扶風安陵（今陝西咸陽東北）人。歷史學家，漢書的主要作者。善作賦，有兩都賦等。

【譯文】

殷仲文天生文才富贍，但讀書不很廣博，傅亮感歎說：「如果殷仲文讀書能有袁豹的一半，他的文才當不亞於班固。」

## 一〇〇

羊孚作雪讚云：「資清以化①，乘氣以霏②。遇象能鮮，即潔成輝。」桓胤遂以書扇③。

### 【注釋】

①資：憑藉。清：清冷，清爽寒涼。化：化生。

②霏：紛飛。

③桓胤：字茂祖，譙（今安徽亳州）人。桓沖之孫，桓嗣之子。年輕時有高尚的節操，雖然累世榮華富貴，卻因淡泊名利、安於退讓甚得稱道。桓玄很敬重喜愛他，升任中書令。桓玄篡權後，桓胤任吏部尚書，跟隨桓玄向西逃亡。桓玄死後，桓胤投降。流放新安。東陽太守殷仲文、永嘉太守駱球等人謀反時，暗中想立桓胤為桓玄的繼承人，事情被告發後，桓胤被處死。

### 【譯文】

羊孚寫的雪讚說：「白雪憑藉清爽而化生，乘着流動的大氣而漫天紛飛。遇到不同的景象能使其鮮麗，碰到潔白的東西能使其發出光輝。」桓胤於是就把雪讚寫在了扇子上。

## 一〇一

王孝伯在京行散①，至其弟王睹戶前②，問：「古詩中何句為最？」睹思未答。孝伯詠「所遇無故物，焉得不速老」③：「此句為佳。」

**【注釋】**

①王孝伯：王恭。行散（sǎn）：魏晉士人喜服烈性藥「五石散」，服後須走路以散發藥性，故稱。

②王睹：王爽，字季明，小字睹，王恭之弟。官至侍中。王恭起兵反晉，敗，爽亦被誅。

③「所遇無故物」二句：見古詩十九首回車駕言邁，抒寫時光飛逝，年華易老。故物，舊物，過去之物。

**【譯文】**

王恭在京城服藥後為發散藥性，走路到他弟弟王睹門前，問道：「古詩中哪句最好？」王睹在思考未及回答。王恭吟詠「所遇無故物，焉得不速老」道：「這句最好。」

## 一〇二

桓玄嘗登江陵城南樓[①]云：「我今欲為王孝伯作誄[②]。」因吟嘯良久[③]，隨而下筆，一坐之間[④]，誄以之成。

### 【注釋】

①江陵：在今湖北江陵。

②王孝伯：王恭。

③吟嘯：吟詠歌嘯。

④一坐之間：指時間之短。

### 【譯文】

桓玄曾經登上江陵城的南樓，說：「我現在要為王恭寫一篇誄文。」於是吟詠歌嘯了好久，隨之動筆，只是片刻功夫誄文就寫成了。

## 一〇三

桓玄初併西夏①，領荊江二州、二府、一國②。於時始雪，五處俱賀，五版並入③。玄在聽事上，版至，即答版後，皆粲然成章④，不相揉雜。

【注釋】

①桓玄初併西夏：隆安三年（三九九）十二月，桓玄襲江陵，荊州刺史殷仲堪、雍州刺史楊佺期並遇害，得到荊州、雍州。西夏，荊州、雍州俱在建康以西，故稱西夏。

②領荊江二州、二府、一國：劉孝標注引桓玄別傳曰：「玄既克殷仲堪，後（殺）楊佺期，遣使諷朝廷，朝廷以玄都督八州，領江州、荊州二刺史。」二州，荊州、江州。二府，指八州（荊、司、雍、秦、梁、益、寧、江）都督府及後將軍府。一國，桓溫死後，桓玄繼承南郡公的封號。

③五版：指上述二州、二府、一國五處的賀箋。版，寫在木板上的賀信。

④粲然：有文采的樣子。

【譯文】

桓玄剛剛佔據荊、雍等西部地區時，領荊、江二州刺史，擔任都督八州軍事、後將軍，還封有郡國。當時初降大雪，五個處所同時祝賀，五處賀箋一起送達。桓玄在廳堂上，賀箋一到，立即在賀箋後面作答，滿紙燦爛，斐然成章，內容互不混雜。

## 一〇四

桓玄下都①，羊孚時為兗州別駕②，從京來詣門，箋云：「自頃世故睽離③，心事淪蘊④。明公啟晨光於積晦⑤，澄百流以一源⑥。」桓見箋，馳喚前，云：「子道，子道，來何遲！」即用為記室參軍⑦。孟昶為劉牢之主簿⑧，詣門謝⑨，見云：「羊侯⑩，羊侯，百口賴卿。」

**【注釋】**

①下都：指桓玄於晉安帝元興元年（四〇二）攻入建康（今南京），廢安帝，自立為帝，國號楚。

②羊孚：字子道。兗州別駕：兗州刺史的僚屬。兗州，東晉僑置之州名，初治所在京口（今江蘇鎮江），後移至廣陵（今江蘇揚州）。別駕，州刺史之佐吏，職權甚重，號稱「任居刺史之半」。

③世故：指變故。睽離：離散。

④淪蘊（yùn）：積聚。蘊，通「藴」，積聚，含藏。

⑤晨光：曙光。積晦：陰晦，昏暗。

⑥澄（dèng）：使渾濁之水變清。

⑦記室參軍：將軍府中管文書的幕僚。

⑧孟昶（chăng）：字彥達，平昌人。桓玄稱帝，與劉裕合謀討玄。裕舉兵，以昶為長史，還丹陽尹。官至吏部尚書，加尚書右僕射。盧循起兵，「昶慮事不濟，仰藥而死」。劉牢之（？—四〇

二）：字道堅，彭城（今江蘇徐州）人。以驍勇為謝玄選為北府兵將領。淝水之戰時，夜襲洛澗，大敗前秦軍，對整個戰爭的勝利起了重大作用。因功任龍驤將軍、彭城內史。王恭、司馬元顯、桓玄等為爭奪朝權，都拉攏劉牢之。劉牢之對他們先靠後反，反覆無常。後兵權為桓玄所奪，其子勸牢之襲桓玄，劉牢之猶豫不決，欲據江北以拒玄。參軍劉襲等不贊同，佐吏多散走。其子「先還京口拔其家，失期不到。牢之謂其為劉襲所殺，乃自縊而死」。

⑨謝：謝罪。

⑩羊侯：對羊孚的尊稱。

**【譯文】**

桓玄攻下京都後，羊孚當時擔任兗州別駕，從京都來到桓府拜訪，在謁見信中說：「最近以來遭逢變故離散，心事鬱悶積聚。您在昏暗中開啟了曙光，用清澈的水源澄清了百條濁流。」桓玄見了謁見信，趕快叫他前來說：「子道，子道，你為什麼來得這麼晚！」立即任用他為記室參軍。孟昶當時擔任劉牢之的主簿，登門向桓玄謝罪，見了羊孚就說：「羊侯，羊侯，我全家老少百口的性命全靠您了！」

# 方正第五

## 【題解】

方正，指人的品行正直不阿，不為外力所屈服。「賢良方正」，是歷代選士的重要標準，西漢時期就有詔令舉「賢良方正能直言極諫者」的措施。後成為制科之一，以德行方正為取士的標準。如唐代有「賢良方正直言極諫科」，清代有「孝廉方正科」。此科可以舉薦，可以自薦，最後廷試。賢良方正，也成為古代士子的美德之一。本篇共有六十六則，記載了魏晉士人們剛正耿直、不畏強權、盡忠節孝、捨生取義的故事。如夏侯玄「臨刑東市，顏色不異」、周嵩手批刁協、羊忱性貞烈、阮修「論鬼神有無者」，全面地展現了魏晉士子們的氣節。

## 一

陳太丘與友期行①，期日中②。過中不至，太丘捨去③，去後乃至。元方時年七歲④，門外戲。客問元方：「尊君在不⑤？」答曰：「待君久不至，已去。」友人便怒，曰：「非人哉！與人期行，相委而去⑥。」元方曰：「君與家君期日中。日中不至，則是無信；對子罵父，則是無禮。」友人慚，下車引之⑦，元方入門不顧。

**【注釋】**

①陳太丘：陳寔，曾為太丘長，故稱。期行：約定時間同行。期，約定時間。
②日中：中午。
③捨去：不顧而自行離開。
④元方：陳紀，字元方，陳寔的長子，有德行，以孝著稱。官至大鴻臚。
⑤尊君：尊稱對方父親。
⑥委：拋棄，捨棄。
⑦引：拉。

【譯文】

陳寔與朋友約定時間一起外出，約好是在中午。過了中午朋友還不來，陳寔便不顧他自己走了，走後朋友才來。陳紀當時七歲，正在門外玩耍。客人問陳紀：「令君在家嗎？」陳紀回答道：「等了你好久不來，已經走了。」友人就大怒道：「真不是人啊！與別人約定一起走的，卻丟下別人自己走了。」陳紀説：「您與我父親約定的時間是中午。到了中午不來，就是不講信用；當着別人兒子的面罵他的父親，就是無禮。」友人感到慚愧，就下車來拉他的手，陳紀卻走進家門不理會他。

## 二

南陽宗世林①，魏武同時②，而甚薄其為人③，不與之交。及魏武作司空④，總朝政，從容問宗曰：「可以交未？」答曰：「松柏之志猶存⑤。」世林既以忤旨見疏，位不配德。文帝兄弟每造其門⑥，皆獨拜牀下⑦。其見禮如此。

【注釋】

①南陽：郡名，治宛縣（今河南南陽）。宗世林：宗承，字世林，三國時魏南陽安眾（今河南鎮平）人。年輕時即修德有美名，曹操要與他結交，遭到拒絕。曹丕時徵為直諫大夫。明帝時欲以之為相，承以年老固辭不就。

②魏武：曹操，死後追尊為魏武帝，故稱。

③薄：輕視，看不起。

④司空：三公之一，參議國事，掌水土之事的最高行政長官。建安元年（一九六）曹操拜司空。

⑤松柏之志：以松柏常青比喻清高、不屈的性格和意志。

⑥文帝兄弟：指曹丕、曹植等人。

⑦牀：指坐榻。

**【譯文】**

南陽宗承，與曹操是同時代人，很看不起曹操的為人，不肯與曹操結交。等到曹操做了司空，總攬朝政，就委婉地問宗承道：「可不可以同我結交啊？」宗承答道：「我的松柏一樣的志氣仍然還在。」宗承就因為違背曹操的旨意被疏遠，官位與他的德行不相匹配。曹丕與曹植兄弟每次到他家拜訪，都各自拜在他的坐榻下。他受到的禮遇就像這樣。

三

魏文帝受禪①，陳羣有慼容②。帝問曰：「朕應天受命③，卿何以不樂？」羣曰：「臣與華歆服膺先朝④，今雖欣聖化⑤，猶義形於色⑥。」

【注釋】

①魏文帝：曹丕。受禪：指二二〇年曹丕迫使漢獻帝把帝位讓給他，卻美其名曰接受禪讓。禪，禪讓，指帝王讓位給別人。

②陳羣：為陳寔孫，曾為曹操屬官，文帝時官尚書令，封潁鄉侯。

③應天受命：曹丕自稱登上帝位是順應天命，受命於天。

④華歆：東漢平原高唐（今屬山東）人，依附曹操父子，官至司徒。服膺（yīng）：指衷心擁戴。先朝：指東漢王朝。

⑤聖化：稱頌文帝之治為聖明的教化。

⑥義形於色：不忘舊主之情現於神色。

【譯文】

魏文帝曹丕接受禪讓登上帝位後，陳羣面帶悲苦之色。文帝問道：「我順應天命登上皇位，你為什麼悶悶不樂？」陳羣道：「我和華歆都曾衷心擁戴漢朝，如今雖然欣逢聖明教化之治，但對前朝的情義還是不由自主地要流露出來。」

# 四

郭淮作關中都督①，甚得民情，亦屢有戰庸②。淮妻，太尉王凌之妹③，坐凌事當並誅④。使者徵攝甚急⑤，淮使戒裝⑥，克日當發⑦。州府文武及百姓勸淮舉兵，淮不許。至期，遣妻，百姓號泣追呼者數萬人。行數十里，淮乃命左右追夫人還，於是文武奔馳，如徇身首之急⑧。既至，淮與宣帝書曰⑨：「五子哀戀，思念其母。其母既亡，則無五子；五子若殞⑩，亦復無淮。」宣帝乃表⑪，特原淮妻⑫。

## 【注釋】

①郭淮：字伯濟，三國魏太原陽曲（今山西太原）人。歷官雍州刺史、征西將軍等，進封都鄉侯。關中：指東至函谷關，西至散關，南至武關，北至蕭關的地帶，包括今陝西全境、甘肅東部、秦嶺以北的廣大地區。都督：地方軍政長官，都督諸州軍事，兼任所駐地之州刺史。

②戰庸：戰功。庸，功。

③太尉：官名，漢魏時與司徒、司空並稱「三公」。王凌：字彥雲，三國魏太原祁（今屬太原）人。曹操時辟為丞相掾屬。曹丕為帝時，拜散騎常侍，伐吳有功，封宜城亭侯，加建武將軍等。在揚州、豫州刺史任上頗得民心。後遷車騎將軍、儀同三司、司空等。司馬懿當權時，以其為太尉。他擬迎立楚王曹彪為帝，而廢齊王曹芳，為人告發，於是服毒自殺。司馬懿誅其三族。

④坐：因。

⑤儆攝：指捉拿。
⑥戒裝：指準備行裝。
⑦克日：限定時間。
⑧徇：營救。
⑨宣帝：司馬懿（一七九—二五一），字仲達，魏河內温縣（今河南温縣西）人，魏之重臣，後殺曹爽，專國政。後其孫司馬炎代魏稱帝，追尊其為宣帝。
⑩殞：死亡。
⑪表：指司馬懿上表給魏帝。
⑫原：寬恕，赦免。

## 【譯文】

郭淮擔任關中都督時，深得民心，也常立有戰功。郭淮的妻子，是太尉王凌的妹妹，因王凌犯罪受株連應當一起處死。使者來捉拿她追得很急，郭淮便讓她準備行裝，按限定的日期出發。州府裏的文武官員及百姓都勸郭淮起兵抗拒，郭淮不答應。到了期限，他就打發妻子上路，百姓號哭追趕呼叫的有幾萬人。走了幾十里地，郭淮就讓左右侍從把夫人追回來，於是文武官員急忙奔馳，就像去營救即將被斬首者那樣地緊急。妻子回來後，郭淮上書司馬懿說：「我的五個兒子哀痛眷戀，思念他們的母親，他們的母親如果死了，那麼五個兒子也就沒有了；五個兒子如果死了，也就不再有我郭淮了。」司馬懿看到後就上表魏帝，特赦了郭淮的妻子。

## 五

諸葛亮之次渭濱①，關中震動。魏明帝深懼晉宣王戰②，乃遣辛毗為軍司馬③。宣王既與亮對渭而陳④，亮設誘譎萬方⑤。宣王果大忿，將欲應之以重兵。亮遣間諜覘之⑥，還曰：「有一老夫，毅然仗黃鉞⑦，當軍門立，軍不得出。」亮曰：「此必辛佐治也。」

**【注釋】**

①諸葛亮（一八一—二三四）：字孔明，三國蜀漢琅邪陽都（今山東沂南）人。初隱居隆中，留心世事，被稱為「卧龍」。後劉備三顧茅廬，遂出山，成為劉備的主要謀士，提出聯吳抗曹之策，取得赤壁之戰的勝利，佔領荊州、益州，建立蜀漢政權。曹丕代漢後，擁劉備稱帝，任丞相。劉備死，竭盡心力輔佐劉禪。在與司馬懿對峙中，病死於五丈原軍中。次渭濱：駐紮在渭水旁。次，停留。

②魏明帝：曹叡，字元仲，三國魏第二代君主，在位十餘年，謚為明皇帝。晉宣王：司馬懿。

③辛毗（pí）：字佐治，三國魏潁川陽翟（今河南禹縣）人，官至衛尉。魏明帝青龍二年（二三四）為司馬懿軍師。軍司馬：應作「軍師」。晉人避司馬師之名諱，故改為「軍司」。「馬」為衍字。

④對渭而陳：隔着渭水對陣。陳，戰陣。

⑤設誘譎（jué）：指設計誘騙對方。譎，欺騙。萬方：千方百計。

⑥覘（chān）：窺視，察看。

⑦黃鉞（yuè）：以黃金為飾之，為天子所用。遣大臣出師，持黃鉞以示威重，代皇帝行使權力。鉞，古兵器，圓刃或平刃，形似斧，有木柄，用以砍斫。

**【譯文】**

諸葛亮率軍駐紮在渭水之濱，關中為之震動。魏明帝很怕司馬懿出兵應戰，就派辛毗任軍師。司馬懿已經與諸葛亮隔着渭水對陣，諸葛亮千方百計設計誘騙對方出戰。司馬懿果然大怒，準備用重兵來應戰。諸葛亮派間諜去探看對方的動靜，間諜回來報告說：「有一位老人，神情堅毅地手拿黃鉞，在軍營門口站着，軍隊無法出來。」諸葛亮說：「這人必定是辛佐治了。」

## 六

**夏侯玄既被桎梏[1]，時鍾毓為廷尉[2]，鍾會先不與玄相知[3]，因便狎之[4]。玄曰：「雖復刑餘之人[5]，未敢聞命[6]！」考掠初無一言[7]，臨刑東市[8]，顏色不異。**

**【注釋】**

①夏侯玄（二〇九—二五四）：字太初，亦作泰初，三國魏譙縣（今安徽亳州）人。為早期玄學領

袖。曾任魏征西將軍，都督雍、涼州諸軍事。中書令李豐等擬謀殺司馬師，而以夏侯玄取代。事泄被殺。桎梏（zhì gù）：腳鐐和手銬。

②鍾毓（yù）：魏太傅鍾繇長子。廷尉：掌刑獄之官。

③鍾會：魏太傅鍾繇少子。相知：互相交好。

④因便：乘機，順便。狎（xiá）：親近而態度不莊重，意指戲辱。

⑤刑餘之人：受過刑的人。

⑥未敢聞命：婉詞，意為不願聽你擺佈。

⑦考掠：指拷問、刑訊逼供。初：根本，從來。

⑧東市：漢代在長安東市處死犯人，後即指刑場。

【譯文】

夏侯玄被捕戴上腳鐐手銬後，當時鍾毓擔任廷尉，鍾會先前和夏侯玄並沒有什麼交情，乘機戲辱夏侯玄。夏侯玄說：「我雖然已是受過刑的人，也不敢遵命！」對他刑訊逼供也根本不說一句話，解赴刑場將要行刑之時，還是面不改色。

## 七

夏侯泰初與廣陵陳本善[①]。本與玄在本母前宴飲，本弟騫行還[②]，徑入，至堂戶。泰初因起曰：「可得同，不可得而雜。」

【注釋】

①夏侯泰初：即夏侯玄。廣陵：郡名，漢代治所在今揚州，三國魏時移治淮陰（今江蘇淮陰西南甘羅城）。陳本：字休元，三國魏臨淮東陽（今安徽天長西北）人。歷官郡府、廷尉、鎮北將軍。

②騫（qiān）：陳騫，字休淵，陳本之弟，官至大司馬。

【譯文】

夏侯玄與廣陵陳本友好。陳本請夏侯玄一起在母親跟前喝酒，陳本的弟弟陳騫外出回家，徑直朝裏走，到了母親住的堂屋門口。夏侯玄於是就起身說：「我可以與志趣相同者交往，但不能與不相投的人交往雜處。」

八

高貴鄉公薨[①]，內外喧譁[②]。司馬文王問侍中陳泰曰[③]：「何以靜之？」泰云：「唯殺賈充以謝天下[④]。」文王曰：「可復下此不[⑤]？」對曰：「但見其上，未見其下[⑥]。」

【注釋】

①高貴鄉公：曹髦（二四一—二六〇），魏國皇帝。字彥士，曹丕之孫。初封高貴鄉公，嘉平六年（二五四），司馬師廢曹芳，立其為帝。因不甘做司馬昭的傀儡，率領數百宿衛攻司馬昭，為司馬昭親信賈充率將士殺死。死後無號，史稱「高貴鄉公」。

②內外：指朝廷內外。

③司馬文王：司馬昭，謚文王。侍中：侍候皇帝左右的官員。陳泰：字玄伯，三國魏潁川許昌（今屬河南）人，陳羣之子。官至尚書右僕射、光祿大夫。

④謝：認罪。

⑤下此：指比殺死賈充次一等的辦法。

⑥上：指更重的處理。下：指更輕的處理。

【譯文】

高貴鄉公曹髦被殺後，朝廷內外議論紛紛。司馬昭問侍中陳泰說：「用什麼辦法使局勢安定下來？」陳泰說：「只有殺掉賈充來向天下人謝罪這個辦法。」司馬昭說：「可以再想一個次一等的辦法嗎？」陳泰答道：「只有比這更重的處置，而不可能有比這更輕的處置了。」

## 九

和嶠為武帝所親重①，語嶠曰：「東宮頃似更成進②，卿試往看。」還，問：「何如？」答云：「皇太子聖質如初③。」

【注釋】

①和嶠：晉武帝時為中書令，轉侍中，甚被器重。武帝：晉武帝司馬炎。

②東宮：太子所居之宮，亦指太子。太子司馬衷（二五九—三〇七），字正度，史稱痴呆不任事。公元二九〇年至三〇六年在位，初由賈后專權，引起八王之亂，諸王相繼執政，形同傀儡。後被毒死。成進：成熟長進。

③聖質：指太子的資質。

【譯文】

和嶠為武帝所親近敬重，武帝對和嶠說：「太子最近好像更加成熟長進了，你試着去看一看。」和嶠看了回來，武帝問他：「怎麼樣？」和嶠答道：「太子的資質和當初一樣。」

## 一〇

諸葛靚後入晉①，除大司馬②，召不起。以與晉室有仇③，常背洛水而坐。與武帝有舊④，帝欲見之而無由，乃請諸葛妃呼靚⑤。既來，帝就太妃間相見。禮畢，酒酣，帝曰：「卿故復憶竹馬之好不⑥？」靚曰：「臣不能吞炭漆身⑦，今日復睹聖顏。」因涕泗百行。帝於是慚悔而出。

**【注釋】**

①入晉：諸葛靚（jìng）仕吳為右將軍、大司馬，吳國滅亡後，他到了晉的都城洛陽。

②除：拜官授職。大司馬：官名，上公之一，位在三公之上。

③與晉室有仇：諸葛靚之父諸葛誕原為魏將，後為吳臣，二五七年，諸葛誕以壽春叛，被司馬昭所殺，故與晉有殺父之仇。

④舊：指交情。

⑤諸葛妃：司馬懿子琅邪王伷的王妃，為諸葛靚之姊，也是司馬炎的叔母。後文之「太妃」亦為諸葛妃。

⑥竹馬之好：指兒時的友情。竹馬，兒童玩具，當馬騎的竹竿。

⑦吞炭漆身：事見戰國策趙策。戰國時韓、魏、趙合力殺智伯，智伯的門客豫讓為替其報仇，漆身為癩，吞炭為啞，改變容貌聲音，想刺殺趙襄子，事敗而死。後即喻指矢志復仇。

【譯文】

諸葛靚後來到了晉朝，拜官大司馬，他卻不肯擔任。因為他與晉朝王室有殺父之仇，所以常常背對洛水而坐，不願面向洛陽。他與武帝司馬炎有交情，武帝想見他又沒有門徑，就請諸葛妃把諸葛靚叫來。諸葛靚來後，武帝就到太妃這裏來和他相見。見過禮後，大家暢快地飲酒，武帝說：「你還記得我們小時候一起玩耍的樂趣嗎？」諸葛靚說：「我不能像豫讓那樣吞炭漆身為父報仇，所以今天得以再見到聖上的容顏。」說着涕淚滿面。武帝於是就慚愧悔恨而去。

## 一一

武帝語和嶠曰[①]：「我欲先痛罵王武子[②]，然後爵之[③]。」嶠曰：「武子俊爽，恐不可屈。」帝遂召武子，苦責之，因曰：「知愧不？」武子曰：「尺布斗粟之謠[④]，常為陛下恥之！它人能令疏親，臣不能使親疏，以此愧陛下。」

【注釋】

①武帝：晉武帝司馬炎。

②王武子：王濟，字武子。

③爵之：封給他爵位。

④尺布斗粟之謠：見史記淮南衡山列傳，記漢文帝弟淮南厲王劉長以謀反罪被流放，途中絕食而死。民謠諷之曰：「一尺布，尚可縫；一斗粟，尚可舂。兄弟二人，不能相容。」譏諷漢文帝不能容納兄弟。當時武帝命同母弟齊王司馬攸離開京城到封地，情況類似，故王濟舉漢民謠以刺之。

【譯文】

武帝對和嶠說：「我要先痛罵王濟，然後再給他封爵位。」和嶠道：「王濟這人俊邁豪爽，恐怕不能使他屈服。」武帝就召見王濟，狠狠地責罵他一通，接着問他：「知道羞愧嗎？」王濟道：「漢代有『尺布斗粟』之謠，我常常替陛下感到恥辱！別人能叫疏遠的人親近，我卻不能使親近的人疏遠，為此我愧對陛下。」

一二

杜預之荊州①，頓七里橋②，朝士悉祖③。預少賤，好豪俠，不為物所許④。楊濟既名氏雄俊⑤，不堪，不坐而去。須臾，和長輿來⑥，問：「楊右衛何在？」客曰：「向來，不坐而去。」長輿曰：「必大夏門下盤馬⑦。」往大夏門，果大閱騎，長輿抱內車⑧，共載歸，坐如初。

【注釋】

①杜預（二二二—二八四）：字元凱，京兆杜陵（今陝西西安東南）人，司馬昭妹夫。任鎮南大將軍、都督諸軍事，以滅吳之功封當陽侯。多謀略，號稱「杜武庫」。博學多通，參預制定晉律，所著春秋左氏經傳集解流傳至今，收入十三經注疏。

②頓：屯駐。七里橋：在洛陽東郊。

③祖：原稱祭祀路神，後亦指送行。

④物：人，公眾。許：讚許。

⑤楊濟：字弘通，晉弘農華陰（今屬陝西）人，官至右衛將軍、太子太傅，為武帝皇后父親楊駿之弟，後與楊駿同時被誅。雄俊：傑出英俊之士。

⑥和長輿：和嶠，字長輿。

⑦大夏門：位於洛陽城北的城門。盤馬：騎着馬盤旋。

⑧內：通「納」。

【譯文】

杜預到荊州赴任，屯駐在七里橋，朝廷人士都來為他送行。杜預年輕時地位低微，好行俠義，不為公眾所讚許。楊濟既是出身名門的傑出英俊之士，不能忍受這種情況，到了那裏沒有落座就走了。不一會兒，和嶠來了，問道：「楊右衛將軍在哪裏？」有賓客說：「剛才來過，沒有落座就走了。」和嶠說：「他必定在大夏門下騎馬盤旋。」於是便前往大夏門，果然楊濟在那裏檢閱騎兵。和嶠就將楊濟抱入車裏，一起乘車回到七里橋，像當初那樣坐下來參加宴飲。

## 一三

**杜預拜鎮南將軍，朝士悉至，皆在連榻坐①。時亦有裴叔則②。羊稚舒後至③，曰：「杜元凱乃復連榻坐客！」不坐便去。杜請裴追之，羊去數里住馬，既而俱還杜許④。**

**【注釋】**

①連榻：可坐數人的坐榻。連榻待客有怠慢之嫌。

②裴叔則：裴楷，字叔則。

③羊稚舒：羊琇，字稚舒，晉泰山南城（今屬山東）人。司馬師妻羊氏的叔父。少與司馬炎親狎，為司馬炎謀劃。使其得以立為太子，故為武帝所寵信。官至左衛將軍、中護軍，加散騎常侍。

④既而：不久。許：處所。

【譯文】

杜預擔任鎮南將軍時，朝廷人士都來祝賀，大家都在連榻上落座。當時入座的還有裴楷。羊琇後到，說：「杜元凱竟然讓客人坐在連榻上！」他沒有入座就走了。杜預請裴楷去追羊琇，他走了幾里路勒住了馬，不久兩人一起回到了杜預處。

## 一四

**晉武帝時，荀勖為中書監①，和嶠為令。故事②，監、令由來共車③。嶠性雅正④，常疾勖諂諛⑤。後公車來⑥，嶠便登，正向前坐，不復容勖。勖方更覓車，然後得去。監、令各給車自此始⑦。**

【注釋】

①荀勖（xù，？—二八九）：字公曾，潁陰（今河南許昌）人。初仕魏，入晉後領祕書監，進光祿大夫、尚書令等。中書監：官名。中書在漢朝時由宦官擔任，總管宮廷文書奏章。魏文帝改為中書令，增設中書監，同掌機密。

②故事：成例，舊日的典章制度。

③由來：向來。

④雅正：方正，端方正直。
⑤疾：恨。諂諛（chǎn yú）：奉承，巴結。
⑥公車：官車。
⑦給車：供應車子。

**【譯文】**

晉武帝時，荀勖擔任中書監，和嶠擔任中書令。按照慣例，中書監和中書令一向是同乘一輛車的。和嶠性格方正，常常痛恨荀勖的奉承討好。後官車來到，和嶠就先上車，正對着前面端坐，再也容不下荀勖坐了。荀勖這才重新找車，然後才能走。為中書監和中書令各自提供一輛車子就是從此開始的。

## 一五

山公大兒着短帢[①]，車中倚。武帝欲見之，山公不敢辭，問兒，兒不肯行。時論乃云勝山公。

【注釋】

①山公：山濤。大兒：長子，名該，字伯倫，西晉時官至左衛將軍。短帢（qià）：古代士人戴的一種便帽。

【譯文】

山濤的長子戴着一頂便帽，正靠在車中。武帝想見他，山濤不敢推辭，就去問兒子，兒子不肯去。當時人評論就認為兒子勝過山濤。

一六

向雄為河內主簿①，有公事不及雄，而太守劉淮橫怒②，遂與杖遣之③。雄後為黃門郎④，劉為侍中⑤，初不交言。武帝聞之，敕雄復君臣之好⑥。雄不得已，詣劉，再拜曰：「向受詔而來，而君臣之義絕⑦，何如？」於是即去。武帝聞尚不和，乃怒問雄曰：「我令卿復君臣之好，何以猶絕？」雄曰：「古之君子，進人以禮，退人以禮；今之君子，進人若將加諸膝，退人若將墜諸淵。臣於劉河內⑧，不為戎首⑨，亦已幸甚，安復為君臣之好？」武帝從之。

【注釋】

①向雄：字茂伯，晉河內山陽（今河南修武西北）人。官至黃門侍郎、泰州刺史、河南尹。後因固諫忤旨，憂憤而死。河內：郡名，治所在今河南沁陽。

②劉淮：字君平，西晉時人，歷官河內太守、侍中、尚書僕射、司徒，曾任鎮東將軍。淮，應作「準」，名準，字君平，古人的名與字有意義上的聯繫。「準」有水平、水準之義，故「淮」為「準」之誤。橫怒：暴怒。

③杖遣：處以杖責並予驅逐。

④黃門郎：黃門侍郎，皇帝身邊侍從、傳達詔命之官。

⑤侍中：亦在皇帝身邊侍從、出入皇宮的親信之官。

⑥敕：命令。

⑦君臣：指上下級、長官與屬吏之間的關係。

⑧劉河內：劉淮（準）曾為河內太守，故稱。

⑨戎首：指發動戰爭的禍首，亦指挑起事端者。

【譯文】

向雄擔任河內主簿時，有一件公事沒有送到向雄處，而太守劉淮暴怒，便處以杖責並加革職。向雄後來擔任黃門侍郎，劉淮擔任侍中，起初兩人互不說話。武帝聽說此事，就命令向雄與劉淮恢復原來的關係。向雄沒有辦法，便到劉淮那裏，再拜行禮後說：「我受皇帝的詔命而來，而原來我們之間的上下級情義已經斷絕，你認為怎麼樣？」說完就走了。武帝聽說他們還是不和，就怒問向雄說：「我命你去恢復關係，為什麼還是絕交呢？」向雄說：「古代的君子，舉薦人時合乎禮義，貶退人時也合乎禮義；現在的君子，舉薦人時像要把他放在膝上似地疼愛，貶退人時像要把他推落深淵似地仇視。我對於劉河內，不做挑起事端者，就已是很幸運的了，怎麼可能再去恢復上下級的舊好呢？」武帝只好隨他去了。

## 一七

齊王冏為大司馬[①]，輔政，嵇紹為侍中，詣冏諮事[②]。冏設宰會[③]，召葛旟、董艾等共論時宜[④]。旟等白冏：「嵇侍中善於絲竹[⑤]，公可令操之。」遂送樂器，紹推卻不受。冏曰：「今日共為歡，卿何卻邪？」紹曰：「公協輔皇室，令作事可法。紹雖官卑，職備常伯[⑥]，操絲比竹[⑦]，蓋樂官之事，不可以先王法服[⑧]，為伶人之業[⑨]。今逼高命[⑩]，不敢苟辭[⑪]，當釋冠冕[⑫]，襲私服[⑬]，此紹之心也。」旟等不自得而退。

【注釋】

①齊王冏：字景治，西晉齊王司馬攸之子，襲封齊王。趙王司馬倫篡位，冏起兵殺倫，拜大司馬，執掌朝政。信用小人，日益驕恣，後為長沙王司馬乂所殺。
②詣事：請示公事。
③宰會：設宴邀請僚屬聚會。宰，指朝中官員。
④葛旟（yú）：字虛，西晉齊王司馬冏的屬官。董艾：字叔智，亦為司馬冏屬官。他與葛旟同為司馬冏的親信，起兵殺趙王司馬倫後，司馬冏輔政，他們即專執威權。時宜：指適合當時的措施。
⑤嵇侍中：嵇紹任侍中，故稱。絲竹：弦樂器和管樂器。
⑥備：充當，充任。常伯：指皇帝近臣。
⑦操絲比竹：指演奏樂器。
⑧法服：古代禮法規定的官服。
⑨伶人：樂師。
⑩高命：尊命。
⑪苟辭：隨便推辭。
⑫冠冕：官員所戴的禮帽，此指官服。
⑬襲：穿。

【譯文】

齊王司馬冏擔任大司馬，輔佐朝政時，嵇紹擔任侍中，到司馬冏那裏去請示公事。司馬冏設宴邀請僚屬來集會，召來葛旟、董艾等一起討論適合時勢的措施。葛旟等報告司馬冏說：「嵇侍中擅長絲竹管弦樂器，主公可以讓他彈奏一曲。」於是叫人送上樂器，嵇紹推辭不肯接受。司馬冏說：「今天大家共同歡樂，您何必推辭呢？」嵇紹說：「您協助輔佐皇室，所作的事應該值得效法。我雖然官職卑微，也算忝列皇帝的近臣。彈奏音樂，原本是樂官的事，我不能身穿先王的官服，來做伶人的事情。現在我迫於尊命，不敢隨便推辭，應當脫去官服，穿上便裝，這就是我的心願了。」葛旟等感到不安於是告退。

## 一八

盧志於眾坐問陸士衡[①]：「陸遜、陸抗是君何物[②]？」答曰：「如卿於盧毓、盧珽[③]。」士龍失色[④]。既出戶，謂兄曰：「何至如此！彼容不相知也[⑤]。」士衡正色曰：「我父、祖名播海內，寧有不知？鬼子敢爾[⑥]！」議者疑二陸優劣，謝公以此定之[⑦]。

## 【注釋】

①盧志：字子道，晉范陽涿（今河北涿州）人。歷官鄴令、成都王司馬穎長史、中書監。永嘉末，轉尚書。陸士衡：陸機，字士衡。

②陸遜（一八三—二四五）：陸機祖父。本名議，字伯言，三國吳之名將。善謀略，曾打敗劉備，取得夷陵之戰的勝利，官至丞相。陸抗（二二六—二七四）：陸機父親。字幼節，亦為吳名將，孫皓時任大司馬、荊州牧。何物：什麼人。

③盧毓：盧志祖父。字子家，三國魏時拜黃門侍郎，後為吏部尚書、司空。盧珽：盧志父親。字子笏，官至尚書。

④士龍：陸雲（二六二—三〇三），字士龍，吳郡華亭（今上海松江）人，曾任清河內史轉大將軍右司馬等職。以文學知名，與其兄陸機並稱為「二陸」。陸機遇害後亦被殺。

⑤容：也許，或許。

⑥鬼子：鬼的子孫。據孔氏志怪，盧志的祖先盧充在郊外入崔少府墓，與崔氏亡女成婚，三日後回家。崔氏懷孕生子，四年後送子還給盧充。此兒生盧植，後為馬融之高足，歷仕博士、九江、盧江太守、尚書。盧植即為盧毓的父親，也就是盧志的曾祖。爾：如此。

⑦謝公：謝安。

【譯文】

盧志在眾人聚會的場合問陸機：「陸遜、陸抗是你什麼人？」陸機答道：「就像你和盧毓、盧珽的關係一樣。」陸雲聽了大驚失色。出門之後，他對兄長說：「何必要弄成這樣呢！他也許不知道我們的身世呢。」陸機嚴肅地說：「我們的父親和祖父英名揚天下，他豈有不知之理？這鬼子鬼孫竟敢這樣！」當時輿論對二陸的優劣難以分辨，謝安即根據此事來判定他們的優劣。

## 一九

**羊忱性甚貞烈①。趙王倫為相國②，忱為太傅長史③，乃版以參相國軍事④。使者卒至⑤，忱深懼豫禍⑥，不暇被馬⑦，於是帖騎而避⑧。使者追之，忱善射，矢左右發，使者不敢進，遂得免。**

【注釋】

①羊忱（？—三一一）：一名陶，字長和，泰山郡南城（今山東新泰羊流）人。善書法，歷官太傅長史、揚州刺史、侍中。

②趙王倫：趙王司馬倫。相國：司馬倫於永康元年（三〇〇）四月，殺賈后及大臣張華等，自為相國，都督中外諸軍，專朝政。

③太傅長史：太傅的屬官。太傅，大臣的加銜。長史，魏晉時丞相、三公、都督府、將軍府均設長史。

④版：指書寫於木版上之文書。時趙王倫專朝政，故用版詔的形式授以官職。參相國軍事：官名，相國府屬下的參軍事官，亦稱參軍。

⑤卒：同「猝」，忽然。

⑥豫禍：參與到禍事中，受禍害牽累。豫，通「與」，參與。

⑦被馬：給馬加上鞍勒。

⑧帖騎：指騎上沒有鞍勒之馬，貼身在馬背上騎。

【譯文】

羊忱的性子非常正直剛烈。趙王倫當相國時，羊忱擔任太傅長史，就下版詔授給羊忱以參相國軍事之職。使者突然來了，羊忱深怕受禍害牽連，來不及給馬加上鞍勒，就貼着馬背騎上馬逃避。使者追他，羊忱善於射箭，就忽左忽右地放箭，使者不敢追逼，羊忱這才得以脫身。

## 二〇

王太尉不與庾子嵩交①，庾卿之不置②。王曰：「君不得為爾③。」庾曰：「卿自君我④，我自卿卿。我自用我法，卿自用卿法。」

【注釋】

①王太尉：王衍。庾子嵩：庾敳。

②卿之：稱他為「卿」。卿，第二人稱，你。之，代詞，他。不置：不停止。

③爾：如此。

④君：指稱呼。

【譯文】

王衍不和庾敳交往，庾敳卻不停地用「卿」來稱呼他。王衍說：「你不可以如此稱呼我。」庾敳說：「你自用君來稱呼我，我自用卿來稱呼你。我自用我的叫法，你自用你的叫法。」

二一

阮宣子伐社樹①，有人止之。宣子曰：「社而為樹，伐樹則社亡；樹而為社，伐樹則社移矣。」

【注釋】

①阮宣子：阮修，字宣子。社：土地神，此指土地神廟或土地神壇。

【譯文】

阮修砍伐土地廟旁的樹，有人制止他。阮修說：「如果土地神就是樹，那砍伐了樹，土地神就不存在了；如果樹就是土地神，那砍伐了樹，土地神也就搬走了。」

二二

阮宣子論鬼神有無者。或以人死有鬼，宣子獨以為無，曰：「今見鬼者云，着生時衣服，若人死有鬼，衣服復有鬼邪？」

【譯文】

阮修談論鬼神有沒有的問題，有人認為人死後有鬼，只有阮修認為沒有，說：「現在那些自稱見到鬼的人，說鬼穿着生前的衣服，如果人死了有鬼，那衣服也有鬼嗎？」

二三

元皇帝既登阼①，以鄭后之寵②，欲捨明帝而立簡文③。時議者咸謂捨長立少，既於理非倫④，且明帝以聰亮英斷，益宜為儲副⑤。周、王諸公並苦爭懇切⑥。

唯刁玄亮獨欲奉少主⑦，以阿帝旨⑧。元帝便欲施行，慮諸公不奉詔，於是先喚周侯、丞相入⑨，然後欲出詔付刁。周、王既入，始至階頭，帝逆遣傳詔遏⑩，使就東廂。周侯未悟，即卻略下階⑪。丞相披撥傳詔⑫，徑至御牀前，曰：「不審陛下何以見臣⑬？」帝默然無言，乃探懷中黃紙詔裂擲之。由此皇儲始定。周侯方慨然愧歎曰：「我常自言勝茂弘⑭，今始知不如也！」

【注釋】

①元皇帝：晉元帝司馬睿，初為安東將軍，三一七年，王導等擁立為帝。登阼（zuò）：指即位。阼，帝王嗣位時所上的台階。

②鄭后：鄭阿春，晉河南郡滎陽（今屬河南）人。元帝納為琅邪夫人，得寵，生簡文帝司馬昱。孝武帝時追尊為簡文太后。

③明帝：晉明帝司馬紹，元帝長子，公元三二二年至三二五年在位。簡文：晉簡文帝司馬昱，公元三七一年至三七二年在位。

④非倫：不合倫理道德。

⑤益：更。儲副：儲君，太子。

⑥周、王：指周顗、王導。二人為輔佐晉元帝之重臣。

⑦刁玄亮：刁協（？—三二二），字玄亮，渤海饒安（今河北鹽山西南）人。元帝心腹，任尚書令。為人剛悍，崇上抑下，為朝臣所側目。王敦以除刁協為名舉兵攻入建康殺之。

⑧阿：迎合，阿諛。
⑨周侯：周顗。丞相：王導。
⑩逆：預先。遏：阻止。
⑪卻略：倒退着走。
⑫披撥：用手撥開。
⑬審：知道。
⑭茂弘：王導，字茂弘。

【譯文】

晉元帝登上帝位後，因為寵愛鄭后，就想廢掉長子司馬紹改立鄭后所生的司馬昱。當時議論者都認為捨棄長子改立幼子，在道理上不合倫常，並且司馬紹聰明果斷，更適宜於立為太子。周顗、王導等諸位大臣都竭力懇切地爭辯。只有刁協一人想擁戴幼主，以迎合元帝的心意。元帝於是想實施這個主意，又怕諸位大臣不肯接受詔令，就先叫周顗、王導入朝，然後準備拿出詔書交給刁協。周顗、王導進來後，剛走到台階前，元帝預先派遣傳詔者，讓他們到東廂房去。周顗尚未醒悟過來，就倒退着下了台階。王導則用手撥開傳詔者，徑直走到皇帝坐榻前說：「不知道陛下為什麼召見臣下？」元帝默然無言，就從懷裏拿出黃色詔書來撕碎扔掉它。從此太子才確定下來。周顗這才感慨慚愧地歎道：「我常自認為勝過王導，現在才知道不如他啊！」

## 二四

王丞相初在江左①，欲結援吳人②，請婚陸太尉③。對曰：「培塿無松柏④，薰蕕不同器⑤。玩雖不才⑥，義不為亂倫之始⑦。」

【注釋】

①王丞相：王導。江左：江東。長江下游以東地區，此指東晉轄區。

②結援：以結交來求得援助。吳人：江左本吳郡地域，故稱江左人士為吳人。此指南方的士族。

③請婚：請求通婚。陸太尉：陸玩，吳郡人，死後贈太尉。

④培塿（pǒu lǒu）：小土丘。

⑤薰蕕（yóu）：香草和臭草。

⑥不才：無才，自謙之詞。

⑦亂倫：這裏指門第不相當。東晉門閥制度下，高門士族不與寒門庶族通婚。陸氏為吳中大姓，看不起北方來的王導。

【譯文】

王導剛到江東時，想結交吳地的士人，便去向陸玩請求通婚。陸玩回答他道：「小土丘上長不出松柏這樣的大樹，香草和臭草不能放在同一個器皿裏。我雖然無才，道義上也不能夠第一個做有違門第的事。」

## 二五

諸葛恢大女適太尉庾亮兒①，次女適徐州刺史羊忱兒。亮子被蘇峻害②，改適江虨③。恢兒娶鄧攸女。於時謝尚書求其小女婚④。恢乃云：「羊、鄧是世婚，江家我顧伊，庾家伊顧我，不能復與謝裒兒婚。」及恢亡，遂婚。於是王右軍往謝家看新婦⑤，猶有恢之遺法：威儀端詳，容服光整。王歎曰：「我在遺女，裁得爾耳⑥！」

**【注釋】**

①諸葛恢：字道明，晉琅邪陽都（今山東沂南）人。諸葛靚之子。元帝時為江寧令。愍帝時為尚書郎、會稽太守。元帝太興初，以政績第一受賞。明帝時拜為侍中、吏部尚書。成帝加侍中、金紫光祿大夫等。

②蘇峻（？—三二八）：字子高，長廣挺縣（今山東萊陽南）人。元帝時為鷹揚將軍，以平王敦之功進冠軍將軍，有銳卒二萬。庾亮執政，謀解除其兵權，徵入朝為大司農。後與祖約起兵攻入京城，專擅朝政，被温嶠、陶侃等擊敗。

③江虨（bīn）：字思玄，晉陳留（今河南開封東北）人。博學知名，善弈，為一時之冠。官至尚書左僕射、護軍將軍。

④謝尚書：謝裒（póu），謝安之父，字幼儒。晉建武元年（三一七），為晉琅邪王府掾吏，拜參

軍，轉郡尉。後歷官侍中、吏部尚書。晉初時，世家大族中王、諸葛並稱，謝氏後起，所以諸葛恢看不起謝氏，拒絕請婚。

⑤王右軍：王羲之。看新婦：古禮結婚時有看新婦的節目。

⑥裁：通「才」。爾：如此。

【譯文】

諸葛恢的大女兒嫁給太尉庾亮的兒子，二女兒嫁給徐州刺史羊忱的兒子。庾亮的兒子被蘇峻殺害後，諸葛恢的大女兒改嫁江虨。諸葛恢的兒子娶了鄧攸的女兒。當時尚書謝裒請求諸葛恢把小女兒嫁給自己的兒子。諸葛恢說：「羊家、鄧家和我們是世代通婚的姻親，江家是我顧念他，庾家是他顧念我，我家不能再與謝裒兒子結為婚姻了。」等到諸葛恢死後，兩家才通婚。於是王羲之就去謝家看新娘子，新娘子還有諸葛恢留下的氣度：行為舉止端莊安詳，儀容服飾華麗整齊。王羲之歎道：「我在嫁女兒時，才不過得以如此而已！」

二六

周叔治作晉陵太守[①]，周侯、仲智往別[②]。叔治以將別，涕泗不止。仲智恚之曰[③]：「斯人乃婦女，與人別，唯啼泣！」便捨去。周侯獨留，與飲酒言話，臨別流涕，撫其背曰：「奴好自愛[④]。」

【注釋】

①周叔治：周謨，字叔治，周顗的二弟，東晉明帝時為後軍將軍，成帝時官至中護軍，封西平侯。晉陵：治所在今江蘇常州。

②周侯：周顗。仲智：周嵩，字仲智，周顗弟，周謨之兄。東晉元帝時官拜御史中丞。性格正直俠義。王敦殺害周顗後派人來憑弔，為其拒絕，後亦為王敦所殺。

③恚（huì）：恨，怒。

④奴：長兄對小弟的昵稱。

【譯文】

周謨赴任晉陵太守時，周顗、周嵩去送別。周謨因為兄弟將要分別，止不住涕淚交流。周嵩對此很惱怒，說：「你是婦人，與人分別，只知道哭哭啼啼的！」說完就先走了。周顗單獨留下來，和周謨喝酒說話，臨別流着眼淚，拍着弟弟的背說：「小弟，你要好自珍重啊。」

二七

周伯仁為吏部尚書①，在省內②，夜疾危急。時刁玄亮為尚書令③，營救備親好之至④，良久小損⑤。明旦，報仲智⑥，仲智狼狽來⑦。始入戶，刁下牀對之大泣[8]，說伯仁昨危急之狀。仲智手批之[9]，刁為辟易於戶側[10]。既前，都不問病[11]，直云：「君在中朝[12]，與和長輿齊名[13]，那與佞人刁協有情[14]！」徑便出。

## 【注釋】

①周伯仁：周顗，字伯仁。

②省：官署。此指尚書省。

③刁玄亮：刁協，字玄亮。尚書令：官名，尚書省長官，負責政令。

④備：指全力、竭力。至：極。

⑤小損：指病情減緩。

⑥仲智：周嵩，字仲智。

⑦狼狽：指慌忙。

⑧牀：坐榻。

⑨批：用手掌打。

⑩辟（bì）易：退避。

⑪都：完全。

⑫中朝：指西晉。

⑬和長輿：和嶠，字長輿。

⑭那：何，疑問詞。

【譯文】

周顗擔任吏部尚書時，一天夜裏在吏部官署裏發病，病情很危急。當時刁協當尚書令，設法全力營救病人，表現得極為親密友好，過了很久周顗的病情才稍有減輕。第二天早上，通報了周嵩，周嵩慌忙趕來。剛剛進門，刁協就下了坐榻對着周嵩大哭起來，說了周顗昨天晚上病情危急的狀況。周嵩聽後就打了刁協一個巴掌，刁協退避到了門邊。周嵩走到周顗面前，完全不問病情，直截了當地對周顗說：「你在洛陽時與和長輿齊名。哪裏與專門奉承人的刁協有什麼交情！」說完就徑直出來走了。

## 二八

王含作廬江郡①，貪濁狼籍②。王敦護其兄，故於眾坐稱：「家兄在郡定佳，廬江人士咸稱之。」時何充為敦主簿，在坐，正色曰：「充即廬江人，所聞異於此！」敦默然。旁人為之反側③，充晏然神意自若④。

【注釋】

①廬江郡：治所在舒縣（今安徽廬江西南）。

②狼籍：亦作「狼藉」，散亂，不可收拾，此指行為不檢點，名聲極壞。

③反側：轉側，形容不安。

④晏然：安詳的樣子。

【譯文】

王含擔任廬江郡太守時，貪污腐敗，聲名狼藉。王敦袒護他哥哥，特意在大庭廣眾中稱讚道：「家兄在郡內必定政績很好，廬江人士都稱頌他。」當時何充擔任王敦的主簿，也在座，嚴肅地說：「我何充就是廬江人，所聽到的與這個說法不一樣！」王敦默不作聲。旁邊的人都為他感到不安，何充卻神態安詳自如。

## 二九

**顧孟著嘗以酒勸周伯仁①，伯仁不受。顧因移勸柱，而語柱曰：「詎可便作棟樑自遇②？」周得之欣然，遂為衿契③。**

【注釋】

①顧孟著：顧顯，字孟著，晉吳郡吳縣（今江蘇蘇州）人，顧榮的姪子。少有重名，元帝太興中為散騎侍郎。周伯仁：周顗。

②詎：豈，怎。遇：對待。
③衿契：情投意合的好朋友。

【譯文】

顧顯曾經向周顗勸酒，周顗推辭不喝。顧顯於是就轉身向柱子勸酒，並對柱子說道：「怎麼可以就把自己當作棟樑來對待呢？」周顗聽了很高興，便和顧顯成為情投意合的好朋友。

# 三〇

明帝在西堂[①]，會諸公飲酒，未大醉，帝問：「今名臣共集，何如堯舜時[②]？」周伯仁為僕射[③]，因厲聲曰：「今雖同人主，復那得等於聖治！」帝大怒，還內，作手詔滿一黃紙，遂付廷尉令收[④]，因欲殺之。後數日，詔出周，羣臣往省之[⑤]。周曰：「近知當不死，罪不足至此。」

【注釋】

①明帝：晉明帝司馬紹。
②堯舜：唐堯、虞舜為古代傳說中的聖明帝王，有許多賢臣輔佐。

③周伯仁：周顗。僕射（yè）：尚書僕射，即尚書省主事官員。當時分左右僕射，周顗任左僕射。

④廷尉：官名，掌刑獄。收：逮捕。

⑤省：看望。

【譯文】

晉明帝在西堂，會集諸位大臣在一起飲酒，還不到大醉的程度，明帝問道：「今天名臣共集一堂，比起堯舜時的盛況怎麼樣？」當時周顗作為尚書左僕射，便高聲說道：「如今雖然同為人主，又怎麼能夠與古時的聖明之治等同起來呢！」明帝大怒，回到內宮，親手寫了滿滿一張黃紙的詔書，就交給廷尉命令逮捕周顗，想因此殺了他。過了幾天，又下詔書釋放周顗，大臣們都去看望他。周顗說：「近來我知道自己不應當死，我的罪過還不到死的地步。」

## 三一

王大將軍當下①，時咸謂無緣爾②。伯仁曰：「今主非堯舜，何能無過？且人臣安得稱兵以向朝廷③？處仲狼抗剛愎④，王平子何在⑤？」

【注釋】

①王大將軍：王敦。下：指王敦於元帝永昌年間（三二二）以除劉隗、刁協為名起兵，從武昌東下建康。

②緣：緣由，原因。爾：如此。

③稱兵：起兵。

④處仲：王敦，字處仲。狼抗：驕傲，怪戾。剛愎：倔強任性。

⑤王平子：王澄，字平之。

【譯文】

大將軍王敦將要領兵東下京城，當時人都認為他沒有理由這樣做。周顗説：「如今的皇上不是堯舜，怎麼能沒有過錯？況且臣下怎麼能舉兵向朝廷進攻呢？處仲為人狂妄自大，倔強任性，那王平子又在哪裏？」

三二

王敦既下①，住船石頭②，欲有廢明帝意③。賓客盈坐，敦知帝聰明，欲以不孝廢之。每言帝不孝之狀，而皆云：「温太真所說④。温嘗為東宮率⑤，後為吾司馬[6]，甚悉之。」須臾，温來，敦便奮其威容，問温曰：「皇太子作人何似？」温曰：「小人無以測君子。」敦聲色並厲，欲以威力使從己，乃重問温：「太子何以稱佳？」温曰：「鈎深致遠[7]，蓋非淺識所測。然以禮侍親，可稱為孝。」

**【注釋】**

①下：指王敦永昌元年（三二二）舉兵東下。

②石頭：即石頭城，為東晉軍事重鎮。故址在今江蘇南京清涼山。

③明帝：司馬紹。

④温太真：温嶠。

⑤東宮率：太子的侍衛官。

⑥司馬：將軍府屬官，綜理一府之事。

⑦鈎深致遠：見周易繫辭上：「探賾索隱，鈎深致遠。」意謂探究深奥的義理，搜索隱祕的事跡，鈎求深遠之術，獲致遠大的前途。

**【譯文】**

王敦領兵東下後，把船隻停泊在石頭城，有想要廢黜明帝的意圖。當賓客滿座時，王敦知道明帝很聰明，就想用不孝的罪名廢掉他，便常講明帝不孝的情況，並一再稱：「這是温嶠説的。温嶠曾經常過東宮率，後來做我的司馬，很熟悉這些情形。」一會兒，温嶠來了，王敦便拚命擺出威嚴的臉色，問温嶠道：「皇太子為人怎麼樣？」温嶠說：「小人無法測度君子。」王敦聲色俱厲，想用威力迫使温嶠順從自己，就重新問温嶠：「你憑什麼稱太子好？」温嶠說：「太子鈎求深遠之術，獲致遠大的前途，那不是我淺薄的見識所能測度的。但是他能按禮數來侍奉雙親，可以稱得上是克盡孝道。」

## 三三

王大將軍既反①，至石頭，周伯仁往見之②。謂周曰：「卿何以相負③？」對曰：「公戎車犯正④，下官忝率六軍⑤，而王師不振，以此負公。」

**【注釋】**

①王大將軍：王敦。
②周伯仁：周顗。
③卿何以相負：王敦指責周顗辜負了他。周顗曾為杜弢所困，投奔王敦，王敦收留了他，便以為自己有恩於周顗，故見到周顗時指責其辜負自己。
④戎車犯正：指起兵謀反。戎車，兵車。
⑤忝（tiǎn）：謙辭，表示辱沒他人，自己慚愧。六軍：指朝廷的軍隊。

【譯文】

王敦謀反後，到了石頭城，周顗前去看他。王敦對周顗說：「你為什麼辜負我？」周顗回答道：「您興兵冒犯朝廷，我慚愧地率領六軍迎戰，只是王師不能奮勇作戰，因此而辜負了您。」

## 三四

**蘇峻既至石頭，百僚奔散，唯侍中鍾雅獨在帝側[①]。或謂鍾曰：「見可而進，知難而退[②]，古之道也。君性亮直[③]，必不容於寇讎，何不用隨時之宜，而坐待其弊邪[④]？」鍾曰：「國亂不能匡[⑤]，君危不能濟[⑥]，而各遜遁以求免[⑦]，吾懼董狐將執簡而進矣[⑧]！」**

【注釋】

①侍中：侍從皇帝左右的官。帝：晉成帝司馬衍。

②見可而進，知難而退：語見左傳宣公十二年：「見可而進，知難而退，軍之善政也。」謂作戰時要見機而動，形勢不利則退卻。可，合適。

③亮直：誠實正直。

④弊：通「斃」。

⑤匡：匡扶，輔佐。

⑥濟：救助。

⑦遜遁：退避。

⑧董狐：春秋時晉國的史官，為古代良史的代表。左傳宣公二年載，晉靈公十四年（前六〇七）晉卿趙盾因避靈公殺害而出走，未出境，其族人趙穿殺靈公。董狐認為責任在趙盾，故在史書上寫：「趙盾弒其君。」孔子譽之為「良史」。

【譯文】

蘇峻的叛軍到了石頭城時，朝中百官都逃散了，只有侍中鍾雅一個人隨侍在成帝身旁。有人對鍾雅說：「作戰時要見機而動，形勢不利時就退卻，這是自古以來的道理。您生性誠實正直，必定不能為仇敵寬容，何不用依隨時勢的適合辦法來應對，而要坐以待斃呢？」鍾雅說：「國家混亂不能匡扶，君主危急不能救助，卻各自退避以求免禍，我怕董狐就要拿竹簡前來記載了！」

三五

庾公臨去①，顧語鍾後事②，深以相委③。鍾曰：「棟折榱崩④，誰之責邪？」庾曰：「今日之事，不容復言，卿當期克復之效耳⑤。」鍾曰：「想足下不愧荀林父耳⑥。」

【注釋】

①庾公臨去：咸和二年（三二七），蘇峻反，三二八年京城陷落，晉成帝被遷於石頭，百官奔散，時為帝舅、掌朝政的中書令庾亮出逃。庾公，庾亮。

②顧：回頭。鍾：鍾雅。

③深：深切。委：委託，託付。

④棟折榱（cuī）崩：樑椽折壞，比喻國家傾覆。棟，房屋正樑。榱，椽子。

⑤期：盼望，期望。克復：指打敗蘇峻叛軍，收復京都。

⑥荀林父：春秋時晉國大臣，曾帶兵出戰，為楚所敗，但晉侯納諫未予懲處。三年後率軍大敗赤狄，晉侯予以重賞。

【譯文】

庾亮在離開京城時，回頭告訴鍾雅今後的事情，殷切地委託。鍾雅說：「朝廷傾覆，是誰的責任呢？」庾亮說：「今天的事，不允許再說了，您應當期望打敗叛軍，收復京都的結果而已。」鍾雅說：「想來您不愧為荀林父那樣的主帥吧。」

三六

蘇峻時①，孔羣在橫塘為匡術所逼②。王丞相保存術③，因眾坐戲語，令術勸羣酒，以釋橫塘之憾④。羣答曰：「德非孔子，厄同匡人⑤。雖陽和佈氣⑥，鷹化為鳩⑦，至於識者，猶憎其眼。」

【注釋】

①蘇峻時：指蘇峻舉兵攻入京城之時。

②孔羣：字敬休，晉會稽山陰（今浙江紹興）人。官至御史中丞。橫塘：在今南京西南。匡術：原為阜陵令，後隨蘇峻反叛，得寵。蘇峻攻入京城後，逼成帝遷入石頭城，將百姓聚於後苑，命匡術防守。蘇峻敗，匡術歸降晉室。

③王丞相：王導。

④釋：消除。憾：仇恨。

⑤德非孔子，厄同匡人：謂自己在德行上比不上孔子，但所受到的困厄卻與孔子被匡人圍困時一樣。據孔子家語，孔子曾受困於匡人，子路怒而欲戰，孔子予以阻止，讓子路彈劍，自己唱歌相和，終於使匡人解除了圍困。

⑥陽和佈氣：謂早春二月融和的春氣佈撒大地。

⑦鷹化為鳩：比喻惡人放下屠刀。夏小正：「鷹則為鳩。鷹也者，其殺之時也；鳩也者，非殺之時也。善變而之仁，故具之。」鳩，布穀鳥。

## 【譯文】

蘇峻叛亂時，孔羣在橫塘被匡術逼迫過。丞相王導保全了匡術，一次趁眾人在座說笑談話時，王導叫匡術向孔羣勸酒，來消除彼此在橫塘時結下的仇怨。孔羣回答說：「我的德行不如孔子，而遭遇的困厄卻同他受到匡人的逼迫一樣。雖然早春二月融和之氣佈撒大地，嗜殺之鷹鳥變為播穀之鳩，但對於能識別者來說，還是憎惡它的眼睛。」

## 三七

蘇子高事平①，王、庾諸公欲用孔廷尉為丹陽②。亂離之後，百姓凋弊，孔慨然曰：「昔肅祖臨崩③，諸君親升御牀④，並蒙眷識⑤，共奉遺詔。孔坦疏賤，不在顧命之列⑥。既有艱難，則以微臣為先，今猶俎上腐肉⑦，任人膾截耳⑧！」於是拂衣而去，諸公亦止。

【注釋】

①蘇子高：蘇峻。事平：指蘇峻之亂平定。

②王、庾諸公：指王導、庾亮等。孔廷尉：孔坦，官至廷尉卿。丹陽：郡名，晉時治所在建業（今江蘇南京），為護衞京都的重要地區，設丹陽尹之職。

③肅祖：晉明帝廟號。

④御：對皇帝所用之物的敬稱。

⑤眷識：顧念賞識。

⑥顧命：尚書有顧命篇，記周成王臨終遺命，後即指皇帝的遺詔。

⑦俎（zǔ）：切肉的砧板。

⑧膾（kuài）截：切割。膾，切細的魚肉。

【譯文】

蘇峻之亂平定後，王導、庾亮等大臣想任命孔坦為丹陽尹。那時正是戰亂流離之後，老百姓生活困苦，孔坦感慨地說：「過去肅祖臨終之時，諸位都親臨皇帝牀前，一起蒙受皇上的顧念賞識，共同接受遺詔。孔坦我既疏遠又微賤，不在接受遺詔之列。現在有了艱難，就把我這小臣放在最前面，我就像砧板上的一塊腐肉，任憑別人切割罷了！」說完就拂袖而去，諸位大臣也就此作罷。

三八

孔車騎與中丞共行①，在御道逢匡術②，賓從甚盛，因往與車騎共語。中丞初不視，直云：「鷹化為鳩，眾鳥猶惡其眼。」術大怒，便欲刃之。車騎下車，抱術曰：「族弟發狂③，卿為我宥之④！」始得全首領。

【注釋】

①孔車騎：孔愉，字敬康，晉會稽山陰（今浙江紹興）人。與同郡張茂字偉康、丁潭字世康齊名，時人號為「會稽三康」。官尚書僕射、會稽內史等，死後贈車騎將軍。中丞：孔羣。

②御道：皇帝車騎通行的道路。

③族弟：同高祖的兄弟。

④宥：原諒，寬恕。

【譯文】

孔愉與孔羣一起同行，在御道上遇到了匡術，後面跟着的賓客、隨從很多，匡術便前去和孔愉説話。孔羣開始不看匡術，只是說：「老鷹雖然變成了布穀鳥，其他鳥還是憎惡它的眼睛。」匡術聽了大怒，就想殺了他。孔愉下了車，抱着匡術說：「我的同族兄弟發瘋了，您看在我的分上寬恕他吧！」孔羣這才得以保全性命。

## 三九

梅頤嘗有惠於陶公①。後為豫章太守，有事，王丞相遣收之②。侃曰：「天子富於春秋③，萬機自諸侯出④，王公既得錄⑤，陶公何為不可放？」乃遣人於江口奪之。頤見陶公，拜，陶公止之。頤曰：「梅仲真膝，明日豈可復屈邪？」

### 【注釋】

①梅頤：字仲真，晉汝南西平（今屬河南）人。官豫章太守、領軍司馬。陶公：陶侃。

②王丞相：王導。

③富於春秋：「年輕」的婉轉說法。

④萬機：指朝廷日常紛繁的政務。諸侯：此指有權勢的大臣高官如王導等。

⑤錄：逮捕。

### 【譯文】

梅頤曾經對陶侃有過恩惠。後來梅頤擔任豫章太守，出了事，王導派人逮捕了他。陶侃說：「皇上年紀很輕，日常繁忙的公務都由大臣來定，王導既然能夠逮捕梅頤，我陶侃為什麼不能把他放掉？」他便派人在江口奪回梅頤。梅頤見到陶侃，跪拜，陶侃攔住了他。梅頤說：「我梅仲真的雙膝，明天難道可以再下跪嗎？」

## 四〇

**王丞相作女伎①，施設牀席。蔡公先在座②，不說而去③，王亦不留。**

### 【注釋】

①王丞相：王導。伎：歌女，舞女。
②蔡公：蔡謨，字道明，晉陳留考城（今河南民權東北）人。歷官侍中、太常、征北將軍、都督徐兗青州諸軍事、徐州刺史等，性方雅，博學，深謀遠慮，為時所重。
③說：同「悅」。

### 【譯文】

丞相王導安排了女伎表演歌舞，鋪設了坐榻席位。蔡謨事先就已在座，這時候很不高興地走了，王導也不挽留他。

## 四一

**何次道、庾季堅二人並為元輔①。成帝初崩②，於時嗣君未定③。何欲立嗣子④，庾及朝議以外寇方強，嗣子沖幼⑤，乃立康帝⑥。康帝登阼⑦，會羣臣，謂何**

曰：「朕今所以承大業，為誰之議？」何答曰：「陛下龍飛⑧，此是庾冰之功，非臣之力。於時用微臣之議，今不睹盛明之世。」帝有慚色。

【注釋】

①何次道：何充，字次道。庾季堅：庾冰，字季堅。元輔：指輔佐皇帝的大臣。
②成帝：晉成帝司馬衍。
③嗣君：繼承帝位的君主。
④嗣子：嫡長子。
⑤沖幼：幼小。
⑥康帝：司馬岳，字世同，成帝司馬衍之同母弟，公元三四三年至三四四年在位。
⑦登阼（zuò）：即位。
⑧龍飛：比喻皇帝即位。語出周易乾卦：「九五，飛龍在天，利見大人。」

【譯文】

何充、庾冰二位同時擔任輔政大臣。成帝剛駕崩，當時繼位的君主尚未確定。何充想立嫡長子為帝，庾冰及朝臣的議論認為外敵正強盛，嫡長子年紀幼小，於是便立了康帝。康帝即位時，會見羣臣，對何充說：「我現在所以能夠繼承大業，是誰的提議？」何充答道：「陛下登上皇位，這是庾冰的功勞，不是我的力量。當時如果用了我的建議，那麼今天就看不到現在的太平盛世了。」康帝聽了，面有慚愧之色。

## 四二

江僕射年少①，王丞相呼與共棋②。王手嘗不如兩道許③，而欲敵道戲④，試以觀之。江不即下。王曰：「君何以不行？」江曰：「恐不得爾。」傍有客曰：「此年少戲乃不惡。」王徐舉首曰：「此年少非唯圍棋見勝。」

**【注釋】**

①江僕射：江虨（bīn）曾任尚書僕射，故稱。

②王丞相：王導。

③手：指棋藝。道：指圍棋的格子，一道格子一顆棋，故以「道」稱棋子。許：表示大約估計的詞。

④敵道戲：指下棋時雙方對等，互不讓子。

【譯文】

江虨年輕時，丞相王導叫他一起來下圍棋。王導的棋藝曾經比江虨差兩子左右，而這次他想與對方對等下棋，看看對方怎麼樣。江虨沒有立即下子。王導說：「你為什麼不走？」江虨說：「恐怕不能這樣。」旁邊有位賓客說：「這位年輕人的棋藝卻不錯。」王導慢慢地抬頭說：「這位年輕人不只是以圍棋見長而已。」

## 四三

孔君平疾篤①，庾司空為會稽②，省之③。相問訊甚至④，為之流涕。庾既下牀，孔慨然曰：「大丈夫將終，不問安國寧家之術，乃作兒女子相問！」庾聞，回謝之⑤，請其話言。

【注釋】

①孔君平：孔坦，字君平。疾篤：病重。

②庾司空：庾冰。為會稽：任會稽內史。

③省（xǐng）：看望。

④問訊：問候。至：周到，懇切。

⑤謝：道歉。

【譯文】

孔坦病重，庾冰當時任會稽內史，前去看望他。庾冰問候的話極為周到，還為孔坦流了淚。庾冰離開坐榻後，孔坦感慨地說：「大丈夫將死，你不問安國寧家的辦法，卻做出一般小兒女的樣子來問候我！」庾冰聽到後，轉身向孔坦道歉，請他說出臨終遺言。

## 四四

**桓大司馬詣劉尹①，臥不起。桓彎彈彈劉枕，丸迸碎牀褥間。劉作色而起曰：「使君②，如馨地寧可鬥戰求勝③？」桓甚有恨容④。**

【注釋】

①桓大司馬：桓溫。劉尹：劉惔。

②使君：對州郡長官的尊稱。

③如馨：如此，這樣。

④恨容：憤恨的神情。太和四年（三六九）桓溫與前燕戰，兵敗枋頭（今河南浚縣）。劉惔「鬥戰求勝」觸其痛處，故「甚有恨容」。

【譯文】

大司馬桓溫去拜訪劉惔，劉惔躺着不起牀，桓溫就拿彈弓彈射劉惔的枕頭，彈丸迸碎後掉在被褥之間。劉惔變了臉色起牀說：「使君，難道打仗可以用這樣的辦法來求勝嗎？」桓溫臉上露出很惱恨的神色。

## 四五

後來年少多有道深公者①，深公謂曰：「黃吻年少②，勿為評論宿士③。昔嘗與元明二帝、王庾二公周旋④。」

【注釋】

①深公：東晉名僧竺法深。

②黃吻：雛鳥嘴黃，喻指黃口小兒，年輕人。吻，口邊，脣邊。

③宿士：指有聲望、有學問的前輩。宿，年老的，久經其事的。

④元明二帝：晉元帝司馬睿和晉明帝司馬紹。王庾二公：王導和庾亮。周旋：交際應酬。

【譯文】

後輩年輕人有很多議論竺法深的。竺法深對他們說：「黃口小兒，不要評論前輩名士。我過去曾經與元帝、明帝兩位皇帝以及王導、庾亮兩位前輩名士交往應酬過。」

四六

**王中郎年少時①，江虨為僕射②，領選③，欲擬之為尚書郎④。有語王者，王曰：「自過江來，尚書郎正用第二人⑤，何得擬我！」江聞而止。**

【注釋】

①王中郎：王坦之曾領北中郎將，故稱。

②僕射：有左、右僕射，江虨曾任尚書左僕射。

③領選：掌管選取官員之事。

④擬：擬議。尚書郎：尚書屬官，主管文書起草。

⑤正：止，僅。第二人：第二流人物。指寒庶之門的人。晉代重門閥，王坦之為世家子弟，故不願充此任。

【譯文】

王坦之年輕的時候，江虨擔任尚書左僕射，掌管選取官員之責，準備提議他為尚書郎。有人告訴王坦之，王坦之說：「自從過江以來，尚書郎只用第二流人物來擔任，怎麼可能用我呢！」江虨聽到後就不提此事了。

## 四七

王述轉尚書令①，事行便拜②。文度曰③：「故應讓杜、許④。」藍田云：「汝謂我堪此不⑤？」文度曰：「何為不堪！但克讓自是美事⑥，恐不可闕⑦。」藍田慨然曰⑧：「既云堪，何為復讓？人言汝勝我，定不如我。」

【注釋】

①轉：遷調官職。
②拜：授官，拜官。
③文度：王坦之，字文度，王述之子。
④故：固，畢竟。杜、許：事跡不詳。
⑤堪：勝任。

⑥克讓：能謙讓。

⑦闕：同「缺」。

⑧藍田：王述襲父爵為藍田侯，故稱。

【譯文】

王述調任尚書令，任命一下就立即授官。王坦之說：「總應當讓位給杜、許吧。」王述說：「你說我能勝任這職務嗎？」王坦之道：「為什麼不能勝任！但是能夠謙讓自然是好事，恐怕是不可以缺少的。」王述感慨地說：「既然說能勝任，又為什麼再謙讓？別人說你勝過我，我說你必定不如我。」

## 四八

孫興公作庾公誄①，文多託寄之辭。既成，示庾道恩②。庾見，慨然送還之，曰：「先君與君自不至於此。」

【注釋】

①孫興公：孫綽。庾公誄：哀悼庾亮的文章。誄（lěi），敘述死者生平以示哀悼的文章。

②庾道恩：庾羲，字叔和，小字道恩，庾亮之子，東晉時官建威將軍、吳國內史。

【譯文】

孫綽寫了一篇庾公誄，文章中寄託了很多深情厚誼之辭。文章寫成後，拿給庾羲看。庾羲看了，很有感慨地送還給孫綽，說：「先父與您，原本並沒有如此深厚的情誼。」

## 四九

王長史求東陽①，撫軍不用②。後疾篤，臨終，撫軍哀歎曰：「吾將負仲祖③。」於此命用之。長史曰：「人言會稽王痴④，真痴。」

【注釋】

①王長史：王濛，曾任司徒左長史。求東陽：請求做東陽郡太守。
②撫軍：指簡文帝司馬昱，曾任撫軍大將軍。
③仲祖：王濛字仲祖。
④會稽王：司馬昱曾封會稽王。

【譯文】

王濛請求擔任東陽郡太守，撫軍司馬昱不用他。後來王濛病重，將要離世了，撫軍司馬昱哀歎說：「我恐怕是對不起仲祖了。」於是下令任用他。王濛說：「人說會稽王痴愚，是真的痴愚啊。」

## 五〇

**劉簡作桓宣武別駕①，後為東曹參軍②，頗以剛直見疏。嘗聽記③，簡都無言。宣武問：「劉東曹何以不下意④？」答曰：「會不能用⑤。」宣武亦無怪色。**

【注釋】

①劉簡：字仲約，晉南陽（今屬河南）人。官至大司馬參軍。桓宣武：桓温。別駕：官名，刺史的佐吏。
②東曹參軍：州郡屬官。
③記：教、命等公文。
④下意：指發表意見。
⑤會：當然，應當。

【譯文】

劉簡任宣武侯桓溫的別駕，後來擔任東曹參軍，因為性格剛烈正直受到疏遠。他曾經聽取桓溫有關教、命等公文的指示，劉簡什麼都不說。桓溫問：「劉東曹你為什麼不發表一點意見啊？」劉簡答道：「想來是不會被採用的。」桓溫聽了也沒有責怪的神色。

## 五一

劉真長、王仲祖共行①，日旰未食②。有相識小人貽其餐③，肴案甚盛④，真長辭焉。仲祖曰：「聊以充虛⑤，何苦辭？」真長曰：「小人都不可與作緣⑥。」

【注釋】

①劉真長：劉惔。王仲祖：王濛。
②日旰（gàn）：天晚。
③小人：魏晉時士族稱奴僕、吏役及各行業普通百姓為「小人」。
④肴案：指菜肴。案，端飯菜用的木盤。
⑤充虛：充飢。
⑥作緣：結交，交往。

【譯文】

劉惔、王濛一同出行，到天晚了還沒有吃飯。有個相識的小人送給他們飯食，菜肴很豐盛，劉惔推辭不吃。王濛說：「暫且用來充飢，何必推辭！」劉惔說：「小人全都不可以與他們打交道。」

## 五二

**王修齡嘗在東山①，甚貧乏。陶胡奴為烏程令②，送一船米遺之③。卻不肯取④，直答語：「王修齡若飢，自當就謝仁祖索食⑤，不須陶胡奴米。」**

【注釋】

①王修齡：王胡之。東山：在今浙江上虞，為當時名士隱居之地。
②陶胡奴：陶範，小字胡奴，東晉時人，陶侃之子。出身寒門。烏程：晉屬吳興郡，在今浙江湖州南。
③遺：贈與。
④卻：不受。
⑤謝仁祖：謝尚，字仁祖。王、謝為東晉大族。

【譯文】

王胡之曾經在東山住過，生活很貧困。陶範當烏程縣令時，送了一船米贈給他。王胡之退還不受，直率地回話說：「我王修齡如果挨餓，自然會到謝仁祖那裏討吃的，不需要陶胡奴的米。」

五三

阮光祿赴山陵①，至都，不往殷、劉許②，過事便還。諸人相與追之，阮亦知時流必當逐己③，乃遄疾而去④，至方山不相及⑤。劉尹時為會稽⑥，乃歎曰：「我入，當泊安石渚下耳⑦，不敢復近思曠傍。伊便能捉杖打人⑧，不易。」

【注釋】

①阮光祿：阮裕，字思曠。赴山陵：指去赴成帝的葬禮。山陵：帝王的墳墓。引申指帝王喪事。

②殷、劉：殷浩、劉惔。許：處所。

③時流：當時的名流。

④遄（chuán）疾：急速。

⑤方山：山名，在今江蘇南京江寧東。六朝時為交通要道，是商旅聚集之處。

⑥劉尹：劉惔。

⑦安石：謝安，字安石。渚（zhǔ）：水中間的小塊陸地。
⑧伊：他。捉：握，拿。

【譯文】

阮裕去赴成帝的葬禮。到了京都，不到殷浩、劉惔的住所去，參加過葬禮就回家了。許多名士一起去追趕他，阮裕也知道當時的名流一定會來追趕自己，便急速地離開了，一直到方山也沒有趕上。劉惔當時正要到會稽任職，就歎息說：「我東下進入會稽，應當把船停泊在安石住所旁的小洲岸邊，不敢再靠近思曠身旁了。他即便能拿着拐杖來打人，也不那麼容易打到我了。」

## 五四

王、劉與桓公共至覆舟山看①。酒酣後，劉牽腳加桓公頸。桓公甚不堪，舉手撥去。既還，王長史語劉曰②：「伊詎可以形色加人不③？」

【注釋】

①王、劉：王濛、劉惔。桓公：桓溫。覆舟山：在今江蘇南京東北，鍾山西部因形如覆舟，故名。
②王長史：王濛。
③形色：指臉色。魏晉時以喜怒不形於色為上。

【譯文】

王濛、劉惔與桓溫一同到覆舟山去遊覽。暢飲之後，劉惔提起腳來架在桓溫的脖子上。桓溫難以忍受，舉起手來把劉惔的腳撥開。回來之後，王濛對劉惔說：「他難道可以拿臉色給人看嗎？」

# 五五

桓公問桓子野①：「謝安石料萬石必敗②，何以不諫？」子野答曰：「故當出於難犯耳③。」桓作色曰④：「萬石撓弱凡才⑤，有何嚴顏難犯！」

【注釋】

①桓公：桓温。桓子野：桓伊，字叔夏，小字子野，晉譙國銍（今屬安徽）人。官至豫州刺史，贈右將軍。

②謝安石：謝安。萬石：謝萬，謝安弟。

③犯：抵觸，違逆。

④作色：變色。

⑤撓（náo）弱：懦弱。

【譯文】

桓溫問桓伊：「謝安石料到謝萬石必定會被打敗，為什麼不勸告他？」桓伊回答道：「大概是由於他難以接受不同的意見吧。」桓溫變了臉色說：「謝萬石是懦弱的庸才，有什麼威嚴的辭色令人難以違逆的呢！」

## 五六

**羅君章曾在人家[①]，主人令與坐上客共語。答曰：「相識已多，不煩復爾。」**

【注釋】

①羅君章：羅含，字君章，東晉桂陽耒陽（今屬湖南）人。有文才，初為州主簿，後為桓溫推重，官至廷尉、長沙相。

【譯文】

羅含曾在別人家裏作客，主人讓他與在座的賓客一起說話。羅含答道：「相知已經很多了，不必再如此煩勞了。」

## 五七

韓康伯病①，拄杖前庭消搖②。見諸謝皆富貴③，轟隱交路④，歎曰：「此復何異王莽時⑤！」

### 【注釋】

①韓康伯：韓伯，字康伯。

②消搖：同「逍遙」，漫步散心。

③諸謝：指謝安與弟謝石及姪謝玄等人。

④轟隱交路：指車馬來往於道路上的隆隆響聲。

⑤王莽（前四五—二三）：字巨君，漢魏郡元城（今河北大名）人，漢元帝皇后之姪。西漢末，以外戚掌握政權，後毒死平帝，自稱假皇帝。初始元年（八）稱帝，改國號為新，在位十五年。赤眉、綠林等攻入長安時被殺。

### 【譯文】

韓康伯病了，扶着拐杖在前院消遣，看到謝安家族富貴榮華，門前車馬轟響來往不絕，便感歎道：「這和王莽時候又有什麼不同！」

## 五八

王文度為桓公長史時①，桓為兒求王女，王許諮藍田②。既還，藍田愛念文度③，雖長大猶抱着膝上。文度因言桓求己女婚。藍田大怒，排文度下膝，曰：「惡見④！文度已復痴，畏桓温面⑤？兵，那可嫁女與之！」文度還報云：「下官家中先得婚處。」桓公曰：「吾知矣，此尊府君不肯耳。」後桓女遂嫁文度兒。

【注釋】

①王文度：王坦之。桓公：桓温。長史：將軍府的屬官。

②藍田：王述，封藍田侯，王坦之父親。諮：商議。

③愛念：憐愛。

④惡見：佛家語，指不好的見解。

⑤畏桓温面：怕傷了桓温的面子。

【譯文】

王坦之當桓温長史的時候，桓温為自己的兒子向王坦之的女兒求婚，王坦之去同父親藍田侯王述商議。王坦之回到家後，王述非常憐愛王坦之，即使兒子長大成人了還是抱着他放在膝上。王坦之便藉機說了桓温為兒子向自己女兒求婚的事。王述聽了大怒，把王坦之推下膝，說：「真是不善之見！你竟然又發痴了，你怕傷了桓温的面子嗎？一個當兵的人，怎麼可以把女兒嫁給他呢！」王坦之回報桓温道：「我家裏先前已經給女兒找到夫家了。」桓温說：「我知道了，這是令尊不肯罷了。」後來桓温的女兒便嫁給了王坦之的兒子。

## 五九

王子敬數歲時①，嘗看諸門生樗蒱②，見有勝負，因曰：「南風不競③。」門生輩輕其小兒，乃曰：「此郎亦管中窺豹④，時見一斑。」子敬瞋目曰⑤：「遠慚荀奉倩⑥，近愧劉真長⑦。」遂拂衣而去。

**【注釋】**

①王子敬：王獻之，字子敬。

②門生：指依附於世家大族門下的寒士。樗蒱（chū pú）：古代的一種賭博遊戲。

③南風不競：比喻指競賽的一方力量不強。語出左傳襄公十八年，謂師曠能從樂聲中測出楚師士氣不振，沒有戰鬥力。南風，南方的音樂。不競，樂聲低微。

④郎：指王獻之。

⑤瞋（chēn）：瞪大眼睛以示憤怒。
⑥荀奉倩：荀粲，字奉倩，三國魏人。
⑦劉真長：劉惔。

【譯文】

王獻之幾歲時，曾看家裏門下人玩賭博遊戲，見到有勝有負，就說：「南風不競。」門下人輕視他是個小孩子，便說：「這位小郎也只是用管子窺豹，只見一點斑紋罷了。」王獻之瞪大眼睛說：「遠一點的人我只愧對荀粲，近點的人我只愧對劉惔！」說完就拂袖而去。

## 六〇

謝公聞羊綏佳①，致意令來②，終不肯詣。後綏為太學博士③，因事見謝公，公即取以為主簿④。

【注釋】

①謝公：謝安。羊綏：字仲彥，東晉泰山（今屬山東）人。官至中書侍郎。
②致意：傳達意思。

③太學博士：學官名，當時的太學教授官。
④主簿：官名，大臣幕府中的重要僚屬。

【譯文】

謝安聽說羊綏這人很優秀，就請人傳達意思讓他來，但他始終不肯登門拜訪。後來羊綏做了太學博士，因有事見到謝安，謝安立即起用他當主簿。

## 六一

王右軍與謝公詣阮公①，至門，語謝：「故當共推主人②。」謝曰：「推人正自難。」

【注釋】

①王右軍：王羲之。謝公：謝安。阮公：阮裕。
②故：畢竟。推：推崇，讚許。

【譯文】

王羲之與謝安去拜訪阮裕，到了阮裕家門口，王羲之對謝安説：「應當一起推崇主人。」謝安説：「推崇別人恰好是件難事。」

六二

太極殿始成①，王子敬時為謝公長史②，謝送版③，使王題之。王有不平色，語信云④：「可擲着門外。」謝後見王，曰：「題之上殿何若？昔魏朝韋誕諸人⑤，亦自為也。」王曰：「魏祚所以不長⑥。」謝以為名言。

【注釋】

①太極殿：東晉武帝初建成的宮殿。

②王子敬：王獻之。謝公：謝安。

③版：指用作匾額的木板。

④信：使者。

⑤魏朝：公元二二〇年魏文帝曹丕廢漢稱帝建魏朝，二六五年，為晉所滅。韋誕諸人：指魏明帝時的書法家韋誕及東漢靈帝時書法家梁鵠。韋誕曾題陵雲台。

⑥祚：指國運。

【譯文】

太極殿剛剛建成，王獻之當時擔任謝安的長史，謝安令人把用作匾額的木板送來，讓王獻之書寫。王獻之露出憤憤不平的臉色，對使者說：「可以把它扔在門外。」謝安後來見到王獻之，說：「把匾額掛上殿去書寫怎麼樣？過去魏朝韋誕等人，也都寫過的。」王獻之說：「這就是魏朝國運不長的原因。」謝安認為這是名言。

六三

王恭欲請江盧奴為長史①，晨往詣江，江猶在帳中。王坐，不敢即言，良久乃得及。江不應，直喚人取酒，自飲一碗，又不與王。王且笑且言：「那得獨飲？」江云：「卿亦復須邪？」更使酌於王，王飲酒畢，因得自解去。未出戶，江歎曰：「人自量，固為難。」

【注釋】

①江盧奴：江敳（ái），字仲凱，小字盧奴，東晉濟陽（今屬山東）人。江虨之子，歷官黃門侍郎、驃騎諮議。

【譯文】

王恭想聘請江虨擔任長史，一早就前去拜訪江虨，江虨還在牀帳中高卧未起。王恭坐在那裏，不敢立即言明來意，過了很久才説了出來。江虨沒有反應，只是叫人拿酒來，獨自喝了一碗，也不給王恭喝。王恭邊笑邊説：「哪裏可以一人獨自喝酒呢？」江虨説：「您也需要喝嗎？」就再叫人斟酒給王恭，王恭喝完了酒，藉機脱身而去。王恭尚未出門，江虨歎息道：「一個人能夠估量自己，原來是很難的。」

## 六四

**孝武問王爽①：「卿何如卿兄②？」王答曰：「風流秀出③，臣不如恭，忠孝亦何可以假人！」**

【注釋】

①孝武：東晉孝武帝司馬曜。王爽：王恭之弟。
②卿兄：即王爽之兄王恭。
③風流：風度。秀出：優美出衆。

【譯文】

孝武帝問王爽：「你和你的兄長相比怎麼樣？」王爽答道：「風度優美出眾，我不如王恭，至於忠孝又怎麼可以讓給別人！」

六五

王爽與司馬太傅飲酒①。太傅醉，呼王為「小子」。王曰：「亡祖長史②，與簡文皇帝為布衣之交③。亡姑、亡姊④，伉儷二宮。何小子之有？」

【注釋】

①司馬太傅：司馬道子。

②亡祖長史：指王濛，官至司徒左長史。

③簡文皇帝：司馬昱。

④亡姑：王濛女穆之為晉哀帝皇后。亡姊：指王爽姊法惠為晉孝武帝皇后。

【譯文】

王爽和司馬道子一起喝酒。司馬道子喝醉了，叫王爽為「小子」。王爽説：「我先祖父長史，與簡文帝是布衣之交。已去世的姑母和姐姐，是兩宮的皇后。哪裏是小子呢？」

六六

張玄與王建武先不相識①，後遇於范豫章許②，范令二人共語。張因正坐斂衽③，王孰視良久④，不對。張大失望，便去。范苦譬留之⑤，遂不肯住。范是王之舅，乃讓王曰⑥：「張玄，吳士之秀，亦見遇於時⑦，而使至於此，深不可解。」王笑曰：「張祖希若欲相識，自應見詣。」范馳報張，張便束帶造之⑧。遂舉觴對語，賓主無愧色。

【注釋】

①王建武：王忱，官至建武將軍，故稱。

②范豫章：范寧，曾官至豫章太守。許：處所。

③斂衽（rèn）：整理衣襟，表示恭敬。

④孰視：即「熟視」，仔細看。
⑤苦譬：極力譬解。
⑥讓：責備。
⑦見遇於時：為當時人所賞識。遇，遇合，為人所賞識。
⑧束帶：腰中束帶、穿着整齊，以示端莊。造：拜訪。

【譯文】

張玄和王忱先前並不相識，後來在范寧那裏遇到，范寧讓兩人一起說說話。張玄就整好衣襟正襟危坐，王忱卻久久地注目細看張玄，沒有答對。張玄非常失望，便要離開。范寧極力解勸他留下，張玄終於不肯留下來。范寧是王忱的舅父，就責備王忱說：「張玄是吳地士人中的優秀人物，也為時賢所賞識敬重，而你卻使他到了這種地步，很令人不可理解。」王忱笑道：「張玄如果想與我相識，自然應當來見我。」范寧趕快把話報知張玄，張玄就穿戴整齊來拜訪王忱。兩人便舉杯對話，賓主兩人都沒有什麼慚愧的神色。

朱碧蓮 沈海波 譯注

【重校本】

中華書局

# 目錄

## 中冊

下冊

# 雅量第六

【題解】

雅量，指為人具有寬廣之胸懷、淡定之氣度、優雅之涵養。古人講求修身正己，荀子修身：「見善，修然必以自存也。見不善，愀然必以自省也。善在身，介然必以自好也。不善在身也，災然必以自惡也。」修身、齊家、治國、平天下，人的氣度就是在這一過程中慢慢歷練而成。本篇共有四十二則，如嵇康「臨刑東市，神色不變」、裴楷「被收，神氣無變」、庾敳所謂「以小人之慮，度君子之心」、祖約好財、阮孚好屐等故事，反映了魏晉士人志存高遠、淡泊寧靜、寵辱不驚、虛懷若谷、視死如歸的胸懷和氣度。

## 一

豫章太守顧劭①，是雍之子②。劭在郡卒，雍盛集僚屬，自圍棋。外啟信至，而無兒書，雖神氣不變，而心瞭其故③，以爪掐掌，血流沾褥。賓客既散，方歎曰：「已無延陵之高④，豈可有喪明之責⑤！」於是豁情散哀⑥，顏色自若。

【注釋】

①顧劭：字孝則，三國吳吳郡吳縣（治今江蘇蘇州）人。官至豫章太守。

②雍：顧雍（一六八—二四三），字元歎，曾得到蔡邕的讚賞。孫權時歷任會稽太守、尚書令，後任丞相，執政達十九年。

③瞭：明白。

④延陵之高：指季札行事高尚曠達。延陵，季札又稱公子札，春秋時吳國貴族，封於延陵（今江蘇常州），稱延陵季子。其評論詩經與處理長子之喪等均得到孔子的讚賞。本文所言季札事，見於禮記檀弓下，謂季札到齊國聘問，回程中，長子死，下葬於嬴、博之間，孔子前往參觀葬禮。葬處十分簡單，季札哭了三遍，並說其長子回到土裏是命，其精神則無所不在。孔子認為季札所為很合乎禮數。

⑤喪明之責：指子夏受到死了兒子而哭瞎眼睛的指責。事見禮記檀弓上，謂孔子的學生子夏哭子失明，曾子去慰問他。子夏說自己沒有任何過錯，曾子生氣地說他有三錯：事奉夫子，老了退處西河，使西河人把他比為夫子；自己的長輩死了，老百姓也沒有聽到他有什麼特別的表現，死了兒子就哭瞎了眼睛。子夏聽了，立即丟掉手杖拜服，承認自己錯了。

⑥豁：消散，消除。

【譯文】

豫章太守顧劭，是顧雍的兒子。顧劭在郡守的任上死的時候，顧雍正在大請同僚部屬聚會，自己在下圍棋。外面稟報信使來了，卻沒有兒子的信，顧雍雖然神色不變，但心裏已明白其中的原因了，顧雍用指甲掐自己的手掌，掐得血流出來沾染了坐墊上的褥子。等到賓客都散去後，才歎息道：「我已經沒有季札那樣的高尚曠達了，難道可以再受因喪子而哭瞎眼睛的責備嗎！」於是顧雍就排除悲痛和哀傷的情緒，神色坦然自如。

## 二

嵇中散臨刑東市①，神色不變，索琴彈之，奏廣陵散②。曲終，曰：「袁孝尼嘗請學此散③，吾靳固不與④，廣陵散於今絕矣！」太學生三千人上書⑤，請以為師，不許。文王亦尋悔焉⑥。

【注釋】

①嵇中散：嵇康。東市：漢代長安行刑之場所，後用指刑場。

②廣陵散（sǎn）：琴曲名，又稱廣陵止息，嵇康以善彈此曲著稱。

③袁孝尼：袁準。

④靳（jìn）固：吝惜固執。

⑤太學生：朝廷所設最高學府的學生。

⑥文王：司馬昭，謚文王。

【譯文】

嵇康將在東市被處死時，神色不變。他要來琴彈奏，彈了一曲廣陵散。彈完後，說：「袁孝尼曾經請求跟我學奏此曲，當時我捨不得，便堅拒不教給他，廣陵散從此要絕傳了！」太學生三千人向朝廷上書，請求以嵇康為師，不被准許。嵇康死後不久司馬昭也後悔了。

三

夏侯太初嘗倚柱作書①，時大雨，霹靂破所倚柱，衣服焦然②，神色無變，書亦如故。賓客左右皆跌蕩不得住③。

【注釋】

①夏侯太初：夏侯玄，字太初。

②焦然：燒焦的樣子。

③跌蕩：指神色慌亂，不能遵循禮節，難以控制自己。

【譯文】

夏侯玄曾經靠在柱子上寫字，當時正下大雨，一聲驚雷擊破了他所靠的柱子，衣服都燒焦了，但他神色不變，照樣寫字。賓客和左右的人都東倒西歪控制不住自己。

## 四

王戎七歲，嘗與諸小兒遊。看道邊李樹多子折枝①，諸兒競走取之，唯戎不動。人問之，答曰：「樹在道邊而多子，此必苦李。」取之，信然。

【注釋】

①折枝：使樹枝彎曲。

【譯文】

王戎七歲的時候，曾經與很多小孩子遊玩。他們看到路邊的李樹上長滿了李子，把樹枝都要壓斷了。孩子們都搶着跑過去摘李子，只有王戎一個人站着不動。有人問他，他答道：「李樹在路邊卻有這麼多李子，說明這必定是苦李。」摘下李子來嘗一嘗，果真是這樣。

## 五

魏明帝於宣武場上斷虎爪牙①，縱百姓觀之②。王戎七歲，亦往看。虎承間攀欄而吼，其聲震地，觀者無不辟易顛仆③，戎湛然不動④，了無恐色。

【注釋】

①魏明帝：曹叡。宣武場：操練場，在洛陽宣武觀北面。斷：隔斷。
②縱：放縱，聽任。
③辟（bì）易：避開，退避。顛仆（pū）：跌倒。
④湛然：安適的樣子。

【譯文】

魏明帝在宣武場把老虎的爪牙包裹起來，聽任老百姓來看。王戎當時七歲，也前去觀看。老虎乘機攀住圍欄大吼起來，吼聲震地，觀看的人沒有不退避跌倒的，王戎則安然不動，毫無恐懼之色。

## 六

王戎為侍中①，南郡太守劉肇遺筒中箋布五端②，戎雖不受，厚報其書③。

【注釋】

①侍中：官名，地位重要，魏晉時相當於宰相。

②南郡：治所在今湖北江陵。劉肇：曾為廷尉，生平不詳。箋（jiān）布：指精美的布。遺（wèi）：贈送。端：古代布帛長度名。二丈為一端，相當於一匹。

③厚：深，重。報：答謝。

【譯文】

王戎擔任侍中時，南郡太守劉肇送給他五匹竹筒中細布，王戎雖然沒有接受，卻寫了書信表示深切答謝之意。

## 七

**裴叔則被收①，神氣無變，舉止自若②。求紙筆作書。書成，救者多，乃得免。後位儀同三司③。**

【注釋】

①裴叔則：裴楷。收：逮捕。

②舉止：舉動。

③儀同三司：指給予三公的待遇，後成為正式官名。

【譯文】

裴楷被逮捕，神態不變，舉動如常。他索取紙筆來寫信。書信寫成後，營救他的人很多，才得以免罪。後來他官位做到儀同三司。

## 八

王夷甫嘗屬族人事[①]，經時未行[②]。遇於一處飲燕[③]，因語之曰：「近屬尊事，那得不行？」族人大怒，便舉樏擲其面[④]。夷甫都無言，盥洗畢[⑤]，牽王丞相臂[⑥]，與共載去。在車中照鏡語丞相曰：「汝看我眼光，乃出牛背上[⑦]。」

【注釋】

①王夷甫：王衍。屬：同「囑」，託付，請託。

②經時：指很多時間。

③燕：通「宴」。

④樏（lěi）：食盒，有底有隔。

⑤盥（guàn）洗：洗手洗臉。

⑥王丞相：王導。

⑦「汝看我」二句：謂自己風采神韻英俊超邁，不與他人計較。

【譯文】

王衍曾經託付族人辦事，過了好久也沒有辦。後在一處宴會上喝酒時遇到，就對那位族人說：「前些日子託付您辦事，怎麼沒有辦啊？」族人聽了大怒，便拿起食盒來扔到他的臉上。王衍一言不發，盥洗乾淨後，拉着王導的手臂，和他一起坐車離去。在車子裏王衍照着鏡子對王導說：「你看我的眼光，竟超出牛背之上。」

# 九

裴遐在周馥所①，馥設主人②。遐與人圍棋，馥司馬行酒③。遐正戲，不時為飲④。司馬恚⑤，因曳遐墜地⑥。遐還坐，舉止如常，顏色不變，復戲如故。王夷甫問遐：「當時何得顏色不異？」答曰：「直是闇當故耳⑦。」

【注釋】

①周顗：字祖宣，晉汝南（今河南正陽東北）人。晉惠帝時為平東將軍，都督揚州諸軍事，因討陳敏有功封永寧伯。後與東海王司馬越交惡，元帝派將攻之，兵敗，憂憤發病而死。
②設主人：準備酒肴當東道主。設，準備食物。
③行酒：依次斟酒。
④時：按時，及時。
⑤恚（huì）：恨，怒。
⑥曳：拉，拖。
⑦直：正。闇：愚昧。

【譯文】

裴遐在周顗家中，周顗設宴當東道主。裴遐與人下圍棋，周顗的司馬依次給客人斟酒。裴遐正忙於下棋，沒有及時喝酒。這位司馬很惱怒，便把裴遐拉倒在地。裴遐回到座位上，舉動如常，神色不變，又照老樣子下棋。王衍問裴遐：「你當時怎麼能做到神色一點兒也不變呢？」裴遐答道：「他正是愚昧無知才會如此緣故罷了。」

# 一〇

劉慶孫在太傅府①，於時人士多為所構②。唯庾子嵩縱心事外③，無跡可間④。後以其性儉家富，說太傅令換千萬⑤，冀其有吝，於此可乘。太傅於眾坐中問庾，庾時頹然已醉，幘墮几上⑥，以頭就穿取，徐答云：「下官家故可有兩娑千萬⑦，隨公所取。」於是乃服。後有人向庾道此，庾曰：「可謂以小人之慮，度君子之心。」

## 【注釋】

①劉慶孫：劉璵，一作劉輿，字慶孫，晉中山魏昌（今河北無極）人。劉琨之兄，兩人齊名。歷官散騎侍郎、中書侍郎、潁川太守、魏郡太守等。太傅：東海王司馬越，字元超，討楊駿有功，封東海王。懷帝永嘉初為丞相，專擅威權，圖謀不軌，導致上下離心，憂懼成疾而死。

②構：挑撥離間，陷害。

③庾子嵩：庾敳。縱心：放任其心意。

④間（jiàn）：空隙，裂縫。

⑤說（shuì）：勸說。

⑥幘（zé）：頭巾。

⑦兩娑（sà）千萬：兩三千萬。娑，當時口語，即「三」之重讀。

【譯文】

劉輿在太傅司馬越那裏任職時，當時有很多人士被他設計陷害。只有庾敳一人放縱心意在世事之外，所以沒有什麼空子可以利用。後來因為庾敳生性儉省而家裏很富有，就勸說太傅向庾敳借錢一千萬，希望他吝嗇不借，在這裏找到可乘之機。太傅在大庭廣眾中問庾敳，庾敳當時已經喝得酩酊大醉，頭巾掉在几案上，便用頭湊上去戴起來，緩緩地回答說：「我家裏原有個兩三千萬，隨便公等需要去拿就是。」這時劉輿才真的服了。後來有人向庾敳說到這件事，庾敳說：「這就是所謂以小人之心，度君子之腹。」

## 一一

王夷甫與裴景聲志好不同①。景聲惡欲取之②，卒不能回③。乃故詣王，肆言極罵，要王答己，欲以分謗④。王不為動色，徐曰：「白眼兒遂作⑤。」

【注釋】

①王夷甫：王衍。裴景聲：裴邈，字景聲，晉河東聞喜（今屬山西）人。裴頠的堂弟，歷官從事中郎、左司馬、監東海王軍事。

②惡（wù）：厭憎。

③卒：終於。

④分謗：共同承受誹謗。

⑤白眼兒：指人生氣時愛翻白眼。兒，輕蔑之辭。

【譯文】

王衍與裴邈志趣愛好不同。裴邈很厭惡王衍要任用自己，但最終不能改變王衍的主意。他便特意去拜訪王衍，放言大罵王衍，要王答覆自己，想藉此來與王衍共同承受他人的誹謗。王衍不動聲色，緩緩地說：「翻白眼的傢伙終於發作了。」

## 一二

**王夷甫長裴成公四歲①，不與相知②。時共集一處，皆當時名士，謂王曰：「裴令令望何足計③！」王便卿裴④。裴曰：「自可全君雅志⑤。」**

【注釋】

①王夷甫：王衍。裴成公：裴頠。裴頠死後謚成，故稱「裴成公」。

②相知：指相互交往，彼此情誼深厚。

③裴令：裴楷，因任中書令，故稱。令望：美好的名望。
④卿裴：用「卿」來稱呼裴頠。
⑤雅：尊稱對方的敬詞。

【譯文】

王衍大裴頠四歲，兩人彼此不是知交。當時同在一處，都是當時的名士，有人對王衍說：「裴令公的名望哪裏值得一提！」王衍便用「卿」來稱呼裴頠。裴頠說：「我當然可以成全你的願望了。」

一三

有往來者云①：「庾公有東下意②。」或謂王公③：「可潛稍嚴④，以備不虞⑤。」王公曰：「我與元規雖俱王臣，本懷布衣之好⑥。若其欲來，吾角巾徑還烏衣⑦，何所稍嚴！」

【注釋】

①往來者：指往來於京都的人。

②庾公：庾亮。東下意：指帶兵鎮守武昌的庾亮，有準備東下京都罷黜輔政的丞相王導的意圖。

③王公：王導。

④潛：暗中。嚴：指嚴密防備。

⑤不虞：不測。虞，猜測，預料。

⑥布衣之好：指故交。布衣，平民百姓。未做官時穿布衣，故稱。

⑦角巾：隱士常戴的一種有棱角的頭巾，借指退隱。烏衣：烏衣巷，在今南京東南，以兵士服烏衣而得名，東晉時王、謝家族居此。

**【譯文】**

有來往於京都的人説：「庾公有東下京都罷黜王導的意圖。」有人對王導説：「應當暗地裏加以嚴密防備，以備不測。」王導説：「我與元規雖然都是朝廷大臣，原本就有平民百姓之間的情誼。如果他想來，我即刻回到烏衣巷隱居，説什麼稍加防備！」

## 一四

王丞相主簿欲檢校帳下①。公語主簿：「欲與主簿周旋②，無為知人几案間事③。」

【注釋】

①王丞相：王導。檢校：查核。帳下：指丞相府的僚屬。

②周旋：應酬，打交道。

③無為：不要，不必。几案間事：指處理公文案卷等。几案，文書等放在几案上，故代指公文。

【譯文】

丞相王導的主簿要查核丞相府僚屬的情況。王導對主簿說：「我要與主簿打交道，不要知道人家處理公文案卷等事情。」

一五

祖士少好財①，阮遙集好屐②，並恆自經營③，同是一累④，而未判其得失⑤。人有詣祖，見料視財物⑥。客至，屏當未盡⑦，餘兩小簏着背後⑧，傾身障之⑨，意未能平。或有詣阮，見自吹火蠟屐⑩，因歎曰：「未知一生當着幾量屐⑪？」神色閑暢。於是勝負始分。

【注釋】

①祖士少：祖約（？—三三〇），字士少，范陽遒縣（今河北淶水）人。祖逖弟。祖逖死後，繼任平西將軍、豫州刺史，領祖逖舊部。後與蘇峻起兵作亂，失敗後投奔後趙，為石勒所殺。

②阮遙集：阮孚，字遙集，阮咸第二子。累遷侍中、吏部尚書、廣州刺史。屐（jī）：有齒的木頭鞋。

③經營：籌劃製作。

④累：連累，牽累。

⑤判：分別，辨別。

⑥料視：料理查看。

⑦屛當：收拾，料理。

⑧簏（lù）：竹箱。

⑨傾：斜，歪。

⑩蠟屐：給木屐上蠟。

⑪量：通「緉」（liǎng），量詞，雙。

【譯文】

祖約愛錢財，阮孚愛木屐，他們都常常親自籌劃製作，這兩樣對他們來說同樣是一種牽累，因而未能判定他們的得失優劣。有人去拜訪祖約，看到他正在查點錢財。客人來了，他還沒有收拾完，尚有兩只小竹箱放在背後，便側着身子遮擋住它們，意態上不能保持平靜。有人去拜訪阮孚，看見他正在吹火給木屐上蠟，還感歎道：「不知道這輩子還能穿幾雙木屐？」說時神態安詳適意。於是兩人之間的高低優劣才得以清楚明白。

## 一六

**許侍中、顧司空俱作丞相從事①，爾時已被遇②，遊宴集聚，略無不同。嘗夜至丞相許戲③，二人歡極，丞相便命使入己帳眠。顧至曉回轉④，不得快孰⑤。許上牀便咍台大鼾⑥。丞相顧諸客曰：「此中亦難得眠處。」**

**【注釋】**

①許侍中：許璪（zǎo），字思文，東晉義興陽羨（今江蘇宜興）人。官至吏部侍郎。顧司空：顧和。

②遇：遇合，指被賞識重用。

③許：住所。

④回轉：指翻來覆去不能入睡。

⑤孰：通「熟」。

⑥咍（hāi）台：打鼾聲。

【譯文】

許璪、顧和都在丞相王導手下擔任從事，當時都已被賞識重用，凡是參加遊樂宴飲聚會等，兩人都沒有什麼不同。有一次晚上他們到王導家遊玩，二人玩得極其開心，王導便讓他們到自己帳中睡覺。顧和直到天亮輾轉反側，難以熟睡。許璪一上牀就呼呼入睡，鼾聲大作。王導回頭對其他賓客說：「這裏也是難以安睡的地方。」

一七

庾太尉風儀偉長[①]，不輕舉止，時人皆以為假。亮有大兒數歲，雅重之質，便自如此，人知是天性。溫太真嘗隱幔怛之[②]，此兒神色恬然，乃徐跪曰：「君侯何以為此[③]？」論者謂不減亮。蘇峻時遇害。或云：「見阿恭[④]，知元規非假。」

【注釋】

①庾太尉：庾亮。風儀：風度和儀容。

②温太真：温嶠。幔：帳幕。怛（dá）：驚嚇。
③君侯：對達官貴人的尊稱。
④阿恭：庾亮長子名會，字會宗，小字阿恭。

【譯文】

庾亮風度儀容魁梧高大，舉止穩重，當時都認為他是假裝出來的。庾亮有個大兒子只有幾歲，文雅穩重的氣質，生來就是這樣，人們知道這是天性。温嶠曾經躲藏在帳幔後面嚇唬他，這孩子神色安閑的樣子，竟然緩緩地跪下説：「君侯為什麼要做這樣的事？」議論者認為他不比庾亮差。後他在蘇峻起兵作亂時被害。有人説：「見到阿恭，就知道元規不是假裝的。」

## 一八

褚公於章安令遷太尉記室參軍①，名字已顯而位微，人未多識。公東出，乘估客船②，送故吏數人投錢唐亭住③。爾時吳興沈充為縣令④，當送客過浙江⑤，客出⑥，亭吏驅公移牛屋下。潮水至，沈令起彷徨⑦，問：「牛屋下是何物⑧？」吏云：「昨有一傖父來寄亭中⑨，有尊貴客，權移之⑩。」令有酒色，因遙問：「傖父欲食不？姓何等？可共語。」褚因舉手答曰：「河南褚季野⑪。」遠近久承公名，令於是大遽⑫，不敢移公，便於牛屋下修刺詣公⑬。更宰殺為饌⑭，具於公前⑮，鞭撻亭吏，欲以謝慚。公與之酌宴，言色無異，狀如不覺。令送公至界。

**【注釋】**

①褚公：褚裒。章安令：章安縣令。章安，在今浙江臨海東。記室參軍：將軍府的重要幕僚。

②估（gù）客船：商販船。估客，商販。

③錢唐：錢塘，舊縣名，治在今浙江杭州西。亭：驛亭，古時供行旅途中歇宿的處所。

④吳興：郡名，治所在今浙江湖州。沈充：事跡不詳。

⑤浙江：水名，即錢塘江。

⑥出：來到。

⑦彷徨：來回徘徊。

⑧何物：輕蔑語，哪一個，什麼人。

⑨傖（cāng）父：鄙賤之人，南人對北人的蔑稱。

⑩權：暫且。

⑪褚季野：褚裒，字季野。

⑫遽：驚慌。

⑬修刺：寫好名帖。刺，名帖，名片。

⑭饌：指菜肴等食物。
⑮具：擺設，供置。

【譯文】

褚裒由章安縣令升為太尉的記室參軍，他的名聲已很大但官位還低，人們還不認識他。當時他向東出發，乘的是商販船，送行的幾位屬吏與他一起投宿在錢塘驛亭住。這時候吳興縣人沈充擔任縣令，遇到他送客過錢塘江，客人到了，亭吏就把褚裒趕出來移到牛屋裏住。夜裏潮水湧來，沈充起牀來回徘徊，問：「牛屋裏是什麼人？」亭吏說：「昨天有一個北方佬來亭中寄宿，因有尊貴的客人來了，暫時把他移到牛屋裏。」沈充有了幾分酒醉之意，便遠遠地問：「北方佬要吃餅嗎？姓什麼？可過來一起談談啊。」褚裒就舉手答道：「河南褚季野。」遠近的人早已久聞褚裒的大名，沈充這時便大為驚慌，不敢再勞動褚裒搬過來，便在牛屋下寫好帖子去拜見褚裒。而且宰殺禽畜備辦酒食，擺放在褚裒面前，同時鞭打亭吏，想藉此認錯表示慚愧之意。褚裒和他一起喝酒吃飯，言談神色沒有什麼異樣，彷彿毫無察覺似的。沈充後來把褚裒一直送到了縣界邊。

一九

郗太傅在京口①，遣門生與王丞相書②，求女婿。丞相語郗信③：「君往東廂，任意選之。」門生歸，白郗曰：「王家諸郎，亦皆可嘉，聞來覓婿，咸自矜持④。唯有一郎，在東牀上坦腹卧，如不聞。」郗公云：「正此好⑤！」訪之，乃是逸少⑥，因嫁女與焉。

## 【注釋】

①郗太傅：郗鑒。京口：古城名，故址在今江蘇鎮江。

②門生：依附於世家豪族供差遣的人。王丞相：王導。

③信：使者，即上文送信的門生。

④矜持：指拘謹，做出端莊嚴肅的樣子。

⑤正：恰，表情態之詞。

⑥逸少：王羲之，字逸少，為王導之堂房姪子。

## 【譯文】

郗鑒在京口時，派門生送信給王導，想在王家子姪中找一位女婿。王導對郗鑒的信使説：「你到東廂房去，任意挑選一位。」這位門生回去，報告郗鑒説：「王家諸位郎君，都值得稱道，他們聽説找女婿，各自都顯得很拘謹。只有一位郎君，在牀榻上坦胸裸腹地躺着，好像什麼都沒聽見。」郗鑒説：「恰恰是這一位好！」再去打聽，原來是王羲之，郗鑒就把女兒嫁給他了。

## 二〇

過江初，拜官①，輿飾供饌②。羊曼拜丹陽尹③，客來蚤者④，並得佳設⑤。日晏漸罄⑥，不復及精。隨客早晚，不問貴賤。羊固拜臨海⑦，竟日皆美供⑧，雖晚至，亦獲盛饌。時論以固之豐華，不如曼之真率。

【注釋】

①拜官：授任官職。

②輿，都，皆。飾：整治。

③羊曼：字延祖，東晉泰山南城（今屬山東）人。歷官黃門侍郎、尚書吏部郎、晉陵太守、丹陽尹等。後為蘇峻所害。

④蚤：通「早」。

⑤佳設：指精美的飲食。設，陳設飲食。

⑥晏：晚。罄（qìng）：盡，空。

⑦羊固：字道安，東晉泰山（今屬山東）人，官臨海太守、黃門侍郎。

⑧竟日：終日。美供：精美的飲食。

【譯文】

朝廷南渡的初期，授任官職的人，都要整治備辦酒宴招待賓客。羊曼出任丹陽尹時，賓客來得早的，都能吃到精美的飲食。天色晚了東西慢慢吃完了，就不再有精美的食物可供應了。他是隨着客人到的早或晚來招待的，而不管客人的身份是貴還是賤。羊固出任臨海太守時，全天都有精美的食物供應客人，即使來晚了，也能吃到豐盛的酒菜。當時人議論認為羊固宴席的豐盛精美，比不上羊曼的真誠坦率。

## 二一

周仲智飲酒醉①，瞋目還面謂伯仁曰②：「君才不如弟，而橫得重名③！」須臾，舉蠟燭火擲伯仁。伯仁笑曰：「阿奴火攻④，固出下策耳！」

【注釋】

①周仲智：周嵩。

②瞋（chēn）目：瞪大眼睛怒目相向。伯仁：周顗，周嵩之兄。

③橫：指不正常的，意外的。

④阿奴：兄對弟的愛稱。

【譯文】

周嵩喝醉了酒，怒目圓睜轉臉對周顗說：「你的才能不如我這個老弟，卻憑空獲得了大名！」不一會兒，他舉起點着火的蠟燭擲向周顗。周顗笑道：「阿奴用火來攻我，的確是使出了下策啊！」

二二

顧和始為揚州從事，月旦當朝①，未入頃②，停車州門外。周侯詣丞相③，歷和車邊④。和覓蝨，夷然不動⑤。周既過，反還，指顧心曰：「此中何所有？」顧搏蝨如故⑥，徐應曰：「此中最是難測地。」周侯既入，語丞相曰：「卿州吏中有一令僕才⑦。」

【注釋】

①月旦：陰曆每月初一。朝：聚會。
②頃：指短時間。
③周侯：周顗。丞相：王導，此時擔任揚州刺史。
④歷：經過。
⑤夷然：愉悅的樣子。

⑥搏：捕捉。
⑦令僕：尚書令和僕射之簡稱。

【譯文】

顧和剛擔任揚州刺史從事的時候，每月初一逢到聚會時，在尚未進入州府之時，把車停在州府門外。周顗這時來拜訪丞相王導，經過顧和車旁。顧和正在捉蝨子，一動不動地很愉快的樣子。周顗已經走過去後，又回轉來，指着顧和的心說：「這中間有什麼？」顧和照老樣子捉蝨子，慢慢地回答說：「這中間是最難推測的地方。」周顗進入州府後，對王導說：「你的屬吏中有一位足以擔當尚書令或僕射之位的人才。」

## 二三

庾太尉與蘇峻戰①，敗，率左右十餘人乘小船西奔。亂兵相剝掠②，射，誤中舵工，應弦而倒。舉船上咸失色分散③，亮不動容，徐曰：「此手那可使着賊④！」眾乃安。

【注釋】

①庾太尉：庾亮。

②亂兵：指蘇峻叛亂之士兵。剝掠：搶劫掠奪。

③舉船：全船。

④那可：怎麼可以。着賊：指射中賊兵。

【譯文】

庾亮與蘇峻作戰，被打敗，率領左右侍從十幾個人乘上小船向西逃跑。這時蘇峻的叛軍正在搶劫掠奪，小船上就向亂兵射箭，誤中船上的舵工，舵工應聲而倒。整個船上的人都驚慌失色，都想各自逃散。庾亮卻毫不變色，慢慢地說：「這雙手怎麼可以叫他去殺賊呢！」大家這才安下心來。

## 二四

庾小征西嘗出未還①。婦母阮，是劉萬安妻②，與女上安陵城樓上③。俄頃④，翼歸，策良馬⑤，盛輿衛⑥。阮語女：「聞庾郎能騎，我何由得見？」婦告翼，翼便為於道開鹵簿盤馬⑦，始兩轉，墜馬墮地，意色自若。

【注釋】

①庾小征西：庾翼，庾亮之弟，東晉時任征西將軍。

②婦母：妻子的母親。阮：阮姓，阮蕃之女，字幼娥。劉萬安：劉綏，字萬安，東晉高平（今山東巨野南）人，官至驃騎長史。

③安陵：當作「安陸」，是江夏之郡治，在今湖北安陸北。

④俄頃：轉眼，短時間。

⑤策：鞭打馬。

⑥輿衞：車馬衞兵。

⑦鹵簿：儀仗隊。盤馬：騎馬馳騁盤旋。

【譯文】

庾翼一次外出尚未回到家。他的岳母阮氏是劉綏的妻子，與女兒一起登上安陵城的城樓。不一會兒，庾翼回家，騎着駿馬，身邊有盛大的車馬衞隊簇擁。阮氏對女兒説：「聽説庾郎擅長騎馬，我怎麼才得以看到他的騎術呢？」庾翼的妻子告訴了他，庾翼就為岳母在大道上擺開儀仗隊騎馬馳騁盤旋，才轉了兩圈，就掉下馬背摔倒在地，但他卻神情泰然自若。

## 二五

宣武與簡文、太宰共載①，密令人在輿前後鳴鼓大叫。鹵簿中驚擾②，太宰惶怖求下輿。顧看簡文，穆然清恬③。宣武語人曰：「朝廷間故復有此賢。」

### 【注釋】

①宣武：桓溫。簡文：晉簡文帝司馬昱。太宰：武陵王司馬晞，字道升，晉元帝第四子，封武陵王，曾官太宰，後徙新安。

②鹵簿：儀仗隊。

③穆然：鎮靜的樣子。清恬：清靜安適。

### 【譯文】

桓溫和司馬昱、司馬晞同乘一輛車出行，桓溫暗地裏叫人在車子的前後擊鼓大叫。儀仗隊中有人受到驚擾，司馬晞感到驚慌恐怖要求下車。回頭看司馬昱，卻是神情鎮定清靜安適的樣子。桓溫對人說：「朝廷上原來還有如此賢能之人。」

## 二六

王劭、王薈共詣宣武①，正值收庾希家②。薈不自安，逡巡欲去③；劭堅坐不動，待收信還④，得不定⑤，乃出。論者以劭為優。

【注釋】

①王劭：字敬倫，王導第五子，東晉時官至尚書僕射、吳國內史。王薈：字敬文，王導幼子，東晉時官至會稽內史。宣武：桓武。

②收：逮捕。庾希：字始彥，庾冰長子，東晉時官至北中郎將，徐兗二州刺史。庾家為皇親國戚，兄弟均顯貴，被桓溫忌恨陷害，希為桓溫所殺。

③逡（qūn）巡：有所顧忌而徘徊。

④信：使者。

⑤得不定：指得知逮捕庾希之事尚未確定。

【譯文】

王劭、王荃一起去拜訪桓溫，正遇到桓溫命人到庾希家去逮捕庾希。王薈感到心裏不安，徘徊顧忌想離開；王劭則堅坐那裏不為所動，等到去逮捕的使者回來，得知逮捕庾希之事尚未確定，這才告辭出來。當時議論的人都認為王劭比王薈優秀多了。

## 二七

桓宣武與郗超議芟夷朝臣[①]，條牒既定[②]，其夜同宿。明晨起，呼謝安、王坦之入，擲疏示之，郗猶在帳內。謝都無言，王直擲還，云：「多[③]。」宣武取筆欲除，郗不覺，竊從帳中與宣武言。謝含笑曰：「郗生可謂入幕賓也[④]。」

【注釋】

①桓宣武：桓溫。芟（shān）夷：鏟除，消滅。
②條牒：條款文書。牒，文書，證件。
③多：指鏟除的人太多了。
④生：即先生之簡稱。幕賓：將軍府的僚屬。這裏語意雙關，既謂郗超是桓溫的親信僚屬，又借指他在幕後為桓溫出謀劃策。

【譯文】

桓溫與郗超商議鏟除一些朝廷大臣，條款文書都已擬定後，這一夜他們就一起歇息。第二天早晨起來，桓溫叫謝安、王坦之進來，把擬好的奏疏丟給他們看，郗超這時還睡在牀帳內。謝安一句話都沒説，王坦之徑直把奏疏丟還給桓溫，説：「太多了。」桓溫拿過筆來想删除些朝臣的名字，郗超不自覺地悄悄從帳子裏與桓溫説話。謝安含笑説：「郗先生真可稱得上是入幕之賓啊。」

## 二八

謝太傅盤桓東山時[①]，與孫興公諸人泛海戲[②]。風起浪湧，孫、王諸人色並遽[③]，便唱使還[④]。太傅神情方王[⑤]，吟嘯不言[⑥]。舟人以公貌閑意說[⑦]，猶去不止。既風轉急，浪猛，諸人皆喧動不坐。公徐云：「如此，將無歸[⑧]！」眾人即承響而回[⑨]。於是審其量[⑩]，足以鎮安朝野。

**【注釋】**

①謝太傅：謝安。盤桓：逗留。東山：謝安早年隱居之地，在今浙江上虞西南。

②孫興公：孫綽。泛海戲：乘船到海上遊玩。

③孫、王：孫綽、王羲之。遽：驚懼。

④唱：高呼。

⑤王（wàng）：指精神旺，與致高。

⑥吟嘯：吟詩與嘯呼。嘯，撮口發出長而清脆的聲音。

⑦閑：閑靜。說（yuè）：愉悦。

⑧將無：大概，恐怕。

⑨承響：應聲。

⑩審：知悉。量：氣量。

【譯文】

謝安隱居在東山時，與孫綽等人乘船到海上遊玩。海面上風起浪湧，孫綽、王羲之等人的神色全都驚懼不已，就高呼讓船開回去。謝安卻興致正高，吟詩嘯呼，不說回去。船夫因為謝安面色閑靜，意態愉悦，就還是向前行駛不停。轉瞬間風勢更急，浪頭更猛，船上人都大喊躁動坐不住了。謝安才緩緩地說：「既然這樣，還不如回去吧！」大家即刻應聲附和而回。從這件事可知謝安的氣量，足以穩定朝野上下。

二九

桓公伏甲設饌①，廣延朝士，因此欲誅謝安、王坦之。王甚遽②，問謝曰：「當作何計？」謝神意不變，謂文度曰③：「晉祚存亡④，在此一行。」相與俱前。王之恐狀，轉見於色。謝之寬容，愈表於貌。望階趨席⑤，方作洛生詠⑥，諷「浩浩洪流」⑦。桓憚其曠遠⑧，乃趣解兵⑨。王、謝舊齊名，於此始判優劣。

【注釋】

①桓公：桓温。伏甲：埋伏兵士。設饌：備好酒食。饌，飲食。
②遽：驚懼。

③文度：王坦之，字文度。
④祚：指皇位，國運。
⑤趨：快步走。
⑥方：模仿。洛生詠：指仿效西晉首都洛陽讀書之音的吟詩聲，當時名士間盛行。
⑦浩浩洪流：嵇康贈秀才入軍五首第四首第一句，謂大河流水浩浩蕩蕩，奔騰不息。見文選卷二十四。
⑧曠遠：指胸襟開闊超脱。
⑨趣（cù）：趕快。解兵：撤走伏兵。

## 【譯文】

桓溫預先埋伏了穿甲的士兵，擺好了酒席，廣泛招請朝中官員，想要趁機殺掉謝安、王坦之。王坦之很驚慌，問謝安説：「應當做什麼打算？」謝安神態一點也不變，對王坦之説：「晉朝的存亡，就在於我們這次怎麼對待了。」兩人一起前去赴宴。王坦之恐懼的樣子，更加表現在神色上。謝安的從容鎮定，也越發表現在面容上。他看着台階快步走向座席，還模仿起洛生詠的聲韻，吟誦「浩浩洪流」詩句。桓溫懼怕他開闊超脱的胸襟，便趕快撤走伏兵。王坦之、謝安過去齊名，從這件事上才分出了高下。

## 三〇

謝太傅與王文度共詣郗超[①]，日旰未得前[②]，王便欲去。謝曰：「不能為性命忍俄頃[③]？」

**【注釋】**

①謝太傅：謝安。王文度：王坦之。

②日旰（gàn）：天色晚。

③俄頃：瞬間，短時間。

**【譯文】**

謝安與王坦之一起去拜訪郗超，等到天色晚了還未能得到接見，王坦之就想離開走了。謝安說：「難道就不能為了性命再忍耐一會兒嗎？」

## 三一

支道林還東[①]，時賢並送於征虜亭[②]。蔡子叔前至[③]，坐近林公。謝萬石後來[④]，坐小遠[⑤]。蔡暫起，謝移就其處。蔡還，見謝在焉，因合褥舉謝擲地[⑥]，自復坐。謝冠幘傾脫[⑦]，乃徐起，振衣就席[⑧]，神意甚平，不覺瞋沮[⑨]。坐定，謂蔡曰：「卿奇人，殆壞我面[⑩]。」蔡答曰：「我本不為卿面作計[⑪]。」其後二人俱不介意。

【注釋】

①支道林：支遁。還東：指回到建康東邊的會稽。
②征虜亭：在今江蘇南京江寧東，為征虜將軍謝安所立，故名。
③蔡子叔：蔡系，字子叔，東晉濟陽（治在今山東定陶西北）人，蔡謨第二子，有才學文義，位至撫軍長史。
④謝萬石：謝萬。
⑤小：稍微。
⑥褥：指坐墊。
⑦幘（zé）：裹頭髮的頭巾。
⑧振衣：拂拭衣服上的灰塵。
⑨瞋沮（chēn jǔ）：生氣懊喪。
⑩殆：幾乎，差不多。
⑪作計：作打算。

【譯文】

支遁將回到東邊，當時的名士全到征虜亭送行。蔡系先到，座位靠近支遁。謝萬後來，坐得稍遠。蔡系臨時起身離開，謝萬就移坐到蔡系坐過的位子上。蔡系回來後，看到謝萬坐在自己的座位上，就把謝萬連同坐墊舉起來扔到地上，自己重新坐回原來的位子。謝萬的帽子頭巾都歪斜脫落下來，他就慢慢起來，拂去衣服上的灰塵，回到席位上，神色意態都很平靜，一點也看不出生氣懊喪的樣子。謝萬坐好後，對蔡系說：「你是個怪人，幾乎摔壞了我的臉。」蔡系答道：「我原本就不曾為你的臉作過打算。」此後兩人都沒把這事放在心上。

三二

郗嘉賓欽崇釋道安德問①，餉米千斛②，修書累紙③，意寄殷勤④。道安答直云⑤：「損米⑥，愈覺有待之為煩。」

【注釋】

①郗嘉賓：郗超。欽崇：佩服尊重。釋道安（三一四－三八五）：東晉、前秦時僧人。俗姓衞，常山扶柳（今河北冀州西）人。十二歲出家受戒後，師事佛圖澄。長期在襄陽傳法注經，為般若學六大家之一。後至長安，在五重寺主持譯場，著譯甚多。主要總結漢以來流行的禪法與般若

兩系學說，整理新舊譯經，編纂目錄，確立戒規，主張僧侶以「釋」為姓，為後世所遵行。為佛教事業做出了貢獻。德問：道德聲譽。問，通「聞」，聲譽。

②餉：贈送。斛（hú）：量器名，古代十斗為一斛。

③累紙：好幾張紙。累，重疊。

④殷勤：周到。

⑤直：僅，只。

⑥損：減少。

【譯文】

郗超佩服尊重道安和尚的道德聲望，贈送給他千斛米，寫了好幾張紙的信，信中表達了十分周到的情意。道安僅僅回答道：「何必減損自己的米送人呢！還又寫來長信，愈發感到你待人如此殷勤，真是不勝其煩啊。」

三三

謝安南免吏部尚書還東①，謝太傅赴桓公司馬出西②，相遇破岡③。既當遠別，遂停三日共語。太傅欲慰其失官，安南輒引以它端。雖信宿中塗④，竟不言及此事。太傅深恨在心未盡⑤，謂同舟曰：「謝奉故是奇士。」

【注釋】

①謝安南：謝奉。還東：指從京城建康回到東邊會稽。
②謝太傅：謝安。赴桓公司馬：出任桓溫的司馬一職。出西：往西邊京都去。
③破岡：三國時孫權發兵所鑿之航道，自句容（在今江蘇）至雲陽（今江蘇丹陽）。
④信宿：連宿兩夜。信，住兩夜的意思。中塗：路途中。塗，道路。
⑤恨：遺憾。

【譯文】

謝奉被免去吏部尚書官職後回到東邊會稽，謝安赴任桓溫的司馬之職往西邊來，兩人在破岡相遇。當此將要久別之時，他們便停留了三天一起敍談。謝安想對他免去官職一事加以安慰，謝奉總是以別的話語引開去。雖然兩人在途中連住了兩夜，竟然沒有説到這件事。謝安深感遺憾未能把心意説出來，對同船的人説：「謝奉本來就是個奇人。」

三四

戴公從東出①，謝太傅往看之②。謝本輕戴，見但與論琴書。戴既無吝色③，而談琴書愈妙。謝悠然知其量④。

【注釋】

①戴公：戴逵（約三二六—三九六），字安道，譙郡銍縣（今安徽宿州西南）人，後徙居會稽剡縣（今浙江嵊州西南）。少博學，好談論，善屬文，能鼓琴，工書畫。擅畫人物、山水、走獸，亦畫宗教畫並雕鑄銅像。他為瓦官寺所塑之五世佛，與顧愷之的壁畫維摩詰像、獅子國（斯里蘭卡）送來的玉佛，在當時並稱「三絕」。性高潔，常以琴書自娛，不就國子祭酒、散騎常侍之徵召。

②謝太傅：謝安。

③吝色：指不樂意的神色。

④悠然：深遠的樣子。量：氣度。

【譯文】

戴逵從東邊會稽往京城來，謝安去看望他。謝安本來輕視戴逵，見面後只是與他談論琴書。戴逵既沒有表現出不樂意的神色，而談論起琴藝書畫來愈發精妙。謝安這才深深地發覺到了戴逵具有超然脱俗的氣度。

三五

謝公與人圍棋①，俄而謝玄淮上信至②。看書竟，默然無言，徐向局③。客問淮上利害④，答曰：「小兒輩大破賊⑤。」意色舉止，不異於常。

【注釋】

①謝公：謝安。

②俄而：不久。淮上：淮河上。晉孝武帝太元元年（三八三）前秦苻堅以八十七萬大軍南下攻晉，晉相謝安派謝玄等率八萬軍迎戰，以少勝多，大破前秦苻堅，是為「淝水之戰」。淝水為淮河上游之支流，故稱。信：信使。

③徐：緩慢。局：棋局。

④利害：指勝負。

⑤小兒輩：謝安被任為征討大都督，他派遣弟謝石、姪謝玄、子謝琰率軍北上拒敵，諸謝多為其子姪，故稱。

【譯文】

謝安和人下圍棋，不一會兒謝玄從淮河前線派來的信使到了。謝安看完來信後，默默地不說話，慢慢地轉向棋局。客人問他淮上勝負消息，謝安答道：「小孩子們大破賊軍。」說話時的神態舉動，與平常時候沒有什麼不同。

## 三六

王子猷、子敬曾俱坐一室①，上忽發火。子猷遽走避②，不惶取屐③；子敬神色恬然④，徐喚左右扶憑而出⑤，不異平常。世以此定二王神宇⑥。

**【注釋】**

①王子猷（yóu）：王徽之（？—三八八），字子猷，王羲之第五子，官至黃門侍郎。子敬：王獻之，字子敬，王羲之第七子。

②遽：急。

③惶：通「遑」，閑暇。屐：木頭鞋。

④恬然：安閑的樣子。

⑤扶：攙。憑：靠。

⑥神宇：神情器宇。

**【譯文】**

王徽之、王獻之曾經同坐在一間屋內，房上忽然起火。王徽之急忙跑開躲避，都來不及穿上木屐；而王獻之神色安閑，從容不迫地叫左右侍從把他攙扶着靠在他們身上走出來，與平常沒有什麼不同。當時人就用這件事來評定二王神情氣度的優劣高下。

三七

苻堅遊魂近境①，謝太傅謂子敬曰②：「可將當軸③，了其此處④。」

【注釋】

①遊魂：比喻苻堅不斷地騷擾。
②謝太傅：謝安。子敬：王獻之。
③當軸：官居要職者。
④了：結束，消滅。

【譯文】

苻堅像遊魂似地侵擾邊境，謝安對王獻之說：「可以任命官居要職者為統帥，就把苻堅消滅在邊境之上。」

三八

王僧彌、謝車騎共王小奴許集①。僧彌舉酒勸謝云：「奉使君一觴②。」謝曰：

「可爾。」僧彌勃然起，作色曰：「汝故是吳興溪中釣碣耳③！何敢譸張④！」謝徐撫掌而笑曰：「衛軍⑤，僧彌殊不肅省⑥，乃侵陵上國也⑦。」

## 【注釋】

①王僧彌：王珉的小字。謝車騎：謝玄。王小奴：王薈的小名。

②使君：謝玄曾任徐州刺史，故稱。

③吳興：郡名，今浙江湖州。謝安曾任吳興刺史，謝玄少時曾住吳興。釣碣：釣魚的碣奴。謝玄性好釣魚，小名碣，故稱。

④譸（zhōu）張：欺騙，作偽。

⑤衛軍：稱王薈，他死後贈「衛將軍」。

⑥肅省：恭敬檢點。

⑦上國：春秋時齊、晉等中原諸侯國尊稱為上國，南方吳、楚等國則被蔑稱為蠻夷。

## 【譯文】

王珉和謝玄一起在王薈家聚會。王珉舉杯向謝玄勸酒説：「敬使君一杯酒。」謝玄道：「該當如此。」王珉聽了勃然大怒地站起來，變了臉色道：「你本來就是吳興溪澗中一個釣魚的碣奴罷了！怎麼敢欺騙人！」謝玄緩緩地拍手笑道：「衛軍，僧彌太不恭敬檢點了，這是侵犯上國諸侯啊。」

## 三九

王東亭為桓宣武主簿①，既承藉②，有美譽，公甚敬其人地為一府之望③。初，見謝失儀④，而神色自若。坐上賓客即相貶笑⑤。公曰：「不然。觀其情貌，必自不凡，吾當試之。」後因月朝閣下伏⑥，公於內走馬直出突之⑦，左右皆宕僕⑧，而王不動。名價於是大重⑨，咸云「是公輔器也」⑩。

### 【注釋】

①王東亭：王珣。桓宣武：桓溫。
②承藉：繼承、憑藉。王珣是王導的孫子，名門望族之後，故稱。
③人地：人才與門第。一府：指桓溫大司馬府。望：指有名望的人。
④見謝：指進見桓溫答謝時。失儀：失禮。
⑤貶笑：貶抑嘲笑。
⑥月朝：指官府下屬每月初一按例朝見長官。
⑦走馬：騎馬奔馳。
⑧宕（dàng）僕：搖搖晃晃向前跌倒。
⑨名價：名聲。
⑩公輔：三公，丞相。器：才幹。

【譯文】

王珣擔任桓溫的主簿職務，他憑藉祖上的名位，已經擁有美好的名聲，桓溫很敬重他的才能與門第，成為整個大司馬府有名望的人。王珣上任之初，拜見桓溫時答謝有失禮儀，但他神色坦然自如。座上的賓客隨即貶抑嘲笑他。桓溫說：「不是這樣的。看他的神態面貌，必定不是尋常之人。我要試試他。」後來趁着初一屬吏朝見長官，拜伏在官署閣下之時，桓溫從官署內騎馬奔馳直衝出來，左右其他人都搖搖晃晃向前僕倒，而王珣在原地一動也不動。他的名聲於是大大地提高，人們都說：「他是具有三公丞相才幹的人才。」

## 四〇

太元末①，長星見②，孝武心甚惡之③。夜，華林園中飲酒④，舉杯屬星云⑤：「長星！勸爾一杯酒，自古何時有萬歲天子？」

【注釋】

①太元：東晉孝武帝年號（三七六——三九六）。
②長星：彗星的別稱。見：同「現」，出現。
③孝武：東晉孝武帝司馬曜。

④華林園：宮苑名，故址在今南京古台城內。

⑤屬（zhǔ）：請託。

【譯文】

太元末年，彗星出現，孝武帝心裏很厭惡它。夜間，在華林園中飲酒，他舉起酒杯來向彗星勸酒道：「彗星啊！敬你一杯酒。自古以來什麼時候有過萬年的天子？」

## 四一

殷荊州有所識[①]，作賦，是束皙慢戲之流[②]。殷甚以為有才，語王恭：「適見新文，甚可觀。」便於手巾函中出之[③]。王讀，殷笑之不自勝[④]。王看竟，既不笑，亦不言好惡，但以如意帖之而已[⑤]。殷悵然自失[⑥]。

【注釋】

①殷荊州：殷仲堪。

②束皙（約二六四—約三〇三）：字廣微，陽平元城（今河北大名）人。官尚書郎。精通古文字，著述甚多，皆不傳，明人輯有束廣微集。全晉文卷八十七載有貧家賦、讀書賦、近遊賦、勸農

賦、餅賦等。慢戲：輕率遊戲，不莊重。

③函：套子。

④自勝：克制自己。

⑤如意：用竹、玉、骨等製成的供搔背或觀賞等用的器物。帖：妥帖，平伏。

⑥悵然：不痛快的樣子。自失：若有所失。

【譯文】

殷仲堪有位相熟悉的人，寫了一篇賦，屬於束晳那種遊戲辭賦之類。殷仲堪認為很有才氣，對王恭說：「剛才見到一篇新作，很值得一看。」便從手巾套子裏拿出賦來。王恭便讀起賦來，殷仲堪則在一旁笑得克制不住自己。王恭看完賦，既沒笑，也不說這篇賦的好壞，只是用如意來把這篇賦作壓平罷了。殷仲堪見此情景悵然若失。

## 四二

羊綏第二子孚①，少有俊才，與謝益壽相好②。嘗蚤往謝許③，未食。俄而王齊、王睹來④。既先不相識，王向席有不說色，欲使羊去。羊了不眄⑤，唯腳委几上⑥，詠矚自若⑦。謝與王敍寒溫數語畢⑧，還與羊談賞⑨，王方悟其奇，乃合共語。須臾食下，二王都不得餐，唯屬羊不暇。羊不大應對之，而盛進食，食畢便退。遂苦相留，羊義不住[⑩]，直云：「向者不得從命，中國尚虛[⑪]。」二王是孝伯兩弟。

【注釋】

①孚：羊孚。
②謝益壽：謝混之小字。
③蚤：通「早」。
④王齊：王熙，字叔和，小字齊，王恭弟，官太子洗馬。王睹：王爽，小字睹，王恭弟。
⑤了不眄（miǎn）：完全不看。了，完全。眄，斜着眼睛看。
⑥委：放，置。几：小矮桌。
⑦矚：專注。自若：神情閑適。
⑧寒溫：寒暄。
⑨談賞：談論玩賞。
⑩向者：先前。從命：聽從吩咐，遵命。
⑪中國尚虛：指腹內尚空。以中國比腹心，以四肢比夷狄，為當時人口語。

【譯文】

羊綏的第二個兒子羊孚，年輕時就有着卓越超人的才智，與謝混互相友好。他曾經一大早到謝混家去，當時還未吃飯。一會兒王熙和王爽也來了。他們先前互相都不認識，王氏兄弟落座時就面露不悅之色，想讓羊孚離開。羊孚卻完全連看也不看他們一眼，只是把腳擱在小几上，神情自在地專注於吟詠詩句上。謝混與二王兄弟寒暄了幾句後，回過頭來與羊孚談論玩賞，二王兄弟這才明白羊孚的奇特，於是便同他一起談話。不一會兒飯菜上來了，二王兄弟都顧不得吃飯，只是不停地勸羊孚多吃。羊孚不大搭理他們，而大口大口地吃飯，吃完了就告退。二王竭力地挽留，羊孚照理不再留下，直截了當地說：「先前我不能遵命離開這裏，是因為我腹中空空尚未進食。」二王兄弟是王恭的兩位弟弟。

# 識鑒第七

## 【題解】

識鑒，指對人或事物的認識和鑒別。也可稱為「鑒識」，晉書劉訥傳：「隗伯父訥，字令言，有人倫鑒識。」所謂「人倫鑒識」，即鑒別、評估人物的能力。也可稱為「知人之鑒」，晉書胡毋輔之傳：「輔之少擅高名，有知人之鑒。」本篇共有二十八則，主要集中於對人物的品評和識鑒，展現了魏晉士人審時度勢、見微知著的洞察力和決斷力。最著名的一則是喬玄對曹操的評價：「君實是亂世之英雄，治世之奸賊。」

## 一

曹公少時見喬玄①，玄謂曰：「天下方亂，羣雄虎爭，撥而理之②，非君乎？然君實是亂世之英雄，治世之奸賊。恨吾老矣，不見君富貴，當以子孫相累③。」

【注釋】

①曹公：曹操。喬玄：字公祖，東漢梁國睢陽（今河南商丘）人，官至尚書令。

②撥：整頓。

③累：勞累，麻煩。

【譯文】

曹操年輕時去見喬玄，喬玄對他說：「天下正在動盪不安，各路英雄如虎相爭，整頓治理天下，不是要靠您嗎？但是您實在是亂世的英雄，治世的奸賊。遺憾的是我已老了，看不到您富貴發達了，只有把子孫交給您麻煩您照顧了。」

二

曹公問裴潛曰[①]：「卿昔與劉備共在荊州[②]，卿以備才如何？」潛曰：「使居中國[③]，能亂人，不能為治；若乘邊守險，足為一方之主。」

【注釋】

①曹公：曹操。裴潛：字文行，三國魏河東聞喜（今屬山西）人。曹操定荊州，以為參丞相軍事。

後為代郡太守，遷兗州刺史。曹丕為文帝，入為散騎常侍，遷荊州刺史。賜爵關內侯。明帝時入為尚書令。

②劉備（一六一—二二三）：字玄德，涿郡涿縣（今河北涿州）人。三國時蜀漢的建立者。幼貧，與母販鞋織席為業，曾先後依附公孫瓚、曹操、劉表等。後用諸葛亮聯吳抗曹之策，於建安十三年（二〇八）聯合孫權，大敗曹操於赤壁，佔領荊州。後又奪取益州、漢中，二二一年稱帝，不久病死。

③中國：指中原地區。

【譯文】

曹操問裴潛道：「你當初與劉備一起在荊州的時候，你認為劉備的才能怎麼樣？」裴潛說：「如果讓他佔有中原地區，會把人心攪亂，局面不能得到治理；如果讓他駐守邊境扼守險要，那麼他就能成為一方的霸主。」

三

何晏、鄧颺、夏侯玄並求傅嘏交①，而嘏終不許。諸人乃因荀粲說合之②，謂嘏曰：「夏侯太初一時之傑士③，虛心於子，而卿意懷不可交。合則好成，不合則致隙④。二賢若穆⑤，則國之休⑥。此藺相如所以下廉頗也⑦。」傅曰：「夏侯太初志大心勞⑧，能合虛譽⑨，誠所謂利口覆國之人⑩。何晏、鄧颺有為而躁，博而寡要⑪，外好利而內無關籥⑫，貴同惡異⑬，多言而妒前⑭。多言多釁⑮，妒前無親。以吾觀之，此三賢者皆敗德之人爾，遠之猶恐罹禍⑯，況可親之邪？」後皆如其言。

【注釋】

①鄧颺：字玄茂，三國魏南陽宛（今河南南陽）人。明帝時官潁川太守、侍中尚書。

②說合：從中介紹，促成他人之事。

③夏侯太初：夏侯玄。傑士：才智出眾者。

④致隙：導致隔閡。

⑤穆：和睦。

⑥休：美善，福祿。

⑦藺相如、廉頗：兩人均為戰國趙人。秦昭王欲以十五城換趙之和氏璧，相如自請赴秦，以計完璧歸趙。又在澠池會上挫敗秦王，以功封上卿，地位在名將廉頗之上。廉頗自負功高，欲當眾辱之。相如以國家為重，再三退讓，廉頗受感動，遂負荊請罪，二人成為刎頸之交。

⑧心勞：指思慮過多，費盡心思。

⑨合：聚，會。虛譽：虛名。

⑩利口覆國：指能言善辯會導致國家敗亡。語見論語陽貨：「惡利口之覆邦家者。」利口，能言善辯。覆，失敗，毀滅。

⑪寡要：不得要領。

⑫關籥（yuè）：關門之鎖，引申為檢點、約束。

⑬貴同惡異：看重意見相同者而厭惡意見不同的人。

⑭妒前：忌妒勝過自己的人。

⑮釁：縫隙。

⑯罹（lí）禍：遭到禍害。罹，遭遇。

【譯文】

何晏、鄧颺、夏侯玄都希望與傅嘏結交，而傅嘏始終不答應。幾個人就通過荀粲來促成此事，荀粲對傅嘏說：「夏侯玄是當代傑出之士，他對您很虛心，而您心中卻不願意。大家互相交好就能辦成事，不能交好就會造成隔閡，兩位賢者如能和睦相處，就是國家之福。這就是藺相如為什麼向廉頗退讓的原因。」傅嘏說：「夏侯玄志向遠大費盡心思，能夠聚集虛名於一身，真是古人說的能言巧辯足以導致國家敗亡的人。何晏、鄧颺有作為卻很浮躁，學識雖廣博卻不得要領，對外愛好錢財而內心卻毫不檢點，看重意見相同的人而厭惡意見不同者，喜歡虛談而妒忌超過自己的人。言多必失，招來嫌隙，妒忌超過自己的人必定無人親近。照我看來，這三位賢者都是敗壞道德的人而已。我疏遠他們還怕遭到連累，何況去親近他們呢？」後來他們三人的結局都與傅嘏說的一樣。

四

晉武帝講武於宣武場[①]，帝欲偃武修文[②]，親自臨幸[③]，悉召羣臣。山公謂不宜爾[④]，因與諸尚書言孫、吳用兵本意[⑤]，遂究論[⑥]，舉坐無不咨嗟[⑦]，皆曰：「山少傅乃天下名言[⑧]。」後諸王驕汰[⑨]，輕遘禍難[⑩]，於是寇盜處處蟻合[⑪]，郡國多以無備，不能制服，遂漸熾盛，皆如公言。時人以謂山濤不學孫、吳，而闇與之理會。王夷甫亦歎云[⑫]：「公闇與道合。」

【注釋】

①晉武帝：司馬炎。宣武場：操練場，在洛陽宣武觀北。

②偃（yǎn）武修文：止息武備，振興文教。

③臨幸：皇帝親臨。

④山公：山濤。

⑤孫、吳：孫武、吳起，春秋時著名兵家，孫武著有孫子兵法，吳起著有吳子。

⑥究論：詳細推究論述。

⑦咨嗟：讚歎。

⑧山少傅：山濤曾為太子少傅，故稱。

⑨諸王：指晉武帝即位後大封宗室為王，各有封地。驕汰（tài）：過分驕縱。汰，過分。

⑩遘（gòu）：通「構」，構成。

⑪蟻合：像螞蟻般的聚合，形容極多。

⑫王夷甫：王衍。

**【譯文】**

晉武帝在宣武場上講論武事，他想停息武備，振興文教，故親自蒞臨，把羣臣全都召集起來。山濤認為不適宜這麼做，便與各位尚書說孫武、吳起用兵的本意，並因此加以深入的推究論述，滿座的人聽後全都讚歎，都說：「山濤所說是天下的至理名言。」後來分封到各地的諸王過於驕縱，輕易地釀成禍亂災難，於是盜賊四處蜂起，各地郡縣封國多數因為沒有防備，不能予以制服，分裂割據勢力便逐漸強大起來了，都像山濤所說的那樣。當時人認為山濤雖然不學孫、吳的兵法，但他的見解卻與孫、吳兵法暗中相通。王衍也感歎道：「山公的看法與道理暗合。」

## 五

王夷甫父乂為平北將軍①，有公事，使行人論②，不得。時夷甫在京師，命駕見僕射羊祜、尚書山濤③。夷甫時總角④，姿才秀異，敍致既快⑤，事加有理，濤甚奇之。既退，看之不輟，乃歎曰：「生兒不當如王夷甫邪？」羊祜曰：「亂天下者，必此子也。」

**【注釋】**

①乂：王乂，王衍之父。

②行人：使者的通稱。

③命駕：吩咐僕人駕車。僕射羊祜：羊祜曾任尚書左僕射。

④總角：古時未成年人將頭髮扎成髻，借指幼年。

⑤敍致：指敍述事理。

**【譯文】**

王衍的父親王乂擔任平北將軍時，有一件公事，想派使者去説明情況，卻找不到這樣的使者。當時王衍在京城，便吩咐僕人駕車去見僕射羊祜、尚書山濤。王衍當時年紀還小，姿容才能優秀出眾，敍述事理既很暢快，再加道理説得頭頭是道，山濤感到很驚奇。王衍走了，他還是不停地看，於是歎息道：「生兒子不應當像王衍這樣的嗎？」羊祜説：「將來攪亂天下的，必定是這個人。」

六

**潘陽仲見王敦小時①，謂曰：「君蜂目已露②，但豺聲未振耳③。必能食人，亦當為人所食。」**

【注釋】

①潘陽仲：潘滔，字陽仲，西晉滎陽（今屬河南）人，仕至河南尹，石勒之亂時遇害。

②蜂目：眼睛如蜂，比喻人的相貌兇惡。

③豺聲：聲音如豺，比喻惡人的聲音。

【譯文】

潘滔見到王敦小時的模樣，對他說：「您的眼睛已經如蜂一樣露出兇光了，只是豺狼之聲尚未振響而已。你必定能吃人，也會被人吃掉。」

## 七

石勒不知書①，使人讀漢書。聞酈食其勸立六國後②，刻印將授之，大驚曰：「此法當失，云何得遂有天下？」至留侯諫③，乃曰：「賴有此耳！」

【注釋】

①石勒（二七四—三三三）：字世龍，上黨武鄉（今山西榆社北）人。羯族。後為劉淵大將，聯合漢族失意官僚發展為割據勢力。三一九年自稱趙王，建立政權，史稱後趙。三二九年滅前趙，

取得北方大部分地區，建都襄國（今河北邢台），稱帝。

②酈食其（yì jī，？—前二〇三）：秦漢之際陳留高陽鄉（今河南杞縣）人，以「高陽酒徒」自稱見劉邦，獻計攻克陳留，封廣野君。後為齊王田廣烹死。

③留侯：張良（？—前一八九），字子房，相傳為城父（今河南寶豐東）人。劉邦的主要謀士，漢朝建立，封留侯。

**【譯文】**

石勒不識字，叫人讀漢書給他聽。當聽到酈食其勸劉邦封立六國後代為王，刻了印章將要授給他們時，大驚說：「這個辦法大錯，說什麼這樣就能得到天下？」當又聽到留侯張良進諫勸阻時，石勒便說：「全靠有他進諫啊！」

## 八

**衛玠年五歲，神衿可愛①。祖太保曰②：「此兒有異，顧吾老，不見其大耳！」**

**【注釋】**

①神衿（jīn）：神態，胸懷。衿，胸懷，胸襟。

②祖太保：衛瓘（guàn），衛玠的祖父，西晉時官至太保，故稱。

【譯文】

衛玠五歲的時候，神態、胸懷都很可愛。他的祖父太保衛瓘說：「這孩子非同尋常，只是我老了，見不到他長大成人了！」

## 九

**劉越石云[①]：「華彥夏識能不足[②]，強果有餘[③]。」**

【注釋】

①劉越石：劉琨。

②華彥夏：華軼，字彥夏，西晉平原（今屬山東）人，華歆的曾孫。官至江州刺史，因不聽元帝之命，兵敗被殺。識能：見識才能。

③強果：剛強果斷。

【譯文】

劉琨說：「華彥夏見識才能顯得不足，倒是剛強果斷有餘。」

一〇

張季鷹辟齊王東曹掾①，在洛，見秋風起，因思吳中菰菜羹、鱸魚膾②，曰：「人生貴得適意爾③，何能羈宦數千里以要名爵④！」遂命駕便歸。俄而齊王敗，時人皆謂為見機⑤。

【注釋】

①張季鷹：張翰，字季鷹，西晉吳郡（今江蘇蘇州）人。齊王冏時為大司馬東曹掾。因秋風起，思念故鄉的菰菜、蓴羹、鱸魚膾而歸故鄉。存詩六首，集已佚。辟（bì）：徵召。齊王：司馬冏。東曹掾：東曹的屬官。曹，官署中分科辦事的機構。

②吳中：吳地，蘇州。菰菜：茭白，生長於長江以南的低窪地，可作蔬菜食用。鱸魚膾（kuài）：鱸魚切片或切碎做的菜。

③爾：罷了，而已。

④羈宦：在異鄉作官。要（yāo）：求。爵：官位。

⑤見機：在事前即已察知其結果。

【譯文】

張翰被任命為齊王司馬冏的東曹掾，在洛陽，看到秋風起了，於是就想念家鄉吳地的茭白羹、鱸魚膾，說：「人生可貴的是使自己愉快而已，怎能為了求得名位而在數千里外做官呢！」於是他就命人駕車回鄉。不久齊王冏兵敗被殺，當時人都說他料事如神。

## 一一

諸葛道明初過江左①，自名道明，名亞王、庾之下②。先為臨沂令③，丞相謂曰④：「明府當為黑頭公⑤。」

【注釋】

①諸葛道明：諸葛恢。江左：江南。
②亞：次，次一等。王、庾：王導、庾亮。
③臨沂：在今山東。令：縣令。
④丞相：王導。
⑤明府：漢時對郡守的尊稱，後沿用，亦可稱縣令。黑頭公：指年輕人未到老年頭髮花白之時，官位已升至三公高位。

【譯文】

諸葛恢剛剛渡江到江南時，自己起名叫道明，名聲次一等在王導、庾亮之下。他先前擔任臨沂縣令，丞相王導對他說：「您必定能在青壯之年位至三公。」

## 一二

王平子素不知眉子①，曰：「志大其量，終當死塢壁間②。」

【注釋】

①王平子：王澄。眉子：王玄，字眉子，王衍之子，少有俊才，與衞玠齊名。有豪氣，後被害。

②塢壁：防禦用的小城堡。

【譯文】

王澄一向不與王玄相交，說：「王玄志向大於他的氣量，最後必定死在小城堡中。」

## 一三

王大將軍始下①，楊朗苦諫不從②，遂為王致力③，乘中鳴雲露車徑前④，曰：「聽下官鼓音，一進而捷。」王先把其手曰：「事克，當相用為荊州⑤。」既而忘之⑥，以為南郡⑦。王敗後，明帝收朗⑧，欲殺之。帝尋崩，得免。後兼三公⑨，署數十人為官屬⑩。此諸人當時並無名，後皆被知遇⑪。於時稱其知人。

**【注釋】**

①王大將軍：王敦。下：指王敦於永昌元年（三二二）起兵從武昌沿江而下進攻建康（今江蘇南京）。

②楊朗：字世彥，東晉弘農（今屬陝西）人，官至雍州刺史。

③致力：效力。

④中鳴雲露車：一種戰車，車上有層樓，車中置鑼鼓，可觀察敵情，指揮軍隊或進或退。徑前：勇往直前。

⑤相用為荊州：指任為荊州刺史。

⑥既而：不久。

⑦南郡：治在今湖北江陵。

⑧明帝：晉明帝司馬紹。收：逮捕

⑨三公：即三公曹，主管選拔官吏。
⑩署：委任。
⑪知遇：賞識。

【譯文】

大將軍王敦起初起兵進攻京都建康時，楊朗苦苦勸諫，王敦不聽從，楊朗不得已便為王敦效力，他乘上中鳴雲露車勇往直前，說：「聽我的鼓音，奮勇向前，一戰告捷。」王敦預先就拉住他的手許諾道：「事成之後，必當用你為荊州刺史。」不久他就忘了自己説過的話，任用楊朗為南郡太守。王敦失敗後，晉明帝逮捕了楊朗，準備處死他。不久明帝死了，他才得以免去一死。後來他兼任三公曹，委任了幾十人做屬官。這些人當時並沒有什麼名氣，後來都受到了賞識。當時人都稱讚他能知人善任。

一四

周伯仁母冬至舉酒賜三子曰①：「吾本謂度江託足無所②，爾家有相③，爾等並羅列吾前，復何憂！」周嵩起，長跪而泣曰：「不如阿母言。伯仁為人志大而才短，名重而識闇④，好乘人之弊，此非自全之道；嵩性狼抗⑤，亦不容於世；唯阿奴碌碌⑥，當在阿母目下耳。」

【注釋】

①周伯仁：周顗。冬至：二十四節氣之一，在陽曆十二月二十一日至二十三日之間。此日夜最長，晝最短。有祭祖、宴飲的習俗。

②度江：渡江。託足：立足，安身。

③相：吉相。

④闇：愚昧，糊塗。

⑤狼抗：驕傲，乖戾。

⑥阿奴：周謨，周顗、周嵩之弟。碌碌：平庸無所作為的樣子。

【譯文】

周顗的母親在冬至節這天拿酒賜給三個兒子說：「我本以為渡江後沒有地方可以立足安身，幸而你們周家有吉相，你們都在我跟前，我還有什麼憂慮呢！」周嵩站起來，長跪在母親面前哭泣道：「並不像母親所說的。伯仁為人志向雖大而才能不足，名聲很重而見識短淺，又喜歡乘人之危，這並非保全自己的辦法；我的性格傲慢，也不能為世人所容納；只有老三阿奴碌碌無為的樣子，他應當可以守護在母親跟前。」

## 一五

王大將軍既亡①，王應欲投世儒②，世儒為江州③。王含欲投王舒④，舒為荊州⑤。含語應曰：「大將軍平素與江州云何，而汝欲歸之？」應曰：「此乃所以宜往也。江州當人強盛時，能抗同異⑥，此非常人所行。及睹衰厄，必興愍惻⑦。荊州守文⑧，豈能作意表行事⑨！」含不從，遂共投舒。舒果沉含父子於江。彬聞應當來，密具船以待之，竟不得來，深以為恨。

【注釋】

①王大將軍：王敦。

②王應：字安期，王敦兄王含之子，王敦因無子收為嗣子，任武衛將軍，後被誅。世儒：王彬，王敦的堂弟，東晉時官至江州刺史、左僕射。

③江州：指江州刺史。

④王含：王敦之兄。

⑤舒：王舒，字處明，東晉琅邪（今山東臨沂）人。王敦堂弟。為王敦賞識，用為荊州刺史。後討蘇峻有功，封彭澤侯。

⑥抗：抗論，直言不阿。同異：主要指異，不同的意見，偏義複詞。

⑦愍惻：哀憐，惻隱。

⑧守文：遵守成法。

⑨意表：意外。行事：行為。

【譯文】

王敦病死之後，王應想投奔王彬，王彬當時擔任江州刺史。王含想投奔王舒，王舒當時擔任荊州刺史。王含對王應說：「大將軍一向與王彬關係怎麼樣，而你卻想歸附於他？」王應說：「這正是應當去的原因。王彬正當人家強盛的時候，能直言不諱地提出不同意見，這不是一般常人所能做到的，等到看見人家衰敗困厄時，必定生出惻隱之心。王舒遵守成法，怎麼能作出意料之外的事情呢！」王含不聽他的話，於是就一起投奔王舒，王舒果然把王含父子沉於長江。王彬聽說王應要來，就祕密地準備船隻等待他們，王應父子終於沒能來，他為此深感遺憾。

一六

武昌孟嘉作庾太尉州從事①，已知名。褚太傅有知人鑒②，罷豫章還③，過武昌，問庾曰：「聞孟從事佳，今在此不④？」庾云：「試自求之。」褚眄睞良久⑤，指嘉曰：「此君小異，得無是乎⑥？」庾大笑曰：「然。」於時既歎褚之默識，又欣嘉之見賞。

【注釋】

①武昌：郡名，治在今湖北鄂城。孟嘉：字萬年，東晉江夏（今河南信陽東北）人。官至庾亮從事中郎，遷長史。庾太尉：庾亮。

②褚太傅：褚裒。鑒：察照的能力。

③罷豫章：被罷免豫章太守之官職。

④不：同「否」。

⑤眄睞（miǎn lài）：斜視，眷顧，這裏指四處察看。

⑥得無：莫非。

【譯文】

武昌孟嘉任庾亮的州從事，已經出了名。褚裒有鑒別人物的洞察力，他從豫章太守任上免官回家，經過武昌，問庾亮：「聽說孟從事人極好，今天在這裏嗎？」庾亮說：「請試着自己來找他。」褚裒四處察看了很久，指着孟嘉說：「這位先生稍有不同，莫非就是這位嗎？」庾亮大笑道：「是的。」當時人既讚歎褚裒有觀察識別的能力，又為孟嘉受到賞識而高興。

一七

戴安道年十餘歲①，在瓦官寺畫②。王長史見之③，曰：「此童非徒能畫，亦終當致名④。恨吾老，不見其盛時耳！」

【注釋】

①戴安道：戴逵。
②瓦官寺：佛寺名，在今南京。
③王長史：王濛。
④致名：成名。

【譯文】

戴逵十多歲時，在瓦官寺作畫。王濛看見他說：「這孩子非但能作畫，最終還必能成名。只是遺憾的是我老了，看不到他享有盛名的時候罷了！」

## 一八

王仲祖、謝仁祖、劉真長俱至丹陽墓所省殷揚州①，殊有確然之志②。既反，王、謝相謂曰：「淵源不起③，當如蒼生何？」深為憂歎。劉曰：「卿諸人真憂淵源不起邪？」

【注釋】

①王仲祖：王濛。謝仁祖：謝尚。劉真長：劉惔。殷揚州：殷浩，曾任揚州刺史，故稱。

②確然之志：指退隱之志堅定不移。語見周易乾文言曰：「不易乎世，不成乎名。遁世無悶，不見是無悶。樂則行之，憂則違之，確乎其不可拔，潛龍也。」

③淵源：殷浩，字淵源。起：指出仕。

【譯文】

王濛、謝尚、劉惔一起到丹陽墓地拜望殷浩，他退隱的志向非常堅定。回來後，王濛和謝尚相互議論說：「淵源不肯出來做官，該如何面對天下老百姓呢？」他們深為此憂慮歎息。劉惔說：「你們諸位真的憂慮淵源不出來當官嗎？」

一九

小庾臨終[1]，自表以子園客為代[2]。朝廷慮其不從命，未知所遣，乃共議用桓温。劉尹曰[3]：「使伊去，必能克定西楚[4]，然恐不可復制。」

【注釋】

①小庾：庾翼，庾亮之弟。

②園客：庾爰之，字仲真，小字園客，庾翼的次子。

③劉尹：指劉惔。

④西楚：指荊州一帶，這裏古屬楚，在京都西面，故稱。

【譯文】

庾翼臨終時，自己向朝廷表奏用兒子庾爰之代替他擔任荊州刺史之職。朝廷擔心他不肯聽從任命，不知該派遣誰去，便一起商議任用桓温。丹陽尹劉惔說：「派他去，必定能平定西楚地區，但是恐怕不可能再控制他了。」

## 二〇

**桓公將伐蜀①，在事諸賢咸以李勢在蜀既久②，承藉累葉③，且形據上流，三峽未易可克。唯劉尹云④：「伊必能克蜀。觀其蒱博⑤，不必得則不為。」**

**【注釋】**

①桓公：桓温。蜀：指成漢，十六國之一。

②在事諸賢：指在朝掌權的大官們。李勢：字子仁，成漢的第二代國君。

③承藉：憑藉，依靠。累葉：累世，不止一代。葉，世代。

④劉尹：劉惔。

⑤蒱博：即「樗（chū）蒱」，古代的一種賭博遊戲。

**【譯文】**

桓温將帶兵攻打成漢，朝廷的官員們都認為李勢在蜀地已經很久了，他憑藉祖宗幾代的基業，而且在地形上佔據長江上游，三峽地區不能輕易攻克。只有劉惔説：「他必定能攻克蜀地。看他賭博就知道，沒有必勝的把握就不會去做。」

## 二二

謝公在東山畜妓[①]，簡文曰[②]：「安石必出，既與人同樂，亦不得不與人同憂。」

【注釋】

①謝公：謝安，字安石。東山：謝安出仕前的隱居地，在今浙江上虞西南。妓：指表演音樂、歌舞的侍女。

②簡文：晉簡文帝司馬昱。

【譯文】

謝安在隱居東山時養了一班歌伎舞女，簡文帝說：「安石必定能出山當官，他既然能與人同樂，也就不得不與人同憂。」

## 二三

郗超與謝玄不善。苻堅將問晉鼎[①]，既已狼噬梁、岐[②]，又虎視淮陰矣[③]。於時朝議遣玄北討，人間頗有異同之論[④]，唯超曰：「是必濟事[⑤]。吾昔嘗與共在桓宣武府⑥，見使才皆盡，雖履屐之間⑦，亦得其任。以此推之，容必能立勳⑧。」元功既舉⑨，時人咸歎超之先覺，又重其不以愛憎匿善。

【注釋】

①問晉鼎：圖謀奪取晉朝政權。

②狼噬：像狼似地吞食。梁：梁州，治所在今陝西漢中。岐：岐山，今陝西岐山東北。

③虎視：如虎之視，指將欲有所攫取。淮陰：指淮河以南地區。

④異同：指不同，偏義複詞。

⑤濟事：成事。

⑥桓宣武府：桓溫幕府。

⑦履屐：泛指鞋子，這裏喻指小事。屐，木頭鞋。

⑧容：也許，或許。

⑨元功：大功。此指謝玄在淝水之戰中，率軍大破苻堅南侵之軍，立了大功。

【譯文】

郗超與謝玄關係不好。苻堅將要圖謀奪取晉朝的天下，他已經侵吞了梁、岐一帶，又虎視眈眈地想攫取淮陰地區。這時朝廷決定派遣謝玄領軍北伐，人們對此頗有不同看法，只有郗超說：「他必定能成功。我過去曾經與他一起在桓宣武幕府共事，看他用人時都能人盡其才，即使遇到極細小的事，也都能處理得當。因此來推論，他完全可能建立功勛。」淝水之戰大功告成後，當時的人都讚歎郗超的先見之明，又敬重他不以自己的好惡來掩蓋他人的長處。

## 二三

韓康伯與謝玄亦無深好[①]，玄北征後，巷議疑其不振[②]。康伯曰：「此人好名，必能戰。」玄聞之，甚忿，常於眾中厲色曰：「丈夫提千兵入死地，以事君親故發[③]，不得復云為名！」

【注釋】

①韓康伯：韓伯。

②巷議：指路人互相議論所見聞之事。

③君親：指君王，偏義複詞。

【譯文】

韓伯與謝玄也沒有很深的交情，謝玄率軍北伐後，街談巷議都懷疑他不能奮力作戰。韓伯說：「這人很看重自己的名聲，必定能奮力作戰。」謝玄聽到這話很氣憤，常在大庭廣眾中聲色俱厲地說：「大丈夫率領千軍萬馬出生入死，為的是效忠君王這才出征的，不能再說是為了揚名！」

## 二四

褚期生少時①，謝公甚知之，恆云：「褚期生若不佳者，僕不復相士②！」

【注釋】

①褚期生：褚爽，字茂弘，東晉時人，褚裒之孫。少有美稱，為謝安所重。

②相士：鑒別人才。

【譯文】

褚爽年輕時，謝安很賞識他，常常說：「褚期生如果不優秀的話，我就不再鑒別人才了！」

## 二五

郗超與傅瑗周旋①。瑗見其二子，並總髮②。超觀之良久，謂瑗曰：「小者才名皆勝，然保卿家，終當在兄。」即傅亮兄弟也③。

【注釋】

①傅瑗：字叔玉，東晉北地靈州（今寧夏靈武）人，官至安城太守。周旋：應酬，打交道。

②總髮：古時未成年人把頭髮扎成髻，借指幼年。

③傅亮兄弟：傅瑗的兩個兒子傅迪和傅亮。傅迪字長猷，官至五兵尚書。亮字季友，官至光祿大夫。

【譯文】

郗超與傅瑗有應酬來往，傅瑗讓兩個兒子出來拜見郗超，兩個人都還年幼。郗超對他們看了很久，對傅瑗說：「小的一位才學和名聲都超過哥哥，但是保全您全家的，終歸還應當靠哥哥。」這兩個孩子就是傅亮兄弟。

二六

王恭隨父在會稽，王大自都來拜墓①，恭暫往墓下看之②。二人素善，遂十餘日方還。父問恭：「何故多日？」對曰：「與阿大語，蟬連不得歸③。」因語之曰：「恐阿大非爾之友，終乖愛好④。」果如其言。

**【注釋】**

①王大：王忱。
②暫：不久。
③蟬連：接連不斷。
④乖：不相合，不和諧。

**【譯文】**

王恭跟隨父親在會稽，王忱從京城來會稽掃墓，王恭不久到墓地去看他。他們倆一向很好，於是在一起十多天才回家。王恭父親問他：「為什麼去了這麼多天？」王恭答道：「與王忱說話非常投機，一時不能回來。」他父親於是對他說：「恐怕王忱不是你的朋友，你們的愛好志趣最終是不能和諧的。」結果真的像他所說的那樣。

## 二七

車胤父作南平郡功曹①，太守王胡之避司馬無忌之難②，置郡於灃陰③。是時胤十餘歲，胡之每出，嘗於籬中見而異焉，謂胤父曰：「此兒當致高名。」後遊集，恆命之。胤長，又為桓宣武所知④，清通於多士之世⑤，官至選曹尚書⑥。

【注釋】

①南平郡：治所在今湖南安鄉北。功曹：郡守屬官。

②司馬無忌之難：司馬無忌，字公壽，晉王室，司馬承之子。王敦叛亂時，司馬承受命討伐，後被王敦所殺。王胡之是王廙之子，怕司馬無忌為父報仇，故想避開他。

③灃陰：應作「澧陰」，澧水之南。澧水，在湖南北部，流入洞庭湖。

④桓宣武：桓溫。

⑤清通：清明通達。多士：人才眾多。

⑥選曹尚書：吏部尚書，主管官吏選拔等事。

【譯文】

車胤的父親擔任南平郡功曹的時候，太守王胡之為避開司馬無忌的報復，把郡治設在澧水之南。此時車胤十多歲，王胡之出行時曾在籬笆中見到他，認為他很優異，便對車胤父親說：「這孩子當會得到很高的名聲。」後來在遊樂集會時，經常叫他來參加。車胤長大後，又被桓溫所賞識，在人才眾多的時代裏顯得清明通達，官職做到吏部尚書。

## 二八

王忱死，西鎮未定[①]，朝貴人人有望[②]。時殷仲堪在門下[③]，雖居機要，資名輕小[④]，人情未以方嶽相許[⑤]。晉孝武欲拔親近腹心[⑥]，遂以殷為荊州。事定，詔未出。王珣問殷曰：「陝西何故未有處分[⑦]？」殷曰：「已有人。」王歷問公卿，咸云：「非。」王自計才地，必應任己。復問：「非我邪？」殷曰：「亦似非。」其夜，詔出用殷。王語所親曰：「豈有黃門郎而受如此任！仲堪此舉，乃是國之亡徵。」

【注釋】

①西鎮未定：指荊州刺史之職尚未確定。西鎮，荊州為西部重鎮，故稱。
②朝貴：指朝中大臣。
③門下：門下省，皇帝的顧問機構。
④資名：資歷名望。
⑤方嶽：四方之高山，喻指地方長官。許：期望。
⑥晉孝武：晉孝武帝司馬曜。拔：提拔。腹心：喻指親信。
⑦陝西：喻指荊州。西周初召公奉命分治陝西以輔佐王室，此以之喻指重鎮荊州。處分：處置。

**【譯文】**

王忱死後，荊州刺史的人選尚未確定，朝中大臣人人都有當刺史的願望。當時殷仲堪在門下省任職，雖然位居機密要務，但是他資歷淺名望低，人們不認為他能勝任地方長官的要職。孝武帝要提拔自己的心腹，便用殷仲堪擔任荊州刺史。事情確定後，詔書尚未發出。王珣問殷仲堪說：「荊州的事為什麼沒有處置？」殷仲堪說：「已經有人選了。」王珣一個個地舉出公卿的名字來問，殷仲堪都說：「不是。」王珣自己估計無論才能與門第，必定應當是自己。便再問：「莫非是我嗎？」殷仲堪說：「也不是。」這天晚上，詔書發出，任用的是殷仲堪。王珣告訴親信說：「哪有黃門侍郎能得到如此重任？任命殷仲堪的舉動，是亡國的徵兆。」

# 賞譽第八

【題解】

賞譽，指對人物的鑒賞和讚譽。韓非子內儲說上：「賞譽薄而謾者，下不用；賞譽厚而信者，下輕死。」賞譽與識鑒有着緊密的聯繫，從某種角度說，賞譽也是對人物識鑒的標準。本篇共有一百五十六則，反映了魏晉士人重精神、重氣度、重才智、重悟性的鑒人角度，也刻畫出了名流大家們高蹈玄遠的風骨。

一

陳仲舉嘗歎曰①：「若周子居者②，真治國之器③。譬諸寶劍，則世之干將④。」

【注釋】

①陳仲舉：陳蕃。

②周子居：周乘。

③器：才能。

④干將：寶劍名。傳說春秋時吳國干將與妻莫邪精心鑄成陰陽寶劍，陽者名干將，陰者名莫邪，為世所寶。

**【譯文】**

陳蕃曾讚歎地說：「像周子居這樣的人，是真具有治國才能的人才。用寶劍來比喻的話，那就是聞名於世的干將。」

## 二

世目李元禮①：「謖謖如勁松下風②。」

**【注釋】**

①目：品評。李元禮：李膺。

②謖謖（sù）：風起的樣子。

【譯文】

當代的人品評李膺：「他的風度猶如勁松下的風。」

三

謝子微見許子將兄弟曰①：「平輿之淵②，有二龍焉。」見許子政弱冠之時③，歎曰：「若許子政者，有幹國之器④。正色忠謇⑤，則陳仲舉之匹⑥；伐惡退不肖⑦，范孟博之風⑧。」

【注釋】

①謝子微：謝甄，東漢召陵（今河南郾城東）人。善談論，曾與郭泰連日達夜地暢談，郭泰稱其「英才有餘」。因不拘小節，為時所毀。許子將兄弟：許劭及兄許虔。許劭（一五〇—一九五），字子將，汝南平輿（今屬河南）人。少有重名，善知人，與郭泰並稱「許郭」。許虔，字子政，許劭之兄，亦知名當世。

②淵：深水。

③弱冠：指二十歲。古時男子二十歲行冠禮，以示成人。

④幹國：國之棟樑。

⑤正色：指態度嚴肅，神色嚴厲。忠謇（jiǎn）：忠誠正直。

⑥匹：比得上，相當。

⑦伐惡：打擊惡人。不肖：不賢之人。

⑧范孟博：范滂（一三七—一六九），字孟博，汝南征羌（治在今河南郾城東南）人。為清詔使時，貪贓枉法者望風解印而去。反對宦官專權，死於黨錮之禍。

【譯文】

謝甄見到許劭兄弟時說：「平輿的深水之中，有兩條龍在。」見到二十來歲的許虔時，讚歎道：「像許子政這樣的人，具有國家棟樑的才具。態度嚴肅，神色嚴厲，與陳仲舉相當；打擊惡人，斥退不賢之人，又有范孟博之風。」

## 四

公孫度目邴原[1]：「所謂雲中白鶴，非燕雀之網所能羅也[2]。」

【注釋】

①公孫度：字升濟，一字叔濟，東漢襄平（今遼寧遼陽北）人，官至遼東太守。東伐高句麗，西

擊烏桓，南取東萊諸縣，威行海外，自立為遼東侯、平州牧。曹操表其為永寧鄉侯。目：品評，評價。邴原：字根矩，東漢朱虛（今山東臨朐東）人。後避亂至遼東，公孫度厚禮之。後設計離開，公孫度不再阻撓，予以放行。

②羅：張網捕捉。

【譯文】

公孫度品評邴原：「他就是人們所說的雲中白鶴，不是用捕捉燕雀的小網所能捉得到的。」

五

鍾士季目王安豐①：「阿戎了了解人意②。」謂：「裴公之談③，經日不竭。」吏部郎闕④，文帝問其人於鍾會⑤。會曰：「裴楷清通⑥，王戎簡要⑦，皆其選也⑧。」於是用裴。

【注釋】

①鍾士季：鍾會。王安豐：王戎。

②阿戎：對王戎的昵稱。了了：聰明懂事。

③裴公：裴楷。

④闕：空缺。

⑤文帝：晉文帝司馬昭。

⑥清通：清晰通達。

⑦簡要：簡明扼要。

⑧選：指人選。

【譯文】

鍾會評論王戎：「阿戎聰明懂事，善解人意。」說：「裴公的清談，整天都說不盡。」吏部郎的官員缺人，晉文帝向鍾會問詢誰是適合的人選。鍾會說：「裴楷清晰通達，王戎簡明扼要，他們都是吏部郎合適的人選。」於是就任用了裴楷。

六

王濬沖、裴叔則二人總角詣鍾士季①。須臾去，後客問鍾曰：「向二童何如？」鍾曰：「裴楷清通，王戎簡要。後二十年，此二賢當為吏部尚書，冀爾時天下無滯才②。」

【注釋】

①王濬沖：王戎。裴叔則：裴楷。總角：指童年。詣：拜訪。鍾士季：鍾會。

②冀：希望。爾時：那時。滯才：遺漏的人才。

【譯文】

王戎、裴楷兩人童年時去拜訪鍾會。不久他們離去，後走的客人問鍾會說：「剛才兩位童子怎麼樣？」鍾會說：「裴楷清晰通達，王戎簡明扼要。二十年過後，這兩位賢人當做吏部尚書，希望那時候天下再沒有遺漏的人才。」

## 七

**諺曰①：「後來領袖有裴秀②。」**

【注釋】

①諺：諺語。

②後來：指後輩。裴秀（二二四—二七一）：字季秀，西晉河東聞喜（今屬山西）人。晉武帝時官至司空，曾總結前人製圖經驗。在禹貢地域圖序中提出「製圖六體」，在世界地圖史上也有重要地位。

【譯文】

諺語說：「後輩領袖有裴秀。」

八

裴令公目夏侯太初[①]：「肅肅如入廊廟中[②]，不修敬而人自敬[③]。」一曰[④]：「如入宗廟，琅琅但見禮樂器[⑤]。見鍾士季[⑥]，如觀武庫[⑦]，但睹矛戟。見傅蘭碩[⑧]，汪廧靡所不有[⑨]。見山巨源[⑩]，如登山臨下，幽然深遠。」

【注釋】

①裴令公：裴楷。夏侯太初：夏侯玄。
②肅肅：嚴正的樣子。廊廟：指朝廷。
③修：整治。
④一：另外。
⑤琅琅：形容玉石的光彩。
⑥鍾士季：鍾會。
⑦武庫：藏兵器的地方。

⑧傅蘭碩：傅嘏。

⑨汪廧（qiáng）：同「汪翔」，與「汪洋」同義，指寬廣無邊的樣子。

⑩山巨源：山濤。

【譯文】

裴楷評論夏侯玄說：「看到他嚴正的樣子就像進入朝廷，不修整敬重而人們自然會敬重他。」另一種說法是：「好像進入宗廟，只看見琳琅滿目的禮樂之器熠熠生輝。」「見到鍾士季，就像參觀武器庫，只看見到處都是矛戟等武器。見到傅蘭碩，令人感到寬廣無邊，無所不有。見到山巨源，就像登山從高處望下看，幽幽的樣子深遠無邊。」

九

羊公還洛①，郭奕為野王令②。羊至界，遣人要之③，郭便自往。既見，歎曰：「羊叔子何必減郭太業④！」復往羊許，小悉還⑤，又歎曰：「羊叔子去人遠矣！」羊既去，郭送之彌日⑥，一舉數百里，遂以出境免官。復歎曰：「羊叔子何必減顏子⑦！」

【注釋】

①羊公：羊祜。洛：洛陽。

②郭奕：字太業，一字泰業，西晉太原陽曲（今山西太原）人。年輕時就已顯名，後深得晉武帝賞識，官至雍州刺史、尚書。野王：縣名，在今河南沁陽。

③要：邀請。

④何必：不必。減：減色，遜色。

⑤小悉：少頃，一會兒。

⑥彌日：一整天。

⑦顏子：顏回。

【譯文】

羊祜回到洛陽，郭奕當時擔任野王縣令。羊祜到了野王縣界後，就派人邀請郭奕，郭奕就自己去了。見面之後，郭奕讚歎道：「羊叔子不見得比我郭太業差！」他再次到羊祜處，很快就回來了，又讚歎道：「羊祜遠遠地超過一般人啊！」羊祜離開後，郭奕送了羊祜一整天，一送就送了幾百里地，因為超出了野王縣境範圍而被免去了官職。他再次讚歎道：「羊叔子不見得比顏子遜色！」

## 一〇

王戎目山巨源：「如璞玉渾金①，人皆欽其寶②，莫知名其器③。」

【注釋】

①璞玉渾金：未雕琢之玉、未冶煉之金，比喻人品真誠質樸。

②欽：欽佩，敬重。

③器：器重，度量。

【譯文】

王戎評論山濤：「他像是未經雕琢的玉石、未經冶煉的金子，人人都敬重他是寶物，但就是不能形容他的氣度。」

## 一一

羊長和父繇與太傅祜同堂相善①，仕至車騎掾②，蚤卒③。長和兄弟五人幼孤。祜來哭，見長和哀容舉止，宛若成人，乃歎曰：「從兄不亡矣④！」

【注釋】

①羊長和：羊忱。繇：羊繇，字堪甫，西晉時官至車騎掾。太傅祜：羊祜。同堂：堂房的兄弟。

②車騎掾：車騎將軍的屬官。

③蚤：通「早」。

④從兄：堂兄。

【譯文】

羊忱的父親羊繇與太傅羊祜是堂兄弟，彼此友善，官職做到車騎掾，很早就死了。羊忱兄弟五人幼年就成了孤兒。羊祜來到羊忱家哭喪，看到羊忱悲哀的面容和神情舉動，彷彿成年人一樣，就感歎道：「堂兄沒有死！」

## 一二

**山公舉阮咸為吏部郎①，目曰：「清真寡慾②，萬物不能移也。」**

【注釋】

①山公：山濤。阮咸：字仲容，西晉陳留尉氏（今屬河南）人，竹林七賢之一，阮籍之姪，與籍

並稱為「大小阮」。曠放不拘禮節，善彈琵琶，歷官散騎郎，補始平太守。

②清真：純潔質樸。寡慾：節制私慾。

【譯文】

山濤薦舉阮咸為吏部郎，評論道：「他純潔質樸，節制慾望，萬事萬物都不能改變他的性格。」

## 一三

**王戎目阮文業①：「清倫有鑒識②，漢元以來③，未有此人。」**

【注釋】

①阮文業：阮武，字文業，三國魏陳留尉氏（今屬河南）人。阮籍族兄，官至清河太守。著有阮子。

②清倫：人品清高。鑒識：精闢的見識。

③漢元：指漢初建國以來。

【譯文】

王戎評論阮武：「人品清高，有精闢的見解，從漢代建國以來，未曾見過這樣的人才。」

一四

武元夏目裴、王曰①：「戎尚約②，楷清通。」

【注釋】

①武元夏：武陔（gāi），字元夏，西晉初沛國竹邑（今安徽宿縣北）人。官至左僕射。裴、王：裴楷、王戎。

②尚約：崇尚簡約。

【譯文】

武陔評論裴楷、王戎說：「王戎崇尚簡約，裴楷清晰通達。」

一五

庾子嵩目和嶠①：「森森如千丈松②，雖磊砢有節目③，施之大廈，有棟樑之用。」

【注釋】

①庾子嵩：庾敳。

②森森：樹木茂盛的樣子。

③磊砢：樹木多節的樣子。節目：樹木枝幹交接之處為節，紋理糾結不順的部分為目。

【譯文】

庾敳評論和嶠：「他就像繁密茂盛的千丈高的大松樹，雖然樹上多節，枝幹交叉，但如果建造大廈，卻可以用它來做棟樑。」

一六

王戎云：「太尉神姿高徹①，如瑤林瓊樹②，自然是風塵外物③。」

【注釋】

①太尉：王衍。神姿：丰采。高徹：超脱通達。

②瑤林瓊樹：比喻人之品格如美玉般高潔。瑤、瓊，均為美玉。

③風塵：世俗，塵世。

【譯文】

王戎說：「太尉丰采超脱通達，就像美玉一樣高潔，自然是世俗之外的人了。」

一七

王汝南既除所生服①，遂停墓所。兄子濟每來拜墓②，略不過叔③，叔亦不候。濟脫時過④，止寒温而已。後聊試問近事，答對甚有音辭⑤，出濟意外，濟極惋愕。仍與語，轉造精微。濟先略無子姪之敬，既聞其言，不覺懍然⑥，心形俱肅⑦。遂留共語，彌日累夜。濟雖俊爽，自視缺然⑧，乃喟然歎曰⑨：「家有名士，三十年而不知！」濟去，叔送至門。濟從騎有一馬⑩，絕難乘，少能騎者。濟聊問叔：「好騎乘不？」曰：「亦好爾。」濟又使騎難乘馬。叔姿形既妙，回策如縈⑪，名騎無以過之。濟益歎其難測，非復一事。既還，渾問濟⑫：「何以暫行累日？」濟曰：「始得一叔。」渾問其故，濟具歎述如此。渾曰：「何如我？」濟曰：「濟以上人。」武帝每見濟，輒以湛調之曰⑬：「卿家痴叔死未？」濟常無以答。既而得叔後，武帝又問如前，濟曰：「臣叔不痴。」稱其實美。帝曰：「誰比？」濟曰：「山濤以下，魏舒以上⑭。」於是顯名，年二十八始宦。

**【注釋】**

①王汝南：王湛，字處沖，西晉太原晉陽（今山西太原）人。少有識度，少言語，宗族兄弟都以為他是痴子，只有他父親王昶賞識他。後為姪子王濟所知，向武帝推薦，歷官尚書郎、太子中庶子，出為汝南內史，稱王汝南。除所生服：脫去為亡父守喪期間所穿的孝服。所生，指生養自己的父母。

②濟：王濟。

③略不：完全不，幾乎不。

④脫：偶或。

⑤音辭：指言辭很有意味。

⑥懍（lǐn）然：肅然起敬的樣子。

⑦心形：內心與外表。

⑧缺然：有所欠缺的樣子。

⑨喟（kuì）然：歎氣的樣子。
⑩從騎：隨從。
⑪策：馬鞭。縈：盤旋，回繞。
⑫渾：王渾，字玄沖，王濟之父，王湛之兄，西晉時官至尚書左僕射，遷司徒。
⑬調（tiáo）：調笑，開玩笑。
⑭魏舒：字陽元，三國魏任城樊（今山東濟寧附近）人。不修常人之節，性好騎射，為司馬昭器重，稱「魏舒堂堂，人之領袖也」（晉書本傳）。入晉，官至司徒。

【譯文】

王湛脱去為父母守喪期間所穿的喪服後，就留住在墳墓旁。他兄長的兒子王濟每次來墓地祭拜，幾乎不來探望叔叔，叔叔也不去問候他。王濟偶爾來探望一次，只是寒暄幾句而已。後來王濟姑且試問近來的事，王湛答對的言辭很有意味，王濟聽了出乎意料，極為驚訝。繼續談論下去，逐漸進入精細微妙之境。王濟先前完全沒有子姪對長輩的敬意，聽了王湛的話後，不覺肅然起敬，從內心到外表都嚴肅起來。於是便留下來同王湛一起談論，夜以繼日。王濟雖然才高俊邁性格爽朗，但比起王湛來也自覺有所欠缺，便喟然長歎道：「我們家裏就有名士，卻是三十年來都不知道！」王濟告辭離去時，叔叔送他到門口。王濟隨從中有一匹馬，極難騎乘，很少有人能騎它的。王濟姑且問叔叔：「喜歡騎馬嗎？」王湛説：「也喜歡騎的。」王濟便讓他騎這匹難騎的馬。叔叔不僅騎馬的姿態絕妙，揮起馬鞭來盤旋縈回，就是著名的騎手也不能超過他。王濟更加感歎他高深莫測，不只一件事情如此。王濟回家後，王渾問他：「為什麼出去一下卻在外面好幾天？」王濟說：「我剛才得到了一位叔叔。」王渾問其中的原因，王濟便讚歎講述了以上的情況。王渾說：「與我比怎麼樣？」王濟說：「是在我以上的人。」過去晉武帝每次見到王濟，總拿王湛來取笑他說：「你家的痴叔死了沒有？」王濟常常無言答對。後來了解了叔叔以後，武帝又像以前那樣問他，王濟說：「臣下的叔叔不痴。」他稱讚叔叔確實很優秀。武帝說：「可以與誰比較？」王濟說：「在山濤以下，魏舒以上。」他從此名聲遠揚，到了二十八歲才出山做官。

## 一八

**裴僕射①，時人謂為言談之林藪②。**

**【注釋】**

①裴僕射：裴頠。

②林藪（sǒu）：指聚集之處。

**【譯文】**

裴頠，當時人認為他那裏是言談聚集的地方。

一九

張華見褚陶①，語陸平原曰②：「君兄弟龍躍雲津③，顧彥先鳳鳴朝陽④，謂東南之寶已盡，不意復見褚生。」陸曰：「公未睹不鳴不躍者耳。」

【注釋】

①褚陶：字季雅，吳郡錢塘（今浙江杭州）人。少聰慧，十三歲作鷗鳥、水碓二賦，為人所奇，西晉時官至九真太守。

②陸平原：陸機。

③兄弟：指陸機、陸雲兄弟。雲津：指江、漢之水。亦指陸氏兄弟之家鄉華亭（今上海松江，古稱「雲間」）。

④顧彥先：顧榮。

【譯文】

張華見到了褚陶，對陸機說：「您兄弟倆就像騰躍在江、漢水中的雙龍，顧彥先猶如迎着朝陽長鳴的鳳凰，我認為東南的珍寶都已囊括盡了，沒想到今天再能見到褚先生。」陸機說：「只因為您沒見到不長鳴、不騰躍的人才罷了。」

## 二〇

有問秀才[①]：「吳舊姓何如[②]？」答曰：「吳府君[③]，聖王之老成[④]，明時之俊乂[⑤]；朱永長[⑥]，理物之至德[⑦]，清選之高望[⑧]；嚴仲弼[⑨]，九皋之鳴鶴[⑩]，空谷之白駒[⑪]；顧彥先[⑫]，八音之琴瑟[⑬]，五色之龍章[⑭]；張威伯[⑮]，歲寒之茂松，幽夜之逸光[⑯]；陸士衡、士龍[⑰]，鴻鵠之裴回[⑱]，懸鼓之待槌。凡此諸君：以洪筆為鉏耒[⑲]，以紙札為良田，以玄默為稼穡[⑳]，以義理為豐年，以談論為英華[㉑]，以忠恕為珍寶，著文章為錦繡，蘊五經為繒帛[㉒]，坐謙虛為席薦[㉓]，張義讓為帷幕，行仁義為室宇，修道德為廣宅。」

【注釋】

①秀才：才能秀美者，這裏指蔡洪。

②舊姓：指世家大族。

③吳府君：吳展，字士季，三國吳下邳（今江蘇睢寧西北）人。官至吳廣州刺史、吳郡太守。吳亡，閉門謝客。

④老成：指閱歷多而通於世故者。

⑤俊乂（yì）：賢能的人。

⑥朱永長：朱誕，字永長，三國吳吳郡（治在今江蘇蘇州）人，官至議郎。
⑦理物：治理人民。至德：最高的德行。
⑧清選：指高尚之貴官。高望：崇高的名望。
⑨嚴仲弼：嚴隱，字仲弼，三國吳吳郡（治在今江蘇蘇州）人，為宛陵令。
⑩九皋之鳴鶴：語見詩經小雅鶴鳴。九，喻沼澤曲折深遠。皋，沼澤。鶴，比喻嚴仲弼為隱居之賢人。
⑪空谷之白駒：語見詩經小雅白駒：「皎皎白駒，在彼空谷。」謂皎潔的小白馬，在那空谷中奔馳。亦為思念賢友之意。
⑫顧彥先：顧榮。
⑬八音：中國古代樂器，指金、石、絲、木、竹、匏（páo）、土、革。
⑭五色：青、黃、赤、白、黑為五色，這裏泛指各種顏色。龍章：龍形花紋。
⑮張威伯：張暢，字威伯，三國吳吳郡（治今江蘇蘇州）人。
⑯逸光：放出的光。
⑰陸士衡、士龍：陸機、陸雲。
⑱鴻鵠：天鵝。裴回：通「徘徊」，指盤旋飛翔。
⑲洪筆：大筆。鋤耒（lěi）：鋤頭和木叉，農具。
⑳玄默：深沉寡言。稼穡：種植和收割。
㉑英華：草木之美者。

㉒蘊：積聚。五經：指易、尚書、詩經、禮、春秋。漢武帝建元五年（前一三六）置五經博士，始有「五經」之稱。繒帛：絲織物的總稱。

㉓席薦：草墊。

【譯文】

有人問蔡洪：「吳中的世家大族怎麼樣？」蔡洪說：「吳府君，是聖明君主的閱歷多而深通世故的大臣，是太平盛世的賢才；朱永長，是治理人民的有德者，在高官中有崇高的名望；嚴仲弼，似曲折深遠的沼澤中長鳴的大鶴，是在空谷中奔馳的小白馬；顧彥先，是樂器中的琴瑟，五種顏色的龍紋；張威伯，是寒冬中茂盛的松柏，黑夜裏放出的光芒；陸士衡、陸士龍，是盤旋飛翔的天鵝，是懸掛着等待敲打的大鼓。所有上述諸位，都是用大筆當農具，用紙張做良田，用沉默寡言來種植收穫，用義理來當做豐年，用談論來作為美麗的草木，用忠恕當做珍寶，寫文章當成錦繡，積聚五經當絲綢，用謙虛當做草墊來坐，伸張公義禮讓當做帷幕，推行仁義當做屋宇，修養道德作為廣大的住所。」

## 二一

人問王夷甫①：「山巨源義理何如②？是誰輩？」王曰：「此人初不肯以談自居，然不讀老、莊，時聞其詠，往往與其旨合。」

【注釋】

①王夷甫：王衍。

②山巨源：山濤。義理：探究名理的學問。

【譯文】

有人問王衍：「山巨源探究名理的學問怎麼樣？是與誰同類的人？」王衍說：「這個人當初不肯以善於清談自居，但他雖不讀老子、莊子，卻時常聽到他的吟詠之聲，每每與老子、莊子的旨趣相符合。」

二二

洛中雅雅有三嘏①：劉粹字純嘏②，宏字終嘏③，漠字沖嘏④，是親兄弟，王安豐甥⑤，並是王安豐女婿。宏，真長祖也⑥。洛中錚錚馮惠卿⑦，名蓀，是播子。蓀與邢喬俱司徒李胤外孫⑧，及胤子順並知名⑨。時稱：「馮才清，李才明，純粹邢⑩。」

## 【注釋】

①洛中：洛陽。雅雅：温文嫻雅。

②劉粹：字純嘏（gǔ），西晉沛國相（今安徽濉溪西北）人。官至侍中、南中郎將。

③宏：劉宏，字終嘏，西晉時歷任祕書監、光祿大夫。

④漠：劉漠，字沖嘏，西晉時官至吏部尚書。

⑤王安豐：王戎。

⑥真長：劉惔。

⑦錚錚：形容人剛正不阿。馮惠卿：名蓀，字惠卿，西晉長樂（今河南安陽東）人。官至侍中，為長沙王司馬乂所害。

⑧邢喬：字曾伯，西晉河間（今屬河北）人，官至司隸校尉。李胤：字宣伯，西晉遼東襄平（今遼寧遼陽）人，官至司徒。

⑨順：李順，字曼長，西晉時官至太僕卿。

⑩純粹：純一不雜，精美無瑕。

## 【譯文】

洛陽城中温文嫻雅的人物中有「三嘏」：劉粹字純嘏，劉宏字終嘏，劉漠字沖嘏，他們是親兄弟，是王戎的外甥，又都是他的女婿。劉宏是劉惔的祖父。洛陽城中剛正不阿的是馮惠卿，他名叫蓀，是馮播的兒子。馮蓀與邢喬都是司徒李胤的外孫，他們與李胤的兒子李順都很出名。當時人稱讚道：「馮蓀才學清通，李胤才學明了，純淨精美的是邢喬。」

## 二三

衛伯玉為尚書令①，見樂廣與中朝名士談議②，奇之曰：「自昔諸人沒已來，常恐微言將絕③，今乃復聞斯言於君矣！」命子弟造之，曰：「此人，人之水鏡也④，見之若披雲霧睹青天。」

**【注釋】**

①衛伯玉：衛瓘，字伯玉。
②中朝：晉室南渡以後，稱西晉為「中朝」。
③微言：指清談中的精微之言。
④水鏡：以水和鏡子的清明比喻人的明鑒或性格開朗。

**【譯文】**

衛瓘擔任尚書令時，見樂廣與西晉的名士清談議論，對此表示奇怪，說：「自從當初諸位名士去世以來，常常擔心清談中的微言即將斷絕了，如今竟然又從您這裏聽到了這些話啊！」便讓子弟去拜訪樂廣，說：「這人，是人中的水鏡，明鑒開朗，看到他就像撥開雲霧見到了青天。」

## 二四

**王太尉曰[1]：「見裴令公精明朗然[2]，籠蓋人上[3]，非凡識也[4]。若死而可作[5]，當與之同歸。」或云王戎語。**

## 【注釋】

①王太尉：王衍。

②裴令公：裴楷。精明：精細明察。朗然：爽朗的樣子。

③籠蓋：高出在上。

④凡識：平凡的見識。

⑤死而可作：語見禮記檀弓下：「文子曰：『死者如可作也，吾誰與歸？』」謂死人如能復活，我要跟從誰呢？作，起來，指活過來。

【譯文】

王衍說：「看到裴楷精細明察，高出於眾人之上，不是見識平凡的人。如果人死了可以再活過來的話，我定當跟從他，與他在一起。」有人說這是王戎說的話。

## 二五

王夷甫自歎①：「我與樂令談②，未嘗不覺我言為煩。」

【注釋】

①王夷甫：王衍。

②樂令：樂廣，仕至尚書令。

【譯文】

王衍自己感歎：「我和樂令清談時，並非沒有覺得我的話是煩瑣的。」

## 二六

郭子玄有俊才①，能言老、莊，庾敳嘗稱之②，每曰：「郭子玄何必減庾子嵩③！」

【注釋】

①郭子玄：郭象。俊才：卓越的才智。

②庾敳：字子嵩。

③何必：不必，不見得，表反問語氣。

【譯文】

郭象有卓越的才智，善於談論老子、莊子，庾敳曾稱讚他，常說：「郭子玄不見得比我庾子嵩遜色！」

## 二七

王平子目太尉①：「阿兄形似道②，而神鋒太俊③。」太尉答曰：「誠不如卿落落穆穆④。」

【注釋】

①王平子：王澄。太尉：王衍。

②道：有道者。

③神鋒：神采氣概。

④落落穆穆：疏淡端莊貌。

【譯文】

王澄評論太尉王衍：「哥哥外貌像是有道之人，只是神采氣概太俊秀了。」王衍答道：「我的樣子確實不如你疏淡端莊。」

## 二八

太傅府有三才①：劉慶孫長才②，潘陽仲大才③，裴景聲清才④。

【注釋】

①太傅：指東海王司馬越。

②劉慶孫：劉輿。

③潘陽仲：潘滔。

④裴景聲：裴邈。

【譯文】

東海王司馬越太傅府中有三才：劉輿是有專長之才，潘滔是博學之才，裴邈是清廉之才。

## 二九

林下諸賢①，各有俊才子②：籍子渾③，器量弘曠④；康子紹⑤，清遠雅正⑥；濤子簡⑦，疏通高素⑧；咸子瞻⑨，虛夷有遠志⑩，瞻弟孚，爽朗多所遺⑪；秀子純、悌⑫，並令淑有清流⑬；戎子萬子⑭，有大成之風，苗而不秀⑮；唯伶子無聞。凡此諸子，唯瞻為冠，紹、簡亦見重當世。

【注釋】

①林下諸賢：指竹林七賢。魏晉間的嵇康、阮籍、山濤、向秀、阮咸、王戎、劉伶，相互友善，遊於竹林，號為「七賢」。

②俊才子：指他們的兒子均有卓越的才能。

③籍子渾：阮籍的兒子阮渾，字長成，官至太子中庶子。
④弘曠：寬廣開朗。
⑤康子紹：嵇康的兒子嵇紹。
⑥清遠雅正：志向高遠，本性正直。
⑦濤子簡：山濤的兒子山簡，字季倫，西晉時官至征南將軍。
⑧疏通高素：通達高潔。
⑨咸子瞻：阮咸的兒子阮瞻，字千里，西晉時官至太子舍人。
⑩虛：謙虛平易。
⑪遺：遺棄世俗。
⑫秀子純、悌：向秀之子向純、向悌。向純，字長悌，西晉時官至侍中。向悌，字叔遜，西晉時官至御史中丞。
⑬令淑：美好善良。清流：指具有時望的清高的名士。
⑭戎子萬子：王戎之子萬子，名綏，字萬子，有美名，十九歲即早死。
⑮苗而不秀：語見論語子罕：「苗而不秀者，有矣夫！」孔子為痛惜學生顏淵早逝而發，後即喻人之未長成而早夭。秀，指莊稼吐穗開花。

## 【譯文】

竹林諸位賢士，都有才能卓越的兒子：阮籍的兒子阮渾，度量寬廣開朗；嵇康的兒子嵇紹，志向高遠，本性正直；山濤的兒子山簡，通達高潔；阮咸的兒子阮瞻，謙虛平易，有遠大的志向；阮瞻的弟弟阮孚，性格爽朗，而對世務多不放在心上；向秀的兒子向純、向悌，都很美好善良，是具有時望的清高的名士；王戎的兒子王萬子，頗有成就大器的風度，可惜未及長成而早夭，只有劉伶的兒子默默無聞。所有這些人的兒子，只有阮瞻堪稱第一，嵇紹、山簡也被當代人所推重。

## 三〇

**庾子躬有廢疾①，甚知名。家在城西，號曰「城西公府」。**

**【注釋】**

①庾子躬：庾琮，字子躬，庾峻第二子，西晉時官至太尉掾。廢疾：殘疾。

**【譯文】**

庾琮身有殘疾，很有名氣。他家住在城西，號稱「城西公府」。

三一

王夷甫語樂令[①]：「名士無多人，故當容平子知[②]。」

【注釋】

①王夷甫：王衍。樂令：樂廣。

②容：等待。知：識別。

【譯文】

王衍告訴樂廣：「名士沒有多少人，所以應當等待王平子來識別。」

三二

王太尉云[①]：「郭子玄語議如懸河寫水[②]，注而不竭[③]。」

【注釋】

①王太尉：王衍。

②郭子玄：郭象。寫：同「瀉」，水向下流。

③注：灌入。

【譯文】

王衍說：「郭子玄的玄語論議就像瀑布灌注傾瀉，滔滔不絕。」

三三

司馬太傅府多名士①，一時儁異②。庾文康云③：「見子嵩在其中④，常自神王⑤。」

【注釋】

①司馬太傅：指東海王司馬越。

②儁異：才智出眾不同凡響。

③庾文康：庾亮。

④子嵩：庾敳。

⑤神王：精神旺盛。王，即「旺」。

【譯文】

司馬越太傅府內有很多名士，都是當時才智出眾不同凡響之士。庾亮說：「看到庾敳在這些人中，常常不由自主地精神旺盛起來。」

三四

太傅東海王鎮許昌①，以王安期為記室參軍②，雅相知重③。敕世子毗曰④：「夫學之所益者淺，體之所安者深⑤。閑習禮度⑥，不如式瞻儀形⑦；諷味遺言⑧，不如親承音旨⑨。王參軍人倫之表⑩，汝其師之⑪！」或曰：「王、趙、鄧三參軍⑫，人倫之表，汝其師之！」謂安期、鄧伯道、趙穆也。袁宏作名士傳，直云王參軍。或云趙家先猶有此本。

【注釋】

①太傅東海王：司馬越。許昌：縣名，在今河南許昌東。
②王安期：王承。記室參軍：王府和將軍府屬官。
③雅：很。

④敕：告誡。世子：王侯的嫡子，王位的繼承者。毗（pí）：司馬毗。

⑤體：指體察、體會、體驗等。

⑥閑習：熟習。

⑦式瞻：瞻仰。式，發語詞。儀形：指法式，作為模範。

⑧諷味：誦讀玩味。遺言：指古訓。

⑨音旨：言談意旨。

⑩王參軍：王承。表：表率。

⑪師：學習。

⑫王、趙、鄧：王承、趙穆、鄧攸三人均為參軍。趙穆，字季子，西晉汲郡（今河南汲縣）人。鄧攸，字伯道。

**【譯文】**

太傅東海王司馬越出鎮許昌時，以王承為記室參軍，非常賞識敬重他。司馬越告誡世子司馬毗說：「從書本中所得到的益處很膚淺，從親身體驗獲得的就很深刻。熟習禮節儀式，不如瞻仰法式作為模範；誦讀玩味古訓，不如親身領受言談意旨。王承是人們的表率，你要學習他！」有人說：「王、趙、鄧三位參軍，是人們的表率，你應學習他們！」說的就是王承、鄧攸、趙穆。袁宏寫名士傳，只說王參軍。有人說趙家先前還有這個本子。

三五

庾太尉少為王眉子所知①。庾過江，歎王曰：「庇其宇下②，使人忘寒暑。」

【注釋】

①庾太尉：庾亮。王眉子：王玄。
②宇下：屋簷下。

【譯文】

庾亮年輕時被王玄所賞識。庾亮渡江南下後，讚歎王玄說：「在他的屋簷下受到庇護，使人忘記了天氣的冷暖。」

三六

謝幼輿曰①：「友人王眉子清通簡暢②，嵇延祖弘雅劭長③，董仲道卓犖有致度④。」

【注釋】

①謝幼輿：謝鯤。

②王眉子：王玄。

③嵇延祖：嵇紹。弘雅：寬宏高雅。劭長：美好優秀。

④董仲道：董養，字仲道，西晉時人，見賈后專權，天下大亂將至，便自荷擔，妻推鹿車，入於蜀山，不知所終。卓犖（luò）：超越出眾。致度：風度。

【譯文】

謝鯤說：「友人王眉子清靜明朗、簡易疏放；嵇延祖寬宏高雅，美好優秀；董仲道超越出眾，很有風度。」

三七

王公目太尉①：「巖巖清峙②，壁立千仞③。」

【注釋】

①王公：王導。太尉：王衍。

②巖巖：高峻的樣子。清峙：清峻地聳立。
③壁立：如峭壁一樣地聳立。千仞：極言其高，一仞八尺。

【譯文】

王導品評王衍道：「他高高地聳立，彷彿千仞峭壁似地矗立着。」

## 三八

庾太尉在洛下①，問訊中郎②。中郎留之云：「諸人當來。」尋溫元甫、劉王喬、裴叔則俱至③，酬酢終日④。庾公猶憶劉、裴之才俊，元甫之清中⑤。

【注釋】

①庾太尉：庾亮。
②問訊：問候。中郎：指庾敳。
③尋：不久。溫元甫：溫幾，字元甫，西晉太原（今屬山西）人。歷官司徒右長史、湘州刺史。劉王喬：劉疇，字王喬，西晉彭城（今江蘇徐州）人。官至司徒左長史。裴叔則：裴楷。

④酬酢（zuò）：筵席上主賓相互敬酒。

⑤清中：清朗平和。

**【譯文】**

庾亮在洛陽時，前去問候庾敳。庾敳挽留他說：「還有許多人會來的。」不久温幾、劉疇、裴楷都來了，主賓之間互相敬酒應對了整整一天。庾亮後來還能回憶起劉疇、裴楷的卓越才能，温幾的清婉平和。

## 三九

蔡司徒在洛①，見陸機兄弟住參佐廨中②，三間瓦屋，士龍住東頭，士衡住西頭。士龍為人，文弱可愛；士衡長七尺餘，聲作鐘聲，言多慷慨③。

**【注釋】**

①蔡司徒：蔡謨。

②陸機兄弟：陸機、陸雲。參佐：屬官。廨（xiè）：官署。

③慷慨：指情緒激昂。

【譯文】

蔡謨在洛陽的時候，看到陸機兄弟倆住在屬官的官署中，三間瓦屋，陸機住在東頭，陸雲住在西頭。陸雲為人文雅柔弱，十分可愛；陸機身長七尺多，聲如洪鐘，言辭之間多慷慨激昂之氣概。

四〇

王長史是庾子躬外孫①，丞相目子躬云②：「入理泓然③，我已上人④。」

【注釋】

①王長史：王濛。庾子躬：庾琮。

②丞相：王導。

③泓然：水深清澈的樣子。

④已上：以上。

【譯文】

王濛是庾琮的外孫，王導品評庾琮道：「他深入玄理，猶如清澈的深水，是在我之上的人。」

## 四一

庾太尉目庾中郎①：「家從談談之許②。」

【注釋】

①庾太尉：庾亮。庾中郎：庾敳。

②家從：我家堂叔。從，堂房叔伯的通稱。庾敳是庾亮的堂房叔伯。談談之許：一作「談之祖」，指庾敳是清談之祖。

【譯文】

庾亮品評庾敳：「我家堂叔是清談之祖。」

## 四二

庾公目中郎①：「神氣融散②，差如得上③。」

【注釋】

①庾公：庾亮。中郎：庾敳。

②融散：恬適疏淡。

③差如：頗為。得上：能超拔向上。

【譯文】

庾亮品評庾敳：「他神情氣度恬適疏淡，能夠超拔向上。」

四三

劉琨稱祖車騎為朗詣①，曰：「少為王敦所歎。」

【注釋】

①祖車騎：祖逖（二六六—三二一），字士稚，范陽遒縣（今河北淶水北）人。輕財好使，慷慨有節操，博覽古今書記，官豫章從事中郎。晉室大亂，率部曲百餘家渡江，中流擊楫而誓。元帝時為豫州刺史，自募軍，收復黃河以南為晉土。朗詣：開朗通達。

【譯文】

劉琨稱讚祖逖很開朗通達，說：「他年輕時為王敦所讚歎。」

## 四四

時人目庾中郎①：「善於託大②，長於自藏③。」

【注釋】

①庾中郎：庾敳。

②託大：指襟懷寬廣，不把世事放在心上。

③自藏：指韜晦，隱蔽自己，不露鋒芒。

【譯文】

當時人品評庾敳：「他的特點是襟懷寬廣，不把世事放在心上，又會隱蔽自己，不露鋒芒。」

## 四五

王平子邁世有儁才①，少所推服②。每聞衞玠言，輒歎息絕倒③。

【注釋】

①王平子：王澄。邁世：超脫世俗。

②推服：推崇佩服。

③絕倒：極為佩服傾倒。

【譯文】

王澄超脫世俗有卓越的才能，很少有他所推崇佩服的人。可他每次聽到衞玠的玄言清談，總要讚歎，極為佩服傾倒。

四六

王大將軍與元皇表云①：「舒風概簡正②，允作雅人③，自多於邃④，最是臣少所知拔⑤。中間夷甫、澄見語⑥：『卿知處明、茂弘⑦。茂弘已有令名⑧，真副卿清論⑨；處明親疏無知之者。吾常以卿言為意，殊未有得，恐已悔之。』臣慨然曰：『君以此試。』頃來始乃有稱之者⑩，言常人正自患知之使過，不知使負實⑪。」

【注釋】

①王大將軍：王敦。元皇：晉元帝司馬睿。

②舒：王舒。風概：風度氣概。簡正：簡易端正。

③允：確實。雅人：高尚之人。

④多：超過。邃：王邃，字處重，王舒之弟，晉琅邪（今山東臨沂）人，官至尚書左僕射。

⑤知拔：賞識提拔。

⑥夷甫：王衍。澄：王澄。

⑦處明：王舒。茂弘：王導。

⑧令名：美名。

⑨副：符合。清論：高論。

⑩頃來：近來。

⑪負實：違背事實。

**【譯文】**

王敦呈給晉元帝的表章上說：「王舒的風度氣概簡易端正，確實稱得上是高雅人士，自然超過王邃，他是臣下年輕時最為賞識提拔的。這中間王夷甫、王澄告訴我說：『你賞識處明、茂弘。茂弘已經有美名了，正符合你的高論；處明在親近或疏遠的人中沒有人賞識他。我常把你的話放在心上，可你絕對沒有說對，恐怕你後悔說過的話了吧。』臣下感慨地說：『你拿這件事來試試吧。』近來才有了稱讚他的人，謂常人總怕賞識他人過了頭，反之又違背了他的實際才能。」

## 四七

周侯於荊州敗績還①，未得用。王丞相與人書曰②：「雅流弘器③，何可得遺④？」

【注釋】

①周侯：周顗。敗績：大敗。
②王丞相：王導。
③雅流：高雅之輩。弘器：指有大才幹的人。
④遺：遺棄。

【譯文】

周顗在荊州大敗而歸後，沒有被朝廷任用。王導在寫給別人的書信中說：「周侯是高雅一流之人，具有大才幹，怎麼可以遺棄不用？」

## 四八

時人欲題目高坐而未能①，桓廷尉以問周侯②。周侯曰：「可謂卓朗③。」桓公曰：「精神淵著④。」

【注釋】

①題目：品評。高坐：高坐道人。
②桓廷尉：桓彝。周侯：周顗。
③卓朗：卓越開朗。
④桓公：桓温，桓彝之子。淵著：既深沉又顯明。

【譯文】

當時想要品評高坐道人而未能找到合適的評語，桓彝拿此事問周顗。周顗說：「可以是卓越開朗。」桓温說：「他的精神既深沉又顯明。」

## 四九

**王大將軍稱其兒云①：「其神候似欲可②。」**

【注釋】

①王大將軍：王敦。兒：王應，王敦養子。
②神候：精神狀態。

【譯文】

王敦稱讚他的養子說：「他的神韻風骨似乎還可以。」

## 五〇

卞令目叔向①：「朗朗如百間屋②。」

【注釋】

①卞令：卞壼（kǔn），曾任尚書令，故稱。叔向：春秋時晉國大夫羊舌肸（xī）。又一說此「叔向」指卞壼之叔卞向，事跡不詳。

②朗朗：指胸懷開朗坦蕩。

【譯文】

卞壼品評叔向：「他胸懷坦蕩，猶如上百間房屋那樣廣大敞亮。」

## 五一

王敦為大將軍，鎮豫章①。衛玠避亂②，從洛投敦。相見欣然，談話彌日。於時謝鯤為長史，敦謂鯤曰：「不意永嘉之中③，復聞正始之音④。阿平若在⑤，當復絕倒⑥。」

【注釋】

①豫章：治在今江西南昌。
②避亂：指西晉末的戰亂。
③永嘉：西晉懷帝的年號（三〇七—三一三）。
④正始之音：三國魏齊王芳正始年間（二四〇—二四九），崇尚玄學清談，後人稱當時的風尚言論為「正始之音」。
⑤阿平：王澄。
⑥絕倒：極端佩服傾倒。

【譯文】

王敦擔任大將軍時，鎮守在豫章。衛玠為躲避戰亂，從洛陽投奔王敦。兩人見面後很高興，談了一整天的話。這時謝鯤在王敦幕府任長史，王敦對謝鯤說：「想不到在永嘉年間，又能聽到正始之音。阿平如果在座，必定又要佩服傾倒了。」

## 五二

王平子與人書①，稱其兒「風氣日上②，足散人懷」③。

【注釋】

①王平子：王澄。

②風氣：風度氣質。

③散：排遣。懷：心情，胸懷。

【譯文】

王澄在寫給別人的信裏，稱讚自己的兒子「風度氣質一天天地向上，足以使人的胸懷得到排遣。」

## 五三

胡毋彥國吐佳言如屑，後進領袖[1]。

**【注釋】**

①後進：晚輩，後輩。

**【譯文】**

胡毋彥國談吐時說出來的佳言妙語，猶如鋸木時出來的木屑那樣綿綿不絕，是後輩中的傑出人物。

## 五四

王丞相云[1]：「刁玄亮之察察[2]，戴若思之巖巖[3]，卞望之之峯距[4]。」

**【注釋】**

①王丞相：王導。

②刁玄亮：刁協。察察：分析明辨。

③戴若思：戴儼，字若思，東晉廣陵（今江蘇淮陰西南）人，官至征西將軍，後為王敦所害。巖巖：態度嚴峻的樣子。

④卞望之：卞壼。峯距：喻人嚴峻而有鋒芒。

【譯文】

王導說：「刁玄亮分析明辨，戴若思態度嚴峻，卞望之鋒芒畢露。」

五五

大將軍語右軍①：「汝是我佳子弟，當不減阮主簿②。」

【注釋】

①大將軍：王敦。右軍：王羲之。

②阮主簿：阮裕。

【譯文】

王敦對王羲之說：「你是我家的好子姪，應當不比阮裕差。」

五六

世目周侯①：「嶷如斷山②。」

【注釋】

①周侯：周顗。

②嶷（nì）：突出，高峻。斷山：高聳孤立的山。

【譯文】

世人品評周顗：「他峻拔的樣子如同高高聳立的孤山。」

五七

王丞相招祖約夜語①，至曉不眠。明旦有客，公頭鬢未理②，亦小倦③。客曰：「公昨如是，似失眠。」公曰：「昨與士少語④，遂使人忘疲。」

【注釋】

①王丞相：王導。

②鬢：臉旁邊靠近耳朵的頭髮。

③小倦：稍感疲倦。

④士少：祖約，字士少。

【譯文】

王導邀請祖約晚上來敍談，直到天亮還沒睡。第二天一早有客人來，王導的頭髮鬢毛還未梳理，也感到有些疲倦。客人說：「您昨晚如此疲倦，似乎失眠了。」王導說：「昨天晚上我和士少敍談，就令人忘了疲倦了。」

五八

王大將軍與丞相書①，稱楊朗曰：「世彥識器理致②，才隱明斷③。既為國器④，且是楊侯淮之子⑤。位望殊為陵遲⑥，卿亦足與之處。」

【注釋】

①王大將軍：王敦。丞相：王導。

②世彥：楊朗。識器：見識度量。理致：思想情趣。

③才隱：指才學深遠。

④國器：治國之器。

⑤楊侯淮：當為「楊準」，楊修之孫，西晉時官至冀州刺史。

⑥位望：地位名望。陵遲：衰落。

【譯文】

王敦給王導寫信，稱讚楊朗說：「世彥的見識器度、思想情趣，都表現了才學深遠、明於決斷。他既為治國之大器，且又是楊淮之子。可是他的地位名望卻過於衰落不振，你也是值得與他交往的。」

五九

何次道往丞相許①，丞相以麈尾指坐②，呼何共坐曰：「來，來，此是君坐。」

【注釋】

①何次道：何充。丞相：王導。

②麈（zhǔ）尾：拂塵。魏晉時名士清談時常執的一種拂子，用麈（獸名）的尾毛製成。

【譯文】

何充前往王導處，王導用拂塵指着座位，叫何充來與自己一起坐，說：「來，來，這是您的座位。」

六〇

丞相治揚州廨舍①，按行而言曰②：「我正為次道治此爾③！」何少為王公所重，故屢發此歎。

【注釋】

①丞相：王導。治：整修。揚州廨舍：指揚州刺史官署。

②按行：視察巡行。

③正：僅，只。次道：何充。

【譯文】

王導修整揚州刺史官署，在視察巡行時說：「我只是為次道修整這個官署罷了！」何充年輕時就受到王導的器重，所以王導不止一次地發出這樣的讚歎。

六一

王丞相拜司徒而歎曰[①]：「劉王喬若過江[②]，我不獨拜公。」

【注釋】

①王丞相：王導。

②劉王喬：劉疇。

【譯文】

王導被授予司徒之職時感歎：「劉王喬如果過江南下，我就不會獨自一人擔任三公了。」

## 六二

王藍田為人晚成①，時人乃謂之痴。王丞相以其東海子②，辟為掾③。常集聚，王公每發言，眾人競讚之。述於末坐曰：「主非堯、舜④，何得事事皆是？」丞相甚相歎賞。

### 【注釋】

①王藍田：王述，襲封為藍田侯，故稱。晚成：成就、成名較晚。
②東海：王述父王承曾任東海太守，故稱。
③辟：徵召。
④主：主人，對長官的尊稱，指王導。

### 【譯文】

王述成名比較遲，當時人甚至於認為他是痴子。王導因為他是東海太守的兒子，徵召他為屬官。大家曾經聚集在一起，王導每次發言，大家都競相讚美他。坐在末座的王述說：「長官不是堯、舜，怎麼可能事事都是對的呢？」王導對他的話非常讚賞。

六三

世目楊朗：「沉審經斷[①]。」蔡司徒云[②]：「若使中朝不亂[③]，楊氏作公方未已。」謝公云：「朗是大才。」

【注釋】

①沉審：深沉謹慎。
②蔡司徒：蔡謨。
③中朝：指西晉。

【譯文】

世人品評楊朗：「深沉謹慎。」蔡謨說：「如果中朝不亂，楊氏一門擔任公卿的將會連續不斷。」謝安說：「楊朗是大才。」

六四

劉萬安即道真從子[①]，庾公所謂「灼然玉舉」[②]。又云：「千人亦見，百人亦見。」

【注釋】

①劉萬安：劉綏，字萬安，晉高平（今山東巨野南）人。官至驃騎長史。道真：劉寶。從子：姪兒。

②庾公：庾琮。灼（zhuó）然：鮮明的樣子。

【譯文】

劉綏是劉寶的姪子，就是庾琮所說的「他鮮明的樣子就像挺立的玉石一樣。」又說：「他在千人之中也能顯現出來，在百人之中也能顯現出來。」

六五

庾公為護軍①，屬桓廷尉覓一佳吏②，乃經年③。桓後遇見徐寧而知之④，遂致於庾公曰：「人所應有，其不必有；人所應無，己不必無。真海岱清士⑤！」

【注釋】

①庾公：庾亮。護軍：護軍將軍，掌軍職的選用，為重要軍事長官之一。

②屬：囑託。桓廷尉：桓彝。

③乃：竟。

④徐寧：字安期，東晉東海郯（tán，今屬山東）人。歷官吏部郎、左將軍、江州刺史。

⑤海岱：指東海和泰山之間的地區。清士：高雅之士。

【譯文】

庾亮擔任護軍將軍時，囑託桓彝尋覓一位好的屬吏，竟然過了整整一年尚未找到。桓彝後來遇見徐寧並賞識他，便推薦給庾亮說：「人們所應當有的，他不一定有；人們所應當沒有的，他不一定沒有。他真是海岱一帶的高雅之士！」

## 六六

桓茂倫云①：「褚季野皮裏陽秋②。」謂其裁中也③。

【注釋】

①桓茂倫：桓彝。

②褚季野：褚裒。皮裏陽秋：表面上不作評論而心裏卻有所褒貶。皮裏陽秋，原作皮裏春秋，因晉簡文帝母名春，故晉人避諱，以「陽」代「春」。

③裁中：指表面上不作評論，而內心卻有褒貶。

【譯文】

桓彝說：「褚季野是皮裏陽秋。」就是說他表面上不作評論而心裏卻是有所褒貶的。

## 六七

**何次道嘗送東人①，瞻望，見賈寧在後輪中曰②：「此人不死，終為諸侯上客③。」**

【注釋】

①何次道：何充。東人：指建康以東，吳郡、會稽一帶人。

②賈寧：字建寧，東晉長樂（今屬福建）人。蘇峻起兵，他為之謀劃。後歸降朝廷，官至新安太守。後輪：指後面的車輛。

③諸侯：指治理一方的行政長官。

【譯文】

何充曾經送別從東邊吳郡、會稽來的人，放眼遠望，看到賈寧在後面的車輛上，便說：「這人不死的話，最終會成為諸侯的座上客。」

六八

杜弘治墓崩①，哀容不稱②。庾公顧謂諸客曰③：「弘治至羸④，不可以致哀⑤。」又曰：「弘治哭不可哀。」

【注釋】

①杜弘治：杜乂，字弘治，東晉京北（今陝西西安東南）人，杜預的孫子。官丹陽丞。墓崩：指祖墳崩塌。

②不稱（chèn）：不適合。

③庾公：庾亮。

④羸：瘦弱。

⑤致哀：盡哀。

【譯文】

杜乂的祖墳崩塌了，他悲哀的表情與之顯得不相稱，並不顯得十分悲哀。庾亮回頭對諸位賓客說：「弘治身體極其衰弱，不能盡哀。」又說：「弘治哭的時候不能太哀傷。」

## 六九

世稱「庾文康為豐年玉①，稚恭為荒年穀」②。庾家論云：「是文康稱恭為荒年穀，庾長仁為豐年玉③。」

【注釋】

①庾文康：庾亮，謚號文康。豐年玉：慶豐收之玉器，比喻太平之世的人才。
②稚恭：庾翼。荒年穀：荒年歉收之穀，比喻亂世能濟時救世之人才。
③庾長仁：庾統，字長仁，小字赤玉，庾亮的姪子。

【譯文】

世人稱讚「庾文康是豐年的美玉，庾稚恭是荒年的稻穀」。庾家的評論則說：「這是庾文康稱讚庾稚恭為荒年的稻穀，庾長仁為豐年的美玉。」

## 七〇

世目：「杜弘治標鮮①，季野穆少②。」

【注釋】

①杜弘治：杜乂。標鮮：指儀表清秀俊美。

②季野：褚裒。穆少：寧靜淡泊。

【譯文】

世人品評：「杜弘治儀表清秀俊美，褚季野處世寧靜淡泊。」

七一

有人目杜弘治①：「標鮮清令②，盛德之風③，可樂詠也。」

【注釋】

①杜弘治：杜乂。

②標鮮：指儀表清秀俊美。清令：秀雅美好。

③盛德：高尚的德行。

【譯文】

有人品評杜乂：「他的清秀美好之儀表，高尚品德之風貌，值得用音樂來歌詠。」

## 七二

庾公云①：「逸少國舉②。」故庾倪為碑文云③：「拔萃國舉④。」

【注釋】

①庾公：庾亮。
②逸少：王羲之。國舉：全國推戴。
③庾倪：庾倩，字少彥，小字倪，庾冰之子，東晉時官至太宰長史。後為桓溫誣陷謀害。
④拔萃：出眾超羣。

【譯文】

庾亮說：「王羲之是全國推戴的人。」所以庾倩為他所寫的碑文說：「出類拔萃，為國人所推戴。」

七三

庾稚恭與桓溫書①，稱：「劉道生日夕在事②，大小殊快③。義懷通樂既佳④，且足作友，正實良器。推此與君同濟艱不者也⑤。」

【注釋】

①庾稚恭：庾翼。

②劉道生：劉恢，字道生，東晉沛國（今安徽濉溪西北）人。官車騎司馬。日夕：日夜。在事：辦事，忙於公務。

③快：暢快，稱心。

④義懷：道義胸懷。通樂：通達樂觀。

⑤艱不（pǐ）：艱難困苦。

【譯文】

庾翼寫信給桓溫，說：「劉道生日日夜夜忙於公事，上下左右的人都很稱心。他為人道義，胸懷通達樂觀，各方面都很好，又值得結為朋友，確實是位優秀的人才。我把他推薦給你，可以同你共同度過艱難困苦。」

## 七四

王藍田拜揚州①，主簿請諱②，教云③：「亡祖，先君，名播海內，遠近所知。內諱不出於外④，餘無所諱。」

【注釋】

①王藍田：王述。拜揚州：受任揚州刺史。

②請諱：請示該避諱的字。舊時對於君主或尊長的名字避免說出或寫出而改用其他的字，稱「避諱」。晉人尤重家諱，故新官上任時屬吏要請示避諱的字。

③教：指大臣的指示。

④內諱：指家內女性長輩的名字。不出於外：禮記曲禮上：「婦諱不出門。」

【譯文】

王述擔任揚州刺史時，主簿請示該避諱的字，王述批示道：「我去世的祖父，已故的父親，名揚天下，遠近無人不知。內諱從不傳出門外。其餘就沒有什麼可避諱的了。」

## 七五

蕭中郎①，孫承公婦父②。劉尹在撫軍坐③，時擬為太常④，劉尹云：「蕭祖周不知便可作三公不⑤？自此以還⑥，無所不堪⑦。」

【注釋】

①蕭中郎：蕭輪，字祖周，東晉樂安（今山東博興北）人，歷任常侍、國子博士。

②孫承公：孫統，字承公，歷任鄞令、餘姚令。婦父：妻子的父親，即岳父。

③劉尹：劉惔。撫軍：晉簡文帝司馬昱，時任撫軍大將軍。

④太常：官名，九卿之一，掌宗廟禮儀。

⑤三公：太尉、司徒、司空之合稱，共同負責軍政的最高長官。

⑥以還：以下。

⑦堪：勝任。

【譯文】

蕭輪是孫統的岳父。劉惔在司馬昱撫軍座上作客時，準備讓蕭輪擔任太常一職，劉惔說：「蕭祖周不知可以擔任三公嗎？從三公以下，他沒有什麼不能勝任的。」

## 七六

謝太傅未冠①，始出西②，詣王長史③，清言良久。去後，苟子問曰④：「向客何如尊⑤？」長史曰：「向客亹亹⑥，為來逼人。」

**【注釋】**

①謝太傅：謝安。未冠：尚未成年。
②出西：往西邊，指去京城。謝安出仕前住會稽，到京城是向西，故稱。
③王長史：王濛。
④苟子：王脩，字敬仁，小字苟子，王濛之子。
⑤尊：尊稱父親。
⑥亹亹（wěi）：勤勉不倦的樣子。

**【譯文】**

謝安尚未成年時，剛到西邊京城去，拜望王濛，清談玄理很長時間。謝安走後，王濛的兒子王脩問道：「剛才的客人比起父親怎麼樣？」王濛說：「剛才的客人勤勉不倦的樣子，清言玄理咄咄逼人。」

## 七七

王右軍語劉尹[①]：「故當共推安石[②]。」劉尹曰[③]：「若安石東山志立[④]，當與天下共推之。」

**【注釋】**

①王右軍：王羲之。劉尹：劉惔。

②故當：當然。安石：謝安。

③劉尹：劉惔。

④東山志：指不願出仕、隱居東山的志趣。

**【譯文】**

王羲之對劉惔説：「我們應當共同推薦謝安石。」劉惔説：「如果謝安石確立了隱居東山之志，我們應當與天下人共同推舉他。」

## 七八

謝公稱藍田[①]：「掇皮皆真[②]。」

【注釋】

①謝公：謝安。藍田：王述。

②掇（duó）：拾，摘。

【譯文】

謝安稱譽王述：「他這人摘去外表露出的都是本真。」

## 七九

桓溫行經王敦墓邊過，望之云：「可兒[①]！可兒！」

【注釋】

①可兒：即可人，即使人滿意的人。

【譯文】

桓溫出行從王敦墓邊經過，望着王敦的墓説：「令人滿意的人！令人滿意的人！」

## 八〇

殷中軍道王右軍云[①]：「逸少清貴人[②]，吾於之甚至[③]，一時無所後。」

**【注釋】**

①殷中軍：殷浩。道：稱道。王右軍：王羲之。

②逸少：王羲之字逸少。清貴人：清高尊貴之人。

③於：對於。之：代詞，指王羲之。至：指情義深至。

**【譯文】**

殷浩稱道王羲之説：「逸少是清高尊貴之人，我對於他可説是情義深至，當時事事以他為先，從沒慢待過。」

## 八一

王仲祖稱殷淵源[①]：「非以長勝人，處長亦勝人[②]。」

【注釋】

①王仲祖：王濛。殷淵源：殷浩。
②處：對待。

【譯文】

王濛稱譽殷浩：「他非但以長處勝過他人，在對待自己的長處上也勝過他人。」

八二

王司州與殷中軍語①，歎云：「己之府奧②，早已傾寫而見③；殷陳勢浩汗④，眾源未可得測。」

【注釋】

①王司州：王胡之。殷中軍：殷浩。
②府奧：指胸中所有。
③傾寫：即傾瀉。寫，同「瀉」。
④陳勢：陣勢。陳，通「陣」。浩汗：廣大遼闊的樣子。

【譯文】

王胡之與殷浩談論，歎息道：「我自己胸中所有的，早就已經傾瀉出來了；而殷浩談論的陣勢浩大無邊，眾多的源頭還未可測量呢。」

## 八三

王長史謂林公[①]：「真長可謂金玉滿堂[②]。」林公曰：「金玉滿堂，復何為簡選[③]？」王曰：「非為簡選，直致言處自寡耳[④]。」

【注釋】

①王長史：王濛。林公：支遁。
②真長：劉惔。金玉滿堂：語出老子，比喻言辭豐富多彩。
③簡選：挑選，選擇。
④直：但，只。致言：發言。

【譯文】

王濛對支遁說：「真長的清談真是金玉滿堂，豐富多彩。」支遁說：「既然是金玉滿堂，又為什麼要選擇言辭呢？」王濛說：「不是選擇，只是發出言辭時自然精練而已。」

## 八四

**王長史道江道羣[1]：「人可應有，乃不必有；人可應無，己必無。」**

【注釋】

①王長史：王濛。江道羣：江灌，字道羣，東晉陳留（今河南開封東北）人。歷官吏部郎、撫軍司馬、御史中丞、吳興太守、吳郡太守等。

【譯文】

王濛稱道江灌：「別人所應有的，他不一定有；別人所應當沒有的，他必定沒有。」

## 八五

會稽孔沈、魏顗、虞球、虞存、謝奉並是四族之俊[①]，於時之傑。孫興公目之曰[②]：「沈為孔家金，顗為魏家玉，虞為長、琳宗[③]，謝為弘道伏[④]。」

### 【注釋】

①魏顗：字長齊，東晉會稽（治在今浙江紹興）人。官至山陰令。虞球：字和琳，東晉會稽餘姚（今屬浙江）人，仕至黃門侍郎。虞存：字道長。謝奉：字弘道。四族：指上述之孔、魏、虞、謝四個家族。

②孫興公：孫綽，字興公。

③宗：宗仰，尊崇。

④伏：佩服。

### 【譯文】

會稽孔沈、魏顗、虞球、虞存、謝奉同是四個家族中的英才，當時的傑出人物。孫綽品評他們說：「孔沈是孔家的金子，魏顗是魏家的寶玉，虞家尊崇虞球和虞存，謝奉為謝家所佩服。」

八六

王仲祖、劉真長造殷中軍談①，談竟，俱載去。劉謂王曰：「淵源真可②。」王曰：「卿故墮其雲霧中③。」

【注釋】

①王仲祖：王濛。劉真長：劉惔。殷中軍：殷浩。
②淵源：殷浩。可：表示讚許。
③雲霧：喻指言論如雲遮霧罩，令人迷惑。

【譯文】

王濛、劉惔同去拜訪殷浩清談，談論完後，兩人一起乘車離去。劉惔對王濛說：「淵源真行。」王濛說：「你肯定掉入他佈下的雲遮霧罩的迷陣中了。」

八七

劉尹每稱王長史云①：「性至通而自然有節②。」

【注釋】

①劉尹：劉惔。王長史：王濛。

②通：通達。節：節制。

【譯文】

劉惔常稱讚王濛說：「他的性格很通達而且自然有節制。」

八八

王右軍道謝萬石「在林澤中，為自遒上」①；歎林公「器朗神俊」②；道祖士少「風領毛骨」③，恐沒世不復見如此人」④；道劉真長「標雲柯而不扶疏」⑤。

【注釋】

①王右軍：王羲之。謝萬石：謝萬，字萬石。遒（qiú）上：強健挺拔。

②林公：支道林。器朗神俊：器宇開朗，神態秀雅。

③祖士少：祖約，字士少。風領毛骨：形容風姿、毛髮、骨相不同凡俗。

④沒世：終身。
⑤劉真長：劉惔。標：高揚，高聳。雲柯：凌雲的大樹。扶疏：形容樹枝繁茂分披的樣子。

【譯文】

王羲之稱道謝萬「在山林水澤之中，可謂強健挺拔」；讚歎支遁「器宇開朗，神態秀雅」；稱道祖約「風姿骨相不同凡俗，恐怕一輩子再也見不到這樣的人了」；稱道劉惔如「高聳入雲的大樹而枝葉卻並不顯得繁茂」。

## 八九

簡文目庾赤玉①：「省率治除②。」謝仁祖云③：「庾赤玉胸中無宿物④。」

【注釋】

①簡文：晉簡文帝司馬昱。庾赤玉：庾統，字長仁，小字赤玉。
②省率：爽直坦率，不拘禮節。治除：修養自己，去除不良習氣。
③謝仁祖：謝尚。
④宿物：隔夜的東西。

【譯文】

簡文帝品評庾統：「他爽直坦率，修身自愛。」謝尚說：「庾赤玉胸中坦蕩，毫無芥蒂。」

## 九〇

殷中軍道韓太常曰①：「康伯少自標置②，居然是出羣器③。及其發言遣辭④，往往有情致⑤。」

【注釋】

①殷中軍：殷浩。韓太常：韓伯。
②標置：標榜，自負。
③居然：確實。出羣：超羣，出類拔萃。器：才能。
④遣辭：說話，運用詞語。
⑤情致：意趣風致。

【譯文】

殷浩稱道韓伯說：「康伯年輕時就很自負，確實是出類拔萃的人才。到了他發言用詞時，常常充滿意趣風致。」

## 九一

簡文道王懷祖①：「才既不長，於榮利又不淡②，直以真率少許③，便足對人多多許。」

【注釋】

①王懷祖：王述。
②榮利：名位利祿。
③直：但，求。真率：真誠坦率。許：表示約數。

【譯文】

簡文帝稱道王述：「他在才能上既不擅長，在名位利祿方面又並不淡泊，只是他憑着少許的真誠坦率，就足夠抵得上他人許許多多了。」

## 九二

林公謂王右軍云①：「長史作數百語②，無非德音③，如恨不苦④。」王曰：「長史自不欲苦物⑤。」

【注釋】

①林公：支遁。王右軍：王羲之。

②長史：王濛。

③德音：善言，敬稱對方之言。

④如：奈，只是。苦：指用言辭話語使人感到困窘。

⑤物：指人。

【譯文】

支遁對王羲之說：「王濛講了幾百字，沒有一字不是善言，只是遺憾說話不能令對方困窘。」王羲之說：「王濛本來不想為難人。」

九三

殷中軍與人書①，道謝萬：「文理轉遒②，成殊不易。」

【注釋】

①殷中軍：殷浩。

②文理：文辭義理。轉：更加。遒：遒勁，指筆意老練。

【譯文】

殷浩給人寫信，稱道謝萬：「寫文章文辭義理越來越遒勁，他的成就很不容易。」

九四

王長史云①：「江思悛思懷所通②，不翅儒域③。」

【注釋】

①王長史：王濛。

②江思悛（quān）：江惇（dūn），東晉陳留（今河南開封東北）人。好學，手不釋卷，兼綜儒道。著通道崇儉論，為世所稱。庾亮請為儒林參軍，徵拜博士、著作郎，皆不就。思懷：指思想、思慮。

③不翅：不止。翅，通「啻」。

【譯文】

王濛說：「江思悛思想上所通曉的，不止在儒學的領域。」

## 九五

許玄度送母始出都①，人問劉尹②：「玄度定稱所聞不③？」劉曰：「才情過於所聞④。」

【注釋】

①許玄度：許詢。出都：指到京都，赴京都。

②劉尹：劉惔。

③定：到底，究竟。稱（chèn）：符合，相稱。不：通「否」。

④才情：才華。

【譯文】

許珣送母親才到京都，有人問劉惔：「許玄度究竟與所傳聞的相稱嗎？」劉惔道：「他的才華超過所傳聞的。」

## 九六

阮光祿云①：「王家有三年少：右軍②，安期③，長豫④。」

【注釋】

①阮光祿：阮裕。
②右軍：王羲之。
③安期：王應，字安期。
④長豫：王悅，字長豫。

【譯文】

阮裕說：「王家有三位少年：右軍，安期，長豫。」

九七

謝公道豫章①：「若遇七賢②，必自把臂入林③。」

【注釋】

①謝公：謝安。豫章：謝鯤，曾為豫章太守，故稱。

②七賢：即竹林七賢。

③把臂：挽着手臂。入林：指加入竹林七賢的隊伍。

【譯文】

謝安稱道謝鯤：「他如果碰到七賢，一定會與他們手拉手進入竹林同遊。」

九八

王長史歎林公①：「尋微之功②，不減輔嗣③。」

【注釋】

①王長史：王濛。林公：支遁。
②尋微：探尋精微之玄理。
③輔嗣：王弼，字輔嗣。

【譯文】

王濛讚歎支遁：「他探尋精微玄理的能力，不比王輔嗣遜色。」

## 九九

殷淵源在墓所幾十年①。於時朝野以擬管、葛②，起不起③，以卜江左興亡④。

【注釋】

①殷淵源：殷浩。幾：將近。
②擬：比擬。管、葛：管仲、諸葛亮。均為歷史上的名相。
③起不起：指出仕與不出仕。
④卜：預測。江左：指東晉。

【譯文】

殷浩在祖先墓地隱居了將近十年。當時朝廷內外都把他比擬為管仲、諸葛亮，根據他的出仕與否，預測東晉的興亡。

## 一〇〇

**殷中軍道右軍①：「清鑒貴要②。」**

【注釋】

①殷中軍：殷浩。右軍：王羲之。

②清鑒：高明的見解。貴要：尊貴顯要。

【譯文】

殷浩稱道王羲之：「他有高明的見解，而又尊貴顯要。」

## 一〇一

謝太傅為桓公司馬[①]。桓詣謝，值謝梳頭，遽取衣幘[②]。桓公云：「何煩此！」因下共語至暝[③]。既去，謂左右曰：「頗曾見如此人不？」

【注釋】

①謝太傅：謝安。桓公：桓溫。

②遽（jù）：急。幘（zé）：包頭巾。

③暝：黃昏。

【譯文】

謝安出任了桓溫的司馬。桓溫去拜訪謝安，正碰上謝安梳頭，謝安急忙取來衣服和包頭巾。桓溫說：「何必煩勞這樣做呢！」於是就下車與謝安一起談論到傍晚。桓溫離開後，對左右侍從說：「你們曾經見過這樣的人物嗎？」

## 一〇二

謝公作宣武司馬[①]，屬門生數十人於田曹中郎趙悅子[②]。悅子以告宣武，宣武云：「且為用半③。」趙俄而悉用之④，曰：「昔安石在東山⑤，縉紳敦逼⑥，恐不豫人事⑦。況今自鄉選⑧，反違之邪？」

【注釋】

①謝公：謝安。宣武：桓溫。
②屬（zhǔ）：囑託。田曹中郎：官名，管理農事。趙悅子：趙悅，字悅子，東晉下邳（今江蘇宿縣）人。官至左衛將軍。
③且：暫時。
④俄而：不久。
⑤安石：謝安。
⑥縉紳：古代大官插笏垂紳，後指官僚士大夫。敦逼：催促逼迫。
⑦豫：參預。人事：世事。
⑧鄉選：在鄉里選拔人才。

【譯文】

謝安擔任桓溫司馬時，把幾十個門生囑託給田曹中郎趙悅。趙悅把這件事告訴桓溫，桓溫說：「暫時任用一半。」不久趙悅全部任用了他們，說：「過去謝安石隱居在東山時，縉紳們催逼他出仕，就怕他不肯參預世事。何況如今是他親自從鄉里選拔來的人才，我反而要違背他的意願嗎？」

## 一〇三

桓宣武表云①：「謝尚神懷挺率②，少致民譽③。」

【注釋】

①桓宣武：桓溫。表：奏章。
②神懷：胸懷。挺率：直爽坦率。
③少：年輕時。致：獲致，得到。

【譯文】

桓溫呈上的奏章說：「謝尚胸懷直爽坦率，年輕時就獲得人們的讚譽。」

## 一〇四

世目謝尚為「令達」①。阮遙集云②：「清暢似達③。」或云：「尚自然令上④。」

【注釋】

①令達：美好通達。

②阮遙集：阮孚。
③清暢：高雅疏放。
④令上：美好卓越。

【譯文】

世人都品評謝尚為「美好通達」。阮孚說：「他高雅疏放似乎很通達。」有人說：「謝尚不做作而美好卓越。」

一〇五

桓大司馬病①，謝公往省病②，從東門入③。桓公遙望，歎曰：「吾門中久不見如此人！」

【注釋】

①桓大司馬：桓温。
②謝公：謝安。
③東門：指姑孰（今安徽當塗）東門。

【譯文】

桓溫生病，謝安去探望，從東門進去。桓溫遠遠看見，感歎道：「我的門中很久以來看不到這樣高雅的人物了！」

## 一〇六

簡文目敬豫為「朗豫」①。

【注釋】

①簡文：晉簡文帝司馬昱。敬豫：王恬，字敬豫。朗豫：開朗和悅。

【譯文】

司馬昱品評王恬是「開朗和悅」的人。

## 一〇七

孫興公為庾公參軍①，共遊白石山②，衛君長在坐③。孫曰：「此子神情都不關山水，而能作文。」庾公曰：「衛風韻雖不及卿諸人④，傾倒處亦不近⑤。」孫遂沐浴此言⑥。

### 【注釋】

①孫興公：孫綽。庾公：庾亮。
②白石山：在今江蘇溧水北。
③衛君長：衛永，字君長，東晉時官至左軍長史。
④風韻：風度韻致。
⑤傾倒：令人佩服。近：淺近，平凡。
⑥沐浴：借指身受其潤，浸潤其中。

### 【譯文】

孫綽擔任庾亮的參軍時，他們一起去遊覽白石山，衛永當時也在座。孫綽說：「這人的神情毫不關注山水風光，卻能寫文章。」庾亮說：「衛永的風度韻致雖然及不上你們諸位，可令人佩服的地方亦復不同凡響。」這話使孫綽深深浸潤體味。

一〇八

王右軍目陳玄伯①：「壘塊有正骨②。」

【注釋】

①王右軍：王羲之。陳玄伯：陳泰。

②壘塊：指胸中鬱結不平。正骨：指剛正的品格。

【譯文】

王羲之品評陳泰：「他胸中有鬱結不平之氣而品格剛正。」

一〇九

王長史云①：「劉尹知我②，勝我自知。」

【注釋】

①王長史：王濛。

②劉尹：劉惔。

【譯文】

王濛說：「劉尹了解我，超過我對自己的了解。」

# 一一〇

王、劉聽林公講①，王語劉曰：「向高坐者②，故是凶物③。」復更聽④，王又曰：「自是缽釪後王、何人也⑤。」

【注釋】

①王、劉：王濛、劉惔。林公：支道林。

②向：剛才。

③凶物：不吉之人。物，指人。

④更：原作「東」，據影宋本改。

⑤缽釪（bō yú）：僧人的食器，此指僧徒。釪，即「盂」之借用字。王、何：王弼、何晏，魏晉玄學清談之風的開創人。

【譯文】

王濛、劉惔聽支道林講經，王濛對劉惔說：「剛才坐在台上宣講的人，原來是不吉之人。」再聽下去，王濛又說：「他本來是佛門中的王弼、何晏啊。」

## 一一

許玄度言①：「琴賦所謂『非至精者②，不能與之析理』，劉尹其人③；『非淵靜者④，不能與之閑止⑤』，簡文其人⑥。」

【注釋】

①許玄度：許詢。
②琴賦：嵇康作。
③劉尹：劉惔。
④淵靜：沉靜恬淡。
⑤閑止：指安靜地相處。
⑥簡文：簡文帝司馬昱。

【譯文】

許詢說：「琴賦所說的『不是最精通玄理的人，不能同他辨析玄理』，劉尹就是這樣的人；『不是沉靜恬淡的人，不能同他安靜地相處』，簡文帝就是這樣的人。」

## 一一二

魏隱兄弟少有學義①，總角詣謝奉②。奉與語，大說之，曰：「大宗雖衰③，魏氏已復有人。」

【注釋】

①魏隱兄弟：指魏隱和魏遏（ㄜˋ）兄弟倆。魏隱字安時，東晉會稽上虞（今屬浙江）人，歷官義興太守、御史中丞。魏遏，官黃門郎。學義：才學。

②總角：指童年。

③大宗：尊稱他人家族。

【譯文】

魏隱兄弟從小就有才學，童年時去拜望謝奉。謝奉同他們說話，十分喜歡他們，說：「他們的家族雖然衰落了，但魏家已經有了繼承人了。」

## 一一三

**簡文云①：「淵源語不超詣簡至②，然經綸思尋處③，故有局陳④。」**

【注釋】

①簡文：晉簡文帝司馬昱。
②淵源：殷浩。超詣：高超。簡至：簡要精到。
③經綸：整理絲縷、理出絲緒叫經，編絲成繩叫綸，引申為籌劃治理之意。思尋：思索，思考。
④局陳：局陣；陳，同「陣」。指說話佈置有法。

【譯文】

簡文帝說：「淵源的話語並不高超也不簡要精到，但是在組織條理方面，他的話確實講究格局法度。」

## 一一四

初，法汰北來①，未知名，王領軍供養之②。每與周旋行來③，往名勝許④，輒與俱。不得汰，便停車不行。因此名遂重。

### 【注釋】

①法汰：竺法汰。北來：從北方來。

②王領軍：王洽，字敬和，王導第三子。東晉時歷官吳郡內史、中領軍。

③周旋：應酬，往來。行來：往來，交往。

④名勝：有名望的人，名流。

### 【譯文】

當初，竺法汰從北方來，沒有什麼名氣，王洽供養他。王洽常常與他應酬交往，到名流處去，總要與他一起去。法汰不能去，王洽就停下車來不走。因此法汰的名望就高起來了。

## 一一五

王長史與大司馬書①，道淵源「識致安處②，足副時談③」。

【注釋】

①王長史：王濛。大司馬：桓溫。

②淵源：殷浩。識致：見識情致。安處：日常居處。

③副：相稱。時談：當時的評論。

【譯文】

王濛給桓溫寫信，稱道殷浩「他的見識情致和日常居處，足以與當時人的評論相稱。」

一一六

**謝公云①：「劉尹語審細②。」**

【注釋】

①謝公：謝安。

②劉尹：劉惔。審細：謹慎精細。

【譯文】

謝安說：「劉尹的言論謹慎精細。」

## 一一七

桓公語嘉賓①：「阿源有德有言②，向使作令僕③，足以儀刑百揆④，朝廷用違其才耳⑤。」

【注釋】

①桓公：桓溫。嘉賓：郗超，小字嘉賓。

②阿源：殷浩，字淵源。有德有言：有德行有嘉言。

③向：從前。令僕：尚書令，僕射。

④儀刑：法式，模範。百揆：百官。

⑤用：任用。

【譯文】

桓溫對郗超說：「阿源既有美德又有嘉言，當初如果讓他做尚書令或僕射，足以做百官的模範，而現在朝廷任用他卻是違背他的才能啊。」

## 一一八

簡文語嘉賓①：「劉尹語末後亦小異②，回覆其言③，亦乃無過。」

【注釋】

①簡文：晉簡文帝司馬昱。嘉賓：郗超。

②劉尹：劉惔。

③回覆：指反覆回味。

【譯文】

簡文帝司馬昱對郗超說：「劉尹談論的最後部分與前面所說也小有不同，但反覆回味他的話，也竟沒有什麼差錯。」

一一九

孫興公、許玄度共在白樓亭[①]，共商略先往名達[②]。林公既非所關[③]，聽訖云：「二賢故自有才情[④]。」

【注釋】

①孫興公：孫綽。許玄度：許詢。白樓亭：驛亭名，在今浙江紹興。

②商略：討論，籌劃。先往：先前，以往。名達：名流賢達。

③林公：支道林。

④故自：的確，確實。

【譯文】

孫綽、許詢同在白樓亭，一起評論先前的名流賢達。支道林既然對這些並不關心，聽了之後說道：「二位賢士確實有才華。」

一二〇

王右軍道東陽[①]：「我家阿林[②]，章清太出[③]。」

【注釋】

①王右軍：王羲之。東陽：王臨之，字仲產，東晉琅邪（今山東臨沂）人，官至東陽太守。

②阿林：「林」，當作「臨」。阿臨，王臨之的昵稱。

③章清太出：指顯著突出。

【譯文】

王羲之稱道王臨之：「我們家的阿臨，才華橫溢，實在太顯著突出了。」

一二一

王長史與劉尹書①，道淵源②：「觸事長易③。」

【注釋】

①王長史：王濛。劉尹：劉惔。

②淵源：殷浩。

③觸事：指處事。長：同「常」。易：簡易。

【譯文】

王濛寫信給劉惔，稱道殷浩：「處理事情常常很簡易。」

一二三

謝中郎云①：「王修載樂托之性②，出自門風③。」

【注釋】

①謝中郎：謝萬。

②王修載：王耆之，字修載，東晉琅邪（今山東臨沂）人。歷官中書郎、鄱陽太守、給事中。樂托：同「落托」「落拓」，指放浪不羈，不拘小節。

③門風：家風，家族世傳之風尚。

【譯文】

謝萬說：「王修載放浪不羈的性格，來自他的家風。」

一二三

林公云①：「王敬仁是超悟人②。」

【注釋】

①林公：支道林。

②王敬仁：王脩。超悟：超常悟性。

【譯文】

支道林說：「王敬仁是有超常領悟能力的人。」

一二四

劉尹先推謝鎮西①，謝後雅重劉②，曰：「昔嘗北面③。」

【注釋】

①劉尹：劉惔。推：推崇。謝鎮西：謝尚。

②雅重：甚器重，很敬重。

③北面：指弟子敬師之禮。

【譯文】

劉惔先前推崇謝尚，謝尚後來非常敬重劉惔，說：「我過去曾經對他執弟子之禮。」

## 一二五

**謝太傅稱王修齡曰[1]：「司州可與林澤遊[2]。」**

【注釋】

①謝太傅：謝安。王修齡：王胡之。

②司州：王胡之曾任司州刺史，故稱。林澤：山林水澤。亦指隱者所居之地。

【譯文】

謝安稱道王胡之之說：「王司州這人值得與他共遊山水隱居之地。」

一二六

諺曰：「揚州獨步王文度①，後來出人郗嘉賓②。」

【注釋】

①獨步：獨一無二。王文度：王坦之。

②後來：指後輩。出人：超卓於人。郗嘉賓：郗超。

【譯文】

諺語說：「揚州地區獨一無二的人是王文度，後輩中出人頭地的是郗嘉賓。」

一二七

人問王長史江虨兄弟羣從①，王答曰：「諸江皆復足自生活。」

【注釋】

①王長史：王濛。羣從：指同族子弟。

【譯文】

有人問王濛有關江虨兄弟及堂房子弟的情況，王濛答道：「江家諸位兄弟子姪都能夠自己立足於世。」

一二八

**謝太傅道安北[①]：「見之乃不使人厭，然出戶去，不復使人思。」**

【注釋】

①謝太傅：謝安。安北：王坦之，死後追贈安北將軍，故稱。

【譯文】

謝安說王坦之：「看見他並不令人討厭，但是出門離開了，也不再令人思念。」

一二九

**謝公云[①]：「司州造勝遍決[②]。」**

【注釋】

①謝公：謝安。

②司州：王胡之。造勝：指玄言達到了美妙的境界。造，達到。勝，優，佳。遍決：指普遍解決疑難。

【譯文】

謝安說：「王司州玄談能達到美妙的境界，普遍解決疑難問題。」

一三〇

劉尹云①：「見何次道飲酒②，使人欲傾家釀③。」

【注釋】

①劉尹：劉惔。

②何次道：何充。

③家釀：家中自己釀造的酒。

【譯文】

劉惔說：「看到何次道飲酒，就會讓人想把家中所有自釀的酒都拿出來請他喝。」

## 一三一

謝太傅語真長①：「阿齡於此事②，故欲太厲。」劉曰：「亦名士之高操者③。」

【注釋】

①謝太傅：謝安。真長：劉惔。

②阿齡：王胡之字修齡，故稱。

③高操：指高尚品格。

【譯文】

謝安對劉惔說：「阿齡對於個人品格修養方面，確實像過於嚴厲了。」劉惔說：「他也是名士中有高尚節操的人。」

## 一三二

王子猷說[①]：「世目士少為朗[②]，我家亦以為徹朗[③]。」

**【注釋】**

①王子猷：王徽之。
②士少：祖約。
③我家：我。徹：通達爽朗。

**【譯文】**

王徽之講：「世人品評祖士少開朗，我也認為他通達爽朗。」

## 一三三

謝公云[①]：「長史語甚不多[②]，可謂有令音[③]。」

【注釋】

①謝公：謝安。

②長史：王濛。

③令音：指美好的言辭。音，指言辭。

【譯文】

謝安說：「王長史的話不是很多，但可稱得上有美好的言辭。」

## 一三四

謝鎮西道敬仁①：「文學鏃鏃②，無能不新。」

【注釋】

①謝鎮西：謝尚。敬仁：王脩。

②文學：辭章修養。鏃鏃（zú）：傑出的樣子。

【譯文】

謝尚稱道王修：「他的辭章修養非常傑出，如果沒有才能就不會有新意。」

一三五

劉尹道江道羣[①]：「不能言而能不言[②]。」

【注釋】

①劉尹：劉惔。江道羣：江灌。

②言：指玄言，清談。

【譯文】

劉惔稱道江灌：「他不擅長清談而能夠不談。」

一三六

林公云[①]：「見司州警悟交至[②]，使人不得住[③]，亦終日忘疲。」

【注釋】

①林公：支道林。

②司州：王胡之曾為司州刺史，故稱。警悟：敏捷有悟性。交至：一起來。

③不得住：停不下來，指應接不暇。

【譯文】

支道林說：「看到王司州敏捷與悟性一起呈現出來，令人應接不暇，也令人終日忘記疲勞。」

一三七

**世稱荀子秀出①，阿興清和②。**

【注釋】

①荀子：王脩。

②阿興：王蘊字叔仁，小字阿興，王脩弟，東晉時官至會稽內史。

【譯文】

世人稱道王脩明秀出眾，王蘊清朗平和。

一三八

簡文云①：「劉尹茗柯有實理②。」

【注釋】

①簡文：晉簡文帝司馬昱。

②劉尹：劉惔。茗柯：即「茗艼」「酩酊」，大醉。

【譯文】

簡文帝說：「劉尹貌似醉酒的樣子而實際上說話很有道理。」

一三九

謝胡兒作著作郎①，嘗作王堪傳②，不諳堪是何似人③，諮謝公④。謝公答曰：

「世胄亦被遇⑤。堪，烈之子⑥，阮千里姨兄弟⑦，潘安仁中外⑧。安仁詩所謂『子親伊姑，我父唯舅⑨』，是許允婿⑩。」

## 【注釋】

①謝胡兒：謝郎，字長度，小字胡兒。著作郎：官名，主編纂國史。
②王堪：字世胄，西晉東平壽張（今山東陽穀、范縣一帶）人。官尚書左丞，後為石勒所害。
③諳：熟悉。何似：怎麼樣。
④諮：諮詢。謝公：謝安。
⑤遇：指得到君主的恩遇賞識。
⑥烈：王烈，字陽秀，三國魏時官治書御史。
⑦阮千里：阮瞻。姨兄弟：姨表兄弟。
⑧潘安仁：潘岳。中外：指中表兄弟，中指舅父子女，外指姑母子女。
⑨子親伊姑，我父唯舅：見潘岳北芒送別王世胄詩首章。
⑩許允：字士宗，三國魏人，官至吏部郎，後為晉司馬師所殺。

## 【譯文】

謝郎擔任著作郎，曾作王堪傳，不熟悉王堪是什麼樣人，去詢問謝安。謝安答道：「世胄也曾經受到過恩遇。王堪是王烈的兒子，是阮千里的姨表兄弟，是潘安仁的中表兄弟，就是潘安仁詩中所說的『你母親是我姑母，我父親是你舅父』，他是許允的女婿。」

## 一四〇

**謝太傅重鄧僕射**[①]**，常言：「天地無知，使伯道無兒。」**

**【注釋】**

①謝太傅：謝安。鄧僕射：鄧攸，官至尚書右僕射，故稱。

**【譯文】**

謝安很敬重鄧攸，常常說：「天地無知，竟然使伯道沒有兒子。」

## 一四一

**謝公與王右軍書曰**[①]**：「敬和棲託好佳**[②]**。」**

【注釋】

①謝公：謝安。王右軍：王羲之。

②敬和：王洽。棲託：寄託，安身。

【譯文】

謝安給王羲之寫信說：「王敬和居住安身的地方十分美好。」

## 一四二

**吳四姓舊目云①：「張文，朱武，陸忠，顧厚。」**

【注釋】

①吳：吳郡。四姓：指張、朱、陸、顧四姓的大家族。

【譯文】

對吳郡四姓大家庭，過去的品評說：「張姓崇文，朱姓尚武，陸姓忠誠，顧姓寬厚。」

## 一四三

謝公語王孝伯[①]：「君家藍田[②]，舉體無常人事[③]。」

**【注釋】**

①謝公：謝安。王孝伯：王恭。
②藍田：藍田侯王述。
③舉體：全身，渾身。舉，全。

**【譯文】**

謝安對王恭說：「你們家的藍田侯，所做的全部事情都不是常人能做的。」

## 一四四

許掾嘗詣簡文[①]，爾夜風恬月朗[②]，乃共作曲室中語[③]。襟懷之詠[④]，偏是許之所長[⑤]，辭寄清婉[⑥]，有逾平日。簡文雖契素[⑦]，此遇尤相咨嗟[⑧]，不覺造膝[⑨]，共叉手語[⑩]，達於將旦。既而曰：「玄度才情，故未易多有許。」

【注釋】

①許掾：許詢。簡文：晉簡文帝司馬昱。
②爾夜：此夜。恬：安靜。
③曲室：密室。
④襟懷之詠：抒發懷抱之詩。詠，指詩歌。
⑤偏：最，特別。
⑥清婉：清麗婉轉。
⑦契素：素來意志相投。
⑧咨嗟：歎賞，讚賞。
⑨造膝：促膝，膝與膝相接，表示親近。
⑩叉手：指相互拉着手，形容親近。

【譯文】

許詢曾去拜見簡文帝，這夜風靜月朗，於是就一起在密室談論。作詩抒發情懷，最是許詢所擅長的，他詩中所寄託的辭意清麗婉轉，超過了平日。簡文帝雖然與許詢素來意氣相投，但對這次晤談尤其讚歎，兩人不知不覺地促膝而坐，握手而談，直到天將亮。過後簡文帝說：「像玄度這樣的才華，確實不易多得。」

## 一四五

殷允出西[①]，郗超與袁虎書云[②]：「子思求良朋，託好足下[③]，勿以開美求之[④]。」世目袁為「開美」，故子敬詩曰[⑤]：「袁生開美度[⑥]。」

## 【注釋】

①殷允：字子思，東晉陳郡長平（今河南西華東北）人。官吏部尚書。
②袁虎：袁宏，小字虎。
③託好：結交，交好。
④開美：開朗美好。
⑤子敬：王獻之。
⑥度：氣度。

## 【譯文】

殷允往西邊去，郗超寫信給袁宏說：「子思要尋求好朋友，想與您結交，請不要以你的開朗美好來要求他。」世人品評袁宏為「開朗美好」，所以王獻之有詩句說：「袁生有開朗美好的氣度。」

一四六

謝車騎問謝公①：「真長性至峭②，何足乃重③？」答曰：「是不見耳！阿見子敬④，尚使人不能已。」

【注釋】

①謝車騎：謝玄。謝公：謝安。
②真長：劉惔。峭：嚴峻。
③乃：如此。
④阿：我。子敬：王獻之。

【譯文】

謝玄問謝安：「真長的性情極為嚴峻，哪裏值得如此敬重？」謝安回答道：「這是你沒有見到他罷了！我見到子敬，尚且不能自制地敬重他。」

一四七

謝公領中書監①，王東亭有事②，應同上省③。王後至，坐促④，王、謝雖不通[5]，太傅猶斂膝容之。王神意閑暢，謝公傾目[6]。還謂劉夫人曰[7]：「向見阿瓜[8]，故自未易有[9]，雖不相關，正自使人不能已已[10]。」

**【注釋】**

①謝公：謝安。領：兼任。中書監：官名，中書省長官，掌機要。
②王東亭：王珣。
③上省：赴中書省。
④坐促：指座位窄小，不寬。
⑤不通：指不交往，不通問。
⑥傾目：注目。
⑦劉夫人：謝安夫人劉氏，劉惔之妹。
⑧阿瓜：王珣的另一個小字。
⑨故自：確實。
⑩正自：只是。第一個「已」：止。第二個「已」：句末語氣詞。

**【譯文】**

謝安兼任中書監，王珣有事，照例應當與謝安一同赴中書省去。王珣後到，座位窄小擁擠，王、謝兩家雖然互不通問，謝安還是收攏雙膝容納王珣同坐。王珣神態閑適舒暢，謝安注目看他。回到家謝安對劉夫人說：「剛才見到阿瓜，他確實是位難得的人才，我們之間雖然沒有婚姻關係了，只是總令人心情難以平靜啊。」

## 一四八

**王子敬語謝公①：「公故蕭灑②。」謝曰：「身不蕭灑③。君道身最得④，身正自調暢⑤。」**

**【注釋】**

①王子敬：王獻之。謝公：謝安。

②故：確實。

③身：我。

④道：品評，評論。得：得意，滿意。

⑤正自：真，確實。調暢：調和暢達。

【譯文】

王獻之對謝安說：「您的風度確實瀟灑。」謝安說：「我並不瀟灑。只是您的評論我最滿意，我真的感到調和暢達。」

## 一四九

**謝車騎初見王文度曰①：「見文度，雖蕭灑相遇②，其復愔愔竟夕③。」**

【注釋】

①謝車騎：謝玄。王文度：王坦之。

②蕭灑：無意，偶然。

③其：那種。復：語助詞，無義。愔愔（yīn）：安閑和悅的樣子。竟夕：整夜。

【譯文】

謝玄初次見到王坦之，說：「見到了王坦之，雖然是偶然相遇，但他仍然整夜都是那種安閑和悅的樣子。」

一五〇

范豫章謂王荊州[1]：「卿風流俊望[2]，真後來之秀。」王曰：「不有此舅，焉有此甥[3]！」

【注釋】

①范豫章：范寧，曾任豫章太守，故稱。王荊州：王忱，曾任荊州刺史，故稱。
②風流：儀表出眾。俊望：名望很高。
③舅、甥：范寧為王忱之舅，王忱是范寧外甥。

【譯文】

范寧對王忱說：「你儀表出眾，名望很高，真是後起之秀。」王忱說：「沒有這樣的舅舅，哪裏會有這樣的外甥！」

一五一

子敬與子猷書道[1]：「兄伯蕭索寡會[2]，遇酒則酣暢忘反，乃自可矜[3]。」

【注釋】

①子敬：王獻之。子猷：王徽之。
②蕭索：孤寂。寡會：寡合，同別人難以投合。
③矜：指誇讚，尊敬。

【譯文】

王獻之寫給王徽之的信中說：「兄長孤寂少與人投合，但一遇到酒就興致酣暢痛飲忘返，這是值得誇讚的。」

一五二

張天錫世雄涼州①，以力弱詣京師，雖遠方殊類②，亦邊人之傑也。聞皇京多才③，欽羨彌至④。猶在渚住⑤，司馬著作往詣之⑥。言容鄙陋⑦，無可觀聽。天錫心甚悔來，以遐外可以自固⑧。王彌有俊才美譽⑨，當時聞而造焉⑩。既至，天錫見其風神清令⑪，言話如流，陳說古今，無不貫悉⑫。又諳人物氏族中表⑬，皆有證據。天錫訝服。

【注釋】

①世雄：世代雄踞。涼州：治所在今甘肅武威。

②殊類：異族。

③皇京：京都，指建康。

④彌至：愈甚，更加。

⑤渚：指江邊。

⑥司馬著作：事跡不詳。

⑦言容：言語容貌。

⑧遐外：指邊遠地區。遐，遠。

⑨王彌：王瑉，小字僧彌。

⑩造：造訪。

⑪風神：風度文采。清令：高雅美好。

⑫貫悉：貫通熟悉。

⑬諳（ān）：熟記，熟悉。氏族：宗族，指同宗同族的人。

【譯文】

張天錫世代雄踞涼州，因為勢力衰弱投奔京都，他雖然是遠方的異族，但也是邊境地區的豪傑之士。他聽說京都有很多人才，更加欽佩羨慕。當他還住在江邊時，司馬著作去拜訪他。此人言論粗俗，容貌醜陋，沒有什麼可看可聽的。張天錫心裏很後悔到京都來，認為在邊遠地區自己可以固守下去。王珣有卓越的才幹又有好名聲，當時聽說張天錫之名即去拜訪他。到後，張天錫看到王珣的風度文采高雅美好，言談話語滔滔不絕，論古說今，沒有不貫通熟悉的。他又熟悉有關人物的宗族譜系和中表姻親關係，說出來都是有根有據的。張天錫聽了非常驚訝佩服。

## 一五三

王恭始與王建武甚有情①，後遇袁悅之間②，遂致疑隙③。然每至興會④，故有相思時。恭嘗行散至京口射堂⑤，於時清露晨流，新桐初引⑥。恭目之曰：「王大故自濯濯⑦。」

### 【注釋】

①王建武：王忱。

②袁悅：字元禮，東晉陽夏（今河南太康）人。初為會稽王司馬道子所寵，不久被誅。間：離間。

③疑隙：因猜疑而造成的隔閡。

④興會：興致所至。

⑤行散：指服食五石散後須出外散步，使藥性散發。京口：今江蘇鎮江。射堂：練習射箭的場所。
⑥引：萌發。
⑦王大：王忱，小字佛大，故稱。故自：的確。濯濯：光明清新的樣子。

【譯文】

王恭當初與王忱很有感情，後來遭到袁悅的離間，於是就造成了隔閡。但是每當興致來的時候，還是很想念的。王恭曾經行散到京口射堂，這時清澄的露水在晨曦中閃爍，初生的桐葉剛剛萌芽。王恭品評王忱說：「王大的確是清新脱俗啊。」

## 一五四

**司馬太傅為二王目曰①：「孝伯亭亭直上②，阿大羅羅清疏③。」**

【注釋】

①司馬太傅：司馬道子。二王：指王恭、王忱。目：品評。
②孝伯：王恭。亭亭：高聳的樣子。
③阿大：王忱。羅羅：狂放不羈。清疏：清朗疏放。

【譯文】

司馬道子對王恭、王忱品評說：「孝伯高高聳立向上，阿大狂放不羈、清朗疏達。」

## 一五五

王恭有清辭簡旨[1]，能敍說[2]，而讀書少，頗有重出[3]。有人道：「孝伯常有新意[4]，不覺為煩。」

【注釋】

①清辭：清新的言辭。簡旨：簡明的意思。
②敍說：陳述。
③重出：重複出現。
④孝伯：王恭。

【譯文】

王恭的談論言辭清新、意思簡明，善於陳述，但是他讀書少，有很多重複的地方。有人說：「孝伯的看法常常有新意，並不覺得煩瑣。」

## 一五六

殷仲堪喪後，桓玄問仲文①：「卿家仲堪，定是何似人②？」仲文曰：「雖不能休明一世③，足以映徹九泉④。」

### 【注釋】

①仲文：殷仲文，殷仲堪堂弟。
②定：到底，究竟。
③休明：美好清明。
④九泉：黃泉，指陰間。

### 【譯文】

殷仲堪死後，桓玄問殷仲文：「您家的仲堪，到底是什麼樣的人？」殷仲文說：「他雖然不能像您這樣美好清明於一世，但也足以令九泉生輝。」

# 品藻第九

【題解】

品藻，品評人物、鑒別流品。漢書揚雄傳下：「爰及名將尊卑之條，稱述品藻。」顏師古注：「品藻者，定其差品及文質。」唐劉知幾史通雜說上：「如班氏之古今人表者，唯以品藻賢愚，激揚善惡為務爾。」賞譽品評的是單個人物，而品藻則重在月旦人物。月旦人物的風氣出現在東漢，後漢書許劭傳：「初，劭與靖俱有高名，好共核論鄉黨人物，每月輒更其品題，故汝南俗有『月旦評』焉。」此風一直延續到魏晉時期。把兩個或兩個以上的人物放在一起，進行對比，論其長短，較其高下，鑒別其流品，成為魏晉時期品評人物的一種主要方式。本篇共有八十八則。

一 汝南陳仲舉、潁川李元禮二人①，共論其功德，不能定先後。蔡伯喈評之曰②：「陳仲舉強於犯上③，李元禮嚴於攝下④，犯上難，攝下易。」仲舉遂在「三君」之下⑤，元禮居「八俊」之上⑥。

【注釋】

①陳仲舉：陳蕃。李元禮：李膺。

②蔡伯喈：蔡邕（一三二—一九二），字伯喈（jiē），陳留圉（今河南杞縣南）人。為人通達，博學多才，通曉經史、天文、音律各項學問，擅長辭賦創作，有述行賦等傳世詩文作品十餘篇。官至中郎將，後因依附董卓被殺。

③犯上：指觸犯上司。

④攝下：指管束下屬。攝，管轄。

⑤三君：指東漢末之竇武、劉淑、陳蕃三人，為當時人所尊。陳蕃位居三君之末。君，對才德出眾者之尊稱。

⑥八俊：指東漢末年之李膺、荀緄、杜楷、王暢、劉佑、魏朗、趙典、朱寓八人，被當時人讚為傑出之士。李膺位居八俊之首。俊，才智傑出之士。

**【譯文】**

對於汝南陳蕃、潁川李膺兩個人，大家共同議論他們的功業德行，不能確定誰先誰後。蔡邕品評他們說：「陳蕃敢於冒犯上司，李膺管束下屬很嚴厲，冒犯上司困難，管束下屬容易。」於是陳蕃就排在「三君」之下，李膺居於「八俊」之上。

## 二

龐士元至吳①，吳人並友之②，見陸績、顧劭、全琮③，而為之目曰：「陸子所謂駑馬有逸足之用④，顧子所謂駑牛可以負重致遠。」或問：「如所目，陸為勝邪？」曰：「駑馬雖精速，能致一人耳。駑牛一日行百里，所致豈一人哉？」吳人無以難。「全子好聲名，似汝南樊子昭⑤。」

**【注釋】**

①龐士元：龐統，據劉孝標注，龐統至吳國會見諸士人當在周瑜死後，龐統送喪回吳之時。

②友之：與他交朋友。友，作動詞。

③陸績（一八七—二一九）：字公紀，吳郡吳縣（今江蘇蘇州）人。仕吳，官至鬱林太守。通天文、曆算，作渾天圖，注易，撰太玄經注。顧劭：字孝則，吳郡吳縣（今江蘇蘇州）人。顧雍

之子，陸績之甥，官至豫章太守。全琮：字子黃，三國吳吳郡錢塘（今浙江杭州）人。官至大司馬、左軍師。

④駑馬：跑不快的馬，劣馬。逸足：使足安逸。逸，安樂，安閑。

⑤樊子昭：東漢末汝南人，出身貧賤，為許劭所賞識。

【譯文】

龐統到了吳地，吳地士人都來和他交朋友。他看到陸績、顧劭、全琮，就對他們加以評論說：「陸績就好比劣馬有為人代步之用，顧劭就好比笨牛可以負重跑遠路。」有人問：「如你所評論的，陸績更勝一籌嗎？」他說：「劣馬比起笨牛來雖然速度很快，但只能承載一人而已。笨牛一天能行百里，但所承載的又豈是一個人呢？」吳人無話可以反駁。龐統接着又說：「全琮看重名聲，好像汝南的樊子昭。」

## 三

顧劭嘗與龐士元宿語①，問曰：「聞子名知人②，吾與足下孰愈③？」曰：「陶治世俗④，與時浮沉⑤，吾不如子；論王霸之餘策⑥，覽倚伏之要害⑦，吾似有一日之長⑧。」劭亦安其言⑨。

【注釋】

①龐士元：龐統。
②名知人：以知人而聞名。
③愈：優，強。
④陶冶：熏陶化育。
⑤浮沉：指追隨世俗，隨波逐流。
⑥王霸：先秦儒家稱以仁義治天下為王道，以武力平天下為霸道。
⑦倚伏：謂禍福之間互相依存。
⑧一日之長：指自己略勝一籌。
⑨安：指合適。

【譯文】

顧劭曾和龐統一同住宿談論，問龐統道：「聽説你以知人聞名，我與你之間誰更強些？」龐統説：「在熏陶化育社會風尚、追隨世俗變化方面，我不如你；在論説王霸之道、觀察禍福之間的因果關係方面，我似乎比你略勝一籌。」顧劭也認為龐統的話説得非常合適。

四

諸葛瑾、弟亮及從弟誕①，並有盛名，各在一國。於時以為蜀得其龍，吳得其虎，魏得其狗。誕在魏，與夏侯玄齊名；瑾在吳，吳朝服其弘量②。

【注釋】

①諸葛瑾（一七四—二四一）：字子瑜，諸葛亮之兄，琅邪陽都（今山東沂南南）人。孫權稱帝後，官至大將軍。亮：諸葛亮。從弟：堂弟，族弟。誕：諸葛誕，字公休，諸葛瑾的族弟，在魏擔任鎮東將軍、司空，後因謀逆，被誅。

②弘量：宏大的器量。

【譯文】

諸葛瑾與弟弟諸葛亮以及族弟諸葛誕，都享有盛名，各自在一國任職。當時人認為蜀國得到其中的龍，吳國得到其中的虎，魏國得到其中的狗。諸葛誕在魏國，與夏侯玄齊名；諸葛瑾在吳國，吳國朝廷都佩服他宏大的器量。

五

司馬文王問武陔[①]：「陳玄伯何如其父司空[②]？」陔曰：「通雅博暢[③]，能以天下聲教為己任者[④]，不如也；明練簡至[⑤]，立功立事，過之。」

【注釋】

①司馬文王：司馬昭。
②陳玄伯：陳泰。司空：陳泰之父陳羣任魏之司空，故稱。
③通雅：明達雅正。博暢：淵博通暢。
④聲教：聲威教化。
⑤明練：精明幹練。簡至：簡要周到。

【譯文】

司馬昭問武陔：「陳玄伯與他父親比怎麼樣？」武陔說：「在明達雅正、淵博通暢，能把天下的聲威教化作為自己的責任方面，不如他父親；而在精明幹練、簡要周到、建功立業方面，超過他父親。」

六

正始中①，人士比論②，以五荀方五陳③：荀淑方陳寔，荀靖方陳諶④，荀爽方陳紀，荀彧方陳羣⑤，荀顗方陳泰⑥。又以八裴方八王：裴徽方王祥，裴楷方王夷甫⑦，裴康方王綏⑧，裴綽方王澄⑨，裴瓚方王敦⑩，裴遐方王導，裴頠方王戎，裴邈方王玄。

【注釋】

①正始：三國魏齊王曹芳的年號（二四〇—二四九）。

②人士：有名的人。比論：比較評論。

③五荀：指荀淑、荀靖、荀爽、荀彧、荀顗。方：比擬。五陳：指陳寔、陳諶、陳紀、陳羣、陳泰。

④荀靖：字叔慈，荀淑第三子，有才學，不就徵聘。陳諶：陳寔少子，字季方。

⑤荀彧：字文若，荀淑之孫。陳羣：字長文，陳紀之子。

⑥荀顗：字景倩，荀彧之子，三國魏時官至光祿大夫，晉時官至太尉。

⑦王夷甫：王衍。

⑧裴康：裴徽之子，字仲豫，西晉時官太子左率。王綏：字彥猷，王愉之子，東晉時官至荊州刺史，因王愉謀亂被誅。

⑨裴綽：字仲舒，裴楷之弟，名氣較次一等，西晉時官中書黃門侍郎。

⑩裴瓚：字國寶，裴楷之子，才氣爽俊，西晉時官至中書郎。

【譯文】

正始年間，名士們品評人物，以五荀比擬五陳：荀淑比擬陳寔，荀靖比擬陳諶，荀爽比擬陳紀，荀彧比擬陳羣，荀顗比擬陳泰。又以八裴比擬八王：裴徽比擬王祥，裴楷比擬王衍，裴康比擬王綏，裴綽比擬王澄，裴瓚比擬王敦，裴遐比擬王導，裴頠比擬王戎，裴邈比擬王玄。

## 七

冀州刺史楊淮二子喬與髦[①]，俱總角為成器[②]。淮與裴頠、樂廣友善，遣見之。頠性弘方[③]，愛喬之有高韻[④]，謂淮曰：「喬當及卿，髦小減也[⑤]。」廣性清淳，愛髦之有神檢[⑥]，謂淮曰：「喬自及卿，然髦尤精出[⑦]。」淮笑曰：「我二兒之優劣，乃裴、樂之優劣。」論者，以為喬雖高韻，而檢不匝[⑧]；樂言為得。然並為後出之俊。

【注釋】

①楊淮：當作「楊準」，楊修之孫。喬：楊喬，字國彥，西晉時官至二千石。髦：楊髦，字士彥，西晉時官至二千石。

②總角：借指童年。成器：喻指成材。

③弘方：曠達正直。

④高韻：高雅的氣質。

⑤減：不如，差。

⑥神檢：精神操守。

⑦精出：優秀傑出。

⑧匝：周遍，完備。

【譯文】

冀州刺史楊淮的兩個兒子楊喬與楊髦，都是在童年時就成材了。楊淮與裴頠、樂廣很友好，就讓兩個兒子去見他們。裴頠性格曠達正直，喜歡楊喬高雅的氣質，對楊淮說：「楊喬應當趕得上你，楊髦稍稍不如你。」樂廣性格高潔淳樸，喜歡楊髦有精神操守，對楊淮說：「楊喬自當趕得上你，但是楊髦尤其優秀傑出。」楊淮笑道：「我兩個兒子的優劣，竟然是裴頠、樂廣的優劣。」當時議論者評論他們，認為楊喬雖然有高雅的氣質，但操守不完備；樂廣的話還是對的。不過兄弟倆都是後起之秀。

八

劉令言始入洛①，見諸名士而歎曰：「王夷甫太解明②，樂彥輔我所敬③，張茂先我所不解④，周弘武巧於用短⑤，杜方叔拙於用長⑥。」

【注釋】

①劉令言：劉訥，字令言，晉彭城（今江蘇徐州）人。官司隸校尉。
②王夷甫：王衍。解明：聰穎精明。
③樂彥輔：樂廣。
④張茂先：張華。
⑤周弘武：周恢字弘武，晉汝南（在今河南）人，官至秦相。
⑥杜方叔：杜育，字方叔，晉襄城鄧陵（在今河南）人。幼號「神童」，美風姿，有才藻，官至國子祭酒。

【譯文】

劉訥剛到洛陽時，見到眾名士就感歎道：「王夷甫太聰穎精明，樂彥輔是我敬佩的人，張茂先是我所不理解的，周弘武能巧妙地用他的短處，杜方叔則不善於發揮他的長處。」

## 九

王夷甫云[1]：「閭丘沖優於滿奮、郝隆[2]。此三人並是高才，沖最先達[3]。」

【注釋】

①王夷甫：王衍。

②閭丘沖：字賓卿，晉高平（今山東巨野南）人，官至光祿勛。郝隆：字弘始，為人通達有清識，官至揚州刺史，後為王邃所殺。

③先達：優秀顯達。

【譯文】

王衍說：「閭丘沖比滿奮、郝隆好。這三個人都是高才，閭丘沖最為優秀顯達。」

## 一〇

王夷甫以王東海比樂令[1]，故王中郎作碑云[2]：「當時標榜，為樂廣之儷[3]。」

【注釋】

①王夷甫：王衍。王東海：王承，曾任東海太守，故稱。樂令：樂廣。

②王中郎：王坦之，王承的孫子。

③標榜：品評，稱揚。儷（lì）：並列。

【譯文】

王衍把王承比作樂廣，所以王坦之作碑文道：「當時的品評，王承是和樂廣並列的。」

## 一一

庾中郎與王平子雁行①。

【注釋】

①庾中郎：庾敳（ái），字子嵩。王平子：王澄。雁行（háng）：喻指齊名並重。

【譯文】

庾敳與王澄並列齊名，不分高下。

一二

王大將軍在西朝時①，見周侯輒扇障面不得住②。後度江左③，不能復爾④。王歎曰：「不知我進，伯仁退⑤？」

【注釋】

①王大將軍：王敦。西朝：指西晉。

②周侯：周顗。住：停止。

③江左：江東，指東晉。

④爾：如此。

⑤伯仁：周顗。

【譯文】

王敦在西晉時，看見周顗總是用扇子不停地遮臉。後來渡江南下江東，不能夠再這樣了。王敦感歎說：「不知道是我進步了，還是伯仁退步了？」

一三

會稽虞騑[①]，元皇時與桓宣武同俠[②]，其人有才理勝望[③]。王丞相嘗謂曰[④]：「孔愉有公才而無公望[⑤]，丁潭有公望而無公才[⑥]。兼之者其在卿乎？」未達而喪[⑦]。

【注釋】

①虞騑（fēi）：字思行，晉會稽餘姚（今屬浙江）人。官至金紫光祿大夫。
②元皇：指晉元帝司馬睿。桓宣武：為「桓宣城」之誤，指桓溫的父親宣城內史桓彝。同俠：為「同僚」之誤。
③才理勝望：指才思名望。
④王丞相：王導。
⑤孔愉：字敬康。
⑥丁潭：字世康，晉山陰（今浙江紹興）人，少有雅望，與孔愉齊名。官至光祿大夫。
⑦達：顯達，顯貴。

【譯文】

會稽虞騑，晉元帝時與桓彝是同僚，這人有才思名望。王導對虞騑說：「孔愉有才思卻沒有您的名望，丁潭有名望卻沒有您的才思。這兩方面兼而有之的恐怕就是您了吧！」虞駿未及顯貴就去世了。

## 一四

明帝問周伯仁①：「卿自謂何如郗鑒？」周曰：「鑒方臣，如有功夫②。」復問郗，郗曰：「周顗比臣，有國士門風③。」

**【注釋】**

①明帝：晉明帝司馬紹。周伯仁：周顗。

②功夫：修養，造詣。

③國士：國中有才德聲望的人。門風：家風。

**【譯文】**

晉明帝問周顗：「你自己認為比郗鑒怎麼樣？」周顗說：「郗鑒和我比，他好像更有修養。」明帝再問郗鑒，郗鑒說：「周顗和我相比，有國士家風。」

一五

王大將軍下①，庾公問②：「聞卿有四友，何者是？」答曰：「君家中郎、我家太尉、阿平、胡毋彥國③。阿平故當最劣。」庾曰：「似未肯劣④。」庾又問：「何者居其右⑤？」王曰：「自有人。」又問：「何者是？」王曰：「噫！其自有公論。」左右躡公⑥，公乃止。

【注釋】

①王大將軍：王敦。下：指東下京都建康。
②庾公：庾亮。
③中郎：指庾敳。太尉：王衍。阿平：王澄，王衍弟。
④肯：必，一定。
⑤右：上。古以右為尊。
⑥躡：踩。

【譯文】

王敦東下京城，庾亮問：「聽説你有四位朋友，他們是什麼人？」王敦答道：「你家的中郎、我家的太尉、阿平、胡毋彥國。阿平在其中該當是最差的。」庾亮說：「他似乎不一定是最差的。」庾亮又問：「哪一位居首位呢？」王敦說：「自然有人。」庾亮又問：「是哪位？」王敦說：「噫！那是自有公論。」左右的人踩庾亮的腳，庾亮才停止發問。

## 一六

人問丞相①：「周侯何如和嶠②？」答曰：「長輿嵯櫱③。」

### 【注釋】

①丞相：指王導。

②周侯：周顗。和嶠：字長輿。

③嵯櫱（cuó niè）：山高峻的樣子，此指人物超羣出眾。

### 【譯文】

有人問王導：「周侯與和嶠相比怎麼樣？」王導答道：「長輿超羣出眾。」

## 一七

明帝問謝鯤①：「君自謂何如庾亮？」答曰：「端委廟堂②，使百僚準則③，臣不如亮；一丘一壑④，自謂過之。」

**【注釋】**

①明帝：晉明帝司馬紹。
②端委：朝服之端正而寬長者，此指穿着朝服。廟堂：指朝廷。
③準則：學習、效法。
④一丘一壑：指隱居不仕，放情山水。

**【譯文】**

晉明帝問謝鯤：「你自己認為比庾亮怎麼樣？」謝鯤答道：「在朝廷上穿着朝服辦事，使百官效法，我不如庾亮；放情於山水之間，自認為超過他。」

## 一八

**王丞相二弟不過江①，曰穎②，曰敞③。時論以穎比鄧伯道④，敞比温忠武⑤。議郎、祭酒者也。**

**【注釋】**

①王丞相：王導。不過江：指西晉末年沒有渡江南來。
②穎：王穎，字茂英，西晉時官至議郎。
③敞：王敞，字茂平，西晉時被召為丞相祭酒，未過江即早死。
④鄧伯道：鄧攸。
⑤温忠武：温嶠，死後謚號忠武，故稱。

**【譯文】**

王導的兩個弟弟沒有渡江南來，一個叫王穎，一個叫王敞。當時議論把王穎比為鄧攸，把王敞比為温嶠。他們分別擔任議郎、祭酒。

一九

明帝問周侯①：「論者以卿比郗鑒，云何？」周曰：「陛下不須牽比。」

【注釋】

①明帝：晉明帝司馬紹。周侯：周顗。

【譯文】

晉明帝問周顗：「議論者把你和郗鑒相比，怎麼樣？」周顗說：「陛下無須拿周顗來相比。」

二〇

王丞相云①：「頃下論以我比安期、千里②，亦推此二人；唯共推太尉，此君特秀③。」

【注釋】

①王丞相：王導。

②頃下：目前。安期：王承，字安期。千里：阮瞻，字千里。

③太尉：王衍。秀：突出，優秀。

【譯文】

王導說：「目前的議論把我比為安期、千里，我也推崇這兩個人；只是應當共同推崇太尉，他特別優秀傑出。」

## 二一

宋禕曾為王大將軍妾①，後屬謝鎮西②。鎮西問禕：「我何如王？」答曰：「王比使君③，田舍、貴人耳④。」鎮西妖冶故也⑤。

【注釋】

①宋禕（yī）：石崇寵姬綠珠的弟子，貌美，善吹笛，先後屬晉明帝、阮孚、王敦、謝尚等。王大將軍：王敦。

②謝鎮西：謝尚，曾任鎮西將軍，故稱。

③使君：指謝尚，他曾任江州刺史。

④田舍：鄉巴佬。
⑤妖冶：豔麗。

【譯文】

宋禕曾經是王敦的姬妾，後歸屬謝尚，謝尚問宋禕：「我比王敦怎麼樣？」宋禕回答道：「王敦比起你來，不過是鄉巴佬比大貴人罷了。」這是謝尚長得妖豔動人之故。

## 二二

明帝問周伯仁①：「卿自謂何如庾元規②？」對曰：「蕭條方外③，亮不如臣；從容廊廟④，臣不如亮。」

【注釋】

①明帝：晉明帝司馬紹。周伯仁：周顗。
②庾元規：庾亮。
③蕭條：超脫自在。方外：世俗之外。
④從容：優閑，自在。廊廟：指朝廷。

【譯文】

晉明帝問周顗：「你認為自己比庾元規怎麼樣？」周顗回答：「超脫於世俗之外，庾亮不如我；自在於朝廷上，我不如庾亮。」

二三

**王丞相辟王藍田為掾①，庾公問丞相②：「藍田何似？」王曰：「真獨簡貴③，不減父祖④，曠然淡處⑤，故當不如爾。」**

【注釋】

①王丞相：王導。辟：徵召。王藍田：王述。
②庾公：庾亮。
③真獨：真率突出。簡貴：簡約尊貴。
④父祖：王述之父王承，祖父王湛。
⑤曠然：心胸開闊的樣子。淡處：淡於名利。

【譯文】

王導徵召王述為屬官，庾亮問王導：「藍田怎麼樣？」王導說：「真率突出、簡約尊貴方面，不比他父親祖父差，但心胸開闊、淡泊名利方面，當然不如他們啊。」

二四

卞望之云①：「郗公體中有三反②：方於事上③，好下佞己④，一反；治身清貞⑤，大修計校⑥，二反；自好讀書，憎人學問⑦，三反。」

【注釋】

①卞望之：卞壼。
②郗公：郗鑒。反：互相矛盾。
③方：正直。事上：指侍奉皇帝。
④佞：諂媚。
⑤治身：修身。清貞：清廉正派。
⑥修：指講究。計校：計較。
⑦學問：指學習。

【譯文】

卞壺說：「郗公身上有三件相互矛盾的事：侍奉皇上很正直，卻喜歡下屬諂媚自己，這是第一件矛盾的事；自己修身清廉正派，而對他人則斤斤計較，這是第二件矛盾的事；自己愛好讀書，卻討厭他人勤學好問，這是第三件矛盾的事。」

二五

世論温太真是過江第二流之高者①。時名輩共説人物②，第一將盡之間，温常失色。

【注釋】

①温太真：温嶠。

②名輩：名流。

【譯文】

世人評論温嶠是渡江南下人物第二流中的佼佼者。當時名流們一起議論人物，第一流人物將要説完時，温嶠常會緊張得變了臉色。

## 二六

王丞相云①：「見謝仁祖②，恆令人得上③。與何次道語④，唯舉手指地曰：『正自爾馨⑤。』」

**【注釋】**

①王丞相：王導。
②謝仁祖：謝尚。
③得上：指超脫凡俗上進。
④何次道：何充。
⑤爾馨：如此，這樣。

**【譯文】**

王導說：「見到謝仁祖，常令人意氣超脫凡俗積極向上。與何次道說話，他只是舉手指着地說：『正是如此。』」

## 二七

何次道為宰相①，人有譏其信任不得其人②。阮思曠慨然曰③：「次道自不至此④。但布衣超居宰相之位⑤，可恨唯此一條而已。」

## 【注釋】

①何次道：何充。
②不得其人：指任用人不當。
③阮思曠：阮裕。
④自：本來。
⑤布衣：指平民，地位低下者。

## 【譯文】

何充擔任宰相，有人指責他信用了不該信任的人。阮裕感慨地說：「次道本來不至這樣。但他以平民身份越級高居宰相之位，可遺憾的就是這一點而已。」

## 二八

王右軍少時①，丞相云②：「逸少何緣復減萬安邪③？」

【注釋】

①王右軍：王羲之。
②丞相：王導。
③何緣：為什麼。減：不如，差。萬安：劉綏。

【譯文】

王羲之年輕時，王導說：「逸少為什麼還不如萬安呢？」

## 二九

郗司空家有傖奴①，知及文章②，事事有意③。王右軍向劉尹稱之④，劉問：「何如方回⑤？」王曰：「此正小人有意向耳⑥，何得便比方回？」劉曰：「若不如方回，故是常奴耳。」

【注釋】

①郗司空：郗鑒。傖（cāng）奴：當時南方人對北方人的稱呼，有輕視之意。
②知：懂得。
③意：指意趣。
④王右軍：王羲之。劉尹：劉惔。
⑤方回：郗愔，字方回，郗鑒之長子，東晉時歷官會稽內史、侍中、司徒。
⑥正：只，僅。意向：志向。

【譯文】

郗鑒家有個北方籍的奴僕，懂得文章，樣樣事都能領會點意趣。王羲之向劉惔稱讚他，劉惔問：「他比方回怎麼樣？」王羲之說：「這只是小人有志向而已，怎麼就能比方回呢？」劉惔說：「如果他不如方回，那也只是個平常的奴僕而已。」

三〇

時人道阮思曠：骨氣不及右軍①，簡秀不如真長②，韶潤不如仲祖③，思致不如淵源④，而兼有諸人之美。

【注釋】

①骨氣：骨相氣質。右軍：王羲之。

②簡秀：簡約傑出。真長：劉惔。

③韶潤：美好温潤。仲祖：王濛。

④思致：才思情趣。淵源：殷浩。

【譯文】

當時人稱道阮裕：骨相氣質不如王羲之，簡約傑出不如劉惔，美好温潤不如王濛，才思情趣不如殷浩，但他兼有上述眾人之美。

## 三一

簡文云①：「何平叔巧累於理②，嵇叔夜俊傷其道③。」

【注釋】

①簡文：晉簡文帝司馬昱。

②何平叔：何晏。理：指真率之理。

③嵇叔夜：嵇康。俊：指才智出眾。道：指虛淡自然之道。

【譯文】

簡文帝說：「何平叔巧言虛誇，牽累到他所說的真率之理；嵇叔夜才智出眾，傷害其虛淡自然之道。」

## 三二

**時人共論晉武帝出齊王之與立惠帝①，其失孰多，多謂立惠帝為重。桓溫曰：「不然。使子繼父業，弟承家祀，有何不可？」**

【注釋】

①晉武帝：司馬炎。出齊王：指司馬攸被趕出朝廷回到封地事。司馬攸，字大猷（yóu），司馬昭第二子，司馬炎之弟，因司馬師無子，過繼給司馬師為子。後受到奸臣的挑撥，出朝回封地，憂憤而死。立惠帝：指立司馬衷為太子。司馬衷，字正度，司馬炎之次子，愚痴不任事。

【譯文】

當時共同議論晉武帝把齊王司馬攸趕出朝廷和立司馬衷為太子這兩件事，哪件事失誤更大，多數人認為立惠帝為太子這事失誤更大。桓温說：「不是這樣。讓兒子繼承父業，讓弟弟承襲家族的香火，有什麼不可以？」

三三

**人問殷淵源①：「當世王公以卿比裴叔道②，云何？」殷曰：「故當以識通闇處③。」**

**【注釋】**

①殷淵源：殷浩。

②裴叔道：裴遐。

③闇處：指隱祕幽深的玄理。

**【譯文】**

有人問殷浩：「當代的達官貴人把您比為裴叔道，您認為怎麼樣？」殷浩說：「應該是因為我們都有通曉玄理的才識。」

三四

撫軍問殷浩[①]：「卿定何如裴逸民[②]？」良久答曰：「故當勝耳。」

【注釋】

①撫軍：晉簡文帝司馬昱。

②定：到底，究竟。裴逸民：裴頠。

【譯文】

司馬昱問殷浩：「你比裴逸民到底怎麼樣？」殷浩過了很久回答道：「當然超過他了。」

三五

桓公少與殷侯齊名[①]，常有競心[②]。桓問殷：「卿何如我？」殷云：「我與我周旋久[③]，寧作我[④]。」

【注釋】

①桓公：桓溫。殷侯：殷浩。

②競心：爭勝之心。

③周旋：應酬，交往。

④寧：寧可，寧願。

【譯文】

桓溫年輕時與殷浩齊名，常有爭勝之心。桓溫問殷浩：「你比我怎麼樣？」殷浩說：「我和我自己交往了很久，我寧可做我自己。」

三六

撫軍問孫興公①：「劉真長何如②？」曰：「清蔚簡令③。」「王仲祖何如④？」曰：「溫潤恬和⑤。」「桓溫何如？」曰：「高爽邁出⑥。」「謝仁祖何如⑦？」曰：「清易令達⑧。」「阮思曠何如⑨？」曰：「弘潤通長⑩。」「袁羊何如⑪？」曰：「洮洮清便⑫。」「殷洪遠何如⑬？」曰：「遠有致思⑭。」「卿自謂何如？」曰：「下官才能所經，悉不如諸賢。至於斟酌時宜⑮，籠罩當世⑯，亦多所不及。然以不才，時復託懷玄勝⑰，遠詠老、莊，蕭條高寄⑱，不與時務經懷⑲，自謂此心無所與讓也⑳。」

【注釋】

①撫軍：司馬昱。孫興公：孫綽。

②劉真長：劉惔。

③清蔚簡令：清高有才思，簡約而美好。

④王仲祖：王濛。

⑤溫潤恬和：溫和柔順，安適和暢。

⑥高爽邁出：傑出豪爽，超羣出眾。

⑦謝仁祖：謝尚。

⑧清易令達：清高簡易，美好通達。

⑨阮思曠：阮裕。

⑩弘潤通長：胸懷寬廣，通達和善。

⑪袁羊：袁喬。

⑫洮洮（táo）清便：指人品高潔，善於辭令。洮洮，形容人品高潔。清便，清通條暢，指善於清談。

⑬殷洪遠：殷融，字洪遠，殷浩叔父。
⑭遠有致思：志向高遠，富於情趣。致思，即思致，指思想性情。
⑮斟酌：衡量，反覆考慮。時宜：時勢所需。
⑯籠罩：把握，控制。
⑰託懷：寄託情懷。玄勝：指玄理殊勝的境界。
⑱蕭條：超脫，閑逸。高寄：寄託高遠。
⑲經懷：操心，煩心。
⑳讓：謙讓。

## 【譯文】

司馬昱問孫綽：「劉真長怎麼樣？」孫綽答道：「他清高有才思，簡約而美好。」「王仲祖怎麼樣？」答道：「他溫和柔順，安適和暢。」「桓溫怎麼樣？」答道：「他傑出豪爽，超羣出眾。」「謝仁祖怎麼樣？」答道：「他清高簡易，美好通達。」「阮思曠怎麼樣？」答道：「他胸懷寬廣，通達和善。」「袁羊怎麼樣？」答道：「他人品高潔，善於辭令。」「殷洪遠怎麼樣？」答道：「他志向高遠，富於情趣。」「您認為自己怎麼樣？」答道：「我的才學能力及我的經歷，都不如上述諸位賢人。至於衡量時勢所需，控制時局，也有很多及不上他們。但是以我這樣不成才的人，時常在玄理美妙的境界中寄託情懷，吟詠老子、莊子，超然物外，寄託高遠，不把世事放在心上，自己認為這種心態是沒有什麼可以謙讓的。」

三七

桓大司馬下都[①]，問真長曰[②]：「聞會稽王語奇進[③]，爾邪[④]？」劉曰：「極進，然故是第二流中人耳。」桓曰：「第一流復是誰？」劉曰：「正是我輩耳。」

【注釋】

①桓大司馬：桓溫。下都：指到都城。

②真長：劉惔。

③會稽王：司馬昱。語：指清談。奇：很。

④爾：如此，這樣。

【譯文】

桓温來到都城，問劉惔說：「聽説會稽王清談很有進步，是這樣嗎？」劉惔説：「極有進步，但仍然是第二流中的人物而已。」桓温説：「第一流人物又是誰呢？」劉惔説：「正是我們這些人啊！」

三八

殷侯既廢[①]，桓公語諸人曰[②]：「少時與淵源共騎竹馬[③]，我棄去，已輒取之[④]，故當出我下。」

【注釋】

①殷侯：殷浩。廢：指殷浩率軍北伐大敗，被廢為庶人。
②桓公：桓溫。
③竹馬：兒童的玩具，當馬騎的竹竿。
④已：訖，完畢。

【譯文】

殷浩已被廢為庶人後，桓溫對大家說：「我小時候與殷浩一道騎竹馬玩，我騎過後丟棄了的，他總是把它拿去，所以他該當在我之下。」

三九

人問撫軍[①]：「殷浩談竟何如？」答曰：「不能勝人，差可獻酬羣心[②]。」

【注釋】

①撫軍：司馬昱。

②差：略，尚。獻酬：原指主人向客人敬酒，此指酬報、滿足。

【譯文】

有人問司馬昱：「殷浩的清談到底怎麼樣？」司馬昱答道：「不能超過別人，但還可以滿足大家的心思。」

## 四〇

**簡文云①：「謝安南清令不如其弟②，學義不及孔巖③，居然自勝。」**

【注釋】

①簡文：簡文帝司馬昱。

②謝安南：謝奉。清令：清秀美好。其弟：謝聘，字弘遠，謝奉之弟，東晉時歷官侍中、廷尉卿。

③學義：才學義理。孔巖：應為「孔嚴」。孔嚴，字彭祖，晉會稽山陰（今浙江紹興）人。官至吳興太守，深得民心。

【譯文】

簡文帝説：「謝安南在清秀美好方面不如他的弟弟謝聘，在才學義理上趕不上孔嚴，但是他竟然以其放任率真勝過他們二人。」

## 四一

未廢海西公時①，王元琳問桓元子②：「箕子、比干跡異心同③，不審明公孰是孰非④？」曰：「仁稱不異⑤，寧為管仲。」

【注釋】

①海西公：晉廢帝司馬奕。
②王元琳：王珣。桓元子：桓溫，字元子。
③箕子：殷紂王之叔，封於箕（今山西太谷東北）。紂王暴虐，箕子諫不聽，便披髮佯狂為奴，為紂王所囚。比干：殷紂王伯父。紂王淫亂，比干犯顏強諫，紂王怒，剖其心而死。
④審：知道。
⑤仁稱：仁人的稱呼。

【譯文】

還沒有廢黜海西公司馬奕時，王珣問桓溫：「箕子、比干事跡有異而用心相同，不知您認為誰對誰不對？」桓溫答道：「仁人的稱呼沒有不同，我寧願做管仲那樣的仁人。」

四二

劉丹陽、王長史在瓦官寺集①，桓護軍亦在坐②，共商略西朝及江左人物③。或問：「杜弘治何如衞虎④？」桓答曰：「弘治膚清⑤，衞虎奕奕神令⑥。」王、劉善其言。

【注釋】

①劉丹陽：劉惔。王長史：王濛。瓦官寺：故址在今南京西南。集：聚會。
②桓護軍：桓伊，曾任護軍將軍，故稱。
③商略：評論，品評。西朝：指西晉。江左：指東晉。
④杜弘治：杜乂。衞虎：衞玠，小名虎。
⑤膚清：外貌漂亮。
⑥奕奕神令：指神采煥發。

【譯文】

劉惔、王濛在瓦官寺聚會，桓伊也在座，一起評論西晉和江南的人物。有人問：「杜弘治比衛虎怎麼樣？」桓伊答道：「弘治外貌漂亮，衛虎神采煥發。」王濛、劉惔認為他的話說得好。

## 四三

**劉尹撫王長史背曰①：「阿奴比丞相②，但有都長③。」**

【注釋】

①劉尹：劉惔。王長史：王濛。

②阿奴：對王濛的愛稱。丞相：王導。

③都長：嫻雅美好。

【譯文】

劉惔拍着王濛的背説：「你可以和丞相相比，只是外表更嫻雅美好。」

四四

劉尹、王長史同坐①，長史酒酣起舞。劉尹曰：「阿奴今日不復減向子期②。」

【注釋】

①劉尹：劉惔。王長史：王濛。
②向子期：向秀，字子期。

【譯文】

劉惔、王濛坐在一起，王濛酒喝得很暢快便欣然起舞。劉惔說：「你今天不比向子期遜色。」

四五

桓公問孔西陽①：「安石何如仲文②？」孔思未對，反問公曰：「何如？」答曰：「安石居然不可陵踐③，其處故乃勝也④。」

【注釋】

①桓公：桓溫。孔西陽：孔嚴，封西陽侯，故稱。
②安石：謝安。仲文：殷仲文，桓溫的女婿。
③陵踐：欺凌。
④處：指處世之道。故乃：確實。

【譯文】

桓溫問孔嚴：「安石與仲文比怎麼樣？」孔嚴想了想，沒有回答，反過來問桓溫：「您看怎樣？」桓溫回答說：「安石居然不可欺凌，他的處世之道確實超過殷仲文。」

四六

謝公與時賢共賞說①，遏、胡兒並在坐②。公問李弘度曰③：「卿家平陽④，何如樂令⑤？」於是李潸然流涕曰⑥：「趙王篡逆⑦，樂令親授璽綬⑧。亡伯雅正⑨，恥處亂朝，遂至仰藥⑩，恐難以相比。此自顯於事實，非私親之言。」謝公語胡兒曰：「有識者果不異人意。」

【注釋】

①謝公：謝安。時賢：名流，賢達。賞說：談論、品評人物。

②遏：謝玄，小字遏。胡兒：謝朗，小字胡兒。

③李弘度：李充。

④平陽：李重，字茂曾，江夏鍾武（今河南信陽東南）人。西晉時歷官吏部郎、平陽太守。

⑤樂令：樂廣。

⑥潸（shān）然：流淚的樣子。

⑦趙王：趙王司馬倫。簒逆：指趙王司馬倫廢惠帝自立為帝事。

⑧璽綬：古代印璽上必有組綬，因稱印璽為璽綬。

⑨亡伯：李重為李充之伯父。雅正：正派，正直。

⑩仰藥：服毒自殺。

【譯文】

謝安與當時的賢士共同品評人物，謝玄、謝朗同時在座。謝安問李充說：「你家的平陽比樂令怎麼樣？」這時李充淚流不止地說：「趙王簒逆廢帝自立，樂令親自授給他璽綬。先伯父為人正直，以處於亂朝為恥，就服毒自盡了，他們恐怕難以相比。這是很明顯的事實，並非我偏袒親人之言。」謝安對謝朗說：「有見識的人果然與人們的意見沒有什麼不同。」

## 四七

王修齡問王長史①：「我家臨川②，何如卿家宛陵③？」長史未答，修齡曰：「臨川譽貴④。」長史曰：「宛陵未為不貴。」

### 【注釋】

①王修齡：王胡之。王長史：王濛。
②臨川：指王羲之，曾任臨川太守，故稱。
③宛陵：指王述，曾任宛陵令，故稱。
④譽：聲譽。

### 【譯文】

王胡之問王濛：「我家臨川比你家宛陵怎麼樣？」王濛尚未回答，王胡之就說：「臨川的聲譽更高。」王濛說：「宛陵也未見得聲譽不高。」

## 四八

劉尹至王長史許清言①，時苟子年十三②，倚牀邊聽。既去，問父曰：「劉尹語何如尊③？」長史曰：「韶音令辭不如我④，往輒破的勝我⑤。」

【注釋】

①劉尹：劉惔。王長史：王濛。清言：清談。
②苟子：王脩，王濛之子。
③尊：對父親的敬稱。
④韶音：美好的音調。令辭：美好的言辭。
⑤往：指與對方辯難。的：原指箭靶中心，此指要害。

【譯文】

劉惔到王濛處清談，當時王脩十三歲，靠在牀邊聽。劉惔離開後，王脩問父親道：「劉尹的談論比父親怎麼樣？」王濛說：「在美好的音調和言辭方面，他不如我；辯論起來總能切中要害方面，他勝過我。」

四九

謝萬壽春敗後①，簡文問郗超②：「萬自可敗，那得乃爾失士卒情③？」超曰：「伊以率任之性④，欲區別智勇。」

【注釋】

①謝萬：謝安弟。壽春：今安徽壽州。

②簡文：晉簡文帝司馬昱。

③那得：怎麼，為什麼。乃爾：如此。

④伊：他，第三人稱代詞。率任：隨意放任。

【譯文】

謝萬在壽春大敗後，簡文帝問郗超：「謝萬自然可能失敗，但怎麼會如此失去士卒之心呢？」郗超說：「他憑着隨意放任的性子，想要把智謀和勇敢區分開來。」

## 五〇

劉尹謂謝仁祖曰①：「自吾有四友②，門人加親③。」謂許玄度曰④：「自吾有由⑤，惡言不及於耳。」二人皆受而不恨⑥。

【注釋】

①劉尹：劉惔。謝仁祖：謝尚。

②四友：四位相知的朋友。又據王先謙校勘，此處「四友」或為「回也」二字之誤，「自吾有回也」與下文「自吾有由」相對，意謂劉惔以顏回比擬謝尚，以仲由比擬許詢。

③門人：弟子，門生。

④許玄度：許詢。

⑤由：仲由，字子路，孔子弟子，為人剛直，有勇力，信守諾言。

⑥恨：遺憾，不滿。

【譯文】

劉惔對謝尚說：「自從我有了四位相知的朋友後，門生弟子都更加親近我了。」又對許詢說：「自從我有了仲由後，惡言惡語就再也聽不到了。」謝、許二人都接受這一說法而沒有什麼不滿。

## 五一

**世目殷中軍①：「思緯淹通②，比羊叔子③。」**

【注釋】

①殷中軍：殷浩，曾任中軍將軍，故稱。

②思緯：思路。淹通：廣博通達。

③羊叔子：羊祜。

【譯文】

世人品評殷浩：「他的思路廣博通達，可以與羊祜相比。」

五二

有人問謝安石、王坦之優劣於桓公①。桓公停欲言②，中悔，曰：「卿喜傳人語，不能復語卿。」

【注釋】

①謝安石：謝安。桓公：桓温。

②停：正，副詞。

【譯文】

有人向桓溫問謝安和王坦之兩人的優劣。桓溫正想說，中途又後悔，說：「你喜歡傳播別人的話，我不能再對你說了。」

## 五三

王中郎嘗問劉長沙曰[①]：「我何如荀子[②]？」劉答曰：「卿才乃當不勝荀子，然會名處多[③]。」王笑曰：「痴。」

【注釋】

①王中郎：王坦之。劉長沙：劉奭（shì），字文時，東晉彭城（今江蘇徐州）人。歷官車騎諮議、長沙相、散騎常侍。

②荀子：王脩。

③會名處：領悟名理的地方。

【譯文】

王坦之曾經問劉奭：「我比王脩怎麼樣？」劉奭答道：「你的才學應當不會超過王脩，但是領悟名理處卻比他多。」王坦之笑着說：「痴。」

五四

支道林問孫興公①：「君何如許掾②？」孫曰：「高情遠致③，弟子早已服膺④；一吟一詠⑤，許將北面⑥。」

【注釋】

①孫興公：孫綽。
②許掾：許詢，曾被徵為司徒掾，故稱。
③高情遠致：高尚的情操，深遠的志趣。
④服膺：指衷心佩服。膺，胸。
⑤一吟一詠：吟詩作賦。
⑥北面：指服輸，折服於人。

【譯文】

支道林問孫綽：「你比起許詢來怎麼樣？」孫綽說：「他的高尚情操，深遠志趣，我早已衷心佩服；至於吟詠詩賦方面，他將輸給我。」

# 五五

**王右軍問許玄度①：「卿自言何如安石②？」許未答，王因曰：「安石故相與雄③，阿萬當裂眼爭邪④？」**

【注釋】

①王右軍：王羲之。許玄度：許詢。

②安石：當作「安、萬」，指謝安與謝萬。

③相與雄：一起稱雄。

④阿萬：謝萬，謝安弟。裂眼：瞪大眼睛。

【譯文】

王羲之問許詢：「你自己認為比謝安、謝萬怎麼樣？」許詢沒有回答，王羲之就說：「安石固然可以一起稱雄，阿萬卻應當怒目相爭嗎？」

## 五六

劉尹云[①]：「人言江虨田舍[②]，江乃自田宅屯[③]。」

**【注釋】**

①劉尹：劉惔。
②田舍：鄉巴佬，土裏土氣。
③宅：住宅。屯：村莊。

**【譯文】**

劉惔說：「人說江虨是鄉巴佬，江虨本來就擁有很多的田地、住宅、村莊。」

## 五七

謝公云[①]：「金谷中蘇紹最勝[②]。」紹是石崇姊夫[③]，蘇則孫[④]，愉子也[⑤]。

**【注釋】**

①謝公：謝安。

②金谷：金谷園，在今河南洛陽東北，石崇所築。蘇紹：字世嗣，石崇的姊夫，西晉時官至議郎。最勝：指蘇紹詩最好。

③石崇（二四九—三〇〇）：字季倫，渤海南皮（今屬河北）人。歷官散騎常侍、荊州刺史。曾劫遠使客商致富，築金谷園，與貴戚爭奢鬥靡。附事賈后。後為趙王倫所殺。

④蘇則：字文師，蘇紹之祖父。西晉時官至河南相。

⑤愉：蘇愉，字休豫，蘇則次子，蘇紹之父。西晉時官至光祿大夫。

**【譯文】**

謝安說：「金谷園聚會中所作之詩以蘇紹的最好。」蘇紹是石崇的姊夫，是蘇則的孫子，蘇愉的兒子。

## 五八

**劉尹目庾中郎①：「雖言不愔愔似道②，突兀差可以擬道③。」**

**【注釋】**

①劉尹：劉惔。庾中郎：庾敳。

②愔（yīn）愔：和悅的樣子。道：指老莊學說的義理。
③突兀：突出，獨立不羣的樣子。差：略，尚。擬：比擬。

【譯文】

劉惔品評庾敳：「他所說之言雖然不像老莊義理那樣和悅，但是言語突出尚能與得道之語相比擬。」

## 五九

孫承公云①：「謝公清於無奕②，潤於林道③。」

【注釋】

①孫承公：孫統。
②謝公：謝安。清：清純，高雅。無奕：謝奕，謝安之兄。
③潤：柔潤，温雅。林道：陳逵，字林道，晉潁川許昌（今屬河南）人。官至西中郎將，梁、淮南二郡太守。

【譯文】

孫統說：「謝公比無奕清純，比林道温雅。」

## 六〇

或問林公①：「司州何如二謝②？」林公曰：「故當攀安提萬③。」

【注釋】

①林公：支道林。

②司州：王胡之，曾被召為司州刺史，故稱。二謝：謝安、謝萬。

③攀：高攀。提：提攜。

【譯文】

有人問支道林：「王司州比二謝怎麼樣？」支道林說：「當然是上面高攀謝安，下面提攜謝萬了。」

## 六一

孫興公、許玄度皆一時名流①。或重許高情②，則鄙孫穢行③；或愛孫才藻④，而無取於許。

【注釋】

①孫興公：孫綽。許玄度：許詢。

②高情：高尚的情操。

③穢行：污濁的行為。

④才藻：才思文采。

【譯文】

孫綽、許詢都是當時的名流。有的人敬重許詢的高尚情操，就鄙視孫綽的污濁行為；有的人喜愛孫綽的才思文采，而認為許詢一無可取。

六二

郗嘉賓道謝公①：「造膝雖不深徹②，而纏綿綸至③。」又曰：「右軍詣嘉賓④。」嘉賓聞之云：「不得稱詣，政得謂之朋耳⑤。」謝公以嘉賓言為得⑥。

【注釋】

①郗嘉賓：郗超。謝公：謝安。

②造膝：原指談話親近，此謂交談、談論。深徹：深刻透徹。
③纏綿：指情意深厚，此謂周詳備至。綸至：指思路明晰，有條理。
④右軍：王羲之。詣：造詣。
⑤政：通「正」，只。朋：同等，齊同。
⑥得：對，正確。

【譯文】

郗超品評謝安：「他的談論雖然不很深刻透徹，但是卻周詳備至，條理分明。」又有人說：「王羲之頗有造詣，比郗超深刻。」郗超聽到後說：「不能稱他造詣高，只能說是同等而已。」謝安認為郗超的話是正確的。

六三

庾道季云①：「思理倫和②，吾愧康伯③；志力強正④，吾愧文度⑤。自此以還⑥，吾皆百之⑦。」

【注釋】

①庾道季：庾龢。

②思理：指思路。倫和：指有條理。
③康伯：韓伯。
④志力：意志力。強正：堅強。
⑤文度：王坦之。
⑥以還：以外。
⑦百：百倍。

【譯文】

庾龢說：「論思路有條理，我自愧不如康伯；論意志之堅強，我自愧不如文度。除此以外，我都超過他們百倍。」

六四

王僧恩輕林公①，藍田曰②：「勿學汝兄③，汝兄自不如伊。」

【注釋】

①王僧恩：王禕（yī）之，字文劭，小字僧恩，東晉太原晉陽（今山西太原）人。王述次子，官至中書郎。林公：支遁。

②藍田：王述。

③汝兄：指王坦之。

【譯文】

王禕之輕視支遁，王述說：「不要學你哥哥，你哥哥本就不如他。」

## 六五

簡文問孫興公①：「袁羊何似②？」答曰：「不知者不負其才③，知之者無取其體④。」

【注釋】

①簡文：晉簡文帝司馬昱。孫興公：孫綽。

②袁羊：袁喬。

③負：指捨棄。

④體：指品德。

【譯文】

簡文帝問孫綽：「袁羊這人怎麼樣？」孫綽回答道：「不了解他的人不會捨棄他的才能，了解他的人不會認可他的品德。」

六六

**蔡叔子云①：「韓康伯雖無骨幹②，然亦膚立③。」**

【注釋】

①蔡叔子：蔡系，字叔子，實際當字子叔，晉司徒蔡謨子，官至撫軍長史。
②韓康伯：韓伯。骨幹：骨架。
③膚立：指外表形象尚能樹立。

【譯文】

蔡系說：「韓康伯的身材看上去雖無骨架子，但其外表的樣子也還過得去。」

## 六七

郗嘉賓問謝太傅曰[1]：「林公談何如嵇公[2]？」謝云：「嵇公勤着腳[3]，裁可得去耳[4]。」又問：「殷何如支[5]？」謝曰：「正爾有超拔[6]，支乃過殷。然亹亹論辯[7]，恐殷欲制支。」

### 【注釋】

①郗嘉賓：郗超。謝太傅：謝安。
②林公：支遁。嵇公：嵇康。
③勤着腳：指努力趕向前。
④裁：通「才」。
⑤殷：殷浩。
⑥正爾：正好。超拔：指超凡拔俗的風度。
⑦亹亹（wěi）：形容談話不絕的樣子。

### 【譯文】

郗超問謝安說：「林公清談比嵇公怎麼樣？」謝安道：「嵇公努力向前，才能趕上去啊。」郗超又問：「殷浩比支遁怎麼樣？」謝安說：「恰好支遁有超凡脫俗的風度，超過殷浩。但是在滔滔不絕的論辯方面，恐怕殷浩可以制服支遁。」

## 六八

庾道季云[①]：「廉頗、藺相如雖千載上死人[②]，懍懍恆如有生氣[③]；曹蜍、李志雖見在[④]，厭厭如九泉下人[⑤]。人皆如此，便可結繩而治[⑥]，但恐狐狸貒貉啖盡[⑦]。」

【注釋】

①庾道季：庾龢。
②廉頗、藺相如：戰國時趙國的將相。
③懍懍（lǐn）：嚴正的樣子。
④曹蜍（chú）：曹茂之，字永世，小字蜍，東晉彭城（今江蘇徐州）人。官至尚書郎。李志：字溫祖，東晉江夏鍾武（今河南信陽東南）人。官至員外常侍、南康相。見：同「現」。
⑤厭厭（yān）：精神不振的樣子。
⑥結繩而治：原指文字產生前幫助記憶的方法，相傳大事打大結，小事打小結。語出周易繫辭下：「上古結繩而治，後世聖人易之以書契。」此謂上古時代民風純樸，易於治理。
⑦貒（tuān）：豬獾（huān）。貉（hé）：同「貈」，犬科動物，似狐而較肥。啖（dàn）：吃。

【譯文】

庾龢說：「廉頗、藺相如雖然死了千年以上，但是仍然正氣懍然勃勃有生氣；曹蜍、李志雖然現在活着，卻精神萎靡不振像死人一樣。如果人人都像曹、李這樣，不如就回到結繩而治的遠古時代，但那樣的話恐怕人都要被野獸吃光了。」

## 六九

**衞君長是蕭祖周婦兄①，謝公問孫僧奴②：「君家道衞君長云何③？」孫曰：「云是世業人④。」謝曰：「殊不爾，衞自是理義人⑤。」於時以比殷洪遠⑥。**

**【注釋】**

①衞君長：衞永。蕭祖周：蕭輪。

②謝公：謝安。孫僧奴：孫騰，字伯海，小字僧奴，太原人，東晉時官中庶子、廷尉。

③君家：即君，尊稱。

④世業：指建功立業。

⑤理義：名理，經義。

⑥殷洪遠：殷融。

【譯文】

衞永是蕭輪的妻兄，謝安問孫騰：「您説衞君長怎麼樣？」孫騰説：「是建功立業的人。」謝安説：「根本不是如此，衞君長本是擅長名理、經義的人。」當時都把他比為殷融。

## 七〇

王子敬問謝公①：「林公何如庾公②？」謝殊不受，答曰：「先輩初無論，庾公自足沒林公③。」

【注釋】

①王子敬：王獻之。謝公：謝安。
②林公：支道林。庾公：庾亮。
③沒：超過，勝過。

【譯文】

王獻之問謝安：「林公比庾公怎麼樣？」謝安很不願意接受這樣的比較，回答道：「先輩們當初沒有議論過，庾公本來就足以超過林公。」

## 七一

**謝遏諸人共道竹林優劣①，謝公云②：「先輩初不臧貶七賢③。」**

【注釋】

①謝遏：謝玄。竹林：指竹林七賢，指嵇康、阮籍、山濤、向秀、阮咸、王戎、劉伶七人。

②謝公：謝安。

③臧貶：褒貶，評論。臧，善，稱許。

【譯文】

謝玄等人一起評論竹林七賢的優劣，謝安說：「前輩們當初並沒有褒貶七賢。」

## 七二

**有人以王中郎比車騎①。車騎聞之曰：「伊窟窟成就②。」**

【注釋】

①王中郎：王坦之。車騎：指謝玄，死後追贈車騎將軍，故稱。

②窟窟：當作「掘掘（kū）」，勤奮的樣子。

【譯文】

有人拿王坦之來比謝玄。謝玄聽到這話說：「他勤奮努力，故有成就。」

## 七三

謝太傅謂王孝伯①：「劉尹亦奇自知②，然不言勝長史③。」

【注釋】

①謝太傅：謝安。王孝伯：王恭。

②劉尹：劉惔。奇：極，甚。

③長史：王濛。

【譯文】

謝安對王恭說：「劉尹也很有自知之明，但他不說自己超過長史。」

## 七四

王黃門兄弟三人俱詣謝公①，子猷、子重多說俗事②，子敬寒溫而已③。既出，坐客問謝公：「向三賢孰愈④？」謝公曰：「小者最勝。」客曰：「何以知之？」謝公曰：「吉人之辭寡，躁人之辭多⑤。推此知之。」

### 【注釋】

①王黃門：王徽之，官至黃門侍郎，故稱。兄弟三人：指王徽之、王操之、王獻之兄弟三人。謝公：謝安。

②子猷：王徽之，王羲之第五子。子重：王操之，王羲之第六子。

③子敬：王獻之，王羲之第七子。寒溫：寒暄，說客氣話。

④向：剛才。孰：誰，哪一個。愈：優，強。

⑤「吉人之辭寡」二句：語見周易繫辭下：「吉人之辭寡，躁人之辭多。」謂善人真誠正直，所以說話少；浮躁的人輕浮，所以說話多。吉人，善人。躁人，浮躁之人。

### 【譯文】

王徽之兄弟三人一起去拜訪謝安，王徽之、王操之多說世俗的事，王獻之只是寒暄幾句而已。他們辭別出去後，在座的賓客問謝安：「剛才離去的三位賢人中哪一位最好？」謝安說：「小的那位最好。」賓客說：「憑什麼知道他最好？」謝安說：「美善之人言辭少而精，浮躁之人言辭多而雜。由此推定而知。」

## 七五

謝公問王子敬①：「君書何如君家尊？」答曰：「固當不同②。」公曰：「外人論殊不爾。」王曰：「外人那得知？」

【注釋】

①謝公：謝安。王子敬：王獻之。
②固當：當然。

【譯文】

謝安問王獻之：「您的書法比令尊怎麼樣？」王獻之回答道：「當然不一樣。」謝安說：「外邊的評論根本不是這樣。」王獻之說：「外人怎麼懂呢？」

## 七六

王孝伯問謝太傅[①]：「林公何如長史[②]？」太傅曰：「長史韶興[③]。」問：「何如劉尹[④]？」謝曰：「噫[⑤]！劉尹秀。」王曰：「若如公言，並不如此二人邪？」謝云：「身意正爾也[⑥]。」

【注釋】

①王孝伯：王恭。謝太傅：謝安。
②林公：支遁。長史：王濛。
③韶興：美好的興致。
④劉尹：劉惔。
⑤噫：歎詞。
⑥身：我，第一人稱代詞。

【譯文】

王恭問謝安：「林公比長史怎麼樣？」謝安說：「長史有美好的興致。」又問：「林公和劉尹相比怎麼樣？」謝安說：「噫！劉尹優秀。」王恭說：「如果像你說的這樣，他都不如這兩個人嗎？」謝安說：「我的意思正是這樣啊。」

七七

人有問太傅[①]：「子敬可是先輩誰比[②]？」謝曰：「阿敬近撮王、劉之標[③]。」

【注釋】

①太傅：謝安。
②子敬：王獻之。
③近：接近，靠近。撮：聚集。王：王濛。劉：劉惔。標：格調，風度。

【譯文】

有人問謝安：「子敬可以與先輩中哪一位相比？」謝安說：「阿敬接近於聚集了王濛、劉惔的格調。」

七八

謝公語孝伯[①]：「君祖比劉尹[②]，故為得逮[③]。」孝伯云：「劉尹非不能逮，直不逮[④]。」

【注釋】

①謝公：謝安。孝伯：王恭。
②君祖：指王恭的祖父王濛。劉尹：劉惔。
③逮：及，趕得上。
④直：只是，僅僅。

【譯文】

謝安對王恭說：「令祖父比起劉尹來，確實是趕得上的。」王恭說：「劉尹不是不能趕，只是我祖父不想趕罷了。」

## 七九

袁彥伯為吏部郎①，子敬與郗嘉賓書曰②：「彥伯已入③，殊足頓興往之氣④。故知捶撻自難為人⑤，冀小卻⑥，當復差耳⑦。」

【注釋】

①袁彥伯：袁宏。

②子敬：王獻之。郗嘉賓：郗超。
③已入：指袁宏已進入吏部擔任吏部郎。
④頓：頓挫，挫傷。與往之氣：指鋭意行事的氣概。
⑤捶撻：指笞刑。東漢以來當郎官者一旦犯錯，要受笞刑，即用荊條或小竹板打臂、腿或背的刑罰。
⑥小卻：稍後，過些時候。
⑦差（chài）：同「瘥」，病癒，此指情況好轉。

**【譯文】**

袁宏擔任吏部郎，王獻之給郗超寫信説：「彥伯已經進入吏部任職了，這是很足以挫傷他鋭氣的。他當然知道如果受到笞刑就難以做人了，只是希望過些日子情況會好轉罷了。」

## 八〇

王子猷、子敬兄弟共賞高士傳人及讚①，子敬賞「井丹高潔」②，子猷云：「未若『長卿慢世』③。」

【注釋】

①王子猷：王徽之。子敬：王獻之。高士傳：書名，有兩種高士傳。一為三國魏嵇康撰，已佚，清嚴可均輯一卷。一為晉皇甫謐撰，三卷。人及讚：指高士傳中的人物傳記及附於文後之讚語。讚語一般用韻文讚揚傳主。

②井丹：字大春，東漢扶風郿（今屬陝西）人，博學高論，不事拜謁。

③長卿：司馬相如。西漢成都（今屬四川）人。口吃，辭賦大家，不慕高爵。與富人卓王孫之女文君相戀，同歸成都，賣酒為生，泰然處之。慢世：任性不拘禮法。

【譯文】

王徽之、王獻之兄弟一起欣賞高士傳中的人物及讚語。獻之欣賞「井丹高潔」之讚，徽之說：「不如『長卿慢世』更好。」

八一

有人問袁侍中曰①：「殷仲堪何如韓康伯②？」答曰：「理義所得③，優劣乃復未辨④。然門庭蕭寂⑤，居然有名士風流⑥，殷不及韓。」故殷作誄云⑦：「荊門晝掩⑧，閑庭晏然⑨。」

【注釋】

①袁侍中：袁恪之，字元祖，東晉陳郡陽夏（今河南太康）人。官至侍中。

②韓康伯：韓伯。

③理義：名理經義。

④乃復：竟，竟然。

⑤蕭寂：冷落寂寞。

⑥居然：顯然。風流：風度。

⑦誄：記敘死者生平以示哀悼的文字。

⑧荊門：用荊條編的門，狀其簡陋。

⑨晏然：平靜的樣子。

【譯文】

有人問袁恪之說：「殷仲堪比韓康伯怎麼樣？」袁恪之答道：「論名理經義的心得，兩人的優劣竟然不能辨別。但要說門庭冷落寂寞，顯然有名士風度，則殷仲堪比不上韓伯。」所以殷仲堪為韓伯作誄文說：「荊編的陋門白晝緊閉，清閑的庭院一派寧靜。」

八二

王子敬問謝公[①]：「嘉賓何如道季[②]？」答曰：「道季誠復鈔撮清悟[③]，嘉賓故自上[④]。」

【注釋】

①王子敬：王獻之。謝公：謝安。
②嘉賓：郗超。道季：庾龢。
③誠復：確實，的確。鈔撮：撮取。鈔，同「抄」，拿，取。清悟：指悟性高。
④上：超過別人，傑出。

【譯文】

王獻之問謝安：「嘉賓比道季怎麼樣？」謝安答道：「道季之清談確實集中了各家之説，悟性高，但嘉賓本來就很傑出。」

八三

王珣疾，臨困[①]，問王武岡曰[②]：「世論以我家領軍比誰[③]？」武岡曰：「世以比王北中郎[④]。」東亭轉卧向壁[⑤]，歎曰：「人固不可以無年[⑥]！」

## 【注釋】

①困：生命垂危。

②王武岡：王謐（mì），字稚遠，一作雅遠。王導之孫，王劭之子。少有美譽，東晉時官至司徒，襲爵武岡侯，故稱。

③領軍：指王洽，王珣之父，王導子，曾徵拜領軍，故稱。

④王北中郎：王坦之，曾任北中郎將，故稱。

⑤東亭：王珣，封東亭侯，故稱。

⑥無年：無壽。

## 【譯文】

王珣生病，到了生命垂危時，問王謐說：「世人評論把我家領軍比作哪一位？」王謐道：「世人把他比為王北中郎。」王珣轉過身面向牆壁躺着，歎息說：「人真是不能不長壽啊！」

## 八四

王孝伯道謝公①：「濃至②。」又曰：「長史虛③，劉尹秀④，謝公融⑤。」

【注釋】

①王孝伯：王恭。謝公：謝安。

②濃至：濃厚深沉。

③長史：王濛。虛：謙虛。

④劉尹：劉惔。秀：優秀，突出。

⑤融：融通，融會和暢。

【譯文】

王恭稱道謝安：「濃厚深沉。」又說：「長史謙虛，劉尹優秀，謝公融合通達。」

八五

王孝伯問謝公①：「林公何如右軍②？」謝曰：「右軍勝林公。林公在司州前③，亦貴徹④。」

【注釋】

①王孝伯：王恭。謝公：謝安。

②林公：支遁。右軍：王羲之。
③司州：王胡之。
④貴徹：尊貴通達。

【譯文】

王恭問謝安：「林公比右軍怎麼樣？」謝安說：「右軍勝過林公。林公在王司州之上，也算得尊貴通達。」

八六

桓玄為太傅①，大會，朝臣畢集。坐裁竟②，問王楨之曰③：「我何如卿第七叔④？」於時賓客為之咽氣⑤。王徐徐答曰：「亡叔是一時之標⑥，公是千載之英⑦。」一坐歡然⑧。

【注釋】

①太傅：應為太尉。
②裁：通「才」，剛剛。
③王楨之：字公幹，王徽之之子。東晉時歷官侍中、大司馬長史。

④第七叔：即王獻之。
⑤咽氣：屏住氣，不敢出氣，緊張。
⑥標：楷模，典範。
⑦英：英傑。
⑧歡然：喜悅的樣子。

【譯文】

桓玄擔任太尉時，大會賓客，朝廷大臣都聚集在一起。剛剛坐定，桓玄問王楨之說：「我比你七叔怎麼樣？」這時賓客們都為王楨之緊張得屏住了氣。王楨之卻從容不迫地回答道：「我亡叔是一時的典範，您則是千載難遇的英豪。」滿座賓客無不喜悅。

## 八七

桓玄問劉太常曰[①]：「我何如謝太傅[②]？」劉答曰：「公高，太傅深。」又曰：「何如賢舅子敬[③]？」答曰：「楂梨橘柚，各有其美。」

【注釋】

①劉太常：劉瑾，字仲璋，東晉南陽（今屬河南）人。王羲之的外孫。歷官尚書、太常卿。

②謝太傅：謝安。
③子敬：王獻之。

【譯文】

桓玄問劉瑾：「我比謝太傅怎麼樣？」劉瑾答道：「您高遠，太傅深沉。」桓玄又問：「我比令舅子敬怎麼樣？」劉瑾答道：「山楂、梨、橘子、柚子，各有自己的美味。」

## 八八

**舊以桓謙比殷仲文①。桓玄時，仲文入，桓於庭中望見之，謂同坐曰：「我家中軍②，那得及此也！」**

【注釋】

①桓謙：字敬祖，桓玄的堂兄弟。東晉時官尚書僕射、中軍將軍。殷仲文：桓玄的姐夫。
②我家中軍：指桓謙。

【譯文】

過去拿桓謙比殷仲文。桓玄執政時，殷仲文從外面進門，桓玄在庭院中望見他，對同座的人説：「我家的中軍，哪裏趕得上這個人呢！」

# 規箴第十

【題解】

規箴，指對別人的言行進行規勸和誡諫。本篇共有二十七則，內容涉及國計民生、家族聲望、個人毀譽，規箴的方法也是多種多樣，有借古諷今，有微言大義，有直言相勸，很好地反映出了魏晉士人率真、耿介的人格魅力。

## 一

漢武帝乳母嘗於外犯事①，帝欲申憲②。乳母求救東方朔③，朔曰：「此非脣舌所爭④，爾必望濟者⑤，將去時，但當屢顧帝⑥，慎勿言，此或可萬一冀耳⑦。」乳母既至，朔亦侍側，因謂曰：「汝痴耳！帝豈復憶汝乳哺時恩邪？」帝雖才雄心忍，亦深有情戀，乃淒然愍之⑧，即敕免罪。

【注釋】

①漢武帝：劉徹（前一五六—前八七），西漢第五代皇帝，在位五十四年，對內進行了多次中央集權改革，對外打擊匈奴，對漢王朝的統一鞏固和政權穩定有重大作用。犯事：犯法。

②申憲：依法懲辦。

③東方朔（前一五四—前九三）：字曼倩，平原厭次（今山東惠民東）人，武帝時拜郎中。性詼諧滑稽，曾以辭賦諫武帝奢侈，陳農戰強國之策，終不為用。

④脣舌：指言辭。

⑤濟：成功。

⑥顧：回頭看。

⑦冀：希望。

⑧愍：憐憫。

【譯文】

漢武帝的乳母曾經在外面犯了法，武帝想要依法懲辦。乳母向東方朔求救，東方朔說：「這不是靠言辭所能夠爭辯的，你如果一定想獲得寬宥，就在將要離開時，只是頻頻回頭看，千萬不要說話，這樣或許有萬一的機會。」乳母來見武帝告別時，東方朔也在武帝身邊侍立，於是他就對乳母說：「你真愚笨啊！皇帝哪裏再能回想起你小時候給他哺乳的恩情呢？」武帝雖然才能出眾心狠手辣，但對乳母也深有情感，於是悲傷憐憫她，隨即敕令赦免了她的罪。

## 二

京房與漢元帝共論[①]，因問帝：「幽、厲之君何以亡[②]？所任何人？」答曰：「其任人不忠。」房曰：「知不忠而任之，何邪？」曰：「亡國之君各賢其臣，豈知不忠而任之？」房稽首曰[③]：「將恐今之視古，亦猶後之視今也。」

**【注釋】**

①京房（前七七—前三七）：西漢今文易學「京氏學」的開創者。本姓李，字君明，東郡頓丘（今河南清豐西南）人。曾學易於焦延壽，以通變說易，好講災異。元帝時立為博士，屢次上疏，以災異推論時政得失，因劾奏石顯等專權，出為魏郡太守，不久下獄死。著作今傳京氏易傳三卷。漢元帝：劉奭（前七五—前三三），漢宣帝子，好儒術，先後以貢禹、薛廣德、匡衡等為相。宦官弘恭、石顯專權，任石顯為中書令，又重用外戚史氏、許氏。賦役繁重，西漢遂由強盛走向衰落。

②幽、厲之君：周幽王和周厲王，均為無道昏君。幽王荒淫，為犬戎所殺；厲王暴虐，為國人所逐。

③稽（qǐ）首：古時一種最恭敬的跪拜禮，叩頭到地。

**【譯文】**

京房與漢元帝一起談論，於是就問元帝：「周幽王、周厲王這樣的國君為什麼會亡國？他們所任用的都是什麼人？」元帝答道：「他們所任用的人不忠。」京房說：「知道不忠還要任用他們，是為什麼呢？」元帝說：「亡國之君各自認為他們的臣子是賢能的，哪裏知道他們不忠還會去任用他們呢？」京房叩頭說：「恐怕我們今人看古人，也就像後人看今人一樣呢。」

三

陳元方遭父喪①，哭泣哀慟，軀體骨立②。其母愍之③，竊以錦被蒙上④。郭林宗弔而見之⑤，謂曰：「卿海內之俊才，四方是則⑥，如何當喪⑦，錦被蒙上？孔子曰：『衣夫錦也，食夫稻也，於汝安乎⑧？』吾不取也！」奮衣而去⑨。自後賓客絕百所日⑩。

**【注釋】**

①陳元方：陳紀。
②骨立：形容人消瘦到極點，只剩下骨架子。
③愍：憐憫。

④竊：私下，暗地。

⑤郭林宗：郭泰。弔：弔喪。

⑥則：準則，模範。

⑦當：面對。

⑧「衣夫錦也」幾句：見論語陽貨：「宰我問：『三年之喪，期已久矣！……』子曰：『食夫稻，衣夫錦，於汝安乎？』」

⑨奮衣：捽開衣服，以示激動。

⑩所：應作「許」，表示約數。

## 【譯文】

陳紀遭遇父親的喪事，哭泣哀痛，瘦得只剩下骨架子了。他母親憐憫他，私下裏用錦緞被子蓋在他身上。郭林宗來弔喪看見了，對他說：「你是國內傑出的人才，四面八方的人士都以你為榜樣，你怎麼面對喪事，卻蓋上錦被？孔子說：『穿着錦衣，吃着米飯，在你能安心嗎？』我是看不起這種人的！」說完拂袖而去。此後賓客不上門弔喪有一百多天。

## 四

孫休好射雉[①]，至其時，則晨去夕反。羣臣莫不止諫[②]：「此為小物，何足甚耽[③]？」休曰：「雖為小物，耿介過人[④]，朕所以好之。」

### 【注釋】

①孫休：字子烈，孫權第六子，初封琅邪王，二五八年即吳國皇位，在位六年，銳意典籍，好覽百家之書。雉（zhì）：野雞。

②止諫：指勸阻出獵之諫。

③耽（dān）：沉溺，入迷。

④耿介：有節操，正直。據說野雞被人捕獲後會自己擰動脖子閉氣身亡，故說其「耿介」。

### 【譯文】

孫休愛好射野雞，到了射獵的季節，就早出晚歸地去射獵。臣子們都加以勸阻：「這是小東西，哪裏值得過於入迷？」孫休說：「雖然是小東西，但它的節操超過一般人，我所以喜歡它。」

## 五

孫皓問丞相陸凱曰[①]：「卿一宗在朝有幾人[②]？」陸曰：「二相、五侯、將軍十餘人。」皓曰：「盛哉！」陸曰：「君賢臣忠，國之盛也；父慈子孝，家之盛也。今政荒民弊[③]，覆亡是懼，臣何敢言盛！」

### 【注釋】

①孫皓：三國吳末代君主。陸凱：字敬風，三國吳郡吳（今江蘇蘇州）人。與陸遜同族。忠直好學，雖在外統兵仍手不釋卷，官至左丞相。

②在朝：指在朝為官。

③荒：荒廢。弊：疲困。

### 【譯文】

孫皓問丞相陸凱：「你們家族在朝廷當官的有幾個人？」陸凱說：「兩個丞相、五個侯爵、十多個將軍。」孫皓說：「真興旺啊！」陸凱說：「國君賢明，臣下忠誠，是國家的興旺；父母慈愛，兒子孝順，是家庭的興旺。如今政務荒廢，民眾疲困，懼怕的是國家覆亡，我怎麼敢說興旺呢！」

## 六

何晏、鄧颺令管輅作卦①，云：「不知位至三公不②？」卦成，輅稱引古義，深以戒之。颺曰：「此老生之常談。」晏曰：「知幾其神乎③，古人以為難；交疏吐誠④，今人以為難。今君一面，盡二難之道，可謂『明德惟馨』⑤。詩不云乎：『中心藏之，何日忘之⑥！』」

【注釋】

①管輅（lù，二〇九—二五六）：字公明，魏平原（今山東平原西南）人，官至少府丞。幼好天文，精通易和占卜。

②三公：太尉、司徒、司空的合稱。此指與三公官位相當的高官。

③知幾其神乎：周易繫辭下：「知幾其神乎？」謂預知細微徵兆之理就能達到神妙境界。幾，細微，徵兆。

④交疏：交情疏遠。吐誠：吐露真誠。

⑤明德惟馨：語見左傳僖公五年引周書：「黍稷非馨，明德惟馨。」謂祭祀所用的穀物不一定香，只有君王完美的德行才能香氣遠播。

⑥「中心藏之」二句：見詩經小雅隰桑。謂思念之情藏心裏，哪有一天忘記你！

【譯文】

何晏、鄧颺讓管輅卜卦，說：「不知道我們能升到三公之位嗎？」卜卦完成後，管輅引經據典，語重心長地勸誡他們。鄧颺說：「這是老生常談。」何晏說：「預知細微徵兆就能達到神妙境界，古人認為很難；交情疏遠卻能吐露真誠，今人認為很難。現在你與我們只是一面之交，卻能解決這兩個難題，可稱得上是『完美的德行馨香遠播』。詩經不是說過嗎：『思念之情藏心裏，哪有一天忘記你！』」。

# 七

晉武帝既不悟太子之愚①，必有傳後意②，諸名臣亦多獻直言。帝嘗在陵雲台上坐③，衞瓘在側，欲申其懷④，因如醉，跪帝前，以手撫牀曰：「此坐可惜！」帝雖悟，因笑曰：「公醉邪？」

【注釋】

①晉武帝：司馬炎。太子：司馬衷。
②傳後意：指晉武帝將帝位傳給太子的心意。
③陵雲台：台名，故址在今河南洛陽東。
④懷：想法，心意，指規勸武帝廢太子之意。

【譯文】

晉武帝既然沒有醒悟到太子愚癡，就必然有將帝位傳給他的意思，諸位名臣也多直言進諫。武帝曾在陵雲台上坐，衛瓘陪在旁邊，想要申說他自己的心意，便像喝醉似的跪在武帝前，用手撫摸武帝的坐榻說：「這個座位多麼可惜啊！」武帝雖然明白他的意思，卻笑着說：「你喝醉了嗎？」

八

王夷甫婦①，郭泰寧女②，才拙而性剛，聚斂無厭③，干豫人事④。夷甫患之而不能禁。時其鄉人幽州刺史李陽⑤，京都大俠，猶漢之樓護⑥，郭氏憚之。夷甫驟諫之⑦，乃曰：「非但我言卿不可，李陽亦謂卿不可。」郭氏小為之損⑧。

【注釋】

①王夷甫：王衍。王夷甫的妻子郭氏是當時賈皇后的親戚，常借賈后之勢盛行聚斂之事。
②郭泰寧：郭豫，字太寧（一作泰寧），西晉太原（今屬山西）人。官至相國參軍，知名而早逝。
③聚斂：搜刮財物。無厭：不滿足。厭，滿足。
④干豫人事：強行干預世事。
⑤李陽：字景祖，西晉高平（今山東巨野南）人。性好游俠，賓客多懼怕他，官幽州刺史。

⑥樓護：字君卿，西漢齊（治所在今山東淄博）人，學習經傳，議論、行動常依名節，甚得當時人稱譽，官至天水太守。

⑦驟：屢次。

⑧小：稍微。損：收斂。

【譯文】

王衍的妻子是郭豫的女兒，才能笨拙而性格倔強，搜刮財物沒有滿足的時候，喜歡干預世事。王衍很不滿意她的行為但又不能禁止她。當時他的同鄉幽州刺史李陽，是京都有名的大俠，就像漢代的樓護那樣，郭氏很怕他。王衍屢次勸諫她，就說：「不只是我說你不能這樣，就是李陽也說你不可以如此。」郭氏聽了才稍微收斂了一點。

## 九

**王夷甫雅尚玄遠①，常嫉其婦貪濁②，口未嘗言「錢」字。婦欲試之，令婢以錢繞牀，不得行。夷甫晨起，見錢閡行③，呼婢曰：「舉卻阿堵物④！」**

【注釋】

①王夷甫：王衍。雅：素來，向來。尚：高尚。玄遠：指深奧精微的玄理。
②嫉：憎恨，厭惡。
③閡：阻礙，阻隔。
④舉卻：拿掉。阿堵：這個，六朝人口語。

【譯文】

王衍向來崇尚深奧精微的玄理，常常厭惡他妻子的貪婪污濁，所以口中從來不說「錢」字。妻子想試探他，便命婢女用錢圍繞在牀邊，讓他無法下牀行走。王衍早晨起牀，看見錢阻礙他走路，就叫婢女說：「拿掉這個東西！」

## 一〇

王平子年十四五①，見王夷甫妻郭氏貪，欲令婢路上儋糞②。平子諫之，並言不可。郭大怒，謂平子曰：「昔夫人臨終③，以小郎囑新婦④，不以新婦囑小郎。」急捉衣裾⑤，將與杖。平子饒力⑥，爭得脫，踰窗而走。

【注釋】

①王平子：王澄，王衍弟。
②儋：「擔」的古體字。
③夫人：指她的婆婆，王衍、王澄兄弟之母。
④小郎：小叔子。新婦：當時已婚婦女的自稱。
⑤裾（jū）：衣服的大襟。
⑥饒力：指力氣大。

【譯文】

王澄十四五歲時，看到王衍妻子郭氏貪婪、品質低劣，想讓婢女到路上去擔糞。王澄就去勸諫她，並且說不可以這樣做。郭氏聽了大怒，對王澄說：「過去老夫人臨終時，把你託付給我，並不是把我託付給你。」就一把捉住王澄的衣襟，準備拿杖打他。王澄力氣大，掙扎脫身，跳窗逃跑了。

一一

**元帝過江猶好酒①，王茂弘與帝有舊②，常流涕諫。帝許之，命酌酒一酣③，從是遂斷。**

**【注釋】**

①元帝：司馬睿。

②王茂弘：王導。有舊：舊相識，老交情。

③酣：酒喝得很痛快。

**【譯文】**

元帝渡江南下後仍然愛喝酒，王導與元帝有老交情，常常流着眼淚勸諫。元帝答應戒酒，叫人斟酒來再痛快地喝一次，從此以後便戒酒不再喝了。

## 一二

謝鯤為豫章太守，從大將軍下至石頭[①]。敦謂鯤曰：「余不得復為盛德之事矣[②]！」鯤曰：「何為其然？但使自今已後[③]，日亡日去耳[④]。」敦又稱疾不朝，鯤諭敦曰[⑤]：「近者明公之舉，雖欲大存社稷[⑥]，然四海之內，實懷未達[⑦]。若能朝天子，使羣臣釋然[⑧]，萬物之心[⑨]，於是乃服。仗民望以從眾懷，盡沖退以奉主上[⑩]，如斯則勛侔一匡[⑪]，名垂千載。」時人以為名言。

【注釋】

①從大將軍下至石頭：指王敦叛逆時借重謝鯤的才德名望，逼謝鯤一起沿江東下到石頭城。大將軍，王敦。石頭，石頭城，故址在今南京清涼山。

②不得復為盛德之事：指不能再為皇上效力立功。

③已後：以後。

④日亡日去：指一天又一天，漸漸忘記過去君臣之間不愉快之事。

⑤諭：勸告。

⑥大存社稷：指用力保存社稷。

⑦實懷：實際用意。懷，本懷，用意，心意。

⑧釋然：指疑慮消除。

⑨萬物：指萬眾，眾人。

⑩沖退：謙和退讓。

⑪侔（móu）：相等。一匡：指輔佐王室，匡正天下。匡，匡正。語見論語憲問：「子曰：『管仲相桓公，霸諸侯，一匡天下，民到於今受其賜。』」

【譯文】

謝鯤做豫章太守，隨着大將軍王敦舉兵東下到了石頭城。王敦對謝鯤説：「我不能再做輔佐太子、建功立業的盛德之事了。」謝鯤說：「為什麼這樣呢？只要從今以後，日子漸漸過去，忘記過去君臣之間不愉快之事就行了。」王敦又稱病不去朝見晉元帝，謝鯤勸告王敦說：「近來你的舉動，雖然想用力保存國家社稷，但你的真實心意在海內並未表達出來。如果你能去朝見天子，讓羣臣的疑慮消除，萬眾之心就會敬服你。倚靠百姓的聲望順從眾人的心意，竭盡謙和退讓的態度來侍奉主上，這樣你的功勳就與一匡天下的管仲相等，就能永垂千古了。」當時人都認為他的話是至理名言。

## 一三

元皇帝時①，廷尉張闓在小市居②，私作都門③，早閉晚開，羣小患之④，詣州府訴，不得理；遂至檛登聞鼓⑤，猶不被判。聞賀司空出⑥，至破岡⑦，連名詣賀訴。賀曰：「身被徵作禮官⑧，不關此事。」羣小叩頭曰：「若府君復不見治⑨，便無所訴。」賀未語，令且去，見張廷尉當為及之。張聞，即毀門，自至方山迎賀⑩。賀出見，辭之曰⑪：「此不必見關，但與君門情⑫，相為惜之。」張愧謝曰：「小人有如此，始不即知，早已毀壞。」

【注釋】

①元皇帝：晉元帝。

②廷尉：掌管刑獄的官。張闓（kǎi）：字敬緒，丹陽（在今江蘇）人。東晉時歷官晉陵內史、廷尉卿。小市：指小集市。

③都門：指小集市的總門。

④羣小：百姓。患：憂慮，厭惡。

⑤檛（zhuā）：擊。登聞鼓：古時帝王在朝堂外懸鼓，臣民如有冤情或諫議可擊鼓上聞。

⑥賀司空：賀循。

⑦破岡：即破岡瀆，三國時開鑿的古運河，用以連接秦淮河和太湖水網。

⑧徵：召，徵聘。禮官：掌禮儀之官。

⑨府君：對官員的尊稱。

⑩方山：山名，在江蘇南京江寧東南。

⑪辭：辭謝。

⑫門情：指門第間有情誼，即世交之意。賀循祖父賀齊為吳之將軍，張闓祖父張昭為吳相，兩人頗有交情，故兩家堪稱世交。

【譯文】

元帝時，廷尉張闓住在小集市，私自做了里巷的總門，每天早關門晚開門，老百姓都為此事憂慮，到州衙門去告狀，得不到審理；老百姓便到朝堂外去擊打登聞鼓，還是沒有得到判處。聽說賀循出行，到了破岡，便聯名到賀循處申訴。賀循說：「我被任命為禮官，與此事無關。」百姓們叩頭道：「如果府君再不受理，我們就無處申訴了。」賀循沒說別的話，只是讓他們暫時離開，說自己見到張廷尉時會提到此事的。張闓聽說後，立即拆去總門，親自到方山來迎候賀循。賀循出來見張闓，告訴他說：「此事本不與我相關，只是我家與你家有世交之誼，相互間要愛惜這份情。」張闓慚愧地道歉說：「百姓有此等情形，當初我不知道，否則早已把門拆毀了。」

## 一四

郗太尉晚節好談①，既雅非所經②，而甚矜之③。後朝覲④，以王丞相末年多可恨⑤，每見必欲苦相規誡。王公知其意，每引作他言⑥。臨還鎮⑦，故命駕詣丞相⑧，翹鬚厲色⑨，上坐便言：「方當乖別⑩，必欲言其所見。」意滿口重，辭殊不流。王公攝其次曰⑪：「後面未期⑫。亦欲盡所懷⑬，願公勿復談。」郗遂大瞋，冰衿而出⑭，不得一言。

【注釋】

①郗太尉：郗鑒。晚節：晚年。

②雅：向來，素來。經：擅長。

③矜（jīn）：誇耀。

④朝覲（jìn）：朝見君主。

⑤王丞相：王導。末年多可恨：指王導晚年對江南的世家大族寬容放任。

⑥引：指把話題引開。

⑦還鎮：指回到鎮守之地。

⑧故：故意，特地。命駕：令人駕車。

⑨翹鬚：翹起鬍子。厲色：怒容滿面。

⑩乖別：離別。

⑪攝（niè）：通「躡」，隨。

⑫期：期限，約定時間。

⑬懷：指心意。

⑭冰衿：指臉色陰沉，態度傲慢。

【譯文】

郗鑒晚年喜歡談論，這不是他所擅長的，而他對此卻很喜歡誇耀。後來朝見皇帝時，他對王導晚年寬容江南士族事很不滿，每次見面必定要苦苦規勸告誡。王導知道他的意思，每次都用其他的話題引開去。到了要回去之時，郗鑒便特地讓人駕車去拜訪王導，翹起鬍子，怒容滿面，一坐下就說：「正當離別之時，我定要說出所見到的情況。」他想說的意思很多卻口齒遲鈍，說話很不流暢。王導隨後說：「以後見面的日期不知何時。我也想把我心裏要說的都說出來，希望你不要再談了。」郗鑒聽了大為惱怒，臉色陰沉態度傲慢地走了，再也不說一句話。

一五

王丞相為揚州①，遣八部從事之職②。顧和時為下傳還③，同時俱見。諸從事各奏二千石官長得失④，至和獨無言。王問顧曰：「卿何所聞？」答曰：「明公作輔⑤，寧使網漏吞舟⑥，何緣採聽風聞⑦，以為察察之政⑧？」丞相咨嗟稱佳⑨，諸從事自視缺然也⑩。

【注釋】

①王丞相：王導。為揚州：指兼任揚州刺史。

②八部從事：州刺史屬官。揚州刺史統領丹陽、會稽、吳、吳興、宣城、東陽、臨海、新安八部，故分別派遣部從事八人。之職：到職。

③下傳（zhuàn）：指顧和作為刺史屬官乘驛車到下面去視察。傳，指驛車。

④二千石：對郡守的通稱。郡守俸祿為二千石，故稱。

⑤輔：宰相為輔佐帝王之人，故稱。

⑥網漏吞舟：謂漁網太疏會漏掉吞舟之大魚，比喻法令過寬會漏掉大奸大惡之人。

⑦何緣：為何。風聞：傳聞。

⑧察察之政：嚴苛細小之政。

⑨咨嗟：指讚賞。

⑩自視缺然：自己認為有缺失。

## 【譯文】

王導任丞相時兼領揚州刺史，派遣八位從事到職。顧和當時作為屬官乘驛車到下面視察回來，同其他從事一起進見。諸位從事各自奏説二千石官長的得失，輪到顧和時唯獨他什麼也沒説。王導問顧和道：「你聽到些什麼？」顧和回答説：「您擔任宰輔，寧可讓吞舟之魚漏網，為何要採集傳聞之辭，用這種手段來實行嚴苛瑣碎的政令呢？」王導對此讚歎説好，其他從事為此自感不如。

## 一六

蘇峻東征沈充①，請吏部郎陸邁與俱②。將至吳③，密敕左右④，令入閶門放火以示威⑤。陸知其意，謂峻曰：「吳治平未久，必將有亂。若為亂階⑥，請從我家始。」峻遂止。

**【注釋】**

①蘇峻東征沈充：指王敦謀反攻克京都時，以沈充為車騎將軍，領吳國內史，後蘇峻率軍破沈充事。沈充，字士居，東晉吳興（今浙江湖州）人，諂事王敦，王敦反叛攻下京都，以之為車騎將軍，領吳國內史。王敦死後，為部將吳儒所殺。

②陸邁：字功高，東晉吳郡人，器識清敏，歷官振威太守、尚書吏部郎。

③吳：吳郡，治所在今江蘇蘇州。

④敕：命令。

⑤閶門：蘇州城西門。

⑥亂階：禍端。

**【譯文】**

蘇峻東征沈充，請吏部郎陸邁與他一起去。將要到吳郡時，蘇峻密令左右隨從，讓他們進入閶門放火以示軍威。陸邁知道他的用意，對蘇峻説：「吳郡安定平靜不久，必定將有禍亂發生。如果要製造禍端，請從我家開始。」蘇峻於是放棄了放火的打算。

## 一七

陸玩拜司空[①]，有人詣之索美酒[②]，得，便自起瀉着樑柱間地[③]，祝曰：「當今乏才，以爾為柱石之用[④]，莫傾人棟樑[⑤]。」玩笑曰：「戢卿良箴[⑥]。」

**【注釋】**

①拜：授予官職。
②索：索取，討取。
③瀉：傾倒。
④柱石：柱子及其下面的基石，比喻擔當國家重任。
⑤傾：傾覆。
⑥戢（jí）：收藏，引申為記住。箴（zhēn）：規勸。

【譯文】

陸玩被授予司空之職，有人拜訪他索要美酒，拿到酒後，這人自己站起來，把酒倒在樑柱之間的地上，祝禱說：「如今缺乏人才，用你擔當國之重用，切莫傾覆人家的棟樑啊！」陸玩笑着說：「我會記住你的良言。」

## 一八

小庾在荊州①，公朝大會②，問諸僚佐曰：「我欲為漢高、魏武③，何如？」一坐莫答，長史江虨曰：「願明公為桓、文之事④，不願作漢高、魏武也。」

【注釋】

①小庾：庾翼。在荊州：指在荊州刺史任上。

②公朝：指僚屬參拜長官。

③漢高：漢高祖劉邦，為西漢開國皇帝，秦末羣雄並起時率兵反秦，先行入關，受項羽封為漢王，重用蕭何、張良、韓信等，最終擊敗項羽建立漢朝。魏武：魏武帝曹操。

④桓：齊桓公，春秋時齊國君，前六八五—前六四三在位，任用管仲使國力強盛，安定東周王

室內亂，多次大會諸侯，訂立盟約，成為春秋時第一位霸主。文：晉文公，春秋時晉國君，前六三六—前六二八在位，改革內政，國力強盛，平定周王室內亂，迎周襄王復位，大會諸侯，成為霸主。

【譯文】

庾翼在荊州刺史任上時，在下屬參拜長官的大會上，問諸位僚屬：「我想做一番漢高祖、魏武帝那樣的事業，怎麼樣？」滿座的人沒有一位回答，長史江虨說：「希望您做齊桓公、晉文公那樣的事業，不希望您成為漢高祖、魏武帝那種人。」

## 一九

羅君章為桓宣武從事①，謝鎮西作江夏②，往檢校之③。羅既至，初不問郡事④，徑就謝數日飲酒而還⑤。桓公問：「有何事？」君章云：「不審公謂謝尚何似人⑥？」桓公曰：「仁祖是勝我許人⑦。」君章云：「豈有勝公人而行非者？故一無所問。」桓公奇其意而不責也。

【注釋】

①羅君章：羅含。桓宣武：桓溫。從事：官名，刺史僚屬。
②謝鎮西：謝尚。作江夏：指謝尚任江夏相。江夏，郡名，治所在安陸（今湖北雲夢）。
③檢校：檢查。
④初：從來，絲毫，表示程度的副詞。
⑤徑：指直捷行事。
⑥審：知道。
⑦勝：超過。許：這樣。

【譯文】

羅含擔任桓溫的僚屬時，謝尚鎮守江夏，羅含前去視察。他到了江夏，完全不過問郡裏的事，直接到謝尚那裏喝了幾天酒就回來了。桓溫問：「有什麼事嗎？」羅含說：「不知您認為謝尚是何等樣人？」桓溫說：「仁祖是超過我的人。」羅含道：「哪裏有超過您的人卻會做錯事呢？所以我什麼政事都不去問。」桓溫對他説的話感到很奇特，所以沒有責怪他。

## 二〇

王右軍與王敬仁、許玄度並善①，二人亡後，右軍為論議更克②。孔巖誡之曰：「明府昔與王、許周旋有情③，及逝沒之後，無慎終之好④，民所不取。」右軍甚愧。

### 【注釋】

①王右軍：王羲之。王敬仁：王脩。許玄度：許詢。
②克：苛刻。
③明府：對郡太守的尊稱。王羲之曾任會稽內史，故稱之。孔巖為會稽人，故下文自稱為民。周旋：交往。
④慎終：語出論語學而：「慎終追遠。」謂對父母的喪事要辦得謹慎合理，祖先雖遠須依禮追祭。此指能尊重和正確對待死去的人。

### 【譯文】

王羲之與王脩、許詢相交甚好，王、許二人死後，王羲之議論起他們來更加苛刻。孔巖勸誡他說：「您過去與王脩、許詢來往有交情，到了他們去世之後，就不再尊重並正確對待死去的人，這是我不贊成的。」王羲之聽了感到很慚愧。

## 二一

謝中郎在壽春敗①，臨奔走，猶求玉帖鐙②。太傅在軍③，前後初無損益之言④，爾日猶云⑤：「當今豈須煩此⑥？」

【注釋】

①謝中郎：謝萬，曾任西中郎將，故稱。
②玉帖鐙（dèng）：以玉為飾的馬鐙。
③太傅：謝安。
④初：從來，副詞，表程度。損益：指批評或諍諫。
⑤爾日：這天。
⑥須：需要。

【譯文】

謝萬在壽春打了敗仗，臨逃跑時，還在找玉帖鐙。謝安當時跟隨在軍中，從來沒有説過什麼勸諫的話，這天也説：「如今哪裏需要麻煩找這種東西？」

二二

王大語東亭①：「卿乃復論成不惡②，那得與僧彌戲③？」

【注釋】

①王大：王忱，小字佛大，故稱。東亭：王珣。

②乃復：竟，竟然。論成：指世論已成。不惡：不壞。

③僧彌：王瑉的小字。

【譯文】

王忱對王珣說：「對您的評論想不到已經形成，評論不壞，怎麼能與王瑉去開玩笑呢？」

二三

殷覬病困①，看人政見半面②。殷荊州興晉陽之甲③，往與覬別，涕零，屬以消息所患④。覬答曰：「我病自當差⑤，正憂汝患耳！」

【注釋】

①病困：病重。

②政：通「正」，只。

③殷荊州：殷仲堪。與晉陽之甲：事見春秋公羊傳定公十三年。後即指以清君側為號召的起兵。文中所寫殷仲堪起兵就是為了清除晉安帝身邊的尚書左僕射王國寶。

④屬：通「囑」，叮囑。消息：休息，調養。患：病患。

⑤差（chài）：指病癒。

【譯文】

殷覬病重，看人時只能看到半邊臉。殷仲堪以清君側名義起兵，前去與殷覬告別，禁不住淚流滿面，便叮囑他調養病體。殷覬答道：「我的病自然會痊癒的，我只憂慮你的禍患啊！」

二四

遠公在廬山中①，雖老，講論不輟②。弟子中或有墮者③，遠公曰：「桑榆之光④，理無遠照，但願朝陽之暉⑤，與時並明耳。」執經登坐，諷誦朗暢⑥，詞色甚苦⑦。高足之徒⑧，皆肅然增敬。

【注釋】

①遠公：慧遠。

②輟：停止。

③墮：通「惰」，懶惰，懈怠。

④桑榆之光：日落時照在桑榆樹上的陽光，比喻人的晚年。

⑤暉：陽光。

⑥諷誦：背誦。朗暢：響亮流暢。

⑦苦：指懇切。

⑧高足之徒：指學業優秀的學生。高足，敬稱別人的學生。

【譯文】

慧遠在廬山時，雖然年紀老了，但講論佛經沒有停止。弟子中有偷懶的，慧遠説：「我像日暮的夕陽，照理不會久遠照耀了，但願你們如清晨朝陽之光，能隨着時光的推移而越發明亮。」他手執經卷登上講壇，背誦經文之聲響亮流暢，言辭神色都很懇切，他的高足弟子都對他更加肅然起敬。

## 二五

桓南郡好獵①，每田狩②，車騎甚盛，五六十里中，旌旗蔽隰③，騁良馬，馳擊若飛，雙甄所指④，不避陵壑⑤。或行陳不整⑥，麏兔騰逸⑦，參佐無不被繫束⑧。桓道恭⑨，玄之族也，時為賊曹參軍⑩，頗敢直言。常自帶絳綿繩着腰中⑪，玄問：「此何為？」答曰：「公獵，好縛人士，會當被縛，手不能堪芒也。」玄自此小差⑫。

**【注釋】**

①桓南郡：桓玄，襲爵南郡公，故稱。
②田狩：打獵。田，同「畋」。
③隰（xí）：低濕的地方，泛指原野。
④雙甄（zhēn）：左翼右翼，合稱雙甄。打獵猶如作戰，故稱。
⑤陵壑：山陵溝壑。
⑥行陳：軍隊的行列隊形。陳，同「陣」，
⑦麏（jūn）：同「麇」，獐子。騰逸：逃跑。
⑧繫束：捆綁。

⑨桓道恭：字祖猷，為桓玄同族叔祖，官淮南太守，東晉時桓玄叛亂，桓道恭在其「楚」政權中任官江夏相。義熙初年，因助桓玄謀逆被殺。
⑩賊曹參軍：軍府中掌管盜賊事務的屬官。
⑪絳（jiàng）：深紅色。
⑫小差：略有好轉。差，病癒，此指好轉。

【譯文】

桓玄喜歡狩獵，每次出去打獵，隨從的車馬非常多，綿延五六十里範圍內，旌旗遍野，良馬馳騁，奔擊如飛，左右兩翼所向之處，不避山陵溝壑。有時行列隊形不整齊，或獐子、兔子逃跑了，僚屬就統統都被捆綁起來。桓道恭是桓玄的同族人，當時擔任賊曹參軍，很敢直言。他常常自帶深紅色的綿繩繫在腰間，桓玄問他：「你帶這個幹什麼？」桓道恭答道：「您打獵時喜歡綁人，輪到我被綁時，我的手可不能忍受綁繩上的芒刺啊。」桓玄的脾氣從此以後略有好轉。

二六

王緒、王國寶相為脣齒①，並上下權要②。王大不平其如此③，乃謂緒曰：「汝為此欻欻④，曾不慮獄吏之為貴乎⑤？」

【注釋】

①王緒：字仲業，晉太原（今山西太原）人。任會稽王司馬道子從事中郎，他與堂兄王國寶勾結弄權，為司馬道子所寵幸。王國寶：王坦之第三子，堂妹為會稽王司馬道子之妃。司馬道子輔政，得寵，用為侍中、中書令、中領軍等，權傾內外，後與王緒一起被王恭所殺。脣齒：比喻相互依賴的關係。

②上下：指弄權。權要：權勢，權力。

③王大：王忱。不平：憤慨，不滿。

④欻欻（xū）：忽然，此指輕舉妄動。

⑤曾：竟。獄吏之為貴：語見史記絳侯周勃世家，西漢文帝時絳侯周勃為人誣告謀反而下獄，出獄後歎息而說此語。

【譯文】

王緒、王國寶互相勾結，把持權柄，玩弄權勢。王忱對他們的所作所為憤憤不平，就對王緒說：「你們這樣輕舉妄動，竟然不想想有朝一日會體會到獄吏的尊貴嗎？」

## 二七

桓玄欲以謝太傅宅為營①，謝混曰②：「召伯之仁③，猶惠及甘棠④；文靖之德⑤，更不保五畝之宅⑥？」玄慚而止。

【注釋】

①謝太傅：謝安。

②謝混：謝安的孫子。

③召（shào）伯：周代燕國始祖，姓姬，名奭（shì），初封於召（今陝西岐山西南）。佐武王滅商後封於燕，與周公共同輔政。

④甘棠：典出詩經召南甘棠，言召伯巡行南國，以佈文王之政，歇息於甘棠樹下，後人思其德，故愛其樹而不忍傷害。後即以之稱頌地方官吏之有惠政於民者。

⑤文靖：謝安死後謚文靖，故稱。

⑥五畝之宅：泛指一戶之家的住所。

【譯文】

桓玄想用謝安的老宅作軍營，謝混說：「召伯的仁愛，還能使甘棠樹受到恩惠；文靖公的德行，難道就不能保住他小小的五畝住宅嗎？」桓玄聽後感到慚愧就中止了此事。

# 捷悟第十一

**【題解】**

捷悟，指思維敏捷、反應快速、領悟能力過人。捷悟是悟性的高層次境界，是聰明才智的集中表現，歷來受到人們的重視。本篇共有七則，其中有關曹操和楊修的故事經過三國演義的演繹，得到了廣泛的流傳。

## 一

楊德祖為魏武主簿①，時作相國門②，始構榱桷③，魏武自出看，使人題門作「活」字，便去。楊見，即令壞之④。既竟⑤，曰：「『門』中『活』，『闊』字，王正嫌門大也⑥。」

## 【注釋】

①楊德祖：楊修（一七五—二一九），字德祖，弘農華陰（今陝西華陰東）人。曹操為丞相時，辟為主簿，有才學，聰明過人，為曹操所忌，被殺。魏武：曹操。主簿：官名，丞相府重要僚屬，總領府事，參與機要。

②相國門：相國府的門。

③構：建，搭。榱桷（cuī jué）：椽子，屋椽。

④壞：拆毀。

⑤竟：完畢，終了。

⑥王：指曹操。

## 【譯文】

楊修擔任曹操的主簿，當時正建造相國府的大門，剛剛搭建屋椽，曹操親自出來察看，讓人在門上題了一個「活」字，就離開了。楊修看到後，立即命人把門拆了。拆掉後，說：「『門』中加『活』字，就是『闊』字，魏王正是嫌門太大。」

二

人餉魏武一杯酪[①]，魏武噉少許[②]，蓋頭上題「合」字以示眾。眾莫能解。次至楊修，修便噉曰：「公教人噉一口也[③]，復何疑？」

【注釋】

①餉：贈送。酪：用牛或羊乳製成的乳漿。
②噉（dàn）：吃。
③噉一口：曹操題「合」字，拆開「合」字，即為「人一口」。

【譯文】

有人送給曹操一杯乳酪，曹操吃了一點點，在杯蓋上題了「合」字給大家看。大家都不懂是什麼意思。按次序輪到楊修，楊修就吃了一口說：「曹公讓每人吃一口，還疑慮什麼？」

三

魏武嘗過曹娥碑下[①]，楊修從。碑背上見題作「黃絹幼婦，外孫齏臼」八字[②]，魏武謂修曰：「解不[③]？」答曰：「解。」魏武曰：「卿未可言，待我思之。」行三十里，魏武乃曰：「吾已得。」令修別記所知。修曰：「黃絹，色絲也，於字為『絕』；幼婦，少女也，於字為『妙』；外孫，女子也，於字為『好』；齏臼，受辛也[④]，於字為『辭』[⑤]：所謂『絕妙好辭』也。」魏武亦記之，與修同，乃歎曰：「我才不及卿，乃覺三十里[⑥]。」

【注釋】

①魏武：曹操。曹娥碑：曹娥的墓碑。曹娥，東漢上虞（今屬浙江）人。其父曹盱被水淹死，十四歲的曹娥為尋父屍，投江而死。縣令度尚悲憐孝女，命弟子邯鄲淳撰文，為之立碑。碑今已不存。

②齏（jī）：切（搗）成細末的醃菜。臼：用石頭製成的舂東西的器具。

③不：同「否」。

④受辛：古時用石臼舂菜時，常加大蒜等辛辣的作料，故石臼要承受辛辣之味，謂之「受辛」。

⑤辭：異體字為「辤」。

⑥覺：通「較」，相差之意。

【譯文】

曹操曾經過曹娥碑下，楊修跟隨着。見到碑的背面題了「黃絹幼婦，外孫齏臼」八個字，曹操對楊修說：「你解出來了嗎？」楊修回答說：「解出來了。」曹操說：「你先不要說出來，等我想想。」走了三十里，曹操才說：「我已經解出來了。」他就叫楊修另外記下自己所理解的意思。楊修說：「黃絹，意謂有顏色的絲，合起來就是一個『絕』字；幼婦，少女之意，合起來就是一個『妙』字；外孫，就是女兒之子，合起來就是一個『好』字；齏臼，意謂受辛，合起來就是一個『辭』字：碑背題字就是『絕妙好辭』之意。」曹操也記自己所解的字，與楊修完全相同，於是感歎道：「我的才思比不上你，竟相差了三十里。」

## 四

魏武征袁本初①，治裝②，餘有數十斛竹片③，咸長數寸。眾云並不堪用，正令燒除。太祖思所以用之④，謂可為竹椑楯⑤，而未顯其言。馳使問主簿楊德祖⑥，應聲答之，與帝心同⑦。眾伏其辯悟⑧。

## 【注釋】

①魏武：曹操。袁本初：袁紹（？—二〇二），汝南汝陽（今河南商水西北）人，字本初，出身於四世三公的世家大族。董卓專擅朝政時，他起兵討伐，稱冀州牧，後佔有冀青幽并等地，成為強大的割據勢力，建安五年（二〇〇），在官渡被曹操打敗，退回河北後又被曹操進逼，後病死。

②治裝：整治、備辦軍隊的裝備。
③斛（hú）：古代量器，十斗為一斛。
④太祖：指曹操。
⑤竹椑楯（pí dùn）：橢圓形的竹盾牌。椑，橢圓形。楯，同「盾」，盾牌。
⑥楊德祖：楊修。
⑦帝：指曹操。
⑧辯悟：善言有悟性。

**【譯文】**

曹操征討袁紹時，整治備辦軍隊的裝備，還剩下幾十斛竹片，每片都只有幾寸長。大家都說不能用了，正要叫人燒掉。曹操在思考着利用這些竹片的方法，認為可以做成橢圓形的竹盾牌，只是沒有明白地把話説出來。他派人騎馬去問楊修，楊修隨聲就答覆來人，與曹操的心思相同。大家都佩服楊修既善言而悟性又高。

## 五

王敦引軍，垂至大桁①。明帝自出中堂②。溫嶠為丹陽尹，帝令斷大桁，故未斷③，帝大怒瞋目④，左右莫不悚懼⑤。召諸公來，嶠至不謝⑥，但求酒炙⑦。王導須臾至，徒跣下地謝曰[8]：「天威在顏[9]，遂使温嶠不容得謝。」嶠於是下謝，帝乃釋然[10]。諸公共歎王機悟名言[11]。

**【注釋】**

①垂：將，快。大桁（háng）：橋名，即朱雀橋，在建康（今南京）南朱雀門外，故名。
②明帝：司馬紹。中堂：都城屯軍之處，在建康宣陽門外。
③故：仍然。
④瞋（chēn）目：瞪大眼睛。
⑤悚（sǒng）懼：恐懼。
⑥謝：道歉，賠罪。
⑦炙：烤肉。
⑧徒跣（xiǎn）：赤足步行，以示謝罪。
⑨天威：天子的威嚴，指皇帝發怒。
⑩釋然：指怒氣消除。
⑪機悟：機警聰明。

【譯文】

王敦率領軍隊將到朱雀橋。明帝親自到了中堂駐軍之地。當時温嶠擔任丹陽尹，明帝命他拆斷朱雀橋，可是朱雀橋卻沒有斷，明帝瞪起眼睛大怒，左右隨從沒有不害怕的。明帝召集大臣們來，温嶠來了卻不謝罪，只是索要酒肉。王導過一會兒來了，他赤腳過來伏在地上謝罪說：「皇上天顏震怒，就使得温嶠沒有機會能夠謝罪了。」温嶠於是乘機跪拜謝罪，明帝這才消除了怒氣。大臣們都讚歎王導說的話是機警有悟性的名言。

六

郗司空在北府①，桓宣武惡其居兵權②。郗於事機素暗③，遣箋詣桓④：「方欲共獎王室⑤，修復園陵。」世子嘉賓出行⑥，於道上聞信至，急取箋，視竟，寸寸毀裂，便回。還更作箋，自陳老病，不堪人間⑦，欲乞閑地自養。宣武得箋大喜，即詔轉公督五郡、會稽太守⑧。

【注釋】

①郗司空：郗愔。北府：東晉時京口的別稱。當時郗愔兼任徐、兗二州刺史，移鎮京口。

②桓宣武：桓温。

③事機：指事勢機巧。素：素來，一向。暗：昏暗不明。

④箋：書信。

⑤獎：指輔助。

⑥世子：古代天子、諸侯的嫡長子之稱。郗愔襲爵南昌郡公，故稱其長子郗超為世子。嘉賓：郗超，時任桓温手下參軍之職。

⑦人間：指世事，擔任官職。

⑧轉：調任。

**【譯文】**

郗愔在京口時，桓温憎惡他掌握兵權。郗愔對於事勢機巧等一向糊裏糊塗，他派人送信給桓温説：「正要與你共同輔助王室，修復先帝的陵園。」他的長子郗超出門在外，在路上聽説信使來了，便急忙拿過信，看完後，把信撕得粉碎後便回去，重新代寫了一封信，陳述自己年老多病，難以承受世事，只想求一塊清閑之地來養老。桓温看到這封信後非常高興，立即代擬詔書調動郗愔擔任都督五郡軍事及會稽太守的職務。

## 七

王東亭作宣武主簿①，嘗春月與石頭兄弟乘馬出郊②。時彥同遊者連鑣俱進③，唯東亭一人常在前，覺數十步④，諸人莫之解。石頭等既疲倦，俄而乘輿回⑤，諸人皆似從官⑥，唯東亭奕奕在前⑦，其悟捷如此。

【注釋】

①王東亭：王珣。宣武：桓溫。
②石頭：桓遐，桓溫長子，小字石頭，後官至豫州刺史。
③時彥：當時的名流。彥，有才學之士。連鑣（biāo）：並轡。鑣，馬嚼子，指馬。
④覺：通「較」，相差。
⑤俄而：一會兒，不久。
⑥從官：下屬官吏，侍從官。
⑦奕奕：神采煥發的樣子。

【譯文】

王珣擔任桓溫主簿時，曾在春天裏與桓遐兄弟騎馬到郊外遊玩。當時名流並轡與他們同遊並進，只有王珣一人常常在前面，相差幾十步的距離，大家都不理解他為什麼如此。桓遐兄弟等人玩得疲倦了，一會兒就乘車子回來了，同行的名士們都像隨從官一樣跟在後面，只有王珣神采煥發地在前面，他的敏捷穎悟往往如此。

# 夙惠第十二

【題解】

夙惠，指早惠。從古至今，為人父母者大多殷切期望子女出人頭地，伴隨着這種期望，很多兒童早惠的故事也就隨之產生。其實，天才未必早惠，大器多半晚成。望子成龍的心情太過急切，結果往往適得其反。歷史上很多兒童早惠的故事不過是人為附會而成，或者是言者無心、聽者有意的結果。本篇共有七則。

一

賓客詣陳太丘宿①，太丘使元方、季方炊②。客與太丘論議，二人進火，俱委而竊聽③，炊忘着箄④，飯落釜中。太丘問：「炊何不餾⑤？」元方、季方長跪曰⑥：「大人與客語，乃俱竊聽，炊忘着箄，飯今成糜⑦。」太丘曰：「爾頗有所識不⑧？」

對曰：「仿佛志之⑨。」二子俱說，更相易奪⑩，言無遺失。太丘曰：「如此，但糜自可，何必飯也！」

【注釋】

①陳太丘：陳寔。
②元方：陳紀。季方：陳諶。
③委：捨棄，抛開。
④着箄（bì）：放置蒸飯用的竹製盛器。着，放置。箄，竹製的蒸飯用的盛器。
⑤餾：指先將米下水煮，再撈出來蒸熟。
⑥長跪：挺直上身而跪。
⑦糜（mí）：粥。
⑧識（zhì）：記住。
⑨仿佛：大略。
⑩易奪：訂正補充。

【譯文】

賓客拜訪陳寔，住宿在他家，陳寔叫兒子陳紀、陳諶燒火做飯。客人與陳寔正在談論，二人燒上火後，就跑開了去偷聽，蒸飯時忘了放上竹箄，飯全都掉落在了蒸鍋裏。陳寔問：「做飯為什麼不撈出來蒸呢？」兩個兒子挺身跪着説：「大人與客人説話，我們倆都在偷聽，所以做飯時忘了放竹箄了，乾飯現在成了粥了。」陳寔説：「你們還記得些什麼嗎？」兩人答道：「大概記得。」他們便一起敍説，互相訂正補充，把聽到的話毫無遺漏地説出來了。陳寔説：「既然這樣，只要粥就可以了，何必要吃飯呢！」

## 二

何晏七歲，明惠若神①，魏武奇愛之②。因晏在宮內③，欲以為子。晏乃畫地令方④，自處其中。人問其故，答曰：「何氏之廬也。」魏武知之，即遣還。

**【注釋】**

①明惠：聰明。惠，通「慧」。
②魏武：曹操。奇：極，很。
③晏在宮內：何晏父死後，曹操娶何晏母尹氏為夫人，並收養何晏。
④畫地令方：在地上畫成方形。令方，使其成方形。

【譯文】

何晏七歲時，聰明過人如有神助，曹操非常喜歡他。因為何晏長在宮裏，所以曹操想認他為子。何晏就在地上畫了一個方形框框，自己待在裏面。有人問他緣故，他答道：「這是何家的房屋。」曹操知道這事後，立即把他送回了家。

三

晉明帝數歲①，坐元帝膝上②。有人從長安來，元帝問洛下消息③，潸然流涕④。明帝問何以致泣，具以東渡意告之⑤。因問明帝：「汝意謂長安何如日遠？」答曰：「日遠。不聞人從日邊來，居然可知⑥。」元帝異之。明日，集羣臣宴會，告以此意，更重問之。乃答曰⑦：「日近。」元帝失色曰：「爾何故異昨日之言邪？」答曰：「舉目見日，不見長安。」

【注釋】

①晉明帝：司馬紹。晉元帝之子，東晉第二位皇帝，在位三年。

②元帝：司馬睿，本為西晉王室，八王之亂後渡江南下，於公元三一七年被王導等人擁立為帝，建都建康。

③洛下：指洛陽。
④潸然：流淚的樣子。
⑤東渡：指西晉末年，司馬睿東渡長江，西晉亡後在建康（今江蘇南京）重建政權，延續司馬氏統治之事。
⑥居然：顯然。
⑦乃：竟。

【譯文】

晉明帝只有幾歲的時候，坐在元帝膝上。有人從長安來，元帝就問詢洛陽方面的消息，不由流下了眼淚。明帝問為什麼會流淚，元帝就把西晉滅亡東渡南下的事告訴他。於是元帝就問明帝：「你認為長安與太陽相比哪裏更遠？」明帝答道：「太陽更遠。沒聽說有人從太陽那邊來，這是很明顯就知道的。」元帝對他的回答感到驚異。第二天，元帝召集羣臣舉行宴會，把明帝說的話告訴他們，又重新問明帝。明帝竟答道：「太陽比長安近。」元帝聽了大驚失色說：「你為什麼與昨天說的不一樣呢？」明帝說：「抬頭張眼就能見到太陽，卻見不到長安。」

## 四

司空顧和與時賢共清言[1]，張玄之、顧敷是中外孫[2]，年並七歲，在牀邊戲。

於時聞語，神情如不相屬③。瞑於燈下④，二兒共敘客主之言，都無遺失。顧公越席而提其耳曰：「不意衰宗復生此寶⑤。」

【注釋】

①清言：清談。

②中外孫：孫子和外孫。兒子所生為中，女兒所生為外。

③相屬：彼此關注。屬，關注。

④瞑：閉目。

⑤衰宗：謙稱自己家族為衰落之家族。

【譯文】

司空顧和與當代名流共同清談，張玄之、顧敷是他的外孫、孫子，年齡都是七歲，正在坐榻旁玩耍。當時聽他們說話，神情似乎毫不關注。當顧和在燈下閉目養神時，兩個孩子一起敘述客人與主人的對話，一句也沒漏。顧和離開坐席提提他們的耳朵說：「想不到我們這個衰落的家族又生出了這樣的寶貝。」

## 五

韓康伯數歲①，家酷貧，至大寒，止得襦②。母殷夫人自成之，令康伯捉熨斗③，謂康伯曰：「且着襦，尋作複褌④。」兒云：「已足，不須複褌也。」母問其故，答曰：「火在熨斗中而柄熱，今既着襦，下亦當暖，故不須耳。」母甚異之，知為國器⑤。

【注釋】

①韓康伯：韓伯字康伯，善言玄理，官至丹陽尹、吏部尚書，死後贈太常。
②襦（rú）：短襖。
③捉：拿，握。
④複褌（kūn）：夾褲。褌，有襠的褲。
⑤國器：治國之才。

【譯文】

韓伯只有幾歲的時候，家裏極為貧窮，到了大冷天時，只能穿一件短襖。他母親殷夫人親自縫製短襖時，叫韓伯拿着熨斗，對韓伯說：「你暫時先穿短襖，隨後就給你做夾褲。」韓伯說：「已經夠了，不需要夾褲了。」母親問他什麼原因，他回答說：「火在熨斗裏面，但是熨斗的柄也是熱的，現在我已經穿上短襖了，下身也應當是暖和的，所以不需要再穿夾褲了。」母親對他的話深感驚異，認為兒子具有治國之才。

## 六

晉孝武年十二[①]，時冬天，晝日不着複衣[②]，但着單練衫五六重[③]，夜則累茵褥[④]。謝公諫曰[⑤]：「聖體宜令有常[⑥]。陛下晝過冷，夜過熱，恐非攝養之術[⑦]」。帝曰：「晝動夜靜。」謝公出歎曰：「上理不減先帝[⑧]。」

### 【注釋】

①晉孝武：司馬曜，東晉第九位皇帝。
②複衣：夾衣。
③單練衫：單層白絹上衣。練，白色熟絹。衫，上衣。
④累：重疊。茵褥：墊褥。
⑤謝公：謝安。
⑥常：規律。

⑦攝養：調理保養。

⑧理：指玄理。先帝：去世的皇帝，指簡文帝。

【譯文】

晉孝武帝十二歲那年，在冬天時，白天不穿夾衣，只穿五六層白絹單衣，夜裏睡覺時卻鋪上好幾層墊褥。謝安勸諫說：「皇上保養聖體應當有規律。陛下白天過冷，夜晚過熱，恐怕不是調理保養的辦法。」孝武帝說：「白天活動不覺冷，夜晚靜臥則需熱。」謝安出來後感歎道：「皇上談論玄理不亞於先帝。」

## 七

桓宣武薨①，桓南郡年五歲②，服始除③，桓車騎與送故文武別④，因指語南郡：「此皆汝家故吏佐⑤。」玄應聲慟哭，酸感傍人⑥，車騎每自目己坐曰：「靈寶成人⑦，當以此坐還之。」鞠愛過於所生⑧。

【注釋】

①桓宣武：桓溫。薨（hōng）：指高品級官員之死。

②桓南郡：桓玄，桓溫子，襲封南郡公。

③服始除：服喪期滿，脱去喪服。服，喪服。

④桓車騎：桓沖（三二八—三八四），字幼子，桓溫弟，東晉時官至車騎將軍。謝安執政，出鎮京口（今江蘇鎮江）等地，與謝安協力防禦前秦。送故：指送喪。

⑤故吏佐：舊部屬。

⑥酸：悲痛。傍人：別人。

⑦靈寶：桓玄小字。

⑧鞠愛：撫育愛護。

**【譯文】**

桓溫死時，桓玄才五歲，喪服剛剛脱去，桓沖與送喪的文武官員們道別，便指着他們對桓玄説：「這些人都是你家的舊部屬。」桓玄聽了隨聲痛哭，悲痛之情感人。桓沖常看着自己的座位説：「等桓玄長大成人，我要把這個座位還給他。」撫育愛護之情超過自己的親生孩子。

# 豪爽第十三

【題解】

豪爽，指性格豪邁、行事爽快。豪爽是一種氣度，是性情的自然流露，展現的是魏晉士人開闊之胸襟與器宇軒昂之氣概。魏晉名士追求無拘無束的「任自然」狀態，豪爽成為人們欣賞的主要品性之一。本篇共有十三則，其中六則與王敦有關，如王敦擊鼓時「神氣豪上，傍若無人，舉坐歎其雄爽」，描寫栩栩如生，如見其人。

一

王大將軍年少時①，舊有田舍名②，語音亦楚③。武帝喚時賢共言伎藝事④，人皆多有所知，唯王都無所關⑤，意色殊惡⑥。自言知打鼓吹⑦，帝令取鼓與之。於坐振袖而起，揚槌奮擊，音節諧捷⑧，神氣豪上⑨，傍若無人，舉坐歎其雄爽⑩。

【注釋】

①王大將軍：王敦。

②田舍：指鄉巴佬、莊稼漢，有輕視意。

③楚：指傖俗，粗俗。宋書長沙景王道憐傳：「道憐素無才能，言音甚楚。」

④伎藝：技能，才藝。

⑤關：關涉。

⑥意色：表情神色。

⑦鼓吹：指鼓，擊鼓。

⑧諧捷：和諧快速。

⑨豪上：豪邁向上。

⑩雄爽：雄壯豪爽。

【譯文】

王敦年輕時，向來有鄉巴佬的名聲，語音也粗俗。晉武帝召喚當時名流共同談論技能才藝之事，別人都知道很多，只有他毫無關聯，所以表情神色非常不好。他説自己懂得擊鼓，晉武帝就叫人拿鼓給他。他於是從座位上揮袖而起，拿起鼓槌奮力擊打，音節和諧快速，神氣豪邁向上，旁若無人，滿座人都讚歎他雄壯豪爽。

二

王處仲①，世許高尚之目②，嘗荒恣於色③，體為之弊④。左右諫之，處仲曰：「吾乃不覺爾，如此者甚易耳！」乃開後⑤，驅諸婢妾數十人出路，任其所之，時人歎焉。

【注釋】

①王處仲：王敦。

②許：讚許。目：品評，評價。

③荒恣：放縱。

④弊：疲困。

⑤後：內室小樓，女子妾婦所居。

【譯文】

王敦這人，當時人對他有高尚的評價，他曾經放縱於女色，身體為此疲乏困頓。左右人勸諫他，王敦說：「我竟然沒有察覺到問題，如果是這樣的話很容易解決！」於是就打開後閣小樓，把幾十個婢妾趕上路，隨便她們到哪裏去，當時人都對他的做法歎服。

三

王大將軍自目①：「高朗疏率②，學通左氏③。」

【注釋】

①王大將軍：王敦。

②高朗：高尚爽朗。疏率：疏放真率。

③左氏：指春秋左氏傳，相傳為春秋時魯國人左丘明著，是「春秋三傳」之一，保存了大量珍貴史料。

【譯文】

王敦自我評論：「高尚爽朗，疏放真率，學問上精通春秋左氏傳。」

四

王處仲每酒後①，輒詠「老驥伏櫪，志在千里。烈士暮年，壯心不已」②。以如意打唾壺③，壺口盡缺。

【注釋】

①王處仲：王敦。

②「老驥伏櫪」四句：所引詩句出自曹操步出夏門行龜雖壽。驥，千里馬。櫪，馬廄。烈士，胸懷壯志者。壯心，雄心。不已，不止。

③如意：器物名。用竹、玉、骨等製成，頭作靈芝或雲葉形，柄微曲，供搔背或賞玩等用。唾壺：痰盂。

【譯文】

王敦每次喝酒以後，總是吟詠曹操「老驥伏櫪，志在千里。烈士暮年，壯心不已」的詩句。並用如意打唾壺，壺口被打得都是缺口。

五

晉明帝欲起池台①，元帝不許②。帝時為太子，好武養士，一夕中作池，比曉便成③。今太子西池是也。

【注釋】

①晉明帝：司馬紹。池台：池沼台榭等遊玩之所。

②元帝：司馬睿，明帝之父。

③比曉：等到天亮。

【譯文】

晉明帝想建造池沼台榭，晉元帝不同意。明帝當時還是太子，喜歡養一些武士，就讓他們用一個晚上修池，等到天亮就造成了。這就是現在的太子西池。

## 六

王大將軍始欲下都處分樹置[①]，先遣參軍告朝廷[②]，諷旨時賢[③]。祖車騎尚未鎮壽春[④]，瞋目厲聲語使人曰[⑤]：「卿語阿黑[⑥]，何敢不遜[⑦]！催攝面去[⑧]，須臾不爾[⑨]，我將三千兵槊腳令上[⑩]！」王聞之而止。

## 【注釋】

①王大將軍：王敦。下都：指從武昌沿長江東下至東晉都城建康。處分樹置：安排處置，此處指重新設置安排東晉朝廷部門官職。

②參軍：王敦軍府之屬官。

③諷旨：以委婉的語言暗示意圖。時賢：當時的名流賢達。

④祖車騎：祖逖。壽春：今安徽壽州。

⑤瞋（chēn）目：瞪大眼睛以示憤怒。

⑥阿黑：王敦之小字。

⑦遜：恭順。

⑧催攝：指快速。面：通「偭」，背向，轉面。

⑨不爾：不是如此。

⑩將：率領。槊（shuò）：長矛，這裏用作動詞，指戳、刺。

## 【譯文】

王敦原要沿江東下到京都，對朝政之事作安排處置，便先派參軍去報告朝廷，向當時的名流暗示自己的意圖。祖逖當時還沒有鎮守壽春，便瞪大眼睛聲色俱厲地對使者說：「你去告訴阿黑，他怎麼敢如此不恭！叫他速速回去，如果稍有耽誤不照辦，我就率領三千兵馬刺他的腳後跟，趕他回去！」王敦聽後就停止了東下京都之舉。

七

庾稚恭既常有中原之志[1]，文康時[2]，權重未在已。及季堅作相[3]，忌兵畏禍，與稚恭歷同異者久之[4]，乃果行。傾荊、漢之力[5]，窮舟車之勢，師次於襄陽[6]，大會參佐[7]，陳其旌甲[8]，親授弧矢曰[9]：「我之此行，若此射矣！」遂三起三疊[10]。徒眾屬目，其氣十倍。

**【注釋】**

①庾稚恭：庾翼字稚恭，庾亮之弟，亮死後，授安西將軍、荊州刺史，代替庾亮鎮守武昌。中原之志：指恢復中原的志向。

②文康：庾亮死後之謚號。

③季堅：庾冰，庾亮之弟，庾翼之兄。

④同異：偏義複詞，偏指「異」。

⑤荊、漢：指荊州地區和漢水流域。

⑥次：駐紮。襄陽：今湖北襄陽。

⑦參佐：下屬。

⑧陳：陳列。

⑨弧矢：弓箭。

⑩三起三疊：指三發三中。起，古時以發射為起。疊，指擊鼓。古時閱兵射箭中的以擊鼓為號。

【譯文】

庾翼早就有收復中原的志向，庾亮執政時，兵權不在他自己手裏。等到庾冰作丞相時，顧忌出兵惹來禍亂，與庾翼持不同意見很久，最後才發兵北伐。庾翼傾盡荊州地區和漢水流域的全部兵力，發動所有車船，出兵駐紮在襄陽，大會部屬，陳列旗幟與甲士，親自拿起弓箭來説：「我這次出征就像這回射箭一樣！」説畢便三發三中。部屬注目，士氣為之高昂，十倍於前。

## 八

桓宣武平蜀①，集參僚置酒於李勢殿②，巴、蜀縉紳莫不來萃③。桓既素有雄情爽氣，加爾日音調英發④，敍古今成敗由人，存亡繫才。其狀磊落⑤，一坐歎賞。既散，諸人追味餘言。於時尋陽周馥曰⑥：「恨卿輩不見王大將軍⑦。」

【注釋】

①平蜀：指桓温平定成漢事。晉穆帝永和二年（三四六），桓温率晉軍伐蜀，次年，成漢李勢投降。

②李勢：成漢第二代國主，降晉，封歸義侯。

③縉紳：指官僚士大夫。萃：聚集。

④爾日：這天。英發：英武奮發。

⑤磊落：形容人的狀貌英武，氣概不凡的樣子。

⑥周馥：周馥，字湛隱，曾為王敦的屬官，東晉尋陽（今江西九江）人。

⑦王大將軍：王敦。

【譯文】

桓溫平定蜀地以後，召集部下僚屬在李勢的宮殿上置辦酒席，巴、蜀地區的官僚士大夫全都來參與聚會。桓溫本來就有雄壯豪爽的氣概，加上這天說話的音調英武奮發，談論古往今來的成敗取決於人，人才的優劣關係到國家的存亡等等。當時桓溫的狀貌英武，氣概不凡，滿座的人都感歎讚賞。酒宴雖散，大家還在追憶回味他的言論。這時尋陽周馥說：「遺憾的是你們沒有見到過王大將軍。」

## 九

**桓公讀高士傳①，至於陵仲子便擲去②，曰：「誰能作此溪刻自處③！」**

【注釋】

①桓公：桓溫。高士傳：晉皇甫謐撰，記載古代隱逸高士的生平事跡，原書已失傳，後世有輯本。

②於（wū）陵仲子：陳仲子，字子終，戰國齊國高士。其兄相齊，他認為其兄食祿不義，避於楚，隱居於陵，號於陵仲子。楚王欲聘為相，攜妻逃走，為人灌園，自食其力。

③溪刻：苛刻。處：對待。

【譯文】

桓温讀高士傳時，讀到於陵仲子的事跡就把書丟開了，説：「誰能做出這樣苛刻對待自己的事！」

## 一〇

桓石虔①，司空豁之長庶也②，小字鎮惡。年十七八，未被舉③，而童隸已呼為鎮惡郎④。嘗住宣武齋頭⑤。從征枋頭⑥，車騎沖沒陳⑦，左右莫能先救。宣武謂曰：「汝叔落賊，汝知不？」石虔聞之，氣甚奮⑧。命朱辟為副⑨，策馬於數萬眾中，莫有抗者，徑致沖還⑩，三軍歎服。河朔後以其名斷瘧⑪。

【注釋】

①桓石虔：小字鎮惡，桓温之姪。有才幹，矯捷勇武，東晉時官至豫州刺史。

②司空豁：桓豁，字朗子，桓温之弟。東晉時官至荊州刺史，死後贈司空。長（zhǎng）庶：指妾

所生子中的長子。

③舉：指正式承認身份地位。當時看重門第，並嚴分長庶。庶出者須經其父正式承認方能確立身份。

④童隸：僕役。童，即僮，奴僕。郎：奴僕對主人的稱呼。

⑤宣武：桓温。齋頭：卧室、書房。

⑥枋頭：地名，在今河南浚縣西南。

⑦車騎沖：桓沖曾官車騎將軍。沒（mò）陳（zhèn）：陷入敵陣，陳同「陣」。

⑧奮：振奮。

⑨朱辟：生平不詳，桓石虔的副將。

⑩徑：徑直。

⑪河朔：指黃河以北地區。

## 【譯文】

桓石虔是司空桓豁的庶出長子，小字鎮惡。到了十七八歲時，還沒有被正式承認身份，但是家裏的奴僕都已稱他為鎮惡郎了。他曾經住在桓温家中。後隨桓温北征至枋頭，車騎將軍桓沖陷入敵陣，左右將士沒有人能搶先去救他。桓温對石虔說：「你叔叔陷落在賊寇陣中，你知道嗎？」石虔聽到後，氣勢非常振奮。他命令朱辟為副將，就策馬在數萬敵軍中馳騁，沒人能夠抵擋他，徑直把桓沖救了回來，三軍將士無不歎服。河朔地區後來即用他的名字來驅逐瘧疾鬼。

## 一一

陳林道在西岸①，都下諸人共要至牛渚會②。陳理既佳③，人欲共言折④，陳以如意拄頰⑤，望雞籠山歎曰⑥：「孫伯符志業不遂⑦！」於是竟坐不得談⑧。

**【注釋】**

①陳林道：陳逵，時任淮南太守。

②都下：指京都建康。要：邀請。牛渚：山名，在今安徽當塗西北，山腳突入長江部分稱采石磯。

③陳理：陳逵所談論的玄理。

④言折：用言論使其折服。

⑤拄：支撐。

⑥雞籠山：在今江蘇南京西北，山形如雞籠，故名。

⑦孫伯符：孫策（一七五—二〇〇），字伯符，吳郡富春（今浙江富陽）人，乘亂佔據江東，為吳國的建立奠定基業。遂：成功。

⑧竟坐：滿座。

**【譯文】**

陳逵駐守在長江西岸時，京都的友人們一起相約到牛渚山來聚會。陳逵所談的玄理佳妙，大家都想用言論使其折服，陳逵用如意撐住臉頰，望着雞籠山感歎說：「孫伯符的志向、事業都沒有成功！」於是滿座的人都談不下去了。

## 一二

**王司州在謝公坐[①]，詠「入不言兮出不辭，乘回風兮載雲旗」[②]。語人云：「當爾時[③]，覺一坐無人。」**

**【注釋】**

①王司州：王胡之，字修齡，王廙之子，官至司州刺史。謝公：謝安。

②「入不言兮」二句：屈原離騷九歌少司命中的兩句詩，寫少司命與戀人匆匆定情之後，既沒有說話，也不及告辭，就乘着旋風，駕着雲旗飄然而去。

③爾時：此時。

**【譯文】**

王胡之在謝安處做客時，吟詠「入不言兮出不辭，乘回風兮載雲旗」詩句。他對人說：「當這個時候，我感覺滿座空無一人。」

## 一三

桓玄西下，入石頭①，外白司馬梁王奔叛②。玄時事形已濟③，在平乘上笳鼓並作④，直高詠云⑤：「簫管有遺音，梁王安在哉⑥？」

## 【注釋】

①桓玄西下，入石頭：指桓玄於晉安帝永興元年（四〇二）作亂，第二年年底稱帝，入京都建康石頭城。

②白：稟告，報告。司馬梁王：司馬珍之，字景度，晉宗室，封梁王。奔叛：逃亡，逃跑。

③事形：形勢。濟：成。

④平乘：一種大船。笳：胡笳，類似笛子，我國北方民族的一種樂器。

⑤直：直接，徑直。

⑥「簫管有遺音」二句：阮籍詠懷詩三十一詩句。全詩憑弔戰國時魏國的古跡吹台，借古喻今，感慨時政腐敗。簫管，管樂器。遺音，指戰國魏時流傳下來的音樂。梁王，戰國魏王。因魏都大梁，故稱魏王為梁王。

## 【譯文】

桓玄西下，進入石頭城，外面報告說司馬梁王逃跑了。桓玄當時認為已經大功告成，便在大船上吹笳擊鼓，笳鼓之聲大作，徑自高聲吟詠阮籍的詩句：「至今簫管吹奏的音樂還留有戰國魏時的樂聲，可是梁王到如今又在哪裏呢？」

# 容止第十四

【題解】

容止，指人的儀容舉止。魏晉時期伴隨着人的自我意識的覺醒，士人講究儀容儀表和舉止風度，尤其注重精神內在美。一些在現代人眼裏看似大膽的舉動，可以很形象地刻畫出魏晉士人的時尚風氣。本篇共有三十九則，敍述的對象均為男子，生動具體地反映了魏晉士人的審美情趣。

一

魏武將見匈奴使①，自以形陋，不足雄遠國②，使崔季珪代③，帝自捉刀立牀頭④。既畢，令間諜問曰：「魏王何如？」匈奴使答曰：「魏王雅望非常⑤，然牀頭捉刀人，此乃英雄也。」魏武聞之，追殺此使。

【注釋】

①魏武：曹操。匈奴：古代北方的少數民族。
②雄：稱雄，威懾。
③崔季珪：崔琰，字季珪，三國魏東武城（今山東武城西）人，眉目疏朗，鬚長四尺，有威儀，先事袁紹，後歸曹操，終被曹操賜死。
④帝：指曹操。捉刀：握刀。
⑤雅望：高雅的儀容風采。

【譯文】

曹操將要接見匈奴使者，自認為相貌醜陋，不足以在遠方國家的使者面前稱雄，便讓崔琰來代替，自己就握刀站在牀榻旁。接見過後，派間諜去問道：「魏王怎麼樣？」匈奴使者回答說：「魏王高雅的儀容風采非同尋常，但是牀榻旁的握刀人，這才是真英雄啊。」曹操聽了這話，派人追殺這位使者。

二

何平叔美姿儀①，面至白。魏明帝疑其傅粉②，正夏月，與熱湯餅③。既啖④，大汗出，以朱衣自拭，色轉皎然⑤。

【注釋】

①何平叔：何晏。

②魏明帝：曹叡字元仲，三國魏第二代君主，文帝曹丕之子。但據時代考證，此處當為魏文帝曹丕。傅：通「敷」。

③湯餅：指湯麪。

④噉：吃。

⑤皎然：潔白的樣子。

【譯文】

何晏姿態儀容很美，臉很白皙。明帝懷疑他搽了粉，正當夏天，就給他吃熱湯麪。何晏吃完後，出了大汗，便用朱紅色官服揩拭，臉色更加潔白了。

三

魏明帝使后弟毛曾與夏侯玄共坐①，時人謂「蒹葭倚玉樹」②。

【注釋】

①魏明帝：曹叡。毛曾：魏明帝毛皇后之弟，官駙馬都尉、散騎侍郎。夏侯玄：字太初，魏征西

將軍，為當時宗室外戚，門第顯赫。

②蒹葭（jiān jiā）：蘆葦一類草本植物，比喻微賤的人。玉樹：傳說中的仙樹，比喻姿容美好、才能出眾的人。

【譯文】

魏明帝讓皇后的弟弟毛曾與夏侯玄坐在一起，當時人認為是「蘆葦倚靠着玉樹」。

四

時人目夏侯太初「朗朗如日月之入懷」①，李安國「頹唐如玉山之將崩」②。

【注釋】

①夏侯太初：夏侯玄。朗朗：明亮的樣子。

②李安國：李豐，字安國，三國魏時仕至中書令，後為司馬昭所殺。頹唐：精神萎靡不振的樣子。玉山：比喻儀容美好如美玉之山。

【譯文】

當時人品評夏侯玄「容貌光彩照人像日月投入懷抱」，李豐則「精神萎靡不振如玉山將要崩塌」。

## 五

嵇康身長七尺八寸，風姿特秀。見者歎曰：「蕭蕭肅肅①，爽朗清舉②。」或云：「肅肅如松下風③，高而徐引④。」山公曰⑤：「嵇叔夜之為人也，巖巖若孤松之獨立⑥；其醉也，傀俄若玉山之將崩⑦。」

### 【注釋】

①蕭蕭肅肅：形容風度瀟灑嚴整的樣子。

②清舉：清高脫俗的樣子。

③肅肅：形容風聲暢快有力的樣子。

④高而徐引：高遠而綿長。

⑤山公：山濤。

⑥巖巖：高大威武的樣子。

⑦傀（guī）俄：通「巍峨」，山高峻的樣子。

### 【譯文】

嵇康身高七尺八寸，風度容貌出眾美好。看到的人都讚歎道：「他風度瀟灑嚴正，爽朗清高脫俗。」有人說：「他暢快有力猶如颯颯作響的松下之風，高遠而綿長。」山濤說：「嵇康的為人，高大威武像孤松昂然獨立的樣子；喝醉酒時，如高峻的玉山將要崩塌的樣子。」

## 六

裴令公目王安豐①：「眼爛爛如巖下電②。」

### 【注釋】

①裴令公：裴楷。王安豐：王戎，封安豐縣侯，故稱。

②爛爛：明亮的樣子。電：閃電。

### 【譯文】

裴楷品評王戎：「他眼睛炯炯有神，就像山巖下的閃電。」

## 七

潘岳妙有姿容，好神情①。少時挾彈出洛陽道②，婦人遇者，莫不連手共縈之③。左太沖絕醜④，亦復效岳遊遨⑤。於是羣嫗齊共亂唾之⑥，委頓而返⑦。

### 【注釋】

①神情：神態風度。

②彈：彈弓。

③連手：拉起手來。縈：圍繞。

④左太沖：左思，字太沖，貌醜口訥而善著文。

⑤遊遨：遊玩。

⑥嫗（yù）：婦人。

⑦委頓：疲乏困頓。

【譯文】

潘岳有美好的姿態風度。少年時帶着彈弓走在洛陽的街道上，婦女們遇到他，全都手拉手圍觀他。左思相貌極醜，也仿效潘岳出遊。結果婦女們都朝他吐唾沫，左思萎靡不振地回去了。

## 八

**王夷甫容貌整麗①，妙於談玄②。恆捉白玉柄麈尾③，與手都無分別④。**

【注釋】

①王夷甫：王衍。整麗：端正美好。

②妙：精熟，擅長。

③麈尾：形似扇，以麈（鹿類動物）尾製成的拂塵。六朝名士談玄時手持麈尾以助談，後相習成俗。

④都：完全。

**【譯文】**

王衍容貌端正美好，擅長談論玄理。常拿着白玉柄的麈尾，那白玉的顏色與手完全沒有分別。

## 九

潘安仁、夏侯湛並有美容①，喜同行，時人謂之「連璧」②。

**【注釋】**

①潘安仁：潘岳。

②連璧：雙璧，兩塊玉璧並列。璧，扁圓形中心有孔的玉飾，也泛指玉。

**【譯文】**

潘岳、夏侯湛都有漂亮的容貌，喜歡一起出行，當時人稱他們為「連在一起的玉璧」。

## 一〇

裴令公有俊容姿①，一旦有疾，至困，惠帝使王夷甫往看②。裴方向壁卧，聞王使至，強回視之。王出，語人曰：「雙眸閃閃若巖下電③，精神挺動④，體中故小惡⑤。」

### 【注釋】

①裴令公：裴楷。

②王夷甫：王衍。

③巖下電：巖下的閃電。

④挺動：指精神靈活。

⑤惡：指疾病。

### 【譯文】

裴楷有俊美的容貌，有一天生病，到了很重的程度，晉惠帝派王衍去看望。裴楷正面向牆壁躺着，聽到使者王衍來了，勉強回過頭來看他。王衍出來後，對人説：「他雙眼閃閃發光如巖下之閃電，而精神靈活，體內確有小恙。」

## 一一

有人語王戎曰：「嵇延祖卓卓如野鶴之在雞羣①。」答曰：「君未見其父耳。」

【注釋】

①嵇延祖：嵇紹，字延祖，嵇康之子。卓卓：突出的樣子。

【譯文】

有人對王戎說：「嵇紹就像野鶴在雞羣當中一樣突出。」王戎答道：「您還沒有見過他的父親啊。」

## 一二

裴令公有儁容儀①，脫冠冕②，粗服亂頭皆好③。時人以為「玉人」。見者曰：「見裴叔則，如玉山上行，光映照人。」

【注釋】

①裴令公：裴楷。

②冠冕：禮帽。

③粗服亂頭：粗劣的衣服，蓬亂的頭髮，形容儀容不整的樣子。

【譯文】

裴楷有美好的容貌儀表，就算是摘掉禮帽，儀容不整的時候也很好看。當時人認為是「玉人」。見到他的人說：「見到裴叔則，就像在玉山上行走，光彩照人。」

一三

**劉伶身長六尺，貌甚醜悴①，而悠悠忽忽②，土木形骸③。**

【注釋】

①醜悴：醜陋憔悴。
②悠悠忽忽：酒醉迷離、飄乎自在的樣子。悠悠，飄忽無定。忽忽，不經意的樣子。
③土木：指不加修飾。形骸：指人的身體軀殼。

【譯文】

劉伶身高六尺，容貌非常醜陋憔悴，而且神情悠然恍惚，形體如土木般質樸無華。

一四

驃騎王武子是衛玠之舅①，俊爽有風姿②。見玠，輒歎曰：「珠玉在側，覺我形穢③。」

【注釋】

①驃騎：將軍名號。王武子：王濟，晉司徒王渾之子，少有才華，善清談，為當世名士。
②俊爽：俊美豪爽。
③形穢：指相貌醜陋。

【譯文】

驃騎將軍王濟是衛玠的舅父，長得俊美而豪爽，而且風采不凡。他見到衛玠，總是歎說：「珠玉就在我身旁，我覺得自己的相貌很醜陋。」

一五

有人詣王太尉①，遇安豐、大將軍、丞相在坐②；往別屋，見季胤、平子③。還，語人曰：「今日之行，觸目見琳琅珠玉④。」

**【注釋】**

①王太尉：王衍。

②安豐：王戎。大將軍：王敦。丞相：王導。

③季胤：王詡，字季胤，王衍之弟，官至修武令。平子：王澄，字平子，王衍之弟，官至荊州刺史。

④觸目：目光所及。琳琅：美玉，比喻王氏諸兄弟儀容美好，光彩照人。

**【譯文】**

有人去拜訪王衍，遇見王戎、王敦、王導在座；到另一間屋裏去，又見到王詡、王澄。回來後，他對人說：「今天這一次出去，滿眼見到的都是珠寶美玉。」

## 一六

王丞相見衞洗馬曰①：「居然有羸②，雖復終日調暢③，若不堪羅綺④。」

**【注釋】**

①王丞相：王導。衞洗馬：衞玠，因任太子洗馬，故稱。衞玠瘦弱多病，死時僅二十七歲。

②居然：顯然。羸：瘦弱的樣子。
③雖復：雖然。調暢：指調養身體。
④不堪：不能承受。羅綺：以輕而軟的絲織品做的衣服。

**【譯文】**

王導見到衛玠後說：「他顯然很瘦弱的樣子，雖然整天調養身體，但好像連輕軟的絲綢衣服也承受不起似的。」

## 一七

**王大將軍稱太尉[①]：「處眾人中，似珠玉在瓦石間。」**

**【注釋】**

①王大將軍：王敦。太尉：王衍，為王敦從兄，才貌出眾。

**【譯文】**

王敦稱賞王衍：「他處在眾人中間，就像是珍珠寶玉在瓦片石頭中間一樣。」

## 一八

庾子嵩長不滿七尺①，腰帶十圍②，頹然自放③。

【注釋】

①庾子嵩：庾敳，字子嵩，侍中庾峻之子，雅好老、莊，富有度量，官至豫州刺史。

②圍：量詞，指兩手拇指與食指合攏的長度。

③頹然自放：鬆弛自然、自由放縱的樣子。

【譯文】

庾敳身高不足七尺，腰帶倒有十圍之粗，一副意氣瀟灑、自由放縱的樣子。

## 一九

衞玠從豫章至下都①，人久聞其名，觀者如堵牆②。玠先有羸疾③，體不堪勞，遂成病而死。時人謂「看殺衞玠」。

【注釋】

①豫章：郡名，治所在今江西南昌。下都：指東晉都城建康，相對西晉都城洛陽（稱上都）而言。

②堵牆：牆壁，比喻人多而密集。

③羸疾：瘦弱多病。

【譯文】

衞玠從豫章郡來到京城，京城人早就聽到他的名聲，圍觀的人多得像牆壁似的。衞玠原先就瘦弱多病，這樣一來體力上更加難以承受勞累，於是便病重而死。當時人都説是「看殺衞玠」。

## 二〇

周伯仁道桓茂倫①：「嶔崎歷落可笑人②。」或云謝幼輿言③。

【注釋】

①周伯仁：周顗。道：品評，評論。桓茂倫：桓彝，字茂倫，大司馬桓温之父。有識鑒才，善拔人取士。

②嶔崎（qīn qí）：山高峻的樣子，喻指品格特異，不同於人。歷落：樹木多節，喻指人有奇才異能。

③謝幼輿：謝鯤，字幼輿，善清言，有識度，與桓彝友善。

【譯文】

周顗評論桓彝：「他品格奇特，有怪才異能，是非常之人。」有人說這話是謝鯤說的。

## 二一

**周侯說王長史父①：「形貌既偉②，雅懷有概③，保而用之，可作諸許物也④。」**

【注釋】

①周侯：周顗。王長史父：王濛的父親王訥。王長史，王濛，曾任司徒左長史。王訥，字文開，東晉時官至新淦令。

②偉：壯美。

③雅懷：高尚的情懷。概：氣概。

④諸許物：指許多事情。

【譯文】

周顗評說王濛的父親：「他的形貌既壯美，情懷高尚又有氣概，如保護、任用他，就可以做許多事情。」

## 二二

祖士少見衞君長云①：「此人有旄仗下形②。」

【注釋】

①祖士少：祖約，官至平西將軍、豫州刺史。衞君長：衞永，字君長，曾任温嶠左軍長史。

②旄（máo）仗下形：指具有站在儀仗下的將帥形象。旄仗，儀仗。

【譯文】

祖約看到衞永說：「這人頗有儀仗下的將帥形象。」

## 二三

石頭事故①，朝廷傾覆。温忠武與庾文康投陶公求救②，陶公云：「肅祖顧命不見及③，且蘇峻作亂，釁由諸庾④，誅其兄弟，不足以謝天下。」於時庾在温船後聞之⑤，憂怖無計。別日，温勸庾見陶，庾猶豫未能往，温曰：「溪狗我所悉⑥，卿但見之，必無憂也！」庾風姿神貌，陶一見便改觀。談宴竟日⑦，愛重頓至⑧。

## 【注釋】

①石頭事故：指蘇峻、祖約之亂。咸和二年（三二七），歷陽太守蘇峻以誅庾亮為名，舉兵反叛，攻陷建康，自掌朝政，遷晉成帝於石頭城。

②温忠武：温嶠死謚忠武，故稱。當時温嶠為平南將軍，鎮守武昌。庾文康：庾亮死謚文康，故稱。陶公：陶侃，時為征西大將軍、荊州刺史，權重兵強，故温嶠與庾亮前來求救。

③肅祖：晉明帝司馬紹廟號。顧命：指皇帝的遺詔。

④釁：罪責。諸庾：指庾亮、庾翼等兄弟。

⑤庾：庾亮。

⑥溪狗：六朝時北方的世家大族對江西一帶人的蔑稱。陶侃是江西人，又出身寒微，故温嶠以此稱之。溪，一作「傒」。

⑦竟日：終日，整日。

⑧頓：頓時，立刻。

## 【譯文】

蘇峻、祖約聲討庾亮而發動叛亂，朝廷為之傾覆。温嶠與庾亮投奔陶侃向他求救，陶侃說：「明帝當初的遺詔中未曾提到我，況且蘇峻作亂，罪在庾氏兄弟，即使誅殺庾氏兄弟，也不足以向天下人謝罪。」此時庾亮在温嶠船後聽到這些話，感到憂懼恐怖，沒有對策。另外一天，温嶠勸庾亮去見陶侃，庾亮猶豫不決未能前往，溫嶠說：「那溪狗是我所熟悉的，你儘管去見他，一定不要擔心！」庾亮的風度神態，使得陶侃一見就改變了原來的看法。兩人敍談宴飲了一整天，陶侃立即對庾亮喜愛推重到了極點。

## 二四

庾太尉在武昌①，秋夜氣佳景清，佐吏殷浩、王胡之之徒登南樓理詠②。音調始遒③，聞函道中有屐聲甚厲④，定是庾公。俄而率左右十許人步來⑤，諸賢欲起避之，公徐云：「諸君少住，老子於此處興復不淺。」因便據胡牀與諸人詠謔⑥，竟坐甚得任樂⑦。後王逸少下⑧，與丞相言及此事⑨，丞相曰：「元規爾時風範不得不小頹⑩。」右軍答曰：「唯丘壑獨存⑪。」

### 【注釋】

①庾太尉：庾亮。

②佐吏：屬下官吏。理詠：調理音律，吟誦詩歌。

③遒（qiú）：強勁有力。

④函道：樓梯。厲：指聲音急促。

⑤俄而：不久。

⑥據：靠。胡牀：古代由胡地傳入的摺疊椅。詠謔（xué）：吟詠説笑。

⑦竟坐：滿座。任樂：盡情快樂。

⑧王逸少：王羲之，字逸少，為丞相王導從子，曾任征西將軍庾亮參軍、長史。下：指從上游武昌到下游建康。

⑨丞相：王導。

⑩元規：庾亮。風範：風度氣派。頹：減弱。

⑪丘壑：指高雅的情趣。

【譯文】

庾亮在武昌時，一天秋夜，天氣美好，景色清朗，屬官殷浩、王胡之等人登上南樓調理音律，吟誦詩歌。音調正要轉向高亢之時，聽到樓梯上傳來急促的木屐聲，眾人知道一定是庾亮。不久庾亮領着十多位侍從走來，各位屬官想起身避開，庾亮慢慢地説：「諸位請留步，老夫對於此地興趣也不算淺。」於是他便靠在交椅上與大家吟詠説笑，滿座的人都很盡興快樂。後來王羲之東下京都，與丞相王導説起這件事，王導説：「元規那時的風度氣派不得不説已稍稍減弱。」王羲之回答説：「唯有高雅的情趣依然保存着。」

二五

王敬豫有美形①，問訊王公②。王公撫其肩曰：「阿奴恨才不稱③。」又云：「敬豫事事似王公④。」

【注釋】

①王敬豫：王恬，字敬豫，王導次子，多技藝、善隸書，官至會稽內史。
②問訊：問候。
③阿奴：表示親昵的稱呼，用於長者稱呼年幼者。恨才不稱：謂才學與容貌不能相稱。
④事事：每件事。

【譯文】

王恬有美好的容貌，他有一次去問候父親王導。王導撫拍他的肩膀說：「你呀，遺憾的是才學與容貌不能相稱。」又有人說：「王敬豫樣樣都像他父親王公。」

二六

王右軍見杜弘治①，歎曰：「面如凝脂②，眼如點漆③，此神仙中人。」時人有稱王長史形者④，蔡公曰：「恨諸人不見杜弘治耳。」

【注釋】

①王右軍：王羲之。杜弘治：杜乂，字弘治，京兆人，晉鎮南將軍杜預之孫，官丹陽丞。

②凝脂：凝結的油脂，形容皮膚細膩光潔。

③點漆：形容眼睛黑亮如漆。

④王長史：王濛。

【譯文】

王羲之見到杜乂，讚歎道：「臉如凝結的油脂般細潔，眼如點漆似的黑亮，這是神仙之中的人。」當時人有的稱讚王濛形貌美好，蔡謨說：「遺憾的是這些人沒有見過杜弘治啊。」

## 二七

劉尹道桓公①：「鬢如反蝟皮②，眉如紫石稜③，自是孫仲謀、司馬宣王一流人④。」

【注釋】

①劉尹：劉惔。桓公：桓温。

②反蝟皮：翻過來的刺蝟皮。

③紫石棱：有棱角的紫色石英石。紫石，紫色的石英石。

④孫仲謀：孫權。司馬宣王：司馬懿。此二人皆相貌非常，有雄才大略。

【譯文】

劉惔稱道桓温：「雙鬢如翻過來的刺蝟皮，眉毛如有棱角的紫石英，自然是孫仲謀、司馬宣王一類人物。」

## 二八

王敬倫風姿似父①，作侍中，加授桓公公服②，從大門入。桓公望之曰：「大奴固自有鳳毛③。」

【注釋】

①王敬倫：王劭，字敬倫，小字大奴，王導第五子，官至尚書僕射。

②桓公：桓温。公服：官服。

③大奴：指王劭。固自：本來，確實。鳳毛：鳳凰的羽毛，形容有父輩的儀容風采。

【譯文】

王劭的風度姿態像他的父親，他擔任侍中時，加授給桓温官服，從大門進入，桓温遠遠望着他說：「大奴確實具有他父親的儀容風采。」

## 二九

**林公道王長史①：「斂衿作一來②，何其軒軒韶舉③！」**

【注釋】

①林公：支遁，字道林，為東晉名僧，時稱林公，與當世名流王濛、劉惔等來往密切。王長史：王濛。

②斂衿（jīn）：收攏衣襟以表恭敬。作：起，指站起來。

③軒軒：儀態昂揚的樣子。韶舉：美好挺拔。

【譯文】

支道林稱道王濛：「他收攏衣襟站起來時，儀態是何等的軒昂挺拔！」

## 三〇

時人目王右軍①：「飄如遊雲②，矯若驚龍③。」

【注釋】

①王右軍：王羲之。
②飄：飄逸。遊雲：流動的雲。
③矯：矯健。

【譯文】

當時人品評王羲之：「他飄逸得如流動的雲，矯健得像受驚動的龍。」

## 三一

王長史嘗病①，親疏不通②。林公來③，守門人遽啟之曰④：「一異人在門⑤，不敢不啟。」王笑曰：「此必林公。」

### 【注釋】

①王長史：王濛。
②親疏：指親友關係親近的或疏遠的。通：通報。
③林公：支道林。
④遽（jù）：急忙，趕快。啟：稟報。
⑤異人：指相貌與眾不同。

### 【譯文】

王濛曾經患病，無論是親近的還是疏遠的親友來訪都不許通報。支道林來訪時，守門人急忙稟告說：「有一位相貌與眾不同的人在門口，所以不敢不報。」王濛笑道：「這必定是林公。」

三二

或以方謝仁祖不乃重者[①]。桓大司馬曰[②]：「諸君莫輕道，仁祖企腳北窗下彈琵琶[③]，故自有天際真人想[④]。」

【注釋】

①方：比方，比擬。謝仁祖：謝尚。乃：是。重：重視。
②桓大司馬：桓溫。
③企腳：踮起腳後跟。
④天際真人：修真得道之人；神仙。想：情懷。

【譯文】

有人評論謝尚，對謝尚不很看重。桓溫說：「諸位不要輕易評說他，謝仁祖踮起腳跟在北窗下彈琵琶時，確實有天上神仙的情懷。」

三三

王長史為中書郎[①]，往敬和許[②]。爾時積雪，長史從門外下車，步入尚書[③]，着公服[4]。敬和遙望歎曰：「此不復似世中人！」

【注釋】

①王長史：王濛。

②敬和：王洽，字敬和，丞相王導子，曾任中書郎。許：處所，地方。

③尚書：指尚書省衙門。

④着：穿。公服：官服。

【譯文】

王濛擔任中書郎時，到王洽處去。那時正積雪，王濛從門外下車，走進尚書省衙門，身穿官服。王洽遠遠望見，讚歎道：「這不像是世間之人。」

三四

簡文作相王時[1]，與謝公共詣桓宣武[2]。王珣先在內[3]，桓語王：「卿嘗欲見相王，可住帳裏[4]。」二客既去，桓謂王曰：「定何如[5]？」王曰：「相王作輔[6]，自然湛若神君[7]。公亦萬夫之望[8]，不然，僕射何得自沒[9]？」

【注釋】

①簡文：晉簡文帝司馬昱。作相王：指司馬昱以會稽王的身份擔任丞相。
②謝公：謝安。桓宣武：桓溫。
③王珣：丞相王導之孫，官至尚書令。時為桓溫主簿，頗受器重。內：指帷帳內。
④住：留，止。
⑤定：到底，究竟。
⑥輔：指輔佐大臣。
⑦湛若神君：湛，深沉。形容人賢明若神。
⑧萬夫之望：為萬人所敬仰的人。
⑨僕射：尚書省主管，指謝安。何得：豈可。自沒：埋沒自己。

【譯文】

簡文帝以會稽王的身份擔任丞相時，與謝安一起去拜訪桓溫。王珣先已在帷帳內，桓溫對王珣說：「你曾經想見相王，現在就留在帷帳裏吧。」兩位客人離開後，桓溫對王珣說：「他們到底怎麼樣？」王珣說：「相王擔任輔政大臣，自然是深沉、賢明若神。您也是為萬人所敬仰的人，不然的話，謝公哪裏會委屈埋沒自己來拜訪您呢？」

三五

海西時①，諸公每朝，朝堂猶暗，唯會稽王來②，軒軒如朝霞舉③。

【注釋】

①海西：晉廢帝海西公司馬奕，哀帝死後被立為帝，在位五年，為大司馬桓温所廢，封海西縣公，史稱晉廢帝。

②會稽王：司馬昱。

③軒軒：儀度軒昂的樣子。舉：升起。

【譯文】

晉廢帝在位時，羣臣早朝，殿堂裏還很暗，但會稽王到來時，氣宇軒昂的樣子，如朝霞升起一般，光彩照人。

三六

謝車騎道謝公①：「遊肆復無乃高唱②，但恭坐撚鼻顧睞③，便自有寢處山澤間儀。」

【注釋】

①謝車騎：謝玄，謝安之姪，官至車騎將軍。謝公：謝安。

②遊肆：指遊樂場所。

③撚（niǎn）：捏。顧睞（lài）：環視。睞，看。

【譯文】

謝玄稱道謝安：「他處在遊樂之所不再高歌唱詠，只是端坐着捏着鼻子，環顧四周，便自然有一種棲息在山林水澤間的瀟灑儀態。」

三七

謝公云①：「見林公雙眼②，黯黯明黑③。」孫興公見林公④：「稜稜露其爽。」⑤

【注釋】

①謝公：謝安。

②林公：支道林。

③黯黯：形容眸子黑亮的樣子。

④孫興公：孫綽，字興公，支道林與謝安、孫綽交往甚密。
⑤棱棱（léng）：威嚴的樣子。爽：豪爽。

【譯文】

謝安說：「見到林公的雙眼，他黑亮的眸子深沉冷峻。」孫綽見到支道林說：「他威嚴的樣子顯露出豪爽的姿態。」

## 三八

庾長仁與諸弟入吳①，欲住亭中宿②。諸弟先上，見羣小滿屋③，都無相避意。長仁曰：「我試觀之。」乃策杖將一小兒④，始入門，諸客望其神姿，一時退匿。

【注釋】

①庾長仁：庾統，字長仁，少有佳名，官至尋陽太守，年二十九卒。
②亭：驛亭。
③羣小：百姓。
④將：帶。

【譯文】

庾統與幾位弟弟到吳郡去，半路上想在驛亭中住宿。幾位弟弟先進去，見到滿屋子住了百姓，全都沒有避讓他們的意思。庾統說：「我去試試看他們怎麼樣。」便拄着拐杖帶着一位小童，剛進門，屋裏的客人們望見他的神情姿態，一下子都避開了。

三九

有人歎王恭形茂者①，云：「濯濯如春月柳②。」

【注釋】

①茂：美好。

②濯濯：鮮亮清朗的樣子。春月：春天。

【譯文】

有人讚美王恭身形外貌美好，說：「他鮮亮清朗的樣子就像春天的柳枝一樣婀娜多姿。」

# 自新第十五

【題解】

自新，指改過從善、重新做人。論語學而裏孔子說：「過則勿憚改。」改過自新一向為我國傳統道德所重視，在魏晉時亦不例外。本篇只有二則，其中周處的故事流傳最廣，明朝黃伯羽據此改編為蛟虎記，傳統京劇除三害也以此為藍本。

## 一

周處年少時[①]，兇強俠氣[②]，為鄉里所患。又義興水中有蛟[③]，山中有邅跡虎[④]，並皆暴犯百姓。義興人謂為「三橫」，而處尤劇。或說處殺虎斬蛟，實冀三橫唯餘其一。處即刺殺虎，又入水擊蛟。蛟或浮或沒，行數十里。處與之俱，經三日三夜，鄉里皆謂已死，更相慶。竟殺蛟而出，聞里人相慶，始知為人情所患，有自改意。乃入吳尋二陸[⑤]，平原不在[⑥]，正見清河[⑦]，具以情告，並云：「欲自修改，而年已蹉跎，終無所成。」清河曰：「古人貴朝聞夕死⑧，況君前途尚可。且人患志之不立，亦何憂令名不彰邪？」處遂改勵⑨，終為忠臣孝子。

【注釋】

①周處：字子隱，西晉義興（今江蘇宜興）人。官至御史中丞，糾彈不避權貴，為貴戚權臣所排擠，晉惠帝元康七年（二九七），周處受朝廷委派鎮壓氐人反叛，戰死沙場。

②俠氣：指意氣用事。

③義興：郡名，西晉時治所在陽羡縣（今江蘇宜興）。蛟：鱷魚。古人神化為蛟龍類動物。

④邅（zhān）跡虎：跛足的老虎。

⑤入吳：到吳郡。二陸：陸機、陸雲。陸機（二六一—三〇三），字士衡，吳郡吳縣華亭（今上海松江）人。祖遜、父抗皆三國吳名將，少時任吳牙門將。晉武帝太康末與弟雲同至洛陽，文才傾動一時，稱「二陸」。曾任平原內史，世稱陸平原。成都王司馬穎攻長沙王司馬乂時，機為後將軍、河北大都督，兵敗被讒，為司馬穎所殺。工駢文與詩，所作文賦為重要的文論，後人輯有陸士衡集。陸雲（二六二—三〇三）：字士龍，陸機之弟，曾任清河內史、大將軍右司馬等職，陸機遇害後亦被殺。

⑥平原：陸機曾任平原內史，故稱。

⑦正：只。清河：陸雲曾任清河內史，故稱。

⑧朝聞夕死：論語里仁：「朝聞道，夕死可矣。」意謂人貴在得道，如果早晨得知真理，即使當晚死了也不算虛度一生。

⑨改勵：改過自新，努力上進。

【譯文】

周處年輕時，兇悍霸道，意氣用事，被鄉里人認為是一個禍害。另外，義興郡水中有一條蛟龍，山上有一隻跛足的老虎，都殘暴地侵害百姓。義興人稱為「三害」，而周處的危害最為嚴重。有人勸說周處去殺虎斬蛟，實際上是希望三害中除掉兩害而只剩下一害。周處立即刺殺了老虎，又下水去擊殺蛟龍。蛟龍時浮時沉，游了幾十里。周處始終和蛟龍糾纏在一起，經過了三天三夜，鄉里人以為他已經死了，就互相慶祝。不料周處竟殺掉了蛟龍，從水裏出來了，他聽到鄉里人互相慶賀，才知道自己為鄉里人所厭惡，就有了悔改之意。於是他到吳郡去尋訪陸機、陸雲，陸機不在，只見到了陸雲，周處把事情的經過告訴了陸雲，並說：「我想修正悔改，但年紀大了，恐怕最終沒有什麼成績。」陸雲說：「古人以『朝聞夕死』為貴，況且您還前途遠大呢。再說，人只怕不能立志，何必擔憂美名得不到宣揚呢？」周處就努力改過自新，最終成了忠臣孝子。

## 二

戴淵少時①，游俠不治行檢②，嘗在江淮間攻掠商旅。陸機赴假還洛③，輜重甚盛。淵使少年掠劫，淵在岸上，據胡牀指麾左右，皆得其宜。淵既神姿鋒穎④，雖處鄙事，神氣猶異。機於船屋上遙謂之曰：「卿才如此，亦復作劫邪？」淵便泣涕，投劍歸機，辭厲非常⑤。機彌重之，定交⑥，作筆薦焉。過江，仕至征西將軍。

【注釋】

①戴淵：即戴儼，字若思，晉廣陵（今江蘇淮陰西南）人，官至征西將軍。

②游俠：指好交遊，樂助人，重義輕生，或勇於不軌行為者。行檢：品行操守。

③赴假：銷假。

④鋒穎：形容其神情姿態不凡，引人注目。

⑤辭厲：言辭激切。

⑥定交：結為朋友。

【譯文】

戴淵年輕時，游俠逞強，行為不檢點，曾經在江淮地區搶奪商旅的財物。陸機休假完畢返回洛陽，路上攜帶的行李很多。戴淵讓少年們去搶奪，他自己在岸上，靠着交椅指揮，事情安排得非常妥帖。戴淵神情姿態不凡，雖然幹的是不正當的事，但還是神采不同一般。陸機在船棚裏遠遠地對他說：「你才能如此傑出，也還做強盜嗎？」戴淵就哭泣流淚，丟掉寶劍，投靠陸機，他言辭激切，非同尋常。陸機更加看重他，與他結為朋友，隨即寫文章推薦戴淵。過江以後，戴淵官至征西將軍。

# 企羨第十六

【題解】

企羨，指企盼仰慕。本篇中魏晉士人仰慕或者自比的對象既有同時代的賢達人士，也有古人英雄，但側重點都在於其非凡氣質和不俗志趣，而非限於「容止」篇列舉的那些外表美好的美男子，這也是魏晉士人注重內在精神生活質量的表現。本篇共有六則，頗能反映魏晉士人的審美情趣和精神追求。

一

王丞相拜司空①，桓廷尉作兩髻、葛裙、策杖②，路邊窺之，歎曰：「人言阿龍超③，阿龍故自超④。」不覺至台門⑤。

【注釋】

①王丞相：王導。司空：官名，三公之一。

②桓廷尉：桓彝，以善於識鑒品評人物著稱，死後追贈廷尉。髻（jì）：梳在頭頂的髮結。葛裙：葛布做的下裳。裙，下裳。

③阿龍：王導小字。超：超脫。

④故自：本來。

⑤台門：指朝廷所在之中央官府。

**【譯文】**

王導被授為司空時，桓彝把頭髮梳成兩個髻，穿着葛布下裳，拄着拐杖，在路邊暗暗觀察他，讚歎道：「人們都説阿龍超脱，阿龍本來就超脱。」不知不覺間一直跟到了台門。

## 二

王丞相過江①，自說昔在洛水邊，數與裴成公、阮千里諸賢共談道②。羊曼曰：「人久以此許卿③，何須復爾？」王曰：「亦不言我須此，但欲爾時不可得耳④！」

**【注釋】**

①王丞相：王導。過江：指西晉末渡江南下。

②數（shuò）：屢次。裴成公：裴頠，封鉅鹿公，死後謚成，西晉名士，善清談，有名著崇有論。阮千里：阮瞻，字千里，阮咸之子，善談名理，嘗以「將無同」對老莊與儒教異同之問，傳為名言。道：指玄理。

③許：讚許。

④但：只是。

【譯文】

王導渡江後，說自己曾經在洛水邊，屢次與裴頠、阮瞻諸位名流共同談論玄理。羊曼說：「人們早就以善談玄理來讚許你了，何必還要再這樣說呢？」王導說：「也不必說我需要這樣說，只是想再要那樣談論玄理的美妙時光已是不可能再得了！」

三

王右軍得人以蘭亭集序方金谷詩序①，又以己敵石崇②，甚有欣色。

【注釋】

①王右軍：王羲之。蘭亭集序：王羲之於穆帝永和九年（三五三）三月三日與謝安等四十一人會

於會稽山陰之蘭亭，修禊賦詩，編為詩集。羲之為之作序三百二十四字，世稱蘭亭序。方：比擬。金谷詩序：晉惠帝元康六年（二九六），石崇、蘇紹等三十人，集於河南縣金谷澗（在今河南洛陽西北），遊宴賦詩，各抒其懷，後編為一集，石崇為之作序。

②敵：相當，匹敵。

【譯文】

王羲之從別人處得知人們把蘭亭集序比作金谷詩序，又把自己與石崇相匹敵，臉上頗有喜悅之色。

四

王司州先為庾公記室參軍①，後取殷浩為長史②。始到，庾公欲遣王使下都③。王自啟求住曰④：「下官希見盛德⑤，淵源始至⑥，猶貪與少日周旋⑦。」

【注釋】

①王司州：王胡之，曾任司州刺史。庾公：庾亮。記室參軍：官名，諸侯、三公、大將軍等所設屬官，掌表章文書。

②長史：將軍府的屬官。

③下都：東下都城建康。

④自啟：自己報告。住：留下。

⑤希：少。盛德：德高望重之人。

⑥淵源：殷浩，字淵源，少有善清談之名，好言玄理，官至揚州刺史、中軍將軍。

⑦少日：指幾天。周旋：交往。

【譯文】

王胡之先前擔任庾亮的記室參軍，後來庾亮又用殷浩當長史。殷浩剛到，庾亮想派王胡之出使東下都城建康。王胡之自己報告要求留下說：「我很少見到德高望重之人，淵源才到這裏，還想貪圖與他交往幾天。」

## 五

郗嘉賓得人以己比苻堅[①]，大喜。

【注釋】

①郗嘉賓：郗超，小字嘉賓，晉司空郗愔之子，精義理，善清談，富有謀略，為大司馬桓溫謀主，助桓溫圖霸業，權重一時。

【譯文】

郗超得知人們把自己比作苻堅時，大為欣喜。

## 六

孟昶未達時①，家在京口②。嘗見王恭乘高輿③，被鶴氅裘④。於時微雪，昶於籬間窺之，歎曰：「此真神仙中人！」

【注釋】

①達：顯達，顯貴。
②京口：今江蘇鎮江，東晉時為軍事重鎮。
③高輿：高車。
④被（pī）：同「披」。鶴氅裘：用鳥羽製作的皮衣。

【譯文】

孟昶還沒有顯達時，家住京口。他曾經看到王恭乘坐在高車上，身披用鳥羽製作的皮衣。當時正下着小雪，孟昶透過籬笆縫隙暗自觀察，讚歎道：「這真是神仙中人啊！」

朱碧蓮 沈海波 譯注

# 世說新語

【重校本】

（下）

中華書局

# 目錄

上冊

中冊

下冊

# 傷逝第十七

【題解】

傷逝，指對亡者的哀傷悼念。聖人有情無情的問題，是魏晉清談的品目之一，所以士人對情的理解和認識逐步理性化，重情、鍾情也成為名士之風。本篇共有十九則，生動記述了魏晉名士溺於真情，哭悼死者時不拘禮法，真誠灼然，令人心動。

一

王仲宣好驢鳴①。既葬，文帝臨其喪②，顧語同遊曰③：「王好驢鳴，可各作一聲以送之④。」赴客皆一作驢鳴⑤。

【注釋】

①王仲宣：王粲（一七七—二一七），字仲宣，山陽高平（今山東鄒城西南）人。先依劉表，未得重用，後為曹操幕僚，官侍中，隨軍征吳時，病故於道中。學識溥洽，以詩、賦著稱。

②文帝：魏文帝曹丕。臨（lìn）：哭弔死者。

③顧：回頭看。

④作：發出。

⑤赴客：送葬的客人。

【譯文】

王粲喜歡驢的叫聲。他去世下葬後，曹丕親自參加喪禮哭弔，回過頭去對同遊的朋友們說：「王仲宣愛好驢叫之聲，大家可每人發出一聲驢叫送送王仲宣。」參加喪禮的來客於是就都學了一次驢叫。

二

王濬沖為尚書令①，着公服，乘軺車②，經黃公酒壚下過③。顧謂後車客：「吾昔與嵇叔夜、阮嗣宗共酣飲於此壚④。竹林之遊⑤，亦預其末⑥。自嵇生夭、阮公亡以來⑦，便為時所羈紲⑧。今日視此雖近，邈若山河⑨。」

【注釋】

①王濬沖：王戎，字濬沖。尚書令：官名，尚書省長官。

②軺（yáo）車：用一匹馬拉的輕便馬車。

③黄公酒壚：酒家名。酒壚，酒店前放置酒甕的土台，此指酒店。

④嵇叔夜：嵇康。阮嗣宗：阮籍。

⑤竹林之遊：指魏晉間嵇康、阮籍、山濤、劉伶、阮咸、向秀、王戎等人，相與交好，常宴集於竹林之下。

⑥預其末：參與末座。

⑦夭：早死。嵇康因遭鍾會誣陷，被司馬昭所殺，年僅三十九。

⑧羈絏（jī xiè）：束縛，約束。

⑨邈：遙遠。

【譯文】

王戎擔任尚書令時，穿着官服，乘着輕便馬車，從黄公酒家旁邊經過。他回頭對坐在車後的客人說：「我當初與嵇叔夜、阮嗣宗一起在這家酒店暢飲。竹林之遊，我也參與末座。自從嵇生早逝、阮公亡故以來，我便為時勢所束縛。今天看到這家酒店雖然近在眼前，卻感到遙遠得如隔着山河一般。」

三

孫子荊以有才①，少所推服，唯雅敬王武子②。武子喪時③，名士無不至者。子荊後來，臨屍慟哭，賓客莫不垂涕。哭畢，向靈牀曰：「卿常好我作驢鳴，今我為卿作。」體似真聲④，賓客皆笑。孫舉頭曰：「使君輩存，令此人死！」

【注釋】

①孫子荊：孫楚，字子荊，晉太原人，有才氣，善為文，為西晉名士。以：憑藉。

②雅敬：非常敬重。雅，甚，極。王武子：王濟。

③喪：治喪。

④體似真聲：應為「體似聲真」，見晉書本傳，謂其模擬得像，聲音逼真。

【譯文】

孫楚憑藉自己有才能，很少推崇佩服別人，只是非常敬重王濟。王濟死後治喪時，當時的名士沒有不去弔唁的。孫楚後到，面對屍體痛哭，賓客們感動得無不為之流淚。哭完後，他對着王濟靈牀說：「你平時喜歡聽我學驢叫，現在我就為你學叫。」他模仿得很像，叫聲逼真，賓客都笑了起來。孫楚抬頭說：「怎麼讓你們這班人活着，卻叫這個人死了呢！」

四

王戎喪兒萬子①，山簡往省之②，王悲不自勝。簡曰：「孩抱中物③，何至於此？」王曰：「聖人忘情④，最下不及情⑤。情之所鍾⑥，正在我輩。」簡服其言，更為之慟⑦。

【注釋】

①萬子：王綏，王戎子，年十九卒。
②山簡：字季倫，山濤子。省（xǐng）：看望。
③孩抱中物：已會笑還要人抱的幼兒，泛指年幼的孩子。
④忘情：指不動感情。
⑤最下：指最下等的愚民。不及情：指不懂感情。
⑥鍾：專注。
⑦更：竟然，反而。慟（tòng）：悲痛。

【譯文】

王戎死了兒子萬子，山簡前去看望他，王戎悲痛得無法自制。山簡說：「不過是一個年幼的孩子，何至於傷心到這種地步？」王戎說：「聖人能不動感情，最下等的愚民不懂感情。感情最專注的，正是我們這種人。」山簡佩服他的話，反而為之悲痛。

## 五

**有人哭和長輿曰[1]：「峨峨若千丈松崩[2]。」**

**【注釋】**

①和長輿：和嶠，字長輿，晉武帝時官中書令，轉侍中，甚受器重。

②峨峨：高峻的樣子。崩：倒塌，崩壞。

**【譯文】**

有人哭弔和嶠說：「他的去世如同高峻的千丈松倒塌下來一樣。」

## 六

衛洗馬以永嘉六年喪①，謝鯤哭之，感動路人。咸和中②，丞相王公教曰③：「衛洗馬當改葬。此君風流名士，海內所瞻，可修薄祭④，以敦舊好⑤。」

### 【注釋】

①衛洗（xiǎn）馬：衛玠，官任太子洗馬，故稱。永嘉六年：公元三一二年。永嘉，西晉懷帝年號（三〇七—三一三）。

②咸和：東晉成帝年號（三二六—三三四）。

③丞相王公：王導。

④修：治備。薄祭：簡單的祭禮，「薄」是謙詞。

⑤敦：增強，增加。

### 【譯文】

衛玠在永嘉六年去世，謝鯤去哭弔他，悲痛之情感動了過路人。咸和年間，丞相王導發佈教令說：「衛洗馬應當改葬。這位君子是風流名士，為天下人所仰慕，可治備些簡單的祭禮，用來增進彼此昔日的情誼。」

七

顧彥先平生好琴①，及喪，家人常以琴置靈牀上。張季鷹往哭之②，不勝其慟，遂徑上牀③，鼓琴作數曲，竟，撫琴曰：「顧彥先頗復賞此不④？」因又大慟，遂不執孝子手而出⑤。

【注釋】

①顧彥先：顧榮，字彥先，東吳丞相顧雍之孫，吳降晉後，任尚書郎等。

②張季鷹：張翰，字季鷹，性放曠不羈，與顧榮同鄉，相友善。

③徑：直接。牀：靈牀，停放屍體或為悼念死者而虛設之座位。

④不：同「否」。

⑤不執孝子手：依古代喪禮，凡弔者須執孝子之手以示慰問，張季鷹痛悼死者縱情任性，不執孝子手而徑直上牀鼓琴，也是魏晉名士真情流露之處。

【譯文】

顧榮平生喜歡彈琴，等到死後，家人常把琴放在靈牀上。張翰前去哭弔他，悲痛得無法自抑，便直接上牀彈了幾首琴曲，彈完後，撫摸着琴說：「顧彥先還能再欣賞這曲子嗎？」於是又痛哭起來，沒有握孝子的手就出來了。

八

庾亮兒遭蘇峻難遇害①。諸葛道明女為庾兒婦②，既寡，將改適③，與亮書及之。亮答曰：「賢女尚少，故其宜也④。感念亡兒，若在初沒⑤。」

【注釋】

①庾亮兒：庾亮之子庾會，字會宗，在咸和二年蘇峻之亂中遇害於建康。
②諸葛道明：諸葛恢。
③改適：改嫁。
④宜：應當。
⑤沒：通「歿」，死亡。

【譯文】

庾亮的兒子遭到蘇峻之亂遇害。諸葛恢的女兒是庾亮的兒媳婦，守寡之後，將要改嫁，諸葛恢給庾亮的信中提到這件事。庾亮回答道：「令愛還年輕，改嫁本來是應當的。只是我感念死去的兒子，就好像他剛剛死去一樣。」

## 九

庾文康亡①，何揚州臨葬②，云：「埋玉樹着土中③，使人情何能已已④！」

**【注釋】**

①庾文康：庾亮，謚號文康，故稱。
②何揚州：何充，曾任揚州刺史，故稱。
③玉樹：比喻庾亮姿容美又有才幹。
④已已：靜止下來。後面的「已」為語氣詞，加重語氣。

**【譯文】**

庾亮去世時，何充親臨葬禮，說：「把玉樹埋在土裏，讓人的悲痛之情怎麼能平靜下來啊！」

## 一〇

王長史病篤①，寢臥燈下，轉麈尾視之，歎曰：「如此人，曾不得四十！」及亡，劉尹臨殯②，以犀柄麈尾着柩中③，因慟絕。

【注釋】

①王長史：王濛。

②劉尹：劉惔，曾為丹陽尹，故稱。

③犀柄：以犀牛角做柄。

【譯文】

王濛病危時，躺在燈下，轉動麈尾看着，歎息道：「像這樣的人，竟活不到四十歲！」到王濛死後，劉惔親臨葬禮，把犀牛角做柄的麈尾放在棺中，竟悲痛得昏了過去。

## 一一

支道林喪法虔之後①，精神霣喪②，風味轉墜③。常謂人曰：「昔匠石廢斤於郢人④，牙生輟弦於鍾子⑤，推己外求，良不虛也⑥。冥契既逝⑦，發言莫賞，中心蘊結⑧，余其亡矣！」卻後一年，支遂殞。

【注釋】

①支道林：支遁。法虔：晉時僧人，支道林的同學，善義理。

②霣（yǔn）喪：墜落，指消沉、沮喪。

③風味：風采，風貌神韻。轉：漸漸。墜：衰退。

④匠石廢斤於郢（yǐng）人：典出莊子徐無鬼。謂楚國的郢人鼻尖上沾上如蒼蠅翅膀一般的小污點，便讓匠石用斧子把污點除掉。結果鼻尖上的污點斫去，而鼻子沒有受傷，郢人若無其事地站着。匠石，名字叫石的匠人。斤，斧類的工具。郢，郢都，楚國的都城，在今湖北江陵北。

⑤牙生輟弦於鍾子：典出淮南子修務。謂春秋時楚人伯牙精於音律，鼓琴時志在高山流水，鍾子期聽而知之。後子期死，伯牙謂世無知音，遂絕弦破琴，終身不再鼓琴。牙生，指伯牙。輟弦，停止彈琴。鍾子，鍾子期。

⑥良：確實。

⑦冥契：指相互投合的知音。

⑧中心：內心。蘊結：情思鬱結。

**【譯文】**

支道林在法虔去世以後，精神消沉，風貌神韻漸漸衰退。他常對人說：「過去匠石因為郢人去世而丟掉斧子不用，伯牙因為知音鍾子期去世而停止彈琴，以自己的體驗去推想別人，確實是不會虛假的。既然相互投合的知音已經去世，自己說話已無人欣賞，內心情思鬱結，我恐怕要死了！」過後一年，支道林就去世了。

一二

郗嘉賓喪①，左右白郗公②：「郎喪③。」既聞不悲，因語左右：「殯時可道。」公往臨殯，一慟幾絕。

【注釋】

①郗嘉賓：郗超。

②郗公：郗愔，郗超之父。

③郎：少主人，郎君。

【譯文】

郗超死了，左右侍從稟報郗愔：「少主人死了。」郗愔聽了也並不悲痛，即對身邊的侍從說：「殯殮時應當告訴我。」郗愔後來親臨殯殮儀式時，一下子悲痛得幾乎斷了氣。

一三

戴公見林法師墓曰①：「德音未遠②，而拱木已積③。冀神理綿綿④，不與氣運俱盡耳⑤。」

【注釋】

①戴公：戴逵。林法師：支道林。

②德音：對他人言辭的敬稱。

③拱木：指墓地上的大樹，兩手可圍抱。語出左傳僖公三十二年：「中壽，爾墓之木拱矣！」後即以「拱木」指墓地之木。

④神理綿綿：精妙的玄理延續不斷。

⑤氣運：氣數命運。

【譯文】

戴逵看到支道林法師的墓說：「支公的高論猶在耳旁縈回，而墓地的樹木已長成合抱的參天大樹了。希望你的精妙玄理能延續不斷，不會與氣數命運一同消逝。」

一四

王子敬與羊綏善①。綏清淳簡貴②，為中書郎③，少亡。王深相痛悼，語東亭云④：「是國家可惜人⑤。」

【注釋】

①王子敬：王獻之，字子敬。羊綏：字仲彥，晉羊楷之子，官至中書侍郎。

②清淳（chún）：清正樸實。簡貴：簡約尊貴。

③中書郎：官名，中書侍郎。

④東亭：王珣，為丞相王導之孫，與王獻之為同族兄弟。封東亭侯，故稱。

⑤可惜：值得珍惜。

【譯文】

王獻之與羊綏友好。羊綏清正樸實，官為中書郎，年輕時就死了。王獻之深切地痛悼他，對王珣說：「這是國家值得珍惜的人。」

一五

王東亭與謝公交惡①。王在東聞謝喪，便出都詣子敬道②：「欲哭謝公。」子敬始臥，聞其言，便驚起曰：「所望於法護③。」王於是往哭。督帥刁約不聽前④，曰：「官平生在時，不見此客。」王亦不與語，直前哭，甚慟，不執末婢手而退⑤。

【注釋】

①王東亭：王珣。謝公：謝安。交惡（wù）：感情破裂，彼此憎恨。
②出都：到京都，赴京都。子敬：王獻之。
③法護：王珣的小名。
④督帥：指謝安帳下的領兵官。刁約：督帥名，生平不詳。
⑤末婢：謝安之子琰，字瑗，小字末婢。官著作郎、祕書丞、侍中等。

【譯文】

王珣與謝安感情破裂，彼此憎恨。王珣在東邊聽説謝安去世了，便趕赴都城拜望王獻之説：「我想去哭弔謝公。」王獻之起先躺着，聽到他的話，就吃驚地起來説：「這正是我希望你去做的。」王珣於是就去哭弔。謝安帳前的督帥刁約不讓他上前，説：「長官在世時，不見這位客人。」王珣也不與他説話，徑直上前哭弔，非常悲痛，沒有與謝琰握手就退出來了。

一六

王子猷、子敬俱病篤[①]，而子敬先亡。子猷問左右：「何以都不聞消息？此已喪矣！」語時了不悲[②]。便索輿來奔喪，都不哭。子敬素好琴，便徑入坐靈牀上，取子敬琴彈，弦既不調[3]，擲地云：「子敬，子敬，人琴俱亡！」因慟絕良久。月餘亦卒。

【注釋】

①王子猷（yóu）：王徽之，字子猷，王羲之第五子。子敬：王獻之，字子敬，王羲之第七子。

②了：完全。

③調：協調，和諧。

【譯文】

王徽之、王獻之都病得很重，王獻之先死了。王徽之問左右侍從：「為什麼沒有聽到一點消息？他已經死了啊！」說話時完全沒有悲傷的樣子。他即備了車子去奔喪，一點也不哭。獻之一向喜歡彈琴，徽之便徑直進去坐在靈牀上，拿了獻之的琴來彈，琴弦無法調好，他就把琴扔在地上說：「子敬！子敬！人與琴都死了！」隨即久久地悲痛欲絕。過了一個多月，他也去世了。

一七

孝武山陵夕[1]，王孝伯入臨[2]，告其諸弟曰：「雖榱桷惟新[3]，便自有黍離之哀[4]。」

【注釋】

①孝武：東晉孝武帝司馬曜。山陵夕：指孝武帝逝世之夜。山陵，指帝王之死。
②王孝伯：王恭。入臨：指參加喪禮哭弔。
③榱桷（cuī jué）：椽（chuán）子，此指帝王陵寢建築。
④黍離：詩經王風中的篇名，寫周大夫歎西周衰亡之事，後即用為感觸亡國、觸景生情之詞。

【譯文】

孝武帝去世之夜，王恭入宮哭弔，告訴他幾位弟弟說：「雖然陵寢建築都是新的，但已令人感到有亡國的悲哀。」

一八

羊孚年三十一卒，桓玄與羊欣書曰①：「賢從情所信寄②，暴疾而殞③。祝予之歎④，如何可言！」

【注釋】

①羊欣：字敬元，是羊孚同曾祖的堂弟，善隸書。官新安太守、中散大夫。

②賢從（cóng）：令堂兄。賢，尊稱。信寄：信賴寄託。

③暴疾：急病。殞：死亡。

④祝予：斷絕我。祝，斷絕。予，我。語見公羊傳哀公十四年：「顏淵死，子曰：『天喪予！』子路死，子曰：『噫，天祝予！』」

【譯文】

羊孚三十一歲去世，桓玄給羊欣寫信説：「令堂兄是我感情所信賴寄託的人，如今急病而亡。孔子當年痛悼子路之死時曾發出『天要絕我』的悲歎，讓我怎能用言語來表達！」

一九

桓玄當篡位①，語卞鞠云②：「昔羊子道恆禁吾此意③。今腹心喪羊孚，爪牙失索元④，而匆匆作此詆突⑤，詎允天心？⑥」

**【注釋】**

①當：將，將要。篡位：指桓玄於安帝元興二年（四〇三）廢安帝稱帝事。

②卞鞠：卞範之，字敬祖，小字鞠，濟陰冤句（今山東菏澤西南）人，為長史，深得桓玄器重。玄稱帝，他官侍中尚書僕射，事敗被殺。

③羊子道：羊孚，字子道。

④爪牙：比喻武臣。索元：字天保，官征西將軍、歷陽太守，是桓玄的心腹。

⑤詆（dǐ）突：冒犯，觸犯，指篡位事。

⑥詎（jù）：難道。允：合乎，合於。

**【譯文】**

桓玄篡位時，對卞鞠說：「從前羊子道經常勸止我這種意圖。如今我的親信中死了羊孚，武將中失去了索元，卻要匆匆忙忙幹這種大逆不道之事，這難道是合乎天意的嗎？」

# 棲逸第十八

【題解】

棲逸，指無意仕途、隱居賦閑。魏晉時期隱逸之風盛行，很多名士曠達任放、傲世獨立，他們不以功名利祿為務，甘於淡泊，反抗世俗的束縛，或離羣索居，或遁跡山林，追求內心世界的滿足。也有所謂的「朝隱」，這樣的隱士不必去過心跡雙枯的清苦生活，又可以不營俗務，以「內足於懷」為理想境界。本篇共有十七則，展現了魏晉士人心神超越的風範。

## 一

阮步兵嘯聞數百步①。蘇門山中②，忽有真人③，樵伐者咸共傳說。阮籍往觀，見其人擁膝巖側，籍登嶺就之，箕踞相對④。籍商略終古⑤，上陳黃、農玄寂之道⑥，下考三代盛德之美⑦，以問之，仡然不應⑧；復敍有為之教⑨，棲神導氣之術⑩，以觀之，彼猶如前，凝矚不轉⑪。籍因對之長嘯。良久，乃笑曰：「可更作。」籍復嘯。意盡退。還半嶺許，聞上嘒然有聲⑫，如數部鼓吹⑬，林谷傳響。顧看，乃向人嘯也⑭。

【注釋】

①阮步兵：阮籍，曾任步兵校尉，故稱。嘯：撮口作聲，即口哨。

②蘇門山：山名，又名蘇嶺、北門山，在今河南輝縣。

③真人：道家稱得道之人。

④箕踞：一種傲慢放達的坐姿，兩足伸開，狀如簸箕。

⑤商略：商討，評論。終古：往昔，往古。

⑥黃、農：黃帝和神農氏，傳說中的遠古帝王。玄寂：指道家玄遠幽寂的道理。

⑦三代：夏、商、周三個朝代。盛德：指夏、商、周三代所施行的大德美政。

⑧仡（yì）然：昂首的樣子。

⑨有為之教：有作為的學說，指儒家學說。

⑩棲神導氣之術：道家的修煉方法。棲神，凝聚心神使其不散亂。導氣，指導引氣息，攝氣運息。

⑪凝矚：集中注視，目不轉睛。

⑫嘒（qiú）然：形容嘯聲悠然長遠。

⑬鼓吹：古代一種器樂合奏，用鼓、鉦、簫、笳等樂器演奏，本專指軍樂，後被廣為應用。

⑭向人：剛才那個人。

【譯文】

阮籍的嘯聲能在百步外聽得到。蘇門山中，忽然之間出現了一位得道真人，砍柴人全都這樣傳説。阮籍前去觀看，見這人在山巖旁抱膝而坐，阮籍就登上山嶺靠近他，兩個人都伸開腿箕踞相對而坐。阮籍評論古代史事，往上陳述黃帝、神農氏玄遠幽寂之道，下至考證夏商周三代的大德美政，用這些來問他，他昂着頭沒有應答；再敘述儒家有為的學説、道家凝聚心神導引氣息的方法，拿這些來觀察他，他還像先前一樣，目不轉睛。阮籍於是對着他長嘯。過了很久，他才笑着説：「可以再嘯一次。」阮籍再次長嘯。阮籍興盡離開，回到了半山腰處，聽到山上嘯聲悠然長遠，好像幾支樂隊在演奏鼓吹曲，樂聲在山林幽谷間傳播迴響。阮籍回頭一看，原來就是剛才那人在長嘯。

二

**嵇康遊於汲郡山中①，遇道士孫登②，遂與之遊。康臨去，登曰：「君才則高矣，保身之道不足。」**

【注釋】

①汲郡：郡名，治所在今河南汲縣西南。

②道士：有道之人，隱居不仕者。孫登：字公和，魏末晉初道士，無家，隱居汲郡山中。

【譯文】

嵇康在汲郡山中漫遊，遇到道士孫登，便與他一起遊逛學習。嵇康臨走時，孫登說：「您的才學固然很高，但保全自身的能力不足。」

## 三

山公將去選曹①，欲舉嵇康②，康與書告絕③。

【注釋】

①山公：山濤。去：離開。選曹：主管選拔官吏的官署。
②舉：薦舉。
③與書告絕：嵇康給山濤寫信宣告與他絕交，後世傳有與山巨源絕交書一文。

【譯文】

山濤將要離開選曹的官職，想舉薦嵇康來接替，但嵇康卻寫信宣告與他絕交。

四

李廞是茂曾第五子①，清貞有遠操②，而少羸病③，不肯婚宦④。居在臨海⑤，住兄侍中墓下⑥。既有高名，王丞相欲招禮之⑦，故辟為府掾⑧。得箋命⑨，笑曰：「茂弘乃復以一爵假人⑩。」

【注釋】

①李廞（xīn）：字宗子，江夏鍾武（今河南信陽東南）人。家世有名望，父李重。好學，善草隸。腿病不能行走，常仰卧，而彈琴、飲酒不停。以疾辭官不赴。茂曾：李重字茂曾。

②清貞：指心性清雅貞潔。遠操：遠大的志向。

③羸（léi）病：瘦弱多病。

④婚宦：結婚做官。

⑤臨海：郡名，治在今浙江臨海。

⑥兄：指李廞長兄李式，字景則，任臨海太守、侍中。墓下：指墓地。

⑦王丞相：王導。

⑧故：特意。辟（bì）：徵召。府掾（yuàn）：丞相府的屬官。

⑨箋命：授官文書。

⑩茂弘：王導字茂弘。爵：官爵。假人：借給人，這裏指給予人。

【譯文】

李廞是李重的第五個兒子，心性清雅貞潔，有遠大的志向，但小時候瘦弱多病，所以不肯結婚做官。他家在臨海郡時，就住在兄長李式的墓地旁。他已享有很高的名聲，王導想禮聘他，特地徵召他做相府屬官。李廞得到了授官文書，笑着説：「王導竟然拿一個官爵送給我。」

## 五

何驃騎弟以高情避世①，而驃騎勸之令仕②，答曰：「予第五之名，何必減驃騎③！」

【注釋】

①何驃（piào）騎：何充。弟：何充之五弟何準，字幼道。志趣高尚，不就徵辟，不問世事，為人稱頌。高情：高尚的情操。

②仕：出仕，做官。

③何必：未必。減：不如，差。

【譯文】

何充的弟弟何準因有高尚的情操遠避世事，而何充勸他做官，何準回答說：「我何家老五的名望，未必比你驃騎將軍遜色吧！」

六

阮光祿在東山①，蕭然無事②，常內足於懷。有人以問王右軍③，右軍曰：「此君近不驚寵辱④，雖古之沉冥⑤，何以過此？」

【注釋】

①阮光祿：阮裕，曾任金紫光祿大夫，故稱。東山：在今浙江上虞西南。

②蕭然：冷落寂寞的樣子。

③王右軍：王羲之。

④不驚寵辱：語見老子：「何謂寵辱若驚？寵為下。得之若驚，失之若驚，是謂寵辱若驚。」意謂：什麼叫做得寵和受辱都感到驚慌失措？寵幸本來就是不好的。得到寵幸感到心驚，失去寵幸也感到驚恐，這就叫做得寵和受辱都感到驚慌失措。

⑤沉冥：深藏不露之人，指隱士。

【譯文】

阮裕住在東山，過着冷落寂寞的生活，但內心感到很滿足。有人拿他的情況去問王羲之，王羲之說：「這位先生近來寵辱不驚，即使是古代深藏不露的隱士，又怎麼能超過這種境界呢？」

## 七

孔車騎少有嘉遁意①，年四十餘，始應安東命②。未仕宦時，常獨寢③，歌吹自箴誨④。自稱孔郎，遊散名山⑤。百姓謂有道術，為生立廟。今猶有孔郎廟。

【注釋】

①孔車騎：孔愉。嘉遁：善守其德以避世，指隱居不仕。嘉，善。遁，隱避。
②安東：安東將軍，指晉元帝司馬睿，他即帝位前曾任安東將軍。命：任命。
③獨寢：獨居。
④歌吹：歌聲與樂器吹奏聲。此指吟詠彈唱。箴（zhēn）誨：告誡教誨。
⑤遊散：漫遊。

【譯文】

孔愉年輕時就有隱居不仕的心意，到了四十多歲，才接受安東將軍司馬睿的任命。他尚未做官時，常常一個人獨居，吟詠彈唱，自我告誡教誨。自稱孔郎，漫遊名山。老百姓都認為他有道術，便在他活着時就為他立廟，至今還有孔郎廟。

八

南陽劉驎之①，高率②，善史傳，隱於陽岐③。於時苻堅臨江④，荊州刺史桓沖將盡訏謨之益⑤，徵為長史，遣人船往迎，贈貺甚厚⑥。驎之聞命，便升舟，悉不受所餉⑦，緣道以乞窮乏⑧，比至上明亦盡⑨。一見沖，因陳無用，翛然而退⑩。居陽岐積年⑪，衣食有無，常與村人共。值己匱乏⑫，村人亦如之。甚厚，為鄉閭所安⑬。

【注釋】

①南陽：郡名，治在今河南南陽。劉驎之：字子驥。好遊山水，清心寡慾，有避世隱居之志。

②高率：高尚真率。

③陽岐：村名，瀕臨長江，距荊州二百里。

④臨江：指苻堅率兵瀕臨長江。
⑤訏謨（xū mó）：宏圖大計，此處指桓沖準備舉兵抵禦苻堅。
⑥贈貺（kuàng）：贈送禮物。
⑦餉：贈送。
⑧緣道：沿途。乞：給予。
⑨比：等到。上明：城名，在今湖北松滋南。
⑩脩（xiāo）然：超脫自在的樣子。
⑪積年：多年。
⑫匱乏：窮困。
⑬鄉閭（lǘ）：鄉里。

【譯文】

南陽劉驎之，為人高尚真率，熟悉歷史，隱居在陽岐村。當時苻堅兵臨長江，荊州刺史桓沖想盡力地實現有益於國家的宏圖大計，便聘劉驎之為長史，並派人備船去迎接，還贈送很多的禮物。劉驎之聽到任命後，就登上船，對桓沖所送的禮物全都不接受，而是沿途把它們都給了窮苦人，等到了上明城禮物也送完了。他一見到桓沖，就陳說自己是無用之人，隨後就很瀟灑地告退出來。他在陽岐村住了多年，不管吃的穿的有無多少，常與村裏的人共享。遇到自己短缺時，村裏人也同樣像他那樣幫助他。他為人厚道，所以成為鄉里人所樂於相處的人。

## 九

南陽翟道淵與汝南周子南少相友①，共隱於尋陽②。庾太尉說周以當世之務③，周遂仕，翟秉志彌固④。其後周詣翟，翟不與語。

### 【注釋】

①翟道淵：翟湯，字道淵，南陽（今屬河南）人。隱居不仕，屢辭徵聘，人稱卧龍。汝南：郡名，治在今河南汝南。周子南：周邵，字子南，汝南人。少與翟湯共隱於尋陽，後為庾亮所舉，官至西陽太守。

②尋陽：郡名，治所在今江西九江西。

③庾太尉：庾亮。說（shuì）：用話勸說、打動別人。

④秉志：堅守自己隱居不仕的志趣。彌：更。

### 【譯文】

南陽翟湯與汝南周邵是少年時的好朋友，一起隱居在尋陽。庾亮從當時的時勢需要出發來勸說周邵，周邵便出仕做官了，翟湯卻更加堅守自己隱居不仕的志趣。後來周邵去拜訪翟湯，翟湯不再同他說話。

一〇

孟萬年及弟少孤①，居武昌陽新縣。萬年遊宦②，有盛名當世。少孤未嘗出，京邑人士思欲見之，乃遣信報少孤云：「兄病篤」。狼狽至都。時賢見之者，莫不嗟重。因相謂曰：「少孤如此，萬年可死。」

【注釋】

①孟萬年：孟嘉，字萬年。少孤：孟陋，字少孤，孟嘉之弟。布衣蔬食，口不言世事，獨來獨往，博學多通，曾注論語行於世。

②遊宦：外出做官。

【譯文】

孟嘉和他的弟弟孟陋，住在武昌陽新縣。孟嘉外出做官，在當時有很大的名聲。孟陋沒有離開家到外面去過，京城裏的名流想見他，就派人送信給孟陋說：「令兄病重。」孟陋就匆忙地趕到京城。當時的賢達見到他的，無不讚歎敬重。於是互相說：「少孤的才德如此，萬年可以死而無憾了。」

# 一一

康僧淵在豫章①，去郭數十里立精舍②。旁連嶺，帶長川，芳林列於軒庭③，清流激於堂宇。乃閑居研講，希心理味④。庾公諸人多往看之，觀其運用吐納⑤，風流轉佳⑥。加已處之怡然⑦，亦有以自得⑧，聲名乃興。後不堪，遂出。

【注釋】

①康僧淵：東晉高僧，本西域人，晉成帝時南渡，精於佛理，曾在豫章建寺講法。豫章：郡名，治在今江西南昌。

②郭：外城。精舍：僧人講經修持的地方。

③軒庭：長廊庭院。

④希心：潛心，專心。理味：研究體會。

⑤運用：指靈活多變地利用。吐納：吐故納新，古人修煉養生之術，吐出污穢之氣，吸入清新之氣。

⑥風流：風度神采。轉：更加。

⑦加：加上。怡然：和悦愉快的樣子。

⑧自得：自感得意，自在。

【譯文】

康僧淵在豫章時，在離城幾十里之處建造了修持靜養的精舍。精舍旁邊連着山嶺，四周環繞着河流，長廊庭院裏佈滿花草林木，清澈的流水在廳堂屋宇周圍激蕩。他就悠閑地住在這裏研習講論佛理，潛心研究體味。庾亮等人常去看他，觀察他運用吐納養生之術，他的風度神采更加優雅。加上他處身於此非常自在，頗感得意，於是聲名大振。後來他終於不能忍受外來的干擾，就離開這裏了。

## 一二

戴安道既厲操東山①，而其兄欲建式遏之功②。謝太傅曰③：「卿兄弟志業④，何其太殊？」戴曰：「下官不堪其憂，家弟不改其樂⑤。」

【注釋】

①戴安道：戴逵，字安道，善鼓琴，工書畫，隱居會稽剡山，不仕而終。厲操：磨煉節操。東山：在今浙江嵊州。

②其兄：戴逵之兄戴逯，字安丘，官至大司農。式遏：指為國立功。語見詩經大雅民勞：「式遏寇虐，憯不畏明。柔遠能邇，以定我王。」後即以「式遏」指為國效力立功。

③謝太傅：謝安。

④志業：志趣事業。

⑤「下官不堪其憂」二句：化用論語雍也的句子：「賢哉回也！一簞食，一瓢飲，在陋巷，人不堪其憂，回也不改其樂。」孔子讚弟子顏回能安貧樂道，此則戴逯用以謂自己處於貧苦境地經不起憂苦，故要出仕當官；而其弟戴逵則隱居不仕，安貧樂道。

**【譯文】**

戴逵已隱居東山磨煉節操，而他的兄長戴逯則要為國建功立業。謝安對戴逯說：「你們兄弟的志趣事業，為什麼如此懸殊啊？」戴逯說「我如果處於貧困境地就會經不起憂苦，而舍弟雖隱居貧困卻能不改其樂。」

## 一三

許玄度隱在永興南幽穴中①，每致四方諸侯之遺②。或謂許曰：「嘗聞箕山人③，似不爾耳④。」許曰：「筐篚苞苴⑤，故當輕於天下之寶耳⑥。」

**【注釋】**

①許玄度：許詢，字玄度，東晉名士，隱居不仕，與支遁、謝安、王羲之等友善。永興：縣名，故址在今浙江蕭山西。幽穴：很深的山洞。

②致：招引。諸侯：指地方長官。遺（wèi）：贈與。

③箕（jī）山：在今河南登封縣。傳説唐堯時，巢父、許由曾隱居於此。

④爾：如此。

⑤篚簏（fěi）苞苴（jū）：指裝在盛器內的禮物。篚簏，方形與圓形的盛物竹器。苞苴，裹魚肉的草包。

⑥天下之寶：喻指天子的尊位。

**【譯文】**

許詢隱居在永興南面的深山巖洞中，常常招引四方的高官送來饋贈。有人對許詢説：「曾聽説隱居於箕山的巢父、許由，好像不是如此的啊。」許詢説：「裝在各種盛器中送來的禮物，自然要比天子的尊位輕啊。」

## 一四

范宣未嘗入公門①，韓康伯與同載②，遂誘俱入郡③，范便於車後趨下④。

【注釋】

①范宣：東晉儒士，一生不仕，以講論為業。公門：官府之門，衙門。

②韓康伯：韓伯。

③郡：指郡衙門。

④趨：快步走，小跑。

【譯文】

范宣從來沒有進過官府的衙門。韓伯與他同乘一輛車，便騙他一起進衙門，范宣察覺後便從車後快步地跑掉了。

## 一五

郗超每聞欲高尚隱退者①，輒為辦百萬資②，並為造立居宇。在剡③，為戴公起宅④，甚精整。戴始往舊居⑤，與所親書曰：「近至剡，如官舍。」郗為傅約亦辦百萬資⑥，傳隱事差互⑦，故不果遺⑧。

【注釋】

①高尚：崇尚高遠。
②辦：備辦。
③剡（shàn）：縣名，在今浙江嵊州。
④戴公：戴逵。
⑤舊：為多餘的字，無義。
⑥傅約：傅瑗，小字約。
⑦差互：指事情出差錯或未辦成。
⑧不果遺（wèi）：指饋贈未能成為現實。果，成為現實。遺，指贈與。

【譯文】

郗超每次聽到崇尚高遠想隱居的人，總是給他們備辦百萬錢財，並且為他們建造住宅。在剡縣時，他曾為戴逵興建住宅，非常精緻齊整。戴逵剛去住時，給他親近的人寫信說：「最近到了剡縣，好像住在官衙裏一樣。」郗超為傅約也置辦了百萬錢財，傅約隱居之事後來被拖延了下來，所以饋贈未能成為現實。

一六

**許掾好遊山水①，而體便登陟②。時人云：「許非徒有勝情③，實有濟勝之具④。」**

**【注釋】**

①許掾（yuàn）：許詢曾徵為司徒掾，故稱。
②便：便利，此指輕捷，矯健。登陟（zhì）：攀登。
③非徒：不僅，不只。勝情：指高雅的情懷。
④濟勝之具：指身體強健，具有遊覽名山勝景的條件。

**【譯文】**

許詢喜歡遊覽山水，而且身體輕捷，便於攀登。當時人說：「許詢不僅具有高雅的情懷，而且確實擁有登臨名山勝景的強健的身體。」

一七

**郗尚書與謝居士善①，常稱：「謝慶緒識見雖不絕人②，可以累心處都盡③。」**

【注釋】

①郗尚書：郗恢，字道胤，小字阿乞，東晉高平金鄉（今屬山東）人。郗曇之子，曾任雍州刺史。後在就任尚書的路上為殷仲堪所殺。謝居士：謝傅，字慶緒，會稽（今浙江紹興）人，崇信佛教，終身未仕。

②絕人：超人。

③累心：指煩擾人心之世俗事。

【譯文】

郗恢與謝傅友好，常稱讚他說：「謝傅的見識雖不能超越一般人，但令人心煩擾的世俗之事在他身上都被剔除淨盡了。」

# 賢媛第十九

【題解】

賢媛，指賢淑的女子。本篇共有三十二則，展現了魏晉時期上流社會中的婦女形象，她們或德才兼備、或相夫教子、或母儀垂範，其風采躍然紙上。

一

陳嬰者①，東陽人。少修德行，著稱鄉黨②。秦末大亂，東陽人欲奉嬰為王，母曰：「不可！自我為汝家婦，少見貧賤，一旦富貴，不祥。不如以兵屬人③，事成少受其利；不成禍有所歸。」

【注釋】

①陳嬰：秦末東陽（今安徽天長）人。秦末起兵，為項梁將，封上柱國。項羽死，歸漢。

②鄉黨：鄉里，家鄉。
③屬：歸屬，託付。

【譯文】

陳嬰是東陽人。年輕時修養道德品行，在家鄉很著名，受到稱讚。秦末時天下大亂，東陽人想擁戴陳嬰當首領，他母親說：「不行！自從我做了你家媳婦，年輕時就見你家很貧賤，現在一下子富貴起來，這是不吉祥的。還不如把部隊交給別人，事情成功的話可以稍微得到一點好處；事情不成功，禍害自有別人來承擔。」

二

漢元帝宮人既多①，乃令畫工圖之②，欲有呼者，輒披圖召之③。其中常者④，皆行貨賂⑤。王明君姿容甚麗⑥，志不苟求⑦，工遂毀為其狀⑧。後匈奴來和⑨，求美女於漢帝，帝以明君充行⑩。既召見而惜之，但名字已去⑪，不欲中改⑫，於是遂行。

【注釋】

①漢元帝：劉奭，漢宣帝之子，西漢第八位皇帝，在位十六年，重視儒術，與匈奴和親。

②圖：畫。

③披：翻閱。

④中常：指相貌中等平常。

⑤貨賂：指向畫工行賄。

⑥王明君：王昭君，晉人為避文帝司馬昭之諱，改為王明君。王昭君為漢元帝時宮人，漢元帝對北方匈奴實行和親政策，將昭君嫁給匈奴呼韓邪單于，為寧胡閼氏（yān zhī）。

⑦苟求：苟且求情。

⑧毀為其狀：作畫時毀壞其容貌。

⑨匈奴來和：指匈奴呼韓邪單于向漢要求和親事。

⑩充行：充當皇家宗室之女出嫁匈奴。

⑪去：送去。

⑫中改：中途更改。

【譯文】

漢元帝的宮女已經很多了，便讓畫工把她們的相貌畫下來，他想叫誰來，就翻看圖像來召喚她們。宮女當中那些姿色平常的，都賄賂畫工。王昭君姿態容貌非常美麗，她立志不肯苟且求情，畫工便把她的容貌畫得很醜。後匈奴來要求和親，向漢元帝請求賞賜美女，元帝便用昭君來充當宗室之女嫁給單于。等到召見昭君後發現她很美，因而深感惋惜，但是名字已經送到匈奴去了，又不想中途更改，於是王昭君就去了匈奴。

## 三

漢成帝幸趙飛燕①，飛燕讒班婕妤祝詛②，於是考問③。辭曰④：「妾聞死生有命⑤，富貴在天。修善尚不蒙福，為邪欲以何望？若鬼神有知，不受邪佞之訴⑥；若其無知，訴之何益？故不為也。」

### 【注釋】

①漢成帝：劉驁（前五一—前七），字太孫，元帝子，前三三—前七在位。幸：寵愛。趙飛燕：原為長安宮女，善歌舞，號飛燕，後為成帝所寵幸，立為皇后。

②讒（chán）：說別人壞話。班婕妤（jié yú）：漢成帝寵姬，因遭讒毀失寵，退處東宮，作賦自傷。祝詛：指向鬼神禱告詛咒。

③考問：拷打審問。

④辭曰：供詞。

⑤妾：女子自稱，表示謙卑。「死生有命」二句：語見論語顏淵，謂人的生死富貴，均由天命注定。

⑥邪佞（nìng）：邪惡諂媚。訴：指詛咒。

**【譯文】**

漢成帝寵幸趙飛燕，飛燕誣告班婕妤，說她向鬼神詛咒後宮，於是成帝就審問班婕妤。她的供詞說：「我聽說人的死生由命運來決定，富貴由天意來安排。修善還不能受到福報，作惡還能指望什麼？如果鬼神有明覺的話，就不會接受邪惡諂媚的誣告詛咒；如果鬼神沒有明覺，誣告詛咒又有什麼用呢？所以我是不會做這種事的。」

## 四

**魏武帝崩①，文帝悉取武帝宮人自侍②。及帝病困③，卞后出看疾④。太后入戶，見直侍並是昔日所愛幸者⑤。太后問：「何時來邪？」云：「正伏魄時過⑥。」因不復前而歎曰：「狗鼠不食汝餘⑦，死故應爾⑧！」至山陵⑨，亦竟不臨⑩。**

【注釋】

①魏武帝：曹操。

②文帝：曹丕。

③病困：病重。

④卞（biàn）后：曹丕之母，丕稱帝，尊其為皇太后。

⑤直侍：當班服侍的人。直，通「值」。並是：都是。

⑥伏魄：招魂。古人死後，舉行招魂儀式，稱伏魄。

⑦狗鼠不食汝餘：卞后罵曹丕行為卑鄙，連狗鼠都不吃他剩下的食物。

⑧故：確實。

⑨山陵：帝王陵墓，此指曹丕葬禮。

⑩竟：最終。臨：指哭弔。

【譯文】

曹操死後，曹丕把曹操的宮人全部招來服侍自己。等到曹丕病重時，卞太后來探病。太后進門時，看到當班服侍的人都是曹操過去所寵愛的人。太后問：「你們什麼時候來的？」回答道：「正當為武帝招魂時過來的。」卞太后於是就不再往前走並且歎息道：「狗鼠都不吃你剩下的東西，你確實該死！」到了舉行葬禮時，卞太后最終沒去哭弔。

五

趙母嫁女[1]，女臨去，敕之曰[2]：「慎勿為好！」女曰：「不為好，可為惡邪？」母曰：「好尚不可為，其況惡乎！」

【注釋】

①趙母：三國吳人，桐鄉令虞韙妻，虞韙死後，孫權敬其有文才，詔入宮省，作列女傳解，號趙母注。

②敕（chì）：告誡。

【譯文】

趙母嫁女兒，女兒臨去時，告誡女兒說：「切莫做好事！」女兒說：「不做好事，可以做壞事嗎？」趙母說：「好事尚且不可以做，何況做壞事呢！」

六

許允婦是阮衛尉女[1]，德如妹[2]，奇醜。交禮竟[3]，允無復入理[4]，家人深以為憂。會允有客至，婦令婢視之，還答曰：「是桓郎。」桓郎者，桓範也[5]，婦云：「無憂，桓必勸入。」桓果語許云：「阮家既嫁醜女與卿，故當有意⑥，卿宜察之。」許便回入內。既見婦，即欲出。婦料其此出，無復入理，便捉裾停之⑦。許因謂曰：「婦有四德⑧，卿有其幾？」婦曰：「新婦所乏唯容爾。然士有百行⑨，君有幾？」許云：「皆備。」婦曰：「夫百行以德為首，君好色不好德，何謂皆備？」允有慚色，遂相敬重。

【注釋】

①阮衛尉：阮共，字伯彥，尉氏（今屬河南）人，官至衛尉卿。衛尉，管宮門警衛的官。
②德如：阮侃，字德如，阮共之子，官至河內太守。
③交禮：指結婚時行交拜禮。竟：完畢。
④理：指意願。
⑤桓範：字元則，魏沛郡（今安徽宿州）人，官大司農。
⑥故當：必定，自然。
⑦裾：衣服前襟或後襟。
⑧四德：舊時指婦女應具備四種德行：品德、言語、容儀、女紅。
⑨百行：指多方面的品行。

# 【譯文】

許允的妻子是阮共的女兒，阮侃的妹妹，容貌特別醜陋。他們結婚行過交拜禮後，許允就不再有進入新房的意願，家人都為此深感憂慮。正好許允有客人來，新娘就叫婢女去看是誰，婢女回來答道：「是桓郎」。桓郎就是桓範。新娘說：「不要擔憂了，桓郎必定會勸他進來的。」桓範果然對許允說：「阮家既然把醜女嫁給你，必定是有用意的，你應當好好體察。」許允就回到新房。見到新娘後，立即就想退出去。新娘料想他這回出去就不會再回來了，便抓住新郎的衣襟要他留下。許允便對她說：「婦人要有四種德行，你有幾種？」新娘說：「我所缺少的只有容貌而已。然而士人應具備多方面的品行，你有幾種？」許允說：「我全都具備。」新娘說：「各方面品行中品德是第一位的，你愛美色而不愛德行，怎麼能說都具備呢？」許允聽了面有愧色，從此以後他們夫妻之間就互相敬重了。

## 七

許允為吏部郎①，多用其鄉里②，魏明帝遣虎賁收之③。其婦出誡允曰：「明主可以理奪，難以情求。」既至，帝核問之④。允對曰：「『舉爾所知』⑤。臣之鄉人，臣所知也。陛下檢校為稱職與不⑥，若不稱職，臣受其罪。」既檢校，皆官得其人，於是乃釋。允衣服敗壞，詔賜新衣。初，允被收，舉家號哭。阮新婦自若云⑦：「勿憂，尋還⑧。」作粟粥待⑨，頃之允至⑩。

【注釋】

①吏部郎：官名，主管官吏選拔。

②鄉里：指同鄉人。

③魏明帝：曹叡。虎賁（bēn）：官名，管宮門警衛之官。收：逮捕。

④核：核實。

⑤舉爾所知：舉薦你所了解的人。語出論語子路：「曰：『焉知賢才而舉之？』子曰：『舉爾所知。』」

⑥檢校：檢查，考察。不（fǒu）：同「否」。

⑦自若：自如，與平常一樣。

⑧尋：不久。

⑨粟：小米。

⑩頃之：不一會。

【譯文】

許允擔任吏部郎時，任用的大都是同鄉人，魏明帝知道後就派禁衛軍去逮捕他。他妻子出來告誡許允說：「英明之君可以用道理來說服，很難用感情去求告。」到了朝廷後，明帝考察審問他。許允對答說：「孔子說『薦舉你所了解的人』。臣子的同鄉人，都是臣子所了解的。陛下可以考察他們是否稱職，如果不稱職，臣子願意接受應得的罪名。」經過考察，他們的官位都與職務相稱，於是就把他釋放了。許允的衣服很破爛，明帝便下詔賜給他新衣服。當初，許允被捕時，全家都號啕大哭。許允的妻子像平常一樣自如地說：「不必憂慮，不久他就會回家的。」便燒了小米粥等着他，一會兒許允就回來了。

## 八

許允為晉景王所誅[①]，門生走入告其婦[②]。婦正在機中[③]，神色不變，曰：「蚤知爾耳[④]！」門人欲藏其兒，婦曰：「無豫諸兒事[⑤]。」後徙居墓所，景王遣鍾會看之[⑥]，若才流及父[⑦]，當收[⑧]。兒以諮母[⑨]。母曰：「汝等雖佳，才具不多[⑩]，率胸懷與語[⑪]，便無所憂。不須極哀，會止便止[⑫]。又可少問朝事[⑬]。」兒從之，會反以狀對[⑭]，卒免。

**【注釋】**

①為晉景王所誅：指許允被司馬師所殺。晉景王，司馬師。劉孝標注引文謂許允與夏侯玄、李豐親近而被司馬師懷疑其不忠，再加被人揭發擅用廚錢穀謀私，便將其流放邊關致死。

②門生：供驅使的門人。

③正在機中：指正在織機上織布。
④蚤：通「早」。爾：如此。
⑤豫：參與，關涉。
⑥鍾會：字士季，仕魏官至司徒，後因謀反被殺，此時為司馬師的親信。
⑦才流：才智流品。及：趕得上。
⑧收：逮捕。
⑨諮：商議，諮詢。
⑩才具：才能。
⑪率胸懷與語：直爽坦白地對他訴說心裏要說的話。
⑫止：指停止哭泣。
⑬少：稍微，略微。
⑭反：通「返」，指返回朝廷。

【譯文】

許允被晉景王司馬師殺了，他的門人跑來告訴他妻子。她正在織機上織布，神色不變，說：「早就知道會這樣的！」門人想把他們的兒子藏起來，許允妻說：「與兒子們無關。」後來他們遷居到許允墓地上住下，司馬師派鍾會去看他們，說如果他們的兒子才能流品趕得上他們父親，就把他們抓起來。兒子便與母親商量。母親說：「你們雖然很優秀，但才能不夠，你們可以敞開胸懷率直地與他交談，便沒有什麼可憂慮了。不必要表示極度的哀痛，鍾會停下來不哭了你們也停下不哭。又可以稍稍問一點朝廷的事。」兒子們聽從母親的話。鍾會回去後把情況告訴司馬師，許允的兒子終於得以幸免。

## 九

**王公淵娶諸葛誕女①。入室，言語始交，王謂婦曰：「新婦神色卑下，殊不似公休！」婦曰：「大丈夫不能仿佛彥雲②，而令婦人比蹤英傑③？」**

### 【注釋】

①王公淵：王廣，字公淵，三國魏太原祁（今山西祁縣）人。王凌子，有才學，官屯騎校尉、尚書。其父謀立楚王曹彪為帝，事泄自殺，廣受牽連，為司馬氏所殺。諸葛誕：字公休，三國魏揚州刺史，後官至鎮東將軍、司空。

②仿佛：仿效。彥雲：王凌字彥雲，三國魏人，歷官司空、太尉、征東將軍，後被司馬懿所殺。

③比蹤：比擬追蹤，向……看齊。

【譯文】

王廣娶諸葛誕的女兒為妻。進入洞房後才交談起來，王廣對妻子說：「新娘子神態表情很卑下，太不像令尊公休了！」妻子說：「大丈夫不能仿效令尊彥雲，卻要讓我這個婦道人家去比擬追蹤英雄豪傑？」

# 一〇

王經少貧苦①，仕至二千石②，母語之曰：「汝本寒家子，仕至二千石，此可以止乎？」經不能用。為尚書，助魏③，不忠於晉④，被收。涕泣辭母曰：「不從母敕⑤，以至今日。」母都無戚容，語之曰：「為子則孝，為臣則忠，有孝有忠，何負吾邪？」

【注釋】

①王經：字彥緯，三國魏人，官至尚書。

②二千石：指郡守。漢代郎將、郡守俸祿等級是二千石，後即稱郎將、郡守等為二千石。

③助魏：指王經幫助魏高貴鄉公曹髦。

④晉：後人以「晉」稱司馬氏。
⑤敕（chì）：指母親的教誨。

【譯文】

王經年輕時很貧苦，後做到了二千石的大官，母親對他說：「你本來是貧寒人家的孩子，官做到二千石，這就可以停止了吧！」王經沒有採納她的建議。後他擔任尚書，幫助曹魏，不忠於司馬氏，被逮捕。他流着眼淚辭別母親說：「我沒有聽從母親的教誨，以至於有今天的下場。」他母親臉上沒有一點兒憂愁的神色，對他說道：「你做兒子盡孝，做臣子盡忠，有孝有忠，有什麼辜負我的呢？」

## 一一

山公與嵇、阮一面①，契若金蘭②。山妻韓氏覺公與二人異於常交，問公，公曰：「我當年可以為友者，唯此二生耳。」妻曰：「負羈之妻亦親觀狐、趙③，意欲窺之④，可乎？」他日，二人來，妻勸公止之宿，具酒肉。夜穿墉以視之⑤，達旦忘反⑥。公入曰：「二人何如？」妻曰：「君才致殊不如⑦，正當以識度相友耳⑧。」公曰：「伊輩亦常以我度為勝⑨。」

【注釋】

①山公：山濤。嵇：嵇康。阮：阮籍。

②契若金蘭：形容彼此相投，友誼深厚。契若，投合。金蘭形容友情深厚，引申為異姓結拜兄弟。

③負羈之妻亦親觀狐、趙：語本左傳僖公二十三年：「僖負羈之妻曰：『吾觀晉公子之從者皆足以相國，若以相，夫子必反其國。反其國，必得志於諸侯。』」指晉公子重耳遭驪姬之讒，流亡在外，到了曹國。隨從親信中有晉大夫狐偃、趙衰（cuī）等人。曹大夫僖負羈妻仔細觀察狐偃、趙衰後說了這段話，謂：「我看晉公子的隨從，都可以做國家的相國，晉公子如果用他們來輔佐，一定能回到晉國。回到晉國後，必定能做諸侯的霸主。」狐、趙：借指嵇康、阮籍。

④窺：暗中觀察。

⑤墉（yōng）：牆。

⑥達旦：通宵。

⑦才致：才氣，才情旨趣。

⑧識度：見識氣度。

⑨伊輩：他們。

【譯文】

山濤與嵇康、阮籍見了一面，彼此就情投意合親如兄弟。山濤妻子韓氏感覺山濤與他們二人的交情非同尋常，就問山濤，山濤說：「我當年最要好的就是這二位先生而已。」韓氏說：「僖負羈之妻也曾親自觀察過狐偃、趙衰，我也想觀察嵇、阮二位，可以嗎？」後來有一天，他們二位來了，韓氏勸山濤把他們留下來住宿，同時準備好酒肉招待。夜晚韓氏打通牆壁來觀察他們，直到天亮都忘了回來。山濤進去說：「這二人怎麼樣？」韓氏說：「你的才情志趣遠遠不如他們，正應當以你的見識氣度與他們交朋友而已。」山濤說：「他們也常常認為我的氣度勝人一籌。」

## 一二

王渾妻鍾氏生女令淑①，武子為妹求簡美對而未得②，有兵家子，有俊才，欲以妹妻之，乃白母。曰：「誠是才者③，其地可遺④，然要令我見。」武子乃令兵兒與羣小雜處，使母帷中察之。既而母謂武子曰：「如此衣形者，是汝所擬者非邪？」武子曰：「是也。」母曰：「此才足以拔萃⑤，然地寒⑥，不有長年⑦，不得申其才用⑧。觀其形骨⑨，必不壽，不可與婚。」武子從之。兵兒數年果亡。

【注釋】

①令淑：美貌良善。

②武子：王濟，字武子，王渾之子。簡：選擇。美對：美好的配偶。

③誠：確實，果真。

④地：出身門第。遺：忽略，拋開。

⑤拔萃：超羣。

⑥地寒：門第寒微。

⑦長年：長壽。

⑧申其才用：施展他的才幹。

⑨形骨：形貌骨相。

**【譯文】**

王渾妻鍾氏生的女兒美貌良善，王濟為妹妹尋求挑選好配偶而沒有找到合適的，有一位當兵人家的兒子，有出眾的才幹，王濟想把妹妹嫁給他，便稟告母親。母親說：「如果他確有才幹的話，他的出身門第可以忽略不計，但要讓我親自看看。」王濟就讓當兵人之子與其他老百姓混雜在一起，讓母親在帷幕中觀察。看過後母親對王濟說：「穿這種衣服如此體貌的人，就是你準備選取的人嗎？」王濟說：「是的。」母親說：「這人的才幹稱得上超羣，但是他的門第寒微，不能長壽也就不可能施展他的才幹。看他的形貌骨相，必定不能長壽，不可與他結親。」王濟聽從了她的話。這位當兵者之子幾年後果然死了。

一三

賈充前婦①，是李豐女。豐被誅，離婚徙邊②，後遇赦得還。充先已取郭配女③，武帝特聽置左右夫人④。李氏別住外⑤，不肯還充舍。郭氏語充，欲就省李⑥，充曰：「彼剛介有才氣⑦，卿往不如不去。」郭氏於是盛威儀⑧，多將侍婢⑨。既至，入戶，李氏起迎，郭不覺腳自屈，因跪再拜。既反，語充，充曰：「語卿道何物⑩？」

【注釋】

①前婦：前妻。

②徙邊：流放到邊遠地區。

③郭配：字仲南，三國魏人，官至城陽太守。其女名郭槐，嫁給賈充。

④武帝：西晉武帝司馬炎。聽：准許。

⑤別：另外。

⑥省（xǐng）：看望。

⑦剛介：剛強耿直。

⑧威儀：服飾儀表。

⑨將：帶。
⑩何物：當時口語，什麼。

【譯文】

賈充的前妻，是李豐的女兒。李豐被殺後，她與賈充離了婚被流放到了邊遠地方，後來遇赦得以回來。賈充在這之前已經娶了郭配之女為妻，晉武帝特別准許賈充設置左右兩位夫人。李氏另住在外邊，不肯回到賈充的住處。郭氏對賈充說，想去探望李氏，賈充說：「她的性子剛直又有才氣，你去看望她還不如不去。」郭氏於是在服飾儀表上盛裝打扮，多帶侍婢。到了以後，進了門，李氏起身相迎，郭氏不知不覺地雙腿彎曲，於是就跪下去再拜。回到家後，她告訴賈充，賈充說：「我曾對你說過什麼？」

一四

賈充妻李氏作女訓①，行於世。李氏女②，齊獻王妃③；郭氏女④，惠帝后。充卒，李、郭女各欲令其母合葬，經年不決⑤。賈后廢，李氏乃祔葬⑥，遂定。

【注釋】

①女訓：書名，賈充妻李氏作，已佚。

②李氏女：賈充與前妻李氏生二女：褒、裕。褒，名荃；裕，名濬。荃為齊王攸妃。

③齊獻王：即司馬攸。攸字大猷，司馬昭之子，晉武帝之弟，封齊王。後遭武帝猜忌，被貶斥，憂懼而死，謚號獻。

④郭氏女：郭槐生一女，名南風，為晉惠帝之皇后，與賈謐等專朝政十餘年，後被趙王倫所廢。

⑤經年：指多年。

⑥祔（fù）：合葬。

【譯文】

賈充的妻子李氏寫了女訓一書，流行於世。李氏生的女兒，後來是齊獻王的妃子；郭氏生的女兒，後來成為惠帝的皇后。賈充死後，李氏、郭氏的女兒各自想讓自己的母親與賈充合葬，此事歷經多年未能解決。直到賈后被廢之後，李氏才得與賈充合葬，事情於是定了下來。

## 一五

**王汝南少無婚①，自求郝普女②。司空以其痴③，會無婚處④，任其意便許之⑤。**

既婚，果有令姿淑德⑥。生東海⑦，遂為王氏母儀⑧。或問汝南：「何以知之？」曰：「嘗見井上取水，舉動容止不失常⑨，未嘗忤觀⑩，以此知之。」

【注釋】

①王汝南：王湛。曾任汝南內史，故稱。
②郝普：字道匡，太原襄城人，官洛陽太守。
③司空：指王昶，昶字文舒，王湛之父，官至司空。
④會：反正，終究。
⑤任：聽憑。
⑥令姿淑德：美好的姿容，善良的品德。
⑦東海：指王承，他曾任東海郡太守，故稱。
⑧母儀：做母親的典範。
⑨容止：儀容舉止。
⑩忤觀：指礙眼、不雅觀的景象。

【譯文】

王湛年輕時未及訂婚，便自己去求娶郝普之女為妻。王湛父親王昶認為他痴呆，反正也沒人與他結婚，便任憑他自己的意思答應了他。結婚之後，新娘子果然有美好的姿容和善良的品德。生下王承之後，她便成為王氏門中做母親的典範。有人問王湛：「你是怎麼了解她的？」王湛說：「我曾見她在井上汲水，舉止容儀安詳，沒有失常之處，沒有任何礙眼不雅的景象，從這些地方就知道她的為人了。」

## 一六

**王司徒婦①，鍾氏女，太傅曾孫②，亦有俊才女德③。鍾、郝為娣姒④，雅相親重⑤。鍾不以貴陵郝⑥，郝亦不以賤下鍾。東海家內⑦，則郝夫人之法⑧；京陵家內⑨，範鍾夫人之禮⑩。**

**【注釋】**

①王司徒：王渾，曾為司徒，故稱。

②太傅：指鍾繇，曾為太傅，故稱。

③俊才：出眾的才能。

④娣姒（dì sì）：妯娌（zhóu lǐ）。弟妻為娣，兄妻為姒。

⑤雅：極，甚。

⑥陵：欺侮。
⑦東海：指王湛與郝氏所生之子王承。
⑧則：效法。
⑨京陵：指王渾，襲父爵京陵侯。
⑩範：仿效。

【譯文】

王渾的妻子是鍾家的女兒，鍾繇的曾孫女，也有出眾的才能、女性的美德。鍾氏與郝氏是妯娌，互相之間非常親近敬重。鍾氏不憑出身高貴欺侮郝氏，郝氏也不因為出身低微而屈居鍾氏之下。王承家裏，遵守郝夫人之規範為法則；王渾家裏，以鍾夫人的禮法為典範。

一七

李平陽①，秦州子②，中夏名士③，於時以比王夷甫④。孫秀初欲立威權⑤，咸云：「樂令民望⑥，不可殺，減李重者又不足殺⑦。」遂逼重自裁⑧。初，重在家，有人走從門入⑨，出髻中疏示重⑩。重看之色動⑪，入內示其女，女直叫「絕」⑫。了其意⑬，出則自裁。此女甚高明⑭，重每諮焉⑮。

【注釋】

①李平陽：李重，曾任平陽太守，故稱。

②秦州：李秉，字玄胄，曾任秦州刺史，故稱。

③中夏：中原地區。

④王夷甫：王衍。

⑤孫秀：字俊忠，琅邪（今屬山東）人。晉趙王倫篡位，秀任中書令，專朝政，殺石崇、歐陽建、潘明等，趙王倫敗，被殺。

⑥樂令：樂廣。民望：民眾所仰望的人。

⑦減：不如，次於。

⑧自裁：自殺。

⑨走：跑。

⑩疏：給皇帝的奏議。

⑪色動：臉色改變。

⑫直：只是。

⑬了：明了，明白。

⑭高明：見解高，有智慧。

⑮諮：諮詢，徵求意見。

【譯文】

李重是李秉的兒子，是中原地區的名士，當時人把他比作王衍。孫秀當初想建立威望權勢，他身邊的人都說：「樂廣是民眾所仰望的，不可以殺，不如李重的人又不值得殺。」於是就逼迫李重自殺。當初，李重在家，有人跑着從大門進來，從髮髻中拿出奏議來給李重看，李看了臉色都變了，他進內室給女兒看，女兒只是叫「完了」。他明白女兒的意思，出了內室就自殺了。這位女孩子智慧很高，李重有事常向她諮詢，與她商量。

## 一八

周浚作安東時[①]，行獵，值暴雨，過汝南李氏[②]。李氏富足，而男子不在。有女名絡秀[③]，聞外有貴人，與一婢於內宰豬羊，作數十人飲食，事事精辦，不聞有人聲。密覘之[④]，獨見一女子，狀貌非常，浚因求為妾。父兄不許，絡秀曰：「門戶殄瘁[⑤]，何惜一女？若連姻貴族，將來或大益。」父兄從之。遂生伯仁兄弟[⑥]。絡秀語伯仁等：「我所以屈節為汝家作妾，門戶計耳[⑦]。汝若不與吾家作親親者[⑧]，吾亦不惜餘年[⑨]！」伯仁等悉從命。由此李氏在世，得方幅齒遇[⑩]。

【注釋】

①周浚：字開林，汝南安成（今河南汝南）人。仕魏為揚州刺史，平吳有功，封成武侯。晉武帝時為侍中，後代王渾都督揚州諸軍事，加安東將軍。

②汝南：郡名，在今河南。

③絡秀：汝南李宗伯之女，安東將軍周浚之妻，生三子：名顗、嵩、謨。

④覘（chān）：看，窺視。

⑤殄瘁（tiǎn cuì）：敗落。

⑥伯仁：周顗字伯仁。

⑦計：考慮。

⑧親親：親戚。

⑨不惜餘年：不愛惜晚年，指不如死掉算了。

⑩方幅：當時口語，指正當，正式。齒遇：受到禮遇。

【譯文】

周浚任安東將軍時，出外打獵，正遇上暴雨，經過汝南李家。李家家境富足，但男人不在家。有個女兒，名叫絡秀，聽到外面有貴客來了，她與一個婢女在內院宰殺豬羊，做了幾十個人的飲食，每件事都辦得精細周到，聽不到一點聲音。周浚暗中察看，只見一位女子，相貌生得不同一般，周浚於是求娶她為小妾。她的父親、兄弟不答應，絡秀說：「我家門第低微，為什麼珍惜一個女兒？如果與貴族結成婚姻，將來也許有很大的好處。」她父親兄長就聽從她的意思。於是婚後便生下周顗兄弟。絡秀對周顗兄弟說：「我委屈自己嫁到你們家作小妾的原因是為我家的門第考慮而已。你們如不與我家做親戚，我也不會愛惜自己的晚年！」周顗兄弟都聽從母親的話。因此李家在世時得到了正當的禮遇。

## 一九

陶公少有大志①，家酷貧，與母湛氏同居②。同郡范逵素知名③，舉孝廉④，投侃宿。於時冰雪積日，侃室如懸磬⑤，而逵馬僕甚多。侃母湛氏語侃曰：「汝但出外留客⑥，吾自為計。」湛頭髮委地⑦，下為二髲⑧，賣得數斛米⑨；斫諸屋柱⑩，悉割半為薪；剉諸薦⑪，以為馬草。日夕，遂設精食，從者皆無所乏。逵既歎其才辯，又深愧其厚意。明旦去，侃追送不已，且百里許。逵曰：「路已遠，君宜還。」侃猶不返。逵曰：「卿可去矣。至洛陽，當相為美談。」侃乃返。逵及洛，遂稱之於羊晫、顧榮諸人⑫。大獲美譽。

## 【注釋】

①陶公：陶侃，字士衡，晉廬江尋陽人，官至荊州刺史。成帝初，因平定蘇峻之亂有功，封長沙郡公。

②湛氏：陶侃之母，豫章新淦（在今江西）人。

③范逵：鄱陽（在今江西）人，聞名鄉里，與陶侃友善。

④孝廉：漢魏時選拔官吏的科目。孝，孝子；廉，廉潔之士。漢武帝元光元年初，命郡國舉孝廉各一人，後合稱孝廉，魏晉沿襲此制，隋唐後改制。

⑤室如懸磬（qìng）：形容室內空無所有。磬，古代的打擊樂器。

⑥但：只要。

⑦委：垂，拖。

⑧髲（bì）：假髮。

⑨斛（hú）：量器名，古以十斗為斛，後又以五斗為斛。

⑩斫（zhuó）：砍。

⑪剉（cuò）：鍘碎。薦：草墊。

⑫羊晫（zhuó）：歷仕豫章郎中令、十郡中正。

【譯文】

陶侃年輕時就有遠大的志向，家裏極其貧困，與母親湛氏住在一起。同郡人范逵一向很有名聲，被薦舉為孝廉，一天夜裏他到陶侃家投宿。當時接連幾天冰雪，陶侃家一無所有，而范逵的馬匹僕從很多。陶侃母親湛氏對陶侃說：「你只要出去把客人留下來，我自然會想辦法的。」湛氏的頭髮很長拖到地，便剪下頭髮做成二段假髮，賣了頭髮買了幾斛米，砍掉房柱，又把柱子劈下一半當柴燒，鍘碎草墊子，用來作餵馬的草料。到了晚上，便準備好了精美的食物，連隨從都得到了周到的招待。范逵讚歎陶侃的能力與辯才，又對他的深厚情誼感到不安。第二天走時，陶侃一路追着送行不肯停下，直送出百里多地。范逵說：「路送出這麼遠了，你應該回去了。」陶侃還是不肯回去。范逵說：「你可以回去了，到了洛陽，我定會把你的盛情傳為美談的。」陶侃這才回去。范逵到了洛陽，便在羊晫、顧榮這些名士面前稱讚陶侃，陶侃因此便獲得了極大的美譽。

## 二〇

陶公少時作魚梁吏①，嘗以坩鮓餉母②。母封鮓付使，反書責侃曰③：「汝為吏，以官物見餉，非唯不益，乃增吾憂也。」

【注釋】

①陶公：陶侃。魚梁吏：指管理堵水捕魚的官吏。

②坩（gān）：盛物的陶器。鮓（zhǎ）：醃製的魚。餉：指贈送。

③反書：回信。

【譯文】

陶侃年輕時當管理堵水捕魚的小吏，曾把一罐醃製的魚送給母親。母親封好醃魚交付給捎魚來的人，回信責怪陶侃說：「你作為官吏，拿公家的東西送給我，非但沒有好處，反而增加了我的憂慮啊！」

## 二一

桓宣武平蜀①，以李勢妹為妾②，甚有寵，常着齋後③。主始不知④，既聞，與數十婢拔白刃襲之。正值李梳頭，髮委藉地⑤，膚色玉曜⑥，不為動容。徐曰：「國破家亡，無心至此，今日若能見殺，乃是本懷⑦。」主慚而退。

【注釋】

①桓宣武：桓溫。平蜀：指平定十六國之一的成漢政權。
②李勢：字子仁，成漢第二代君主，在位四年，降晉，封歸義侯。
③著：安置。
④主：公主，指桓溫妻晉明帝女南康長公主。
⑤委：下垂。藉：鋪。
⑥曜（yào）：明亮。
⑦本懷：本願，本意。

【譯文】

桓溫平定成漢後，娶了李勢妹妹為妾，非常寵愛她，常把她安置在書齋後面住。他的妻子南康公主起初不知道，聽到消息後，就帶了幾十個婢女拔出刀子去襲擊她。正遇上李氏在梳頭，頭髮下垂鋪到了地上，膚色如白玉般明亮，但她見到眾人拔刀時一點都不驚慌，緩緩地說：「國破家亡，我也是無意間到了此地，今天如被殺，正是我的本願。」公主慚愧地退了出來。

## 二二

庾玉台①，希之弟也②。希誅，將戮玉台。玉台子婦，宣武弟桓豁女也③，徒跣求進④。閽禁不內⑤，女厲聲曰：「是何小人？我伯父門，不聽我前⑥！」因突入⑦，號泣請曰：「庾玉台常因人⑧，腳短三寸，當復能作賊不？」宣武笑曰：「婿故自急⑨。」遂原玉台一門⑩。

**【注釋】**

①庾玉台：庾友，字惠彥，小字玉台，庾冰第三子，歷仕中書郎、東陽太守。
②希：庾希，字始彥，庾冰長子，官至徐、兗二州刺史，為桓溫所殺。
③宣武：桓溫。桓豁：桓溫弟，字朗子，官征西大將軍。
④徒跣（xiǎn）：光着腳，赤腳。
⑤閽（hūn）：守門人。內（nà）：同「納」，進入。
⑥聽：讓，准許。
⑦突入：衝進去。
⑧因人：指庾友腳比常人短，必須靠他人幫助才能行走。因，依靠，憑藉。
⑨故自：確實，的確。
⑩原：赦免。

【譯文】

庾友是庾希的弟弟。桓温殺了庾希後，將要株連殺死庾友。庾友的兒媳是桓温弟弟桓豁的女兒，急急忙忙光了腳就求見桓温。守門人禁止她進去，她厲聲道：「是什麼奴才？我伯父家門，竟然不准我進去！」於是她就衝了進去，大哭大叫請求道：「庾玉台常常要依靠別人幫助才能走路，他的腳要短三寸，還能謀反嗎？」桓温笑道：「姪女婿是確實着急了。」於是便赦免了庾友一家人。

## 二三

謝公夫人幃諸婢①，使在前作伎②，使太傅暫見，便下幃。太傅索更開③，夫人云：「恐傷盛德④。」

【注釋】

①謝公夫人：謝安夫人。幃（wéi）：帷帳，這裏用作動詞，即用帷帳遮隔之意。
②作伎：表演歌舞，演奏樂曲。
③索：要求。
④傷：損害。

【譯文】

謝安夫人用帷帳遮隔眾婢女，叫她們在裏面表演歌舞，演奏樂曲，讓謝安觀看了一會兒，就放下了帷帳。謝安要求再次打開帷帳，夫人說：「恐怕會損害你的美德。」

二四

**桓車騎不好着新衣①，浴後，婦故送新衣與②。車騎大怒，催使持去。婦更持還，傳語云：「衣不經新，何由而故？」桓公大笑，着之。**

【注釋】

①桓車騎：桓沖，桓温之弟，字幼子，歷鎮江州、徐州、荊州等地，官至車騎將軍，加侍中，死後贈太尉。

②故：故意，特意。

【譯文】

桓沖不喜歡穿新衣服，一次洗澡後，他妻子特意送新衣服給他，桓沖大怒，催促侍者拿走。他妻子又派人拿回來給他，傳話說：「衣服不經過新的，怎麼會變成舊的呢？」桓沖聽了大笑，穿上了新衣服。

## 二五

王右軍郗夫人謂二弟司空、中郎曰①：「王家見二謝②，傾筐倒庋③；見汝輩來，平平爾④。汝可無煩復往。」

【注釋】

①王右軍：王羲之。郗夫人：王羲之夫人為郗鑒之女，故稱。司空：郗愔，郗鑒的長子，死贈司空。中郎：郗曇，字重熙，郗鑒次子，官北中郎將，徐、兗二州刺史。

②王家：指王羲之家的人。二謝：謝安、謝萬。

③傾筐倒庋：形容傾其所有，熱情款待。庋（guǐ），放東西的架子。

④平平：指態度平淡。

【譯文】

王羲之妻子郗夫人對兩位弟弟郗愔、郗曇說：「王家人見到謝家謝安、謝萬兩位兄弟來，傾其所有熱情地款待；見到你們來，只是平平淡淡而已。你們可以無須再去王家了。」

二六

王凝之謝夫人既往王氏[①]，大薄凝之[②]。既還謝家，意大不說。太傅慰釋之曰[③]：「王郎，逸少之子[④]，人身亦不惡[⑤]，汝何以恨乃爾[⑥]？」答曰：「一門叔父[⑦]，則有阿大、中郎[⑧]；羣從兄弟[⑨]，則有封、胡、遏、末[⑩]。不意天壤之中，乃有王郎！」

【注釋】

①王凝之：王羲之次子，曾任江州刺史、左將軍、會稽內史等官。謝夫人：王凝之妻謝道韞，謝安姪女。往：指嫁出去。

②薄：輕視。

③慰釋：寬慰勸解。

④逸少：王羲之字逸少。

⑤人身：指人的品貌、才幹等等。

⑥乃爾：如此。

⑦叔父：父親的兄弟。

⑧阿大：指謝尚。謝安叔父謝鯤只生謝尚一子，故稱阿大。中郎：指謝安的二哥謝據，老二居中，故稱。

⑨羣從：指同族兄弟。從，堂房親屬。

⑩封、胡、遏、末：封，謝韶，字穆度，小字封。胡，謝朗，小字胡兒。遏，謝玄，小字遏。末，謝淵，字叔度，小字末。

【譯文】

王凝之夫人謝道韞嫁到王家後，非常瞧不起王凝之。回到謝家，她心裏很不高興。謝安寬慰勸解她道：「王郎是逸少的兒子，人品、才幹也不壞，你為什麼會遺憾到如此地步？」她答道：「我們謝家一門叔父中，有阿大、中郎；同族兄弟中，又有阿封、胡兒、阿遏、阿末。想不到天地之間，竟有王郎這樣的人！」

## 二七

韓康伯母隱古几毀壞①，卞鞠見几惡②，欲易之③。答曰：「我若不隱此，汝何以得見古物？」

【注釋】

①隱（yìn）：憑倚，扶靠。几（jī）：矮桌，用來憑倚休息或陳放物品。

②卞鞠：卞範之。惡：壞。
③易：更換。

【譯文】

韓康伯的母親憑靠的矮桌壞掉了，韓母的外孫卞鞠見矮桌壞了，想要換掉它。韓母答道：「我如果不是憑靠這張矮桌，你怎麼能見得到古物呢？」

# 二八

王江州夫人語謝遏曰①：「汝何以都不復進？為是塵務經心②，天分有限③？」

【注釋】

①王江州夫人：謝道韞。王江州，王凝之曾任江州刺史，故稱。謝遏（ㄜˋ）：謝玄，謝道韞之弟。劉注謂「夫人，玄之妹」，「妹」當為「姊」之誤。
②為是：表示選擇的詞，還是之意。塵務：世俗之事。經心：煩擾於心。
③天分：天資。

【譯文】

王凝之夫人對謝玄說：「你為什麼一點兒都不見長進，是世俗之事煩擾於心呢，還是天資有限呢？」

二九

郗嘉賓喪①，婦兄弟欲迎妹還②，終不肯歸，曰：「生縱不得與郗郎同室③，死寧不同穴④？」

【注釋】

①郗嘉賓：郗超。

②婦：指郗超妻。還：指回家。

③縱：即使。

④寧（nìng）：難道。

【譯文】

郗超死後，他妻子的兄弟想接妹妹回娘家，妹妹始終不肯回去，說：「我活着即使不能與郗郎同居一室，死後難道不能與他同穴合葬嗎？」

## 三〇

謝遏絕重其姊①，張玄常稱其妹②，欲以敵之③。有濟尼者④，並遊張、謝二家，人問其優劣，答曰：「王夫人神情散朗⑤，故有林下風氣⑥；顧家婦清心玉映⑦，自是閨房之秀⑧。」

【注釋】

①謝遏：謝玄。絕：極，甚。姊：指謝道韞。
②張玄：即張玄之，字祖希，官至吳興太守。妹：張玄之妹嫁給顧家。
③敵：相當，匹配。
④濟尼：名叫濟的尼姑。
⑤王夫人：指謝道韞。散朗：灑脫開朗。
⑥林下風氣：指有竹林七賢那樣超脫的風度。
⑦顧家婦：顧家媳婦，指張玄妹妹。清心玉映：指其心胸明淨，如美玉照人。
⑧閨房之秀：婦女中的優秀人物。

【譯文】

謝玄非常尊重他的姐姐，張玄常常稱讚他的妹妹，想讓她與謝道韞抗衡。有一位叫濟的女尼，同時與張、謝兩家有交往，有人問起她們的優劣高下，女尼答道：「王夫人神情灑脫開朗，確有竹林七賢般超脱的風度氣質；顧家媳婦心胸明淨如美玉照人，自然是閨閣中的優秀女子。」

## 三一

王尚書惠嘗看王右軍夫人①，問：「眼耳未覺惡不②？」答曰：「髮白齒落，屬乎形骸③；至於眼耳，關於神明④，那可便與人隔⑤？」

【注釋】

①王尚書惠：王惠，字令明，王導的曾孫，是王羲之的孫輩，劉宋時官吏部尚書。王右軍夫人：王羲之夫人郗氏。

②惡：指身體有病。

③形骸：人的形體軀殼。

④神明：人的精神。

⑤隔：隔絕。

【譯文】

王惠曾經去看望王羲之夫人，問道：「您的眼睛耳朵沒有覺得有什麼不舒服吧？」王夫人答道：「頭髮變白牙齒脱落，是屬於人的形體上的毛病；至於眼睛與耳朵，是關係到人的精神問題，怎麼可能就與人們隔絕了呢？」

三二

韓康伯母殷①，隨孫繪之之衡陽②，於闔廬洲中逢桓南郡③。卞鞠是其外孫，時來問訊。謂鞠曰：「我不死，見此豎二世作賊④！」在衡陽數年，繪之遇桓景真之難也⑤，殷撫屍哭曰：「汝父昔罷豫章⑥，徵書朝至夕發⑦。汝去郡邑數年⑧，為物不得動⑨，遂及於難，夫復何言！」

【注釋】

①韓康伯：韓伯。母殷：母親殷氏，為晉豫章太守殷羨之女。

②繪之：韓繪之，字季倫，韓伯之子，官至衡陽太守。

③闔（hé）廬洲：長江中小洲名。桓南郡：桓玄。

④豎：豎子，對人的一種蔑稱。二世作賊：指桓温與桓玄父子兩代背叛朝廷作亂。

⑤桓景真：桓亮，字景真，桓溫之孫，桓玄之姪。桓玄篡逆被誅後，亮聚眾於長沙，自號平南將軍、湘州刺史，為劉毅討滅。
⑥罷：罷免。豫章：指豫章太守。
⑦徵書：徵召文書。
⑧去：離開。
⑨為物：指為事務所累。

【譯文】

韓康伯的母親殷夫人，跟隨孫子韓繪之同到衡陽，在闔廬洲遇見桓玄。桓玄的部下卞鞠是殷夫人的外孫，常常來問候。她對卞鞠說：「我活到現在不死，看見桓玄這小子兩代人叛逆造反！」住在衡陽幾年，韓繪之在桓亮作亂時遇害，殷夫人撫着屍體痛哭道：「你父親當年被免去豫章太守時，徵召的文書早上發出，晚上他就動身出發了。你離開郡城幾年，為事務所累不得脫身，終於被殺遇難，這又有什麼話可說呢！」

# 術解第二十

【題解】

術解，指通曉各種技藝，包括占卜、風水、醫藥、音樂等。魏晉時期占卜、風水之學大盛，很多士人都以卜筮聞名，郭璞甚至被後世陰陽家奉為祖師。本篇共有十一則，大多涉及卜筮，迷信色彩較為濃厚。

一

荀勖善解音聲①，時論謂之「闇解」②。遂調律呂③，正雅樂④。每至正會⑤，殿庭作樂，自調宮商⑥，無不諧韻⑦。阮咸妙賞⑧，時謂「神解」⑨。每公會作樂⑩，而心謂之不調⑪，既無一言直勖⑫，意忌之，遂出阮為始平太守⑬。後有一田父耕於野，得周時玉尺，便是天下正尺⑭。荀試以校己所治鐘鼓、金石、絲竹⑮，皆覺短一黍⑯，於是伏阮神識⑰。

【注釋】

①荀勖（xù）：晉時官中書監，加侍中，領著作。又掌樂事，修律呂，行於世。善解：指精通。音聲：樂理。
②闇（ān）解：精通。闇，通「諳」。熟悉，了解。
③調（tiáo）：調整。律呂：古代樂律有陰陽十二律，陽六叫律，陰六叫呂，合稱律呂。
④正：校正。雅樂：典雅純正之樂，古代帝王用於祭祀、朝會的音樂。
⑤正（zhēng）會：元旦朝會，指正月初一日皇帝朝會羣臣。
⑥宮商：古以宮、商、角、徵、羽代表五個不同的音階，此泛指五音。
⑦諧韻：音韻和諧。
⑧妙賞：美妙的欣賞能力。
⑨神解：悟性過人。
⑩公會：因公事聚會。
⑪不調：不協調。
⑫既：竟然。直勖：認為荀勖正確。
⑬始平：郡名，治所在槐里（今陝西興平）。
⑭正尺：標準尺。
⑮治：製作。金石：鐘磬類樂器。絲竹：管弦樂器。

⑯黍（shǔ）：古長度單位。一黍為一分，百黍為尺。

⑰伏：佩服。神識：見識高超。

【譯文】

荀勖精通樂理，當時人都稱他是「闇解」。他於是就調整樂律，校正雅樂。每到正月元旦聚會時，在殿堂奏樂，他自己親自調整五音，音韻沒有不和諧的。阮咸在音樂上有着美妙的欣賞能力，當時人稱他為「神解」。每當因公事聚會奏樂時，阮咸心裏都認為樂聲不協調，他竟然沒有一句肯定荀勖的話，荀勖心中忌恨他，便把阮咸調出朝廷去當始平太守。後來有一個農夫在田野耕地時，得到一把周代的玉尺，這便是天下的標準尺。荀勖試着用它來校正自己所製作的鐘鼓、金石、絲竹等樂器，發現都短了一黍，於是才佩服阮咸見識高超。

二

荀勖嘗在晉武帝坐上食筍進飯①，謂在坐人曰：「此是勞薪炊也②。」坐者未之信，密遣問之，實用故車腳。

【注釋】

①晉武帝：司馬炎。

②勞薪：指以舊車輪當柴火燒。車子運行以車腳車輪最辛苦，故稱。

【譯文】

荀勖曾經在晉武帝宴席上吃筍下飯，對在座的人說：「這是用舊車輪當柴火燒出來的。」在座者不信他的話，暗中派人去問這事，確實是用舊車輪當柴火燒出來的。

三

人有相羊祜父墓，後應出受命君①。祜惡其言②，遂掘斷墓後以壞其勢③。相者立視之④，曰：「猶應出折臂三公⑤。」俄而祜墜馬折臂，位果至公。

【注釋】

①後：後代。受命君：接受天命的君主。

②惡：厭惡。

③勢：指地理形勢，這裏含有風水的意思。

④立：站立。
⑤三公：太尉、司徒、司空為三公。

【譯文】

有位看相的人為羊祜父親的墳墓看風水，說其後代會出一位受天命的君主。羊祜厭惡他的話，便掘斷墳墓的後部，來破壞墳墓的形勢風水。看相人站着察看墳墓說：「還是會出一位折臂三公的。」不久羊祜從馬上摔下折斷了手臂，他的官位果然升到三公。

## 四

王武子善解馬性①。嘗乘一馬，着連錢障泥②，前有水，終日不肯渡。王云：「此必是惜障泥。」使人解去，便徑渡。

【注釋】

①王武子：王濟。
②着：放置。連錢：錢紋相連的一種花飾。障泥：放在馬鞍下垂在馬腹兩側的墊子，用來阻擋泥水的馬飾。

【譯文】

王濟很懂得馬的脾性。他曾經騎着一匹馬，馬背上鋪着一塊連錢紋飾的墊子，前面有河水，馬始終不肯渡水過去。王濟說：「這一定是馬愛惜墊子。」派人解下墊子，馬就一直渡過河了。

## 五

**陳述為大將軍掾①，甚見愛重。及亡，郭璞往哭之，甚哀，乃呼曰：「嗣祖，焉知非福！」俄而大將軍作亂，如其所言。**

【注釋】

①陳述：字嗣祖，潁川許昌（在今河南）人。有美名，曾為王敦大將軍府掾。大將軍：指王敦。掾（yuàn）：官署屬員。

【譯文】

陳述擔任王敦的屬官，很受王敦的喜愛敬重。到他死時，郭璞前去哭弔他，非常哀痛，卻呼喊道：「嗣祖啊，怎麼知道這英年早逝不是福分！」不久王敦反叛作亂，正如郭璞所預言的那樣。

六

晉明帝解占塚宅①，聞郭璞為人葬②，帝微服往看③，因問主人：「何以葬龍角④？此法當滅族⑤！」主人曰：「郭云此葬龍耳，不出三年，當致天子⑥。」帝問：「為是出天子邪？」答曰：「非出天子，能致天子問耳。」

【注釋】

①晉明帝：司馬紹。解：懂。占塚宅：占卜推算墳墓的吉凶禍福。占，占卜。推算風水。

②為人葬：為人擇地安葬。

③微服：君王或官員穿平民百姓的衣服。

④龍角：古時看風水者將綿延的山勢喻為龍，相風水者根據情況選擇某處為墓地。此指選龍角之處為墓地。

⑤滅族：劉孝標注引文謂如葬在龍角，將導致突然富貴，但最後會招來滅門之禍。

⑥致：招來。

【譯文】

晉明帝懂得占卜墓地的吉凶之術，聽說郭璞為人擇地安葬，明帝穿便服前往察看，於是便問主人：「為什麼要葬在龍角的位置上？這樣葬法會帶來滅族之禍！」主人說：「郭璞說這是葬在龍耳的位置上，不出三年，會招來天子。」明帝問：「是指家裏會出個天子嗎？」主人答道：「不是出天子，是指能招來天子的詢問而已。」

## 七

郭景純過江①，居於暨陽②，墓去水不盈百步。時人以為近水，景純曰：「將當為陸。」今沙漲，去墓數十里皆為桑田③。其詩曰：「北阜烈烈④，巨海混混⑤，壘壘三墳⑥，唯母與昆⑦。」

【注釋】

①郭景純：郭璞字景純。過江：指從北方渡江至南方。
②暨陽：縣名，在今江蘇江陰縣。
③桑田：陸地，田地。
④阜：土山。烈烈：高峻的樣子。
⑤混混（gǔn）：同「滾滾」，大水奔流的樣子。
⑥壘壘：重疊的樣子。
⑦唯：語氣詞，強調語氣。昆：兄長。

【譯文】

郭璞渡江後，住在暨陽，他家墓地距離江水不足一百步。當時人認為離江水太近，郭璞說：「這裏將會成為陸地。」如今泥沙堆積漲高，距離墓地幾十里地都成了農田。郭璞有詩說：「北面的土山高高聳起，大海波濤滾滾東去，重重疊疊的三座墳墓，是母親與二位兄長的長眠之地。」

## 八

王丞相令郭璞試作一卦[1]。卦成，郭意色甚惡，云：「公有震厄[2]。」王問：「有可消伏理不[3]？」郭曰：「命駕西出數里[4]，得一柏樹，截斷如公長，置牀上常寢處，災可消矣。」王從其語，數日中，果震柏粉碎。子弟皆稱慶。大將軍云[5]：「君乃復委罪於樹木[6]！」

【注釋】

①王丞相：王導。

②震厄：雷擊的災難。

③消伏理：消除的辦法。理，辦法。不（fǒu）：同「否」。

④命駕：指出行。

⑤大將軍：王敦。

⑥乃復：竟，竟然。委罪：把罪過推給別人。

【譯文】

王導讓郭璞試占一卦。卦占成後，郭璞的神情臉色很難看，說：「丞相您有雷擊之災！」王導問：「有消除的辦法嗎？」郭璞說：「您出行往西走幾里地，看到一棵柏樹，把它截斷像您身體一般長短，放在牀上常睡之處，災禍即可消除了。」王導聽他的話去做，幾天之內，果然雷擊把柏樹打得粉碎，王家子弟都表示慶賀。王敦說：「你竟把罪過推給了樹木！」

## 九

桓公有主簿①，善別酒②，有酒輒令先嘗，好者謂「青州從事」③，惡者謂「平原督郵」④。青州有齊郡，平原有鬲縣；「從事」言到臍⑤，「督郵」言在鬲上住⑥。

【注釋】

①桓公：桓温。

②別：辨別酒質的優劣。

③從事：州刺史的屬官。

④督郵：郡守的佐吏。

⑤臍：肚臍。

⑥鬲（gé）：橫膈膜。

**【譯文】**

桓温屬下有位主簿，善於區別酒質的優劣好壞，桓温有酒總是讓他先品嘗，好酒稱為「青州從事」，劣酒就稱為「平原督郵」。青州有齊郡，平原有鬲縣；「從事」就是謂好酒入口酒力可達肚臍下面，「督郵」就是謂劣酒入口酒力只能停留在橫膈膜上面。

## 一〇

**郗愔信道甚精勤①，常患腹內惡②，諸醫不可療。聞于法開有名，往迎之。既來便脈③，云：「君侯所患④，正是精進太過所致耳⑤。」合一劑湯與之⑥。一服即大下⑦，去數段許紙⑧，如拳大，剖看，乃先所服符也⑨。**

【注釋】

①信道：信奉天師道。精勤：專心勤奮。

②惡：指身體有病或情緒不好。

③脈：指按脈以診斷病情。

④君侯：對高官或士大夫的尊稱。

⑤精進：指在修善斷惡、去染轉淨的過程中不懈怠地努力，南北朝時佛、道二家均用此語。此指郗愔修煉道教非常虔誠勤奮。

⑥合一劑湯：調配一劑湯藥。合，調配。

⑦大下：大瀉。

⑧去：指瀉出。許：約略估計之詞。

⑨乃：竟。符：道士畫的一種圖形或線條的符籙，據說可用以召神驅鬼，消災祛病。

【譯文】

郗愔信奉道教非常專心勤奮，他常常感到腹內不舒服，很多醫生都治不好。聽說于法開有名氣，就去接他來治病。于法開來了以後，就為他把脈診斷病情，說：「君侯您所患的病，正是修煉太過分所造成的。」便調配了一劑湯藥給他服用。一劑藥服後即大瀉，瀉出了好幾段像拳頭大小的紙團，剖開來看，竟然是先前所吞服的符籙。

## 一一

殷中軍妙解經脈①，中年都廢②。有常所給使③，忽叩頭流血。浩問其故，云：「有死事，終不可說。」詰問良久，乃云：「小人母年垂百歲，抱疾來久④，若蒙官一脈⑤，便有活理，訖就屠戮無恨⑥。」浩感其至性⑦，遂令舁來⑧，為診脈處方。始服一劑湯便愈。於是悉焚經方⑨。

【注釋】

①殷中軍：殷浩。經脈：經絡血脈，中醫根據人體的氣血運行的理論來診治病情。

②廢：荒廢。

③常：經常。所給使：供差遣、使喚的僕役。

④抱疾：指身帶疾病。來久：指時間很久。

⑤官：尊稱長官。

⑥訖：指診治完畢。

⑦至性：指孝順父母的至誠之性。

⑧舁（yú）：抬。

⑨經方：古代對醫藥方書的統稱。

【譯文】

殷浩精通醫術，到了中年便都荒廢了。有一個經常供他差遣的僕役，忽然給他叩頭直至流血。殷浩問他為什麼，他說：「有關生死的事，但終究是不能說的。」追問了好久，才說道：「小人母親年近一百歲，身患疾病已久，如果承蒙長官替她把脈診治，便有活下去的希望，看好之後就是把我殺了也沒有遺憾了。」殷浩被他的孝母至誠之心所感動，便讓他把老母親抬來，為她診脈開方子。才服了一劑湯藥，就痊癒了。殷浩於是把有關醫藥處方的書全都燒毀了。

# 巧藝第二十一

## 【題解】

巧藝，指精巧的技藝。後漢書伏無忌傳劉昭注：「藝謂書、數、射、御，術謂醫、方、卜、筮。」這裏所說的「藝」，主要屬於藝術的範疇。本篇共有十四則，記載了魏晉士人在繪畫、書法、棋藝、建築等方面的精巧技藝。

## 一

彈棋始自魏①，宮內用妝奩戲②。文帝於此戲特妙③，用手巾角拂之④，無不中。有客自云能，帝使為之。客着葛巾角⑤，低頭拂棋，妙逾於帝。

【注釋】

①彈棋：魏晉時的一種博戲。一般為二人對局，白黑棋各六枚，先列棋相當，以手指或他物彈動己方棋子碰撞對方棋子，進而攻破對方棋門。

②用妝奩戲：指以宮女梳妝用的金釵、玉梳等放在梳妝用盒上當作遊戲的器具。

③文帝：魏文帝曹丕。

④拂：碰觸。

⑤葛巾：用葛布製成的頭巾。

【譯文】

彈棋的遊戲從魏開始，宮女們在梳妝盒上用金釵、玉梳等作彈棋的器具來遊戲。魏文帝對這種遊戲玩得特別精妙，他用手巾來碰彈，沒有不擊中的。有位客人自稱很會玩，文帝便讓他來表演。客人戴着葛布頭巾，低頭碰觸棋子，比文帝更為巧妙。

二

陵雲台樓觀精巧①，先稱平眾木輕重，然後造構，乃無錙銖相負揭②。台雖高峻，常隨風搖動，而終無傾倒之理。魏明帝登台③，懼其勢危④，別以大材扶持之，樓即頹壞⑤。論者謂輕重力偏故也。

【注釋】

①陵雲台：樓台名，在洛陽，今不存。樓觀：樓台觀舍。

②乃：竟。錙銖（zī zhū）：指極微小的重量。負揭：指上下出入，形容建築物的輕重等計算精確，誤差極小。

③魏明帝：曹叡。

④危：高，險，不安全。

⑤頹壞：坍塌。

【譯文】

陵雲台的樓台觀舍設計精巧，建造時先稱量所用木材的輕重分量，然後才建造構築，竟然沒有絲毫的誤差。樓台雖然高峻，常常隨着風力而搖動，但始終沒有傾倒的可能。魏明帝登上樓台時，怕樓台高峻的形勢有危險，另外用大木材來支撐它，樓台立即坍塌。議論者都説這是輕重失去了平衡的緣故。

三

韋仲將能書①。魏明帝起殿②，欲安榜③，使仲將登梯題之。既下，頭鬢皓然④。因敕兒孫勿復學書⑤。

【注釋】

①韋仲將：韋誕，字仲將，京兆杜陵人，太僕韋端之子，擅長楷書，曹魏時宮觀匾額多為韋誕所題。能書：擅長書法。
②魏明帝：曹叡。
③安榜：安放匾額。
④皓然：雪白的樣子。
⑤敕：告誡。

【譯文】

韋誕擅長書法。魏明帝建造宮殿，想安放匾額，讓韋誕登上梯子題寫匾額。題好字下來後，韋誕的鬢髮都變得雪白了。於是他告誡兒孫們今後不要再學書法了。

四

鍾會是荀濟北從舅①，二人情好不協②。荀有寶劍，可直百萬③，常在母鍾夫人許。會善書，學荀手跡④，作書與母取劍，仍竊去不還⑤。荀勖知是鍾而無由得也，思所以報之。後鍾兄弟以千萬起一宅，始成，甚精麗，未得移住。荀極善畫，乃潛往畫鍾門堂⑥，作太傅形象⑦，衣冠狀貌如平生。二鍾入門⑧，便大感慟⑨，宅遂空廢。

【注釋】

①荀濟北：荀勖，封濟北郡公，故稱。從舅：母親的叔伯兄弟。

②情好：交情，友誼。不協：不和諧，不和睦。

③直：值，價值。

④學：模仿。

⑤仍：就，於是。

⑥門堂：指門側堂屋。

⑦太傅：鍾繇，鍾會和鍾毓的父親。

⑧二鍾：指鍾會和鍾毓兄弟二人。

⑨感慟（tòng）：感傷哀痛。

【譯文】

鍾會是荀勖的堂舅，兩人的感情不和。荀勖有一把寶劍，價值百萬，平常放在母親鍾夫人處。鍾會擅長書法，就模仿荀勖的筆跡，寫信給鍾夫人要寶劍，於是騙走了寶劍不還。荀勖知道是鍾會幹的，卻無法取回來，於是就想辦法報復他。後來鍾會兄弟耗費千萬錢建起一座宅院，剛建成，十分精緻壯麗，還沒有搬進去住。荀勖非常善於繪畫，便偷偷地到新宅的門側堂屋，畫了太傅鍾繇的像，衣冠容貌就像生前一樣。鍾氏兄弟進門看見，於是大為感傷哀痛，這座宅院便從此廢棄了。

## 五

羊長和博學工書①，能騎射，善圍棋。諸羊後多知書②，而射、弈餘藝莫逮③。

【注釋】

①羊長和：羊忱，字長和，晉泰山南城人，官至揚州刺史，永嘉之亂中被殺。工書：擅長書法。

②知書：懂得書法。

③射、弈：射箭、下棋。莫逮：沒有人趕得上。

【譯文】

羊忱學問淵博，又擅長書法，能騎馬射箭，還擅長圍棋。羊忱的後人多數懂書法，而射箭、下棋等技藝都趕不上他。

## 六

戴安道就范宣學①，視范所為，范讀書亦讀書，范抄書亦抄書。唯獨好畫，范以為無用，不宜勞思於此②。戴乃畫南都賦圖③，范看畢咨嗟④，甚以為有益，始重畫⑤。

【注釋】

①戴安道：戴逵。就：向。
②勞思：花費心思。
③南都賦圖：戴逵根據南都賦之意作畫。南都賦，東漢張衡作。
④咨嗟：讚歎。
⑤始：才。

【譯文】

戴逵向范宣學習，一切都參照范宣之所做，范宣讀書他也讀書，范宣抄書他也抄書。只是他偏偏愛好繪畫，范宣認為沒有什麼用處，不應該在這上面花費心思。戴逵就畫了一幅南都賦圖，范宣看完後很是讚賞，認為很有益處，這才重視繪畫了。

# 七

謝太傅云①：「顧長康畫②，有蒼生來所無③。」

【注釋】

①謝太傅：謝安。

②顧長康：顧愷之。博學有才氣，好諧謔，尤精繪畫，謝安等很器重他。晉安帝時官散騎常侍。時人稱其有三絕：才絕、畫絕、痴絕。

③蒼生：人類。

【譯文】

謝安說：「顧愷之的畫，是有人類以來所未曾有過的。」

八

戴安道中年畫行像甚精妙①。庾道季看之②，語戴云：「神明太俗③，由卿世情未盡④。」戴云：「唯務光當免卿此語耳⑤。」

【注釋】

①戴安道：戴逵。行像：佛像。

②庾道季：庾龢，字道季，晉太尉庾亮子，善清談，官至丹陽尹、中領軍。

③神明：神情。

④世情：世俗之情。

⑤務光：夏代的隱士。傳說湯伐桀時向他問計，他認為與己無關。湯滅桀後打算將天下讓給他，務光認為是無道之世，便負石自沉於盧水。

【譯文】

戴逵中年時所畫佛像非常精妙。庾龢看到他的畫後，對戴逵說：「所畫佛像神情太俗氣，這是由於你世俗之情未能根除所造成的。」戴逵說：「只有務光才能免去你這種評語吧。」

九

顧長康畫裴叔則①，頰上益三毛②。人問其故，顧曰：「裴楷俊朗有識具③，正此是其識具。」看畫者尋之④，定覺益三毛如有神明⑤，殊勝未安時⑥。

【注釋】

①裴叔則：裴楷。
②益：增加。
③俊朗：俊逸開朗。識具：見識才具。
④尋：尋味，探求玩味。
⑤定：確定，的確。神明：指人的精神。
⑥殊：甚，頗。

【譯文】

顧愷之畫裴楷像，臉頰上加了三根毫毛。有人問其中的緣故，顧愷之說：「裴楷俊逸開朗，又有見識才能，這正是表現了他的見識才能。」看畫的人探求玩味此畫，確實感覺到加了三根毫毛好像更有精神，遠遠勝過沒有加上去的時候。

## 一〇

王中郎以圍棋是坐隱①，支公以圍棋為手談②。

【注釋】

①王中郎：王坦之。坐隱：在座位上坐着隱居。

②支公：支道林。手談：用手交談。

【譯文】

王坦之認為圍棋是坐着隱居，支道林認為圍棋是用手談話。

## 一一

顧長康好寫起人形①，欲圖殷荊州②，殷曰：「我形惡③，不煩耳。」顧曰：「明府正為眼爾④。但明點童子⑤，飛白拂其上⑥，使如輕雲之蔽日。」

【注釋】

①寫：描摹。起：選取。

②殷荊州：殷仲堪。

③形惡：形象醜陋。

④正：只。為眼爾：為了眼睛而已。殷仲堪為治父病，不慎執藥拭淚，弄瞎了一隻眼睛。

⑤明：明顯。點：用筆點畫。童子：瞳子，瞳孔。

⑥飛白：中國畫的一種筆法，線條枯筆露白。拂：畫的一種筆法，輕輕拂拭。

【譯文】

顧愷之喜愛選人來畫像，想給殷仲堪畫，殷仲堪說：「我形貌醜陋，就不麻煩你了。」顧愷之說：「您只是為了眼睛的緣故罷了。這只需清晰地點上瞳子，用飛白的筆法在上面輕輕拂拭，使得瞳子好像輕雲遮住太陽一樣。」

## 一二

顧長康畫謝幼輿在巖石裏[1]。人問其所以[2]，顧曰：「謝云：『一丘一壑，自謂過之[3]。』此子宜置丘壑中。」

【注釋】

①謝幼輿：謝鯤。

②所以：原因。

③「一丘一壑」二句：指晉明帝曾問謝鯤，有人將他與庾亮相比，自認為如何，謝鯤回答自己在做官的能力方面不如庾亮，但在放情山水、高蹈隱居方面，自己遠遠超過庾亮。

【譯文】

顧愷之為謝鯤畫像，處身在巖石之中。有人問他這樣畫的原因，顧愷之說：「謝鯤說過：『在隱居深山幽谷方面，我自認為超過庾亮。』所以這位先生應當置身於深山幽谷之中。」

一三

顧長康畫人，或數年不點目精[①]。人問其故，顧曰：「四體妍蚩[②]，本無關於妙處；傳神寫照[③]，正在阿堵中[④]。」

【注釋】

①目睛：眼珠。

②四體：人的四肢。妍蚩（chī）：美醜。

③寫照：指畫人物肖像，寫真。

④阿堵：這個。

【譯文】

顧愷之畫人，有時幾年都不點上眼珠。有人問他是什麼緣故，顧愷之說：「人的四肢美醜，本來與畫的精妙無關；傳達人的精神面貌，畫出人物的肖像，正是在這個點睛的一點之中。」

## 一四

顧長康道：「畫『手揮五弦』易，『目送歸鴻』難[①]。」

【注釋】

①意謂畫「用手指撥彈五弦琴」容易，而畫「用目光追隨北歸的鴻雁」很難。詩句出於嵇康贈秀才入軍五首：「目送歸鴻，手揮五弦。俯仰自得，遊心泰玄。」（文選第二十四卷）

【譯文】

顧愷之說：「畫『用手指撥彈五弦琴』容易，而畫『用目光追隨北歸的鴻雁』很難。」

# 寵禮第二十二

【題解】

寵禮，指寵信和禮遇。雖說魏晉士人大多寵辱不驚，但出於對仁人志士的尊重，執政者們對士人還是能夠做到寵禮有加。同時各大家族首領為鞏固和擴張自己的勢力，同樣需要延攬人才，寵信和禮遇人才就成為更常見的現象。本篇共有六則。

一

元帝正會①，引王丞相登御牀②，王公固辭，中宗引之彌苦③。王公曰：「使太陽與萬物同輝，臣下何以瞻仰？」

【注釋】

①元帝：晉元帝司馬睿。正會：指正月初一朝會。

②王丞相：王導。御牀：皇帝的坐卧之榻。
③中宗：晉元帝司馬睿死後的廟號。彌苦：更加懇切。

【譯文】

晉元帝在正月初一朝會時，拉着王導一起坐御座，王導堅決辭讓，元帝更加懇切地拉着他。王導說：「讓太陽和萬物發出同樣的光輝，那麼我們臣下怎麼仰視瞻望呢？」

## 二

桓宣武嘗請參佐入宿①，袁宏、伏滔相次而至②。蒞名③，府中復有袁參軍。彥伯疑焉④，令傳教更質⑤。傳教曰：「參軍是袁、伏之袁，復何所疑？」

【注釋】

①桓宣武：桓溫。入宿：入府值宿。
②相次：先後依次。
③蒞名：列名，通報來人姓名。
④彥伯：袁宏。

⑤傳教：傳達教令的小吏。更質：再次詢問。

【譯文】

桓溫曾請僚屬入府值宿，袁宏、伏滔先後依次而來。通報姓名時，府中還有一位袁參軍。袁宏懷疑喊的不是自己，就讓傳達教令的小吏再次詢問。小吏說：「參軍就是袁、伏之袁，還有什麼可懷疑的？」

三

王珣、郗超並有奇才，為大司馬所眷拔①。珣為主簿，超為記室參軍。超為人多髯②，珣形狀短小，於時荊州為之語曰：「髯參軍，短主簿，能令公喜③，能令公怒。」

【注釋】

①大司馬：指桓温。眷拔：寵愛提拔。

②髯：面頰上的鬍鬚。

③公：指桓温。

【譯文】

王珣、郗超都有不同尋常的才幹，得到大司馬桓溫的寵愛提拔。王珣擔任主簿，郗超擔任記室參軍。郗超臉上多鬍鬚，王珣身材矮小，當時荊州人為他們編了順口溜說：「大鬍子參軍，矮個子主簿，能讓桓公歡喜，也能讓桓公惱怒。」

四

許玄度停都一月①，劉尹無日不往②，乃歎曰：「卿復少時不去，我成輕薄京尹③！」

【注釋】

①許玄度：許詢。

②劉尹：劉惔。

③輕薄：輕佻淺薄，不負責任。京尹：京兆尹，都城地區的行政長官。

【譯文】

許詢在京都停留了一個月，劉惔沒有一天不到他那裏去，劉惔於是歎息道：「你再過些日子不離開京城，我就要成為不負責任的京兆尹了！」

# 五

孝武在西堂會①，伏滔預坐②。還下車呼其兒，語之曰：「百人高會，臨坐未得他語，先問：『伏滔何在？在此不？』此故未易得③。為人作父如此，何如？」

## 【注釋】

①孝武：東晉孝武帝司馬曜。西堂：皇宮廳堂名，指太極殿的西廳。
②預：參與，參加。
③故：確實。

## 【譯文】

孝武帝在西堂聚會，伏滔參與聚會就座。回到家，一下車就叫他兒子，告訴兒子說：「上百人的盛會，皇上蒞臨就位沒有說別的話，先就問：『伏滔在哪裏？在這裏嗎？』這樣的寵幸確實不容易得到。為人在世，做父親的能夠如此，怎麼樣？」

# 六

卞範之為丹陽尹，羊孚南州暫還①，往卞許②，云：「下官疾動③，不堪坐。」

卞便開帳拂褥，羊徑上大牀，入被須枕④。卞回坐傾睞⑤，移晨達莫。羊去，卞語曰：「我以第一理期卿⑥，卿莫負我！」

## 【注釋】

①南州：指姑熟，故址在今安徽當塗。
②許：處所。
③疾動：毛病發作。
④須：靠。
⑤傾睞：斜着眼睛看。這裏指注目。
⑥第一理：指第一等善談義理的人。期：期望，期待。

## 【譯文】

卞範之擔任丹陽尹時，羊孚從南州暫時回來，前往卞範之住所，説：「我的病發作了，不能坐着。」卞範之就打開帳子撣淨被褥，羊孚徑直上了大牀，鑽進被子靠着枕頭，卞範之回到座位注目看着他，從清晨直到黃昏。羊孚走時，卞範之對他説：「我期待你成為第一等善談義理的人，你不要辜負我！」

# 任誕第二十三

## 【題解】

任誕，指任性放達。魏晉士人不滿於舊禮教的束縛，追求個性之自由和精神之解放，形成了「指禮法為俗流，目縱誕以清高」的風尚。任誕的表現形式多半離不開飲酒。飲酒不但是魏晉風度的核心內容之一，還是士人消災避禍的重要手段。所以，魏晉士人盛行任誕之風，既可視作是對舊禮制的反抗，也可視作是對當時險惡政治環境的逃避。本篇共有五十四則，反映了魏晉士人縱酒放達、詆毀禮教、憤世嫉俗、傲骨錚錚的精神面貌。

### 一

陳留阮籍、譙國嵇康、河內山濤①，三人年皆相比②，康年少亞之③。預此契者④，沛國劉伶、陳留阮咸、河內向秀、琅邪王戎⑤。七人常集於竹林之下，肆意酣暢⑥，故世謂竹林七賢。

【注釋】

①陳留：郡名，治所在陳留縣（今河南開封東南）。譙國：譙郡，治所在譙縣（今安徽亳州）。河內：郡名，治所在野王縣（今河南沁陽）。
②比：接近。
③亞：次於。
④預：參與。契：約會，聚會。
⑤沛國：沛郡，治所在相縣（今安徽濉溪）。琅邪：郡名，治所在東武縣（今山東諸城）。
⑥肆意：任意，隨心所欲。酣暢：暢快地飲酒。

【譯文】

陳留阮籍、譙國嵇康、河內山濤，三個人的年齡都相近，嵇康的年齡稍小些。參加這些人聚會的還有沛國劉伶、陳留阮咸、河內向秀、琅邪王戎。七個人常常在竹林下聚集，縱情地暢飲，所以當時人稱他們為竹林七賢。

二

**阮籍遭母喪，在晉文王坐[①]，進酒肉。司隸何曾亦在坐[②]，曰：「明公方以孝**

治天下，而阮籍以重喪③，顯於公坐飲酒食肉④，宜流之海外⑤，以正風教⑥。」文王曰：「嗣宗毀頓如此⑦，君不能共憂之，何謂？且有疾而飲酒食肉，固喪禮也⑧。」籍飲啖不輟⑨，神色自若⑩。

【注釋】

①晉文王：司馬昭。

②司隸：官名，司隸校尉。何曾：字穎考，西晉時官至侍中、太保，後進位太傅。

③重喪：重大的喪事。

④顯：公開。

⑤流：流放。海外：指邊遠地區。

⑥風教：風俗教化。

⑦嗣宗：阮籍。毀頓：因哀傷過度而導致身體毀損，精神困頓。

⑧「且有疾而飲酒」二句：見禮記曲禮上：「居喪之禮，頭有創則沐，身有癢則浴，有疾則飲酒食肉，疾止復初。不勝喪，乃比於不慈不孝。」意謂：居喪之禮，如果頭上有瘡，就可以洗頭；身上發癢，就可以洗澡。如果生病，可以喝酒吃肉，病癒後就恢復居喪之禮。如果承當不起喪事的哀痛，就等於不慈不孝。固，本來。

⑨飲啖：指喝酒吃肉。輟：停。

⑩自若：不改常態。

【譯文】

阮籍在母親去世服喪期間，在晉文王宴席上飲酒吃肉。司隸校尉何曾也在座，對晉文王說：「您正以孝道治理天下，但阮籍重喪在身，卻公然在您的宴席上飲酒吃肉，應當把他流放到邊遠地區，來端正風俗教化。」文王說：「阮籍哀傷過度身體毀損精神困頓，你不能為他分憂，這是為什麼？況且居喪期間因病而飲酒吃肉，這本來就是符合喪禮的。」當時阮籍吃喝不停，神色自如。

三

劉伶病酒①，渴甚，從婦求酒②。婦捐酒毀器③，涕泣諫曰：「君飲太過，非攝生之道④，必宜斷之⑤！」伶曰：「甚善。我不能自禁，唯當祝鬼神⑥，自誓斷之耳。便可具酒肉。」婦曰：「敬聞命。」供酒肉於神前，請伶祝誓。伶跪而祝曰：「天生劉伶，以酒為名⑦，一飲一斛，五斗解酲⑧。婦人之言，慎不可聽！」便引酒進肉，隗然已醉矣⑨。

【注釋】

①病酒：飲酒過量而引起的身體不適。

②從：向。婦：指妻子。
③捐：丟棄。
④攝生：保養身體。
⑤宜：應當。
⑥祝：向鬼神禱告。
⑦名：通「命」。
⑧酲（chéng）：酒病，醉酒後神志處於模糊狀態。
⑨隗（wěi）然：醉倒的樣子。

## 【譯文】

劉伶因飲酒過度而導致身體不適，感到異常口渴，就向妻子討酒喝。他妻子把酒倒掉，把酒器毀壞，哭着勸道：「你喝酒過量，這不是養生的辦法，必須要把酒戒掉！」劉伶說：「很好。但我不能自己禁，只能向鬼神禱告，自己發誓來戒掉酒癮。你就準備祭祝用的酒肉吧。」妻子說：「我按照你交代的去辦。」於是把酒肉供在神前，請劉伶去禱告發誓。劉伶跪着說：「天生我劉伶，酒是我的命。一次喝一斛，五斗消酒病。婦人之言辭，千萬不能聽。」說完拿起酒肉就吃喝起來，頹然醉倒了。

四

劉公榮與人飲酒①，雜穢非類②。人或譏之，答曰：「勝公榮者，不可不與飲；不如公榮者，亦不可不與飲；是公榮輩者，又不可不與飲。故終日共飲而醉。」

【注釋】

①劉公榮：劉昶，字公榮，西晉沛國（今安徽濉溪）人，性好酒，為人通達，官兗州刺史。
②雜穢：雜亂。非類：不是同一類人。

【譯文】

劉昶和別人一道喝酒，酒友很雜都不是同一類人。有人譏笑他，他答道：「酒量超過我的，我不能不同他喝酒；酒量不如我的，也不能不同他喝酒；凡是我同類的人，更加不能不同他一起喝酒，所以我整天與人一起飲酒而醉。」

五

步兵校尉缺①，廚中有貯酒數百斛，阮籍乃求為步兵校尉。

【注釋】

①步兵校尉：官名，魏晉時統領宿衛部隊。缺：指職位空缺。

【譯文】

步兵校尉的官職空缺了，阮籍聽説步兵營的廚房裏儲存了幾百斛酒，就要求擔任步兵校尉的職務。

六

劉伶恆縱酒放達①，或脱衣裸形在屋中。人見譏之，伶曰：「我以天地為棟宇②，屋室為褌衣③，諸君何為入我褌中？」

【注釋】

①放達：放縱通達。

②棟宇：房屋。

③褌（kūn）衣：褲子。

【譯文】

劉伶常常縱情飲酒，任性放誕，有時脫掉衣服，赤身裸體待在屋中。有人看到後譏笑他，劉伶說：「我把天地當房子，把房屋當褌子，諸位為什麼跑到我褌子裏來？」

## 七

阮籍嫂嘗還家①，籍見與別。或譏之，籍曰：「禮豈為我輩設也②？」

【注釋】

①還家：這裏指回娘家。

②禮：禮法，這裏指禮記曲禮上「嫂叔不通問」的規定。

【譯文】

阮籍的嫂嫂有一次回娘家，阮籍與她相見道別。有人譏笑他，阮籍說：「禮法難道是為我們這些人而設的嗎？」

## 八

阮公鄰家婦有美色[①]，當壚酤酒[②]。阮與王安豐常從婦飲酒[③]，阮醉，便眠其婦側。夫始殊疑之，伺察[④]，終無他意。

### 【注釋】

①阮公：阮籍。

②壚：酒店前安放酒甕的土台子，指酒店。酤（gū）：賣。

③王安豐：王戎。

④伺察：探察。

### 【譯文】

阮籍鄰家的婦女姿色美麗，在酒壚邊賣酒。阮籍與王戎常常到該女處飲酒，阮籍喝醉後，就睡在該女身旁。她丈夫開始很懷疑他，經過探察後，發現他始終沒有其他的意圖。

## 九

阮籍當葬母，蒸一肥豚①，飲酒二斗，然後臨訣②，直言③：「窮矣④！」都得一號⑤，因吐血，廢頓良久⑥。

### 【注釋】

①豚：小豬。
②臨訣：指向遺體告別。
③直言：直截了當地說。
④窮：孝子哭喪語。當時習俗，孝子哭喪言「窮」，意為窮極無奈，極度悲傷。
⑤都：總共。號：悲痛大哭。
⑥廢頓：指精神萎靡不振，疲憊不堪。

### 【譯文】

阮籍在安葬母親時，蒸了一隻很肥的小豬，喝了二斗酒，然後向母親的遺體告別，直接說「窮啊！」只是極度悲傷地大哭了一聲，就吐血了，精神萎靡了很久。

## 一〇

阮仲容、步兵居道南①，諸阮居道北；北阮皆富，南阮貧。七月七日，北阮盛曬衣②，皆紗羅錦綺。仲容家以竿掛大布犢鼻褌於中庭③，人或怪之，答曰：「未能免俗，聊復爾耳！」

**【注釋】**

①阮仲容：阮咸。步兵：阮籍。

②曬衣：當時習俗，七月初七曬衣以防蟲蛀。

③大布：粗布。犢（dú）鼻褌：一種幹雜活時穿的褲子，有襠，形如小牛鼻。

**【譯文】**

阮咸、阮籍居住在路南，其他阮姓人住在路北；住在路北的阮姓人都很富有，住在路南的都很貧窮。七月七日，路北的阮姓人大曬衣服，都是綾羅綢緞。阮咸就用竹竿在庭院中掛了一條粗布做的犢鼻形狀的褲子，有人對他的做法感到很奇怪，他答道：「我沒能免除世俗的習慣，姑且再這樣應付一回罷了！」

## 一一

阮步兵喪母，裴令公往弔之①。阮方醉，散髮坐牀，箕踞不哭②。裴至，下席於地，哭弔唁畢，便去。或問裴：「凡弔，主人哭，客乃為禮。阮既不哭，君何為哭？」裴曰：「阮方外之人③，故不崇禮制。我輩俗中人，故以儀軌自居④。」時人歎為兩得其中⑤。

【注釋】

①裴令公：裴楷。

②箕踞：伸開兩腿而坐，形如簸箕。這種坐姿被視為放浪不拘、傲慢無禮之姿。

③方外：世俗之外。

④儀軌：規範，禮法。

【譯文】

阮籍母親死後，裴楷前往弔唁。阮籍當時正喝醉了酒，披頭散髮坐在榻上，兩腿伸開，也沒哭。裴楷到了，阮籍離開了坐席下地，裴楷行哭喪之禮，弔唁完畢，就離開了。有人問裴楷：「凡是弔唁，喪家主人哭，客人才行禮。阮籍既然不哭，您為什麼哭？」裴楷說：「阮籍是世俗之外的人，所以不尊崇禮制。我們是世俗之人，所以用禮法來對待。」當時人認為他的話非常得體。

## 一二

諸阮皆能飲酒①，仲容至宗人間共集②，不復用常杯斟酌③，以大甕盛酒④，圍坐，相向大酌⑤。時有羣豬來飲，直接去上，便共飲之。

**【注釋】**

①諸阮：指阮氏同族人。
②仲容：阮咸。宗人：同族人。
③斟酌：斟酒，飲酒。
④甕：盛酒的陶器。
⑤相向：面對面。

**【譯文】**

阮氏家族的人都能喝酒，阮咸到同族人當中聚會，不再用一般的杯子來喝酒，而是用大甕來盛酒，大家一起圍坐，面對面痛飲。當時有很多豬也來喝，它們直接就上去喝了，於是大家就與這羣豬一道喝酒。

## 一三

**阮渾長成①，風氣韻度似父，亦欲作達②。步兵曰③：「仲容已預之③，卿不得復爾。」**

**【注釋】**

①阮渾：字長成，阮籍的兒子，西晉時曾任太子中庶子。
②作達：做放任不羈的事。
③步兵：阮籍。
④仲容：阮咸。

**【譯文】**

阮渾字長成，風格氣度很像父親，也想做些任性放達的事。阮籍說：「阮咸已經參與其中了，你不能再這樣了。」

一四

裴成公婦①，王戎女。王戎晨往裴許②，不通徑前。裴從牀南下，女從北下，相對作賓主，了無異色。

【注釋】

①裴成公：裴頠，死後謚成。

②許：處，處所。

【譯文】

裴頠的妻子是王戎的女兒，王戎早上到裴頠那裏去，不通報一聲就直接進了內室。裴頠從牀的南面下，女兒從牀的北面下，賓主相對，大家神態如常，完全沒有一點為難的表情。

一五

阮仲容先幸姑家鮮卑婢①，及居母喪，姑當遠移，初云當留婢，既發，定將去②。仲容借客驢，着重服③，自追之。累騎而返④，曰：「人種不可失！」即遙集之母也⑤。

【注釋】

①阮仲容：阮咸。幸：寵愛。鮮卑：古代北方少數民族名。

②定：終於。將：帶。

③重服：指為父母亡故所穿的孝服。

④累騎：二人共騎。

⑤遙集：阮孚，字遙集，阮咸之次子。

【譯文】

阮咸原先寵愛姑母家一鮮卑族的婢女，等到他為母親守喪時，姑母要搬到遠處去，起初說要留下這位婢女，當要出發了，終於帶她走了。阮咸借了客人的驢子，身穿重孝，親自去追她。兩人合騎一頭驢回來，他說：「傳宗接代的人不能失去！」這位婢女就是阮孚的母親。

一六

任愷既失權勢①，不復自檢括②。或謂和嶠曰：「卿何以坐視元裒敗而不救？」和曰：「元裒如北夏門③，拉自欲壞④，非一木所能支。」

【注釋】

①任愷：字元裒。西晉樂安博昌（今山東博興東南）人，晉武帝時歷任侍中、太子少傅、吏部尚書，深受器重，後被賈充所間，不得志而死。

②檢括：檢點約束。

③北夏門：即大夏門，洛陽城門之一。

④拉：斷裂。

【譯文】

任愷失去權勢以後，不再檢點約束自己。有人對和嶠說：「你為什麼坐視元裒頹廢而不救他呢？」和嶠說：「元裒有如北夏門，斷裂後自然會損壞，不是一根木頭能支撐得住的。」

一七

劉道真少時①，常漁草澤，善歌嘯②，聞者莫不留連。有一老嫗，識其非常人，甚樂其歌嘯，乃殺豚進之③。道真食豚盡，了不謝④。嫗見不飽，又進一豚。食半餘半，乃還之。後為吏部郎⑤，嫗兒為小令史⑥，道真超用之⑦。不知所由⑧，問母，母告之。於是齎牛酒詣道真⑨，道真曰：「去，去！無可復用相報。」

【注釋】

①劉道真：劉寶，字道真，西晉山陽郡高平人（今山東鄒城西南）。歷官吏部郎、侍中、安北大將軍，領護烏丸校尉，都督幽并州諸軍事，賜爵關內侯。

②歌嘯：亦稱「嘯詠」。晉朝文士嘯詠之習甚盛，被視為文人雅士之風流逸態。

③豚：小豬。

④了不：完全不，一點不。了，完全。

⑤吏部郎：吏部的屬官。

⑥小令史：掌文書的小吏。

⑦超用：越級提拔。

⑧所由：何由。

⑨齎（ㄐㄧ）：攜帶。詣：到……去，拜訪。

【譯文】

劉寶年輕時，常在荒野湖沼中打魚，他善於嘯詠，聽到的人沒有不被他的嘯詠之聲所吸引的。有一個老婦人，看到他不是一般人，又非常喜歡他的嘯詠，就殺了一隻小豬送給他。劉寶把小豬吃光了，一點也不表示感謝。老婦人見他沒有吃飽，又送給他一隻。劉寶吃了一半，就把剩下的一半還給老婦人。後來劉寶做了吏部郎，老婦人的兒子是小令史，劉寶越級提拔了他。他不知道是什麼原因，問母親，母親告訴了他，於是他帶着牛肉和酒去拜見劉寶。劉寶説：「走吧！走吧！不用再來答謝我。」

一八　阮宣子常步行①，以百錢掛杖頭②，至酒店，便獨酣暢，雖當世貴盛，不肯詣也。

【注釋】

①阮宣子：阮脩，字宣子，阮籍從子，西晉名士。善清言，任誕不修人事。

②杖：手杖，拐杖。

【譯文】

阮宣子經常徒步外出，把百錢掛在手杖頂端，走到酒店，就獨自開懷暢飲，即使是當世的權貴名流，也不肯去拜訪。

## 一九

山季倫為荊州[①]，時出酣暢，人為之歌曰：「山公時一醉，徑造高陽池[②]，日莫倒載歸[③]，茗艼無所知[④]。復能乘駿馬，倒着白接䍦[⑤]，舉手問葛彊，何如并州兒[⑥]？」高陽池在襄陽。彊是其愛將，并州人也。

### 【注釋】

①山季倫：山簡。
②徑造：徑直前去。高陽池：池在襄陽，本為漢侍中習郁所修養魚池，是遊樂之所。山簡鎮襄陽，常到此飲酒，呼之為高陽池，意即酒池。高陽，因秦漢之際高陽人酈食其喜飲酒，他後來輔佐劉邦有功，高陽遂成為酒徒代名詞。
③日莫：即日暮。
④茗艼：即酩酊，大醉的樣子。
⑤倒着：倒轉來戴着。着，戴。接䍦（lí）：古代男子戴的一種帽子。
⑥葛彊：山簡手下愛將，并州人，彊同「強」。并（bīng）州：州名，治所在晉陽（今山西太原）。

### 【譯文】

山簡做荊州刺史的時候，經常外出痛飲，有人為他編了一首歌謠：「山簡經常醉，徑直去高陽池。

日落倒臥車中歸，酩酊大醉無所知。忽而又能騎駿馬，倒戴白接籬。揮手問葛彊，比你這并州人怎麼樣？」高陽池在襄陽。葛彊是山簡的愛將，并州人。

## 二〇

**張季鷹縱任不拘①，時人號為「江東步兵」②。或謂之曰：「卿乃可縱適一時③，獨不為身後名邪④？」答曰：「使我有身後名，不如即時一杯酒！」**

**【注釋】**

①張季鷹：張翰，字季鷹，西晉吳郡吳（今江蘇蘇州）人。性狂放不羈，時人以比阮籍，稱為「江東步兵」。為晉大司馬齊王冏東曹掾，見晉室禍亂將起，乃辭官歸隱。

②江東：指長江下游南岸地區。

③乃可：雖然能夠。

④獨：難道。身後：死後。

**【譯文】**

張翰任性放縱，當時人把他稱為「江東步兵」。有人對他說：「你雖然能夠縱情於一時，難道不為身後的名聲着想嗎？」張翰回答說：「讓我有身後的名聲，還不如眼前的一杯好酒！」

二一

畢茂世云[①]：「一手持蟹螯，一手持酒杯，拍浮酒池中[②]，便足了一生。」

【注釋】

①畢茂世：畢卓，字茂世，東晉新蔡鮦陽（今安徽臨泉鮦城）人。曾任吏部郎，官至平南長史。性格放達，後因飲酒而廢職。

②拍浮：以手拍水游泳。

【譯文】

畢茂世說：「一手拿蟹腿，一手拿酒杯，在酒池中浮游，就足以了卻此生了。」

二二

賀司空入洛赴命[①]，為太孫舍人[②]，經吳閶門[③]，在船中彈琴。張季鷹本不相識[④]，先在金閶亭[⑤]，聞弦甚清，下船就賀[⑥]，因共語，便大相知說[⑦]。問賀：「卿欲何之[⑧]？」賀曰：「入洛赴命，正爾進路。」張曰：「吾亦有事北京[⑨]，因路寄載。」便與賀同發。初不告家，家追問乃知。

【注釋】

①賀司空：賀循，字彥先，西晉會稽山陰（今浙江紹興）人。官至太常卿，死後贈司空。

②太孫舍人：應作「太子舍人」。太子舍人，皇太子屬官。

③吳閶門：吳縣（今江蘇蘇州）城門名。因象天門之有閶闔，故名閶門。

④張季鷹：張翰。

⑤金閶亭：亭名，在吳縣（今江蘇蘇州）閶門外。因位置在城西，又靠近閶門，故名金閶。金，五行之一，代表西方。

⑥就：靠近，到……去。

⑦知說（yuè）：賞識愛悅。「說」通「悅」。

⑧何之：之何，到哪裏。

⑨北京：指京城洛陽。此二人皆吳地人氏，故稱北方的京城為北京。

【譯文】

賀循去洛陽接受皇帝的詔命，做太子舍人，途經吳閶門，在船中彈琴。張翰與賀循本來不相識，他先在金閶亭，聽到琴聲很清雅，便下船去拜訪賀循，一經交談，彼此十分賞識愛悅。張翰問賀循：「你打算到哪裏去？」賀循說：「到洛陽去接受詔命，正在路上。」張翰說：「我也有事要到洛陽去，就順路搭載。」於是與賀循一同出發。張翰一開始沒有告訴家人，家人追問才知道事情的原委。

## 二三

祖車騎過江時①，公私儉薄②，無好服玩。王、庾諸公共就祖③，忽見裘袍重疊，珍飾盈列。諸公怪問之，祖曰：「昨夜復南塘一出④。」祖於時恆自使健兒鼓行劫鈔⑤，在事之人亦容而不問。

### 【注釋】

①祖車騎：祖逖。

②公私檢薄：公庫私府都不豐裕。

③王、庾諸公：指王導、庾亮等人。

④南塘：地名。在東晉都城建康秦淮河南岸。一出：去一遭，到一趟。

⑤恆自：常常，總是。「自」為詞綴。鼓行：古代行軍，擊鼓則進，鳴金則退，因稱行進為鼓行。此處指公開進行。

### 【譯文】

祖逖渡江南下時，公庫私府都不豐裕，沒什麼好的衣服和玩物。王導、庾亮等人一起去拜訪祖逖，忽然看到他那裏皮毛衣服層層堆積，珍貴飾物陳列滿架。他們感到很奇怪，就問他原因，祖逖說：「昨夜又去了一次南塘。」祖逖在當時常常讓部下出去公開搶劫，那些當政者也容忍他們而不加過問。

## 二四

鴻臚卿孔羣好飲酒①，王丞相語云：「卿何為恆飲酒？不見酒家覆瓿布②，日月糜爛？」羣曰：「不爾③。不見糟肉乃更堪久？」羣嘗書與親舊：「今年田得七百斛秫米④，不了麴糵事⑤。」

**【注釋】**

①鴻臚卿：官名，掌朝賀慶弔等禮儀。孔羣：字敬林，東晉會稽山陰（今浙江紹興）人。嗜酒，志尚高蹈。曾任鴻臚卿、御史中丞等職。

②瓿（bù）：古代一種瓦器。此指陶製盛酒器。

③不爾：不是這樣。爾，這樣。

④秫（shú）米：高粱。

⑤麴糵（qū niè）：酒母，即釀酒用的發酵物。這裏指釀酒。

【譯文】

鴻臚卿孔羣喜歡喝酒，王導對他說：「你為什麼經常喝酒？難道沒有看見賣酒人家蓋在酒器上的布，日子久了就爛掉了嗎？」孔羣說：「不是這樣的。你難道沒有看見酒糟醃製的肉反而能存放得更久嗎？」孔羣曾經寫信給親戚故舊說：「今年田裏收到七百斛秫米，還不能滿足釀酒之用。」

## 二五

**有人譏周僕射與親友言戲穢雜無檢節①。周曰：「吾若萬里長江，何能不千里一曲②。」**

【注釋】

①周僕射：周顗。言戲：言談戲樂。穢雜：污穢不雅。

②千里一曲：長江千里間必有一彎曲處，借喻人的一生難免小有過失。

【譯文】

有人譏笑周顗和親友談論說笑污穢不雅，毫無檢點節制。周顗說：「我好像那萬里長江，怎麼能在千里之間沒有一點兒彎曲呢？」

二六

溫太真位未高時①，屢與揚州、淮中估客樗蒱②，與輒不競③。嘗一過大輸物④，戲屈⑤，無因得反⑥。與庾亮善，於舫中大喚亮曰：「卿可贖我！」庾即送直⑦，然後得還。經此數四⑧。

【注釋】

①溫太真：溫嶠，字太真。
②淮中：淮河一帶。估客：販賣貨物的行商。樗蒱（chū pú）：一種賭博遊戲。
③不競：不能得勝。
④一過：一局，一場。輸物：賭注。
⑤戲屈：玩輸。
⑥無因：沒有辦法。
⑦直：通「值」，即贖金。
⑧數四：數次，表示約數的習慣用法。

【譯文】

溫嶠官位還不高時，屢次和揚州、淮中的行商賭博，每次都輸。曾經有一次賭注很大，輸了很多錢，沒有辦法回去。他和庾亮很好，在船中大聲呼喚庾亮：「你來贖我！」庾亮隨即送贖金過去，他才得以回來。這樣的事情發生過好多次。

## 二七

溫公喜慢語①，卞令禮法自居②。至庾公許③，大相剖擊④，溫發口鄙穢⑤，庾公徐曰：「太真終日無鄙言⑥。」

**【注釋】**

①溫公：溫嶠。慢語：放縱傲慢的話。
②卞令：卞壼。
③庾公：庾亮。許：住處。
④剖擊：辯駁批評。
⑤發口：開口。鄙穢：粗鄙庸俗。
⑥太真：溫嶠字太真。

【譯文】

溫嶠喜歡說放縱傲慢的話，卞壼卻以禮儀法度自居。兩人到庾亮的住處去，相互間激烈地辯駁批評，溫嶠說話粗鄙庸俗，庾亮慢悠悠地說：「太真整天沒有一句庸俗的話。」

## 二八

周伯仁風德雅重[①]，深達危亂。過江積年[②]，恆大飲酒，嘗經三日不醒。時人謂之「三日僕射」[③]。

【注釋】

①周伯仁：周顗字伯仁，官至尚書左僕射。

②過江：渡過長江。晉室南渡，曾有大批官僚士族集團南遷。

③三日僕射：後成為只飲酒不做事的宰相的典故。

【譯文】

周顗作風品德正派厚重，深明當時危亂的形勢。過江多年，總是大肆飲酒，曾經一連三日醉酒不醒。當時人稱之為「三日僕射」。

## 二九

衞君長為温公長史①，温公甚善之，每率爾提酒脯就衞②，箕踞相對彌日③。衞往温許亦爾④。

【注釋】

①衞君長：衞永，字君長，官至左軍長史。温公：温嶠。

②每：經常。率爾：隨意，隨便。脯：乾肉。

③彌日：整天。

④許：住處。爾：這樣。

【譯文】

衞永擔任温嶠的長史時，温嶠對他十分親近，常常隨意地提着酒肉到衞永那裏去，兩人面對面隨隨便便地坐着整天飲酒。衞永到温嶠那裏去也是這樣。

## 三〇

蘇峻亂，諸庾逃散①。庾冰時為吳郡②，單身奔亡。民吏皆去，唯郡卒獨以小船載冰出錢塘口，籧篨覆之③。時峻賞募覓冰，屬所在搜檢甚急④。卒捨船市渚⑤，因飲酒醉，還，舞棹向船曰：「何處覓庾吳郡，此中便是！」冰大惶怖，然不敢動。監司見船小裝狹，謂卒狂醉，都不復疑⑥。自送過淛江⑦，寄山陰魏家，得免。後事平，冰欲報卒，適其所願。卒曰：「出自廝下⑧，不願名器⑨。少苦執鞭⑩，恆患不得快飲酒。使其酒足餘年，畢矣。無所復須。」冰為起大舍，市奴婢，使門內有百斛酒，終其身。時謂此卒非唯有智，且亦達生。

**【注釋】**

①「蘇峻亂」二句：指晉成帝咸和二年（三二七），蘇峻以討伐庾亮為名起兵叛亂，攻陷建康，遷晉成帝於石頭城。諸庾，庾亮等庾氏諸兄弟。庾亮在建康與蘇峻大戰，失敗後率弟南奔。

②為吳郡：做吳郡太守。

③籧篨（qú chú）：用蘆葦或竹篾編的粗席。

④屬：通「矚」，叮囑，命令。所在：各處，到處。

⑤市渚：到小洲上買東西。市，買。渚，水中小洲。

⑥都不：完全不，一點不。

⑦自：副詞，表示已然。淛江：即浙江。

⑧廝下：指地位卑微、低賤的僕役。

⑨名器：「名」指爵位，等級稱號。「器」指車服儀制。
⑩執鞭：喻供人驅使。

【譯文】

蘇峻作亂，庾氏兄弟都逃散了。庾冰當時是吳郡太守，一個人逃亡。百姓和屬官都離散了，只有一個府役獨自用小船載着庾冰逃出錢塘江口，用粗竹席蓋住他。當時蘇峻正懸賞捉拿庾冰，囑咐部下到處搜查，十分緊急。府役離開小船到江中小洲上去買東西，喝醉了酒回來，揮舞着船槳，面對着小船說：「哪裏去尋找庾吳郡？這條船裏就是！」庾冰大為恐慌，但又不敢動。搜查的人看到船十分狹小，認為是府役喝醉了酒說胡話，就不再懷疑。府役就把庾冰送過錢塘江，寄居在山陰魏家，得以免禍。後來叛亂平息，庾冰要報答府役，說可以滿足他的願望。府役說：「我出身於僕役，不願意做官。從小就苦於為人服役，經常覺得不能暢快地喝酒，感到遺憾。假如給我足夠的酒讓我度過餘年，我就滿足了。沒有其他的什麼要求了。」庾冰就給他蓋了大房子，買了奴婢，讓他家裏有上百斛的酒，一直供養他終身。當時人說這位府役不僅僅是有智謀，而且對人生也很達觀。

三一

殷洪喬作豫章郡①，臨去，都下人因附百許函書②。既至石頭③，悉擲水中，因祝曰④：「沉者自沉，浮者自浮，殷洪喬不能作致書郵⑤！」

【注釋】

①殷洪喬：殷羨，字洪喬，中軍將軍殷浩之父。仕晉，官至豫章太守、光祿勛。作豫章郡：任豫章郡太守。

②都下：京城。因附：趁便捎帶。函：量詞，用於書信。書：信。

③石頭：即石頭城。

④祝：禱告。

⑤致書郵：送信的郵差。

【譯文】

殷羨作豫章郡太守，將要離開赴任時，京都的人託他帶了上百封信。到了石頭城，他把信全部拋入江中，還禱告說：「沉的自己沉下去，浮的自己浮上來。我殷洪喬不能做那送信的郵差！」

三二

王長史、謝仁祖同為王公掾①，長史云：「謝掾能作異舞。」謝便起舞，神意甚暇。王公熟視②，謂客曰：「使人思安豐③。」

【注釋】

①王長史：王濛。謝仁祖：謝尚。王公：王導。

②熟視：仔細看。

③安豐：王戎。

【譯文】

王濛和謝尚同是王導的屬官，王濛說：「謝掾會跳奇特的舞蹈。」謝尚於是跳起舞來，神情意志很悠閑。王導仔細地觀看，對客人說：「讓人想起了王戎。」

三三

王、劉共在杭南①，酣宴於桓子野家②。謝鎮西往尚書墓還③，葬後三日反哭④。諸人欲要之⑤，初遣一信⑥，猶未許，然已停車；重要，便回駕。諸人門外迎之，把臂便下。裁得脫幘⑦，着帽酣宴。半坐，乃覺未脫衰⑧。

【注釋】

①王、劉：王濛、劉惔。杭南：指東晉都城建康的朱雀航之南，王、謝諸名族所居烏衣巷，距離朱雀航不遠。

②桓子野：桓伊，字叔夏，小字子野。善音樂，東晉時官至護軍將軍。

③謝鎮西：謝尚。尚書：謝裒。

④反哭：古代喪禮，埋葬後，喪主要奉神主返於廟而哭。靈柩由廟裏抬出安葬，復神主於廟，故曰反哭。

⑤要：邀請。

⑥信：使者。

⑦裁得：才得以，才來得及。裁，通「才」。幘：巾幘，髮巾。

⑧乃：才。衰（cuī）：喪服。

【譯文】

王濛、劉惔同在朱雀橋南，到桓伊家裏暢飲。謝尚去謝裒墓上回來，是葬後三日的反哭。眾人想邀請謝尚來共飲，起初派了一個使者去請，他還沒答應，但是已經把車子停了下來；再次邀請，就調轉車頭來了。眾人在門外迎接他，他拉着別人的臂膀就下車了。剛剛脱去頭巾，換上便帽就痛飲起來。坐下好一陣子了，才發現沒有脱下喪服。

三四

桓宣武少家貧，戲大輸①，債主敦求甚切。思自振之方，莫知所出。陳郡袁耽俊邁多能②，宣武欲求救於耽。耽時居艱③，恐致疑④，試以告焉，應聲便許，略無嫌吝。遂變服，懷布帽，隨温去與債主戲。耽素有蓺名⑤，債主就局，曰：「汝故當不辦作袁彥道邪？」遂共戲。十萬一擲，直上百萬數，投馬絕叫⑥，傍若無人，探布帽擲對人曰：「汝竟識袁彥道不？」

【注釋】

①桓宣武：桓温。戲：博戲。

②陳郡：治所在陳縣（今河南淮陽）。袁耽：字彥道，東晉陳郡陽夏人。為王導參軍，因平蘇峻有功，官歷陽太守，後至從事中郎。

③居艱：居喪，在服喪期中。

④疑：遲疑，猶豫。

⑤素：一向，素來。蓺（yì）名：技藝高超的名聲。「蓺」同「藝」。

⑥馬：擲蒱之馬。賭博時投擲，以決輸贏。絕叫：大聲喊叫。絕，副詞，表示程度，猶極、甚。

【譯文】

桓温年輕時家裏貧窮，一次賭博大輸，債主催逼他還賭債。他想要反輸為贏，可又想不出辦法。陳郡袁躭慷慨豪邁，多才多藝，桓温便想向他求救。袁躭當時正在守喪期間，去求他怕他為難，只能試着把這件事告訴他，袁躭立即答應了，沒有一點為難的意思。他脱下孝服，穿上便裝，把布帽揣在懷裏，和桓温一起去和那個債主賭錢。袁躭平時在技藝遊戲方面是很有名氣的，那個債主上了賭局，説：「你或許不可能像袁彥道吧？」就一起賭起來了。賭注從十萬一擲，一直上升到百萬之數，袁躭投下籌碼，大喊大叫，旁若無人，從懷中拿出布帽擲向對方，説：「你到底認識袁彥道嗎？」

## 三五

**王光祿云①：「酒正使人人自遠②。」**

【注釋】

①王光祿：王藴，字叔仁，東晉晉陽（今山西太原）人。曾任光祿大夫，有政績。

②正：的確。自遠：忘卻自己。

【譯文】

王蘊說：「酒的確能使人們忘卻自己。」

三六

劉尹云①：「孫承公狂士②，每至一處，賞玩累日，或回至半路卻返。」

【注釋】

①劉尹：劉惔。

②孫承公：孫統，字承公，孫楚之孫。生卒年不詳，晉成帝時人。放浪不羈，喜好山水，善屬文。

【譯文】

劉惔說：「孫承公是狂放之士，每到一個地方，就一連好幾天遊賞玩樂，有時候往回走到半路又轉身再去。」

三七

袁彥道有二妹①：一適殷淵源，一適謝仁祖②。語桓宣武云③：「恨不更有一人配卿！」

【注釋】

①袁彥道：袁耽。

②謝仁祖：謝尚。

③桓宣武：桓溫。

【譯文】

袁耽有兩個妹妹：一個嫁給殷浩，一個嫁給謝尚。他對桓溫說：「遺憾的是沒有另外一個妹妹許配給你。」

三八

桓車騎在荊州①，張玄為侍中②，使至江陵③，路經陽岐村。俄見一人持半小籠生魚，徑來造船，云：「有魚欲寄作膾④。」張乃維舟而納之⑤，問其姓字，稱是劉遺民⑥。張素聞其名，大相忻待⑦。劉既知張銜命⑧，問：「謝安、王文度並佳不⑨？」張甚欲話言，劉了無停意。既進膾，便去，云：「向得此魚，觀君船上當有膾具，是故來耳。」於是便去。張乃追至劉家。為設酒，殊不清旨，張高其人，不得已而飲之。方共對飲，劉便先起，云：「今正伐荻⑩，不宜久廢。」張亦無以留之。

**【注釋】**

①桓車騎：桓沖。
②張玄：又作張玄之。
③江陵：晉朝時為荊州治所，在今湖北省。
④寄：委託。膾：細切的魚肉。
⑤維舟：繫船。
⑥劉遺民：劉驎之，字子驥，東晉南陽（今河南南陽）人，清心寡慾，隱於陽歧。
⑦忻：同「欣」，喜悅。
⑧銜命：肩負使命。
⑨王文度：王坦之。
⑩荻：類似蘆葦的草本植物。

【譯文】

桓沖任荊州刺史時，張玄擔任侍中，奉命到江陵去，路過陽岐村。一會兒看見一個人拿着半小籠活魚，徑直來到船邊，說：「有些魚，想託你們切成魚片。」張玄就繫好船讓他上來。問他的姓名，他自己說是劉遺民。張玄平常聽說過他的名聲，十分高興地接待他。劉遺民知道張玄是奉命出行，問：「謝安、王文度還好嗎？」張玄很想和他談談，劉遺民卻完全沒有停留的意思。魚片切好送進來以後，他就要離開，說：「剛才得到這些魚，看您船上應當有切魚的刀具，所以才來的。」於是便走了。張玄跟着到了劉遺民家。劉遺民置辦了酒，酒色很不清醇，張玄敬重他的為人，不得已喝了酒。方才和他對飲完，劉遺民就先站起來說：「今天正割蘆荻，不應耽擱太久。」張玄也沒有辦法留下他。

三九

王子猷詣郗雍州①，雍州在內。見有㲪㲣②，云：「阿乞那得此物？」令左右送還家。郗出覓之，王曰：「向有大力者負之而趨③。」郗無忤色④。

【注釋】

①王子猷：王徽之。詣：拜訪。郗雍州：郗恢，小字阿乞，東晉時曾任雍州刺史。

②毾㲪（tà dēng）：西域傳入的一種羊毛毯，質地細密，比較珍貴。

③向：剛才。

④忤色：生氣的樣子。

**【譯文】**

王徽之去拜訪郗恢，郗恢在內室。王徽之看到有羊毛毯，說：「阿乞哪來的這個東西？」就叫手下人送回自己家中。郗恢出來尋找毛毯，王徽之說：「剛才有個大力士揹着它跑了。」郗恢沒有一點生氣的樣子。

## 四〇

**謝安始出西①，戲，失車牛，便杖策步歸②。道逢劉尹③，語曰：「安石將無傷④？」謝乃同載而歸。**

**【注釋】**

①出西：指入都，到建康去。

②杖策：拄着手杖。

③劉尹：劉惔。

④將無：恐怕，大概，六朝時習慣用語。

**【譯文】**

謝安初到建康，外出遊玩，丟失了車和牛，就拄着手杖步行回家。路上碰到了劉惔，劉惔對他說：「安石恐怕受到損傷了吧？」謝安就和他同乘一輛車回去。

## 四一

襄陽羅友有大韻①，少時多謂之痴。嘗伺人祠②，欲乞食，往太蚤，門未開。主人迎神出見，問以非時何得在此，答曰：「聞卿祠，欲乞一頓食耳。」遂隱門側，至曉得食便退，了無怍容③。為人有記功④，從桓宣武平蜀，按行蜀城闕觀宇，內外道陌廣狹，植種果竹多少，皆默記之。後宣武漂洲與簡文集⑤，友亦預焉。共道蜀中事，亦有所遺忘，友皆名列，曾無錯漏。宣武驗以蜀城闕簿，皆如其言，坐者歎服。謝公云：「羅友詎減魏陽元⑥。」後為廣州刺史，當之鎮，刺史桓豁語令莫來宿⑦，答曰：「民已有前期⑧，主人貧，或有酒饌之費，見與甚有舊。請別日奉命。」征西密遣人察之⑨，至夕乃往荊州門下書佐家，處之怡然，不異勝達。在益州，語兒云：「我有五百人食器。」家中大驚，其由來清，而忽有此物，定是二百五十遝烏樏⑩。

## 【注釋】

①襄陽：郡名，治所在襄陽縣（今湖北襄陽）。羅友：字宅仁，東晉襄陽（今湖北襄陽）人。嗜酒，放達。被大司馬桓温所器重，官至襄陽太守，廣、益二州刺史。韻：風度、氣質。

②伺：探察，偵察。祠：祭祀。

③怍容：慚愧的表情。

④記功：記憶力。

⑤漂洲：當作「溧洲」，長江中小洲名。簡文：晉簡文帝司馬昱。

⑥詎（jù）：哪裏，怎麼。減：比……差。魏陽元：魏舒字陽元，任城樊（今山東兗州西南）人。晉武帝時官至司徒。

⑦莫：即「暮」。傍晚，晚上。

⑧民：自稱。對官長或國主自稱民，表示謙卑。羅友襄陽人，屬荊州地界，桓豁為荊州刺史，故其自稱民。前期：前約。

⑨征西：桓豁，為征西大將軍，故稱。

⑩遝（tà）：量詞。食盒一具為一遝。猶今之言套。烏樏（lěi）：黑漆食盒。樏，食盒。

【譯文】

襄陽羅友為人有特殊的風格，年輕時很多人認為他痴呆。他有一次知道有戶人家祭祀，便想去討點吃喝，去得太早了，人家門還沒有開。主人迎神時出來看到他，問他還沒到時候，為什麼在這裏，他回答説：「聽説您祭祀，想要討一頓吃喝罷了。」就躲在門邊，到天亮，得了食物就走了，沒有一點羞慚的神色。他有很強的記憶力，跟隨桓溫平定蜀地，他巡視蜀中城池樓台屋宇，城內外大小道路的寬窄，以及種植的果樹、竹子的多少，都默默地記在心裏。後來桓溫在溧洲與簡文帝會面，羅友也參與其事。他們一起談論當年蜀中的事情，也有所遺忘，羅友卻一條條列出名目，無一遺漏。桓溫拿出記載蜀中情況的簿籍來對證，都如他所説的那樣，在座者都為之歎服。謝安説：「羅友哪裏比魏舒差。」後來羅友做廣州刺史，往駐地去時，刺史桓豁讓他晚上來住宿，他回答説：「下民已經有約在先，那家主人窮，可能會破費錢財準備酒菜，我與他是有老交情的。請允許我改日奉命拜訪。」桓豁暗中派人去觀察羅友，到了那天，他竟然到荊州的下屬書佐家去了，彼此相處十分融洽，和對待名流達官沒有什麼不同。他在益州時，對兒子説：「我有供五百人吃喝的餐具。」家裏人大為吃驚，他一向清貧，卻突然有這些東西，估計一定是二百五十逕黑色的食盒碟子。

## 四二

**桓子野每聞清歌①，輒喚「奈何②」。謝公聞之③，曰：「子野可謂一往有深情。」**

【注釋】

①桓子野：桓伊，字叔夏，小字子野，東晉時官至護軍將軍。清歌：輓歌。

②奈何：晉時風俗，父母之喪，有人弔喪，孝子哭喚「奈何」。

③謝公：謝安。

【譯文】

桓伊每次聽到輓歌，就喊「奈何」，謝安聽說後，說：「子野可算得上是一往情深。」

四三

張湛好於齋前種松柏①。時袁山松出遊②，每好令左右作輓歌③。時人謂「張屋下陳屍，袁道上行殯」。

【注釋】

①張湛：字處度，東晉高平（在今山西）人，官至中書郎。有列子注八卷。種松柏：古人有在墳墓前種植松柏的習俗。

②袁山松：東晉陳郡陽夏（在今河南）人，官至吳郡太守。

③輓歌：出殯時唱的哀悼死者的歌。

【譯文】

張湛喜好在房前種植松柏。當時袁山松外出遊玩，常常喜好讓身邊的人唱輓歌。當時人說「張湛在屋簷下停放屍體，袁山松在道路上出殯」。

## 四四

羅友作荊州從事，桓宣武為王車騎集別①。友進，坐良久，辭出，宣武曰：「卿向欲諮事②，何以便去？」答曰：「友聞白羊肉美，一生未曾得吃，故冒求前耳③，無事可諮。今已飽，不復須駐。」了無慚色。

【注釋】

①桓宣武：桓溫。王車騎：王洽。集別：聚會餞行。

②向：剛才。

③求前：要求會見。前，見面。

【譯文】

羅友擔任荊州從事時，桓溫為王洽聚會餞行。羅友進來，坐了很久，告辭出去，桓溫說：「你剛才有事要問，為什麼這就走了呢？」羅友回答說：「我聽說白羊肉鮮美，有生以來沒有吃過，所以才冒昧求見，沒有什麼事情要問。現在已經吃飽了，不再需要待下去。」他完全沒有慚愧的神色。

## 四五

**張驎酒後①，輓歌甚淒苦。桓車騎曰②：「卿非田橫門人③，何乃頓爾至致④？」**

【注釋】

①張驎：張湛，小字驎。
②桓車騎：桓沖。
③田橫：秦末人，曾自立為齊王，劉邦稱帝，派人招降他，他羞為漢臣而自殺，手下人不敢哭，只是唱輓歌表示哀悼。
④頓爾：突然。

【譯文】

張湛酒後唱輓歌，唱得十分悲傷痛苦。桓沖說：「你不是田橫的門人，為什麼突然悲傷到這個地步？」

## 四六

王子猷嘗暫寄人空宅住①，便令種竹。或問：「暫住何煩爾？」王嘯詠良久，直指竹曰：「何可一日無此君②？」

【注釋】

①王子猷：王徽之。

②君：這裏指竹，用擬人手法將竹比作高雅之人。

【譯文】

王徽之曾經暫住在別人的空宅院裏，隨即命人種竹子。有人問：「只是暫住，何必煩勞呢？」王徽之嘯詠很久，直指竹子說：「怎麼能一天沒有這位先生？」

## 四七

王子猷居山陰①，夜大雪，眠覺，開室命酌酒，四望皎然。因起彷徨②。詠左思招隱詩③，忽憶戴安道④。時戴在剡⑤，即便夜乘小船就之⑥。經宿方至，造門不前而返。人問其故，王曰：「吾本乘興而行，興盡而返，何必見戴！」

【注釋】

①王子猷：王徽之。山陰：縣名。在會稽以北，晉時屬會稽郡。
②彷徨：徘徊。
③招隱詩：共兩首，描寫隱士生活。
④戴安道：戴逵。
⑤剡：縣名。
⑥就之：到他那裏去。

【譯文】

王徽之住在山陰的時候，一天夜裏下大雪，他睡覺醒來，打開房門，叫左右備酒，環顧四周，一片潔白。他就起身徘徊，吟誦左思的招隱詩，忽然想起戴逵。當時戴逵在剡縣，王徽之就連夜乘了小船去拜訪他。船行了一夜才到，到了門口卻不進去，又返回山陰了。有人問他緣故，他說：

「我本來是乘興而去的，現在興盡而回，何必一定要見到戴逵呢！」

四八

王衛軍云①：「酒正自引人着勝地②。」

【注釋】

①王衛軍：王薈，字敬文，王導之子，東晉時官至會稽內史、鎮軍將軍。

②正自：的確，「自」為詞綴。着：到。

【譯文】

王薈說：「酒的確能把人帶到美妙的境地。」

四九

王子猷出都①，尚在渚下②。舊聞桓子野善吹笛③，而不相識。遇桓於岸上過，王在船中，客有識之者，云是桓子野，王便令人與相聞④，云：「聞君善吹笛，試為我一奏。」桓時已貴顯，素聞王名，即便回下車⑤，踞胡牀⑥，為作三調。弄畢，便上車去。客主不交一言。

【注釋】

①出都：赴京都，到京都去。出，到、至。
②渚：此指青溪渚。東晉時建康東南青溪上的碼頭，是都城漕運要道。
③桓子野：桓伊。
④相聞：通消息，傳話。
⑤回下車：轉身下車。晉時車制皆於車後上下，故曰「回下車」。
⑥踞：靠，倚。

【譯文】

王徽之奉召赴京都，船還停泊在青溪渚下。他曾經聽說桓伊擅長吹笛，但是不相識。這次正好遇上桓伊從岸上經過，王徽之在船中，門客中有人認識桓伊，說那是桓伊，王徽之就派人去傳話，說：「聽說您善於吹笛，請為我演奏一段。」桓伊當時已經做官顯貴了，但他素來知道王徽之的大名，就回頭下車，靠着交椅，為他演奏了三個曲子。演奏完畢，就上車離開了。客人和主人間沒有交談過一句話。

## 五〇

桓南郡被召作太子洗馬①，船泊荻渚②，王大服散後已小醉③，往看桓。桓為設酒，不能冷飲，頻語左右令「温酒來」，桓乃流涕嗚咽。王便欲去，桓以手巾掩淚，因謂王曰：「犯我家諱，何預卿事④！」王歎曰：「靈寶故自達⑤！」

### 【注釋】

①桓南郡：桓玄。太子洗馬：東宮太子屬官。

②荻渚：地名。故址在今湖北江陵。

③王大：王忱。散：即「寒食散」，也稱「五石散」。

④家諱：父祖的名諱。晉代尤重家諱。「温」字為桓玄父之諱。預：干預，關涉。

⑤靈寶：桓玄別名。

### 【譯文】

桓玄被徵召做了太子洗馬，他的船停泊在荻渚，王忱服了五石散後已經微醉，前去看望桓玄。桓玄為他備酒，知道他服散後不能喝冷酒，多次吩咐左右，叫他們拿温酒來，桓玄竟然流淚哭泣。王忱就要離去，桓玄用手巾擦拭眼淚，並對王忱說：「我犯了自己家諱，與你無關！」王忱歎服說：「靈寶真是通達。」

五一

王孝伯問王大①：「阮籍何如司馬相如？」王大曰：「阮籍胸中壘塊②，故須酒澆之。」

【注釋】

①王孝伯：王恭。王大：王忱。

②壘塊：疙瘩，指鬱結，有不平之氣。

【譯文】

王恭問王忱：「阮籍和司馬相如相比如何？」王忱說：「阮籍胸中鬱結如有疙瘩，因此必須用酒來澆它。」

五二

王佛大歎言①：「三日不飲酒，覺形神不復相親②。」

【注釋】

①王佛大：王忱，小字佛大。

②形：形體。神：精神。

【譯文】

王忱感歎說：「三天不喝酒，便覺得形體和精神不再相互親近了。」

五三

王孝伯言①：「名士不必須奇才，但使常得無事②，痛飲酒，熟讀離騷，便可稱名士。」

【注釋】

①王孝伯：王恭。

②但使：只要。

【譯文】

王恭說：「名士不一定要有傑出的才華，只要能經常無事，盡興喝酒，熟讀離騷，就可以稱作名士了。」

## 五四

**王長史登茅山①，大慟哭曰：「琅邪王伯輿，終當為情死。」**

【注釋】

①王長史：王廞，字伯輿，王導之孫，王薈之子，曾任司徒長史。他在服母喪期間，被任命為吳國內史，響應王恭起兵三吳，後王恭退兵，命他去職回家，王廞憤而起兵討伐王恭，最後兵敗為王恭所殺。茅山：山名，在今江蘇句容東南。

【譯文】

王廞登上茅山，大聲痛哭着說：「琅邪王伯輿，最終一定是為情而死。」

# 簡傲第二十四

【題解】

簡傲，指簡慢高傲。簡傲本來是一種無理的舉動，但魏晉士人出於對世俗的反抗，故意做出各種簡傲的行為，並形成一股慢世之風。當然，很多士人也為此付出了生命的代價。

本篇共有十七則。

一

晉文王功德盛大①，坐席嚴敬②，擬於王者。唯阮籍在坐，箕踞嘯歌③，酣放自若④。

【注釋】

①晉文王：司馬昭。

②嚴敬：嚴肅莊重。

③箕踞：伸開兩足而坐，形如箕，表示放達、傲慢的一種坐姿。嘯歌：吟唱。

④酣放自若：盡情地飲酒，放縱不羈，神情自在。

【譯文】

晉文王司馬昭功業興旺、德行高尚，坐在席位上嚴肅莊重，可與君王相比。只有阮籍在座位上伸開兩足吟唱，他盡情地飲酒，放縱不羈，神態自在。

二

王戎弱冠詣阮籍①，時劉公榮在坐②。阮謂王曰：「偶有二斗美酒③，當與君共飲，彼公榮者無預焉④。」二人交觴酬酢⑤，公榮遂不得一杯，而言語談戲，三人無異。或有問之者，阮答曰：「勝公榮者，不得不與飲酒；不如公榮者，不可不與飲酒；唯公榮，可不與飲酒。」

【注釋】

①弱冠：古代男子二十歲行加冠禮，後因以「弱冠」指二十歲或二十歲左右之人。

②劉公榮：劉昶。

③偶：碰巧，恰好。

④預：參加。

⑤交觴酬酢：賓主相互敬酒。觴，酒器名。

【譯文】

王戎二十歲時去拜訪阮籍，當時劉昶也在座。阮籍對王戎說：「我恰好有二斗美酒，應當與你同飲，他劉昶呢就不要參與了。」兩個人就相互敬酒，劉昶最後也沒有得到一杯酒，但是言語談笑，三個人彼此並沒有異樣。有人問起此事，阮籍答道：「勝過劉昶的人，不得不與他飲酒；不如劉昶的人，不可不與他飲酒；只有劉昶，可以不與他飲酒。」

三

鍾士季精有才理①，先不識嵇康，鍾要於時賢儁之士②，俱往尋康。康方大樹下鍛③，向子期為佐鼓排④。康揚槌不輟，傍若無人，移時不交一言⑤。鍾起去，康曰：「何所聞而來？何所見而去？」鍾曰：「聞所聞而來，見所見而去。」

【注釋】

①鍾士季：鍾會。才理：才思。

②要（yāo）：約請。賢俊：賢能傑出之人。

③鍛：打鐵。

④向子期：向秀，字子期。佐：輔助。鼓排：拉風箱鼓風。

⑤移時：過了很久時間。

【譯文】

鍾會精明有才思，先前不認識嵇康，鍾會邀請當時賢能傑出人士，一起去探訪嵇康。嵇康正在大樹下打鐵，向子期正在幫他拉風箱鼓風。嵇康不停地揮動槌子打鐵，旁若無人，過了很久也不與他們說一句話。鍾會起身離開，嵇康說：「你聽到了什麼才來的？見到了什麼才走的？」鍾會說：「聽到了所聽到的才來，看到了所看到的才走的。」

四

嵇康與呂安善①，每相思，千里命駕。安後來，值康不在，喜出戶延之②，不入，題門上作「鳳」去。喜不覺，猶以為欣③，故作。「鳳」字凡鳥也④。

【注釋】

①呂安：字仲悌，晉東平人，與嵇康、山濤等友善，後被司馬昭所殺。

②喜：嵇喜，字公穆，嵇康之兄，歷仕揚州刺史、太僕、宗正。延：邀請。

③欣：高興，喜悅。

④鳳：「鳳」由「凡」「鳥」二字組合而成，呂安特地以此比喻嵇喜為凡鳥，以示輕視之意。

【譯文】

嵇康和呂安很友好，每當思念呂安時，再遠的路也要長途駕車前去探訪。呂安後來去拜訪嵇康時，正巧嵇康不在家，嵇喜出門來迎接他，他不進門，在門上題了一個「鳳」字就走了。嵇喜並未察覺呂安的用意，還以為他很高興，所以才題字的。「鳳」字，就是凡鳥啊。

## 五

陸士衡初入洛①，諮張公所宜詣②，劉道真是其一③。陸既往，劉尚在哀制中④。性嗜酒，禮畢，初無他言，唯問：「東吳有長柄壺盧⑤，卿得種來不？」陸兄弟殊失望，乃悔往。

【注釋】

①陸士衡：陸機字士衡。洛：洛陽。

②詣：詢問。張公：張華。所宜詣：應當拜訪的人。

③劉道真：劉寶，字道真。

④哀制：禮制規定的居喪期，這裏指父母的喪事。

⑤壺盧：葫蘆，可作盛酒之器。

【譯文】

陸機初到洛陽時，向張華詢問應當去拜訪的人，張華認為劉寶是應拜訪的一位。陸機去劉家時，劉寶還在守喪期中。劉寶性喜飲酒，見面禮行過後，開頭沒説別的話，只是問：「東吳有一種長柄葫蘆，你們帶了種子來嗎？」陸機、陸雲兄弟聽了非常失望，於是很後悔去拜訪其人。

六

王平子出為荊州①，王太尉及時賢送者傾路②。時庭中有大樹，上有鵲巢，平子脫衣巾，徑上樹取鵲子，涼衣拘閡樹枝③，便復脫去。得鵲子還下弄④，神色自若，傍若無人。

【注釋】

①王平子：王澄，王衍之弟。出為荊州：出任荊州刺史。

②王太尉：王衍。傾路：擠滿路。

③涼衣：貼身內衣。拘閡（hé）：掛礙，鈎住。

④弄（nòng）：戲耍，拿着玩。

【譯文】

王澄出任為荊州刺史，王衍與當時的名流去送行的擠滿了道路。當時庭院中有一棵大樹，上面有鵲巢，王澄脱下上衣和頭巾，徑直爬上樹去抓小鵲，貼身內衣鈎住了樹枝，就再把內衣脱掉。他抓到小鵲後又下樹拿着小鵲玩耍，神色自如，旁若無人。

## 七

高坐道人於丞相坐①，恆偃臥其側②。見卞令③，肅然改容云④：「彼是禮法人。」

【注釋】

①高坐：西晉和尚。道人：晉宋時稱僧徒為「道人」。丞相：王導。

②偃（yǎn）卧：仰卧。

③卞令：卞壼（kǔn），字望之，官尚書令。

④肅然：恭敬的樣子。改容：臉上變得嚴肅起來。

**【譯文】**

高坐和尚在王導家裏作客時，常仰卧在王導身邊。看到卞壼，臉色就變得恭敬嚴肅起來，説：「他是講究禮儀法度之人。」

## 八

桓宣武作徐州[①]，時謝奕為晉陵[②]，先粗經虛懷[③]，而乃無異常。及桓遷荊州[④]，將西之間，意氣甚篤[⑤]，奕弗之疑。唯謝虎子婦王悟其旨[⑥]，每曰：「桓荊州用意殊異，必與晉陵俱西矣[⑦]。」俄而引奕為司馬[⑧]。奕既上，猶推布衣交。在温坐，岸幘嘯詠[⑨]，無異常日。宣武每曰：「我方外司馬[⑩]。」遂因酒，轉無朝夕禮[⑪]。桓舍入內[⑫]，奕輒復隨去[⑬]。後至奕醉，温往主許避之[⑭]。主曰：「君無狂司馬，我何由得相見？」

**【注釋】**

①桓宣武：桓溫。作徐州：擔任徐州刺史。
②謝奕：字無奕，謝安兄。為晉陵：任晉陵太守。
③粗經虛懷：指略敘寒暄之意。粗經，略表。虛懷，心懷，心意。
④遷荊州：調任荊州刺史。
⑤意氣：情義。篤：深厚。
⑥謝虎子：謝據，小字虎子，謝奕弟。婦王：妻子王氏。悟其旨：明白他的意思。
⑦晉陵：指任晉陵太守的謝奕。
⑧引：舉薦。司馬：刺史的屬官。
⑨岸幘（zé）：把頭巾略微掀起，露出額頭，形容瀟灑、無拘無束的樣子。
⑩方外：世俗之外。
⑪朝夕禮：指早晚應有的禮節。晉書本傳作「朝廷禮」。
⑫舍：避開。
⑬輒復：就。
⑭主許：指桓溫妻子南康長公主的住處。許，住處。

【譯文】

桓溫擔任徐州刺史，當時謝奕擔任晉陵太守，起先兩人略通寒暄，也沒有什麼異樣的地方。等到桓溫改任荊州刺史，將往西邊去就任時，兩人情義非常深，謝奕沒有懷疑他。只有謝據的妻子王氏了解其中的意思，常說：「桓溫的用心很不尋常，他必定與謝奕一起到西邊去了。」不久桓溫就薦舉謝奕為司馬。謝奕上任後，還是把桓溫當做貧賤時的朋友看待。在桓溫座上作客時，他把頭巾掀起露出額頭長嘯歌詠，與平常沒有什麼不同。桓溫常說：「他是我世俗之外的司馬。」於是他因為喝多了酒，更加沒有早晚應有的禮節了。桓溫避開他進入內室，謝奕就跟進去。後來到了謝奕喝醉酒，桓溫到南康長公主住處避開他。公主說：「你如果沒有這位狂司馬，我怎麼能夠與你相見呢？」

九

謝萬在兄前①，欲起索便器②。於時阮思曠在坐曰③：「新出門戶④，篤而無禮⑤。」

【注釋】

①謝萬：字萬石，謝安、謝奕之弟。
②便器：便壺。

③阮思曠：阮裕，字思曠。
④新出門戶：指新興的大家族。門戶，門第、家族。
⑤篤：忠厚誠實。無禮：不懂禮節。

【譯文】

謝萬在兄長面前，想要起身取便壺。當時阮裕在座，說道：「這種新興的大家族，忠厚誠實卻不懂禮節。」

一〇

謝中郎是王藍田女婿①，嘗着白綸巾②，肩輿徑至揚州聽事③，見王，直言曰：「人言君侯痴，君侯信自痴④。」藍田曰：「非無此論，但晚令耳⑤。」

【注釋】

①謝中郎：謝萬，曾為從事中郎，故稱。王藍田：王述，襲父爵為藍田侯，故稱。
②着：戴。綸（guān）巾：古代配有青絲帶的頭巾。
③肩輿：兩個人抬的一種轎子。徑：徑直，直接。聽事：廳堂。

④信自：確實。

⑤晚令：晚年得到好名聲。令，令名、美名。

**【譯文】**

謝萬是王述的女婿，曾戴着白綸巾，坐着肩輿，徑直到揚州刺史廳堂上，謁見王述，直率地說：「人們說君侯你有點痴呆，君侯你確實是痴呆。」王述說：「不是沒有這種議論，只是我晚年才得到好名聲罷了。」

## 一一

王子猷作桓車騎騎兵參軍①，桓問曰：「卿何署②？」答曰：「不知何署，時見牽馬來，似是馬曹③。」桓又問：「官有幾馬？」答曰：「不問馬④，何由知其數⑤？」又問：「馬比死多少⑥？」答曰：「未知生，焉知死⑦？」

**【注釋】**

①王子猷（yóu）：王徽之字子猷，王羲之第五子。有才器，放誕不羈，官至黃門侍郎。桓車騎：桓沖，字幼子，桓溫弟，官至車騎將軍，故稱。騎兵參軍：官名，掌管馬畜牧養、供給等事。

②署：官署，部門。
③馬曹：管馬匹的官署。
④不問馬：論語鄉黨：「廄焚。子退朝，曰：『傷人乎？』不問馬。」謂馬房失火，孔子從朝中回來，聽到了就說：「傷到人了嗎？」沒有問馬的情況。文中借用了「不問馬」之語。
⑤何由：怎麼，如何。
⑥比：近來，近期。
⑦「未知生」二句：論語先進：「季路……曰：『敢問死。』曰：『未知生，焉知死！』」謂子路問孔子死亡是怎麼回事。孔子說：「活着的道理都搞不清楚，怎麼能懂得死亡呢！」

**【譯文】**

王徽之擔任桓沖的騎兵參軍，桓沖問他：「你是哪個部門的？」王徽之答道：「不知道是什麼部門，只是常常看見牽了馬來，好像是馬曹。」桓沖又問：「官府中有多少馬？」徽之答着：「我不問馬，怎麼知道馬的數目呢？」桓沖又問：「馬近來死了多少？」徽之答道：「生的都不知道，怎麼知道死的呢？」

## 一二

**謝公嘗與謝萬共出西①，過吳郡②，阿萬欲相與共萃王恬許③，太傅云④：「恐**

伊不必酬汝⑤，意不足爾⑥。」萬猶苦要⑦，太傅堅不回，萬乃獨往。坐少時，王便入門內，謝殊有欣色，以為厚待己。良久，乃沐頭散髮而出，亦不坐，仍據胡牀⑧，在中庭曬頭，神氣傲邁，了無相酬對意⑨。謝於是乃還，未至船，逆呼太傅⑩，安曰：「阿螭不作爾⑪！」

**【注釋】**

①謝公：謝安。謝萬：謝安弟。
②吳郡：郡名，治所在今江蘇蘇州。
③萃：聚集。王恬：字敬豫，小字螭虎。王導第二子。歷仕中書郎、魏郡太守、會稽內史，死贈中軍將軍。許：處所。
④太傅：謝安。
⑤不必：不一定。酬：應酬。
⑥不足：不值得。
⑦苦要（yāo）：竭力邀請。
⑧據：憑靠，倚靠。胡牀：由胡地傳入的可摺疊椅具。
⑨了：完全。
⑩逆：預先。
⑪阿螭（chī）：王恬的小名。不作：不足，不值得。

【譯文】

謝安曾經與謝萬一起到西邊的京城去，經過吳郡時，謝萬想與謝安一起到王恬處聚會。謝安說：「恐怕他不一定會與你應酬，我認為不值得如此。」謝萬還是竭力邀請他同去，謝安堅決不肯改變主意。謝萬就獨自前去。坐了一會兒，王恬就進屋去了，謝萬很有點兒欣喜之色，認為他要好好款待自己。過了很久，王恬洗了頭披散着頭髮出來了，也不坐席子上，仍舊倚靠着交椅，在庭院中曬頭髮，神色傲慢，毫無要招待他的意思。謝萬於是就回來了，還未到船上，就預先叫謝安，謝安說：「阿螭那裏不值得你如此走一趟啊！」

## 一三

王子猷作桓車騎參軍①。桓謂王曰：「卿在府久，比當相料理②。」初不答③，直高視④，以手版拄頰云⑤：「西山朝來⑥，致有爽氣⑦。」

【注釋】

①王子猷（yóu）：王徽之字子猷。

②比：近來。料理：安排。

③初不：一點都不。

④直：只是。高視：遠望。
⑤手版：手板，古代官吏上朝或謁見上司時所拿的笏，以備記事之用。拄（zhǔ）：撐。
⑥朝：早晨。
⑦致：通「至」，極。爽氣：清爽之氣。

【譯文】

王徽之當車騎將軍桓沖的參軍，桓沖對王徽之說：「你在軍府中的時間很久了，近來應當安排事務了。」王徽之一點兒都不回答，只是遠遠地望着，用手板撐着面頰道：「西山的早晨，極有清爽之氣。」

一四

謝萬北征[①]，常以嘯詠自高[②]，未嘗撫慰眾士。謝公甚器愛萬[③]，而審其必敗[④]，乃俱行，從容謂萬曰[⑤]：「汝為元帥，宜數喚諸將宴會[⑥]，以說眾心[⑦]。」萬從之。因召集諸將，都無所說，直以如意指四坐云[⑧]：「諸君皆是勁卒[⑨]。」諸將甚忿恨之[⑩]。謝公欲深著恩信[⑪]，自隊主將帥以下[⑫]，無不身造[⑬]，厚相遜謝。及萬事敗[⑭]，軍中因欲除之。復云：「當為隱士[⑮]。」故幸而得免。

## 【注釋】

①北征：指穆帝於升平二年（三五九）命謝萬與徐、兗二州刺史北攻前燕。面對大敵，他沒有撫慰將士，應對無方，導致大敗。

②嘯詠：長嘯歌詠。自高：自命清高。

③謝公：謝安。器愛：器重愛護。

④審：推究分析。

⑤從容：隨便地。

⑥數（shuò）：多次，經常。

⑦説：通「悦」，取悦。

⑧如意：一種供賞玩的象徵吉祥的器物，以玉、竹、骨等製成，柄微曲，頭呈靈芝形或雲形。

⑨勁卒：精壯的士兵。

⑩諸將甚忿恨之：資治通鑒晉紀穆帝升平三年胡三省注曰：「凡奮身行伍者，以兵與卒為諱。既為將矣，而稱之為卒，所以益恨也。」謝萬心高氣傲，不屑軍務，又賤稱將帥為兵卒，故諸將聽了益加忿恨。

⑪深著：深入顯明。

⑫隊主：一隊之長，長官。

⑬深造：親自訪問。

⑭事敗：指謝萬錯誤判斷撤退，兵敗潰散，單騎逃回。
⑮隱士：指謝安。謝安曾隱居東山，故稱。

【譯文】

謝萬北征時，常常用長嘯歌詠來表示自己的清高，從來沒有去安撫慰問將士們。謝安很器重愛護謝萬，分析形勢知道他必定會失敗，於是就與他一起出行，故意隨便地對謝萬說：「你做元帥，應該常常召喚將領們參加宴會，來取悅眾將之心。」謝萬聽從了謝安的話。於是召集諸將，在筵席上謝萬都沒有說什麼，只是用如意指着四座的人說：「諸位都是精壯的士兵。」眾將聽了非常怨恨他。謝安想對將領們施予更深厚顯明的恩惠信用，從隊長將帥以下，都親自上門拜訪，表示深厚的謙讓感謝之意。等到謝萬北征打了敗仗，軍中將士藉此要殺掉他。但又說：「應當為隱士謝安着想。」所以謝萬僥倖得以免去一死。

## 一五

王子敬兄弟見郗公①，躡履問訊②，甚修外生禮③。及嘉賓死④，皆着高屐⑤，儀容輕慢⑥。命坐，皆云：「有事，不暇坐。」既去，郗公慨然曰：「使嘉賓不死，鼠輩敢爾⑦？」

【注釋】

①王子敬：王獻之。郗公：郗愔。
②躡履：穿着鞋。見客穿鞋在當時是有禮貌的表現。問訊：問候起居。
③修：講求。外生：外甥。王羲之是郗鑒的女婿，郗愔是郗鑒之子，王獻之兄弟是王羲之之子，故郗愔與他們為舅甥關係。
④嘉賓：郗超，字嘉賓，郗愔之子。是桓温的親信，權重一時。
⑤高屐：厚底的木屐。木屐是木底有齒的鞋子，休閑時穿。正式場合則穿履。
⑥儀容：儀表舉止。輕慢：輕浮傲慢。
⑦鼠輩：對晚輩或年少者輕蔑之稱。

【譯文】

王獻之兄弟去見郗愔時，穿着見客的鞋子去問候起居，很講外甥作客的禮節。等到郗超死後，他們就都穿着休閑的高齒木屐，輕浮傲慢起來。郗愔叫他們坐，都説：「還有別的事，沒空坐。」他們走了以後，郗愔慨歎説：「假如嘉賓不死的話，鼠輩怎敢如此放肆！」

一六

王子猷嘗行過吳中①，見一士大夫家極有好竹。主已知子猷當往，乃灑掃施設②，在廳事坐相待。王肩輿徑造竹下③，諷嘯良久。主已失望，猶冀還當通④，遂直欲出門。主人大不堪⑤，便令左右閉門，不聽出。王更以此賞主人⑥，乃留坐，盡歡而去。

【注釋】

①王子猷：王徽之。吳中：吳郡，治在今江蘇蘇州。

②施設：陳設，設置。

③肩輿：轎子類代步工具。徑造：直接到。

④冀：希望。通：通報。

⑤不堪：不能忍受。

⑥更：反而。

【譯文】

王徽之出行時曾經過吳郡，看見一個士大夫家很有些好竹子。那家主人已經知道王徽之會去，便灑掃庭園，擺放陳設，在廳堂中坐着等待。王徽之坐轎子直接到了竹林下，諷詠長嘯了很長時間。主人已感到失望，但還是希望王徽之回去時會來通報見面，但王徽之竟想徑直而去。主人大為不能忍受，便命左右的人把門關上，不許王徽之出去。王徽之反而因此賞識主人，就留下來同坐，盡興歡聚後才離去。

## 一七

王子敬自會稽經吳①，聞顧辟疆有名園②，先不識主人，徑往其家。值顧方集賓友酣燕③，而王遊歷既畢，指麾好惡④，傍若無人。顧勃然不堪曰⑤：「傲主人，非禮也；以貴驕人，非道也。失此二者，不足齒之⑥，傖耳⑦。」便驅其左右出門。王獨在輿上⑧，回轉顧望，左右移時不至⑨，然後令送着門外，怡然不屑⑩。

**【注釋】**

①王子敬：王獻之。

②顧辟疆：東晉吳郡人，官郡功曹、平北參軍。

③酣燕：暢快地飲酒吃飯。燕，通「宴」，宴享招待。

④指麾（huī）：指點評論。

⑤勃然：大怒的樣子。不堪：難以忍受。

⑥齒：談論，提及。
⑦傖（cāng）：粗俗鄙陋之人。
⑧輿：肩輿，轎子。
⑨移時：長時間。
⑩怡然：愉快的樣子。不屑：不介意，不在乎。

【譯文】

王獻之從會稽經過吳郡，聽說顧辟疆有座名園，他先前並不認識主人，就直接到了主人家。正遇到顧辟疆聚集賓客友人在暢快地飲酒宴會，王獻之遊覽了名園後，指指點點地評論這座園林的優缺點，旁若無人。顧辟疆難以忍受，勃然大怒道：「傲視主人，是無禮的；仗着高貴的身份對人驕橫，是不懂道理。這兩點都有過失，就不足道了，不過是粗鄙之人罷了。」說完就把王獻之的左右侍從趕出家門。王獻之獨自在轎上，四處張望，左右隨從過了很久也不來，然後他就讓主人把自己送出門外，擺出一副愉快不在乎的樣子。

# 排調第二十五

【題解】

排調，指幽默。魏晉士人的排調不是一般意義上的戲謔或調笑，而是一種幽默。林語堂先生說：「最上乘的幽默，自然是表示『心靈的光輝與智慧的豐富』……各種風調之中，幽默最富於感情。」（論讀書論幽默）魏晉士人的排調，見學、見思、見才、見情、見智、見理，意趣無窮，耐人玩味。本篇共有六十五則。

一

諸葛瑾為豫州[①]，遣別駕到台[②]，語云：「小兒知談[③]，卿可與語。」連往詣恪[④]，恪不與相見。後於張輔吳坐中相遇[⑤]，別駕喚恪：「咄咄郎君[⑥]。」恪因嘲之曰：「豫州亂矣，何咄咄之有？」答曰：「君明臣賢，未聞其亂。」恪曰：「昔唐堯在上[⑦]，四凶在下[⑧]。」答曰：「非唯四凶[⑨]，亦有丹朱[⑩]。」於是一坐大笑。

【注釋】

①諸葛瑾：字子瑜，諸葛亮之兄。為豫州：任豫州刺史。
②別駕：官名，為州刺史的重要佐吏。台：指朝廷禁省等政府衙門。
③小兒：指其子諸葛恪。知談：擅長言談。
④恪（kè）：諸葛恪，字元遜，諸葛瑾長子，少有才名。仕吳，官至太傅，後被孫峻殺害。
⑤張輔吳：張昭，字子布，仕吳，為輔吳將軍，故稱。
⑥咄咄：歎詞，表示驚異或感歎。郎君：屬吏稱長官之子。
⑦唐堯：即陶唐氏，傳說中的賢君。
⑧四兇：傳說中堯舜時的四個惡人：共工、兜、三苗、鯀，後被舜流放。
⑨非唯：不僅。
⑩丹朱：相傳為唐堯之子，由於不肖，唐堯傳位給虞舜。

【譯文】

諸葛瑾擔任豫州刺史時，派別駕到朝廷去，對他說：「我兒子擅長言談，你可以與他聊聊。」別駕連着幾次去拜訪諸葛恪，諸葛恪都不肯與他相見。後來在張昭家座席上相遇，別駕就呼喚諸葛恪：「哎唷郎君！」諸葛恪於是嘲笑他道：「豫州亂了嗎，有什麼好哎唷的？」別駕答道：「君主聖明，臣子賢良，沒聽說豫州混亂。」諸葛恪說：「古時唐堯在上面，卻還有四兇在下面。」別駕答道：「不僅有四兇，還有唐堯的兒子丹朱。」於是滿座的人都大笑起來。

二

晉文帝與二陳共車①，過喚鍾會同載，即駛車委去②。比出③，已遠。既至，因嘲之曰：「與人期行④，何以遲遲？望卿遙遙不至⑤。」會答曰：「矯然懿實，何必同羣⑥？」帝復問會：「皋繇何如人⑦？」答曰：「上不及堯、舜，下不逮周、孔，亦一時之懿士⑧。」

【注釋】

①晉文帝：司馬昭。二陳：陳騫（qiān）、陳泰。

②委去：拋棄，丢棄。

③比：等到。

④期行：約定同行。

⑤遙遙：形容時間長久。此處因鍾會父親鍾繇之名中有「繇」字，故以「遙遙」同音戲弄鍾會。

⑥矯然懿（yì）實，何必同羣：因陳騫父名矯，司馬昭父名懿，陳泰父名羣，鍾會遂將這些人的家諱組詞連句來回敬對方的調笑。矯然，強健挺拔的樣子。懿實，美好誠實。

⑦皋繇（gāo yáo）：即皋陶（yáo），傳說中東夷的首領。

⑧周、孔：周公、孔子。懿士：有美德之人。

【譯文】

晉文帝司馬昭與陳騫、陳泰同乘一輛車，經過鍾會家門口時，叫鍾會出來一同乘車，卻立即駕車而走，把鍾會丟下了。等到鍾會出來，車子已走遠了。到了目的地後，晉文帝司馬昭就嘲諷鍾會道：「與別人約定同行，為什麼遲遲不出來？我們盼望着你，你卻遙遙不到。」鍾會答道：「矯然懿實，何必同羣？」文帝司馬昭又問鍾會：「皋陶是怎樣的人？」鍾會答道：「他向上比不上堯、舜，向下不如周公、孔子，卻也是當時的一位懿士。」

三

鍾毓為黃門郎①，有機警，在景王坐燕飲②。時陳羣子玄伯、武周子元夏同在坐③，共嘲毓。景王曰：「皋繇何如人？」對曰：「古之懿士。」顧謂玄伯、元夏曰：「君子周而不比④，羣而不黨⑤。」

【注釋】

①鍾毓：鍾繇之子，鍾會兄，曾為黃門侍郎，後歷廷尉、青州刺史、都督荊州軍事等職。黃門郎：官名，掌侍從皇帝、傳達詔命等事。

②景王：司馬師，司馬懿之子，晉朝建立，追尊景帝。

③陳羣：陳泰之父。玄伯：陳泰字玄伯。武周：字伯南，三國時魏沛國竹邑（今安徽宿州北）人。仕魏，官衛尉、光祿大夫。元夏：武陔（gāi），字元夏，仕晉，官至左僕射、光祿大夫、開府儀同三司。

④周而不比：周，忠信。比，勾結。論語為政：「君子周而不比，小人比而不周。」孔安國注謂「忠信為周，阿黨為比」。指君子講誠信，小人講利益而互相勾結。

⑤羣而不黨：羣，合羣。黨，偏私，袒護。論語衛靈公：「君子……羣而不黨。」謂君子合羣而不結黨營私。

【譯文】

鍾毓擔任黃門郎，為人機智敏鋭，一次在晉景王司馬師的坐席上飲酒。當時陳羣的兒子陳泰、武周的兒子武陔一同在座，他們一起嘲諷鍾毓。司馬師説：「皋繇是什麼人？」鍾毓對答道：「古代的懿士。」又回過頭來對陳泰、武陔説：「君子周而不比，講誠信，合羣共處而不結黨營私。」

## 四

**嵇、阮、山、劉在竹林酣飲①，王戎後往②，步兵曰③：「俗物已復來敗人意④！」王笑曰：「卿輩意亦復可敗邪？」**

【注釋】

①嵇、阮、山、劉：嵇康、阮籍、山濤、劉伶，都是竹林七賢中人。

②王戎：亦為竹林七賢中人。

③步兵：阮籍曾任步兵校尉，故稱。

④俗物：世俗之人，俗人。此指王戎。敗人意：敗壞人家的意興。意，心緒，情緒。

【譯文】

嵇康、阮籍、山濤、劉伶在竹林中暢快地飲酒，王戎後到，阮籍說：「這個俗人又來敗壞人家的意興！」王戎笑道：「你們這幫人的意興也是可以敗壞的嗎？」

五

晉武帝問孫皓①：「聞南人好作爾汝歌②，頗能為不？」皓正飲酒，因舉觴勸帝而言曰③：「昔與汝為鄰，今與汝為臣。上汝一杯酒，令汝壽萬春。」帝悔之。

【注釋】

①晉武帝：司馬炎，西晉開國之君。孫皓：孫權之孫，三國時吳國的亡國之君，降晉後封歸命侯。

②南人：南方人。爾汝歌：魏晉民歌。歌詞中以「爾」「汝」等稱謂表示親昵，也有不尊重、輕蔑的成分。

③觴：酒器。

【譯文】

晉武帝問孫皓：「聽説南方人喜歡唱爾汝歌，你還能唱嗎？」孫皓正在喝酒，於是就舉杯敬武帝酒並吟唱道：「當年與你相鄰，如今向你稱臣。敬你一杯酒，祝你長壽萬年春。」武帝聽了很後悔。

六

孫子荊年少時欲隱①，語王武子「當枕石漱流②」，誤曰「漱石枕流」。王曰：「流可枕，石可漱乎？」孫曰：「所以枕流，欲洗其耳；所以漱石，欲礪其齒③。」

【注釋】

①孫子荊：孫楚，字子荊，晉太原人，有才氣，善文章，官至馮翊太守。

②王武子：王濟，字武子。枕石漱流：以石塊為枕頭，以流水漱口，指隱居山林。

③礪：磨。

【譯文】

孫楚年輕時想隱居，對王濟說：「應當去枕石漱流。」但說的時候口誤說了「漱石枕流」。王濟說：「流水可以當枕頭，石頭可以漱口嗎？」孫楚說：「頭枕流水的原因是想洗自己的耳朵，用石頭漱口的原因是想磨礪自己的牙齒。」

## 七

頭責秦子羽云①：「子曾不如太原温顒②，潁川荀寓③，范陽張華④，士卿劉許⑤，義陽鄒湛⑥，河南鄭詡⑦。此數子者，或謇吃無宮商⑧，或尪陋希言語⑨，或淹伊多姿態⑩，或讙譁少智諝⑪，或口如含膠飴⑫，或頭如巾齏杵⑬。而猶以文采可觀，意思詳序⑭，攀龍附鳳⑮，並登天府⑯。」

【注釋】

①秦子羽：身世不詳。大約為虛構的人物，出自晉人張敏文集中頭責子羽文，形式上是秦子羽的頭顱責備子羽之身體，實際上諷刺温顒等六人行徑醜惡卻位高爵顯，以抒發其懷才不遇的鬱悶。

②曾：竟。温顒（yóng）：字長仁。晉書任愷傳謂温顒與張華、向秀、和嶠等黨附任愷。

③荀寓：字景伯，晉潁川潁陽（今河南許昌）人。

④張華：字茂先，晉范陽方城（今河北固安）人，官至司空，封壯武郡公。著有博物志。
⑤士卿：官名，掌管皇族事務。劉許：字文生，河北涿縣（今河北涿州）人。
⑥義陽：郡名，治所在新野（今屬河南）。鄒湛：字潤甫，官至侍中。
⑦河南：郡名，治所在洛陽。鄭詡：字思淵，滎陽開封（今屬河南）人，官衛尉卿。
⑧謇（jiǎn）吃：口吃。無宮商：指五音不全，沒有樂感。
⑨尪（wāng）陋：瘦弱醜陋。希：稀少。
⑩淹伊：扭捏，裝腔作勢的樣子。
⑪讙譁：喧譁。智諝（xū）：智慧。
⑫膠飴（yí）：粘性的糖漿。
⑬齏（jī）：搗碎的菜末。杵（chǔ）：木槌子。
⑭詳序：周密而有條理。
⑮攀龍附鳳：攀附權貴。
⑯天府：指朝廷。

【譯文】

秦子羽的頭顱責備秦子羽道：「你竟然比不上太原的温顒，潁川的荀寓，范陽的張華，士卿劉許，義陽的鄒湛，河南的鄭詡。這幾個人，有的口吃說不出像樣的話；有的瘦弱醜陋，寡言少語；有的扭扭捏捏，故作姿態；有的吵吵鬧鬧，笨頭笨腦；有的嘴裏如含着糖漿，嘟嘟囔囔；有的腦袋如用頭巾包起來的搗菜木槌，又小又尖。但是他們還是因為文采可觀，思想周密又有條理，還善於攀附權貴，故均登上了朝廷的高位。」

## 八

王渾與婦鍾氏共坐①，見武子從庭過②，渾欣然謂婦曰：「生兒如此，足慰人意。」婦笑曰：「若使新婦得配參軍③，生兒故可不啻如此④。」

**【注釋】**

①王渾：字玄沖，王武子之父。鍾氏：名琰之，魏太傅鍾繇曾孫女。
②武子：王濟，字武子，有才，聞名當世。
③新婦：泛指已婚婦女，此處為婦人自稱。參軍：指王淪，字太沖，王渾之弟，曾任晉文王司馬昭大將軍參軍，故稱。
④不啻（chì）：不止。

**【譯文】**

王渾與妻子鍾氏一起坐着，看見兒子王濟從庭院中走過。王渾欣喜地對妻子說：「生兒子能夠如此，足夠令人寬慰如意了。」妻子笑道：「如果我能許配給參軍，那麼生下的兒子可就不止這樣了。」

九

荀鳴鶴、陸士龍二人未相識[①]，俱會張茂先坐[②]。張令共語，以其並有大才，可勿作常語。陸舉手曰：「雲間陸士龍[③]。」荀答曰：「日下荀鳴鶴[④]。」陸曰：「既開青雲睹白雉[⑤]，何不張爾弓，佈爾矢[⑥]？」荀答曰：「本謂雲龍騤騤[⑦]，定是山鹿野麋[⑧]。獸弱弩強，是以發遲。」張乃撫掌大笑。

【注釋】

①荀鳴鶴：荀隱，字鳴鶴，晉潁川人，官太子舍人、司徒掾。陸士龍：陸雲，字士龍，吳郡吳縣華亭（今上海松江）人。

②張茂先：張華。

③雲間陸士龍：雲間，古華亭（今上海松江），松江府的古稱。

④日下：指京都及其附近地區。古以帝王喻日，故京城及附近地區遂稱「日下」。荀隱為潁川人，近京都洛陽，故稱。

⑤白雉（zhì）：白色的野雞。雉，野雞。

⑥佈：搭放。

⑦雲龍：雲間之龍。騤騤（kuí）：強壯的樣子。

⑧定：表示意外，竟然，卻。山鹿野麋（mí）：山野裏的麋鹿。麋，野獸名，即麋鹿，又叫「四不像」，暗指陸雲不是龍，只是四不像而已。

**【譯文】**

荀隱、陸雲兩人互不相識，他們一起在張華家坐席上會面。張華讓他們交談，因為他們都有出眾的才華，便讓他們不要説些一般平常的話。陸雲舉手説：「雲間陸士龍。」荀隱答道：「日下荀鳴鶴。」陸雲説：「既然青雲已經散開看到了白色的野雞，為什麼不拉開你的弓，搭放你的箭？」荀隱答道：「本以為雲間之龍很強壯的樣子，原來卻只是山野間一隻四不像。野獸虛弱，弓弩強大，所以才慢吞吞地放箭。」張華聽了就拍手大笑。

## 一〇

陸太尉詣王丞相①，王公食以酪②。陸還，遂病。明日，與王箋云③：「昨食酪小過④，通夜委頓⑤。民雖吳人，幾為傖鬼⑥。」

【注釋】

①陸太尉：陸玩，字士瑤，吳郡吳人，官至尚書令、司空，死後追贈太尉，故稱。王丞相：王導。

②酪：乳製品。

③箋（jiān）：下級給上級的書信。

④小過：稍微有點過分。

⑤委頓：疲憊不堪。

⑥傖（cāng）：當時南人對北人的蔑稱。

【譯文】

陸玩去拜訪王導，王導給他吃奶酪。陸玩回家，就生病了。第二天，他給王導寫信說：「昨天奶酪稍稍吃多了點，弄得整夜疲憊不堪。小民雖是南方吳地人，也差點兒成為北方的死鬼。」

二一

元帝皇子生[①]，普賜羣臣。殷洪喬謝曰[②]：「皇子誕育，普天同慶。臣無勛焉，而猥頒厚賚[③]。」中宗笑曰[④]：「此事豈可使卿有勛邪？」

【注釋】

①元帝：司馬睿。皇子：元帝有六子，只有簡文帝司馬昱生於元帝即位後，故知此皇子即為簡文帝司馬昱。

②殷洪喬：殷羨，字洪喬，陳郡長平人，仕晉為豫章太守、光祿勳等。

③猥（wěi）：謙詞。厚賚（lài）：優厚的賞賜。

④中宗：元帝司馬睿的廟號。

【譯文】

元帝的皇子出生後，遍賞羣臣。殷羨謝恩道：「皇子誕生，普天同慶。臣子沒有什麼功勞，卻承蒙皇上頒發優厚的賞賜。」元帝笑道：「這件事難道可以讓你有功勞嗎？」

## 一二

諸葛令、王丞相共爭姓族先後[①]，王曰：「何不言葛、王，而云王、葛？」令曰：「譬言驢馬，不言馬驢，驢寧勝馬邪[②]？」

【注釋】

①諸葛令：諸葛恢，官至尚書令，故稱。王丞相：王導。姓族先後：姓氏家族的先後。先後，指次序排名的先後，一般認為先者為優，後者為劣。

②寧（nìng）：難道。

【譯文】

諸葛恢與王導在一起爭論姓氏家族的先後，王導說：「為什麼不說葛、王，卻說王、葛？」諸葛恢說：「譬如說驢馬，不說馬驢，驢難道勝過馬嗎？」

一三

劉真長始見王丞相①，時盛暑之月，丞相以腹熨彈棋局②，曰：「何乃渹③？」劉既出，人問：「見王公云何？」劉曰：「未見他異，唯聞作吳語耳。」

【注釋】

①劉真長：劉惔，字真長，晉沛國人。為東晉名士，官至丹陽尹。王丞相：王導。

②熨：指緊貼。彈棋局：指彈棋盤。彈棋：一種二人對局的彈棋遊戲。

③渹（qìng）：涼，吳地方言。

【譯文】

劉惔初次見到王導時，當時是大熱的月份，王導把肚子貼在彈棋盤上，說：「怎麼這樣涼絲絲啊？」劉惔出來後，有人問他：「見到王丞相感覺怎麼樣？」劉惔說：「沒有見他有什麼異樣的地方，只是聽到他講吳地方言罷了。」

一四

王公與朝士共飲酒①，舉琉璃碗謂伯仁曰②：「此碗腹殊空，謂之寶器，何邪？」答曰：「此碗英英③，誠為清徹④，所以為寶耳。」

【注釋】

①王公：王導。朝士：指朝廷官員。

②伯仁：周顗。

③英英：透明的樣子，指晶瑩剔透。

④清徹：純淨透明。

【譯文】

王導和朝廷官員一起喝酒，他舉起琉璃碗對周顗說：「這碗中間空空，卻稱它是寶器，是為什麼啊？」周顗回答道：「這碗晶瑩剔透，確是純淨透明，這就是它成為寶器的原因啊。」

一五

謝幼輿謂周侯曰①：「卿類社樹②，遠望之，峨峨拂青天③；就而視之④，其根則羣狐所託，下聚溷而已⑤。」答曰：「枝條拂青天，不以為高；羣狐亂其下，不以為濁。聚溷之穢⑥，卿之所保⑦，何足自稱⑧？」

【注釋】

①謝幼輿：謝鯤，字幼輿，初為王敦長史，後任豫章太守，為人放達不拘，恬淡榮辱。周侯：周顗，襲父爵武城侯，故稱。居高位，故有社樹之喻；然好褻瀆朝臣，故有聚溷之譏。

②社樹：社廟的樹。古代立社種樹，作為標誌。

③峨峨：高高的樣子。

④就：靠近。

⑤溷（hùn）：指糞污。

⑥穢：污穢，骯髒。

⑦保：保有，保持。

⑧稱：稱頌，稱讚。

【譯文】

謝鯤對周顗說：「你像社廟裏的樹，遠遠望去，高高的樣子像碰到了青天；靠近去看，樹根中成為羣狐寄居之地，下面集聚了污穢的東西罷了。」周顗回答說：「樹枝碰到青天，我不認為那有什麼高；羣狐在下面搗亂，我也不認為就是污濁。集聚污穢的髒物，那是你所保有的，有什麼值得自我稱道的？」

## 一六

王長豫幼便和令①，丞相愛恣甚篤②。每共圍棋，丞相欲舉行③，長豫按指不聽④。丞相笑曰：「詎得爾⑤？相與似有瓜葛⑥。」

【注釋】

①王長豫：王悦，字長豫，王導長子，曾任中書侍郎，先於王導去世。和令：温和乖巧。

②丞相：王導。愛恣：愛護放縱。篤：指情義深厚。
③舉行：指舉棋落子。
④不聽：不許，不讓。
⑤詎：難道，豈。爾：如此。
⑥相與：指彼此，共同。瓜葛：比喻親戚關係。

【譯文】

王悅小時就很温和乖巧，王導對他寵愛放縱情義深厚。每當他們一起下圍棋，王導要舉棋落子時，王悅就按着父親的手指不讓動。王導笑着説：「怎麼能這樣？我們彼此之間似乎還有點親戚關係呢。」

## 一七

明帝問周伯仁①：「真長何如人②？」答曰：「故是千斤犗特③。」王公笑其言④。伯仁曰：「不如捲角牸⑤，有盤辟之好⑥。」

【注釋】

①明帝：司馬紹。周伯仁：周顗。
②真長：劉惔。
③故：確實。千斤犗（jiè）特：有千斤之力的閹公牛。犗特，閹割過的公牛。
④王公：王導。
⑤捲角牸（zì）：捲角的老母牛。牸，母牛。也泛指雌性的牲畜。
⑥盤辟：盤旋。此是調侃王導善於在各種矛盾中周旋調和。

【譯文】

明帝司馬紹問周顗：「劉惔是怎麼樣的人？」周顗答道：「他確實是一頭有千斤之力的閹公牛。」王導譏笑他說的話。周顗說：「不過比不上捲角的老母牛，具有善於盤旋的好處。」

一八

王丞相枕周伯仁膝[①]，指其腹曰：「卿此中何所有？」答曰：「此中空洞無物，然容卿輩數百人。」

【注釋】

①王丞相：王導。周伯仁：周顗。

【譯文】

王導頭枕在周顗的腿上，指着他的肚子説：「你這裏面有什麼東西？」周顗答道：「這裏面空蕩蕩的沒有東西，但能容得下像你一類的幾百個人。」

## 一九

**干寶向劉真長敍其搜神記①，劉曰：「卿可謂鬼之董狐②。」**

【注釋】

①干寶：字令升，新蔡（今屬河南）人。元帝置史官，干寶以佐著作郎領修國史，著晉紀二十卷，時稱良史。劉真長：劉惔。搜神記：三十卷，博採古代傳説與鬼神故事，為魏晉志怪小説的代表作。

②董狐：春秋時晉史官，敢於直書，孔子稱為古之良史。

【譯文】

干寶向劉惔敍述他的搜神記，劉惔說：「你可稱得上是記鬼神史的董狐。」

## 二〇

許文思往顧和許①，顧先在帳中眠。許至，便徑就牀角枕共語②。既而喚顧共行，顧乃命左右取杭上新衣③，易己體上所着。許笑曰：「卿乃復有行來衣乎④？」

【注釋】

①許文思：許琛（chēn），字文思，生平不詳。許：住所。

②角枕：用角骨作裝飾的枕頭。

③杭：通「桁（hàng）」，衣架。

④乃復：竟然。行來衣：出門穿的衣服。行來，指出門。

【譯文】

許琛到顧和住處去，顧和先在帳子裏睡了。許琛來後，就徑直上牀枕着用角骨裝飾的枕頭與他一起說話。不久又叫顧和一同出去，顧和就叫左右隨從拿衣架上的新衣，換下自己身上穿的衣服。許琛笑道：「你竟然有出門穿的衣服嗎？」

## 二一

康僧淵目深而鼻高[①]，王丞相每調之[②]。僧淵曰：「鼻者，面之山；目者，面之淵[③]。山不高則不靈，淵不深則不清。」

**【注釋】**

①康僧淵：晉高僧，西域人，精於佛理，著稱於時。

②王丞相：王導。調：調笑，嘲弄。

③淵：深水潭。

**【譯文】**

康僧淵眼睛深凹鼻樑高聳，王導常常為此嘲笑他。僧淵說：「鼻子是臉上的山峯，眼睛是臉上的深潭，山不高就沒有靈氣，淵不深就不會清亮。」

## 二二

何次道往瓦官寺①，禮拜甚勤，阮思曠語之曰②：「卿志大宇宙，勇邁終古③。」何曰：「卿今日何故忽見推④？」阮曰：「我圖數千戶郡⑤，尚不能得；卿乃圖作佛，不亦大乎？」

【注釋】

①何次道：何充，字次道，晉廬江人，歷官會稽內史、驃騎將軍、揚州刺史，曾任晉穆帝宰相，信奉佛教。瓦官寺：佛寺名，在建康（今江蘇南京）西南。

②阮思曠：阮裕，字思曠，阮籍族弟，官至金紫光祿大夫。

③邁：超越。

④推：推崇。

⑤圖：圖謀，謀取。郡：指郡守。

【譯文】

何充到瓦官寺，頂禮拜佛很勤進，阮裕對他說：「你的志向大過宇宙，勇氣超越古人。」何充說：「你今天為何忽然推崇起我來了？」阮裕說：「我謀求作個幾千戶人的郡守尚且不能得到，而你卻圖謀作佛，志向不是很大嗎？」

## 二三

庾征西大舉征胡[①]，既成行，止鎮襄陽[②]。殷豫章與書[③]，送一折角如意以調之[④]。庾答書曰：「得所致[⑤]，雖是敗物[⑥]，猶欲理而用之[⑦]。」

**【注釋】**

①庾征西：庾翼，庾亮弟，官至征西將軍，故稱。征胡：指成帝咸康六年（三四〇），庾亮死，庾翼代鎮武昌，康帝建元元年（三四三）庾翼率軍北伐，二年，以北軍勢尚強，而康帝又駕崩，未能決戰即回襄陽。

②襄陽：縣名，今湖北襄陽。

③殷豫章：殷羨，為豫章太守，故稱。

④折角如意：斷了一個角的如意。如意，一種象徵吉利，可供搔背或賞玩的器物。調：調笑，戲弄。

⑤所致：所送之物。

⑥敗物：指殘缺不全之物。

⑦理：修理。

【譯文】

庾翼大舉進兵討伐胡人，出發後，駐紮鎮守在襄陽。殷羨寫信給他，並送了一隻缺角的如意來戲弄他。庾翼回信說：「得到了你送的東西，雖然是殘缺不全之物，但我還是想要修理好了使用它。」

## 二四

桓大司馬乘雪欲獵①，先過王、劉諸人許②。真長見其裝束單急③，問：「老賊欲持此何作④？」桓曰：「我若不為此，卿輩亦那得坐談⑤？」

【注釋】

①桓大司馬：桓温。
②過：探望。王、劉：王濛、劉惔。許：住所。
③真長：劉惔。裝束：衣着。單急：服裝輕便緊身，指着戎裝。
④老賊：老傢伙、老東西，戲謔語。作：做，幹。
⑤那得：怎麼。坐談：坐下來清談。

【譯文】

桓温乘着下雪天想去打獵，先到王濛、劉惔的住處探望。劉惔看他身着軍裝，就問：「老傢伙想穿這身衣服幹什麼？」桓温説：「我如不穿這身衣服，你們這班人怎麼能坐下來清談呢？」

二五

褚季野問孫盛①：「卿國史何當成②？」孫云：「久應竟③。在公無暇，故至今日。」褚曰：「古人『述而不作』④，何必在蠶室中⑤？」

【注釋】

①褚季野：褚裒（póu），字季野。

②國史：指孫盛所撰之晉陽秋。何當：何時。

③竟：完成。

④述而不作：語見論語述而，意謂只傳述前人的話而不創作新義。述，陳述，述説。作，創作。

⑤蠶室：古代行宮刑的住所。受過宮刑者畏懼風寒，須在密閉蓄火如養蠶的房間裏將養，故稱蠶室。司馬遷在撰著史記過程中受了宮刑。

【譯文】

褚裒問孫盛：「你著國史什麼時候能完成？」孫盛說：「早該完成了。只是忙於公務沒有空暇，所以拖到現在。」褚裒說：「古人只陳述前人的話而不創作新義，你何必要等被關入蠶室中呢？」

二六

謝公在東山①，朝命屢降而不動②。後出為桓宣武司馬③，將發新亭④，朝士咸出瞻送⑤。高靈時為中丞⑥，亦往相祖⑦，先時多少飲酒⑧，因倚如醉⑨，戲曰⑩：「卿屢違朝旨，高卧東山⑪，諸人每相與言⑫：『安石不肯出⑬，將如蒼生何⑭？』今亦蒼生將如卿何？」謝笑而不答。

【注釋】

①謝公：謝安。東山：山名，在今浙江上虞西南，謝安曾隱居於此。
②朝命：指朝廷屢次徵召他出山做官。
③桓宣武：桓溫死謚宣武，故稱。司馬：高級武官的屬官。
④發：出發。新亭：亭名，在今江蘇南京南郊，為當時交通要道，東晉時官員、士人常在此宴飲送別。

⑤瞻送：看望送別。

⑥高靈：高崧，字茂琰，小字阿酃（líng），官至侍中。中丞：官名，即御史中丞。

⑦祖：送行，餞行。

⑧多少：略微。

⑨倚：憑藉。

⑩戲：嘲弄，開玩笑。

⑪高卧東山：指隱居東山。

⑫相與：一起，共同。

⑬安石：謝安字安石。

⑭蒼生：指百姓。

【譯文】

謝安隱居在東山，朝廷屢次降旨徵召他出山為官，他都不為所動。後來他出任桓溫手下的司馬，將要從新亭出發，朝廷官員都來看望送行。高靈當時擔任中丞，也前往送別，他起先稍微喝了點酒，於是就藉着醉酒模樣，開玩笑說：「你屢次違背朝廷旨意，隱居東山不出來，大家常常一起議論說：『安石不肯出山當官，將如何對待老百姓呢？』現如今老百姓又將怎麼對待你呢？」謝安笑着不回答。

## 二七

初，謝安在東山居，布衣①，時兄弟已有富貴者②，翕集家門③，傾動人物④。劉夫人戲謂安曰⑤：「大丈夫不當如此乎？」謝乃捉鼻曰⑥：「但恐不免耳⑦。」

### 【注釋】

①布衣：平民。
②時兄弟已有富貴者：謝安堂兄謝尚、兄謝奕、弟謝萬都已做了大官，已經富貴起來。
③翕（xī）集：齊集，聚集。
④傾動：令人傾倒而動心。
⑤劉夫人：謝安妻為劉惔之妹，故稱。
⑥捉鼻：捏着鼻子，使語音輕細，表示輕蔑意。
⑦但恐不免耳：只怕免不了要像兄弟們那樣啊。

### 【譯文】

當初，謝安在東山隱居時，是一介布衣百姓，那時他的兄弟中已有做大官富貴起來的，聚集在家族中，令人傾倒動心。劉夫人對謝安開玩笑說：「大丈夫不應當這樣嗎？」謝安便捏着鼻子說：「只怕是免不了要如兄弟們那樣啊。」

## 二八

支道林因人就深公買印山[①]，深公答曰：「未聞巢、由買山而隱[②]。」

**【注釋】**

①支道林：支遁字道林，東晉高僧。因：託，通過。就：向。深公：晉高僧竺道潛，字法深。印山：當為岇（áng）山之誤。岇山，在會稽剡（shàn）縣（今浙江嵊州），竺道潛隱居於此。

②巢、由：巢父、許由，傳說為堯舜時的兩位隱士。

**【譯文】**

支遁託人向竺法深買岇山，竺法深回答道：「沒有聽說過巢父、許由是買了山來隱居的。」

## 二九

王、劉每不重蔡公[①]。二人嘗詣蔡，語良久，乃問蔡曰：「公自言何如夷甫[②]？」答曰：「身不如夷甫。」王、劉相目而笑曰[③]：「公何處不如？」答曰：「夷甫無君輩客。」

【注釋】

①王、劉：王濛、劉惔。蔡公：蔡謨，字道明，博學多識，官至侍中、司徒。後因失禮被廢為庶人。

②夷甫：王衍字夷甫。

③相目：互相對視。

【譯文】

王濛、劉惔常不尊重蔡謨。他們二人曾經拜訪蔡謨，談了很久，他們就問蔡謨說：「您自己說比王夷甫怎麼樣？」蔡謨答道：「我不如王夷甫。」王濛、劉惔互相對視笑道：「您什麼地方不如他？」蔡謨答道：「王夷甫沒有你們這班客人。」

三〇

張吳興年八歲①，虧齒②，先達知其不常③，故戲之曰：「君口中何為開狗竇④？」張應聲答曰：「正使君輩從此中出入。」

【注釋】

①張吳興：張玄之，曾任吳興太守，故稱。

②齗：缺。

③先達：前輩有聲望有才能的賢者。不常：不尋常，不一般。

④狗竇：狗洞。

【譯文】

張玄之八歲時，缺了門牙，前輩賢達知道他不同尋常，特意對他開玩笑說：「你口中為什麼開了狗洞？」張玄之隨聲回答道：「正是為了讓你們這班人從這裏進出。」

三一

**郝隆七月七日出日中仰卧①，人問其故，答曰：「我曬書。」**

【注釋】

①郝隆：字佐治，汲郡（今河南汲縣西南）人，官至征西將軍。七月七日：魏晉時，習俗以七月七日曬經書及衣物。

【譯文】

郝隆在七月七日這天出來在太陽下仰卧着，有人問他什麼緣故，他答道：「我在曬書。」

三二

謝公始有東山之志①，後嚴命屢臻②，勢不獲已③，始就桓公司馬④。於時人有餉桓公藥草⑤，中有遠志⑥。公取以問謝：「此藥又名小草，何一物而有二稱？」謝未即答。時郝隆在坐，應聲答曰：「此甚易解。處則為遠志⑦，出則為小草⑧。」謝甚有愧色。桓公目謝而笑曰：「郝參軍此過乃不惡⑨，亦極有會⑩。」

【注釋】

①謝公：謝安。東山之志：隱居東山的志向。

②嚴命：指朝廷徵召謝安出仕的命令。臻：至，到達。

③不獲已：不得已。

④始：才。就：就任。

⑤餉：贈送。

⑥遠志：草藥名。

⑦處：退處不仕。
⑧出：出仕做官。
⑨此過：當作「此通」。通，指闡釋。太平御覽卷九十九作「此通」。
⑩會：意味。

【譯文】

謝安起初有隱居不仕的志向，後朝廷屢次下詔徵召他出仕，情勢不得已，才就任桓温屬下司馬之職。當時有人送給桓温藥草，其中有一味遠志。桓温拿出來問謝安：「這藥又叫小草，為什麼一樣東西有兩種稱呼？」謝安沒有立即回答。那時郝隆在座，隨聲回答道：「這很容易解釋。隱居山中叫遠志，出了山做官就叫小草。」謝安頗有慚愧神色。桓温看着謝安笑道：「郝參軍如此解釋的確不壞，也極有意味。」

三三

庾園客詣孫監①，值行②，見齊莊在外③，尚幼，而有神意④。庾試之曰：「孫安國何在？」即答曰：「庾稚恭家⑤。」庾大笑曰：「諸孫大盛⑥，有兒如此。」又答曰：「未若諸庾之翼翼⑦。」還，語人曰：「我故勝⑧，得重喚奴父名。」

【注釋】

①庾園客：庾爰之，小字園客，庾翼之子。永和初代父為荊州刺史，後為桓溫廢黜。孫監：孫盛，字安國，官至祕書監、給事中。

②值：遇到。行：出行，外出。

③齊莊：孫放，字齊莊，孫盛之子。

④神意：指神采奕奕。

⑤庾稚恭：庾翼字稚恭。

⑥諸孫：指孫姓家族。

⑦諸庾：指庾氏家族。翼翼：繁茂興旺的樣子。

⑧故：仍然。

【譯文】

庾爰之去拜訪祕書監孫盛，正遇到他外出，見到他兒子齊莊在外面，年紀還小，但是卻奕奕有神采。庾爰之試探他說：「孫安國在哪裏？」齊莊立即回答說：「在庾稚恭家。」庾爰之大笑道：「孫氏家族大為昌盛，有這麼好的兒子。」齊莊又回答說：「比不上庾氏家族興旺發達的樣子。」回來後，他對人說：「我仍然勝利了，我得以重複兩次叫喚了那奴才父親的名字。」

三四

范玄平在簡文坐①，談欲屈②，引王長史曰③：「卿助我。」王曰：「此非拔山力所能助④。」

【注釋】

①范玄平：范汪，字玄平，東晉潁陽（今河南許昌東南）人。少有大志，博覽經籍，歷官吏部尚書、東陽太守，徐、兗二州刺史。簡文：簡文帝司馬昱。

②談：指清談。屈：指理虧。

③引：拉。王長史：王濛。

④拔山力：有拔山之力，形容力氣大。史記項羽本紀：「於是項王乃慷慨悲歌，自為詩曰：『力拔山兮氣蓋世，時不利兮騅不逝。』」

【譯文】

范汪在簡文帝那裏作客，清談時在理屈詞窮之際，拉着王濛說：「你幫幫我！」王濛說：「這不是靠拔山的氣力所能幫助的。」

三五

郝隆為桓公南蠻參軍①。三月三日會②，作詩，不能者罰酒三升。隆初以不能受罰，既飲，攬筆便作一句云：「娵隅躍清池③。」桓問：「娵隅是何物？」答曰：「蠻名魚為娵隅。」桓公曰：「作詩何以作蠻語？」隆曰：「千里投公，始得蠻府參軍，那得不作蠻語也？」

【注釋】

①郝隆：字佐治，曾為桓溫屬官。桓公：桓溫。南蠻參軍：桓溫在穆帝時任荊州刺史，兼領南蠻校尉。參軍，校尉的屬官。

②三月三日：為上巳節，古時以三月上旬巳日為上巳，官民皆於東流水上洗濯，以除去宿垢為大吉，同時聚會遊樂。魏晉後改為三月三日為上巳節。

③娵（jū）隅：魚，古代西南少數民族語。

【譯文】

郝隆擔任了桓溫南蠻參軍。三月三日上巳節聚會時，大家都要作詩，不能做詩的要罰酒三升。郝隆起初因不能寫受罰，飲了酒後，拿起筆來就寫了一句云：「娵隅躍清池。」桓溫問：「娵隅是什麼東西？」郝隆回答道：「南蠻人叫魚為娵隅。」桓温說：「作詩為什麼用蠻語？」郝隆說：「我千里迢迢來投奔您老，才得了個蠻府參軍之職，怎能不說南蠻語呢？」

## 三六

**袁羊嘗詣劉恢①，恢在內眠未起。袁因作詩調之曰②：「角枕粲文茵，錦衾爛長筵③。」劉尚晉明帝女④，主見詩，不平曰：「袁羊，古之遺狂⑤。」**

## 【注釋】

①袁羊：袁喬，字彥叔，小字羊。劉恢：當作劉惔，晉書有劉惔傳，而無「劉恢」其人。本文下有「劉尚晉明帝女」語，而晉書劉惔傳亦載：「尚明帝女廬陵公主。」可知劉恢為劉惔之誤。

②調：調笑，戲弄。

③「角枕」二句：源於詩經唐風葛生：「角枕粲兮，錦衾爛兮。予美亡此，誰與獨旦？」寫女子思夫，睹物懷人。謂角席依然鮮豔，錦被還是那樣燦爛，只是我的愛人捨我而去，誰來陪伴孤獨的我到天明？角枕，用角骨裝飾的枕頭。文茵，有花紋的褥墊。錦衾（qīn），錦被。爛，燦爛。長筵，鋪在牀上的長竹席。

④尚：指娶公主為妻。晉明帝女：廬陵長公主南弟。

⑤遺狂：遺留下來的狂徒。

【譯文】

袁喬曾經拜訪劉惔，劉惔在內室睡覺還未起牀，袁喬就作詩調侃他說：「角枕粲文茵，錦衾爛長筵。」劉惔娶了晉明帝之女為妻，公主見到詩，很不滿地說：「袁羊是古代遺留下來的狂人！」

## 三七

殷洪遠答孫興公詩云①：「聊復放一曲②。」劉真長笑其語拙③，問曰：「君欲云那放④？」殷曰：「榻臘亦放⑤，何必其鎗鈴邪⑥？」

【注釋】

①殷洪遠：殷融，字洪遠，善清談，官吏部尚書、太常卿。孫興公：孫綽。

②聊復：姑且。放：作，發，放歌。

③劉真長：劉惔。拙：笨拙。

④那：怎麼。

⑤榻（tà）臘：指一種西域樂器發出的鼓聲。

⑥鎗（qiāng）鈴：指鐘聲。

【譯文】

殷融贈答孫綽的詩句說：「聊復放一曲。」劉惔笑他的詩語句笨拙，問道：「你想說怎麼放歌？」殷融說：「鼓聲也是放歌，何必要那鐘聲才算呢？」

三八

桓公既廢海西[①]，立簡文[②]。侍中謝公見桓公拜[③]，桓驚笑曰：「安石，卿何事至爾？」謝曰：「未有君拜於前，臣立於後。」

【注釋】

①桓公：桓溫。海西：海西公司馬奕。奕字延齡，晉成帝子，興寧三年（三六五）立為帝，被大司馬桓溫廢黜，封海西縣公，簡稱海西公。

②簡文：簡文帝司馬昱。

③侍中：侍從皇帝左右的官，親信貴重。謝公：謝安，字安石。

【譯文】

桓温廢黜海西公司馬奕後，扶立了簡文帝司馬昱。侍中謝安見到桓温行跪拜禮，桓温吃驚地笑道：「安石，你為什麼竟至於這樣？」謝安說：「沒有君主下拜在前，而臣子還站在後面的道理。」

三九

郗重熙與謝公書道①：「王敬仁聞一年少懷問鼎②，不知桓公德衰③？為復後生可畏④？」

【注釋】

①郗重熙：郗曇，字重熙，郗鑒子，官北中郎將，徐、兗二州刺史。謝公：謝安。

②王敬仁：王脩（xiū），字敬仁，王濛之子。懷：懷藏。問鼎：指圖謀篡逆之野心。古以九鼎為傳國之寶器，故稱。

③桓公：指桓温。德衰：道德衰敗。

④為復：還是。

【譯文】

郗曇給謝安寫信說：「王脩聽說有一位少年懷有圖謀篡逆的野心，不知道是桓公道德衰敗呢，還是少年氣盛後生可畏呢？」

# 四〇

**張蒼梧是張憑之祖①，嘗語憑父曰：「我不如汝。」憑父未解所以。蒼梧曰：「汝有佳兒。」憑時年數歲，斂手曰②：「阿翁，詎宜以子戲父③？」**

【注釋】

①張蒼梧：張鎮，字義遠，曾任蒼梧太守，討王含有功，封興道縣侯。張憑：字太宗，官至吏部郎、御史中丞。

②斂手：拱手，表示恭敬。

③阿翁：稱祖父。詎（jù）：怎，豈。宜：適合，適當。

【譯文】

張鎮是張憑的祖父，曾對張憑的父親說：「我不如你。」張憑父親不懂他這麼說的原因。張鎮說：

「你有個好兒子。」張憑當時只有幾歲，恭恭敬敬地拱手說：「阿翁，怎麼可以用兒子來開父親的玩笑呢？」

## 四一

習鑿齒、孫興公未相識[①]，同在桓公坐。桓語孫：「可與習參軍共語。」孫云：「蠢爾蠻荊，敢與大邦為仇[②]？」習云：「薄伐獫狁，至於太原[③]。」

### 【注釋】

①習鑿齒：字彥威，荊州襄陽（今屬湖北）人。曾任桓温屬下戶曹參軍。孫興公：孫綽。

②「蠢爾蠻荊」二句：詩經小雅采芑（qǐ）：「蠢爾荊蠻，大邦為仇。」意謂：你們這些愚蠢無知的荊蠻，竟敢與大國為仇。荊蠻，對南方楚地人的蔑稱。習鑿齒是荊州襄陽人，故孫綽藉此嘲弄之。大邦，大國，指周王朝。

③「薄伐獫狁（xiǎn yǔn）」二句：詩經小雅六月：「薄伐獫狁，至於太原。」意謂攻伐獫狁，來完成偉大的功業。薄，發語詞。獫狁，古代北方民族，商周時常侵擾中原。孫綽為太原人，故習鑿齒引用此詩來回敬之。

【譯文】

習鑿齒與孫綽互不相識，同在桓温家中作客。桓温對孫綽說：「可以與習參軍談談。」孫綽說：「你們蠢笨的荊蠻膽敢與我們大國為仇敵嗎？」習鑿齒說：「討伐獫狁，直達你們的老家太原。」

## 四二

**桓豹奴是王丹陽外生①，形似其舅，桓甚諱之。宣武云②：「不恆相似，時似耳。恆似是形，時似是神。」桓逾不說。**

【注釋】

①桓豹奴：桓嗣，字恭祖，小字豹奴，桓温的姪子，桓沖之子。官至江州刺史。王丹陽：王混，字奉正，王導孫，王恬子，官至丹陽尹。外生：外甥。

②宣武：桓温。

【譯文】

桓嗣是王混的外甥，形貌像他的舅父，桓嗣很忌諱這點。桓温說：「不是經常相似，有的時候相似罷了。經常相似是外貌，有時相似是神態。」桓嗣聽了更加不高興。

## 四三

王子猷詣謝萬①，林公先在坐②，瞻矚甚高③。王曰：「若林公鬚髮並全，神情當復勝此不？」謝曰：「脣齒相須④，不可以偏亡⑤。鬚髮何關於神明⑥？」林公意甚惡⑦，曰「七尺之軀，今日委君二賢⑧。」

### 【注釋】

①王子猷（yóu）：王徽之，字子猷，王羲之第五子。
②林公：支道林。
③瞻矚：指目光、神態。
④須：依靠。
⑤偏亡：偏廢，缺失。
⑥神明：指人的精神。
⑦意：指心情、情緒。惡：指精神或情緒不爽。
⑧委：託付，委託。

### 【譯文】

王徽之去拜訪謝萬，支道林先已在座，目光神態高傲。王徽之説：「如果林公鬍鬚、頭髮都齊全的話，神情必定會勝過現在這樣的吧？」謝萬説：「脣齒相依，不可以偏廢缺少一樣。鬍鬚頭髮對於人的精神有什麼關係呢？」支道林聽了情緒很不好，説：「我堂堂七尺之軀，今天就託付給二位賢人去評説了。」

## 四四

郗司空拜北府①，王黃門詣郗門拜云②：「應變將略，非其所長③。」驟詠之不已④。郗倉謂嘉賓曰⑤：「公今日拜，子猷言語殊不遜⑥，深不可容！」嘉賓曰：「此是陳壽作諸葛評⑦，人以汝家比武侯⑧，復何所言！」

**【注釋】**

①郗司空：郗愔。拜：授予官職。北府：東晉時京口的別稱。當時郗愔兼任徐兗二州刺史，鎮京口。

②王黃門：王徽之，他曾任黃門侍郎，故稱。王徽之是郗愔的外甥。拜：指祝賀。

③「應變將略」二句：語見三國志蜀書陳壽評諸葛亮曰：「應變將略，非其所長也。」謂諸葛亮在應對變故、用兵的謀略上，並不是他的長處。

④驟：屢次，反覆。

⑤郗倉：郗融，字景山，小字倉，郗愔次子，未及出仕，早死。嘉賓：郗超，小字嘉賓，郗愔長子。

⑥子猷（yóu）：王徽之字子猷。不遜：不恭。

⑦陳壽：字承祚，巴西安漢（今四川南充）人。仕蜀，屢次遭貶。入晉，為著作郎。撰三國志。官治書侍御史。

⑧汝家：你父親。武侯：諸葛亮，字孔明，三國蜀丞相，死謚忠武侯。

**【譯文】**

郗愔出任北府長官，王徽之到郗家祝賀道：「應變將略，非其所長。」他反覆吟誦這幾句而不停口。郗融對郗超說：「父親今天被授予官職，徽之說的話很不恭敬，太令人不能容忍了！」郗超說：「他說的話是陳壽為諸葛亮所寫的評語，人家把你父親比為諸葛武侯，還有什麼可說的！」

## 四五

王子猷詣謝公①，謝曰：「云何七言詩②？」子猷承問，答曰：「昂昂若千里之駒，泛泛若水中之鳧③。」

【注釋】

①謝公：謝安。

②云何：怎麼樣。

③「昂昂若千里之駒」二句：見屈原卜居：「寧昂昂若千里之駒乎，將泛泛若水中之鳧。」昂昂，昂首奮發、器宇軒昂的樣子。泛泛，浮游不定的樣子。鳧（fú），野鴨。

【譯文】

王徽之去拜訪謝安，謝安說：「七言詩是怎麼樣的？」王徽之聽到問題，回答道：「昂昂若千里之駒，泛泛若水中之鳧。」

四六

王文度、范榮期俱為簡文所要①，范年大而位小②，王年小而位大。將前，更相推在前③，既移久④，王遂在范後。王因謂曰：「簸之揚之，糠秕在前⑤。」范曰：「洮之汰之，沙礫在後⑥。」

**【注釋】**

①王文度：王坦之，字文度。范榮期：范啟，字榮期，晉護軍長史范堅子，官至黃門侍郎。簡文：簡文帝司馬昱。要（yāo）：邀請。

②位：職位。

③推：推讓。

④移久：很久。

⑤「簸（bǒ）之揚之」二句：揚去米糠中的糠皮雜物，糠皮雜物就飄浮在前面。此為王文度喻指范啟走在前面為糠秕。糠秕（bǐ），糠皮。

⑥「洮（táo）之汰之」二句：用水洗淨糧食中的雜質。洮，即淘，淘洗。礫（lì），小石，碎石。

**【譯文】**

王坦之、范啟一同受到簡文帝的邀請，范啟年紀大而官位小，王坦之年紀小而官位大。他們將要往前走時，互相推讓請對方走在前面。互相讓了很久，王坦之便走在范啟的後面。王坦之於是就說：「簸之揚之，糠秕在前。」范啟回應道：「淘之汰之，沙礫在後。」

## 四七

劉遵祖少為殷中軍所知①，稱之於庾公②。庾公甚忻然③，便取為佐④。既見，坐之獨榻上與語⑤。劉爾日殊不稱⑥，庾小失望⑦，遂名之為「羊公鶴⑧」。昔羊叔子有鶴善舞⑨，嘗向客稱之，客試使驅來，氃氋而不肯舞⑩。故稱比之。

【注釋】

①劉遵祖：劉爰之，字遵祖，晉沛郡（今安徽濉溪）人。官中書郎、宣城太守。殷中軍：殷浩，曾為中軍將軍。知：賞識。

②稱：薦舉。庾公：庾亮。

③忻：同「欣」。

④佐：佐吏，僚屬。

⑤獨榻：單人坐榻。

⑥爾日：這天。稱：相稱，符合。

⑦小：稍微。

⑧羊公鶴：余嘉錫世說新語箋疏引輿地紀勝六十四曰：「晉羊祜鎮荊州，江陵澤中多有鶴，常取之教舞以娛賓客。」故稱羊祜所教之鶴為「羊公鶴」。

⑨羊叔子：羊祜（hù），字叔子，晉初名將，官荊州刺史，後為征南大將軍，歷職三朝。

⑩氃氋（tóng méng）：羽毛鬆散的樣子。

【譯文】

劉爰之年輕時得到殷浩的賞識，殷浩在庾亮面前薦舉他。庾亮很高興，就用他為僚屬。見面後，庾亮讓他坐在獨榻上同他談話。劉爰之這天的言談與他的名聲很不相稱，庾亮感到有些失望，便把他稱作「羊公鶴」。從前羊祜有鶴善於跳舞，他曾向來客稱讚它，來客試着讓人把它趕過來，這隻鶴蓬鬆着羽毛卻不肯跳舞，所以庾亮用「羊公鶴」來比擬劉爰之。

## 四八

魏長齊雅有體量①，而才學非所經②。初宦當出③，虞存嘲之曰④：「與卿約法三章⑤：談者死⑥，文筆者刑⑦，商略抵罪⑧。」魏怡然而笑⑨，無忤於色⑩。

【注釋】

①魏長齊：魏顗，字長齊，會稽（今浙江紹興）人，官至山陰令。雅：很。體量：度量，氣度。

②才學：才能學問。經：指擅長。

③當：將。

④虞存：字道長，晉會稽山陰人，官至尚書吏部郎。

⑤約法三章：指約定三條法令，語出史記高祖本紀，謂高祖入咸陽，「與父老約法三章」。

⑥談：指清談。
⑦文筆：指寫文章。
⑧商略：指評論，品評人物。抵罪：抵償應負的罪責。
⑨怡然：愉快的樣子。
⑩忤：抵觸。

【譯文】

魏顗很有氣度，但才能學問不是他所擅長的。他初始做官將要出任時，虞存嘲弄他說：「與你約法三章：清談的人要處死，寫文章的人要刑罰，品評人物的人要抵罪。」魏顗高興地笑了，臉上沒有露出一絲抵觸的神色。

## 四九

郗嘉賓書與袁虎①，道戴安道、謝居士云②：「恆任之風③，當有所弘耳④。」以袁無恆，故以此激之。

【注釋】

①郗嘉賓：郗超。袁虎：袁宏小字虎，晉陳郡人，官至東陽太守。

②道：評論。戴安道：戴逵。謝居士：謝敷，終身未仕，在家信奉佛教，故稱居士。

③恆任：指恆心與負責任。

④弘：發揚，光大，擴充。

【譯文】

郗超寫信給袁宏，評論戴逵、謝敷說：「做事要有恆心、負責任，這種作風應當得到發揚啊。」因為袁宏沒有恆心，所以用這樣的話來刺激他。

五〇

范啟與郗嘉賓書曰[①]：「子敬舉體無饒縱[②]，掇皮無餘潤[③]。」郗答曰：「舉體無餘潤，何如舉體非真者？」范性矜假多煩[④]，故嘲之。

【注釋】

①范啟：字榮期。郗嘉賓：郗超。

②子敬：王獻之。舉體：全身。饒縱：指豐滿肥胖。

③掇（duō）皮：指去了皮。餘潤：指沒有什麼豐腴的肌肉。

④矜（jīn）假：矜持做作。

【譯文】

范啟給郗超寫信說：「子敬全身沒什麼豐腴，去了身上的皮也沒有多餘的肌肉。」郗超答道：「全身沒什麼豐腴的肌肉與全身上下都不真誠的人比起來，怎麼樣呢？」范啟的本性矜持做作又繁瑣，所以郗超嘲弄他。

## 五一

二郗奉道①，二何奉佛②，皆以財賄③。謝中郎云④：「二郗諂於道⑤，二何佞於佛⑥。」

【注釋】

①二郗：郗愔、郗曇兄弟。奉道：信奉天師道。

②二何：何充、何準兄弟。奉佛：信奉佛教。

③以財賄：指用去很多財物。以，用。
④謝中郎：謝萬，曾任撫軍從事中郎，故名。
⑤諂：巴結。
⑥佞：討好。

【譯文】
二郗信奉天師道，二何信奉佛教，都花了大量財物。謝萬說：「二郗巴結道教，二何討好佛教。」

## 五二

王文度在西州①，與林法師講②，韓、孫諸人並在坐③。林公理每欲小屈④，孫興公曰：「法師今日如着弊絮在荊棘中⑤，觸地掛閡⑥。」

【注釋】
①王文度：王坦之，字文度，藍田侯王述之子。西州：揚州刺史之治所，因在台城西，故稱。
②林法師：支道林，東晉名僧。法師，對僧人的尊稱。講：研討，講論。
③韓、孫：韓伯、孫綽。

④理：道理，義理。每：常。小屈：指所說之理稍處下風。

⑤着：穿。弊絮：破舊的棉絮。

⑥觸地：處處。掛閡（ài）：同「掛礙」。

【譯文】

王坦之在揚州刺史官署時，與支道林講玄談理，韓伯、孫綽等人都在座。支道林所說的義理常常稍處下風，孫綽說：「法師今天好像穿了破棉絮穿行在荊棘叢中，處處受到牽掛妨礙。」

## 五三

范榮期見郗超俗情不淡①，戲之曰：「夷、齊、巢、許②，一詣垂名③，何必勞神苦形④，支策據梧邪⑤？」郗未答，韓康伯曰⑥：「何不使游刃皆虛⑦？」

【注釋】

①范榮期：范啟。俗情：世俗之情。

②夷、齊、巢、許：伯夷、叔齊、巢父、許由，他們都是古代著名的隱士。

③一詣（yì）垂名：指很快就名傳後世。詣，到。垂，傳留後世。

④勞神苦形：費盡心機，勞累身體。形，形體，指身體。
⑤支策據梧：語見莊子齊物論：「昭文之鼓琴也，師曠之支策也，惠子之據梧也。」支策，指拿着手杖來擊打節拍。策，指擊打樂器之物。據梧，指倚着梧桐樹而吟。
⑥韓康伯：韓伯。
⑦游刃皆虛：語見莊子養生主：「游刃必有餘地。」謂骨節之間有空隙，只要看準空隙下刀，那麼薄薄的刀刃就能游行於空隙之中而大有回旋的餘地。後即以「游刃有餘」來形容技藝熟練做事輕鬆利落。游刃，指順着牛的骨節空隙處用刀。虛，指骨節之間的空隙。

【譯文】

范啟看到郗超有世俗之情，並不超脫恬淡，戲弄他說：「伯夷、叔齊、巢父、許由，他們很快就名傳後世，你何必要費盡心神，勞累身體，像師曠那樣拿着手杖擊打節拍，如惠子那樣倚着梧桐樹而吟歎呢？」郗超沒有回答，韓伯說：「為什麼不像庖丁那樣以熟練的手法輕鬆地在牛骨的空隙處下刀呢？」

五四

簡文在殿上行①，右軍與孫興公在後②。右軍指簡文語孫曰：「此啖名客③」。簡文顧曰：「天下自有利齒兒④。」後王光祿作會稽⑤，謝車騎出曲阿祖之⑥，王孝伯罷祕書丞在坐⑦，謝言及此事，因視孝伯曰：「王丞齒似不鈍⑧。」王曰：「不鈍，頗亦驗⑨。」

【注釋】

①簡文：簡文帝司馬昱。

②右軍：王羲之。孫興公：孫綽字興公。

③啖名客：好名之人。此為戲言，意謂司馬昱官職多，名聲顯赫。

④利齒兒：牙齒堅利的人。

⑤王光祿：王蘊，曾任光祿大夫，故稱。作會稽：指王蘊出任會稽內史。

⑥謝車騎：謝玄。曲阿：縣名，治所在今江蘇丹陽。祖：餞行。

⑦王孝伯：王恭。罷祕書丞：被罷免祕書丞的職務升轉中書郎。祕書丞，祕書省的屬官，管宮中文書圖籍。

⑧王丞：指王恭。

⑨驗：效驗，效果。

【譯文】

簡文帝在殿上走時，王羲之和孫綽跟在後面。王羲之指着簡文帝對孫綽說：「這位是好名之人。」

簡文帝回過頭説：「天下本來就有牙齒堅利的人。」後來王蘊任會稽內史，謝玄到曲阿去為他餞行，被罷去祕書丞一職的王恭那時也在座，謝玄談到此事，便看着王恭説：「王丞的牙齒似乎也不鈍。」王恭説：「不鈍，似乎還很有效驗。」

## 五五

謝遏夏月嘗仰卧①，謝公清晨卒來②，不暇着衣，跣出屋外③，方躡履問訊④。公曰：「汝可謂『前倨而後恭』⑤。」

### 【注釋】

①謝遏：謝玄，小字遏，是謝安兄謝奕之子。
②謝公：謝安。卒（cù）：突然。
③跣（xiǎn）：光着腳。
④躡履：穿上鞋。
⑤前倨（jù）而後恭：語見戰國策秦策一，指蘇秦的家人在他沒有出名做官前輕視他，到後來蘇秦佩六國相印榮耀顯赫時又十分恭敬討好，謂先前態度傲慢，後來態度恭順。倨，傲慢。

【譯文】

謝玄在夏天時曾在牀上仰面躺着，謝安大清早突然來了，謝玄來不及穿好衣服，赤着腳就跑出屋外，這才穿上鞋子向謝安問候。謝安說：「你可說是『前倨而後恭』。」

## 五六

顧長康作殷荊州佐①，請假還東。爾時例不給布颿②，顧苦求之③，乃得。發至破塚④，遭風大敗⑤。作箋與殷云⑥：「地名破塚，真破塚而出⑦。行人安穩，布颿無恙。」

【注釋】

①顧長康：顧愷之，字長康。殷荊州：殷仲堪任荊州刺史，故稱。佐：佐吏，僚屬。
②不給（jǐ）：不供應。布颿（fān）：布製的船帆，指帆船。
③苦求：盡力地求。
④破塚（zhǒng）：地名，在今湖北江陵東。
⑤敗：毀壞。
⑥作箋：寫信。
⑦塚（zhǒng）：墳墓。

【譯文】

顧愷之擔任殷仲堪的僚屬時，請假東下回家。那時按照慣例，不為僚屬供給帆船，顧愷之盡力懇求，才得到了帆船。船出發到破塚時，遇到了大風，帆船被毀壞了。他寫信給殷仲堪說：「地名叫破塚，我真的像是打破墳墓跑出來。可謂行旅之人安安穩穩，帆船平安無事。」

五七

苻朗初過江①，王諮議大好事②，問中國人物及風土所生③，終無極已④，朗大患之⑤。次復問奴婢貴賤，朗云：「謹厚有識中者⑥，乃至十萬；無意為奴婢問者⑦，止數千耳⑧。」

【注釋】

①苻朗：字元達，前秦苻堅之姪，降晉後任員外散騎侍郎。
②王諮議：王肅之，字幼恭，王羲之之子。官中書郎、驃騎諮議，故稱。
③中國：指中原地區。風土所生：風土人情及物產等。
④終無極已：指問個不停，沒個完的時候。
⑤患：厭惡。

⑥謹厚有識中者：指謹慎樸實有見識者。有識中者，晉時習慣用語，指有見識的人。

⑦無意為奴婢問者：指愚昧無知又要就奴婢的事問來問去的人。無意，指愚昧無知。

⑧止：僅，只。

【譯文】

苻朗剛渡江南來時，王肅之非常喜歡管閑事，向苻朗問中原地區的人物，以及風土人情、物產等等事情，問起來沒個完的時候，苻朗非常討厭他。接着他又問奴婢價格的貴賤，苻朗說：「謹慎樸實有見識的奴婢，竟然賣到十萬元；愚笨無知又要就奴婢的事問來問去的，只要幾千錢而已。」

## 五八

**東府客館是版屋①。謝景重詣太傅②，時賓客滿中③，初不交言④，直仰視云：「王乃復西戎其屋⑤。」**

【注釋】

①東府：指揚州刺史治所，因在城東，故稱。版屋：用木板建造的房屋。

②謝景重：謝重，字景重，曾任會稽王司馬道子長史。太傅：指司馬道子，封會稽王，曾任太傅，故稱。

③滿中：指滿座。

④初：都。

⑤乃復：竟然。西戎其屋：謂會稽王竟然把自己的房子弄得像西戎的版屋。語出詩經秦風小戎：「在其版屋，亂我心曲。」抒寫女子懷念出征丈夫的煩亂心緒。

【譯文】

東府的賓館是木板建造的房屋。謝重去拜見太傅司馬道子，當時賓客滿座，他不跟人家交談，只是仰頭看着房子說：「會稽王竟然把自己的房子弄得像西戎的版屋一樣。」

## 五九

顧長康啖甘蔗[1]，先食尾。人問所以，云：「漸至佳境。」

【注釋】

①顧長康：顧愷之。

【譯文】

顧愷之吃甘蔗，先吃甘蔗的末尾。有人問他為什麼這樣吃，他說：「這樣可以慢慢地、一點一點地到達美好的境界。」

## 六〇

孝武屬王珣求女婿曰[1]：「王敦、桓溫磊砢之流[2]，既不可復得，且小如意[3]，亦好豫人家事[4]，酷非所須[5]。正如真長、子敬比[6]，最佳。」珣舉謝混[7]。後袁山松欲擬謝婚，王曰：「卿莫近禁臠[8]。」

**【注釋】**

①孝武：孝武帝司馬曜。屬（zhǔ）：通「囑」，託付。

②磊砢（luǒ）：才能卓越。

③如意：得意，如願。

④豫：通「與」，參與，干預。

⑤酷：極，甚。須：需要。

⑥正：只。真長：劉惔字真長，娶晉明帝女廬陵公主為妻。子敬：王獻之字子敬，娶簡文帝女新安公主為妻。

⑦珣：王珣，王導之孫。舉：薦舉。謝混：謝安之孫，娶簡文帝女晉陵公主為妻，官至中領軍，尚書僕射。

⑧禁臠（luán）：喻指他人不得分享之物。

【譯文】

孝武帝託付王珣物色女婿，說：「如王敦、桓溫才能卓越之流，既然不可能再有，況且他們稍有點兒得意，就喜歡干預別人的家事，這是我最不需要的人。只是像劉惔、王獻之這類人最好。」王珣舉薦了謝混。後來袁山松打算要與謝混攀親，王珣說：「你不要去接近得不到的禁臠！」

## 六一

桓南郡與殷荊州語次①，因共作了語②。顧愷之曰：「火燒平原無遺燎③。」桓曰：「白布纏棺豎旒旐④。」殷曰：「投魚深淵放飛鳥。」次復作危語⑤。桓曰：「矛頭淅米劍頭炊⑥。」殷曰：「百歲老翁攀枯枝。」顧曰：「井上轆轤臥嬰兒⑦。」殷有一參軍在坐⑧，云：「盲人騎瞎馬，夜半臨深池⑨。」殷曰：「咄咄逼人⑩！」仲堪眇目故也⑪。

【注釋】

①桓南郡：桓玄。殷荊州：殷仲堪。語次：談話間。

②了語：一種文字遊戲，各人所說之聯句與「了」字同韻，同時應含有終了、結束之意。了，完了，結束。

③火燒平原無遺燎：放火燒田不留餘燼之意。遺燎，餘火。

④白布纏棺豎旐旐（liǔ zhào）：白布纏住棺材，出殯時豎起了引路的魂幡。即人死一切完結之意。旐旐，指出殯時為棺柩引路的魂幡。

⑤危語：也是文字遊戲，與「危」字同韻的描寫危險情景的詩句。

⑥淅（xī）米：淘米。炊：燒火做飯。

⑦轆轤（lù lú）：安在井上轉動汲水的器具。

⑧參軍：高級武官的僚屬。

⑨臨：靠近，挨着。

⑩咄咄（duō）：表示驚異的歎詞。

⑪眇（miǎo）目：瞎了一隻眼。

【譯文】

桓玄與殷仲堪談論時，順便一起戲說以「了」字為韻及有關完結的話語。顧愷之說：「火燒平原無遺燎。」桓玄說：「白布纏棺豎旐旐。」殷仲堪說：「投魚深淵放飛鳥。」接着大家又來做以「危」字為韻，描寫危險情景的詩句。桓玄說：「矛頭淅米劍頭炊。」殷仲堪說：「百歲老翁攀枯枝。」顧愷之說：「井上轆轤臥嬰兒。」殷仲堪屬下一位參軍在座，說：「盲人騎瞎馬，夜半臨深池。」殷仲堪說：「啊呀，真是讓人難以忍受！」因為殷仲堪瞎了一隻眼的緣故啊。

六二

桓玄出射，有一劉參軍與周參軍朋賭[①]，垂成[②]，唯少一破[③]。劉謂周曰：「卿此起不破，我當撻卿。」周曰：「何至受卿撻？」劉曰：「伯禽之貴[④]，尚不免撻，而況於卿！」周殊無忤色。桓語庾伯鸞曰[⑤]：「劉參軍宜停讀書，周參軍且勤學問[⑥]。」

【注釋】

①朋賭：分組賭射箭。朋，組。
②垂：接近，快要。
③破：破的，指射中靶子。
④伯禽：周公之子，封於魯。周公輔佐成王，成王有罪時，周公就鞭打伯禽。
⑤庾伯鸞：庾鴻，字伯鸞，官至輔國內史。
⑥且：尚，還。

【譯文】

桓玄出外打獵，有一位劉參軍與周參軍結成一組射箭，還差一箭就可取勝。劉參軍對周參軍說：「你這一箭不能射中，我就要鞭打你。」周參軍說：「何至於受你鞭打？」劉參軍說：「伯禽尚且不免挨鞭打，何況是你！」周參軍臉上沒有絲毫不悅之色。桓玄對庾鴻說：「劉參軍應該停止讀書，周參軍還要勤求學問。」

## 六三

桓南郡與道曜講老子①，王侍中為主簿②，在坐。桓曰：「王主簿可顧名思義③。」王未答，且大笑。桓曰：「王思道能作大家兒笑④。」

**【注釋】**

①桓南郡：桓玄，襲爵南郡公，故稱。道曜：晉人，生平未詳。

②王侍中：王楨之，字公榦，小字思道，王羲之的孫子，官侍中、大司馬長史、主簿。

③顧名思義：看到名字就能想起它的含義。因王楨之字思道，老子中主要講道，故桓玄用王楨之字開玩笑，意謂他可以不講老子，只看自己的名字即體悟「道」之真諦。

④大家兒：指名門望族子弟。

**【譯文】**

桓玄與道曜講論老子，王楨之擔任主簿，也在座。桓玄說：「王主簿可以看到自己的名字即知道其中的含義了。」王楨之沒有回答，只是大笑。桓玄說：「王思道能作大家子弟的笑容。」

六四

祖廣行恆縮頭[①]。詣桓南郡[②]，始下車[③]，桓曰：「天甚晴朗，祖參軍如從屋漏中來。」

【注釋】

①祖廣：字淵度，范陽（今河北涿州）人，任桓玄參軍，官至護軍長史。
②桓南郡：桓玄。
③始：才，剛。

【譯文】

祖廣走路時常常縮着頭。他去拜訪桓玄，剛下車，桓玄說：「天氣很晴朗，祖參軍卻好像從漏雨的屋中出來似的。」

六五

桓玄素輕桓崖[①]。崖在京下有好桃[②]，玄連就求之[③]，遂不得佳者[④]。玄與殷仲文書[⑤]，以為嗤笑曰：「德之休明[⑥]，肅慎貢其楛矢[⑦]；如其不爾，籬壁間物[⑧]，亦不可得也。」

【注釋】

①桓崖：桓修，字承祖，小字崖，娶簡文帝女武昌公主，官至撫軍大將軍。是桓玄的堂兄弟。

②京下：京城，指建康。

③就：到，前去。

④遂：竟。

⑤殷仲文：桓玄的姐夫，後助桓玄謀反，被誅。

⑥休明：美好清明。

⑦肅慎：古代東北少數民族名。楛（hù）矢：以楛木為箭桿做成的狩獵工具。周成王時，肅慎以楛矢為貢物入貢。楛，木名。

⑧籬壁間物：籬笆牆壁處之物，即指家園生產之常見物。

【譯文】

桓玄向來看不起桓修。桓修在京城有良種好桃，桓玄接連多次去求桃種，竟然得不到好的。桓玄給殷仲文寫信，用這件事來譏笑說：「德行美好清明的話，連肅慎這樣邊遠地方的民族都來進獻楛木箭；如果不是這樣，即使籬笆牆壁之處極平常的東西，也得不到啊。」

# 輕詆第二十六

## 【題解】

輕詆，指輕蔑和詆毀。輕詆和簡傲都是慢世之風的反映，簡傲側重於神態的流露，而輕詆則側重於語言的攻擊。主方往往能抓住客方的缺點，辛辣諷刺，中其要害，有此輕詆言行是由於文人相輕、利害相左而導致的。本篇共有三十三則，體現了魏晉士人所具有的率真自然、直抒胸臆的時代性格。

一

王太尉問眉子①：「汝叔名士②，何以不相推重？」眉子曰：「何有名士終日妄語？」

【注釋】

①王太尉：王衍。眉子：王玄字眉子，王衍之子。

②叔：指王澄，王衍之弟，字平子。

【譯文】

王衍問王玄：「你的叔叔是名士，你為什麼不推重他？」王玄說：「哪有名士整天胡亂說話的？」

二

庾元規語周伯仁①：「諸人皆以君方樂②。」周曰：「何樂？謂樂毅邪③？」庾曰：「不爾，樂令耳④。」周曰：「何乃刻畫無鹽⑤，以唐突西子也⑥？」

【注釋】

①庾元規：庾亮，字元規。周伯仁：周顗，字伯仁。

②方：比擬，相比。

③樂毅：戰國時燕國大將，曾率五國之兵伐齊，大敗齊國，以功封昌國君。

④樂令：樂廣，曾作尚書令，故稱。

⑤刻畫：指細緻的描繪。無鹽：戰國時齊無鹽人鍾離春，極醜，自詣齊宣王，分析時弊，被納為后。後即以無鹽為醜女之代稱。

⑥唐突：冒犯。西子：西施，春秋時越國之美女。

【譯文】

庾亮對周顗說：「大家都把你比為樂氏。」周顗說：「哪個樂氏？是說樂毅嗎？」庾亮說：「不是這樣的，是樂廣啊。」周顗說：「為什麼細緻地描繪醜女無鹽，用來冒犯美女西施啊？」

三

**深公云[①]：「人謂庾元規名士[②]，胸中柴棘三斗許[③]。」**

【注釋】

①深公：竺道潛，字法深，晉高僧。

②庾元規：庾亮，字元規。

③柴棘：柴草荊棘。許：約略估計之詞，大約。

【譯文】

竺法深說：「人們說庾亮是名士，他胸中卻有柴草荊棘約三斗之多。」

四

庾公權重①，足傾王公②。庾在石頭③，王在冶城坐④，大風揚塵，王以扇拂塵曰：「元規塵污人。」

【注釋】

①庾公：庾亮。權重：庾亮在晉元帝和晉成帝時，以帝舅的身份掌軍政大權，權重一時。

②傾：壓倒。

③石頭：石頭城，在今南京西。

④王：指王導。冶城：古城名，在今南京西。

【譯文】

庾亮的權勢很重，足以壓倒王導。庾亮在石頭城，王導在冶城坐的時候，大風揚起塵土，王導用扇子撣去塵灰說：「元規塵土把人弄髒了！」

## 五

王右軍少時甚澀訥①，在大將軍許②，王、庾二公後來③，右軍便起欲去。大將軍留之曰：「爾家司空、元規④，復可所難⑤？」

【注釋】

①王右軍：王羲之。澀訥：說話遲鈍，不善講話。

②大將軍：王敦曾任大將軍。許：處所。

③王、庾二公：指王導、庾亮。

④司空：王導官司空。元規：庾亮。

⑤可：余嘉錫箋疏引程炎震謂王世貞評點本「可作何」。

【譯文】

王羲之年輕時說話遲鈍，不善言辭，在大將軍王敦那裏時，王導、庾亮後到，他就起身要走。王敦挽留他說：「你家的司空與元規，又有什麼為難的呢？」

## 六

**王丞相輕蔡公①，曰：「我與安期、千里共遊洛水邊②，何處聞有蔡充兒③？」**

【注釋】

①王丞相：王導。蔡公：蔡謨。

②安期：王承。千里：阮瞻。

③蔡充：蔡謨之父，晉書本傳作「蔡克」，字子尼，官成都王東曹掾。

【譯文】

王導看不起蔡謨，說：「我與王承、阮瞻一起在洛水邊遊樂時，哪裏聽到過有什麼蔡充的兒子。」

七

褚太傅初渡江①，嘗入東，至金昌亭②，吳中豪右燕集亭中③。褚公雖素有重名，於時造次不相識別④。敕左右多與茗汁⑤，少着粽⑥，汁盡輒益，使終不得食。褚公飲訖，徐舉手共語云：「褚季野。」於是四坐驚散，無不狼狽。

【注釋】

①褚太傅：褚裒（póu），字季野，河南陽翟人，少負盛名，官至江、兗二州刺史，死後追贈太傅，故稱。

②金昌亭：驛亭名，在今江蘇蘇州閶門外。

③吳中：指吳郡地區。豪右：豪門大族。

④造次：匆忙，倉促。

⑤敕（chì）：古時自上告下之詞。茗汁：茶水。

⑥着：放置。粽：用蜜浸漬的瓜果蜜餞，喝茶時吃的小點心。

【譯文】

褚裒剛渡江南下時，曾經到東邊去，到了金昌亭，吳地的豪門大族正在亭中宴飲聚會。褚裒雖然向來有很高的名望，當時匆忙之中卻沒有被人認出來。主事者就命令左右侍從多給他茶水，少放蜜餞，茶水喝完了就立即添滿，使他始終吃不到東西。褚裒喝完了茶水，慢慢地舉手對大家說：「我是褚季野。」於是滿座的人都驚慌走散，沒有一個不是狼狽不堪。

## 八

王右軍在南①，丞相與書②，每歎子姪不令③，云：「虎㹠、虎犢④，還其所如⑤。」

**【注釋】**

①王右軍：王羲之。

②丞相：王導。

③令：美好，良善。

④虎㹠（tún）：王彭之字安壽，小字虎㹠，官至黃門郎。㹠，同「豚」，小豬。虎犢（dú）：王彪之字叔虎，小字虎犢。王彭之的弟弟，官至左光祿大夫。犢，小牛。兩人都是王導的族人。

⑤還其所如：指兄弟二人才質低下，如同他們的名字一樣。

**【譯文】**

王羲之在南方，丞相王導給他寫信，常常慨歎子姪輩才質低下，說：「虎㹠、虎犢，正如他們的小名一樣。」

九

褚太傅南下①，孫長樂於船中視之②。言次及劉真長死③，孫流涕，因諷詠曰④：「人之云亡，邦國殄瘁⑤。」褚大怒曰：「真長平生，何嘗相比數⑥，而卿今日作此面向人！」孫回泣向褚曰：「卿當念我⑦！」時咸笑其才而性鄙。

【注釋】

①褚太傅：褚裒（póu）。

②孫長樂：孫綽，襲爵長樂侯，故稱。

③言次：言談間。劉真長：劉惔。

④諷詠：背誦吟詠。

⑤「人之云亡」二句：見詩經大雅瞻卬，意謂賢人良臣都逃亡了，國家就要衰落敗滅。云，語助詞。殄瘁（tiǎn cuì），衰敗。

⑥比數：看重，重視。

⑦念：可憐，憐憫。

【譯文】

褚裒南下時，孫綽到船中去看他。言談之間說到劉惔去世，孫綽流下眼淚，就吟誦道：「人之云亡，邦國殄瘁。」褚裒大怒說：「真長平生，哪裏看重過你，你今天卻對人裝出這副面孔！」孫綽收住眼淚對褚裒說：「你應當可憐我！」當時人們都笑話他有才華但品格鄙俗。

## 一〇

**謝鎮西書與殷揚州①，為真長求會稽②。殷答曰：「真長標同伐異③，俠之大者④。常謂使君降階為甚⑤，乃復為之驅馳邪⑥？」**

**【注釋】**

①謝鎮西：謝尚，曾任鎮西將軍。殷揚州：殷浩，曾任揚州刺史。

②真長：劉惔。求會稽：請求授予會稽郡的官職。

③標同伐異：稱頌同道，攻擊異己。標，稱讚，誇耀。伐，征討。

④俠：通「狹」，狹隘，氣量小。

⑤使君：對州郡長官的尊稱。降階：走下台階迎接，以示尊重，比喻自謙之意。

⑥驅馳：指奔走效力。

【譯文】

謝尚寫信給殷浩，為劉惔請求擔任會稽郡的官職。殷浩回答說：「劉惔稱頌同道，攻擊異己，是最為狹隘的人。我常認為您對他謙恭得過分了，現在竟然還要為他奔走效力嗎？」

## 一一

桓公入洛①，過淮、泗②，踐北境③，與諸僚屬登平乘樓④，眺矚中原⑤，慨然曰：「遂使神州陸沉⑥，百年丘墟⑦，王夷甫諸人不得不任其責⑧！」袁虎率爾對曰⑨：「運自有廢興，豈必諸人之過？」桓公懍然作色⑩，顧謂四坐曰：「諸君頗聞劉景升不⑪？有大牛重千斤，啖芻豆十倍於常牛⑫，負重致遠，曾不若一羸牸⑬。魏武入荊州⑭，烹以饗士卒⑮，於時莫不稱快。」意以況袁⑯。四坐既駭，袁亦失色。

【注釋】

①桓公：桓溫。入洛：指桓溫於永和十二年（三五六）討伐姚襄，戰於伊水，大勝，收復洛陽。

②淮、泗：淮河、泗水。

③踐：踏，到達。

④平乘樓：大船的船樓。平乘，指大船。

⑤眺矚：眺望注視。中原：指黃河流域地區。
⑥神州：指中原地區。陸沉：比喻國土淪喪。
⑦百年：指時間長久。丘墟：荒丘廢墟。
⑧王夷甫：王衍，字夷甫。
⑨袁虎：袁宏字彥伯，小字虎。率爾：輕率的樣子。
⑩懍（lǐn）然：令人敬畏的樣子。作色：變了臉色，指發怒。
⑪劉景升：劉表，字景升，東漢高平（今山東巨野南）人。漢獻帝時為荊州牧，佔據荊州近二十年，後病死。不：同「否」。
⑫啖（dàn）：吃。芻（chú）：餵牲口的草料。
⑬曾：竟。羸牸（léi zì）：瘦弱的母牛。牸，雌性的牲畜，一般用於牛。
⑭魏武：魏武帝曹操。
⑮烹：煮。饗：款待。
⑯況：比擬。

## 【譯文】

桓溫進軍洛陽，渡過淮河、泗水，到達北方地區，他與屬下的人登上大船船樓，眺望中原，慨歎道：「最終使得中原國土淪喪，百年來成為荒丘廢墟，王夷甫這班人不能不承擔他們的責任！」袁虎不加考慮就輕率地說：「國運自然有衰落有興盛，難道必定是他們這些人的過錯嗎？」桓溫神色嚴峻地變了臉色，環顧在座的人說：「諸位聽說過劉表嗎？他有一頭大牛重千斤，吃起草料來比普通的牛多十倍，拉重物走遠路，竟不如一頭瘦弱的母牛。魏武帝進入荊州，把它宰殺煮了犒賞士兵，在當時沒有人不感到痛快的。」桓溫的意思是用這頭牛來比擬袁宏。滿座的人都感到驚懼，袁宏也嚇得變了臉色。

## 一二

袁虎、伏滔同在桓公府①，桓公每遊燕，輒命袁、伏②，袁甚恥之，恆歎曰：「公之厚意，未足以榮國士。與伏滔比肩③，亦何辱如之？」

【注釋】

①袁虎：袁宏。伏滔：字玄度，曾任桓溫屬下參軍。

②輒命袁、伏：總是叫袁宏、伏滔參加。

③比肩：並列，指平起平坐。

【譯文】

袁宏、伏滔同在桓溫官府中任職，桓溫每次遊樂宴飲，就叫袁宏、伏滔參加，袁宏對此感到十分的恥辱，常常感歎道：「桓公的厚意，不能使國內有聲望的人感到榮耀。與伏滔並列，還有什麼恥辱能像這樣的？」

## 一三

高柔在東①，甚為謝仁祖所重②。既出③，不為王、劉所知④。仁祖曰：「近見高柔大自敷奏⑤，然未有所得。」真長云⑥：「故不可在偏地居⑦，輕在角觸中為人作議論⑧。」高柔聞之云：「我就伊無所求⑨。」人有向真長學此言者，真長曰：「我實亦無可與伊者。」然遊燕猶與諸人書：「可要安固⑩」。安固者，高柔也。

【注釋】

①高柔：字世遠，樂安（今浙江仙居）人，官安固令、司空參軍。

②謝仁祖：謝尚。

③出：指出仕。

④王、劉：王濛、劉惔。知：知遇，賞識。

⑤大自敷奏：指大量地向朝廷進言陳述。敷奏，陳述、進言。

⑥真長：劉惔。

⑦偏地：偏僻之地。
⑧角觸（nuò）：屋角，指偏僻的地方。
⑨就：接近。
⑩要（yāo）：約請。安固：指高柔，他曾任安固令，故稱。

【譯文】

高柔在東邊時，頗得謝尚的器重。赴京出仕後，沒有得到王濛、劉惔的賞識。謝尚說：「近來見到高柔大量地向朝廷進言陳述，但是不見成效。」劉惔說：「所以不能在偏遠地方居住，輕易地在角落裏，被人家隨便地議論。」高柔聽到這些話後說：「我接近他一無所求。」有人向劉惔學說了這些話，劉惔說：「我確實也沒有什麼可以給他的。」但在每次宴飲時他還是給大家寫信說：「可以邀請安固。」安固，就是高柔。

一四

劉尹、江虨、王叔虎、孫興公同坐①，江、王有相輕色。虨以手歙叔虎云②：「酷吏！」詞色甚強。劉尹顧謂：「此是瞋邪③？非特是醜言聲、拙視瞻④。」

【注釋】

①劉尹：劉惔。江虨（bīn）：字思玄，江統之子。東晉中興大臣，官至尚書左僕射、護軍將軍。王叔虎：王彪之。孫興公：孫綽。

②歙（shè）：威脅之意。

③瞋（chēn）：生氣，發怒。

④非特：不僅。醜言聲：指說話之聲難聽，惡言惡語。拙：拙劣，難看。視瞻：眼色神態。

【譯文】

劉惔、江虨、王彪之、孫綽坐在一起時，江虨、王彪之有互相輕視的神色。江虨用手勢威脅王彪之說：「酷吏！」說時聲色俱厲。劉惔回頭對他說：「這是發怒嗎？不僅是惡言惡語、神色拙劣。」

## 一五

孫綽作列仙商丘子讚曰①：「所牧何物②？殆非真豬③。儻遇風雲④，為我龍攄⑤。」時人多以為能。王藍田語人云⑥：「近見孫家兒作文⑦，道『何物』『真豬』也。」

【注釋】

①孫綽作列仙商丘子讚：孫綽為列仙傳商丘子寫了讚語。列仙傳為西漢劉向撰，一說為東漢人偽託。商丘子為仙人名。讚，一種文體，用以總結、評述全篇的文字。篇幅簡短，有韻文、散文兩體。

②何物：什麼。

③殆：大概。

④儻：同「倘」，假如。

⑤龍攄（shū）：像龍一樣飛騰。

⑥王藍田：王述。

⑦孫家兒：指孫綽。

【譯文】

孫綽寫的列仙商丘子讚說：「牧養的是什麼？大概不是真的豬。假如遇到風起雲湧，它會為我像龍一樣飛騰起來。」當時人都認為他有才能。王述對別人說：「近來見孫家那小子寫文章，說什麼『何物』『真豬』之類的話。」

## 一六

桓公欲遷都①，以張拓定之業②。孫長樂上表諫③，此議甚有理。桓見表心服，而忿其為異，令人致意孫云：「君何不尋遂初賦④，而強知人家國事⑤！」

【注釋】

①桓公：桓温。遷都：指桓温於晉穆帝永和十二年（三五六）率軍北伐，收復洛陽，上表請遷都洛陽。

②張：擴大。拓定：開拓疆土，安定國家。

③孫長樂：孫綽襲爵長樂侯，故稱。

④遂初賦：孫綽所作，寫辭去官職、實現隱退的初願。

⑤知：干預。

【譯文】

桓温想遷都洛陽來擴大開拓疆土、安定國家的事業。孫綽上表諫阻，他的議論很有道理。桓温見了奏表心裏也很佩服，但是恨他提不同的意見，便叫人向孫綽傳達意見說：「你為什麼不追隨遂初賦中的意願，卻硬要干預別人的家國大事！」

一七

孫長樂兄弟就謝公宿①，言至款雜②。劉夫人在壁後聽之③，具聞其語。謝公明日還，問：「昨客何似？」劉對曰：「亡兄門未有如此賓客④。」謝深有愧色。

【注釋】

①孫長樂兄弟：指孫綽與其兄孫統。孫綽襲爵長樂侯，故亦稱孫長樂。謝公：謝安。
②款雜：空洞而雜亂。款，空。
③劉夫人：謝安夫人是劉惔之妹。
④亡兄：劉惔當時已死，故稱。

【譯文】

孫綽兄弟到謝安家住宿，言談之語極其空洞雜亂。劉夫人在隔壁聽他們談話，所說的話全都聽到了。謝安第二天回家，問夫人：「昨天來的客人怎麼樣？」劉夫人回答說：「亡兄門下從來沒有這樣的賓客。」謝安聽了臉上現出深感慚愧之色。

一八

簡文與許玄度共語[①]，許云：「舉君親為難[②]。」簡文便不復答，許去後而言曰：「玄度故可不至於此[③]。」

【注釋】

①簡文：簡文帝司馬昱。許玄度：許詢，字玄度。
②舉：提出。君親：君主與父母親。
③故：本來。

【譯文】

簡文帝和許詢一起談論，許詢說：「提出君主與父母親誰更重要是很難的。」簡文帝就不再回答，許詢走後他才說道：「玄度本來可以不至於如此說話的。」

一九

謝萬壽春敗後還[①]，書與王右軍云[②]：「慚負宿顧[③]。」右軍推書曰：「此禹、湯之戒[④]。」

【注釋】

①「謝萬壽春敗」句：晉穆帝升平三年（三五九），謝萬率兵北征時，由於「矜豪傲物」「未嘗撫眾」（晉書本傳），大敗而回。

②王右軍：王羲之。

③負：辜負。宿顧：平素的關心、照顧。晉書王羲之傳：萬為豫州都督，羲之遺書誡之曰：「願君每與士之下者同，則盡善矣。」萬不能用，果敗。

④禹、湯之戒：劉孝標注謂禹、湯能自責改過，故能興盛。王羲之意謂其不過是收買人心的做法。戒，告誡，自責。

【譯文】

謝萬在壽春大敗後回來，寫信給王羲之說：「非常慚愧我辜負了你平素對我的關照。」王羲之推開信說：「這是大禹、商湯自責的話語。」

## 二〇

蔡伯喈睹睞笛椽①，孫興公聽妓②，振且擺折③。王右軍聞，大嗔曰④：「三祖壽樂器⑤，虺瓦弔孫家兒打折⑥！」

【注釋】

①蔡伯喈：蔡邕，字伯喈，東漢末年人，博學善為文，精於音律，官至中郎將。睹睞笛椽（chuán）：指蔡邕所製之竹笛。劉孝標注稱蔡邕避難江南時，宿於柯亭館，館舍以竹子做屋椽，蔡邕看到，知道這些竹子是好竹，便取下來做成笛子，聲音極為美妙。徐震堮世說新語校箋謂：「笛椽疑當作『椽笛』。據伏滔賦敍，則椽已取為笛，不當仍目之為椽……足見其是笛非椽。」所言是。

②孫興公：孫綽。聽妓：所歌女演唱。

③振且擺折：指孫綽振動並擊打竹笛以致其斷裂。

④嗔（chēn）：發怒。

⑤三祖壽樂器：指竹笛是祖宗三代傳下來的。

⑥虺（huǐ）瓦：對女子的蔑稱。虺，毒蟲，毒蛇。打折（shé），打斷。此句語意難解，大意謂珍貴的樂器為了歌妓而被毀了。

【譯文】

蔡邕用屋椽竹製成的竹笛，孫綽聽歌女演唱時用它伴奏，振動並擊打以致其斷裂。王羲之聽說，大怒道：「祖宗三代傳下的樂器，為了聽小歌女演唱，去振動擊打，被孫家這小子打斷了！」

## 二一

王中郎與林公絕不相得①。王謂林公詭辯，林公道王云：「着膩顏帢②，綌布單衣③，挾左傳，逐鄭康成車後④，問是何物塵垢囊⑤？」

【注釋】

①王中郎：王坦之曾任北中郎將，故稱。林公：支道林。相得：彼此契合。得，合得來，融洽。

②着：戴。膩顏帢（qià）：污垢的便帽。膩，污垢。顏帢，白色額前有一條橫縫的帽，流行於三國曹魏之時。到西晉時，橫縫漸漸去掉，稱為無顏帢。故至東晉，顏帢已過時，再戴即被人譏笑。

③綌（xì）布：粗葛布。

④逐：追隨。鄭康成：鄭玄，字康成，東漢經學家，曾遍注羣經。

⑤何物：什麼。塵垢囊：裝滿塵土污垢的皮囊。

【譯文】

王坦之和支道林彼此不融洽。王坦之説支道林善於詭辯，支道林説王坦之道：「頭戴骯髒、過了時的便帽，身穿粗葛布單衣，挾着一部儒家經典左傳，追隨在經學家鄭玄的車後，請問這是什麼裝滿塵土污垢的臭皮囊？」

## 二三

孫長樂作王長史誄云①：「余與夫子②，交非勢利③，心猶澄水④，同此玄味⑤。」王孝伯見曰⑥：「才士不遜⑦，亡祖何至與此人周旋⑧！」

**【注釋】**

①孫長樂：孫綽。王長史：王濛。誄（lěi）：哀悼死者生平事跡、德行之文。
②夫子：對王濛的尊稱。
③勢利：權勢與利益。
④澄水：清澈的水。
⑤玄味：高遠的旨趣。
⑥王孝伯：王恭字孝伯。
⑦才士：有才氣之士，指孫綽。
⑧亡祖：指王濛。濛為王恭的祖父。

**【譯文】**

孫綽為王濛撰寫誄文說：「我和老夫子，結交不為勢利，心如清澄之水，同賞玄妙趣味。」王恭看到後說：「才子無禮，我先祖父哪裏至於和這種人交往！」

二三

謝太傅謂子姪曰①：「中郎始是獨有千載②。」車騎曰③：「中郎衿抱未虛④，復那得獨有？」

【注釋】

①謝太傅：謝安。
②中郎：謝萬，曾為撫軍從事中郎，故稱。始：才。
③車騎：謝玄，字幼度，謝奕子，死後贈車騎將軍，故稱。
④衿抱：胸襟懷抱。虛：指胸襟寬廣。

【譯文】

謝安對子姪們說：「謝萬才是千年來獨一無二之人。」謝玄說：「他的胸襟懷抱不寬廣，又怎麼能說是獨一無二的人呢？」

二四

庾道季詫謝公曰①：「裴郎云②：『謝安謂裴郎乃可不惡③，何得為復飲酒④？』

裴郎又云：『謝安目支道林如九方皋之相馬⑤，略其玄黃⑥，取其俊逸⑦。』」謝公云：「都無此二語，裴自為此辭耳。」庾意甚不以為好⑧，因陳東亭經酒壚下賦⑨。讀畢，都不下賞裁⑩，直云⑪：「君乃復作裴氏學⑫！」於此語林遂廢⑬。今時有者，皆是先寫，無復謝語。

**【注釋】**

①庾道季：庾龢（hé），字道季，庾亮子。詫（chà）：告訴。謝公：謝安。

②裴郎：裴啟。裴啟字榮期，著有語林一書。云：即指其在語林中的記載。

③乃可：確實。

④何得：為什麼。

⑤目：品評，評論。九方皋（gāo）：相傳為春秋時善於相馬的人。他得到伯樂的推薦，為秦穆公覓得千里馬。相馬：指察看馬的優劣。

⑥略：忽略，不予注意。玄黃：黑色與黃色，指馬的毛色。

⑦俊逸：指馬的外形漂亮超羣。

⑧不以為好：不以為然。

⑨陳：陳述。東亭：王珣封爵東亭侯，故稱。經酒壚下賦：王珣作，哀悼阮籍、嵇康之賦。

⑩都：全。賞裁：讚賞、評論。裁，評判。

⑪直：只是，僅僅。

⑫乃復：竟然。

⑬語林：古小說集。東晉裴啟作。十卷。記漢魏兩晉上層社會人士的軼事和言談，文辭簡潔，後來世說新語吸收了該書的部分材料。已佚，魯迅古小說鈎沉中有輯本。

【譯文】

庾龢告訴謝安道：「裴郎說：『謝安稱裴郎確實不壞，他為什麼還要再飲酒呢？』裴郎又說：『謝安品評支道林像九方皋相馬一樣，不注意馬的毛色是黑的還是黃的，而只選擇馬是否出眾超羣。』」謝安說：「我完全沒有說過這兩句話，是裴啟自編的話罷了。」庾龢對謝安的話很不以為然，於是便陳述王珣的經酒壚下賦。賦讀完後，謝安完全不讚賞評論，只是說：「您竟然要做裴啟這號人的學問！」從此語林就被廢止不流通了。現在還有的，都是先前的抄本，其中不再有謝安的話。

二五

王北中郎不為林公所知①，乃著論沙門不得為高士論②，大略云：「高士必在於縱心調暢③。沙門雖云俗外④，反更束於教⑤，非情性自得之謂也⑥。」

【注釋】

①王北中郎：王坦之曾為北中郎將，故稱。林公：支道林。知：賞識。

②沙門不得為高士論：王坦之寫的文章名。題目意為：出家人不可能成為高士。沙門，指佛教僧侶。高士，指志趣、品行高尚的人。

③縱心調暢：放鬆心情，和諧舒暢。

④俗外：世俗之外。

⑤束於教：受到佛教戒律的束縛。

⑥情性：性情。自得：自以為得意或舒適。

【譯文】

王坦之沒有得到支道林的賞識，便寫了論文沙門不得為高士論，大概的意思說：「志趣品格高尚的人必定是心情放鬆和諧舒暢的。出家人雖然說置身於世俗之外，但更加受佛教戒律的束縛，這就不是本性自在適意的意思了。」

二六

人問顧長康①：「何以不作洛生詠②？」答曰：「何至作老婢聲③？」

【注釋】

①顧長康：顧愷之。

②洛生詠：指帶有重濁鼻音的詠誦聲。洛陽書生誦詠聲重濁，東晉渡江士族以仿效洛生詠為貴，謝安即善此。

③老婢（bì）：老年女奴。

【譯文】

有人問顧愷之：「為什麼不仿效洛陽書生的吟詠聲？」顧愷之答道：「我哪至於去學老年女奴的聲調？」

二七

殷顗、庾恆並是謝鎮西外孫①，殷少而率悟②，庾每不推③。嘗俱詣謝公④，謝公孰視殷曰⑤：「阿巢故似鎮西⑥。」於是庾下聲語曰⑦：「定何似⑧？」謝公續復云：「巢頰似鎮西。」庾復云：「頰似，足作健不⑨？」

【注釋】

①殷顗（yǐ）：字伯通，小字巢。與堂弟殷仲堪同時知名。官至南蠻校尉。庾恆：字敬則，庾龢之子，官至尚書僕射。謝鎮西：謝尚。

②率悟：坦率聰慧。

③推：推重，讚許。

④謝公：謝安。

⑤孰視：仔細看。孰，同「熟」。

⑥故：確實。

⑦下聲：小聲，低聲。

⑧定：究竟，到底。

⑨作健：成為強者。不（fǒu）：同「否」。

【譯文】

殷顗、庾恆都是謝尚的外孫，殷顗小的時候就坦率聰慧，庾恆常常不讚許他。他們曾一起去拜訪謝安，謝安仔細看着殷顗道：「阿巢確實像鎮西。」於是庾恆小聲地說：「到底哪裏像？」謝安繼續又說：「阿巢的臉頰像鎮西。」庾恆又說：「臉頰相像，就足以成為強者稱雄嗎？」

二八

舊目韓康伯「將肘無風骨」①。

【注釋】

①目：評論。韓康伯：韓伯。將肘：粗壯的胳膊肘。將，齊楚一帶古語稱大為將。肘，胳膊肘。風骨：指人的風格氣質。

【譯文】

過去人們評論韓伯說「胳膊肘粗壯，但沒有什麼風格氣質」。

二九

苻宏叛來歸國①，謝太傅每加接引②。宏自以有才，多好上人③，坐上無折之者④。適王子猷來⑤，太傅使共語。子猷直孰視良久⑥，回語太傅云：「亦復竟不異人⑦。」宏大慚而退。

【注釋】

①苻宏：前秦苻堅太子，苻堅被殺後投奔晉朝，為輔國將軍。叛：指背叛前秦。歸國：指歸順東晉。

②謝太傅：謝安。接引：接待引薦。

③上人：凌駕眾人之上。

④折：折服。

⑤適：剛巧，恰好。王子猷（yóu）：王徽之。

⑥直：只是。

⑦竟：終於，到底。

【譯文】

苻宏背叛前秦來歸附，謝安常常予以接見。苻宏自以為有才幹，經常喜歡凌駕他人之上，在座者沒有能使他折服的人。恰好王徽之來，謝安就讓他們一起交談。王徽之只是仔細看了苻宏很久，回頭對謝安說：「到底也沒有什麼與別人不同的地方。」苻宏聽了感到十分慚愧地告退了。

## 三〇

**支道林入東①，見王子猷兄弟②，還，人問：「見諸王何如？」答曰：「見一羣**

白頸烏，但聞喚啞啞聲③。」

【注釋】

①入東：指到會稽去。

②王子猷兄弟：王羲之有七個兒子，以王徽之、王獻之最著名。

③「見一羣白頸烏」二句：陸游老學庵筆記八：「古所謂揖，但舉手而已，今所謂喏，乃始於江左諸王。方其時，唯王氏子弟為之。故支道林入東，見王子猷兄弟，還，人問諸王何如。答曰：『見一羣白頸烏，但聞啞啞聲。』即今喏也。」王琦注李賀染絲上春機引此事，云：「王氏子弟多服白領故也。」陸游稱王氏兄弟對人行拱手禮，出聲致敬，即為「唱喏（rě）」。王琦謂王氏兄弟多穿白領衣服，故比喻他們為「白頸烏」。

【譯文】

支道林到東邊會稽去，見到王徽之兄弟，回來後，有人問他：「見到王家兄弟，他們怎麼樣？」支道林回答道：「見到一羣白頸烏鴉，只聽見啞啞的叫喚聲。」

三一

王中郎舉許玄度為吏部郎①，郗重熙曰②：「相王好事③，不可使阿訥在坐頭④。」

【注釋】

①王中郎：王坦之，曾任從事中郎。舉：薦舉。許玄度：許詢。吏部郎：主管官吏選拔的官，魏晉時重視吏部郎人選，位在諸曹郎之上。

②郗重熙：郗曇，字重熙。

③相王：簡文帝司馬昱曾以會稽王身份擔任丞相，故稱。好事：喜歡多事。

④阿訥：許詢的小名。坐頭：座位。

【譯文】

王坦之舉薦許詢擔任吏部郎，郗曇說：「相王喜歡多事，不能夠讓阿訥在吏部郎的座位上。」

## 三二

王興道謂謝望蔡①：「霍霍如失鷹師②。」

【注釋】

①王興道：王和之，字興道，王胡之的兒子，官永嘉太守、侍中。謝望蔡：謝琰，字瑗度，小字末婢，謝安之子，淝水之戰中有功，封望蔡公。

②霍霍：指性子急切不安，不能忍耐的樣子。

【譯文】

王和之評論謝琰：「性子急躁不安，就像丟失了鷹的馴鷹人。」

三三

桓南郡每見人不快①，輒嗔云②：「君得哀家梨③，當復不烝食不④？」

【注釋】

①桓南郡：桓玄。不快：指愚鈍、不爽快。

②嗔（chēn）：生氣。

③哀家梨：傳說漢朝秣陵人哀仲家的梨味美，入口即化，時人稱為「哀家梨」。

④當復不烝食不（fǒu）：謂愚鈍之人不會辨別滋味，該不會得到好梨蒸了吃吧？

【譯文】

桓玄每當看到別人行事愚鈍不爽快，總是生氣地說：「您得到哀家梨，該不會拿來蒸了吃吧？」

# 假譎第二十七

**【題解】**

假譎，指權謀與詭詐。屬於假譎的故事，大多數都以明顯的個人功利為前提，以詭詐欺騙的手段達到個人目的，也有機智自保的事例。本篇共有十四則，鮮活地反映了在魏晉時期的殘酷政治環境中，人們施展各種計謀，甚至玩弄權術的現實情景。

## 一

魏武少時①，嘗與袁紹好為游俠②。觀人新婚，因潛入主人園中，夜叫呼云：「有偷兒賊！」青廬中人皆出觀③。魏武乃入，抽刃劫新婦，與紹還出，失道④，墜枳棘中⑤，紹不能得動，復大叫云：「偷兒在此！」紹遑迫自擲出⑥，遂以俱免。

【注釋】

①魏武：曹操。

②游俠：指喜好交遊，輕生重義，勇於救人急難等俠義行為的人。

③青廬：當時婚俗，以青布搭屋迎娶新婦，舉行婚禮。

④失道：迷路。

⑤枳棘（zhǐ jí）：兩種多刺灌木。

⑥遑迫：驚慌急迫。擲出：跳出。

【譯文】

曹操年輕時，曾經喜歡和袁紹一起幹些不務正業的游俠行為。一次看到人家新婚，就偷偷進入主人家園子裏，到夜裏大聲呼叫道：「有小偷！」青廬中的人都跑出來看，曹操就進去，拔出刀來劫持了新娘，與袁紹一起跑出來，路上迷了路，掉進了荊棘叢中，袁紹動不了，曹操又大叫道：「小偷在這裏！」袁紹驚慌失措地跳了出來，兩個人這才都逃走了。

二

魏武行役①，失汲道②，三軍皆渴，乃令曰：「前有大梅林，饒子③，甘酸可以解渴。」士卒聞之，口皆出水，乘此得及前源④。

【注釋】

①行役：行軍跋涉。

②汲道：通往水源的道路。

③饒子：指果實豐饒。

④前源：指前面的水源。

【譯文】

曹操率軍跋涉，找不到通往水源的道路，軍中士卒都口渴難耐，於是他就下令說：「前面有大片梅林，果實豐饒，又甜又酸可以解渴。」士卒們聽到他的話，口裏都流出口水來，乘着這個機會他們得以到達前面有水的地方。

三

魏武常言①：「人欲危己，己輒心動②。」因語所親小人曰③：「汝懷刃密來我側，我必說心動，執汝使行刑④，汝但勿言其使⑤，無他，當厚相報。」執者信焉，不以為懼，遂斬之。此人至死不知也。左右以為實，謀逆者挫氣矣⑥。

**【注釋】**

①魏武：曹操。常：通「嘗」，曾經。

②危：危害，指謀害。心動：心跳。

③小人：指身邊的侍從。

④執：捕捉。

⑤但：只要。

⑥謀逆者：圖謀不軌的人。挫氣：喪氣。

**【譯文】**

魏武帝曹操曾說：「有人想謀害我的時候，我就會立即心跳。」於是他告訴身邊一名親近的侍從說：「你胸前藏着刀偷偷到我身邊來，我一定會說心跳，抓住你讓人執行刑罰，你只要不說出是誰指使的，就沒有什麼關係，我定會重金報答你。」被抓的侍從相信了他，一點也不害怕，於是就被殺了。這人到死也不知道是怎麼回事。左右侍從都以為這件事是真的，那些圖謀不軌的人也都灰心喪氣了。

## 四

魏武常云：「我眠中不可妄近①，近便斫人②，亦不自覺。左右宜深慎此③。」後陽眠④，所幸一人⑤，竊以被覆之⑥，因便斫殺。自爾每眠，左右莫敢近者。

**【注釋】**

①妄近：隨便靠近。
②斫（zhuó）人：殺人。
③深：表示程度深。
④陽：同「佯」，假裝。
⑤幸：寵愛。
⑥竊：偷偷，暗中。

**【譯文】**

魏武帝曹操曾說：「我睡覺時不可隨便靠近我，靠近我就要殺人，連自己也不知道。左右侍從們應當特別小心這件事。」後來他假裝睡着了，他所寵幸的一個侍從，暗地拿被子蓋在他身上，曹操就乘機把他殺了。從此以後每當睡覺時，左右侍從沒有人敢靠近他。

## 五

袁紹年少時，曾遣人夜以劍擲魏武，少下①，不着②。魏武揆之③，其後來必高。因帖卧牀上④，劍至果高。

【注釋】

①少下：指稍微低一點。少，稍微，略微。下，低。
②不着：指沒有擲中。
③揆：推測。
④帖：緊挨。

【譯文】

袁紹年輕時，曾經派人在夜晚用劍投擲刺殺曹操，劍擲得稍低了一點，沒有擲中。曹操估計，後面擲過來的劍必高一些。於是他就緊貼睡在牀上，擲過來的劍果然高了一點。

## 六

王大將軍既為逆①，頓軍姑孰②。晉明帝以英武之才，猶相猜憚③，乃着戎服④，騎巴賨馬⑤，齎一金馬鞭⑥，陰察軍形勢⑦。未至十餘里，有一客姥⑧，居店賣食，帝過愒之⑨，謂姥曰：「王敦舉兵圖逆，猜害忠良⑩，朝廷駭懼，社稷是憂⑪。故劬勞晨夕⑫，用相覘察⑬。恐形跡危露，或致狼狽⑭，追迫之日，姥其匿之⑮！」便與客姥馬鞭而去⑯，行敦營匝而出⑰。軍士覺，曰：「此非常人也！」敦卧心動，曰：「此必黃鬚鮮卑奴來⑱！」命騎追之，已覺多許里⑲。追士因問向姥：「不見一黃鬚人騎馬度此邪？」姥曰：「去已久矣，不可復及。」於是騎人息意而反。

【注釋】

①王大將軍：王敦。為逆：叛逆，造反。

②頓軍：屯駐。姑孰：今安徽當塗。

③猜憚：懷疑畏懼。

④戎服：軍服。

⑤巴賨（cóng）馬：巴地賨人進貢之馬。賨人為我國古代少數民族，居住今四川渠縣一帶。

⑥齎（jī）：攜帶。

⑦陰：暗中。

⑧客姥（mǔ）：客居的老婦。

⑨愒（qì）：同「憩」，休息。

⑩猜害：猜疑殺害。
⑪社稷：指國家。
⑫劬（qú）勞：勞累。
⑬覘（chān）察：暗中察看。
⑭狼狽：指處境危險。
⑮其：語氣詞，表示希望之意。匿：隱瞞。
⑯與：給予，贈送。
⑰匝：指環繞一周。
⑱黃鬚鮮卑奴：對晉明帝的蔑稱。晉明帝生母荀氏是北燕胡人，故其相貌與胡人相似。
⑲覺（jiào）：差，相差。多許里：指相距里程很多。

【譯文】

大將軍王敦犯上作亂後，把軍隊駐紮在姑孰。晉明帝雖有英武之才，對王敦還是猜疑畏懼的，他於是穿上戎裝，騎上巴賨馬，攜帶一條金馬鞭，暗中察看叛軍的形勢。離叛軍駐地十餘里地，有一位客居老婦，在店裏賣吃的，晉明帝經過時在那裏休息，對老婦說：「王敦起兵叛亂，猜忌迫害朝廷忠臣，朝廷上下驚懼恐慌，國家的存亡令人擔憂。所以我從早到晚不辭勞累，出來暗中察看形勢。我怕行蹤泄露，也許會處境危險，如果有人追趕過來，還望老人家能為我隱瞞行蹤！」於是把金馬鞭給了老婦後就離開了，到王敦軍營繞了一圈才出來。王敦部下士兵發覺後，說：「這不是一般的人！」王敦正躺着睡覺感到心驚，說：「這必定是黃鬚的鮮卑奴來了！」命令騎兵去追趕他，可是已經相差很多里路了。追兵於是問那位老婦：「沒有見過黃鬚的人騎馬經過此地嗎？」老婦說：「過去很久了，不可能再追上了。」於是騎兵打消了追趕的念頭而返回了。

## 七

王右軍年減十歲時①，大將軍甚愛之②，恆置帳中眠。大將軍嘗先出，右軍猶未起。須臾，錢鳳入③，屏人論事④，都忘右軍在帳中，便言逆節之謀⑤。右軍覺⑥，既聞所論，知無活理，乃剔吐污頭面被褥⑦，詐孰眠⑧。敦論事造半⑨，方憶右軍未起，相與大驚曰：「不得不除之！」及開帳，乃見吐唾從横⑩，信其實孰眠，於是得全。於時稱其有智。

**【注釋】**

①王右軍：王羲之。減：不足，不滿。

②大將軍：王敦。

③錢鳳：字世儀，東晉人，為王敦鎧曹參軍，隨王敦謀反，失敗被殺。

④屏（bǐng）：屏退，避開。

⑤逆節：指叛逆造反。
⑥覺：指醒過來。
⑦剔吐：嘔吐。
⑧孰：「熟」的古字。
⑨造半：到一半。
⑩從橫：縱橫，指吐出的東西亂七八糟、狼藉不堪的樣子。

【譯文】

王羲之不滿十歲時，大將軍王敦非常喜愛他，常常把他留在自己的牀帳中睡覺。王敦曾經有一次先起牀出來，王羲之還沒起牀。一會兒，錢鳳進帳，王敦屏退手下人議論事情，全都忘了王羲之還在牀帳中，就説起了叛逆造反的陰謀。王羲之醒來，聽到他們商量的事，就知道沒有活命的可能了，於是就嘔出污穢的東西把頭臉被褥都弄髒，假裝熟睡。王敦説到一半時，才想起王羲之還未起牀，兩個人都大驚失色道：「不得不把他除掉！」等到打開帳子時，才看見嘔吐物狼藉不堪，相信他確實在熟睡，於是王羲之得以保全性命。當時人都稱讚他有智謀。

八

陶公自上流來赴蘇峻之難①，令誅庾公②，謂必戮庾，可以謝峻③。庾欲奔竄[4]，則不可；欲會[5]，恐見執[6]，進退無計。溫公勸庾詣陶，曰[7]：「卿但遙拜，必無他。我為卿保之。」庾從溫言詣陶。至便拜。陶自起止之曰：「庾元規何緣拜陶士衡[8]？」畢[9]，又降就下坐[10]。陶又自要起同坐[11]。坐定，庾乃引咎責躬[12]，深相遜謝[13]。陶不覺釋然[14]。

## 【注釋】

①陶公：陶侃。上流：指長江上游，陶侃時任荊州刺史。蘇峻之難：指晉成帝咸和二年（三二七），蘇峻起兵叛亂，攻入建康。

②庾公：庾亮。

③謝峻：向蘇峻謝罪。

④奔竄：逃跑。

⑤會：會見。

⑥見執：被捕。

⑦溫公：溫嶠。詣：到。

⑧庾元規：庾亮，字元規。何緣：為什麼。陶士衡：陶侃，字士衡。

⑨畢：指行過禮。

⑩降：指屈尊到下位就座。

⑪自要：親自邀請。
⑫引咎責躬：由自己來承擔責任並責備自己。躬，自身。
⑬遜謝：謙恭地認錯。
⑭釋然：疑慮消除了。

【譯文】

陶侃從長江上游東下來平定蘇峻叛亂，下令要殺掉庾亮，認為必須殺掉庾亮，才可以向蘇峻謝罪。庾亮想逃跑已不可能；想要會見陶侃，恐怕被抓，真是進退兩難，無計可施。温嶠勸庾亮去拜見陶侃，說：「你只要遠遠地行跪拜禮，必定不會有什麼事。我為你擔保。」庾亮聽從温嶠的話去拜訪陶侃。到了那裏就跪拜。陶侃親自起身阻止他說：「庾元規為什麼要拜陶士衡？」行過禮後，庾亮又屈尊到下位就座。陶侃又親自邀請庾亮起來與自己同坐。坐定後，庾亮就自己承擔責任並責備自己，深刻謙恭地認錯。陶侃在不知不覺中消除了疑慮。

九

温公喪婦①，從姑劉氏家值亂離散②，唯有一女，甚有姿慧。姑以屬公覓婚③。公密有自婚意④，答云：「佳婿難得，但如嶠比云何⑤？」姑云：「喪敗之餘，乞粗存活⑥，便足慰吾餘年，何敢希汝比？」卻後少日⑦，公報姑云：「已覓得婚處，門地粗可⑧，婿身名宦⑨，盡不減嶠⑩。」因下玉鏡台一枚⑪。姑大喜。既婚，交禮，女以手披紗扇，撫掌大笑曰：「我固疑是老奴，果如所卜⑫。」玉鏡台，是公為劉越石長史北征劉聰所得⑬。

【注釋】

①温公：温嶠。

②從姑：堂房姑媽，即父親的堂姐妹。劉氏：温嶠的姑母應姓温，稱劉氏，係從夫姓之故。值亂：遭遇戰亂。

③屬：通「囑」，託付。

④密：私下，暗中。

⑤比：類，輩。云何：怎麼樣。

⑥乞：求。

⑦卻後：過後。

⑧門地：家世地位。

⑨名宦：名聲官職。

⑩盡：全，都。

⑪下：指下聘禮。

⑫卜：預料。

⑬劉越石：劉琨。劉聰（？—三一八）：十六國時期前漢國國君。三一〇—三一八在位。劉淵死後他殺死兄長奪取帝位，後攻破洛陽、長安，俘獲懷、愍二帝。在位時窮兵黷武，廣建宮殿，沉迷酒色。

【譯文】

温嶠死了妻子，他的堂姑劉氏正值流離失散之際，身邊只有一個女兒，非常美麗聰明。堂姑囑託温嶠為女兒找門親事。温嶠私下有自己娶她的意思，回答說：「好女婿不容易找到，只是像我這類人，怎麼樣？」堂姑說：「我們遭遇戰亂劫難，只求勉強活下去，就足夠安慰我的晚年了，哪敢指望有像你這樣的女婿？」過後幾天，温嶠回報堂姑說：「已找到婚配的人家了，身世地位大致可以，女婿的名聲、官職都不比我差。」於是送上玉鏡台一枚作為聘禮。堂姑非常高興。結婚時，行交拜禮，新娘用手撥開遮臉的紗扇，拍手大笑道：「我本來就懷疑是你這個老奴才，果然不出我所料。」玉鏡台，是温嶠當年擔任劉琨手下長史北征劉聰時得到的。

## 一〇

**諸葛令女①，庾氏婦②，既寡誓云：「不復重出③。」此女性甚正強④，無有登**

車理⑤。恢既許江思玄婚⑥，乃移家近之。初，誑女云⑦：「宜徙⑧。」於是家人一時去，獨留女在後。比其覺⑨，已不復得出。江郎莫來，女哭詈彌甚⑩，積日漸歇⑪。江虨暝入宿⑫，恆在對牀上。後觀其意轉帖⑬，虨乃詐厭⑭，良久不悟，聲氣轉急。女乃呼婢云：「喚江郎覺！」江於是躍來就之曰：「我自是天下男子，厭，何預卿事而見喚邪⑮？既爾相關，不得不與人語。」女默然而慚，情義遂篤⑯。

【注釋】

①諸葛令：諸葛恢。

②庾氏婦：庾亮家的媳婦。諸葛恢之女嫁給庾亮之子庾會。

③重出：指再嫁。

④正強：正直倔強。

⑤登車：指出嫁時乘車到夫家。

⑥江思玄：江虨，字思玄。

⑦誑（kuáng）：欺騙，瞞哄。

⑧徙：遷移。

⑨比：等到。

⑩詈（lì）：罵。彌甚：更加厲害。

⑪積日：數日。
⑫暝：天黑。
⑬怗：平靜，安定。
⑭厭（yǎn）：同「魘」，做惡夢而引起的呻吟、驚叫等痛苦狀。
⑮預：關係，相干。
⑯篤：深厚。

## 【譯文】

諸葛恢的女兒，是庾亮家的媳婦，她守寡後，發誓說：「我不會再嫁人。」這位女子性子很正直倔強，沒有再嫁的可能。諸葛恢把女兒許配給江虨後，就把家搬到江家附近。起初，他騙女兒說：「應當搬家。」於是家裏人一起都離開了，只留下女兒一個人在後面。等到她發覺時，已經無法出去了。江虨晚上來時，她哭罵得更厲害，幾天後才慢慢平靜下來。江虨晚上進屋睡覺，常常睡在對面牀上。後來看她的情緒逐漸平靜，江虨就假裝做噩夢，好久都不醒，夢話聲與呼吸氣息逐漸急促起來，她就叫婢女說：「把江郎叫醒！」江虨於是跳起來靠近她說：「我原是世上堂堂一條男子漢，做了噩夢，關你什麼事要把我叫醒？既然你如此關心我，就不能不與人家說話。」她沉默無語感到慚愧，夫妻間的情義於是深厚起來了。

## 一一

愍度道人始欲過江①，與一傖道人為侶②，謀曰：「用舊義往江東③，恐不辦得食④。」便共立「心無義」⑤。既而此道人不成渡⑥，愍度果講義積年⑦。後有傖人來，先道人寄語云⑧：「為我致意愍度⑨，無義那可立？治此計，權救飢爾⑩，無為遂負如來也⑪！」

【注釋】

①愍度道人：支愍度，一作支敏度，晉時高僧，成帝時與康僧淵、康法暢等過江南下，創「心無義」說，著傳譯經錄。

②傖（cāng）道人：指北方和尚。傖，六朝時南方人對北方人的蔑稱。

③舊義：指舊教義，原來的教義。

④不辦：不可能。

⑤心無義：心無宗（東晉般若學派「六家七宗」之一）的代表性觀點，主張不執着於外物，但也不否定外物的存在。⑥既而：不久。不成渡：指渡江沒有成功。

⑦講義：講授「心無義」。積年：多年。

⑧先道人：先前那個和尚。寄語：託人帶話。

⑨致意：傳話。

⑩權：權宜，暫時。
⑪無為：不應。

【譯文】

支愍度和尚當初想渡江南下，與一個北方和尚結伴同行。兩人商量說：「用舊教義到南方講，恐怕連飯也沒得吃了。」於是便共同創立了「心無義」。不久這個和尚渡江沒有成功，支愍度果然講了多年「心無義」。後來有北方人來，先前那位和尚傳話說：「為我致意愍度，心無義怎麼可以成立？想出這個辦法來，是暫時混飯吃罷了，不應因此就背棄了如來佛祖啊！」

一二

王文度弟阿智①，惡乃不翅②，當年長而無人與婚。孫興公有一女③，亦僻錯④，又無嫁娶理，因詣文度，求見阿智。既見，便陽言⑤：「此定可⑥，殊不如人所傳，那得至今未有婚處？我有一女，乃不惡，但吾寒士，不宜與卿計，欲令阿智娶之。」文度欣然而啟藍田云⑦：「興公向來⑧，忽言欲與阿智婚。」藍田驚喜。既成婚，女之頑嚚⑨，欲過阿智⑩。方知興公之詐。

【注釋】

①王文度：王坦之。阿智：王處之，字文將，小名阿智，晉侍中王述之子。

②惡：愚痴，兇頑。翅：古通「啻」（chì），只，止。

③孫興公：孫綽。

④僻錯：怪僻反常。

⑤陽言：說假話。陽，同「佯」，詐，裝假。

⑥定：必定，一定。

⑦藍田：王述。

⑧向來：剛才。

⑨頑嚚（yín）：愚蠢而固執。

⑩欲：似。

【譯文】

王坦之的弟弟阿智，不只是愚蠢兇頑而已。當他成人時沒有人與他結親。孫綽有一個女兒，也很怪癖反常，又沒有婚嫁的可能，於是孫綽就去拜訪王坦之，要求見見阿智。見到後，就假裝說：「阿智這人一定不錯的，一點兒不像人家所傳的那樣，怎麼到現在還沒有婚配？我有一個女兒，還不算差，但我是一個寒士，本不應與您計議婚事，但我想讓阿智娶她。」王坦之高興地稟報王述道：「孫綽剛才來，忽然說要與阿智結親。」王述又驚又喜。成婚後，這個女子的愚蠢固執，似乎超過了阿智。王家這才知道孫綽的狡詐。

一三

范玄平為人好用智數①，而有時以多數失會②。嘗失官居東陽③，桓大司馬在南州④，故往投之。桓時方欲招起屈滯⑤，以傾朝廷⑥，且玄平在京，素亦有譽⑦。桓謂遠來投己，喜躍非常。比入至庭，傾身引望⑧，語笑歡甚。顧謂袁虎曰：「范公且可作太常卿⑨。」范裁坐⑩，桓便謝其遠來意。范雖實投桓，而恐以趨時損名⑪，乃曰：「雖懷朝宗⑫，會有亡兒瘞在此⑬，故來省視⑭。」桓悵然失望，向之虛佇⑮，一時都盡。

【注釋】

①范玄平：范汪，字玄平。智數：心計權術。

②多數：指過多的謀算。失會：失去機會。

③失官：丟掉官職。東陽：郡名，治所在今浙江金華。

④桓大司馬：桓溫。南州：姑孰，在今安徽當塗。

⑤招起：招聘起用。屈滯：指屈居下位、久不升遷的人。

⑥傾：顛覆。

⑦素：平素，向來。

⑧傾身引望：身體向前傾，伸長脖子望，以示謙恭的樣子。

⑨且可：暫且。太常卿：官名，掌管禮樂祭祀等。

⑩裁：通「才」。

⑪趨時：迎合時勢。損名：損害名聲。

⑫朝宗：拜見長官。

⑬會：恰巧。瘞（yì）：埋葬。

⑭省視：看望。

⑮向：剛才。虛佇（zhù）：虛心等待。佇，長時間站立。

**【譯文】**

范汪為人好用心計權術，但有時因為多用了心計反而錯失了機會。他罷官後曾經住在東陽，桓溫大司馬在南州，他便去投奔。桓溫當時正要招聘起用失意之士，用來顛覆朝廷，況且范汪在京城，一向有名聲。桓溫認為他遠道前來投奔自己，非常歡喜興奮。等到范汪進入庭院，他即伸長脖子探望，兩人又説又笑非常高興。桓溫回頭對袁虎説：「范公暫且可做太常卿。」范汪才坐下，桓溫就感謝他遠道來投奔自己的厚意。范汪雖然確實是來投奔桓溫的，但怕這樣做被當作迎合時勢，會損壞自己的名聲，便說：「雖然我懷有拜見長官之心，但恰巧我有亡兒埋葬在此，所以前來看望。」桓溫聽了非常失望，剛才自己虛心等待站立許久的熱情，一下子都化為烏有。

## 一四

謝遏年少時①，好着紫羅香囊②，垂覆手③。太傅患之④，而不欲傷其意。乃譎與賭⑤，得即燒之。

**【注釋】**

①謝遏：謝玄，小字遏。
②着：穿着，此指佩帶。紫羅香囊：用紫色絲羅編成的裝有香料的囊袋。
③覆手：手巾之類的物件。
④太傅：謝安，謝玄的叔叔。
⑤譎（jué）：欺詐，騙。

**【譯文】**

謝玄少年時，喜歡帶紫色絲羅香袋，掛着手巾。謝安為此感到憂慮，但又不想傷他的心。於是就假裝與他打賭，贏得香袋、手巾後就把它們燒掉了。

# 黜免第二十八

【題解】

黜免，指仕途之失意。魏晉之際，各權勢集團互相傾軋，鬥爭殘酷，士人們自身的政治命運常常難以捉摸和把握，常有人深感「世路艱險」。本篇共有九則，頗為典型地反映了在魏晉時期動盪的政治環境下，士大夫們宦海沉浮的情景。

## 一

諸葛厷在西朝①，少有清譽②，為王夷甫所重③，時論亦以擬王④。後為繼母族黨所讒⑤，誣之為狂逆⑥。將遠徙⑦，友人王夷甫之徒詣檻車與別⑧。厷問：「朝廷何以徙我⑨？」王曰：「言卿狂逆。」厷曰：「逆則應殺，狂何所徙？」

【注釋】

①諸葛厷（gōng）：字茂遠，西晉琅邪（今山東臨沂北）人，官至司空主簿。西朝：指西晉。
②清譽：清高的聲譽。
③王夷甫：王衍。
④擬：比擬。
⑤族黨：指同族的親屬。
⑥狂逆：狂放叛逆。
⑦遠徙：流放到邊遠處。
⑧檻（jiàn）車：押解犯人的囚車。
⑨徙（xǐ）：流放。

【譯文】

諸葛厷在西晉時，年紀輕輕就有清高的聲譽，得到王衍的器重，當時的輿論也把他比作王衍。後來他被繼母的同族人讒毀，誣陷他狂放叛逆。當他將要被流放到遠方邊地去時，友人王衍等到囚車前與他告別。諸葛厷問：「朝廷為什麼要流放我？」王衍道：「說你狂放叛逆。」諸葛厷說：「叛逆就應當殺頭，狂放為什麼要流放？」

## 二

桓公入蜀①，至三峽中，部伍中有得猿子者②，其母緣岸哀號③，行百餘里不去，遂跳上船，至便即絕。破視其腹中，腸皆寸寸斷。公聞之怒，命黜其人④。

**【注釋】**

①桓公：桓溫。入蜀：指桓溫於晉穆帝永和二年（三四六）出兵攻蜀。

②部伍：指部隊。猿子：指小猿。

③緣岸：沿岸。

④黜：罷免，黜退。

**【譯文】**

桓溫出兵攻蜀，到達三峽中，軍中有人捕捉到一隻小猿，那隻母猿沿岸哀哭號叫，跟着走了一百多里路也不肯離去，最後終於跳上船，一上船即刻氣絕。剖開它的肚腹看，腸子都一寸寸地斷裂了。桓溫聽到此事大怒，下令罷免那個人的職務。

三

殷中軍被廢①，在信安②，終日恆書空作字③，揚州吏民尋義逐之④，竊視，唯作「咄咄怪事」四字而已⑤。

【注釋】

①殷中軍：殷浩。被廢：指殷浩北伐失敗被廢為庶人。
②信安：縣名，故地在今浙江衢州。
③書空：用手指在空中虛劃字形。
④尋義：探尋所寫字的意義。逐：追隨。
⑤咄咄：驚歎詞，表示出人意料、令人驚訝之事。

【譯文】

殷浩被廢為庶民，住在信安時，整天總是用手指在空中寫字。揚州的官吏百姓要探尋他所寫字的意義，便追隨着他，偷偷地看，見他只寫「咄咄怪事」四個字而已。

四

桓公坐有參軍椅烝薤①，不時解，共食者又不助，而椅終不放，舉坐皆笑。桓公曰：「同盤尚不相助，況復危難乎②？」敕令免官③。

【注釋】

①桓公：桓温。坐：指宴席飯桌之座。椅：當作「掎（jǐ）」，指用筷子夾取食物。烝薤（xiè）：烝，通「蒸」。薤，又名藠（jiào）頭，多年生草本植物，地下有莖，可食用。

②況復：何況。

③敕令：命令。

【譯文】

桓温宴席上有一位參軍用筷子夾蒸薤吃時筷子被卡住了，一時夾不下來，同桌吃飯者又沒有幫他一把，而這位參軍始終夾着不放手，滿座的人都笑了起來。桓温說：「同在一個盤子裏吃東西，尚且不肯相互幫助，何況遇到危難呢？」於是下令罷免同桌吃飯者的官職。

五

殷中軍廢後，恨簡文曰①：「上人著百尺樓上②，儋梯將去③。」

【注釋】

①簡文：晉簡文帝司馬昱。

②上人：讓人上去。着（zhuó）：在。

③儋（dān）：二人用肩扛。將去：拿掉。

【譯文】

殷浩被廢為庶人後，怨恨簡文帝說：「讓人登上百尺高樓後，卻把梯子拿掉了。」

六

鄧竟陵免官後赴山陵①，過見大司馬桓公②。公問之曰：「卿何以更瘦？」鄧曰：「有愧於叔達③，不能不恨於破甑④。」

【注釋】

①鄧竟陵：鄧遐，字應遠，東晉陳郡（今河南項城東北）人，桓溫參軍，隨從征戰，官冠軍將軍、竟陵太守。免官：指桓溫在枋頭兵敗，遷怒於鄧遐，免其官職。山陵：指帝王陵，亦指帝王葬禮。

②過見：拜訪。大司馬桓公：桓溫。

③叔達：孟敏，字叔達，東漢名士，曾經在市場上打破了買來的甑，而絲毫不為之懊悔，名士郭泰認為其德性可塑造，勸之讀書，終成名賢。

④破甑（zèng）：破碎的瓦器。甑，古代蒸飯用的瓦器。

【譯文】

鄧遐被免官後去祭奠皇陵，同時拜訪大司馬桓溫。桓溫問他說：「你為什麼更加瘦了？」鄧遐說：「比起孟叔達來我感到慚愧，不能不對破碎瓦器的事感到遺憾。」

# 七

桓宣武既廢太宰父子①，仍上表曰：「應割近情②，以存遠計③。若除太宰父子，可無後憂。」簡文手答表曰④：「所不忍言，況過於言⑤？」宣武又重表⑥，辭轉苦切⑦。簡文更答曰：「若晉室靈長⑧，明公便宜奉行此詔；如大運去矣，請避賢路⑨。」桓公讀詔，手戰流汗⑩，於此乃止。太宰父子遠徙新安。

【注釋】

①桓宣武：桓温。太宰父子：指司馬晞與其子司馬綜。司馬晞，字道升，晉簡文帝司馬昱之兄，官至太宰。有武略，為桓温所忌。簡文帝即位後，桓温奏請將司馬晞父子流放新安（今浙江淳安西）。
②近情：指兄弟親近之情。
③存：保全。
④手答表：指親自批答奏表。
⑤過於言：指過分之言。
⑥重表：指再次上奏。
⑦轉：更加。苦切：急切。
⑧靈長：綿延長久。
⑨賢路：賢者仕進之路。
⑩戰：發抖。

【譯文】

桓溫罷免了司馬晞父子的官職後，接着上奏表說：「應當割斷親屬近情，以保全長遠之計。如果除掉司馬晞父子，就可以免除後顧之憂。」簡文帝親自批答奏章說：「這是我不忍心說的話，何況比這些話更加過分的舉動呢？」桓溫再次上奏章，言辭更加急切。簡文帝又批示說：「如果晉朝國運綿延長久，明公就應當遵照這個詔令；如果晉朝國運已盡，請允許我退位，讓出賢者登高之路。」桓溫讀了詔書，兩手發抖，滿臉流汗，到這時他才停止了要除掉司馬晞父子的打算。司馬晞父子倆被遠遠地流放到了新安。

## 八

**桓玄敗後①，殷仲文還為大司馬諮議②，意似二三③，非復往日。大司馬府聽前有一老槐，甚扶疏④。殷因月朔⑤，與眾在聽，視槐良久，歎曰：「槐樹婆娑，無復生意！」**

【注釋】

①敗：指桓玄在晉安帝時執掌朝政，逼其禪位，建國號楚，後為劉裕聲討，兵敗被殺。

②殷仲文：桓玄的姐夫，助桓玄篡逆，官至侍中、尚書，後被劉裕所殺。還為大司馬諮議：指殷仲文回到朝廷任大司馬諮議之職。

③意似二三：心意不定，似乎三心二意。

④扶疏：原指枝葉繁茂的樣子，此則指枝葉或下垂，或凋零，了無生意貌。

⑤月朔：夏曆每個月的初一。

【譯文】

桓玄失敗後，殷仲文回到朝廷，擔任大司馬諮議，心情不定，似乎三心二意的樣子，不再像過去那樣了。大司馬府廳堂前有一棵老槐樹枝葉飄零毫無生氣。殷仲文依照初一之例，與眾人聚集在廳堂上，注視老槐樹很久，感歎道：「老槐樹枝葉隨風飄零，不再有生趣了！」

九

殷仲文既素有名望①，自謂必當阿衡朝政②。忽作東陽太守③，意甚不平，及之郡，至富陽④，慨然歎曰：「看此山川形勢，當復出一孫伯符⑤。」

## 【注釋】

①名望：名譽聲望。

②阿（ē）衡：一作「保衡」。阿衡為商初賢相伊尹之字，後即稱輔佐帝王主持朝政之官為阿衡。

③東陽：郡名，治所在今浙江金華。

④富陽：今浙江富陽。

⑤孫伯符：孫策，字伯符，孫堅之子，他佔據江東，為吳國的建立奠定了基業。

## 【譯文】

殷仲文既然向來就有名望，自認為必定能擔當輔佐帝王、主持朝政的重任。如今忽然調他去做東陽太守，心中極為不平。等到了富陽時，他感慨地歎息道：「看這裏的山川形勢，該當會再出一位孫策那樣的人。」

# 儉嗇第二十九

【題解】

儉嗇，指吝嗇。儉嗇原有兩層含義，一為節儉，一為吝嗇。本篇則指節儉過頭以至於吝嗇的行為。吝嗇往往與個性俗氣、貪鄙聯繫在一起，例如「竹林七賢」之一的王戎慳吝成性，便曾被同有盛名的阮籍目為「俗物」。本篇共有九則，刻畫出了諸如和嶠、王戎這樣的吝嗇鬼形象。

一

和嶠性至儉①，家有好李，王武子求之②，與不過數十。王武子因其上直③，率將少年能食之者④，持斧詣園⑤，飽共噉畢⑥，伐之，送一車枝與和公，問曰：「何如君李？」和既得，唯笑而已。

【注釋】

①至儉：極其吝嗇。儉，吝嗇。
②王武子：王濟，和嶠的妻弟。
③上直：指官員上朝值班。直，通「值」。
④率將：帶領。
⑤詣：到。
⑥啖：吃。

【譯文】

和嶠的生性極為吝嗇，家裏有良種李樹，王濟向他要一點李子，和嶠給了他不過幾十顆。王濟就乘他上朝值班時，帶領胃口大的年輕人帶着斧頭到果園去，大家一起飽吃一頓李子後，把樹砍了，送了一車子李樹枝給和嶠，問道：「比你家李樹怎麼樣？」和嶠得到這些樹枝，只是笑笑而已。

## 二

王戎儉吝①，其從子婚②，與一單衣③，後更責之④。

【注釋】

①儉吝：儉省吝嗇。

②從子：姪兒。

③單衣：指單層衣服。

④責：索要。

【譯文】

王戎節省吝嗇，他的姪子結婚，他送了一件單衣，後來又把單衣要了回來。

三 司徒王戎既貴且富①，區宅、僮牧、膏田、水碓之屬②，洛下無比③。契疏鞅掌④，每與夫人燭下散籌算計。

【注釋】

①司徒：官名，三公之一。王戎歷官荊州刺史、尚書左僕射、司徒，封安豐侯。

②區宅：房屋、住宅。僮牧：奴婢與放牧的勞力。膏田：肥沃的田地。水碓（duì）：利用水力旋動的舂米器具。

③洛下：指洛陽。

④契疏：契約帳簿。鞅掌：煩勞，繁多。

【譯文】

司徒王戎已經做了大官，地位顯貴，又有富足的財產，房屋住宅、奴婢僕夫、肥沃的土地、舂米的器具之類，洛陽無人能與他相比。契約賬簿，堆砌繁多，他常與夫人在燭光下攤開籌碼算賬。

## 四

王戎有好李，常賣之，恐人得其種①，恆鑽其核。

【注釋】

①種：指李子的核。

【譯文】

王戎有良種李，常常拿出去賣，怕別人得到良種，總是先在李子核上鑽個洞。

五

**王戎女適裴頠①，貸錢數萬②。女歸，戎色不說。女遽還錢③，乃釋然④。**

【注釋】

①適：指女子出嫁。
②貸錢：指向父親王戎借錢。
③遽（jù）：急忙。
④釋然：指不悅之色消除。

【譯文】

王戎的女兒嫁給裴頠，向王戎借了幾萬錢。女兒回到娘家時，王戎臉色很不好看。女兒連忙把錢還給他，王戎不高興的臉色才算消除了。

六

衞江州在尋陽①，有知舊人投之②，都不料理③，唯餉「王不留行」一斤④。此人得餉，便命駕⑤。李弘範聞之曰⑥：「家舅刻薄⑦，乃復驅使草木⑧。」

【注釋】

①衞江州：衞展，字道舒，晉河東安邑（今山西運城東北）人。歷仕尚書郎、南陽太守、江州刺史等。尋陽：縣名，在今江西九江西。

②知舊人：相知的老朋友。

③料理：照顧，安排。

④餉：贈送。「王不留行」：草藥名。

⑤命駕：令車夫駕車。

⑥弘範：應為李弘度，衞展的外甥。

⑦刻薄：待人苛刻薄情。

⑧乃復：竟然。驅使：差遣，役使。

【譯文】

衞展在尋陽時，有一位相知的老朋友來投奔他，他卻全都不作安排，只送給客人一斤「王不留行」草藥。客人得到禮物後，就駕車走了。他的外甥李弘度聽到後說：「我舅舅太刻薄了，竟然差遣草木來為他效勞。」

七

王丞相儉節①，帳下甘果盈溢不散②，涉春爛敗③。都督白之④，公令捨去，曰：「慎不可令大郎知⑤。」

【注釋】

①王丞相：王導。
②帳下：營帳中。盈溢：堆滿。
③涉春：進入春天。
④都督：帳下總管庶務者。白：稟告。
⑤大郎：指王導長子王悦。

【譯文】

丞相王導生性節儉，營帳中甘甜的果品堆滿了也不散發給大家，到了春天都腐爛壞掉了。都督稟報王導，王導讓他丟掉，說：「千方不要讓大郎知道。」

## 八

**蘇峻之亂①，庾太尉南奔見陶公②，陶公雅相賞重③。陶性儉吝。及食，啖薤④，庾因留白。陶問：「用此何為？」庾云：「故可種⑤。」於是大歎庾非唯風流⑥，兼有治實⑦。**

【注釋】

①蘇峻之亂：指蘇峻與祖約起兵討庾亮，傾覆東晉朝廷之事，在晉成帝咸和二年（三二七）。
②庾太尉：庾亮。陶公：陶侃。
③雅：極，很。
④薤（xiè）：多年生草本植物，鱗莖和嫩葉可以吃。一稱「藠（jiào）頭」。
⑤故：仍然。

⑥非唯：不僅。

⑦治實：指治理政務、解決實際問題的才幹。

【譯文】

蘇峻叛亂時，庾亮向南投奔去見陶侃，陶侃非常賞識推重他。陶侃生性節儉吝嗇。到進餐時，吃薤菜，庾亮就留下薤白不吃。陶侃問他：「留下這東西有什麼用？」庾亮說：「還可以種。」於是陶侃大加讚歎，認為庾亮不僅風度優雅，還兼具治理政務、解決實際問題的才幹。

九

郗公大聚斂①，有錢數千萬。嘉賓意甚不同②，常朝旦問訊③。郗家法，子弟不坐，因倚語移時④，遂及財貨事。郗公曰：「汝正當欲得吾錢耳⑤！」乃開庫一日，令任意用。郗公始正謂損數百萬許⑥。嘉賓遂一日乞與親友⑦，周旋略盡⑧。郗公聞之，驚怪不能已已⑨。

【注釋】

①郗公：郗愔。聚斂：搜刮財物。

②嘉賓：郗超。

③常：通常，曾經。朝旦：早晨。問訊：問安。

④倚語：站着說話。移時：長時，長時間。

⑤正當：只是，只不過。

⑥損：損失。許：表示約略估計的詞。

⑦乞與：給予。

⑧周旋：應酬，交際。略盡：將盡。

⑨驚怪：驚詫。已已：加強語氣，謂止不住，難以停止下來。

【譯文】

郗愔大肆搜刮財物，有錢財幾千萬，郗超對此很不贊同，曾經一次在早晨問安，郗家的禮法是子弟小輩在長輩前不能坐下來，他就站着說了很長時間的話，說到了錢財方面的事。郗愔說：「你只不過要得到我的錢罷了！」於是打開庫房一天，讓郗超任意取用。郗愔開始只是認為損失幾百萬左右。郗超卻在一天裏把錢給了親朋友人，都快把錢應酬用光了。郗愔聽到此事，驚詫不已。

# 汰侈第三十

**【題解】**

汰侈，指極度的奢侈鋪張。魏晉時期社會財富兩極分化，貴族豪強聚斂無度，過着驕奢淫逸的生活。西晉開國君主司馬炎即貪財好利，驕奢淫逸，以至於賣官自肥，臣下順從風氣，無不巧取豪奪，聚斂無厭，汰侈之風因此盛行。本篇共有十二則，其中以石崇與王愷爭豪最為著名。

一

石崇每要客燕集①，常令美人行酒。客飲酒不盡者，使黃門交斬美人②。王丞相與大將軍嘗共詣崇③，丞相素不能飲，輒自勉強，至於沉醉。每至大將軍，固不飲以觀其變④。已斬三人，顏色如故，尚不肯飲。丞相讓之⑤，大將軍曰：「自殺伊家人⑥，何預卿事？」

【注釋】

①石崇：字季倫。要：約請。
②黃門：指宦者。交斬：輪流斬殺。
③王丞相：王導。大將軍：王敦。
④固：堅持。
⑤讓：責備。
⑥伊家：他家。

【譯文】

石崇每次邀請客人舉行宴會，常叫美女斟酒勸客。客人飲酒沒有喝光的，就讓侍從輪流斬殺美人。王導與王敦曾經一起去拜訪石崇，王導向來不善喝酒，總是勉強自己喝下去，以至於大醉。每次輪到王敦喝酒時，他堅持不喝以觀察石崇究竟怎麼樣。已經殺了三個人，王敦臉色不變，還是不肯喝酒。王導責備他，王敦說：「他殺掉自家的人，關你什麼事？」

## 二

石崇廁，常有十餘婢侍列①，皆麗服藻飾②。置甲煎粉、沉香汁之屬③，無不畢備[4]。又與新衣着令出，客多羞不能如廁[5]，王大將軍往[6]，脫故衣，着新衣，神色傲然[7]。羣婢相謂曰：「此客必能作賊[8]。」

【注釋】

①侍列：列隊侍奉客人。
②藻飾：修飾。
③甲煎粉：脣膏類化妝品、香料。沉香汁：用沉香木製成的香水。
④畢備：置備齊全。
⑤如廁：指上廁所。如，到。
⑥王大將軍：王敦。
⑦傲然：傲慢的樣子。
⑧作賊：指謀逆造反。

【譯文】

石崇家的廁所裏有十多個婢女列隊侍奉客人，都穿了華麗新衣，修飾打扮得很漂亮。廁所裏放置了甲煎粉、沉香汁之類，美容用品統統都齊備了。又給客人穿上新衣服才讓出來，客人們大都害羞不肯到廁所去。王敦去廁所，脫下舊衣服，穿上新衣服，還顯出神色傲慢的樣子。婢女們相互議論說：「這個客人一定會造反謀逆。」

三

武帝嘗降王武子家①，武子供饌，並用琉璃器②。婢子百餘人，皆綾羅絝纚③，以手擎飲食④。烝㹠肥美⑤，異於常味。帝怪而問之，答曰：「以人乳飲㹠。」帝甚不平，食未畢，便去。王、石所未知作⑥。

【注釋】

①武帝：晉武帝司馬炎。降：降臨。王武子：王濟，其妻為晉武帝之女常山公主。

②並：全都。

③綾羅絝纚（kù luò）：指所穿衣服褲裙都是綾羅綢緞製成。絝，同「袴」。纚，女子上衣。

④擎：向上托舉。

⑤㹠：同「豚」，小豬。

⑥王、石：王愷、石崇。

【譯文】

晉武帝曾駕臨王濟家，王濟設宴招待，食物全都用琉璃器皿來供奉。婢女一百多人，身上所穿衣裙都用綾羅綢緞縫製，她們用手托舉着食物。蒸熟的小豬肥嫩鮮美，與平常吃的味道不同。晉武帝覺得奇怪就問王濟，王濟答道：「這是用人奶飼養的。」晉武帝聽了很反感，沒有吃完，就走了。這是連當時的大富豪王愷、石崇都不知道的製作方法。

# 四

王君夫以粭糒澳釜①，石季倫用蠟燭作炊②。君夫作紫絲布步障碧綾裏四十里③，石崇作錦步障五十里以敵之④。石以椒為泥⑤，王以赤石脂泥壁⑥。

【注釋】

①王君夫：王愷，字君夫。粭（yí）：同「飴」，麥芽糖，飴糖。糒（bèi）：乾飯。澳釜：擦洗鍋子。釜，炊具。

②石季倫：石崇，字季倫。作炊：燒飯。

③步障：帷幕，用來置於道路兩側以便於隔離內外。

④敵：匹敵。

⑤椒：花椒。

⑥赤石脂：一種風化石，色紅，紋理細膩，可塗飾牆壁。

【譯文】

王愷用飴糖拌合的乾飯來擦洗鍋子，石崇就用蠟燭來燒飯。王愷用以碧綾為裏料的紫絲布做了四十里長的帷幕，石崇則用錦做了五十里長的帷幕與他匹敵。石崇用花椒當做泥來塗牆，王愷就用赤石脂當泥來塗牆壁。

## 五

石崇為客作豆粥，咄嗟便辦①。恆冬天得韭蓱虀②。又牛形狀氣力不勝王愷牛，而與愷出遊，極晚發③，爭入洛城，崇牛數十步後迅若飛禽，愷牛絕走不能及④。每以此三事為搤腕⑤，乃密貨崇帳下都督及御車人⑥，問所以⑦。都督曰：「豆至難煮，唯豫作熟末⑧，客至，作白粥以投之。韭蓱虀是搗韭根，雜以麥苗爾。」復問馭人牛所以駛。馭人云：「牛本不遲，由將車人不及制之爾⑨。急時聽偏轅⑩，則駛矣。」愷悉從之，遂爭長。石崇後聞，皆殺告者。

【注釋】

①咄嗟：頃刻，形容時間短暫。

②韭：韭菜，用作調料。蓱（píng）：艾蒿類菜，亦可調味。虀（jī）：調味菜，一般在夏天才有。

③發：出發。

④絕走：極力奔跑。及：跟上。

⑤搤（è）腕：用一隻手握住另一隻手腕，以示不平情緒。

⑥密貨：暗中用財物賄賂。都督：手下總管事務的人。

⑦所以：指事情發生的原因。

⑧豫作熟末：預先燒爛成碎末。

⑨將車人：駕車的人。

⑩聽：任憑。偏轅：指車轅偏向一邊。

**【譯文】**

石崇為客人做豆粥，立刻就做成了。常在冬天也會得到用韭菜、蓱菜、虀菜等做的調味品。他家的牛形狀和力氣看上去都不如王愷家的牛，但是與王愷出遊，很晚才出發，爭着進洛陽城，石崇的牛跑了幾十步後就快得如同飛鳥，王愷的牛極力奔跑也趕不上。王愷常為這三件事而感到不滿，於是他暗中買通石崇手下的管家與駕車人，探問其中的原因。管家說：「豆子難以煮爛，只有預先燒成熟爛的碎末，客人來了，燒好白粥放進去。韭菜、蓱菜、虀菜等調料是將韭菜根搗碎，把麥苗攙進去而已。」再去問駕車人牛跑得快的原因，駕車人說：「牛本來跑得不慢，由於駕車人來不及控制它罷了。在緊急的時候，任憑車子偏向一邊，車子就行駛得快了。」王愷全都照着做，於是就爭得優勝。石崇後來聽到，把泄密者全都殺了。

六

王君夫有牛名八百里駮①，常瑩其蹄角②。王武子語君夫③：「我射不如卿，今指賭卿牛④，以千萬對之⑤。」君夫既恃手快⑥，且謂駿物無有殺理⑦，便相然可⑧，令武子先射。武子一起便破的⑨，卻據胡牀⑩，叱左右速探牛心來⑪。須臾，炙至⑫，一臠便去⑬。

**【注釋】**

①王君夫：王愷。八百里駮：牛名。牛身的毛色不純，故稱駮。八百里，指日行八百里。
②瑩其蹄角：把牛的蹄和角磨得晶瑩光亮。
③王武子：王濟。
④指：指定。
⑤以千萬對之：用一千萬錢來抵。
⑥恃手快：仗着自己手勢快，箭術精。
⑦駿物：指八百里駮跑得快，為出眾之物。
⑧然可：答應，允諾。
⑨起：發射。破的：射中靶心。
⑩卻：退回。

⑪探：掏。

⑫炙：烤熟的肉。

⑬一臠（luán）：一小塊肉。

**【譯文】**

王愷有頭牛叫八百里駮，他常把牛的蹄和角磨得晶瑩光亮。王濟對王愷說：「我射箭本領比不上你，今天指定打賭你的牛，我用一千萬錢來抵你的牛。」王愷便仗着自己手勢快箭術精，比射箭不會輸，並且認為這樣出眾的寶物沒有殺掉的道理，便答應下來。他讓王濟先射。王濟一下子就射中靶心，退回去坐在交椅上，喝令左右侍從趕快把牛心掏出來。一會兒，烤好的牛心就送來了，王濟只嘗了一小塊就走了。

## 七

王君夫嘗責一人無服餘衵①，因直，內着曲閣重閨裏②，不聽人將出③。遂飢經日④，迷不知何處去。後因緣相為⑤，垂死，乃得出⑥。

## 【注釋】

①責：責罰。服：穿。餘衵（yì）：指內衣。

②因：藉，趁。直：值班，上朝。內着：納入，放在。內，同「納」。曲閤重閨：指深宮內室。曲閤，曲折的樓閣。重（chóng）閨，深邃的內室。

③聽：准許。將：帶。

④經日：數日。

⑤因緣：指朋友，同夥。相為：相幫。

⑥乃：才。

## 【譯文】

王濟曾經責罰一個不穿內衣的人，他藉着此人值班的時候，將其關入深宮內室裏，不准別人把他帶出去。此人便餓了好幾天，迷迷糊糊地不知道從什麼地方出去。後來靠朋友相幫，在快要死的時候，才得以出去。

## 八

石崇與王愷爭豪[1]，並窮綺麗[2]，以飾輿服[3]。武帝，愷之甥也，每助愷[4]。嘗以一珊瑚樹高二尺許賜愷[5]，枝柯扶疏[6]，世罕其比[7]。愷以示崇。崇視訖，以鐵如意擊之[8]。應手而碎[9]。愷既惋惜，又以為疾己之寶[10]，聲色甚厲。崇曰：「不足恨[11]，今還卿。」乃命左右悉取珊瑚樹，有三尺、四尺，條幹絕世[12]，光彩溢目者六七枚[13]，如愷許比甚眾[14]。愷惘然自失[15]。

**【注釋】**

①爭豪：爭着比賽誰更富有。

②窮：指極盡可能。綺麗：華麗。

③輿服：指車馬冠服與各種儀仗。

④每：常常。

⑤許：約略，估計之詞。

⑥枝柯：樹枝。扶疏：枝葉繁茂紛披的樣子。

⑦罕：少。

⑧如意：一種表示祥瑞之玩物，可以用金、玉、銅、鐵、竹、木等材質製成。

⑨應手：隨手。

⑩疾：嫉妒。

⑪不足：不值得。

⑫絕世：當世獨一無二。

⑬溢目：光彩奪目。

⑭許：那樣。比：類。

⑮惘然：不如意的樣子。自失：不知所措。

**【譯文】**

石崇、王愷爭鬥誰家更富有，並且極盡可能地來裝飾車馬冠服與各種儀仗。晉武帝是王愷的外甥，常常幫助王愷來與石崇鬥富。他曾經把一株二尺多高的珊瑚樹賜給王愷，此樹枝條繁茂紛披，世上少有。王愷拿出來給石崇看，石崇看過後，用鐵如意擊打，珊瑚隨手就碎了。王愷既惋惜，又認為石崇忌妒自己的寶貝，所以便聲色俱厲。石崇說：「不值得遺憾，現在還給你。」就命左右侍從把家中所有的珊瑚樹都拿出來，有高達三尺、四尺的，枝條美麗世上少有，光彩奪目的有六七枚，像王愷的那種樣子的珊瑚樹就更多了。王愷看了很尷尬，不知所措。

## 九

**王武子被責①，移第北邙下②。於時人多地貴，濟好馬射③，買地作埒④，編錢匝地竟埒⑤。時人號曰「金溝」。**

【注釋】

①王武子：王濟。被責：被責罰免官。王濟因鞭打堂兄王佑府裏的官吏而被責罰免官。

②移第：搬家。北邙（máng）：北邙山，在今河南洛陽東北。

③馬射：騎馬射箭。

④埒（liè）：矮牆。

⑤編錢：把銅錢串連編起來。匝（zā）：環繞。竟：盡。

【譯文】

王濟被責罰貶了官，把家搬到了北邙山下。當時人多地貴，王濟喜歡騎馬射箭，就買了地築起矮牆當跑馬場。他用銅錢串連起來當矮牆，環繞着整個馬場的矮牆都是用錢編起來的。當時人稱之為「金溝」。

## 一〇

石崇每與王敦入學戲①，見顏、原象而歎曰②：「若與同升孔堂③，去人何必有間④！」王曰：「不知餘人云何⑤？子貢去卿差近⑥。」石正色云⑦：「士當令身名俱泰⑧，何至以甕牖語人⑨？」

【注釋】

①每：常。學：指貴族子弟求學之太學。戲：遊玩。

②顏、原：指孔子的學生顏回、原憲。

③同升孔堂：指同為孔門弟子。

④去：相距，距離。間：距離，差別。

⑤云何：怎麼樣，如何。

⑥子貢：端木賜，字子貢，孔子弟子。善於經商，家有千金，富比王侯。差：頗，甚。

⑦正色：指態度嚴肅。

⑧身名：身份名望。泰：安泰顯達。

⑨甕牖：簡陋的窗戶。

【譯文】

石崇與王敦常到太學裏面遊玩，看到顏回、原憲的畫像就感歎說：「如果同他們一道做孔門弟子，就可以與他們不會有什麼差別了！」王敦說：「不知道孔子其他學生怎麼樣？子貢跟你很相近。」石崇臉色嚴峻地說：「士子應當使身份名位都安泰顯達，哪裏用得着以貧賤簡陋的蓬戶破窗來對人宣揚呢？」

## 一一

彭城王有快牛①，至愛惜之。王太尉與射②，賭得之③。彭城王曰：「君欲自乘則不論；若欲啖者④，當以二十肥者代之⑤。既不廢啖，又存所愛。」王遂殺啖⑥。

**【注釋】**

①彭城王：司馬權，字子輿，晉武帝堂叔，封彭城王。
②王太尉：王衍。
③賭：指打賭。
④啖：吃。
⑤肥：指肥牛。
⑥遂：竟，終於。

**【譯文】**

彭城王司馬權有一頭快牛，他極為喜愛珍惜。王衍與他比試射箭，賭贏了這頭牛。司馬權說：「你如果想自己乘坐就不必說了，如果要吃的話，我會用二十頭肥牛來代替它。這樣既不妨礙你吃牛肉，又保全了我喜愛的牛。」王衍竟把牛殺了吃掉了。

## 一二

王右軍少時①，在周侯末坐②，割牛心啖之③，於此改觀④。

### 【注釋】

①王右軍：王羲之。

②周侯：周顗。末坐：靠後的座位。

③牛心：當時習俗以牛心為貴。

④改觀：改變了看法。

### 【譯文】

王羲之年輕的時候，在周顗那裏作客時坐在末座，周顗割下牛心給他吃，從此人們就改變了對王羲之的看法。

# 忿狷第三十一

【題解】

忿狷，指激憤、狷急。很多魏晉士人脾氣都不太好，其原因是非常複雜的，魯迅魏晉風度及文章與藥及酒之關係認為是服五石散後藥力發作所造成的。此外，時局之動盪，恐怕也是造成魏晉士人壞脾氣的因素之一。本篇共有八則。

一

魏武有一妓①，聲最清高②，而情性酷惡③。欲殺則愛才，欲置則不堪④。於是選百人，一時俱教。少時，果有一人聲及之⑤，便殺惡性者。

【注釋】

①魏武：曹操。妓：歌女。

②清高：清脆高昂。

③酷惡：極其惡劣，極壞。

④置：指不予追究。不堪：不能忍受。

⑤及：比得上。

【譯文】

曹操有一名歌女，聲音特別清脆高亢，但是性情極其惡劣。他想殺了她卻又愛惜她的才能，想留着卻又不能忍受她的壞脾氣。於是便選了一百人，同時一起訓練。不久，果然有一人的歌聲比得上她，於是就殺掉那位性情惡劣的歌女。

二

王藍田性急①。嘗食雞子②，以箸刺之③，不得，便大怒，舉以擲地。雞子於地圓轉未止，仍下地以屐齒蹍之④，又不得，瞋甚⑤，復於地取內口中⑥，齧破即吐之⑦。王右軍聞而大笑曰⑧：「使安期有此性⑨，猶當無一豪可論⑩，況藍田邪？」

【注釋】

①王藍田：王述，封藍田侯。

②雞子：雞蛋。

③箸（zhù）：筷子。

④屐：木底、前後有齒的鞋子。碾：踩踏。

⑤瞋（chēn）甚：憤怒之極。

⑥內：即「納」。

⑦齧（niè）：咬。

⑧王右軍：王羲之。

⑨使：假使。安期：王承，王述之父，字安期，官至東海太守，為渡江後晉室名臣，「唯以性急為累」（中興書）。

⑩豪：通「毫」。

【譯文】

王述性子急躁。曾經吃雞蛋，他用筷子去戳雞蛋，沒有戳到，就發火了，把雞蛋拿起來扔在地上。雞蛋在地上轉個不停，他就跳下地用木屐的齒來踩踏雞蛋，又沒有踩踏到，他憤怒之極，又把蛋從地上撿起來放到口中，把雞蛋咬破後立刻吐了出來。王羲之聽說此事後大笑道：「假使王承有這種脾氣，尚且絲毫不值得一提，何況是其子王述呢？」

三

王司州嘗乘雪往王螭許①。司州言氣少有牾逆於螭②，便作色不夷③。司州覺惡④，便輿牀就之⑤，持其臂曰：「汝詎復足與老兄計⑥？」螭撥其手曰：「冷如鬼手馨⑦，強來捉人臂！」

【注釋】

①王司州：王胡之，他曾作司州刺史，故稱。王螭（chī）：王恬，小字螭虎，王導之子，王胡之的堂弟。東晉時歷官中書郎、魏郡太守、會稽內史。許：處所，地方。

②言氣：言語態度。牾（wǔ）逆：抵觸，冒犯。

③作色：變了臉色。夷：愉快。

④覺：覺察。惡：不好。

⑤輿牀：搬動坐榻。牀，坐具。就：靠近。

⑥詎（jù）復：難道再。

⑦馨：「寧馨」之省略，為晉宋方言，同「般」「樣」。

【譯文】

王胡之曾經趁着大雪天到王恬那裏去。王胡之的言語態度稍微有點冒犯王恬，王恬就變了臉色很不高興。王胡之察覺他情緒不好，就搬動坐榻靠近王恬，握住他的手臂說：「你難道還值得與老兄我計較嗎？」王恬撥開王胡之的手說：「冰冷得像鬼手一樣，還硬要來抓人家的手臂！」

## 四

**桓宣武與袁彥道樗蒱①。袁彥道齒不合②，遂厲色擲去五木③。溫太真云④：「見袁生遷怒⑤，知顏子為貴⑥。」**

**【注釋】**

①桓宣武：桓溫。袁彥道：袁耽，字彥道，陳郡陽夏（今屬河南）人。東晉時官至從事中郎。有才氣，為士人所重。樗蒱（chū pú）：當時流行的一種賭博遊戲。

②齒：類似於後來的骰子，賭博用具。不合：指不合自己的心意。

③厲色：臉色嚴厲。五木：即色子，賭博用具，用木頭做成，一副五枚，故稱。

④溫太真：溫嶠。

⑤袁生：指袁耽。遷怒：將怒氣發泄到他人身上。

⑥顏子：顏回，孔子的學生。論語雍也：「孔子曰：『有顏回者，好學，不遷怒，不貳過。』」

【譯文】

桓溫與袁耽賭博。袁耽擲出的骰子不合自己的心意，便怒氣衝衝地把五枚色子扔了出去。溫嶠説：「看到袁生遷怒於骰子，才知道顏子的可貴。」

## 五

謝無奕性粗強①，以事不相得②，自往數王藍田③，肆言極罵④。王正色面壁不敢動⑤，半日，謝去。良久，轉頭問左右小吏曰：「去未？」答云：「已去。」然後復坐。時人歎其性急而能有所容⑥。

【注釋】

①謝無奕：謝奕，字無奕，謝安之兄。官至安西將軍、豫州刺史。粗強（jiàng）：粗暴，倔強。

②相得：彼此情意相投。

③數（shǔ）：責備。王藍田：王述。

④肆言：任意，隨着性子，毫無顧忌。極罵：痛罵。

⑤正色：臉色嚴肅。

⑥容：容忍，寬容。

【譯文】

謝奕性子粗暴倔強，曾因一件事情與王述彼此意見不合，就親自去責備王述，由着性子任意地痛罵。王述臉色嚴肅面向牆壁一動不敢動，坐了半天，謝奕走了。過了好久，王述轉過頭來問左右侍從說：「他走了嗎？」侍從回答說：「已經走了。」然後王述才又坐下。當時人讚歎王述性子雖然急躁卻也有寬容的時候。

六

王令詣謝公①，值習鑿齒已在坐②，當與並榻③。王徙倚不坐④，公引之與對榻⑤。去後，語胡兒曰⑥：「子敬實自清立⑦，但人為爾多矜咳⑧，殊足損其自然。」

【注釋】

①王令：王獻之，官至中書令，故稱。詣：拜訪。謝公：謝安。
②值：遇到。習鑿齒：出身寒門，有史才，著漢晉春秋，官至滎陽太守。坐：同「座」。
③並榻：同坐一榻。
④徙倚：徘徊，流連，猶豫。
⑤引：領。

⑥胡兒：謝朗，小字胡兒，謝安的姪子。

⑦實自：確實。清立：清高特立。

⑧矜咳：矜持拘執。晉代重門閥，士庶不同坐，王氏為當時望族，而習鑿齒出身寒門。

【譯文】

王獻之拜訪謝安，遇到習鑿齒已經在座作客，本應與他同坐一榻。王獻之猶豫着沒坐下來，謝安領他坐到習鑿齒對面的榻上。王獻之走後，謝安對謝朗說：「獻之實在清高特立，只是他如此過於矜持固執，會很損害他的自然天性。」

七

王大、王恭嘗俱在何僕射坐①，恭時為丹陽尹，大始拜荊州。訖將乖之際②，大勸恭酒，恭不為飲，大逼強之，轉苦③，便各以裙帶繞手④。恭府近千人，悉呼入齋；大左右雖少，亦命前，意便欲相殺。何僕射無計，因起排坐二人之間⑤，方得分散。所謂勢利之交⑥，古人羞之⑦。

【注釋】

①王大：王忱。小字佛大，人稱王大。何僕射：何澄，字季玄，東晉時官至尚書左僕射，晉穆帝何皇后之弟。

②訖（qì）：到。乖：分別。

③苦：指竭力苦勸。

④裙：下衣。

⑤排：擠，推。

⑥勢利之交：指為獲取權勢與財利的交情。

⑦羞：羞辱，可恥。

【譯文】

王忱、王恭曾經一起在何澄家作客，王恭當時擔任丹陽尹，王忱剛剛受任荊州刺史。到了將近分別之時，王忱勸王恭喝酒，王恭不肯喝，王忱就強迫他喝，且越發竭力苦勸他，兩人於是就各自用裙帶繞在手上做出要武鬥的樣子。王恭府上隨從近千人，全都叫進屋內；王忱左右隨從雖然少，也叫他們上來，雙方的意思要互相攻殺打鬥。何澄無計可施，就站起來分開他們坐在兩人之間，雙方這才得以分散開來。他們就是所謂的權勢財利之交，古人認為這是可恥的。

八

桓南郡小兒時①，與諸從兄弟各養鵝共鬥②。南郡鵝每不如，甚以為忿。乃夜往鵝欄間，取諸兄弟鵝悉殺之。既曉，家人咸以驚駭，云是變怪③，以白車騎④。車騎曰：「無所致怪，當是南郡戲耳⑤！」問，果如之。

【注釋】

①桓南郡：桓玄，桓溫之子，爵封南郡公。

②從兄弟：堂兄弟。

③變怪：鬼怪變異。

④車騎：桓沖，桓玄之叔，曾任車騎將軍。

⑤戲：調笑，逗趣。

【譯文】

桓玄小時候，與堂兄弟們各自養了鵝來互相鬥着玩。桓玄的鵝常常鬥敗，不如其他堂兄弟們的鵝，他非常忿恨。於是夜裏到鵝欄裏，把堂兄們的鵝抓來全部殺掉。天亮後，家裏人都為之驚異害怕，說是鬼怪變異造成的，把這事報告桓沖。桓沖說：「沒有什麼東西造成怪異，必定是桓玄逗趣罷了！」一問，果然如此。

# 讒險第三十二

【題解】

讒險，指讒言和誹謗。本篇共有四則。主要記述東晉佞臣王國寶、王緒之流嫉賢妒能、毀信謗忠及王珣、殷仲堪與之針鋒相對鬥爭的事跡。

一

王平子形甚散朗①，內實勁俠②。

【注釋】

①王平子：王澄，太尉王衍之弟。散朗：灑脫開朗。
②勁俠：剛勁俠義。

【譯文】

王澄外形看上去很灑脱開朗，而內心卻實在很剛強俠義。

二

袁悅有口才①，能短長說②，亦有精理③。始作謝玄參軍，頗被禮遇。後丁艱④，服除還都⑤，唯齎戰國策而已⑥。語人曰：「少年時讀論語、老子，又看莊、易⑦，此皆是病痛事⑧，當何所益邪？天下要物，正有戰國策⑨。」既下⑩，說司馬孝文王⑪，大見親待⑫，幾亂機軸⑬。俄而見誅。

【注釋】

①袁悅：字元禮，東晉陳郡陽夏（治所在今河南太康）人，深受會稽王司馬道子寵信，後被晉孝武帝所殺。

②短長說：原指戰國時縱横家縱横遊說之術，戰國策也名短長書。此指遊說。

③精理：精闢之理。

④丁艱：遭遇父母的喪事。

⑤服除：指守喪期滿，除去喪服。

⑥齎（jī）：攜帶。
⑦莊：莊子。易：周易。
⑧病痛：一般指小病，比喻小事。
⑨正有：只有。
⑩下：指到京城。
⑪說：勸說、說服別人。司馬孝文王：司馬道子。
⑫親待：親近厚待。
⑬機軸：喻指朝廷的秩序。

**【譯文】**

袁悦有口才，擅長遊說，所說之言頗有精闢之理。他起初當謝玄的參軍，深受禮遇優待。後來遇父母喪事在家守孝，除喪服後回到京都，只帶了一部戰國策而已。他對人說：「年輕時讀論語、老子，後來又看了莊子、周易，這些書說的都是小事，能有什麼益處呢？天下重要的書，只有戰國策。」到了京城後，他去遊說司馬道子，受到特別的親近厚待，差點搞亂了朝廷的正常秩序。不久他就被殺了。

三

孝武甚親敬王國寶、王雅①。雅薦王珣於帝②，帝欲見之。嘗夜與國寶及雅相對，帝微有酒色③，令喚珣。垂至④，已聞卒傳聲⑤，國寶自知才出珣下，恐傾奪其寵⑥，因曰：「王珣當今名流，陛下不宜有酒色見之，自可別詔召也。」帝然其言，心以為忠，遂不見珣。

【注釋】

①孝武：晉孝武帝司馬曜，簡文帝之子，在位二十四年。王國寶：王坦之之子，東晉時歷仕中書令、尚書左僕射。王雅：字茂建，東晉時官侍中、太子少傅、左僕射。
②王珣：王導之孫。
③微有酒色：指略有醉意。
④垂至：將到，快到。
⑤傳聲：傳報之聲。
⑥傾奪：爭奪。

【譯文】

孝武帝很親近敬重王國寶、王雅。王雅向孝武帝推薦王珣，孝武帝想召見他。一天晚上曾經與王國寶、王雅相對而坐，孝武帝稍稍有點醉意，命人召王珣來。王珣將到時，已經聽到吏卒傳報的聲音了，王國寶知道自己的才能不如王珣，害怕他來爭奪自己得寵的地位，於是就説：「王珣是當今的名流，陛下不宜帶着酒意召見他，本來可以在别的時候下詔召見他。」孝武帝認為他的話説得對，心裏認為他很忠誠，於是沒有召見王珣。

## 四

王緒數讒殷荊州於王國寶①，殷甚患之②，求術於王東亭③。曰：「卿但數詣王緒④，往輒屏人⑤，因論它事。如此，則二王之好離矣。」殷從之。國寶見王緒，問曰：「比與仲堪屏人何所道⑥？」緒云：「故是常往來⑦，無它所論。」國寶謂緒於己有隱，果情好日疏，讒言以息」。

【注釋】

①王緒：字仲業，太原（今屬山西）人，官琅邪內史、會稽王從事中郎，與王國寶弄權，後被王恭所殺。殷荊州：殷仲堪。

②患：憂慮。

③術：方法。王東亭：王珣，封東亭侯。

④但：只。數詣：頻繁地去拜訪。

⑤屏人：把人支開，打發走。

⑥比：近來。

⑦故：不過，只。

【譯文】

王緒屢次在王國寶面前説殷仲堪的壞話，殷仲堪為此很憂慮，向王珣請教辦法。王珣説：「你只要經常去拜訪王緒，去了就把其他人支開，接着就談論其他的事。這樣，二王的交情就會疏遠了。」殷仲堪就照着王珣的話做了。王國寶看見王緒，問道：「近來你與仲堪把別人支開講些什麼？」王緒説：「只不過是日常往來，並沒有議論什麼。」王國寶認為王緒對自己有所隱瞞，果然兩人的感情一天天地疏遠了，對殷仲堪的讒言因此也平息了。

# 尤悔第三十三

**【題解】**

尤悔，指過失和悔恨。語出論語為政：「言寡尤，行寡悔，祿在其中矣。」本篇共有十七則，記述魏晉時期帝王、士大夫在仕途和生活中所犯下的錯誤及其懊悔與感歎。最著名的故事是王導感歎：「我不殺周侯，周侯由我而死。」

一

魏文帝忌弟任城王驍壯①，因在卞太后閤共圍棋②，並啖棗③，文帝以毒置諸棗蒂中，自選可食者而進。王弗悟，遂雜進之。既中毒，太后索水救之。帝預敕左右毀瓶罐④，太后徒跣趨井⑤，無以汲。須臾，遂卒。復欲害東阿⑥，太后曰：「汝已殺我任城，不得復殺我東阿！」

## 【注釋】

①魏文帝：曹丕，字子桓，曹操次子。公元二二〇年稱帝建立魏國，謚文皇帝，著有典論及詩賦百餘篇。任城王：曹彰，字子文，曹操與卞太后所生之第二子，好勇性剛，深得曹操喜愛。驍（xiāo）壯：勇猛健壯。

②因：趁着。閤：通「閣」，指內室。

③啖（dàn）：吃。

④敕：命令。

⑤徒跣（xiǎn）：赤腳。趨：快走。

⑥東阿：指曹植，字子建，曹操第三子。封東阿王，故稱。

## 【譯文】

曹丕忌妒弟弟曹彰勇猛健壯，便趁着在卞太后內室一起下圍棋，並一起吃棗子的時機，曹丕把毒藥放在棗蒂中，自己挑選可以吃的棗子來吃。曹彰不知道，於是混雜吃了有毒和沒毒的棗子。曹彰中毒後，太后找水來救曹彰。曹丕命令左右侍從把瓶瓶罐罐都毀了，太后就赤腳跑到井邊，卻沒有任何汲水的器具。一會兒，曹彰就死了。曹丕還想害死曹植，太后說：「你已經殺了我的任城兒，不得再殺我的東阿兒啊！」

## 二

王渾後妻①，琅邪顏氏女②。王時為徐州刺史，交禮拜訖，王將答拜，觀者咸曰：「王侯州將③，新婦州民④，恐無由答拜。」王乃止。武子以其父不答拜⑤，不成禮，恐非夫婦，不為之拜，謂為「顏妾」。顏氏恥之，以其門貴，終不敢離⑥。

【注釋】

①王渾：王濟之父。王渾前妻為太傅鍾繇孫女，名琰之。

②琅邪（láng yá）：亦作「琅琊」，郡名，在今山東膠南西北。

③王侯：王渾，襲父爵為京陵侯，故稱。州將：指州刺史，王渾時任徐州刺史。

④新婦州民：顏氏女是琅邪國人，隸屬徐州刺史管轄，故稱「州民」。

⑤武子：王濟，字武子，渾子。

⑥離：離婚。

【譯文】

王渾的後妻是琅邪顏家之女。王渾當時擔任徐州刺史，顏氏行過交拜禮後，王渾將要答拜，觀看婚禮的人都說：「王渾侯爺是州將，新娘是平民百姓，恐怕沒有理由答拜。」王渾就停止了答拜。

王濟認為父親不答拜，就不能算完成了婚禮，恐怕就不能成為夫妻，也就不能因此跪拜她，只能稱她為「顏妾」。顏家認為這是恥辱，但因為王家門第高貴，最終不敢離異。

## 三

**陸平原河橋敗①，為盧志所讒②，被誅。臨刑歎曰：「欲聞華亭鶴唳③，可復得乎？」**

**【注釋】**

①陸平原：陸機字平原，吳郡吳人。官平原內史，故稱「平原」。河橋敗：晉惠帝太安元年（三〇二），成都王司馬穎起兵討長沙王司馬乂，任命陸機為河北大都督，陸機進兵洛陽，河橋兵敗，被盧志所讒，為成都王司馬穎所殺。

②盧志：字子道，歷仕鄴令、成都王司馬穎長史、中書監，官至尚書。

③華亭鶴唳（lì）：陸機於吳亡入洛之前，曾與弟陸雲居於華亭，閉門讀書十年。後以「華亭鶴唳」為感慨生平、悔入仕途之典，表示對過去生活的留戀。華亭，古地名，故址在今上海松江西。鶴唳，鶴鳴。

【譯文】

陸機在河橋戰敗後，受到盧志的讒害，被殺害。他在臨刑時歎息道：「要想再聽聽家鄉華亭的鶴鳴聲，還能聽到嗎？」

四

劉琨善能招延①，而拙於撫御②。一日雖有數千人歸投③，其逃散而去，亦復如此，所以卒無所建。

【注釋】

①劉琨：據晉書本傳，晉懷帝元嘉元年（三〇七），劉琨為并州刺史，對抗劉淵，深得眾心，流亡士庶多歸之。招延：招徠延攬。

②撫御：安撫駕馭。

③歸投：歸附投靠。

**【譯文】**

劉琨善於招徠延攬人才，但是不善於安撫駕馭他們。一天中雖有幾千人來歸附投奔他，但是逃散走掉的人也有這麼多，所以最終沒有什麼建樹。

## 五

**王平子始下①，丞相語大將軍②：「不可復使羌人東行③。」平子面似羌。**

**【注釋】**

①王平子：王澄，字平子，曾任荊州刺史。下：指從荊州東下建康。

②丞相：王導。大將軍：王敦。

③羌人：本指羌族人，羌族晉時曾在今陝甘寧晉地區建立後秦政權，為十六國之一。此指王澄。

**【譯文】**

王澄剛從荊州東下建康時，丞相王導對大將軍王敦說：「不可以再讓那羌人到東邊來了。」王澄的相貌長得像羌人。

六

王大將軍起事[①]，丞相兄弟詣闕謝[②]。周侯深憂諸王[③]，始入[④]，甚有憂色。丞相呼周侯曰：「百口委卿[⑤]！」周直過不應。既入，苦相存救[⑥]。既釋，周大說[⑦]，飲酒。及出，諸王故在門[⑧]。周曰：「今年殺諸賊奴[⑨]，當取金印如斗大繫肘後[⑩]。」大將軍至石頭[⑪]，問丞相曰：「周侯可為三公不[⑫]？」丞相不答。又問：「可為尚書令不[⑬]？」又不應。因云：「如此，唯當殺之耳！」復默然。逮周侯被害[⑭]，丞相後知周侯救己，歎曰：「我不殺周侯，周侯由我而死，幽冥中負此人！」

【注釋】

①王大將軍：王敦。起事：指王敦於晉元帝永昌元年（三二二）以討劉隗為名，從武昌起兵攻建康，殺戮大臣，自為丞相。

②丞相：指王導。詣闕謝：王敦起兵時，劉隗勸晉元帝誅殺王氏家族，故王導率子弟到朝廷謝罪。

③周侯：周顗。

④入：指進朝廷。

⑤百口：指全家人的性命。委：託付。

⑥苦：盡力，竭力。存救：保全，援救。

⑦說：通「悦」。

⑧故：仍然。

⑨賊奴：指王敦等叛逆之臣。

⑩取金印如斗大繫肘後：謂殺賊立功受賞。

⑪石頭：石頭城，故址在今江蘇南京西。

⑫三公：魏晉時以太尉、司徒、司空為三公，為掌握軍政大權的高官。

⑬尚書令：掌管奏章文書的高官。

⑭逮（dǎi）：及，到。

【譯文】

王敦起兵作亂，王導與兄弟到朝廷請罪。周顗深為王家人擔憂，剛剛進朝廷時，臉上充滿憂慮的神色。王導對周顗喊道：「我全家百口人的性命全都託付給你了！」周顗徑直走過去沒有應答。已經進去後，他竭力保全援救他們。釋免後，周顗十分高興，喝了酒。等到走出來時，王家人仍然在門口。周顗說：「今年殺了那些逆賊，我應當獲取斗大的金印掛在肘後。」王敦後來到了石頭城，問王導說：「周顗可以擔任三公嗎？」王導不回答。王敦又問：「可以擔任尚書令嗎？」王導還是沒有應答。王敦於是說：「既然如此，只有殺掉他了！」王導又默不作聲。等到周顗被殺害後，王導才知道周顗救過自己，就歎息道：「我不殺周侯，但周侯卻是因為我而死，到陰曹地府中我對不起這個人啊！」

## 七

王導、温嶠俱見明帝①，帝問温前世所以得天下之由②，温未答。頃，王曰：「温嶠年少未諳③，臣為陛下陳之。」王乃具敍宣王創業之始④，誅夷名族⑤，寵樹同己⑥，及文王之末高貴鄉公事⑦。明帝聞之，覆面着牀曰⑧：「若如公言，祚安得長⑨！」

【注釋】

①王導、温嶠：晉明帝輔政大臣，王導時為司徒，温嶠時為中書令。明帝：司馬紹，東晉第二主。
②前世：前朝。由：原因。
③諳：熟悉，有經驗。
④具敍：詳細敍述。宣王：司馬懿。
⑤誅夷：殺滅，滅族。此指司馬懿為奪取魏國政權，先後誅殺大將軍曹爽、吏部尚書何晏、太尉王凌等。
⑥寵樹：寵信，培植。此指培植蔣濟等人。同己：指親信，贊同自己的人。
⑦文王：司馬昭。末：末年。高貴鄉公事：指甘露五年（二六〇），高貴鄉公曹髦率宫人討伐大將軍司馬昭，被司馬氏的黨羽賈充指使成濟用戈刺死，並廢掉皇帝名位。
⑧覆面着牀：把臉遮住貼在坐牀上。牀，指坐具。
⑨祚：指皇位、國運。

【譯文】

王導、溫嶠一起去朝見晉明帝司馬紹，明帝問溫嶠前朝能夠得天下的原因，溫嶠沒有回答。過了一會兒，王導說：「溫嶠年輕對這些事不熟悉，臣子為陛下陳述吧。」王導於是詳細敘述司馬懿開始創業時，殺滅名家大族，寵信培植自己的親信，以及司馬昭晚年殺害高貴鄉公曹髦等事情。明帝司馬紹聽後，把臉遮住貼在坐牀上說：「如果像您說的那樣，晉朝的國運怎麼能夠長久啊！」

## 八

**王大將軍於眾坐中曰[1]：「諸周由來未有作三公者[2]。」有人答曰：「唯周侯邑五馬領頭而不克[3]。」大將軍曰：「我與周洛下相遇[4]，一面頓盡[5]。值世紛紜[6]，遂至於此！」因為流涕。**

【注釋】

①王大將軍：王敦。

②諸周：指周顗家族中人。父周浚為安東將軍，周顗官左僕射，弟周嵩為從事中郎，弟周謨為中護軍。由來：從來。

③周侯：周顗。五馬領頭而不克：比喻周顗的官位已高，與三公相去不遠，可惜功虧一簣，猶如玩樗蒲賭博，棋局已達勝利在望之境卻未能致勝一樣。五馬，即五木，古代賭博器具，用五木擲采打馬，以後就專擲五木以決勝負。領頭，即「博頭」。不克，不能取勝。

④洛下：洛陽。

⑤一面頓盡：一見面即成知交，真情相待。

⑥值：遇到。紛紜：混亂。

【譯文】

王敦在大庭廣眾中說：「周氏家族中從來沒有人位至三公的。」有人答道：「只有周侯已經做到距三公不遠的高官，最後卻沒有成功。」王敦說：「我與周顗在洛陽相遇，一見面即成知交，彼此傾心相待。遇到世道混亂，才到了如今這種地步！」於是他為周顗流下了眼淚。

九

溫公初受劉司空使勸進①。母崔氏固駐之②，嶠絕裾而去③。迄於崇貴④，鄉品猶不過也⑤。每爵⑥，皆發詔⑦。

【注釋】

①温公初受劉司空使勸進：永嘉亂後，晉室南渡，并州刺史劉琨任命右司馬温嶠出使過江，勸鎮守江左的司馬睿即位。温公，温嶠。劉司空，劉琨。勸進，勸説、擁戴他人當皇帝。

②母：温嶠之母。固：堅決。駐：阻止。

③絕裾：扯斷衣襟以示堅決離去。

④迄：到。崇貴：指地位崇高尊貴。

⑤鄉品：指鄉里的名士對本州郡人物朝廷評論。當時實行九品中正制，任用官吏，須通過品評，列入上品方可選拔任用。不過：不能通過。指鄉里對温嶠違背母意、絕裾而去的不孝行為無法原諒。

⑥每爵：每次升官授爵。

⑦發詔：發佈詔書。

【譯文】

温嶠當初接受司空劉琨的命令，讓他前去勸説司馬睿即位稱帝。母親崔氏堅決阻止他，温嶠扯斷衣襟就走了。到他升了高官地位尊貴之時，鄉里還是沒有通過對他的品評。因此每當他要升官晉爵時，皇帝都要發佈詔書來破格任命。

## 一〇

庾公欲起周子南[①]，子南執辭愈固[②]。庾每詣周，庾從南門入，周從後門出。庾嘗一往奄至[③]，周不及去，相對終日。庾從周索食，周出蔬食，庾亦強飯[④]，極歡。並語世故[⑤]，約相推引[⑥]，同佐世之任[⑦]。既仕，至將軍二千石[⑧]，而不稱意。中宵慨然曰：「大丈夫乃為庾元規所賣[⑨]！」一歎，遂發背而卒[⑩]。

### 【注釋】

①庾公：庾亮。蘇峻亂後，庾亮領江、荊、豫三州刺史，聞周邵之名，想任用他。起：起用，任用。周子南：周邵，字子南，與南陽翟湯隱於尋陽廬山。東晉時官至西陽太守。

②執辭愈固：堅持自己的意見越發堅決。

③一往：徑直，直往。奄：忽然。

④強：勉強。

⑤世故：世俗之事。

⑥推引：推薦引進。

⑦佐世：輔佐朝廷治理天下。

⑧將軍二千石：周邵官至鎮蠻將軍、西陽太守，俸祿二千石。

⑨庾元規：庾亮。

⑩發背：引發了背部毒瘡。

【譯文】

庾亮想起用周邵，周邵堅決推辭，特別固執。庾亮每次去拜訪周邵，庾亮從南門進去，周邵就從後門出去。庾亮曾經突然直接來到，周邵來不及離開，兩人就整天相對而坐。庾亮向周邵要吃的，周邵拿出蔬菜淡飯，庾亮也勉強吃下去，極為高興。他們一起談論世俗之事，同時約定推薦引進他，共同擔負輔佐君主之重任。周邵出來任職後，官做到將軍、郡守，但他並不稱心如意。在半夜裏感歎道：「大丈夫竟然被庾元規出賣了！」他一聲長歎，背瘡發作而死。

二

阮思曠奉大法[①]，敬信甚至。大兒年未弱冠[②]，忽被篤疾[③]。兒既是偏所愛重，為之祈請三寶[④]，晝夜不懈。謂至誠有感者，必當蒙佑。而兒遂不濟。於是結恨釋氏[⑤]，宿命都除[⑥]。

【注釋】

①阮思曠：阮裕，字思曠，阮籍族弟。奉：信奉。大法：指大乘佛教深妙之法。

②大兒：阮牖，字彥倫，阮裕長子。東晉時官至州主簿。弱冠：古代男子二十歲行冠禮，以示成人，但體尚未壯，稱「弱冠」。

③被：遭，受。篤疾：重病。
④三寶：佛教稱佛、法、僧為三寶。佛，指釋迦牟尼。法，指佛教的一切教法。僧，指繼承、宣揚佛法的出家沙門。
⑤釋氏：指佛教，佛教創始人為釋迦牟尼，故稱。
⑥宿命：佛教認為世上的人於前世都有生命，輾轉輪迴。今世的命運皆由前世的善惡所決定，即善有善報，惡有惡報，不是不報，時辰未到。

【譯文】

阮裕信奉佛法，恭敬篤信到了極點。他的大兒子年齡不滿二十歲，突然患了重病。這個兒子又是他偏愛與看重的，他就為兒子祈禱求請三寶保佑，白天黑夜堅持不懈地祈求。原以為自己精誠所至，必能感動三寶，必能蒙受護佑。但是兒子終於沒有得救。於是他就與佛教結怨，把原來所信奉的善惡相報的宿命之說全都拋除了。

## 一二

桓宣武對簡文帝①，不甚得語②。廢海西後③，宜自申敍④，乃豫撰數百語⑤，陳廢立之意。既見簡文，簡文便泣下數十行。宣武矜愧⑥，不得一言。

【注釋】

①桓宣武：桓溫。簡文帝：晉帝司馬昱，乃桓溫所立。
②不甚得語：不是很會說話。
③廢海西：公元三七一年，桓溫廢黜海西公司馬奕，擁立簡文帝司馬昱。
④申敘：申訴陳說。
⑤豫：同「預」。
⑥矜愧：羞愧。

【譯文】

桓溫面對簡文帝時，不是很會說話。他在廢掉海西公後，應當自己去申明陳說，於是預先撰寫了幾百個字，陳述廢黜海西公與擁立簡文帝的意圖。見到簡文帝後，簡文帝就淚流不止。桓溫感到羞愧，一句話也說不出來。

一三

桓公卧語曰①：「作此寂寂②，將為文、景所笑③。」既而屈起坐曰④：「既不能流芳後世，亦不足復遺臭萬載邪⑤？」

【注釋】

①桓公：桓溫。

②作：如，像。寂寂：冷靜，無聲無息。指無所作為。

③文、景：指晉文帝司馬昭和晉景帝司馬師。二人曾為司馬氏代魏稱帝立功，被追封為帝。

④屈起：突然。屈，通「崛」。

⑤不足：不能。

【譯文】

桓溫躺着說道：「像這樣的無聲無息、無所作為，恐怕要被文帝、景帝所恥笑。」接着他又突然坐起來說：「既然不能流芳百世，難道就不能遺臭萬年嗎？」

一四

謝太傅於東船行①，小人引船②，或遲或速，或停或待。又放船從橫③，撞人觸岸。公初不呵譴④，人謂公常無嗔喜⑤。曾送兄征西葬還⑥，日莫雨⑦，駛小人皆醉⑧，不可處分⑨。公乃於車中手取車柱撞馭人，聲色甚厲。夫以水性沉柔⑩，入隘奔激⑪，方之人情，固知迫隘之地⑫，無得保其夷粹⑬。

【注釋】

①謝太傅：謝安。東：東邊，指會稽。會稽在建康之東。

②小人：指船夫。

③從橫：即「縱橫」，指放任不管，任由船夫駕船。

④呵譴：呵斥責備。

⑤嗔：發怒。

⑥征西：謝奕，謝安之兄。字無奕，官至豫州刺史，死後贈鎮西將軍。

⑦莫（mù）：同「暮」，日落時。

⑧駛小人：應為「馭人」之誤。馭人，車夫。

⑨處分：處置，安排。

⑩沉柔：深沉柔和。

⑪隘：險要。奔激：水流奔騰激蕩。

⑫迫隘：狹窄的地方。

⑬夷粹：平和純粹。

【譯文】

謝安在會稽坐船出行，船夫划船有時慢有時快，有時停下來有時等待。有時又放任不管，聽憑船隻橫衝直撞，甚至撞到人、觸到岸。謝安從不對他們呵斥責怪，人們都說謝安經常喜怒不形於色。他曾經為兄長謝奕送葬回來，天已經黑了，下着雨，駕車人都喝醉了，無法駕車。謝安就在車中拿起車柱撞擊車夫，聲色俱厲。水性是深沉柔和的，流入險要之地，水流就會奔騰激蕩，用來比方人的性情，自然知道處身於狹窄之地，就不能保持平和純粹之態了。

一五

簡文見田稻①，不識，問是何草，左右答是稻。簡文還，三日不出，云：「寧有賴其末而不識其本②！」

【注釋】

①簡文：晉簡文帝司馬昱。

②寧：豈。末：末端，指稻穀。本：根本，指稻禾。

【譯文】

簡文帝司馬昱看見田裏的稻子，不認識，問是什麼草，左右侍從回答是稻。司馬昱回去後，三天不出門，說：「豈有依賴它的末端稻穀生活卻不認識它的根本稻禾的！」

一六

桓車騎在上明畋獵①，東信至②，傳淮上大捷③。語左右云：「羣謝年少大破賊④。」因發病薨⑤。談者以為此死，賢於讓揚之荊⑥。

【注釋】

①桓車騎：桓沖，大司馬桓溫之弟，官至車騎將軍。上明：城名，桓沖任荊州刺史時修建，故址在今湖北松滋西。畋（tián）獵：打獵。

②東信：東邊的信使。

③淮上大捷：晉孝武帝太元八年（三八三），謝玄等於淝水打敗前秦苻堅。

④羣謝年少大破賊：據續晉陽秋，桓沖曾認為：「謝安乃有廟堂之量，不閑將略，吾量賊必破襄陽而並力淮淝。今大敵果至，方遊談示暇，遣諸不經事年少，而實寡弱，天下誰知，吾其左衽矣！」「俄聞大勛克舉，慚愧而薨。」羣謝，淝水之戰中，東晉將領謝石（謝安之弟）、謝玄（謝安之姪）、謝琰（謝安之子）等均為謝家人。

⑤薨（hōng）：指諸侯或有爵位的高官之死。

⑥賢：勝過。讓揚之荊：指桓沖讓出揚州刺史之職給比他更有名望的謝安，自己則到荊州任刺史。此處讚其能讓賢。之，到。

【譯文】

桓沖在上明打獵時，東邊的信使到了，傳來淝水之戰大勝的消息。他對左右侍從說：「謝家這些年輕人大敗賊人。」於是就發病而死。議論者認為這樣死去，遠比當年讓出揚州刺史到荊州任職更賢明。

## 一七

桓公初報破殷荊州①，曾講論語②，至「富與貴，是人之所欲，不以其道，得之不處」③，玄意色甚惡④。

【注釋】

①桓公初報破殷荊州：指桓玄擊敗殷仲堪事。殷仲堪原任荊州刺史，鎮江陵，隆安二年（三九八），與王恭、桓玄舉兵反，因桓、殷間有隙，次年桓溫襲江陵，殷仲堪敗亡。

②曾：當作「會」，意為適逢、正遇。

③「富與貴」幾句：見論語里仁：「富與貴，是人之所欲也。不以其道，得之不處也。」意為富貴是人人都想要的，但是不用正當的方法去取得富貴，是君子所不能取的。

④意色：表情神色。惡：壞，難看。

【譯文】

桓玄當初得到打敗殷仲堪的報告，正好碰到講解論語，講到「富與貴，是人之所欲，不以其道，得之不處」，桓玄的表情神色很難看。

# 紕漏第三十四

【題解】

紕漏，指差錯或失誤。本篇共有八則，所記紕漏或為無心之過，或因孤陋寡聞，很多都讓人忍俊不禁，如王敦如廁時把塞鼻用的乾棗當果品吃了個精光。

一

王敦初尚主①，如廁②，見漆箱盛乾棗，本以塞鼻，王謂廁上亦下果③，食遂至盡。既還，婢擎金澡盤盛水④，琉璃碗盛澡豆⑤，因倒着水中而飲之，謂是乾飯⑥。羣婢莫不掩口而笑之。

【注釋】

①尚主：指娶公主為妻。因尊為帝王之女，不宜說「娶」，故謂「尚」。
②如廁：上廁所。
③下果：設置果品。
④擎（qíng）：托，舉。澡盤：盥洗用具。
⑤澡豆：清潔沐浴用品。
⑥乾飯：乾糧。

【譯文】

王敦剛娶了公主，去上廁所時，看到漆箱中盛有乾棗，這原本是用來塞鼻孔防臭的，王敦以為在廁所內也放置果品，就把乾棗吃光了。回到屋內，婢女托着金澡盤盛水，琉璃碗中盛着澡豆，於是就把澡豆倒進水中喝了下去，還認為這些是乾糧。婢女們都捂着嘴笑話他。

## 二

元皇初見賀司空①，言及吳時事，問：「孫皓燒鋸截一賀頭②，是誰？」司空

**未得言，元皇自憶曰：「是賀劭③。」司空流涕曰：「臣父遭遇無道④，創巨痛深，無以仰答明詔。」元皇愧慚，三日不出。**

## 【注釋】

①元皇：晉元帝司馬睿。賀司空：賀循，死後贈司空。

②孫皓：吳國末代國君。截：割斷。賀頭：姓賀者的頭顱。

③賀劭：字興伯，賀循的父親。賀劭因上書切諫孫皓的兇暴驕矜，為皓深恨，後賀劭中惡風，口不能言語。孫皓懷疑賀劭假稱有疾，將他收押在藏酒的官署，嚴刑拷打了上千次，賀劭最終不發一言。遂殺之。

④無道：暴虐，暴政。

## 【譯文】

晉元帝初次召見賀循時，說到三國東吳時的事，問道：「孫皓燒紅鋸子割斷了一個姓賀者的頭顱，這個人是誰？」賀循還未回答，晉元帝自己回憶道：「是賀劭。」賀循流着眼淚說：「我父親遭遇無道昏君的酷刑，令我創傷巨大，痛苦深重，所以無法仰答陛下英明的詔問。」晉元帝感到慚愧，三天沒有出門。

三

蔡司徒渡江①，見彭蜞②，大喜曰：「蟹有八足，加以二螯③。」令烹之。既食，吐下委頓④，方知非蟹。後向謝仁祖說此事⑤，謝曰：「卿讀爾雅不熟⑥，幾為勸學死⑦。」

【注釋】

①蔡司徒：蔡謨，官至司徒，故稱。

②彭蜞：一種蟹類，體小而少肉。

③螯：螃蟹類動物的第一對腳，形狀如鉗，能開合，用來取食自衛。

④吐下：指上吐下瀉。委頓：疲乏，萎靡不振。

⑤謝仁祖：謝尚，字仁祖。

⑥爾雅：我國最早解釋詞義、名物的專著。爾雅釋魚謂「彭蜎，即彭蜞」。

⑦幾：幾乎，差一點。為勸學死：蔡謨的從曾祖蔡邕所作勸學章有「蟹有八足，加以二螯」之語，取義於荀子勸學。

【譯文】

蔡謨渡江南下，看到彭蜞，非常高興地說：「蟹有八隻腳，加上兩隻螯。」叫人把彭蜞煮熟。吃了以後，上吐下瀉，弄得萎靡不振，這才知道吃的不是螃蟹。後來向謝尚說起這件事，謝尚說：「你讀爾雅讀得不熟，差一點被勸學害死。」

## 四

任育長年少時①，甚有令名。武帝崩②，選百二十輓郎③，一時之秀彥④，育長亦在其中。王安豐選女婿⑤，從輓郎搜其勝者，且擇取四人，任猶在其中。童少時，神明可愛，時人謂育長影亦好。自過江，便失志⑥。王丞相請先度時賢共至石頭迎之⑦，猶作疇日相待⑧，一見便覺有異。坐席竟⑨，下飲⑩，便問人云：「此為茶，為茗⑪？」覺有異色，乃自申明云：「向問飲為熱，為冷耳。」嘗行從棺邸下度⑫，流涕悲哀。王丞相聞之曰⑬：「此是有情痴⑭。」

### 【注釋】

①任育長：任瞻，字育長，西晉時歷官謁者僕射、都尉、天門太守。
②武帝：晉武帝司馬炎。
③輓郎：牽引靈柩唱輓歌的少年。
④秀彥：俊秀出眾的人才。

⑤王安豐：王戎。

⑥失志：指失去神志，精神恍惚。

⑦先度時賢：當時較早渡江南下的賢達名流。

⑧疇日：前時，以前。

⑨竟：完畢。

⑩下飲：設茶，供茶。

⑪為茶，為茗：茶與茗本為同一物，六朝時以早採者為茶，晚採者為茗。任瞻一時未辨而發問，覺失當，以冷、熱相掩飾。「茗」與「冷」在當時韻母相同，音近；而「茶」與「熱」聲韻較遠。

⑫棺邸：棺材鋪。

⑬王丞相：王導。

⑭有情痴：痴迷而排解不開的情感。

**【譯文】**

任瞻年輕時，有很好的名聲。晉武帝駕崩時，要選一百二十名輓郎，都是當時的俊秀人才，任瞻也是其中的一位。王戎選女婿，就從這些輓郎中尋找更為優勝的，暫時選取四人，任瞻也在其中。他在童年時，神情可愛，當時人認為任瞻的影子也是美好的。自從渡江南下後，他就神志不清，精神恍惚了。王導請當時先渡江南下的賢達一起到石頭城迎接任瞻，還是像以前那樣接待他，但一見面就覺得有些異常。大家坐下以後，上茶，任瞻就問別人：「這是茶，還是茗？」他覺得別人神色異樣，就自己說明道：「剛才我問喝的茶是熱的，還是冷的而已。」他曾經從棺材店前走過，悲傷地流下眼淚。王導聽到此事後說：「這是心中有痴迷而排解不開的情感。」

## 五

謝虎子嘗上屋熏鼠①。胡兒既無由知父為此事②，聞人道痴人有作此者，戲笑之，時道此非復一過③。太傅既了已之不知④，因其言次⑤，語胡兒曰：「世人以此謗中郎⑥，亦言我共作此。」胡兒懊熱⑦，一月日閉齋不出。太傅虛託引己之過⑧，以相開悟⑨，可謂德教⑩。

**【注釋】**

①謝虎子：謝據，小字虎子。

②胡兒：謝朗，小字胡兒，謝據之子。無由：無從，沒有機會，沒有途徑。

③非復：不只，不是。一過：一次。

④太傅：謝安。了：明白。

⑤因其言次：趁着他說話的時候。

⑥謗：誹謗。中郎：指謝據，他在兄弟中排名第二，故稱。

⑦懊熱：煩悶，煩躁。
⑧虛託：假託。引：舉。
⑨開悟：開導啟發，使其覺悟。
⑩德教：以道德的教育來感化人，使人覺悟。

【譯文】

謝據曾經爬上屋頂熏老鼠，謝朗既然無從知道是父親做的這件事，所以聽人說起有個痴痴呆呆的人做了這樣的事，就跟着戲笑，還不止一次地提起這件事。謝安已經明白了胡兒不知道實情，便趁着他講這件事的機會，對謝朗說：「世上的人用這事來誹謗你父親，還說我也與他共同做了這件事。」謝朗聽了十分煩悶，關在家裏一個月不出門。謝安假託這件事是自己的過錯，用這個辦法來開導啟發，真可稱得上德教。

六

殷仲堪父病虛悸[①]，聞牀下蟻動，謂是牛鬥。孝武不知是殷公[②]，問仲堪：「有一殷，病如此不[③]？」仲堪流涕而起曰：「臣進退唯谷[④]。」

【注釋】

①殷仲堪父：殷師，字師子，陳郡（今屬河南）人。東晉時官至驃騎諮議、晉陵太守。虛悸：中醫病名，因氣血虧虛造成心跳發慌等症狀。

②孝武：晉孝武帝司馬曜。殷公：指殷仲堪之父。

③不：同「否」。

④進退唯谷：進退兩難。殷仲堪不回答則違抗君命，若回答則有傷父尊。語出詩經大雅桑柔：「人亦有言，進退維谷。」谷，比喻困境。

【譯文】

殷仲堪的父親生病得了虛悸症，聽到牀下有螞蟻的響動，以為是牛在鬥。孝武帝不知道病者是殷仲堪之父，問殷仲堪：「有一個姓殷的人，生的病就是這樣的嗎？」殷仲堪流淚起身說：「臣子進退兩難，不知如何回答。」

## 七

**虞嘯父為孝武侍中①，帝從容問曰②：「卿在門下③，初不聞有所獻替④。」虞**

家富春⑤，近海，謂帝望其意氣⑥，對曰：「天時尚暖，鱭魚蝦鮝未可致⑦，尋當有所上獻。」帝撫掌大笑。

**【注釋】**

①虞嘯父：東晉會稽餘姚（今浙江餘姚）人，官至侍中，為孝武帝所重。
②從容：委婉。
③門下：門下省，皇帝的顧問機關。
④初：從來。獻替：「獻可替否（pǐ）」的省稱，即進獻可行的言論，提出不可行的言論。
⑤富春：縣名，在今浙江富陽。
⑥意氣：指貢獻禮物。
⑦鱭（zhì）魚：淺海魚，肉肥美。魚可製醬。致：得到，找到。

**【譯文】**

虞嘯父擔任孝武帝司馬曜侍中時，孝武帝很委婉地問道：「你在門下省任職時，怎麼從來沒有聽到你進獻過什麼可行的高見。」虞家在富春，靠近大海，他還以為皇帝要他進貢一些物品，就回答道：「天氣還暖和，魚蝦等鮮美的水產一時還搞不到，不久應當會有所進獻。」孝武帝聽了拍手大笑。

## 八

王大喪後①，朝論或云國寶應作荊州②。國寶主簿夜函白事云③：「荊州事已行④。」國寶大喜，其夜開閤⑤，喚綱紀⑥。話勢雖不及作荊州⑦，而意色甚恬⑧。曉遣參問⑨，都無此事。即喚主簿數之曰⑩：「卿何以誤人事邪？」

**【注釋】**

①王大：王忱，官至荊州刺史。

②朝論：朝廷議論。國寶：王國寶，王忱之兄。作荊州：擔任荊州刺史。

③主簿：官名，中央或地方郡縣所設負責文書簿籍、掌管印鑒等的屬官。夜函白事：連夜函封報告文書。

④荊州事：指任命王國寶為荊州刺史事。已行：定下來了。

⑤開閤（gé）：打開衙署側門。

⑥綱紀：指主簿。公府及州郡有政令，大都由主簿宣佈，故稱主簿為「綱紀」。

⑦話勢：話頭，說話的勢頭。

⑧意色：神情氣色。恬：坦然，安靜，恬淡。

⑨參問：探問，驗證。

⑩數（shǔ）：責備。

【譯文】

王忱死後，朝廷議論，有人說王國寶應當做荊州刺史。王國寶的主簿連夜封呈一份文書報告說：「荊州刺史的任命已經定下來了。」王國寶大喜，當天晚上打開衙署的側門，叫主簿屬官來。說話的勢頭雖然沒有提到做荊州刺史，但神情氣色很恬淡安靜。到天亮時派人去探問，全都沒有這回事。他立即叫來主簿責備他說：「你為什麼壞了人家的事呢？」

# 惑溺第三十五

【題解】

惑溺，指沉溺於女色。沉溺於女色的行為，歷來為士大夫們所詬病，但其中也不乏頗為生動的愛情故事，如韓壽與賈充之女的故事，即為其例，這個故事後來成為西廂記的藍本。本篇共有七則。

一

魏甄后惠而有色①，先為袁熙妻②，甚獲寵。曹公之屠鄴也③，令疾召甄，左右白：「五官中郎已將去④。」公曰：「今年破賊，正為奴⑤。」

【注釋】

①魏甄后：三國時魏文帝曹丕的皇后甄氏。惠：通「慧」，聰明。
②袁熙：字顯奕，袁紹次子。
③曹公：曹操。屠鄴：屠戮鄴城。鄴，縣名，為冀州治所，故址在今河北臨漳西南。
④五官中郎：指曹丕，曾任五官中郎，故稱。將：帶。
⑤奴：她。

【譯文】

魏文帝曹丕的皇后既聰明又有姿色，先前是袁熙的妻子，很受寵愛。曹操攻破鄴城屠殺百姓時，下令迅速召見甄氏，左右侍從說：「五官中郎已經把她帶走了。」曹操說：「今年打敗袁賊，正是為了她。」

二

荀奉倩與婦至篤[①]，冬月婦病熱，乃出中庭自取冷，還以身熨之[②]。婦亡，奉倩後少時亦卒，以是獲譏於世。奉倩曰：「婦人德不足稱，當以色為主。」裴令聞之曰[③]：「此乃是興到之事[④]，非盛德言[⑤]，冀後人未昧此語[⑥]」。

**【注釋】**

①荀奉倩：荀粲。至篤：指情愛深厚。
②熨：指以身體去緊貼。
③裴令：裴楷。
④興到：指一時興起。
⑤盛德：德高望重之人。
⑥冀：希望。昧：糊塗，不明白。

**【譯文】**

荀粲與妻子情愛深厚，冬天裏妻子生了熱病，他就到庭院在冷風中受凍，回來後用身體緊貼妻子，為她降温。妻子死後，他沒多久也死了，為此他受到了世人的譏諷。荀粲曾說：「婦人有德行不值得稱讚，應當以美色為主。」裴楷聽到這話後說：「這是一時興起的事，不是德高望重者當說的話，希望後人不要被這話弄糊塗了。」

## 三

**賈公閭後妻郭氏酷妒[1]。有男兒名黎民，生載周[2]，充自外還，乳母抱兒在中**

庭，兒見充喜踴，充就乳母手中嗚之[3]。郭遙望見，謂充愛乳母，即殺之。兒悲思啼泣，不飲它乳，遂死。郭後終無子。

【注釋】

①賈公閭：賈充。郭氏：郭配之女，名槐，晉惠帝賈后之母。酷：表示程度之深，極、很。

②載周：指滿周歲。載，開始。

③嗚：親吻。

【譯文】

賈充的後妻郭氏妒忌心極重。她有個兒子名叫黎民，生下來才滿周歲時，賈充從外邊回來，乳母抱着小兒在庭院中，小兒看見賈充高興得蹦蹦跳跳，賈充就在乳母手中親吻了兒子。郭氏遠遠地望見，以為賈充愛上了乳母，立即把乳母殺了。小兒思念乳母，悲痛地啼哭，不吃別人的奶，於是死了。郭氏後來終於沒有兒子。

四

孫秀降晉[1]，晉武帝厚存寵之[2]，妻以姨妹蒯氏[3]，室家甚篤[4]。妻嘗妒，乃罵秀為「貉子」[⑤]。秀大不平，遂不復入。蒯氏大自悔責，請救於帝。時大赦，羣臣咸見。既出，帝獨留秀，從容謂曰：「天下曠蕩[⑥]，蒯夫人可得從其例不？」秀免冠而謝[⑦]，遂為夫婦如初。

【注釋】

①孫秀（？—三〇一或三〇二）：字彥才，吳郡吳（今江蘇蘇州）人。三國時吳將，掌兵權，為前將軍、夏口督。因孫皓疑忌而降晉，拜驃騎將軍，封會稽公。

②晉武帝：司馬炎。厚存寵：指格外關懷撫慰寵信。

③蒯（kuǎi）氏：為晉武帝之妻妹。

④篤：指感情深厚。

⑤貉（hé）：野獸名，類似狐狸。此為罵人之語。當時中原士族輕視江東吳人，故稱他們為「貉子」。

⑥曠蕩：寬宏大量。

⑦免冠而謝：脫下帽子謝罪。

【譯文】

孫秀歸降了晉朝，晉武帝格外關懷寵信他，把姨妹蒯氏嫁給他為妻，夫婦之間感情很深厚。孫秀妻子曾經妒性發作，就罵孫秀為「貉子」。孫秀心中十分不滿，於是就不再進妻子的內室了。蒯氏深感悔恨自責，向武帝求救。當時正逢大赦，滿朝臣子都來上朝謁見皇上。退朝後，武帝把孫秀單獨留下，很委婉地說：「天下大赦，恩德寬大，蒯夫人可以按照這個例子從寬發落嗎？」孫秀脫帽謝罪，於是夫婦和好如初。

五

韓壽美姿容①，賈充辟以為掾②。充每聚會，賈女於青璅中看③，見壽，說之④，恆懷存想⑤，發於吟詠。後婢往壽家，具述如此⑥，並言女光麗⑦。壽聞之心動，遂請婢潛修音問⑧，及期往宿⑨。壽蹻捷絕人⑩，踰牆而入，家中莫知。自是充覺女盛自拂拭⑪，說暢有異於常⑫。後會諸吏，聞壽有奇香之氣，是外國所貢，一着人則歷月不歇⑬。充計武帝唯賜己及陳騫⑭，餘家無此香，疑壽與女通，而垣牆重密，門閤急峻⑮，何由得爾？乃託言有盜，令人修牆。使反曰⑯：「其餘無異，唯東北角如有人跡，而牆高，非人所踰。」充乃取女左右婢考問⑰，即以狀對。充祕之，以女妻壽。

【注釋】

①韓壽：字德真，西晉南陽赭（zhě）陽（今屬河南）人。官至散騎常侍、河南尹。死後贈驃騎將軍。

②辟（bì）：授予官職。

③青瑣：鏤刻成格的窗戶，窗格。

④說：通「悅」，喜歡。

⑤存想：想念。

⑥具述：全都說了。具，同「俱」。

⑦光麗：光豔美麗。

⑧潛修音問：暗中傳遞音信。

⑨及期：指到約定的時間。

⑩蹻捷：強健敏捷。

⑪盛自拂拭：講究修飾打扮自己。

⑫說暢：喜悅舒暢。

⑬着：附着。歇：停止，消失。

⑭計：猜想，推測。陳騫（qiān）：字休淵，仕魏時，官至大將軍。後仕晉，為晉武帝所重，封公。

⑮門閤（gé）：大門和邊門。急峻：指戒備森嚴。

⑯反：返。

⑰考問：審問，盤問。

【譯文】

韓壽姿態容貌都很美，賈充召他為屬官。賈充每次聚會，賈充女兒就從窗格中偷看，見到韓壽，就喜歡他，心裏常常想念他，思念之情在吟詠詩歌時流露出來。後來婢女到韓壽家去，詳細講了這些情況，並且說到賈充女兒光豔美麗。韓壽聽到後動了心，就請婢女暗地裏傳遞消息，約定日期去過夜。韓壽身手矯健敏捷，超過常人，他跳牆進屋，家裏沒人知道。從此賈充感覺女兒講究修飾打扮自己，喜悅舒暢之情不同於往常。後來賈充會見屬官，聞到韓壽身上有一股奇特的香氣，這種香是外國進貢的，一沾到人身上，幾個月也不會消退。賈充推測武帝只賜給自己和陳騫，其餘人的家裏沒有這種香，就懷疑韓壽與女兒私通，但是府邸的圍牆重疊嚴密，大門、邊門戒備森嚴，他怎麼能進來呢？於是便藉口有盜賊，派人修牆。匠人回來說：「其他地方沒有什麼異常情況，只有東北角好像有人的足跡，但圍牆很高，不是一般人能夠跳得進來的。」賈充就把女兒身邊的婢女叫來審問，婢女便把情況說了出來。賈充將此事隱瞞起來，把女兒嫁給韓壽為妻。

六

**王安豐婦常卿安豐①。安豐曰：「婦人卿婿，於禮為不敬，後勿復爾②。」婦曰：「親卿愛卿，是以卿卿。我不卿卿，誰當卿卿！」遂恆聽之。**

**【注釋】**

①王安豐：王戎，封安豐侯。卿：第二人稱「你」或「您」的代詞。用於夫稱妻、夫妻對稱、君稱臣、上稱下、長稱幼，或同輩間互稱，有表示尊重、客氣、親昵等的意思。

②爾：如此。

**【譯文】**

王戎的妻子常常稱王戎為「卿」。王戎說：「婦人用『卿』來稱呼夫婿，在禮數上是不尊敬，以後不要這樣。」婦人說：「我親你愛你，所以才稱你為『卿』。我不稱你為『卿』，還有誰該來稱你為『卿』！」於是王戎就一直聽任她這樣稱呼自己。

## 七

王丞相有幸妾姓雷[①]，頗預政事[②]，納貨[③]。蔡公謂之「雷尚書」[④]。

**【注釋】**

①王丞相：王導。幸妾：得到寵愛的小妾。幸，寵幸，寵愛。

②預：參預，干預。

③納貨：接受錢財。

④蔡公：蔡謨。

**【譯文】**

丞相王導有一個寵幸的姬妾姓雷，很喜歡干預政事，收受賄賂。蔡謨稱她為「雷尚書」。

# 仇隙第三十六

【題解】

仇隙，指仇怨和嫌隙。本篇共有八則，其中一代書聖王羲之因仇隙而憤慨致終，不免讓人扼腕。

## 一

孫秀既恨石崇不與綠珠[①]，又憾潘岳昔遇之不以禮[②]。後秀為中書令，岳省內見之[③]，因喚曰：「孫令，憶疇昔周旋不[④]？」秀曰：「中心藏之，何日忘之[⑤]？」岳於是始知必不免[⑥]。後收石崇、歐陽堅石[⑦]，同日收岳。石先送市[⑧]，亦不相知。潘後至，石謂潘曰：「安仁[⑨]，卿亦復爾邪？」潘曰：「可謂『白首同所歸』[⑩]。」潘金谷集詩云：「投分寄石友[⑪]，白首同所歸。」乃成其讖[⑫]。

## 【注釋】

①孫秀：字俊忠，西晉琅邪（今山東臨沂）人，趙王司馬倫用為侍郎。後為中書令，專擅朝政。司馬倫敗後被殺。石崇：官荊州刺史，以豪富稱。綠珠：石崇的歌妓，貌美，善吹笛。孫秀仗勢派人索要綠珠，石崇不允，孫秀勸趙王司馬倫殺石崇，同時殺害其母、兄、妻等家人十五人。綠珠跳樓自盡。

②憾：恨。昔遇之不以禮：指潘岳過去待他無禮。潘岳之父為太守時，孫秀只是供人差遣的小吏，潘岳幾次三番踩踏孫秀，不把他當人看待。

③省內：指官署裏。

④疇昔：過去，從前。周旋：交往。不：同「否」。

⑤中心藏之，何日忘之：見詩經小雅隰（xí）桑，意謂心中有了他，沒有一天忘得了他。言外之意，自己對往日受辱的情景永遠不會忘記。

⑥不免：指不能避免被孫秀報復。

⑦收：逮捕。歐陽堅石：歐陽建，字堅石，西晉渤海（今河北皮東北）人。石崇外甥，歷任山陽令、尚書郎、馮翊太守。因受石崇牽連被殺。

⑧市：執行死刑的東市。

⑨安仁：潘岳字安仁。

⑩白首同所歸：謂白髮老人最終都走向死亡。

⑪投分：志趣投合，互為相知。石友：謂友誼堅如磐石。

⑫讖（chèn）：預言，預兆。

【譯文】

孫秀既恨石崇不肯把綠珠送給他，又恨潘岳過去曾經對自己無禮。後來孫秀擔任中書令，潘岳在官署見到他，便叫他道：「孫令，還記得我們以前的交往嗎？」孫秀說：「中心藏之，何日忘之？」潘岳這才知道孫秀對自己的報復是避免不了的。後來孫秀逮捕石崇、歐陽堅石，同一天逮捕了潘岳。石崇先被送到行刑場，還不知道潘岳的情況。潘岳後來也被押來了，石崇對潘岳說：「安仁，你也這樣了嗎？」潘岳說：「我們可說是『白首同所歸』。」潘岳在金谷集詩序中說：「投分寄石友，白首同所歸。」這兩句詩，竟成了他們遇害的預言。

## 二

劉璵兄弟少時為王愷所憎①，嘗召二人宿，欲默除之②。令作阬③，阬畢，垂加害矣④。石崇素與璵、琨善，聞就愷宿，知當有變⑤，便夜往詣愷，問二劉所在。愷卒迫不得諱⑥，答云：「在後齋中眠⑦。」石便徑入，自牽出，同車而去，語曰：「少年何以輕就人宿？」

【注釋】

①劉璵兄弟：劉璵與劉琨。劉璵，字慶孫，有才名，劉琨之兄，西晉時官宰府尚書郎、散騎侍郎。
②默除：指暗殺。
③阬（kēng）：同「坑」，土坑。
④垂：接近，將要。
⑤變：事變，變故，突發事件。
⑥卒（cù）迫：倉促急迫。諱：隱瞞。
⑦後齋：後房。

【譯文】

劉璵兄弟二人年輕時被王愷憎恨，王愷曾經請他們二人到家裏來住宿，想乘機暗中殺掉他們。王愷讓人挖坑，挖好後，即將害死他們。石崇向來與劉璵、劉琨友好，聽說他們到王愷家住宿，知道會有變故，就連夜前去拜訪王愷，問二劉在哪裏。王愷倉促急迫之間不能隱瞞，回答道：「在後面書齋中睡覺。」石崇就直接進去，親自把他們拉出來，一同乘車而去，他對劉璵兄弟說：「年輕人怎麼可以輕率地到別人家去住宿？」

三

王大將軍執司馬愍王①，夜遣世將載王於車而殺之②，當時不盡知也，雖愍王家亦未之皆悉，而無忌兄弟皆稚。王胡之與無忌長甚相昵③，胡之嘗共遊。無忌入告母，請為饌④，母流涕曰：「王敦昔肆酷汝父，假手世將⑤。吾所以積年不告汝者，王氏門強，汝兄弟尚幼，不欲使此聲著⑥，蓋以避禍耳。」無忌驚號⑦，抽刃而出，胡之去已遠。

【注釋】

①王大將軍：王敦。執：捉拿。司馬愍王：司馬丞，字元敬，襲父爵為譙王，東晉時任湘州刺史。王敦起兵時，他興兵討伐，被殺害，謚愍王。

②世將：王廙（yì），字世將，王敦的堂兄弟，曾隨王敦起兵，任荊州刺史。

③王胡之：字修齡，王廙子。無忌：字公壽，司馬丞之子。相昵：互相親近。

④為饌（zhuàn）：準備食物。

⑤王敦昔肆酷汝父，假手世將：據晉書宗室傳，王敦謀反，司馬丞舉兵討伐。兵敗後，司馬丞被檻送荊州，荊州刺史王廙承王敦旨意，於道中害之。肆酷，肆意殘害。假手，利用他人替自己做事。

⑥聲著：聲張，張揚開來。

⑦驚號：驚訝地號啕大哭。

【譯文】

王敦抓了司馬丞，夜裏派遣王廙把司馬丞裝在車裏殺害了，當時的人不完全知道這件事，就是司馬丞的家人也不全知道，而無忌兄弟二人還都幼小。王胡之與無忌長大後互相很親近，王胡之曾經與無忌一起遊玩。無忌進屋告訴母親，請母親為他們準備吃的東西，母親流着淚説：「王敦從前肆意殘害你父親，就是借了世將的手幹的。我之所以多年不告訴你，就是因為王氏家族勢力強盛，你們兄弟還小，我不想讓這件事聲張開來，就是為了避免災禍罷了。」無忌聽了驚訝得號啕大哭，拔出刀來跑出去，王胡之這時已經走遠了。

四

應鎮南作荊州①，王修載、譙王子無忌同至新亭與別②。坐上賓甚多，不悟二人俱到③。有一客道：「譙王丞致禍④，非大將軍意⑤，正是平南所為耳⑥。」無忌因奪直兵參軍刀⑦，便欲斫⑧。修載走投水，舸上人接取⑨，得免。

【注釋】

①應鎮南：應詹，字思遠，東晉汝南南頓（今河南項城西）人。仕至江州刺史，死贈鎮南將軍。作荊州：據晉書本傳應為「作江州」。

②王修載：王耆之，字修載，王廙第三子。官鄱陽太守、給事中。譙（qiáo）王：司馬丞。新亭：地名，在建康（今江蘇南京）南郊，是當時的交通要道，東晉時，官僚士大夫常於此飲宴送別。

③不悟：不知道，不明白。

④致禍：遭遇禍害。

⑤大將軍：王敦。

⑥正：只。平南：王廙，曾任平南將軍，故稱。

⑦直兵參軍：值班參軍。直，通「值」。

⑧斫（zhuó）：砍，斬。

⑨舸（gě）：大船。

**【譯文】**

應詹擔任江州刺史時，王耆之、譙王司馬丞的兒子無忌一起到新亭送別。座上賓客很多，不料這二人都到了。有一位客人說：「譙王司馬丞遭遇禍害，不是大將軍王敦的意思，只是平南將軍王廙幹的罷了。」司馬無忌就奪過值班參軍的刀，要去砍殺王耆之。王耆之逃跑跳進水裏，船上的人把他救起來，才得以免去一死。

## 五

王右軍素輕藍田[①]。藍田晚節論譽轉重[②]，右軍尤不平。藍田於會稽丁艱[③]，停山陰治喪。右軍代為郡[④]，屢言出弔[⑤]，連日不果[⑥]。後詣門自通[⑦]，主人既哭，不前而去[⑧]，以陵辱之[⑨]。於是彼此嫌隙大構[⑩]。後藍田臨揚州[⑪]，右軍尚在郡[⑫]。初得消息，遣一參軍詣朝廷，求分會稽為越州[⑬]。使人受意失旨[⑭]，大為時賢所笑[⑮]。藍田密令從事數其郡諸不法[⑯]，以先有隙，令自為其宜[⑰]。右軍遂稱疾去郡[⑱]，以憤慨致終。

**【注釋】**

①王右軍：王羲之，官至右軍將軍，故稱。藍田：王述，封藍田侯。
②晚節：晚年。論譽：輿論評價。轉重：逐漸提高。
③於會稽：指在會稽內史任上。會稽，郡名，治所在山陰縣（今浙江紹興）。丁艱：遭父母之喪。此指母喪。
④代為郡：代替王述做會稽內史。
⑤出弔：指到王述家去弔唁。
⑥不果：沒有結果，不能實現。

⑦自通：自己通報。
⑧不前而去：不上前弔唁慰問就離開了。
⑨陵辱：欺凌侮辱。
⑩嫌隙大構：結下深深的仇怨。構，造成，構成。
⑪藍田臨揚州：指王述任揚州刺史。
⑫尚在郡：指王羲之仍然在會稽內史任上。
⑬求分會稽為越州：請求朝廷把會稽郡從揚州分出來，另外設置越州。
⑭使人：使者。受意失旨：接受了他的差使卻違背了他的意圖。
⑮時賢：當時的賢達。
⑯從事：刺史的屬官。數：列舉罪狀。
⑰自為其宜：讓王羲之自己以適宜的辦法去處理。
⑱去郡：辭去郡守職務。

【譯文】

王羲之一向瞧不起藍田侯王述。王述晚年的聲望逐漸提高，王羲之就更加耿耿於懷表示不滿。王述在會稽內史任上遭遇母親喪事，留在山陰辦理喪事。王羲之代理做會稽內史，屢次說要去弔唁，但接連好幾天都沒有去。後來他登門親自通報去弔唁，但主人哭了以後，他卻不進去哭弔就走了，用這辦法來凌辱王述。這樣一來，彼此結下了深仇大恨。後來王述出任揚州刺史，王羲之還在會稽郡任上。剛得到王述出任揚州刺史的消息，就派一名參軍到朝廷去，請求朝廷把會稽郡從揚州分出來，另外設置越州。這位使者接受了他的差遣卻違背了他的意圖，結果大為當時賢達所譏笑。王述暗中祕密地命令屬官列舉王羲之的多種不法行為，因為先前有過嫌隙，就讓王羲之自己以適宜的方式去處理。王羲之便稱病離職，因激憤感慨而致死。

## 六

**王東亭與孝伯語①，後漸異②，孝伯謂東亭曰：「卿便不可復測。」答曰：「王陵廷爭，陳平從默③，但問克終云何耳④。」**

**【注釋】**

①王東亭：王珣。孝伯：王恭。

②漸異：指兩人意見漸漸不同。據晉書王珣傳，王珣與王恭深惡會稽王司馬道子寵信佞臣王國寶，可後來王恭要殺王國寶，王珣又勸止之。

③王陵廷爭，陳平從默：漢惠帝時，呂后臨朝當權，以王陵為右丞相，陳平為左丞相。惠帝死後，呂后欲以呂家人為王，王陵以劉邦「非劉氏不能封王」由予以反對。呂后問陳平、周勃，

他們都以「無所不可」表示同意，呂后高興。退朝後王陵責備陳、周，陳平曰：「於面責廷爭，臣不如君；全社稷，定劉氏後，君亦不如臣。」（漢書王陵傳）

④克終：最終結果。云何：如何，怎麼樣。

【譯文】

王珣與王恭交談，後來意見慢慢的不一樣了，王恭對王珣說：「你說的話令人難以預料。」王珣回答道：「王陵在朝中敢於爭辯，說出自己的意見；陳平則謹慎，默不作聲，只要問最終的結果怎麼樣就好了。」

## 七

**王孝伯死①，縣其首於大桁②。司馬太傅命駕出③，至標所④，孰視首⑤，曰：「卿何故趣欲殺我邪⑥？」**

【注釋】

①王孝伯：王恭。晉安帝隆安二年（三九八），王恭聯合殷仲堪、桓玄起兵，討伐司馬道子，兵敗後被殺。

②縣：同「懸」，懸掛。大桁（háng）：大浮橋，指秦淮河上的朱雀橋。
③司馬太傅：會稽王司馬道子。
④標所：指懸掛罪犯首級的高杆。所，處所，地方。
⑤孰視：即「熟視」，仔細看。
⑥趣（cù）：急促。

**【譯文】**

王恭被處死後，他的首級被掛在朱雀橋上示眾。司馬道子乘車到懸掛首級的高杆處，仔細看着王恭的首級，說：「你為什麼要迫不及待地殺我啊？」

## 八

**桓玄將篡①，桓脩欲因玄在脩母許襲之②。庾夫人云③：「汝等近過我餘年④，我養之，不忍見行此事。」**

【注釋】

①桓玄將篡：指桓玄將要篡位。桓玄於晉安帝元興初，以討元顯為名進兵京師，自封為丞相，公元四〇三年稱帝，國號「楚」，後被劉裕討滅。

②桓脩：桓沖第三子，桓玄之叔伯兄弟。許：處，地方。

③庾夫人：桓沖妻，桓脩母。

④汝等：指桓玄、桓脩。餘年：晚年。

【譯文】

桓玄將要篡位時，桓脩想趁桓玄在桓脩母親那裏時襲擊他。桓脩母親庾夫人說：「你們已接近我過完晚年的時候了，我撫養桓玄長大，不忍心看見你們做出這樣的事情。」

□責任編輯：周文博
□裝幀設計：鄭喆儀
□排　　版：賴艷萍
□印　　務：劉漢舉

# 世說新語

□
譯注
朱碧蓮　沈海波

□
出版
中華書局（香港）有限公司
香港北角英皇道 499 號北角工業大廈一樓 B
電話：（852）2137 2338　傳真：（852）2713 8202
電子郵件：info@chunghwabook.com.hk
網址：http://www.chunghwabook.com.hk

□
發行
香港聯合書刊物流有限公司
香港新界荃灣德士古道 220-248 號
荃灣工業中心 16 樓
電話：（852）2150 2100　傳真：（852）2407 3062
電子郵件：info@suplogistics.com.hk

□
印刷
美雅印刷製本有限公司
香港觀塘榮業街 6 號海濱工業大廈 4 樓 A 室

□
版次
2021 年 12 月初版

□
規格
32 開（210 mm × 153 mm）

□
ISBN：978-988-8760-33-6

本書中文繁體字版由中華書局（北京）授權出版。